L'IDIOT

II

DOSTOÏEVSKI

L'IDIOT
II

Traduction par Pierre Pascal

Préface, chronologie
bibliographie et notes
par
Michel Cadot

GF-Flammarion

© 1983, FLAMMARION, Paris.
ISBN 2-08-070399-4

TROISIÈME PARTIE

I

A chaque instant on se plaint que nous n'ayons pas d'exécutants : les hommes politiques, par exemple, sont nombreux ; les généraux non plus ne manquent pas ; les directeurs de toutes sortes, on peut en trouver sur l'heure autant qu'on voudra, mais d'exécutants — point. Du moins, tout le monde se plaint qu'il n'y en ait point. Même, à ce qu'on dit, sur certaines lignes de chemin de fer il n'y a pas de personnel convenable ; il est impossible, paraît-il, d'obtenir dans une compagnie de navigation une administration tant soit peu tolérable. Vous apprenez qu'ici, sur telle ligne récemment ouverte à la circulation, des wagons se sont entrechoqués ou bien sont tombés d'un pont ; vous lisez que là un train aurait pour un peu hiverné sur un champ de neige : on était parti pour quelques heures, et on est resté cinq jours dans la neige. Ailleurs, raconte-t-on, il y a des milliers et des milliers de tonnes de marchandises qui pourrissent sur place des deux et des trois mois, attendant d'être expédiées : et ailleurs, dit-on, — c'est même incroyable —, un administrateur, je veux dire : un quelconque employé, en guise d'expédition, a « administré » au commis qui insistait pour la mise en route de ses marchandises son poing en plein visage, et ensuite a déclaré, pour expliquer son geste « administratif », qu'il s'était un peu « échauffé ». Il y a, semble-t-il, tant de services dans la fonction publique que c'est effrayant même à penser : tout le monde a été fonctionnaire, est fonctionnaire ou compte devenir fonctionnaire. Alors, semble-t-il, pourquoi ne serait-il pas possible de former avec tant de matériaux une administration convenable pour une compagnie de navigation [1]?

A cela on donne parfois une réponse extrêmement simple — si simple qu'on a peine à croire à une pareille explication. Sans doute, dit-on, tout le monde chez nous a été ou est fonctionnaire, et voilà deux cents ans que cela dure, sur le plus pur modèle allemand, et se transmet de grands-pères en petits-fils : mais ce qu'il y a, c'est que ces fonctionnaires sont les plus mauvais exécutants du monde, et les choses en sont venues au point que naguère encore, c'est tout juste si le détachement et le manque de savoir-faire pratique ne passaient pas, parmi les fonctionnaires eux-mêmes, pour les plus grandes vertus et la meilleure recommandation. Au fait, nous avons tort de parler des fonctionnaires, c'est, au fond, des exécutants que nous voulions parler. Là, il n'y a pas de doute : la timidité et l'absence complète d'initiative ont toujours été considérées chez nous comme la marque principale et la plus sûre d'un bon exécutant, et elles le sont encore. Mais pourquoi n'accuser que nous — s'il faut voir dans cette opinion une accusation? Partout, dans tout l'univers, et de toute éternité, le manque d'originalité a toujours passé pour la première qualité et la meilleure recommandation d'un homme posé, réalisateur, pratique, et au moins quatre-vingt-dix-neuf pour cent des hommes — je le répète, c'est un minimum — ont toujours été de cet avis; un seulement sur cent a toujours vu et voit encore les choses autrement.

Les inventeurs et les génies ont presque toujours, au début de leur carrière (et très souvent à la fin aussi), été tenus dans la société pour n'être que des imbéciles : c'est là une remarque des plus banales, bien connue de tous. Si, par exemple, pendant des dizaines d'années les gens ont porté leur argent au mont-de-piété et s'ils ont accumulé là des milliards à 4 %, alors, bien évidemment, une fois le mont-de-piété disparu et les gens laissés à leur seule initiative, la plus grande partie de ces millions devait nécessairement se perdre dans la fièvre des sociétés par actions et entre les mains des filous — et cela était

même exigé par les convenances et la moralité. Oui, la
moralité : si une bien morale timidité et une bien convenable absence d'originalité ont été chez nous jusqu'à ce
jour, selon l'opinion communément admise, la qualité
obligée de l'homme d'ordre et de réalisation, ce serait de
sa part un trop grand désordre et même une inconvenance
de se transformer ainsi subitement. Quelle est la mère,
par exemple, qui, aimant tendrement son enfant, ne serait
pas effrayée et malade de peur, de voir son fils ou sa fille
sortir un tant soit peu des rails : « Non, qu'il vive plutôt
heureux et dans l'aisance, sans originalité ! se dit chaque
mère en berçant son enfant. » Et nos petites bonnes aussi,
de toute éternité, endorment leur bébé en répétant et
chantonnant : « Tu rouleras sur l'or, tu auras grade de
général [2] ! » Ainsi, même pour nos petites bonnes, le
grade de général est le comble du bonheur en Russie, et
c'est donc là notre plus populaire idéal national d'une
belle et calme félicité. Et de fait : après avoir moyenne-
ment passé son examen et avoir additionné trente-cinq
années de services, qui donc chez nous aurait pu ne pas
devenir finalement général et ne pas accumuler une certaine somme au mont-de-piété ? De cette façon, presque
sans efforts, le Russe obtenait enfin la qualité d'homme
réalisateur et pratique. Au fond, seul était capable de ne
pas devenir général l'homme original ou, en d'autres
termes, l'homme agité. Peut-être y a-t-il là un certain
malentendu ; mais, d'une façon générale, cela est vrai,
me semble-t-il, et notre société a eu parfaitement raison
de définir de la sorte son idéal de l'homme pratique.

   Néanmoins, nous en avons beaucoup trop dit : ce que
nous voulions, essentiellement, c'était donner quelques
explications sur la famille, que nous connaissons maintenant, des Épantchine. Ces gens, ou du moins les membres les plus réfléchis de cette famille, souffraient
constamment d'une qualité de famille qui leur était commune à presque tous, et qui était l'opposé des vertus dont
nous venons de disserter. Sans bien comprendre le fait
(car il est difficile à comprendre), ils soupçonnaient
pourtant quelquefois que les choses n'allaient pas chez
eux comme chez les autres. Partout ailleurs, c'est le

calme plat, chez eux toujours des accrocs ; les autres
glissent comme sur des roulettes, eux constamment quittent les rails. Les autres toujours et bien sagement sont
timides, eux non. Élisabeth Procofievna sans doute était
prise d'épouvantes, même excessives, mais ce n'était pas
cette sage timidité mondaine après laquelle ils soupi-
raient. D'ailleurs, Élisabeth Procofievna était peut-être la
seule à s'alarmer ainsi : les demoiselles étaient encore
trop jeunes — quoique personnes fort pénétrantes et iro-
niques — et quant au général, il avait beau être pénétrant
(d'ailleurs non sans mal), dans les cas embarrassants il se
bornait à faire hum ! et finalement plaçait tous ses espoirs
en Élisabeth Procofievna. Donc sur elle reposait la res-
ponsabilité. Ce n'était pas que cette famille se distinguât,
par exemple, par aucune initiative particulière ou bien
sortît des rails par un penchant conscient à l'originalité,
ce qui eût été absolument inconvenant. Oh non ! Il n'y
avait rien, en vérité, de tout cela, je veux dire aucun but
consciemment fixé ; et pourtant, en fin de compte, il se
trouvait que la famille Épantchine, si honorable qu'elle
fût, n'était malgré tout pas tout à fait ce que doivent être
en général toutes les familles honorables. Depuis quelque
temps, Élisabeth Procofievna se jugeait de tout la seule
coupable, avec son « malheureux caractère », ce qui
n'avait fait qu'accroître ses souffrances. Elle se traitait
elle-même, à tout instant, de « sotte et inconvenante originale » et se tourmentait de scrupules, perdait constamment ses moyens, ne trouvait plus d'issues aux conflits
les plus ordinaires et continuellement exagérait les malheurs.

Déjà au début de notre récit nous avons mentionné que
les Épantchine étaient entourés d'un respect véritable et
universel. Même le général Ivan Fiodorovitch, cet
homme d'une origine obscure, était sans discussion et
avec respect reçu partout. Ce respect, il le méritait
d'abord en tant que personnage riche et « non des derniers », et ensuite en tant qu'homme parfaitement convenable, quoique borné. Mais une certaine lourdeur d'esprit
est, semble-t-il, la qualité quasi indispensable sinon de
tout homme actif, du moins de tout faiseur d'argent un

peu sérieux. Enfin, le général avait des manières convenables, était modeste, savait se taire et en même temps ne pas se laisser marcher sur les pieds, et cela non pas seulement à cause de son généralat, mais aussi en tant qu'homme d'honneur et noble caractère. L'essentiel était qu'il avait de solides protections. Quant à Élisabeth Procofievna, elle était même, ainsi qu'il a été expliqué plus haut, d'une bonne famille, bien qu'on ne fasse guère attention chez nous à la famille si les relations nécessaires ne s'y ajoutent pas. Mais il se trouvait finalement qu'elle avait aussi des relations : on la respectait et elle avait fini par être prise en amitié par des gens à la suite desquels tout le monde était naturellement obligé de la respecter et de la recevoir. Sans aucun doute, ses tourments familiaux étaient privés de fondement, n'avaient qu'une cause infime et étaient ridiculement exagérés ; mais si vous avez une verrue sur le nez ou sur le front, il vous semble toujours que tout le monde n'a jamais eu et n'a encore d'autre occupation sur cette terre que de regarder votre verrue, de s'en moquer et de vous condamner, eussiez-vous avec cela découvert l'Amérique. Pas de doute non plus que dans la société Élisabeth Procofievna ait été réellement considérée comme une originale : cependant on la respectait, c'est incontestable ; seulement elle avait fini par ne plus croire non plus à ce respect, et en cela consistait tout son malheur. En regardant ses filles, elle se tourmentait du soupçon qu'elle nuisait sans cesse à leur carrière, que son caractère était ridicule, inconvenant, insupportable, et de cela même, naturellement, elle accusait sans cesse ses mêmes filles et Ivan Fiodorovitch ; des journées entières elle se querellait avec elles et avec lui, tout en les aimant jusqu'à s'oublier elle-même et presque jusqu'à la passion.

Ce qui la tourmentait le plus, c'était le soupçon que ses filles étaient en train de devenir d'aussi grandes originales qu'elle-même, qu'il n'y en avait pas d'autres au monde comme elles et qu'il ne devait pas y en avoir. « De vraies nihilistes, il n'y a pas à dire ! » se disait-elle à chaque instant. Durant l'année passée, et surtout dans les tout derniers temps, cette pensée morose n'avait fait que s'affirmer davantage chez elle. «D'abord, pourquoi ne se marient-elles pas?» se demandait-elle à tout instant. «Pour tourmenter leur mère : elles voient là le but de leur vie! Et cela, bien sûr, parce que ce sont là les nouvelles idées, toujours cette maudite question féminine! Aglaé n'avait-elle pas imaginé, il y a six mois, de couper ses magnifiques cheveux? (Seigneur, mais moi-même je n'avais pas, de mon temps, des cheveux pareils!) Elle avait déjà les ciseaux en main : il a fallu me mettre à genoux pour l'en dissuader!... Bon, celle-là, admettons, c'est par méchanceté qu'elle le faisait, pour faire souffrir sa mère. C'est une méchante fille, fantasque, gâtée, mais surtout méchante, méchante, méchante! Mais cette grosse Alexandra, est-ce qu'elle n'a pas voulu suivre son exemple, couper elle aussi ses cheveux? Ce n'était pas par méchanceté ni par caprice, mais sincèrement, comme une sotte, parce qu'Aglaé l'avait persuadée qu'elle dormirait mieux sans cheveux et qu'elle n'aurait plus mal à la tête. Et combien, combien, combien, en ces cinq ans, n'ont-elles pas eu de fiancés! Et, vraiment, c'étaient de braves garçons, il y en a eu même de tout à fait bien! Qu'est-ce qu'elles attendent, pourquoi ne se marient-elles pas? Uniquement pour ennuyer leur mère : il n'y a pas d'autre raison! Pas d'autre! Pas d'autre!»

Enfin, le soleil s'était levé pour son cœur de mère : au moins une de ses filles, Adélaïde du moins, allait enfin être casée. «En voilà une de moins sur les bras!» disait Élisabeth Procofievna quand elle avait à énoncer sa pensée à haute voix (pour elle-même, elle usait d'expressions infiniment plus tendres). Et comme elle avait été réglée gentiment et convenablement, toute cette affaire! même dans le monde on en avait parlé avec respect. Un homme connu, prince, fortuné, excellent et qui de plus était de son goût, que pouvait-on désirer de mieux, semblait-il? Mais elle avait toujours moins craint pour Adélaïde que pour ses autres filles, bien que ses penchants artistiques inquiétassent parfois même beaucoup son cœur perpétuellement en proie au doute. «En revanche, elle a le caractère gai, et avec cela beaucoup de raison. Elle ne sera jamais perdue, cette fille-là» : ainsi se consolait-elle

finalement. C'était pour Aglaé surtout qu'elle craignait.
A propos, quant à l'aînée, Alexandra, Élisabeth Procofievna ne savait elle-même que penser : être inquiète pour
elle, ou non ? Parfois il lui semblait qu'elle était déjà
« perdue » : « Vingt-cinq ans, par conséquent elle restera
fille. Avec une pareille beauté ! » Élisabeth pleurait même
sur elle la nuit, tandis que durant ces mêmes nuits
Alexandra Ivanovna dormait du plus tranquille sommeil.
« Mais qu'est-elle enfin, nihiliste, ou tout bonnement
sotte ? » Qu'elle ne fût pas une sotte, là-dessus Élisabeth
Procofievna n'avait pas le moindre doute : elle appréciait
fort les jugements d'Alexandra et aimait la consulter.
Mais qu'elle fût une « poule mouillée », cela ne faisait
aucun doute : « Elle est d'un calme tel qu'on n'arrive pas
à la remuer ! Au fait, même les poules mouillées ne sont
pas calmes. Pouah, elles me font perdre la tête ! » Élisabeth Procofievna avait une espèce de sympathie compa-
tissante, inexplicable, pour Alexandra, plus même que
pour Aglaé, qui était son idole. Mais les sorties bilieuses
(en quoi se manifestaient sa sollicitude maternelle et sa
sympathie), les mauvaises querelles, les petits noms
comme « poule mouillée » ne servaient qu'à susciter le
rire d'Alexandra. Il arrivait que les choses les plus insi-
gnifiantes irritassent à l'extrême Élisabeth Procofievna et
la fissent sortir de ses gonds. Alexandra aimait, par
exemple, prolonger son sommeil et avait d'ordinaire
beaucoup de rêves ; mais ces rêves se distinguaient toujours par un vide et une innocence extraordinaires : dignes
d'un enfant de sept ans ! Eh bien, cette innocence elle-
même énervait sa maman. Une fois Alexandra vit en rêve
neuf poules, et ce fut l'occasion d'une véritable querelle
entre elle et sa mère. Pourquoi, on aurait peine à l'expliquer. Une fois, une fois seulement, elle eut la chance de
faire un rêve original, semble-t-il : elle vit un moine, seul,
dans une pièce noire où elle avait peur d'entrer. Ce songe
fut aussitôt communiqué triomphalement à Élisabeth Procofievna par ses deux sœurs riant aux éclats ; sa mère
cette fois encore se fâcha et les traita toutes trois de
sottes. « Hum ! elle reste inerte comme une sotte ; ne
voilà-t-il pas une vraie poule mouillée ? On n'arrive pas à

la remuer. Et elle broie du noir, il y a des moments où elle vous a une mine désolée! De quoi se désole-t-elle? De quoi?» Parfois elle posait cette question aussi à Ivan Fiodorovitch et, à son ordinaire, nerveusement, sur un ton menaçant, exigeant une réponse immédiate. Ivan Fiodorovitch faisait des hum! fronçait les sourcils, haussait les épaules et décidait finalement en écartant les bras:

— Il lui faut un mari.

— Seulement, Dieu l'en garde! pas un comme vous, Ivan Fiodorovitch! lançait-elle comme une bombe. Un qui ne soit pas comme vous dans ses jugements et ses décisions, Ivan Fiodorovitch; un qui ne soit pas un grossier personnage comme vous, Ivan Fiodorovitch...

Ivan Fiodorovitch se sauvait immédiatement, et Élisabeth, après son explosion, se calmait. Naturellement, le même soir elle se faisait extraordinairement attentive, douce, caressante et respectueuse pour Ivan Fiodorovitch, son «grossier personnage» Ivan Fiodorovitch, son bon et gentil, son adoré Ivan Fiodorovitch, car elle avait aimé toute sa vie son Ivan Fiodorovitch, et même était amoureuse de lui, ce que savait à merveille Ivan Fiodorovitch, qui pour cela respectait infiniment son Élisabeth Procofievna.

Mais son principal et perpétuel tourment était Aglaé.

«Tout à fait, tout à fait comme moi! C'est mon portrait à tous égards, se disait Élisabeth Procofievna: un vilain diablotin n'en faisant qu'à sa tête! Une nihiliste, une originale, une folle, une méchante, méchante, méchante! O Seigneur, comme elle sera malheureuse!»

Cependant, ainsi que nous l'avons déjà dit, le soleil levé avait pour un moment tout adouci et illuminé. Il y avait eu près d'un mois, dans la vie d'Élisabeth Procofievna, où elle s'était complètement reposée de toutes ses inquiétudes. A propos du prochain mariage d'Adélaïde, on avait dans le monde parlé d'Aglaé aussi, et Aglaé se tenait partout si bien, si raisonnablement, si intelligemment, si victorieusement! avec un brin de fierté sans doute, mais il lui allait si bien! Elle avait été si aimable, si affectueuse, tout ce mois, pour sa mère! («Bien sûr, cet Eugène Pavlovitch, il faut encore bien l'examiner, il faut le tirer au clair, et d'ailleurs Aglaé, il me semble, ne l'apprécie pas beaucoup plus que les autres!») Elle était devenue quand même, tout à coup, une «excellente fille», et comme elle était belle, mon Dieu, comme elle était belle! chaque jour plus belle! Et voilà...

Voilà que ce vilain petit prince s'était montré, ce misérable petit idiot, et de nouveau tout était bouleversé, la maison sens dessus dessous!

Qu'était-il arrivé, en somme?

Pour d'autres il ne serait rien arrivé, à coup sûr. Mais ce qui faisait l'originalité d'Élisabeth Procofievna, c'était précisément que, dans la combinaison et l'embrouillamini des choses les plus ordinaires, avec l'inquiétude qui lui était propre elle distinguait toujours un je ne sais quoi qui l'emplissait d'une épouvante parfois même maladive, de la peur la plus inexplicable, la plus irraisonnée, et par suite la plus accablante. Comment, donc, devait-elle se sentir, maintenant que soudain, à travers le chaos de ses inquiétudes ridicules et sans fondement, s'entrevoyait réellement quelque chose de vraiment important, quelque chose qui semblait mériter en effet et alarmes et doutes, et soupçons?

«Et comment a-t-on osé, comment a-t-on osé m'envoyer cette maudite lettre anonyme, à propos de cette *créature,* qui serait en relations avec Aglaé?» Cette pensée occupa Élisabeth Procofievna durant tout le temps qu'elle traîna derrière elle le prince, et ensuite à la maison, après qu'elle l'eut assis à la table ronde autour de laquelle était réunie toute la famille. «Comment a-t-on osé concevoir seulement cette pensée? Mais je serais morte de honte si j'y avais cru un tant soit peu ou si j'avais montré cette lettre à Aglaé! Voilà comment on se moque de nous, les Épantchine! Et toujours, toujours à cause d'Ivan Fiodorytch, toujours à cause de vous, Ivan Fiodorytch! Ah, pourquoi ne nous sommes-nous pas transportés à l'île Élaguine [3], je disais bien qu'il le fallait! C'est peut-être la Barbette qui a écrit la lettre, j'en suis sûre, ou bien peut-être... C'est toujours, toujours la faute d'Ivan Fiodorytch! C'est pour se moquer de lui que cette *créature* a joué ce tour, en souvenir de leurs anciennes relations, pour le rendre ridicule, tout comme, avant, elle le traitait en imbécile, elle riait de lui, elle le menait par le bout du nez, à l'époque où il lui apportait des perles… A la fin du compte, nous sommes quand même compromis, vos filles sont quand même compromises, Ivan Fiodorytch, des jeunes filles, des demoiselles du meilleur monde, des filles à marier : elles se trouvaient là, elles étaient présentes, elles ont tout entendu ! et d'ailleurs dans l'histoire avec ces gamins elles ont été compromises aussi ; réjouissez-vous, elles y étaient aussi et elles écoutaient ! Je ne le pardonnerai pas, non, je ne le pardonnerai pas à ce petit prince, jamais je ne le lui pardonnerai ! Et pourquoi Aglaé a-t-elle sa crise depuis trois jours, pourquoi s'est-elle presque brouillée avec ses sœurs, même avec Alexandra, à qui elle baisait toujours la main comme si elle était sa mère, qu'elle respectait tant ? Pourquoi nous pose-t-elle des énigmes depuis trois jours ? Qu'est-ce que ce Gabriel Ivolguine ? Pourquoi, hier et aujourd'hui, s'est-elle mise à chanter les louanges de Gabriel Ivolguine et a-t-elle fondu en larmes ? Pourquoi ce maudit « chevalier pauvre » est-il mentionné dans cette lettre anonyme, alors qu'elle n'a pas montré la lettre du prince même à ses sœurs ? Et pourquoi… pour quelle raison suis-je, moi, accourue chez lui comme une dératée et l'ai-je moi-même traîné ici ? Seigneur, j'ai perdu la raison, qu'est-ce que j'ai fait là ! Parler à un jeune homme des secrets de ma fille, et encore… et encore de secrets qui peuvent presque le concerner ! Seigneur, c'est encore heureux qu'il soit idiot et… et ami de la maison ! Seulement est-il possible qu'Aglaé se soit laissé séduire par un pareil avorton ! Seigneur, qu'est-ce que je raconte là ! Pouah ! Quels originaux nous faisons… il faudrait nous mettre sous verre, nous tous, moi la première, et nous montrer, à un sou l'entrée ! Je ne vous pardonnerai pas ça, Ivan Fiodorytch, jamais je ne vous le pardonnerai ! Et pourquoi maintenant ne le maltraite-t-elle pas ? Elle avait promis de le maltraiter et voilà qu'elle ne le maltraite pas. Tenez, tenez : elle le dévore des yeux, elle ne dit rien, elle ne s'en va pas, elle reste là, alors que c'est elle qui lui avait interdit de venir… Et lui il est assis, tout pâle. Et ce maudit, ce maudit bavard d'Eugène Pavlytch a pris en main toute la conversation ! Voyez comme il s'en donne, il ne vous laisse pas placer un mot. Je saurais tout à l'instant, si je pouvais seulement aiguiller la conversation... »

Le prince, en effet, presque pâle, était assis devant une table ronde et semblait éprouver tout à la fois une peur extraordinaire et, par instants, une exaltation enivrante et pour lui-même incompréhensible. Oh, comme il craignait de lever les yeux de ce côté, dans ce coin d'où le regardaient fixement deux prunelles noires bien connues, et comme en même temps il mourait de bonheur d'être assis là, de nouveau, parmi eux, d'entendre bientôt une voix connue, — après ce qu'elle lui avait écrit. « Seigneur ! qu'est-ce qu'elle va dire maintenant ? » Lui-même n'avait pas encore prononcé une parole : il écoutait avec effort comment Eugène Pavlovitch « s'en donnait ». Jamais ce dernier n'avait été d'humeur aussi satisfaite ni aussi excité que ce soir. Le prince l'écoutait et fut longtemps sans comprendre un mot, ou presque. Sauf Ivan Fiodorovitch, qui n'était pas encore revenu de Pétersbourg, tout le monde était là. Le prince Chtch. était là aussi. On se préparait, semble-t-il, à aller un peu plus tard, avant le thé, entendre la musique [4]. La conversation en cours s'était engagée, visiblement, avant l'arrivée du prince.

Bientôt se glissa sur la terrasse, venant on ne savait d'où, Colas. « Il est donc reçu ici comme avant », pensa le prince.

Le chalet des Épantchine était luxueux, une espèce de « chaumière suisse », exquisément décoré de tous les côtés de fleurs et de feuillage. De tous les côtés il était entouré d'un jardin fleuriste de peu d'étendue, mais joli. Tout le monde était installé sur la terrasse, tout comme chez le prince ; seulement cette terrasse était un peu plus vaste et plus élégamment aménagée.

Le sujet de la conversation en cours semblait n'être pas du goût de beaucoup. Elle était née, on pouvait le deviner, d'une discussion animée ; et naturellement tout le monde aurait voulu changer de sujet, mais Eugène Pavlo-

vitch paraissait s'entêter de plus belle et ne faisait nulle
attention à l'impression générale; l'arrivée du prince
semblait l'avoir excité encore davantage. Élisabeth Procofievna fronçait les sourcils, bien qu'elle ne comprît pas
tout. Aglaé, assise à l'écart, presque dans un coin, ne
s'en allait pas, écoutait et demeurait obstinément silencieuse.

— Permettez, répliquait avec feu Eugène Pavlovitch:
je n'ai rien à dire contre le libéralisme. Le libéralisme
n'est pas un péché; c'est une partie intégrante indispensable dans un ensemble qui sans lui se disloquerait ou se
figerait; le libéralisme a tout autant le droit d'exister que
le conservatisme le plus loyaliste; mais c'est le libéralisme russe que j'attaque et, je le répète encore une fois,
si je l'attaque, c'est parce que le libéral russe n'est pas un
libéral *russe*, mais un libéral *non russe*. Donnez-moi un
libéral russe, et sur-le-champ je l'embrasse devant vous
tous[5].

— Si seulement lui veut bien vous embrasser, dit
Alexandra Ivanovna, qui montrait une agitation extraordinaire. Même ses joues étaient plus empourprées que
d'habitude.

«C'est bien ça! pensa Élisabeth Procofievna. Elle
passe son temps à dormir et à manger, impossible de la
mettre en branle, et la voilà tout d'un coup qui se réveille,
une fois l'an, et qui vous dit des choses... à rester baba.»

Le prince remarqua en passant que ce qui déplaisait
tellement à Alexandra Ivanovna, c'était sans doute
qu'Eugène Pavlovitch parlait trop gaiement, traitait un
sujet sérieux et avait l'air de s'échauffer, alors qu'en
même temps il avait l'air de plaisanter.

— J'affirmais tout à l'heure, juste avant votre arrivée,
prince, continua Eugène Pavlovitch, que nous n'avons eu
jusqu'ici de libéraux que provenant de deux catégories:
les propriétaires fonciers (catégorie abolie) et les séminaristes. Comme ces deux ordres de l'État[6] se sont trans-
formés finalement en véritables castes, en quelque chose
d'absolument isolé de la nation, et cela de plus en plus
d'une génération à l'autre, tout ce que ces castes ont fait
ou font n'a plus rien eu de national...

— Comment cela? Alors, tout ce qui a été fait, tout cela n'est pas russe? objecta le prince Chtch.

— N'est pas national; est peut-être «à la russe», mais non pas national; et nos libéraux ne sont pas russes, et nos conservateurs ne sont pas russes... Et soyez certain que la nation ne reconnaîtra rien de ce qui aura été fait par les propriétaires fonciers et les séminaristes, ni aujourd'hui, ni plus tard...

— Voilà qui n'est pas mal! Comment pouvez-vous soutenir un pareil paradoxe, si du moins vous parlez sérieusement? Je ne peux pas admettre des sorties de ce genre contre le propriétaire foncier russe; vous en êtes un vous-même, répliqua vivement le prince Chtch.

— Mais je ne parle pas du propriétaire foncier russe au sens où vous l'entendez. C'est un ordre respectable, ne fût-ce que pour cette raison que je lui appartiens, — surtout aujourd'hui qu'il a cessé d'exister...

— Et dans la littérature aussi, il n'y a rien eu de national? interrompit Alexandra Ivanovna.

— En littérature, je ne suis pas bien fort, mais la littérature russe aussi, à mon avis, est tout entière autre que russe, à l'exception peut-être de Lomonossov, de Pouchkine et de Gogol [7].

— D'abord, ce n'est pas peu; ensuite, un des trois est sorti du peuple [8], et les deux autres sont des propriétaires fonciers, dit en riant Adélaïde.

— C'est exact; mais ne triomphez pas. Du fait que ces trois sont les seuls jusqu'à ce jour, entre tous les écrivains russes, qui aient dit chacun quelque chose qui soit vraiment *à lui*, qui lui soit propre, qui n'ait été emprunté à personne, de ce fait ces trois-là sont aussitôt devenus nationaux. Si un Russe dit, écrit ou fait quelque chose qui soit à lui, inséparable de lui et non emprunté, inévitablement il devient national, même au cas où il parlerait mal le russe. C'est pour moi un axiome. Mais ce n'est pas de la littérature que nous parlions: nous avons commencé par les socialistes et c'est d'eux qu'est partie toute la conversation. Eh bien, j'affirme que nous n'avons pas un seul socialiste russe. Il n'y en a pas et n'y en a jamais eu, parce que tous nos socialistes venaient aussi des proprié-

taires fonciers ou des séminaristes. Tous nos socialistes
déclarés, affichés comme tels ici ou à l'étranger, ne sont
rien d'autre que des libéraux de la caste des propriétaires
fonciers du temps du servage. Vous riez? Donnez-moi
leurs livres, donnez-moi leurs doctrines, leurs mémoires,
et je me fais fort, sans être critique littéraire, de vous
écrire une critique littéraire absolument convaincante où
je prouverai clair comme le jour que chaque page de leurs
livres, brochures ou mémoires a été écrite avant tout par
un ancien propriétaire foncier. Leur amertume, leur indignation, leur verve sont de propriétaires fonciers (et
même d'avant Famoussov[9]!); leur enthousiasme, leurs
larmes — larmes véritables —, sont peut-être sincères,
mais sont de propriétaires fonciers! De propriétaires fonciers, ou de séminaristes[10]... Vous riez encore, vous
aussi vous riez, prince? Vous non plus, vous n'êtes pas
d'accord?

En effet, tous riaient, le prince aussi rit un peu.

— Je ne peux pas encore dire exactement si je suis
d'accord ou non, prononça-t-il, cessant brusquement de
rire et sursautant avec la mine d'un écolier pris en faute.
Mais je vous assure que je vous écoute avec un très grand
plaisir...

En disant cela, il faillit s'étrangler et même une sueur
froide perla sur son front. C'étaient les premières paroles
prononcées par lui depuis qu'il était là. Il essaya de
regarder l'assistance, mais n'osa pas; Eugène Pavlovitch
avait surpris son geste et sourit.

— Messieurs, je vais vous citer un fait, reprit-il du
même ton, c'est-à-dire apparemment avec un entrain et
une flamme extraordinaires et cependant en riant presque,
peut-être de ses propres paroles, un fait de l'observation
et même de la découverte duquel je m'attribue l'honneur,
à moi exclusivement; du moins il n'en a jamais encore
nulle part été parlé ou écrit. Dans ce fait se reflète toute
l'essence de ce libéralisme russe dont je parle. Premièrement: qu'est-ce que le libéralisme, à parler en général,
sinon une attaque (raisonnable ou erronée, c'est une autre
question) contre l'ordre de choses existant? C'est bien
cela? Bon! Eh bien, mon fait consiste en ceci que le

libéralisme russe n'est pas une attaque contre l'ordre de choses existant, mais bien contre l'essence même des choses chez nous, contre les choses mêmes et non contre leur ordre seulement, non pas contre l'ordre russe, mais contre la Russie elle-même. Mon libéral en est arrivé à nier la Russie en personne, c'est-à-dire qu'il hait et bat sa mère. Tout fait malheureux ou regrettable suscite son rire et presque son enthousiasme. Il hait les coutumes populaires, l'histoire de la Russie, tout. S'il peut avoir une excuse, c'est qu'il ne comprend pas ce qu'il fait et qu'il prend sa haine de la Russie pour le plus fécond libéralisme (oh, vous le rencontrerez souvent chez nous, le libéral applaudi de tous les autres, et qui est peut-être, au fond, le plus absurde, le plus obtus et le plus dangereux des conservateurs, sans le savoir lui-même !). Cette haine de la Russie, naguère encore, certains de nos libéraux n'étaient pas loin de la prendre pour le véritable amour de la patrie : ils se vantaient de voir mieux que les autres en quoi doit consister cet amour. Aujourd'hui, ils sont devenus plus francs, et ils ont honte même des mots d'amour de la patrie, ils en ont chassé et aboli la notion même comme nuisible et misérable. C'est là un fait véritable, j'insiste là-dessus et... il fallait quand même dire une fois la vérité entièrement, simplement et franchement; mais ce fait est en même temps tel que jamais ni nulle part, depuis que le monde est monde et dans aucune nation, il n'en a existé un semblable, et par conséquent il est accidentel et peut passer, j'y consens. Il ne peut nulle part exister un libéral qui haïsse sa patrie. Comment expliquer qu'il existe chez nous ? Toujours par la même raison que tout à l'heure : le libéral russe, pour le moment, n'est pas un libéral russe. Pas d'autre raison, selon moi.

— Je prends tout ce que tu as dit pour une plaisanterie, Eugène Pavlytch, répliqua sérieusement le prince Chtch.

— Je n'ai pas vu tous les libéraux et je ne peux pas en juger, dit Alexandra Ivanovna. Mais c'est avec indignation que j'ai accueilli votre pensée : vous avez pris un cas particulier et vous l'avez érigé en règle générale. Donc vous avez calomnié.

— Un cas particulier ? Ah ah, voilà le grand mot prononcé! reprit Eugène Pavlovitch. Prince, qu'en pensez-vous : est-ce un cas particulier, ou non?

— Moi aussi, je dois dire que j'ai vu peu de choses et peu fréquenté... les libéraux, dit le prince. Il me semble cependant que vous avez peut-être un peu raison, et que ce libéralisme russe dont vous avez parlé est véritablement enclin en partie à haïr la Russie elle-même, et non pas seulement son ordre de choses. Bien sûr, en partie seulement... bien sûr, cela ne saurait être juste pour tous...

Il se trouva embarrassé et n'acheva point. Malgré son trouble, il était extrêmement intéressé par la conversation. Il y avait chez lui un trait particulier, qui consistait dans la naïveté rare de l'attention avec laquelle il écoutait toujours ce qui l'intéressait et des réponses qu'il donnait quand on le questionnait à ce propos. Sa physionomie et même la position de son buste reflétaient d'une façon ou de l'autre cette naïveté, cette confiance qui ne soupçonnaient ni raillerie, ni humour. Eugène Pavlovitch, qui depuis longtemps ne s'adressait à lui qu'avec une espèce de petit rire, cette fois-là, en entendant sa réponse, le regarda très sérieusement, comme s'il ne s'était nullement attendu de sa part à une remarque semblable.

— Alors... voilà comment... c'est quand même bizarre..., dit-il. Et, en toute sincérité, c'est sérieusement que vous m'avez fait cette réponse, prince?

— Est-ce que ce n'était pas sérieusement que vous posiez la question? répliqua l'autre, étonné.

Tout le monde rit.

— Croyez-le! dit Adélaïde. Eugène Pavlovitch ne fait que tourner les gens en bourriques! Si vous saviez ce qu'il peut raconter parfois archi-sérieusement!

— A mon avis, voilà une conversation pénible, et il aurait mieux valu ne pas l'engager du tout, observa Alexandra brutalement. On voulait aller se promener...

— Mais allons-y donc, la soirée est charmante! s'écria Eugène Pavlovitch. Mais, pour vous prouver que cette fois-ci je parlais tout à fait sérieusement, et surtout pour prouver cela au prince (prince, vous m'intéressez extraordinairement et, je vous le jure, je ne suis pas encore tout à fait aussi vide que je dois sûrement le paraître, bien que je sois en effet un homme vide!), et... si vous le permettez, messieurs, je poserai au prince une dernière question encore, par curiosité personnelle, et nous terminerons par là. Cette question, elle m'est venue à l'idée, comme par hasard, il y a deux heures (vous voyez, prince, moi aussi j'agite parfois des pensées sérieuses), je l'ai résolue, mais nous verrons ce qu'en dira le prince. On a parlé tout à l'heure d'un «cas particulier». Cette expression est chez nous très significative, on l'entend souvent. Dernièrement, tout le monde parlait ou écrivait à propos de cet effroyable assassinat de six personnes par ce... jeune homme, et du discours singulier de l'avocat, où il était dit que, vu l'état de pauvreté du criminel, l'idée avait *naturellement* dû lui venir de tuer ces six personnes. Ce ne sont pas les termes textuels, mais c'est bien, il me semble, le sens ou cela s'en rapproche. A mon avis personnel, le défenseur, en proclamant une aussi singulière idée, le faisait dans la plus entière conviction qu'il disait la chose la plus libérale, la plus humanitaire et la plus progressiste qu'il soit possible de dire à notre époque. Eh bien, à votre avis, qu'en faut-il penser: cette déformation des notions et des convictions, cette possibilité d'une vue aussi remarquable et aussi fausse des choses, est-ce un cas particulier ou un fait commun?

Tout le monde éclata de rire.

— Un cas particulier; bien sûr: particulier, dirent en riant Alexandra et Adélaïde.

— Et permets-moi encore une fois, Eugène Pavlytch, ajouta le prince Chtch., de te rappeler que ta plaisanterie est passablement usée.

— Qu'en pensez-vous, prince? interrompit, sans en écouter davantage, Eugène Pavlovitch, qui avait surpris sur lui le regard curieux et sérieux du prince Léon Nicolaevitch. Que vous en semble: c'est un cas particulier ou général? Je l'avoue, c'est pour vous que j'ai inventé cette question.

— Non, ce n'est pas un cas particulier, prononça le prince calmement, mais fermement.

— Permettez, Léon Nicolaevitch, s'écria avec quelque

dépit le prince Chtch., mais ne voyez-vous pas qu'il vous fait marcher ; décidément il plaisante, et c'est vous qu'il a résolu de prendre à l'hameçon.

— Je pensais qu'Eugène Pavlovitch parlait sérieusement, dit le prince, qui avait rougi et baissait les yeux.

— Mon cher prince, continua le prince Chtch., souvenez-vous de ce que nous disions ensemble un jour, il y a trois mois. Nous disions justement qu'on pouvait signaler dans nos jeunes tribunaux frais émoulus un grand nombre de défenseurs remarquables et pleins de talent. Et combien de décisions hautement remarquables des jurés ! Comme vous vous réjouissiez vous-même, et combien je me réjouissais, moi, de votre joie... nous disions que nous pouvions être fiers... Cette défense maladroite, cet argument bizarre, c'est naturellement un accident, un cas entre des milliers.

Le prince Léon Nicolaevitch réfléchit, mais de l'air le plus convaincu, quoique s'exprimant doucement, presque timidement, aurait-on dit, il répondit :

— Je voulais seulement dire que la déformation des notions et des conceptions (selon l'expression d'Eugène Pavlovitch) se rencontre très fréquemment, est un cas beaucoup plus commun que particulier, par malheur. A ce point que, si cette déformation n'était pas un cas aussi commun, peut-être qu'il n'y aurait pas de crime aussi impossible que ces...

— De crime impossible ? Mais je vous assure que des crimes tout à fait semblables et peut-être encore plus effrayants ont eu lieu bien avant, ont toujours eu lieu, et non seulement chez nous, mais partout et, selon moi, se répéteront encore très longtemps. La différence est qu'avant il y avait chez nous moins de publicité, tandis qu'aujourd'hui on en parle à haute voix et on écrit sur eux ; de là résulte l'impression que ces crimes viennent seulement de faire leur apparition. Voilà où est votre erreur, une bien naïve erreur, prince, je vous assure, conclut avec un sourire moqueur le prince Chtch.

— Je le sais moi-même, qu'il y a eu avant une quantité de crimes, et non moins effroyables. J'ai été il n'y a pas

longtemps dans les prisons, et j'ai pu faire connaissance
avec certains criminels ou prévenus [11]. Il y a même des
criminels plus terribles que celui-là, et qui ont tué des
dizaines d'hommes sans le moindre repentir. Mais voici
ce que j'ai remarqué : l'assassin le plus endurci et le plus
impénitent sait pourtant qu'il est *un criminel*, c'est-à-dire
qu'il estime en conscience avoir mal agi, même s'il n'a
aucun repentir. Chacun d'eux est ainsi, tandis que ceux
dont a parlé Eugène Pavlytch, n'est-il pas vrai ? ne veulent pas même se reconnaître criminels et pensent à part
soi qu'ils ont eu raison... et même qu'ils ont bien agi, ou
ils n'en sont pas loin. Voilà ce qui constitue, à mon avis,
la plus terrible différence. Et, remarquez-le, ce sont tous
des jeunes gens : l'âge où l'on peut le plus facilement et
avec le moins de défense tomber dans la corruption des
idées.

Le prince Chtch. ne riait plus. Il avait écouté, interloqué, le prince. Alexandra Ivanovna, qui depuis longtemps voulait faire une observation, demeura silencieuse,
comme si une certaine pensée l'avait arrêtée. Quant à
Eugène Pavlovitch, il regardait le prince avec un étonnement marqué et, cette fois, sans aucun sourire.

— Mais qu'est-ce que vous avez à le regarder si
étonné, mon cher ? lança à l'improviste Élisabeth Procofievna. Est-ce qu'il serait plus bête que vous, par hasard,
pour être incapable, selon vous, de raisonner ?

— Mais non, ce n'est pas cela, dit Eugène Pavlovitch.
Seulement, prince, comment donc (excusez la question),
si vous voyez et observez si bien cela, comment donc
(excusez-moi encore) dans cette bizarre affaire... il y a
quelques jours... de Bourdovski, il me semble... comment n'avez-vous pas remarqué cette même déformation
d'idées et de convictions morales ? Exactement la même !
J'ai eu alors l'impression que vous ne la remarquiez pas.

Élisabeth Procofievna intervint très échauffée :

— Eh bien tenez, mon cher, nous autres, tous, nous
l'avons remarqué et nous voilà tous à nous vanter devant
lui. Et lui, aujourd'hui même, il a reçu une lettre de l'un
d'entre eux, le principal, le boutonneux, tu te rappelles,
Alexandra ? Dans cette lettre, il lui demande pardon, à sa

manière, bien sûr, et il lui annonce qu'il a abandonné son camarade, celui qui l'excitait alors, tu te souviens, Alexandra ? et que maintenant c'est lui, le prince, qu'il croit davantage. Alors ? Nous autres nous n'avons pas encore reçu de lettre de ce genre, et nous pourrions au moins ne pas nous exercer à prendre de grands airs devant lui !

— Et Hippolyte aussi est venu s'installer à l'instant chez nous au chalet, lança Colas.

— Comment ! Déjà ici ? fit le prince, alarmé.

— A peine étiez-vous sortis avec Élisabeth Procofievna, il est arrivé. C'est moi qui l'ai déménagé !

— Bon, je parie, éclata soudain Élisabeth Procofievna, oubliant tout à fait qu'elle venait de faire l'éloge du prince, je parie qu'il est allé hier le trouver dans son grenier et qu'il lui a demandé pardon à genoux, pour que cette méchante vipère daigne se transporter ici. Tu y as été, hier ? Tu l'as presque avoué tout à l'heure. Oui, ou non ? Tu t'es mis à genoux, oui ou non ?

— Pas du tout, cria Colas. Tout au contraire : Hippolyte a pris hier la main du prince et l'a baisée à deux reprises, je l'ai vu moi-même, et l'explication en est restée là, sauf que le prince lui a dit tout simplement qu'il se trouverait mieux au chalet, et l'autre a consenti immédiatement à déménager dès qu'il se sentirait en état.

— Vous avez tort, Colas... chuchota le prince en se levant et prenant son chapeau. A quoi bon raconter, je...

— Où vas-tu ? interrompit Élisabeth Procofievna.

— Ne vous inquiétez pas, prince, continua Colas toujours ardent, n'y allez pas et ne le dérangez pas, il s'est endormi de fatigue ; il est très content ; et vous savez, prince, d'après moi ce sera beaucoup mieux si vous ne vous voyez pas d'aujourd'hui ; remettez à demain, autrement il sera encore gêné. Il a dit tout à l'heure, ce matin, que depuis six mois il ne s'était jamais senti aussi bien, aussi fort ; il tousse même trois fois moins.

Le prince remarqua qu'Aglaé avait soudain quitté sa place pour se rapprocher de la table. Il n'osa pas la regarder, mais il sentait de tout son être qu'en cet instant même elle le regardait, et cela avec colère peut-être, et que dans ses yeux noirs il y avait sûrement de l'indignation, et son visage s'enflamma.

— Il me semble à moi, Nicolas Ardalionovitch, que vous avez eu tort de le transporter ici, s'il s'agit bien de ce gamin poitrinaire qui s'est mis à pleurer et qui a invité à son enterrement, observa Eugène Pavlovitch. Il a parlé si éloquemment du mur de la maison voisine, qu'il s'ennuiera sûrement après ce mur, soyez-en persuadé.

— Il a dit vrai : il se fâchera, il se querellera avec toi, et il s'en ira, voilà tout ce que tu y gagneras !

Et Élisabeth Procofievna attira à elle, avec dignité, sa corbeille à ouvrage, oubliant que tous les autres se levaient déjà pour la promenade.

— Je me souviens qu'il se vantait beaucoup de ce mur, reprit encore Eugène Pavlovitch. Sans ce mur, il lui sera impossible de mourir éloquemment : or il a grande envie de mourir éloquemment.

— Et puis après ? murmura le prince. Si vous ne voulez pas lui pardonner, il mourra bien sans vous... C'est à cause des arbres qu'il est venu ici.

— Oh, pour ma part, je lui pardonne tout ; vous pouvez le lui communiquer.

— Ce n'est pas ainsi qu'il faut le comprendre, répondit le prince à voix basse et comme à contrecœur, en continuant à fixer un certain point sur le plancher et sans lever les yeux. Il faut que vous aussi vous consentiez à recevoir de lui votre pardon.

— Moi, mais qu'ai-je à y voir ? En quoi suis-je coupable devant lui ?

— Si vous ne le comprenez pas... Mais vous le comprenez. Il aurait voulu ce jour-là... vous bénir tous et recevoir votre bénédiction, tout est là...

— Mon cher prince, avança au plus vite, avec quelque prudence, le prince Chtch., après avoir échangé quelques coups d'œil avec certains des assistants, le paradis sur terre n'est pas facile à obtenir ; or vous y comptez quand même un peu, sur ce paradis, le paradis est une chose difficile, prince, infiniment plus difficile qu'il ne paraît à votre bon cœur. Cessons plutôt cette discussion, autre-

ment nous risquons tous de nous couvrir encore une fois
de confusion, et alors...

— Allons écouter la musique, trancha Élisabeth Procofievna en se levant d'un air furieux.

Tout le monde l'imita.

II

Le prince s'approcha brusquement d'Eugène Pavlovitch.

— Eugène Pavlovitch, dit-il avec une chaleur étrange,
en le prenant par la main, soyez bien persuadé que je vous
tiens pour le plus noble et le meilleur des hommes, en
dépit de tout; soyez-en persuadé...

Eugène Pavlovitch fit un pas en arrière, d'étonnement.
Un moment, il eut à retenir une insupportable envie de
rire; mais en y regardant de plus près il remarqua que le
prince ne devait pas être dans son assiette, était à tout le
moins dans un état assez particulier.

— Je parie, prince, s'écria-t-il, que vous vouliez dire
tout autre chose, et peut-être pas du tout à moi... Mais
qu'avez-vous? Vous vous sentez mal?

— Peut-être, c'est tout à fait possible, et vous avez très
finement remarqué que ce n'était peut-être pas vous que
je voulais aborder!

Ayant dit cela, il sourit bizarrement et même drôlement, mais soudain, comme pris de fièvre, il s'écria:

— Ne me rappelez pas ma conduite d'il y a trois jours!
J'ai eu bien honte pendant ces trois jours... Je sais que
j'ai eu tort...

— Oui... Mais qu'avez-vous donc fait de si terrible?

— Je vois que c'est vous peut-être qui avez le plus
honte pour moi, Eugène Pavlovitch, vous rougissez:
c'est la marque d'un cœur excellent. Je vais m'en aller,
soyez-en certain.

— Mais qu'est-ce qui lui prend? C'est comme cela que
commencent ses crises? demanda en se tournant vers
Colas Élisabeth Procofievna épouvantée.

— Ne faites pas attention, Élisabeth Procofievna, ce n'est pas une crise. Je m'en vais tout de suite. Je sais que je suis... déshérité par la nature. J'ai été malade vingt-quatre ans, depuis ma naissance jusqu'à ma vingt-quatrième année. Prenez tout comme venant d'un malade, aujourd'hui encore. Je vais m'en aller, tout de suite, soyez-en certaine. Je ne rougis pas — rougir pour cette raison-là, ce serait bizarre, n'est-ce pas ? — mais je suis de trop dans la société... Ce n'est pas question d'amour-propre... Durant ces trois jours j'ai bien réfléchi, et j'ai décidé que je devais sincèrement et loyalement vous aviser à la première occasion. Il est des idées, des idées élevées, dont je ne dois pas commencer à parler, parce que fatalement je ferais rire de moi ; c'est ce que le prince Chtch. m'a rappelé tout à l'heure... Je n'ai pas le geste convenable, je n'ai pas le sentiment de la mesure ; j'ai un autre langage, et non celui qui correspondrait à mes idées, et pour ces idées c'est un avilissement. C'est pourquoi je n'ai pas le droit..., de plus je suis ombrageux, je... je suis convaincu que dans cette maison on ne peut pas m'offenser et qu'on m'aime plus que je ne le mérite, mais je sais (je sais à coup sûr) que de vingt années de maladie il doit nécessairement rester quelque chose, de sorte qu'il est impossible de ne pas rire de moi... parfois... n'est-ce pas vrai ?

Il semblait attendre une réponse et une décision, en regardant autour de lui. Tous étaient rendus profondément perplexes par le caractère inattendu, maladif, et en tout cas, semblait-il, non motivé de cette sortie. Mais elle donna lieu à un épisode singulier.

— Pourquoi parlez-vous de la sorte ici ? s'écria soudain Aglaé. Pourquoi leur dites-vous cela *à eux ?* A eux ! A eux !

On l'aurait dite au dernier degré de l'indignation : ses yeux lançaient des éclairs. Le prince se tenait devant elle muet et sans voix ; brusquement il pâlit.

— Il n'y en a pas un seul, ici, qui soit digne de ces paroles ! lança-t-elle. Tous tant qu'ils sont, ils ne valent pas votre petit doigt, ni votre intelligence, ni votre cœur ! Vous êtes plus loyal qu'eux tous, plus généreux que tous,

plus parfait que tous, meilleur que tous, plus intelligent
que tous ! Il y en a ici qui ne sont pas dignes de se baisser
pour ramasser le mouchoir que vous avez laissé tomber…
Alors, pourquoi vous humilier et vous placer au-dessous
d'eux ? Pourquoi avez-vous mutilé tout ce qui est en
vous, pourquoi êtes-vous dénué de fierté ?

— Seigneur, aurait-on pu croire ? dit en se tordant les
bras Élisabeth Procofievna.

— Hurrah, le chevalier pauvre ! cria Colas dans son
enivrement.

— Taisez-vous !… Comment se permet-on de m'offenser ici, dans votre maison ! lança tout à coup Aglaé à
Élisabeth Procofievna. — Elle était déjà dans cet état
d'hystérie où on ne connaît plus de bornes et on saute
par-dessus tous les obstacles. — Pourquoi tout le monde
me tourmente-t-il, tous jusqu'au dernier ? Pourquoi,
prince, depuis trois jours me harcèlent-ils à cause de
vous ? Pour rien au monde je ne vous épouserai ! Sachez-le : pour rien au monde ni jamais ! Sachez-le !
Peut-on épouser un être aussi ridicule que vous ? Regardez-vous tout de suite dans la glace, tel que vous êtes
maintenant !… Pourquoi, pourquoi me taquinent-ils, en
prétendant que je vous épouserai ? Vous devez le savoir !
Vous êtes de mèche avec eux !

— Personne ne t'a jamais taquinée ! murmura, épouvantée, Adélaïde.

— Personne n'y a jamais songé, rien de semblable n'a
jamais été dit ! s'écria Alexandra.

— Qui l'a taquinée ? Quand l'a-t-on taquinée ? Qui a
pu lui dire cela ? Elle divague, oui ou non ? demandait
de tous les côtés, tremblant de colère, Élisabeth Procofievna.

— Tout le monde me l'a dit, tous jusqu'au dernier,
tous ces trois jours ! Jamais, jamais je ne l'épouserai !

Ayant poussé ce cri, Aglaé fondit en larmes amères,
cacha son visage dans son mouchoir et tomba sur sa
chaise.

— Mais il ne t'a pas encore dem…

— Je ne vous ai pas demandée, Aglaé Ivanovna, laissa
échapper soudain le prince.

— Quoi-oi? fit, étonnée, indignée, effrayée, Élisabeth Procofievna. Qu'est-ce que cela signifie?

Elle n'en pouvait croire ses oreilles.

— Je voulais dire… je voulais dire…, bredouilla le prince, je voulais seulement expliquer à Aglaé Ivanovna… avoir l'honneur de lui déclarer que je n'avais nullement l'intention… d'avoir l'honneur de demander sa main… même à quelque moment que ce soit… Il n'y a nullement de ma faute, je vous assure, Aglaé Ivanovna! Je ne l'ai jamais voulu, je n'en ai jamais eu l'idée, je ne le voudrai jamais, vous le verrez vous-même : soyez-en sûre! Il y a quelque méchant homme qui m'aura calomnié auprès de vous. Soyez tranquille!

Ce disant, il s'était rapproché d'Aglaé. Elle enleva le mouchoir qui cachait son visage, lança un regard rapide sur le prince et sur sa mine épouvantée, comprit le sens de ses paroles, et soudain lui éclata de rire en plein visage, — un rire si joyeux et irrésistible, si drôle et si moqueur, qu'Adélaïde la première n'y tint plus, surtout quand elle eut elle aussi regardé le prince : elle se jeta sur sa sœur, la prit dans ses bras et partit du même rire qu'elle, irrésistible, joyeux comme celui d'une écolière. A les voir, le prince aussi commença à sourire et, avec une expression joyeuse et heureuse, répéta :

— Eh bien, Dieu soit loué, Dieu soit loué!

Alors Alexandra aussi n'y tint plus, et rit de bon cœur. Ce rire de tous les trois semblait ne pas devoir finir.

— Bon, ils sont fous! murmurait Élisabeth Procofievna. Tantôt ils me font peur, tantôt…

Mais déjà riait aussi le prince Chtch., riait Eugène Pavlovitch, riait Colas, sans retenue, riait, à voir les autres, le prince lui-même.

— Allons nous promener, allons nous promener! criait Adélaïde. Tous ensemble, et le prince avec nous, obligatoirement! Vous n'avez pas besoin de vous en aller, cher ami! Quel charmant homme il est, Aglaé! N'est-ce pas, maman? De plus, il faut absolument, absolument que je l'embrasse, que je le prenne dans mes bras, pour… pour son explication de tout à l'heure avec Aglaé. Maman chérie, vous me permettez de l'embrasser? Aglaé, permets-moi d'embrasser *ton* prince! cria l'espiègle, et effectivement elle bondit sur le prince et l'embrassa sur le front. Le prince lui prit les mains, les serra fortement, au point qu'Adélaïde faillit crier, la regarda avec un plaisir infini, et brusquement, rapidement, porta sa main à ses lèvres et la baisa à trois reprises.

— Allons! criait Aglaé. Prince, vous me conduirez. C'est permis, *maman*? A un fiancé qui m'a refusée? Car, prince, vous avez renoncé à moi à jamais? Mais pas comme cela, ce n'est pas comme cela qu'on offre le bras à une dame, est-ce que vous ne savez pas comment il faut prendre le bras d'une dame? Tenez, comme ceci! Allons! nous marcherons en tête. Vous voulez bien marcher au-devant de tous les autres, *tête à tête* [12]?

Elle n'arrêtait pas de parler, tout en continuant à rire, par accès.

— Dieu soit loué! Dieu soit loué! répétait Élisabeth Procofievna, sans trop savoir de quoi elle se réjouissait.

« Drôles de gens, bien drôles de gens! » pensa le prince Chtch., pour la centième fois peut-être depuis qu'il avait fait leur rencontre, mais... ils lui plaisaient, ces drôles de gens. Quant au prince, peut-être ne lui plaisait-il pas trop; le prince Chtch. était un peu renfrogné et comme préoccupé, au moment du départ pour la promenade.

Eugène Pavlovitch semblait être de la plus joyeuse humeur. Durant tout le trajet jusqu'au Vauxhall il fit rire Alexandra et Adélaïde, qui, avec une toute spéciale bonne volonté, riaient de ses plaisanteries, au point qu'il en vint à soupçonner, l'espace d'un instant, que peut-être elles ne l'écoutaient pas du tout. A cette idée, soudain et sans en expliquer les raisons, il éclata de rire, finalement, avec bruit et tout à fait sincèrement (tel était son caractère!). Les sœurs d'Aglaé, qui étaient d'ailleurs de l'humeur la plus joyeuse, ne cessaient pas de la regarder, elle et le prince, qui marchaient devant; on voyait que leur cadette leur posait une sérieuse énigme. Le prince Chtch. s'efforçait toujours d'engager la conversation avec Élisabeth Procofievna sur des sujets indifférents, sans doute pour la distraire, et l'ennuyait terriblement. Elle-même semblait avoir perdu le fil de ses idées, répondait mal à propos ou parfois ne répondait pas du tout. Mais les énigmes posées par Aglaé ne devaient pas être encore finies ce soir-là. La dernière eut pour objet le prince seul. Lorsqu'on fut à cent pas du chalet, Aglaé, dans un demi-chuchotement rapide, dit à son cavalier obstinément silencieux :

— Regardez un peu à droite.

Le prince regarda.

— Regardez plus attentivement. Vous voyez ce banc, dans le parc, tenez, là où sont ces trois grands arbres... ce banc vert ?

Le prince répondit qu'il le voyait.

— L'endroit vous plaît ? Quelquefois de bon matin, sur les 7 heures, quand tout le monde encore dort, je viens m'asseoir ici, seule.

Le prince murmura que l'endroit était admirable.

— Alors maintenant éloignez-vous de moi ; je ne veux plus marcher bras dessus bras dessous avec vous. Ou plutôt donnez-moi votre bras, mais ne dites plus un mot. Je veux être seule à penser...

L'avertissement était en tout cas inutile : même sans cet ordre, le prince n'aurait pas prononcé un seul mot durant toute la route. Son cœur s'était mis à battre terriblement, quand il avait entendu parler du banc. Une minute plus tard il se reprit et chassa avec honte sa sotte pensée...

Au Vauxhall de Pavlovsk, les jours de semaine, comme on sait ou comme du moins tout le monde l'assure, le public est « plus select » que le dimanche et les jours de fêtes, où il arrive de la ville « toutes sortes de gens ». Les toilettes ne sont pas tapageuses, mais exquises. Il est admis qu'on vient pour la musique. L'orchestre, peut-être réellement le meilleur de nos orchestres de jardins, joue des choses nouvelles. Les convenances et le bon ton règnent, malgré une certaine allure générale de familiarité et même d'intimité. Les gens de connaissance, tous ici en villégiature, se rencontrent pour se regarder les uns les autres. Beaucoup accomplissent ce rite avec un vrai plaisir et ne viennent que pour cela ; mais il y en a aussi qui viennent seulement pour la musique. Les scandales sont extrêmement rares, bien qu'il s'en produise

même les jours de semaine. Mais, on le sait, c'est impossible autrement.

Cette fois-là, le soir était délicieux, et il y avait pas mal
de monde. Toutes les places autour de l'orchestre étaient
occupées. Notre troupe s'assit sur des chaises un peu de
côté, près de la sortie le plus à gauche. La foule, la
musique procurèrent à Élisabeth Procofievna quelque
animation et une distraction aux demoiselles ; elles
avaient déjà échangé quelques regards avec des connaissances et adressé de loin quelques signes de tête aima-
bles ; elles avaient déjà considéré les costumes, remarqué
quelques bizarreries, en avaient parlé entre elles, en
avaient moqueusement souri. Eugène Pavlovitch aussi
échangeait très souvent des saluts. Aglaé et le prince, qui
étaient toujours ensemble, avaient déjà de-ci de-là attiré
l'attention. Bientôt s'approchèrent de la maman et des
demoiselles des jeunes gens de leurs connaissances ; deux
ou trois restèrent à parler ; tous étaient des relations d'Eugène Pavlovitch. Parmi eux se trouvait un jeune et très bel
officier, très gai, très causeur ; il ne tarda pas à engager la
conversation avec Aglaé, tâchant de toutes ses forces de
retenir son attention. Aglaé était avec lui très aimable et
extrêmement rieuse. Eugène Pavlovitch demanda au
prince la permission de lui présenter cet ami ; le prince ne
comprit pas bien ce qu'on voulait de lui, mais la connaissance fut faite, les deux hommes se saluèrent et se tendi-
rent la main. L'ami d'Eugène Pavlovitch posa une question, mais le prince, semble-t-il, n'y répondit pas ou bien
marmonna entre ses dents quelque chose de si étrange que
l'officier le regarda très fixement, regarda ensuite Eugène
Pavlovitch, comprit aussitôt pourquoi ce dernier avait
imaginé cette présentation, eut un petit rire et se tourna de
nouveau vers Aglaé. Seul, Eugène Pavlovitch remarqua
qu'Aglaé, subitement, avait rougi.

Le prince ne remarquait même pas que les autres
conversaient avec Aglaé et lui faisaient des amabilités [13] ;
il oubliait presque, par moments, qu'il était lui-même
assis à côté d'elle. Parfois il avait envie de s'en aller
n'importe où, de disparaître de là, et même il aurait aimé
un coin désert et sombre où il aurait pu être seul avec ses

pensées : nul n'aurait su où il se trouvait. Ou du moins être chez lui, sur la terrasse, mais sans qu'il y eût personne d'autre, ni Lebedev, ni les enfants ; se jeter sur son divan, se fourrer le visage dans l'oreiller et rester là couché un jour, une nuit, un jour encore. Par instants, il rêvait de montagnes et plus précisément il y avait un endroit connu, dans les montagnes, qu'il aimait se remémorer, où il aimait aller lorsqu'il vivait là-bas pour regarder de là, vers le bas, un village, le filet blanc d'une cascade à peine visible, les nuages blancs, un vieux château abandonné. Oh, comme il aurait voulu se trouver aujourd'hui là-bas et ne penser qu'à une chose — oh toute la vie, à cela seulement, ce serait assez pour mille ans ! Et qu'on l'oubliât, qu'on l'oubliât ici à tout jamais. Oh, combien c'était même nécessaire, et combien il eût mieux valu encore qu'on ne l'eût jamais connu et que tout cela n'eût été qu'un songe ! D'ailleurs n'était-ce pas égal, songe ou réalité ? Parfois, il se prenait soudain à observer Aglaé et pendant cinq minutes ne détachait pas son regard de son visage ; mais son regard était étrange : on aurait dit qu'il la fixait comme un objet qui eût été distant de deux verstes, ou comme son portrait et non comme sa personne même.

— Pourquoi me regardez-vous ainsi, prince ? dit-elle tout à coup, interrompant son rire et son joyeux entretien avec ceux qui l'entouraient. Vous me faites peur ; il me semble toujours que vous allez tendre le bras pour toucher mon visage du doigt et le tâter. N'est-ce pas, Eugène Pavlovitch, qu'il a ce regard-là ?

Le prince écouta jusqu'au bout, étonné, semblait-il, qu'on s'adressât à lui, réfléchit, peut-être sans avoir tout à fait compris, ne répondit pas, mais, voyant Aglaé et les autres rire, soudain ouvrit la bouche et se mit lui aussi à rire. Les rires, tout autour, redoublèrent. L'officier, sans doute rieur de sa nature, pouffa véritablement. Aglaé, brusquement furieuse, chuchota entre ses dents :

— Idiot !

— Seigneur ! Se peut-il qu'elle… Mais est-ce qu'elle a tout à fait perdu la tête ? grogna pour elle-même Élisabeth Procofievna.

— C'est une plaisanterie. La même plaisanterie que l'autre jour avec le «chevalier pauvre», chuchota fermement Alexandra à l'oreille de sa mère... Rien de plus! A sa façon, elle l'a encore une fois tourné en ridicule. Seulement elle est allée trop loin, cette fois-ci. Il faut y mettre le holà, maman! Tout à l'heure elle s'est contorsionnée comme une actrice, elle nous a fait peur pour une gaminerie...

— C'est encore heureux, qu'elle soit tombée sur un pareil idiot, lui chuchota Élisabeth Procofievna. La remarque de sa fille l'avait quand même soulagée.

Le prince, cependant, s'était entendu traiter d'idiot. Il tressaillit, non pas parce qu'on l'avait appelé idiot. Ce nom d'idiot, il l'avait aussitôt oublié. Mais dans la foule, non loin de l'endroit où il était assis, un peu de côté — il n'aurait pas su indiquer à quelle place exactement ni en quel point précis —, avait passé comme un éclair un visage, un visage blême, avec des cheveux bouclés de couleur sombre, avec un sourire et un regard connus, très connus: avait passé et disparu. Peut-être n'était-ce qu'une imagination; de cette vision il ne lui restait comme impression qu'un sourire torve, des yeux, et la cravate de dandy, vert clair, que portait à son cou cette apparition. Ce monsieur avait-il disparu dans la foule, ou avait-il pénétré dans le Vauxhall, le prince n'aurait pas davantage pu le préciser.

Mais une minute plus tard il se mit brusquement à promener tout autour de lui des regards rapides et inquiets: cette première vision pouvait être le présage et l'annonciatrice d'une seconde. Elle devait sûrement l'être. Avait-il oublié une rencontre possible, au moment où on était parti pour le Vauxhall? Sans doute, tout en y allant, il ne savait pas très bien qu'il se rendait en ce lieu dans l'état où il était! S'il avait su ou pu être plus attentif, il aurait pu, déjà un quart d'heure plus tôt, remarquer qu'Aglaé lançait de temps en temps, d'un air inquiet, un rapide regard circulaire, comme si elle aussi cherchait quelque chose autour d'elle. Maintenant que son inquiétude à lui était devenue bien visible, l'émotion et l'inquiétude d'Aglaé avaient grandi et dès qu'il se retournait,

presque aussitôt elle se retournait aussi. Le dénouement
de cette alarme n'allait pas tarder.

Par la sortie latérale du Vauxhall près de laquelle se
trouvaient le prince et toute la compagnie des Épantchine,
déboucha soudain une troupe comptant au moins une
dizaine de personnes. Au-devant, marchaient trois femmes ; deux d'entre elles étaient étonnamment belles, et il
n'y avait rien d'étonnant à ce qu'elles fussent suivies
d'autant d'adorateurs. Mais adorateurs et femmes, tout
cela avait quelque chose de spécial, de tout autre que le
reste du public rassemblé là pour écouter la musique. On
les remarqua tout de suite, mais la plupart des assistants
firent semblant de ne pas les voir et seuls quelques jeunes
gens sourirent, en échangeant quelques mots à mi-voix.
Ne pas les voir du tout était impossible : ils se manifestaient, parlaient haut, riaient. On pouvait supposer qu'il y
avait parmi eux pas mal d'ivrognes, bien qu'à les voir
certains portassent des costumes élégants et recherchés ;
mais il y en avait aussi d'un aspect très singulier, bizarrement vêtus, avec des physionomies bizarrement en-
flammées ; il y avait parmi eux quelques militaires ; il y en
avait qui n'étaient plus jeunes, il y en avait de confortablement vêtus, en habits largement et élégamment cou-
pés, avec bagues et boutons de manchettes, d'admirables
perruques et favoris d'un noir de goudron et une physionomie particulièrement noble, quoique légèrement dédai-
gneuse, mais de ces gens que dans la société on évite
comme la peste. Dans nos réunions de banlieue il y a,
bien sûr, des personnes qui se distinguent par une res-
pectabilité extraordinaire et qui ont une particulièrement
bonne réputation. Cependant l'homme le plus prudent ne
peut pas à chaque instant se défendre d'une brique qui
tombe de la maison voisine. Cette brique se préparait
justement à tomber sur le public respectable réuni pour le
concert.

Pour passer du Vauxhall sur l'estrade où était installé
l'orchestre, il fallait descendre trois marches. C'est devant ces trois marches que s'arrêta la troupe ; elle ne se
décidait pas à avancer, mais une des femmes fit un pas en
avant ; derrière elle, deux individus seulement de sa suite

osèrent l'imiter. L'un était un homme d'âge moyen, d'assez modeste allure, d'un extérieur convenable à tous égards, mais qui avait l'air d'être un vrai solitaire, un de ces hommes qui ne connaissent jamais personne et que personne ne connaît. L'autre, qui était collé à sa dame, était un véritable va-nu-pieds, de l'aspect le plus équivoque. Personne d'autre ne marcha sur les pas de la dame excentrique ; mais elle, en descendant, ne se retourna même pas, comme s'il lui était absolument indifférent qu'on la suivît ou non. Elle continuait de rire et de parler bruyamment ; elle était habillée avec un goût extraordinaire et richement, mais un peu plus luxueusement qu'il n'aurait fallu. Elle se dirigea, dépassant l'orchestre, vers l'autre côté de l'estrade, où sur le bord de la route attendait une calèche.

Cette femme, le prince ne l'avait pas vue depuis plus de trois mois. Tout le temps, après son arrivée à Pétersbourg, il avait voulu lui rendre visite ; mais peut-être qu'un secret pressentiment l'avait retenu. Ce que du moins il ne pouvait deviner, c'était l'impression que lui ferait la prochaine rencontre, et parfois il s'efforçait, avec crainte, de se la représenter. Un point seulement était clair : la rencontre serait pénible. Plusieurs fois, durant ces six mois, il s'était remémoré la première sensation produite sur lui par le visage de cette femme, alors qu'il ne le voyait qu'en peinture ; même l'impression dégagée par ce portrait, il s'en souvenait, avait bien des côtés pénibles. Le mois passé en province, pendant lequel ils s'étaient vus presque chaque jour, avait suscité chez lui une réaction terrible, au point qu'il y avait des moments où il chassait le souvenir de ce temps encore peu éloigné. Le visage seul de cette femme avait toujours été pour lui quelque chose de torturant : le prince, en conversant avec Rogojine, avait traduit ce sentiment par celui d'une infinie pitié, et c'était la vérité. Ce visage, même en peinture, éveillait déjà dans son cœur toute la souffrance de la pitié ; cette impression de compassion et même de souffrance pour cette créature avait toujours habité son cœur, et ne l'avait pas quitté encore. Oh non, elle était même plus forte encore. Mais de ce qu'il avait dit à Rogojine le prince était resté mécontent; maintenant seulement, à l'instant de l'apparition subite de cette femme, il avait compris, peut-être par une intuition immédiate, ce qui manquait dans ses paroles. Il manquait les mots qui auraient exprimé l'effroi; oui, l'effroi! Maintenant, dans cet instant il le sentait parfaitement; il était sûr, il était tout à fait convaincu, en vertu de ses raisons particulières, que cette femme était une folle. Aimer une femme plus que tout au monde, ou goûter d'avance la possibilité d'un pareil amour, et brusquement la voir à la chaîne derrière une grille de fer, sous la canne d'un gardien, voilà à peu près l'impression que venait d'éprouver le prince.

— Qu'avez-vous? chuchota rapidement Aglaé en se retournant vers lui et le tirant naïvement par la manche.

Il tourna la tête vers elle, la regarda un instant, porta son regard sur ses yeux noirs qui brillaient à cet instant d'un éclat pour lui incompréhensible, essaya de lui sourire, mais soudain, comme l'oubliant instantanément, tourna la tête de nouveau vers la droite et de nouveau se mit à suivre sa vision extraordinaire. Anastasie Filippovna passait à cet instant devant les sièges des demoiselles. Eugène Pavlovitch continuait à raconter quelque chose de très drôle et très intéressant sans doute à Alexandra et parlait vite et avec entrain. Le prince se souvint par la suite qu'Aglaé avait dit tout à coup à mi-voix : «Quelle...»

Mot indéfini, sans suite; aussitôt elle s'était retenue et n'avait rien ajouté. Mais cela suffit. Anastasie Filippovna, qui passait sans paraître rien remarquer en particulier, se tourna brusquement de leur côté et, comme si elle venait seulement d'apercevoir Eugène Pavlovitch, s'écria en s'arrêtant net :

— Ah bah, mais c'est lui! Tantôt il n'y a pas un messager qui puisse le découvrir, tantôt le voilà installé comme par un fait exprès là où on ne l'aurait jamais imaginé... Je te croyais là-bas,... chez ton oncle!

Eugène Pavlovitch rougit, regarda furieusement Anastasie Filippovna, mais se détourna au plus vite.

— Quoi? Est-ce que tu ne sais pas? Il ne le sait pas encore, figurez-vous! Il s'est tué! Ce matin, ton oncle

s'est brûlé la cervelle. On me l'a dit tout à l'heure, à
2 heures ; la moitié de la ville le sait déjà ; il manque trois
cent cinquante mille dans la caisse, à ce qu'on dit : d'autres disent : cinq cents. Et moi qui comptais toujours qu'il
te laisserait un héritage ! Il a tout dévoré. Quel débauché
quand même, ce vieux !... Allons, adieu, *bonne chance !*
Alors, est-ce que tu n'iras pas ? Ah, tu as pris ta retraite à
temps, rusé ! Mais ce sont des bêtises : tu le savais, tu le
savais avant : peut-être déjà hier...

Dans cette insistance effrontée, dans cette façon d'affi-
cher des relations, une intimité qui n'existaient pas, il y
avait cependant, nécessairement, un but, et là-dessus il ne
pouvait plus y avoir aucun doute. Eugène Pavlovitch
avait cru d'abord s'en tirer tant bien que mal en refusant à
tout prix de remarquer l'assaillante. Mais les paroles
d'Anastasie Filippovna le frappèrent comme un coup de
foudre : en apprenant la mort de son oncle, il devint pâle
comme un linge et se tourna vers l'annonciatrice. A cet
instant, Élisabeth Procofievna se leva rapidement de son
siège, fit lever tous les autres, et prit la fuite, ou tout
comme. Seul le prince Léon Nicolaevitch demeura une
seconde sur place, l'air indécis ; Eugène Pavlovitch restait
debout sans reprendre ses esprits. Mais les Épantchine
n'avaient pas fait vingt pas, qu'éclata un effroyable scandale.

L'officier, grand ami d'Eugène Pavlovitch, qui causait
avec Aglaé, était au comble de l'indignation.

— C'est un fouet qu'il faudrait ! Pas d'autre moyen de
mater cette créature ! lança-t-il presque à haute voix. (Il
avait été, paraît-il, déjà avant, le confident d'Eugène
Pavlovitch.)

Anastasie Filippovna se tourna instantanément vers lui.
Ses yeux lancèrent un éclair ; elle s'élança vers un jeune
homme qui était à deux pas d'elle et qu'elle ne connaissait pas, mais qui tenait à la main une badine finement
tressée, lui arracha cette badine, et de toutes ses forces en
fouetta en travers le visage de son offenseur. Tout cela en
un clin d'œil... L'officier, hors de lui, se jeta sur elle.
Anastasie Filippovna n'avait plus sa suite ; un monsieur
comme il faut, d'âge moyen, s'était éclipsé complète-

ment; un monsieur éméché restait à l'écart et riait bruyamment tant qu'il pouvait. Une minute après, naturellement, serait arrivée la police, mais pour le moment il en aurait cuit durement à Anastasie Filippovna, si ne s'était présentée une aide inattendue : le prince, qui s'était arrêté aussi à deux pas, saisit par-derrière les bras de l'officier. En libérant son bras, celui-ci le frappa violemment à la poitrine : le prince vola à trois pas de là et tomba sur une chaise. Mais auprès d'Anastasie Filippovna étaient déjà accourus deux autres défenseurs. Devant l'officier agresseur se dressait le boxeur, auteur de l'article connu du lecteur et membre actif de l'ancienne troupe de Rogojine. Il se présenta, provocant :

— Keller, lieutenant en retraite ! Si vous désirez un corps à corps, capitaine, à titre de remplaçant du sexe faible, je suis à vos ordres ; j'ai pratiqué toute la boxe anglaise. Ne bousculez pas, capitaine ; je compatis à votre offense *sanglante*, mais je ne puis tolérer la justice du poing à l'égard d'une femme en lieu public. Si, au contraire, comme il convient à une personne aussi aristocratique, vous préférez une autre manière, alors vous devez me comprendre, capitaine...

Mais le capitaine avait déjà repris ses esprits et ne l'écoutait plus. A cet instant, Rogojine, apparu du fond de la foule, prit rapidement Anastasie Filippovna par le bras et l'entraîna à sa suite. Rogojine, pour sa part, semblait terriblement secoué, était pâle et tremblant. Tout en emmenant Anastasie Filippovna, il eut le temps de lâcher un rire vengeur à la face de l'officier et de lancer de l'air triomphant d'un gars des Halles [14] :

— Na ! Ce qu'il a pris ! La gueule en sang. Na !

Revenu à lui et devinant fort bien à qui il avait affaire, l'officier se tourna poliment (en se couvrant le visage d'un mouchoir) vers le prince, qui s'était levé déjà de la chaise :

— Le prince Mychkine, avec qui j'ai eu le plaisir de faire connaissance ?

— Elle est folle ! folle, je vous assure ! répondit le prince d'une voix tremblante, en tendant vers lui, Dieu sait pourquoi, ses mains qui tremblaient.

— Je ne puis naturellement pas me vanter de pareils renseignements, mais j'avais besoin de savoir votre nom.

Il fit un signe de la tête et s'en fut. La police arriva exactement cinq secondes après, une fois disparus les derniers acteurs. D'ailleurs, le scandale n'avait pas duré plus de deux minutes. Dans le public, des gens s'étaient levés et étaient partis ; d'autres avaient seulement changé de place ; les troisièmes étaient enchantés du scandale ; les quatrièmes se mirent à parler et à s'intéresser fortement. Bref, tout se termina comme à l'accoutumée. L'orchestre recommença à jouer. Le prince suivit les Épantchine. S'il en avait eu l'idée, ou s'il avait eu le temps de jeter un coup d'œil sur sa gauche, alors qu'il était sur la chaise après avoir été repoussé par l'officier, il aurait aperçu Aglaé, à une vingtaine de pas de lui, arrêtée pour regarder la scène scandaleuse et n'écoutant pas les appels de sa mère et de sa sœur déjà parties plus loin. Le prince Chtch., accouru auprès d'elle, la persuada enfin de s'en aller vite. Élisabeth Procofievna se rappela ensuite qu'Aglaé les avait rattrapées dans une agitation telle qu'elle n'avait probablement pas même entendu leurs appels. Mais exactement deux minutes après, comme ils venaient d'entrer dans le parc, Aglaé articula de sa voix ordinaire, indifférente et capricieuse :

— Je voulais voir comment se terminerait la comédie.

III

L'incident du Vauxhall [15] avait frappé et la maman et les filles d'une quasi-terreur. Dans son alarme et son émotion, Élisabeth Procofievna fit en courant presque, avec ses filles, tout le trajet du Vauxhall à la maison. A ses yeux et selon ses idées, il s'était passé et manifesté trop de choses dans cet incident, et dans sa tête, malgré le désordre et l'épouvante, naissaient déjà des pensées catégoriques. Tout le monde d'ailleurs comprenait qu'il s'était produit quelque chose de particulier et que, peut-être par bonheur, commençait à se révéler un certain secret exceptionnel. Malgré les précédentes assurances et explications du prince Chtch., Eugène Pavlovitch était maintenant «percé à jour», démasqué, découvert, «formellement convaincu de relations avec cette créature». Ainsi pensaient Élisabeth Procofievna et même ses deux filles aînées. L'avantage de cette conclusion était qu'il s'accumulait encore plus d'énigmes. Les demoiselles avaient beau protester à part soi contre l'épouvante décidément trop forte et la fuite trop évidente de leur mère, elles n'osaient pas, dans le premier moment de trouble, l'importuner de questions. En outre, il leur semblait que leur sœur Aglaé en savait peut-être plus long qu'elles trois. Le prince Chtch. était, lui aussi, sombre comme la nuit et, lui aussi, très pensif. Élisabeth Procofievna ne lui avait pas dit un mot de tout le trajet et il ne semblait même pas l'avoir remarqué. Adélaïde essaya de l'interroger : «De quel oncle était-il question et que s'est-il passé à Pétersbourg?» Mais il lui marmotta en guise de réponse, de l'air le plus désagréable, quelque chose de très vague sur on ne savait quels renseignements, et que tout cela, bien sûr, n'était que des bêtises. «Là-dessus, pas de doute!» répliqua Adélaïde, et elle ne posa plus de questions. Aglaé au contraire était devenue extraordinairement calme et elle fit seulement observer en chemin qu'on courait bien vite. Une fois elle se retourna et aperçut le prince qui tâchait de les rattraper. En voyant ses efforts, elle sourit moqueusement et ne se retourna plus.

Enfin, presque devant le chalet, elles se heurtèrent à Ivan Fiodorovitch qui venait à leur rencontre, à peine rentré de Pétersbourg. Aussitôt, dès les premiers mots, il s'informa d'Eugène Pavlovitch. Mais son épouse le dépassa d'un air furieux sans répondre et sans même lui donner un regard. D'après les yeux de ses filles et du prince Chtch., il devina aussitôt qu'il y avait de l'orage à la maison. Mais même sans cela son visage à lui reflétait une inquiétude inhabituelle. Il prit aussitôt le bras du prince Chtch., l'arrêta sur le seuil de la maison et, presque en chuchotant, échangea avec lui quelques mots. A leur mine alarmée à tous deux, lorsque ensuite ils montèrent sur la terrasse et passèrent chez Élisabeth Proco-

fievna, on pouvait penser qu'ils avaient reçu quelque
nouvelle extraordinaire. Petit à petit tout le monde se
trouva rassemblé en haut chez Élisabeth Procofievna, et
sur la terrasse ne resta finalement que le prince. Il était
assis dans un coin, comme dans l'attente, sans savoir
lui-même de quoi; l'idée de se retirer, en voyant ce
trouble dans la maison, ne lui venait pas; il semblait avoir
oublié tout l'univers et être prêt à rester là deux ans, en
quelque endroit qu'on le mît. Du haut lui parvenait de
temps à autre l'écho de conversations alarmées. Il n'aurait pas été capable de dire depuis combien de temps
il était là. Il se faisait tard et le soir était tombé. Sur
la terrasse apparut soudain Aglaé: d'apparence, elle
était calme, bien qu'un peu pâle. Apercevant le
prince, qu'«évidemment elle ne s'attendait pas» à trouver là sur une chaise, dans un coin, elle sourit, comme
interdite.

— Que faites-vous là? dit-elle en s'approchant.

Le prince murmura quelque chose, confus, et se leva
en sursaut. Mais Aglaé aussitôt s'assit à son côté, et il se
rassit. Brusquement, mais attentivement, elle l'observa,
puis regarda par la verrière, comme sans intention, puis le
regarda de nouveau. «Peut-être a-t-elle envie de rire,
pensa le prince. Mais non: elle aurait bel et bien ri.»

— Vous prendrez peut-être du thé? Je vais en faire
venir, dit-elle après un silence.

— N-non... Je ne sais pas...

— Allons, comment ne pas savoir! Ah, oui, écoutez
donc: si quelqu'un vous provoquait en duel, que feriez-
vous? Je voulais tout à l'heure vous le demander.

— Mais... qui donc... personne ne me provoquera.

— Bon! Mais si on vous provoquait? Vous auriez très
peur?

— Je pense que... j'aurais très peur.

— Sérieusement? Alors vous êtes un lâche?

— N-non; peut-être que non. Le lâche est celui qui a
peur et fuit; celui qui a peur et ne fuit pas n'est pas encore
un lâche.

Ayant ainsi réfléchi, le prince sourit.

— Et vous, vous ne fuirez pas?

— Peut-être que non, fit-il en riant enfin des questions d'Aglaé.

— Moi, j'ai beau être une femme, je ne fuirais pour rien au monde, remarqua-t-elle presque fâchée. D'ailleurs, vous vous moquez de moi et vous faites la bête selon votre habitude, pour vous rendre intéressant. Dites-moi : est-ce qu'on tire d'ordinaire à douze pas ? Et même certains à dix pas ? On est sûr alors d'être tué ou blessé ?

— Dans les duels, il faut croire, on touche rarement le but.

— Comment cela, rarement ? Pouchkine a quand même été tué.

— C'est peut-être par hasard.

— Pas du tout par hasard : c'était un duel à mort, et il a été tué.

— La balle l'a touché si bas que sûrement d'Anthès avait visé quelque part plus haut, la poitrine ou la tête ; là où elle l'a touché, personne ne vise ; par conséquent, le plus probable est que la balle a touché Pouchkine par hasard, par erreur. Des personnes compétentes me l'ont dit [16].

— Eh bien moi, un soldat avec qui je parlais une fois m'a dit que le Règlement leur ordonne, quand ils se déploient en tirailleurs, de viser exprès à mi-hauteur. C'est dit en propres termes : « à mi-hauteur ». Vous voyez donc, ce n'est pas la poitrine ni la tête, mais exprès à mi-hauteur qu'on leur ordonne de tirer. J'ai interrogé plus tard un officier : il m'a dit que c'était exact.

— C'est exact, parce que c'est à grande distance.

— Et vous savez tirer ?

— Je n'ai jamais tiré.

— Est-il possible que vous ne sachiez même pas charger un pistolet ?

— Non. C'est-à-dire que je comprends comment il faut s'y prendre, mais je n'en ai jamais chargé.

— Bon ! alors vous ne savez pas ; parce que dans ces choses la pratique est nécessaire ! Écoutez donc et retenez cela : d'abord, achetez de bonne poudre à pistolet, pas mouillée (on dit qu'il faut de la poudre non pas humide, mais très sèche), une certaine poudre menue, demandez-la ainsi, et non de celle dont on charge les canons. La balle, il paraît qu'on la fait soi-même. Et vous avez des pistolets ?

— Non, et je n'en ai nul besoin.

Le prince rit tout à coup.

— Ah, quelle bêtise ! Achetez-en un absolument : un bon, français ou anglais, on dit que ce sont les meilleurs. Ensuite, prenez de la poudre, un dé, peut-être deux, et versez-la dedans. Il vaut mieux en mettre davantage. Tassez avec un feutre (je ne sais pourquoi, mais on dit qu'il faut un feutre absolument) : cela peut se trouver, dans un matelas, ou bien les portes sont parfois garnies de feutre. Ensuite, quand vous aurez fourré là le feutre, introduisez la balle ; vous entendez : la balle en second, et la poudre d'abord, autrement le coup ne partira pas. Pourquoi riez-vous ? Je veux que chaque jour vous tiriez plusieurs fois et que vous appreniez absolument à toucher le but. Vous le ferez ?

Le prince riait ; Aglaé, de dépit, tapa du pied. Sa mine sérieuse, durant cet entretien, étonna quelque peu le prince. Il sentait qu'il aurait dû chercher à s'informer, poser des questions, en tout cas au sujet de choses un peu plus sérieuses que la façon de charger un pistolet. Mais tout cela lui était sorti de l'esprit, sauf une seule chose : qu'elle était assise devant lui et qu'il la regardait, après cela de quelque sujet qu'elle pût lui parler, cela lui était à cet instant presque indifférent.

Sur la terrasse descendit enfin Ivan Fiodorovitch : il allait sortir, les sourcils froncés, l'air préoccupé et décidé.

— Ah, Léon Nicolaevitch, c'est toi... Où vas-tu ? demanda-t-il, bien que le prince ne songeât nullement à bouger de place. Allons ensemble, j'ai un mot à te dire.

— Au revoir, dit Aglaé en tendant la main au prince.

Sur la terrasse il faisait maintenant assez sombre, et le prince n'aurait pu à cet instant distinguer tout à fait nettement son visage. Une minute plus tard, comme il sortait du chalet avec le général, soudain il rougit terriblement et serra fortement son poing droit.

Il se trouva qu'Ivan Fiodorovitch pouvait faire route

avec lui ; Ivan Fiodorovitch, malgré l'heure tardive, avait hâte de parler avec quelqu'un d'une certaine chose. Mais en attendant il engagea la conversation avec le prince, rapidement, avec inquiétude, de façon passablement décousue, en mentionnant souvent Élisabeth Procofievna. Si le prince avait pu à cet instant être plus attentif, il aurait peut-être deviné qu'Ivan Fiodorovitch voulait entre autres tirer de lui aussi quelque chose ou, pour mieux dire, lui poser franchement et directement certaine question, mais qu'il n'arrivait pas à toucher le point essentiel. A sa honte, le prince était si distrait qu'au commencement il n'entendait même rien et que, le général s'étant arrêté pour lui poser certaine question brûlante, il dut lui avouer qu'il ne comprenait rien.

Le général haussa les épaules.

— Étranges personnages que vous êtes devenus, de tous les côtés, reprit-il. Je te dis que je ne comprends pas du tout les idées et les alarmes d'Élisabeth Procofievna. Elle fait une crise de nerfs et pleure, et dit qu'on nous a couverts de honte et d'opprobre. Qui ? Comment ? Avec qui ? Quand et pourquoi ? Je l'avoue, je suis coupable, j'en ai conscience, très coupable, mais les exigences de cette femme... excitée (et de plus se conduisant mal) peuvent être limitées, enfin, par la police, et j'ai l'intention dès aujourd'hui de voir certaines personnes et de les prévenir. On peut tout régler sans bruit, doucement, même aimablement, par relations et sans aucun scandale. J'en conviens aussi, l'avenir est gros d'événements et il y a beaucoup d'inexpliqué ; il y a là-dedans quelque intrigue aussi ; mais si, ici, on ne sait rien, là-bas on est incapable de rien expliquer ; si je n'ai rien appris, si tu n'as rien appris, si un troisième n'a rien appris, si un cinquième non plus n'a rien appris, qui donc enfin aura appris quelque chose, je te le demande ? Comment expliquer cela, à ton avis, sinon par ceci que cette affaire est pour moitié un mirage, n'existe pas, comme disons une espèce de clair de lune... ou autres visions.

— *Elle* est folle, murmura le prince, se remémorant soudain, avec douleur, ce qui venait de se passer.

— C'est bien le mot, si tu parles de cette femme. Moi

aussi, la même idée m'a visité, et je me suis endormi tranquille. Mais je vois maintenant qu'on raisonne ici plus juste, et je ne crois pas à la folie. C'est une femme capricieuse, je veux bien, mais avec cela elle est même fine, loin d'être insensée. Sa sortie d'aujourd'hui à propos de Capiton Alexieitch le prouve assez. De sa part, c'est une affaire d'escroquerie, au moins une filouterie jésuitique, pour des buts spéciaux.

— Quel Capiton Alexieitch ?

— Ah, mon Dieu, Léon Nicolaevitch, tu n'écoutes rien. J'ai commencé en te parlant justement de Capiton Alexieitch ; j'en ai été frappé au point que les bras et les jambes m'en tremblent encore. C'est pour cela que je me suis attardé à la ville. Capiton Alexieitch Radomski, l'oncle d'Eugène Pavlytch...

— Alors ? s'écria le prince.

— Il s'est tué, ce matin à l'aube, à 7 heures. Un petit vieux très bien, soixante-dix ans, épicurien... et, comme elle a dit, cette somme appartenant à l'État, une fameuse somme !

— Et d'où a-t-elle...

— Appris la chose ? Ha-ha-ha ! Mais c'est qu'autour d'elle tout un état-major s'est formé, dès qu'elle est apparue. Tu sais quels individus maintenant la fréquentent et recherchent « l'honneur de faire sa connaissance ». C'est naturel, elle a pu apprendre quelque chose par ses visiteurs, car maintenant tout Pétersbourg est au courant et ici la moitié de Pavlovsk ou même tout Pavlovsk. Mais quelle finesse dans cette remarque d'elle, qu'on m'a communiquée, à propos de l'uniforme, je veux dire à propos de la retraite opportune d'Eugène Pavlytch. Voilà une allusion infernale ! Non, ce n'est pas là un signe de folie. Je me refuse évidemment à croire qu'Eugène Pavlytch ait pu être informé d'avance de la catastrophe, c'est-à-dire que tel jour, à 7 heures, et la suite. Mais tout cela, il pouvait le pressentir. Et nous tous, et moi, et le prince Chtch., qui comptions que l'autre allait lui laisser son héritage ! Horreur ! Horreur ! Comprends-moi bien, je n'accuse de rien Eugène Pavlytch et je me hâte de te l'expliquer, mais c'est quand même suspect, malgré tout.

Le prince Chtch. a été extrêmement frappé. Tout cela
nous est tombé dessus d'une drôle de manière.

— Mais qu'y a-t-il donc de suspect dans la conduite
d'Eugène Pavlytch?

— Rien du tout! Il s'est tenu de la façon la plus digne.
Je n'ai fait d'ailleurs aucune allusion. Sa fortune à lui, je
crois, est intacte. Élisabeth Procofievna, naturellement,
ne veut même pas en entendre parler... Mais l'essentiel,
ce sont toutes ces catastrophes familiales ou, pour mieux
dire, tous ces commérages, on ne sait pas même quel nom
leur donner... A toi on peut le dire, tu es l'ami de la
maison, Léon Nicolaevitch, eh bien! figure-toi qu'il se
trouve maintenant, bien que d'ailleurs ce ne soit pas
exact, qu'Eugène Pavlovitch aurait fait il y a déjà plus
d'un mois une déclaration à Aglaé et aurait reçu d'elle un
refus formel.

— C'est impossible! s'écria le prince avec fougue.

— Mais est-ce que tu en sais quelque chose? Tu vois,
très cher — le général avait tressailli et stupéfait s'était
arrêté comme cloué sur place —, j'ai peut-être eu tort de
te parler, j'ai peut-être été inconvenant, mais c'est que tu
es... tu es, on peut le dire, l'homme que tu es. Tu sais
peut-être quelque chose de particulier?

— Moi, je ne sais rien... d'Eugène Pavlytch, murmura
le prince.

— Moi non plus, je ne sais rien! Moi... moi, mon ami,
on veut décidément m'enfouir et me mettre en terre, et on
ne veut pas comprendre que pour un homme c'est pénible
et que je ne le supporterai pas. Tout à l'heure, il y a eu
une scène affreuse! Je te parle comme à mon propre fils.
Surtout Aglaé a l'air de se moquer de sa mère. Qu'elle ait
congédié Eugène Pavlytch il y a un mois et qu'il y ait eu
entre eux une explication, assez formelle, ce sont ses
sœurs qui me l'ont communiqué, à titre de supposition...
supposition d'ailleurs solide. Mais c'est une créature plus
fantasque et plus fantastique encore qu'on ne saurait dire!
Toutes les grandeurs d'âme, toutes les plus brillantes
qualités du cœur et de l'esprit, tout cela, je crois, existe
chez elle, mais avec cela il y a les caprices, la raillerie,
bref: un caractère diabolique, et au surplus avec des

fantaisies. Tout à l'heure elle s'est moquée en face de sa
mère, de ses sœurs, du prince Chtch. ; de moi, inutile de
parler ; rares sont les occasions où elle ne se moque pas de
moi, mais moi, que suis-je ? Tu le sais, je l'aime, j'aime
même qu'elle se moque, et c'est pourquoi, il me semble,
ce petit démon m'aime tout spécialement, je veux dire
plus que tous les autres, il me semble. Je parierais qu'elle
s'est moquée de toi aussi à tel ou tel propos. Je vous ai
trouvés tout à l'heure en conversation, après l'orage de
là-haut ; elle était là avec toi comme si de rien n'était.

Le prince rougit terriblement et serra son poing droit,
mais garda le silence.

— Mon cher, mon bon Léon Nicolaevitch ! dit soudain
le général avec sentiment et avec feu, je... et même
Élisabeth Procofievna (laquelle, d'ailleurs, s'est remise à
te traiter de tous les noms, et moi avec, à cause de toi, je
ne comprends pas du tout pourquoi) nous t'aimons malgré tout, nous t'aimons sincèrement et te respectons,
même en dépit de tout, c'est-à-dire de toutes les apparen-
ces. Mais reconnais, mon ami, reconnais toi-même quelle
énigme c'est tout à coup, et quel désagrément, d'entendre
ce petit démon plein de sang-froid (car elle se tenait
devant sa mère avec un air de mépris profond pour toutes
nos questions, et pour les miennes principalement, parce
que, le diable m'emporte ! j'ai commis la sottise de manifester quelque sévérité en tant que chef de famille ; oui,
j'ai commis une sottise), d'entendre ce petit démon plein
de sang-froid déclarer comme cela tout à coup avec un
rire que cette « folle » (c'est son expression, et je suis
étonné de la voir d'accord avec toi : « Comment avez-
vous pu, disait-elle, ne pas le deviner encore ? »), déclarer
que cette folle « s'est mis dans la tête de la marier à tout
prix avec le prince Léon Nicolaevitch, et pour cela évince
de la maison Eugène Pavlytch ». C'est tout ce qu'elle a
dit ; pas d'autre explication ; elle riait bruyamment, nous
sommes restés bouche bée, elle a claqué la porte et s'en
est allée. Ensuite, on m'a raconté la dernière histoire
entre elle et toi... et... et, écoute, mon cher prince, tu
n'es pas susceptible et tu es très réfléchi, j'ai remarqué
cela chez toi, mais... ne te fâche pas : je te le jure, elle se

moque de toi. Elle rit comme un enfant, aussi ne te fâche pas contre elle, mais c'est ainsi, positivement. Ne va pas te figurer autre chose : tout bonnement elle nous tourne en bourriques, et toi et nous tous, par désœuvrement. Allons, adieu ! Tu connais nos sentiments ? nos sincères sentiments à ton égard ? Ils ne changeront pas, jamais, ni en rien... mais... j'ai maintenant affaire ici, au revoir ! Je me suis rarement senti aussi mal dans mon assiette (c'est bien ainsi qu'on dit ?) qu'en ce moment... Parlez-moi d'une villégiature !

Resté seul au carrefour, le prince regarda autour de lui, traversa rapidement la rue, s'approcha de la fenêtre éclairée d'un chalet, déploya un petit papier qu'il serrait fortement dans sa main droite durant toute sa conversation avec Ivan Fiodorovitch, et le lut en profitant d'un faible rayon de lumière :

« Demain à 7 heures du matin je serai sur le banc vert, dans le parc, et je vous attendrai. J'ai décidé de vous parler d'une affaire extrêmement grave qui vous concerne directement.

P.-S. J'espère que vous ne montrerez à personne ce billet. Bien que j'aie scrupule de vous faire une pareille recommandation, j'ai jugé que vous la méritez et je l'ai écrite, en rougissant de honte pour votre caractère ridicule.

Second P.-S. C'est le banc vert que je vous ai montré tout à l'heure. Ayez honte ! J'ai été obligée d'ajouter cela aussi. »

Le billet était écrit à la va-vite et avait été plié n'importe comment, probablement juste avant l'entrée d'Aglaé sur la terrasse. Dans un trouble indicible qui ressemblait à de l'épouvante, le prince, de nouveau, serra fortement le papier dans sa main et s'écarta au plus vite de la fenêtre, de la lumière, comme un voleur pris de peur ; mais en faisant ce mouvement il se heurta lourdement à un monsieur qui se trouvait juste dans son dos.

— Je vous surveille, prince, prononça ce monsieur.

— C'est vous, Keller ? s'écria le prince étonné.

— Je vous cherche, prince. Je vous ai guetté devant le chalet des Épantchine ; naturellement, je ne pouvais pas

entrer. Je vous ai suivi pendant que vous marchiez avec le
général. A votre service, prince, disposez de Keller! Je
suis prêt à me sacrifier et même à mourir s'il le faut.

— Mais… à quoi bon?

— Voilà : vous serez sûrement provoqué. Ce lieutenant
Molovtsov, je le connais… c'est-à-dire pas personnellement… il ne supportera pas l'affront. Nous autres, je
veux dire Rógojine et moi, il est porté naturellement à
nous compter pour de la canaille, et peut-être est-ce
mérité ; de la sorte vous êtes seul à répondre. Vous aurez
à payer les bouteilles, prince. Il s'est informé de vous, je
l'ai entendu, et sûrement vous aurez demain la visite d'un
de ses amis, peut-être vous attend-il déjà. Si vous me
faites l'honneur de me choisir comme témoin, je suis prêt
à aller pour vous au bataillon de discipline ; c'est pour
cela que je vous cherchais, prince.

— Alors, vous aussi, vous me parlez de duel !

Le prince rit bruyamment, à l'extrême étonnement de
Keller. Il riait terriblement. Keller, qui avait été en vérité
sur des charbons ardents jusqu'au moment où il avait
éprouvé la satisfaction de s'offrir comme témoin, s'of-
fensa presque, devant ce rire plus que joyeux du prince.

— Quand même, prince, vous lui avez saisi les deux
bras. Pour un homme d'honneur, et en public, c'est
difficile à supporter.

— Et lui, il m'a donné un coup en pleine poitrine !
s'écria, en riant, le prince. Pas de raison de nous battre !
Je lui demanderai pardon, voilà tout. Mais s'il faut se
battre, eh bien on se battra ! Qu'il tire, s'il veut : je le
désire même. Ha-ha ! Maintenant, je sais charger un pistolet ! Keller, vous savez charger un pistolet ? Il faut avant
tout acheter de la poudre, de la poudre à pistolet, non
humide et pas aussi grosse que celle dont on charge les
canons ; ensuite, d'abord placer la poudre, prendre du
feutre sur quelque porte, puis introduire la balle, et ne pas
mettre la balle avant la poudre, parce que le coup ne
partirait pas. Écoutez bien, Keller : parce que le coup ne
partirait pas. Ha-ha ! N'est-ce pas là une raison admirable, ami Keller ? Ah, Keller, savez-vous que je vais vous
prendre dans mes bras et vous donner un baiser. Ha-

ha-ha! Comment vous êtes-vous trouvé tout à coup devant lui, tout à l'heure? Venez le plus tôt possible chez
moi boire du champagne. Nous boirons tous à rouler sous
la table! Savez-vous que je possède douze bouteilles de
champagne, dans la cave de Lebedev? Lebedev me l'a
vendu « d'occasion » avant-hier, le lendemain du jour où
je me suis installé chez lui, j'ai tout acheté! Je réunirai
toute la compagnie! Eh bien, vous dormirez cette nuit?

— Comme toutes les nuits, prince.

— Alors, ayez des rêves agréables! Ha-ha!

Le prince traversa la route et disparut dans le parc,
laissant à ses réflexions Keller un peu perplexe. Il n'avait
jamais vu le prince d'aussi singulière humeur, et il ne se
l'était jamais figuré ainsi.

« C'est peut-être la fièvre, car il est nerveux, tout cela a
agi sur lui. Ce qui est sûr, c'est qu'il ne reculera pas. Les
gens de cette sorte n'ont pas peur, de par Dieu! pensait à
part soi Keller. — Hum, du champagne! Nouvelle inté-
ressante, quand même! Douze bouteilles, une gentille
douzaine, ce n'est pas mal, voilà une garnison convenable! Je parie que Lebedev a reçu ce champagne en gage.
Hum... il est assez gentil, ce prince; vrai, j'aime ces
hommes-là; quand même, il n'y a pas de temps à perdre
et... s'il est question de champagne, il est déjà temps... »

Que le prince fût en proie à une espèce de fièvre,
c'était, bien entendu, exact.

Longtemps il erra à travers le parc dans l'obscurité;
enfin, il « se retrouva » déambulant dans une allée. Sa
conscience gardait le souvenir qu'il avait déjà fait les cent
pas dans cette allée, depuis le banc jusqu'à un vieil arbre,
haut et reconnaissable, trente ou quarante fois dans les
deux sens. Se remémorer ce qu'il avait pensé durant cette
heure (à tout le moins) passée dans le parc, il en aurait été
incapable, même s'il l'avait voulu. Il se surprit, au fait,
concevant une idée qui le fit se tordre soudain de rire; il
n'y avait pourtant pas de quoi rire, mais il avait toujours
envie de rire. L'idée lui était venue que cette supposition
d'un duel avait pu naître dans d'autres cerveaux que celui
de Keller et que par conséquent la leçon sur la façon de
charger un pistolet pouvait n'avoir pas été fortuite... Il

s'arrêta soudain, illuminé par une seconde idée : « Bah ! Elle est descendue sur la terrasse au moment où j'étais dans mon coin, et elle a été terriblement surprise de m'y trouver... elle riait tellement... elle a parlé de thé ; or à ce moment elle avait déjà ce billet entre les mains ; donc elle savait que j'étais sur la terrasse ; alors pourquoi s'est-elle étonnée ? Ha-ha-ha ! »

Il tira le billet de sa poche et le baisa, mais aussitôt s'arrêta et réfléchit.

« Comme c'est bizarre ! Comme c'est bizarre ! » prononça-t-il au bout d'une minute, non sans quelque tristesse : dans ses instants de forte sensation de joie, il éprouvait toujours une tristesse, il ne savait pas pourquoi. Il regarda attentivement autour de lui, et s'étonna d'être venu là. Il était très las. Il s'approcha du banc et s'assit. Il régnait un silence extraordinaire. Le concert, au Vauxhall, avait pris fin. Dans le parc, il ne devait plus y avoir personne ; il n'était pas moins de onze heures et demie. La nuit était calme, tiède, lumineuse : une nuit pétersbourgeoise du début de juin, mais dans ce parc profond, ombreux, et dans l'allée où il se trouvait il faisait déjà presque sombre.

Si quelqu'un lui avait dit à cet instant qu'il était amoureux, amoureux d'un amour passionné, il aurait avec étonnement repoussé cette idée, et peut-être même avec indignation. Et s'il avait ajouté à cela que le billet d'Aglaé était un billet d'amour, une invitation à un rendez-vous d'amour, il aurait rougi de honte pour cet homme-là, et l'aurait peut-être provoqué en duel. Tout cela était parfaitement sincère, et pas une seule fois il n'eut de doute, ni n'admit la moindre « double pensée » : la possibilité que cette demoiselle l'aimât ou que lui-même aimât cette demoiselle. La possibilité d'être aimé, « un homme comme lui », lui aurait semblé une chose monstrueuse. Il lui semblait que c'était tout bonnement un enfantillage chez la jeune fille, si vraiment il y avait quelque chose, mais il était absolument indifférent à cet enfantillage : il le trouvait trop dans l'ordre des choses ; il était occupé et préoccupé de tout à fait autre chose. Les paroles échappées à l'instant au général dans son émotion, qu'elle se moquait de tout le monde et de lui-même en particulier, il y avait ajouté foi entièrement. Il n'y avait pas vu la moindre offense : à son idée, c'était ce qui devait arriver. Le tout, le principal était que demain il la reverrait, de bon matin, il serait assis à son côté sur le banc vert, écoutant comment on charge un pistolet et la regardant. Il ne lui fallait rien de plus. La question : que comptait-elle lui dire et de quelle grave affaire le concernant directement s'agissait-il ? traversa une fois ou deux son cerveau. En outre, de l'existence réelle de cette « grave affaire » pour laquelle on le faisait venir il n'avait pas douté un instant, mais pour le moment il n'y pensait guère, au point de n'éprouver même aucune tentation d'y penser.

Un crissement de pas légers sur le sable de l'allée lui fit lever la tête. Un homme dont il était malaisé de distinguer le visage dans l'obscurité approcha du banc et s'assit auprès de lui. Le prince se déplaça vers lui, jusqu'à le toucher presque, et distingua la face pâle de Rogojine.

— Je le savais bien, que tu rôdais par ici quelque part, je n'ai pas eu longtemps à chercher, murmura entre ses dents Rogojine.

C'était la première fois qu'ils se revoyaient après leur rencontre dans le couloir de l'auberge. Frappé par l'apparition subite de Rogojine, le prince fut quelque temps avant de pouvoir rassembler ses pensées, et une sensation douloureuse reprit vie dans son cœur. Rogojine, visiblement, comprenait l'impression qu'il produisait ; mais malgré quelque incertitude au début, il semblait parler avec une espèce de désinvolture étudiée ; cependant il apparut bientôt au prince qu'il n'y avait chez lui rien d'étudié, ni même aucun trouble spécial ; s'il y avait quelque maladresse dans ses gestes et dans ses discours, ce n'était qu'extérieurement ; dans l'âme cet homme n'avait pas pu changer.

— Comment m'as-tu... découvert ici ? demanda le prince, pour dire quelque chose.

— Je l'ai appris par Keller (j'étais passé chez toi) : « Il est allé au parc », m'a-t-il dit. Bon, ai-je pensé, c'est bien ça.

— Quoi : «ça» ? dit le prince en reprenant, alarmé, le mot échappé à son interlocuteur.

Rogojine rit, mais ne donna pas d'explication.

— J'ai reçu ta lettre, Léon Nicolaevitch ; tu as tort... enfin, à ta guise !... Maintenant je viens te trouver de *sa* part : elle m'a dit de t'inviter sans faute ; elle a quelque chose à te dire, absolument ! Elle veut aujourd'hui même.

— Je viendrai demain. Pour le moment je rentre à la maison ; tu... viens chez moi ?

— A quoi bon ? Je t'ai tout dit : adieu !

— Tu ne viendras pas ? demanda doucement le prince.

— Drôle d'être que tu es, Léon Nicolaevitch ! Tu es étonnant !

Rogojine eut un rire incisif.

— Pourquoi ? D'où as-tu pris cette rage subite contre moi ? reprit le prince tristement et avec chaleur. Tu le sais bien toi-même maintenant, que tout ce que tu pensais est faux. D'ailleurs c'est bien ce que je pensais, que ta rage contre moi n'était pas passée, et sais-tu pourquoi ? C'est parce que tu as attenté à ma vie, que ta rage ne passe pas. Je te dis que je me rappelle seulement le Parthène Rogo-jine avec qui j'ai un jour fraternisé par l'échange de nos croix ; je te l'ai écrit dans ma lettre d'hier pour que tu oublies de penser à tout ce délire et que tu ne m'en parles plus. Pourquoi m'évites-tu ? Pourquoi caches-tu de moi ta main ? Je te le dis, tout ce qui s'est passé, je le prends pour un délire : je te connais par cœur, l'homme que tu étais ce jour-là, comme je me connais moi-même. Ce que tu t'es figuré n'existait pas et ne pouvait pas exister. Pourquoi donc existerait-il une rancune entre nous ?

— Chez toi quelle rancune y aurait-il ? lança Rogojine riant de nouveau, en réponse au discours chaleureux et inattendu du prince. Il se tenait en effet à l'écart, avec un recul de deux pas, et cachait ses mains. — Désormais, il ne faut plus que je vienne te voir, Léon Nicolaevitch, ajouta-t-il lentement et sentencieusement, en guise de conclusion.

— Tu me détestes à ce point-là ?

— Je ne t'aime pas, Léon Nicolaevitch ; alors, pour-quoi viendrais-je te voir ? Ah, prince, tu es comme un

enfant : il a envie d'un jouet, donnez-le-lui tout de
suite ! — et tu ne comprends pas les choses. En effet, tu
l'as tout écrit dans ta lettre, ce que tu me dis maintenant,
mais est-ce que je ne te crois pas ? Chaque parole de toi,
je la crois, et je sais que tu ne m'as jamais trompé et que
tu ne me tromperas pas davantage à l'avenir ; et malgré
tout je ne t'aime pas. Tiens, tu écris que tu as tout oublié
et que tu te rappelles seulement ton frère par la croix
Rogojine, et non le Rogojine qui a levé sur toi son
couteau. Mais d'où connais-tu mes sentiments ? (De nouveau, Rogojine rit.) Il se peut que depuis lors je n'aie pas
une seule fois regretté mon geste, et toi tu m'envoies déjà
ton pardon fraternel ! Il se peut que ce soir-là j'aie pensé
tout autre chose, et qu'à celle-là...

— Tu aies oublié de penser ! interrompit le prince.
Mais bien sûr ! Et je parie qu'alors tu as tout droit pris le
train, tu es accouru ici à Pavlovsk au concert, et tu l'as
suivie et surveillée dans la foule, tout comme aujourd'hui. Tu croyais m'étonner ! Mais si tu n'avais pas
été alors dans cet état où tu ne pouvais penser qu'à une
seule chose, tu n'aurais pas levé ton couteau sur moi ! Dès
le matin de ce jour-là, j'avais eu un pressentiment, en te
regardant. Sais-tu comment tu étais alors ? Au moment
même où nous échangions nos croix, il se peut que cette
idée ait commencé à s'agiter chez moi. Pourquoi m'as-tu
conduit alors chez ta mère ? Tu pensais par là retenir ton
bras ? Mais c'est impossible, que tu aies pensé cela, tu en
as eu seulement le sentiment, comme moi... Nous avons
eu tous deux le même sentiment. Si tu n'avais pas levé
alors le bras sur moi (c'est Dieu qui l'a détourné !), que
serais-je maintenant pour toi ? Car de toute façon je te
soupçonnais de ce geste : notre péché à nous deux est le
même, c'est tout un. (Mais ne fronce donc pas les sourcils ! Allons, pourquoi ris-tu ?) « Pas de regrets », dis-tu.
Mais l'eusses-tu voulu, peut-être que tu n'aurais pas
regretté, puisque, de surcroît, tu ne m'aimes pas. Et
même si j'étais devant toi innocent comme un ange, tu ne
pourrais quand même pas me souffrir, tant que tu croiras
que c'est moi qu'elle aime, au lieu de toi. C'est cela, la
jalousie ! Seulement, voici ce que j'ai pensé cette se-

maine, Parthène, je vais te le dire : sais-tu que peut-être, aujourd'hui, c'est toi qu'elle aime par-dessus tout ? Plus elle te tourmente, plus elle t'aime. Cela, elle ne te le dira pas, mais il faut savoir voir. Pourquoi finalement t'épouse-t-elle malgré tout ? Un jour, elle te le dira. Il y a des femmes qui veulent même qu'on les aime ainsi, et elle c'est précisément son caractère. Ton caractère à toi et ton amour doivent la frapper ! Sais-tu qu'une femme vous tourmentera un homme à force de cruautés et de moqueries et n'éprouvera jamais le moindre remords, parce que chaque fois elle pensera en le regardant : « En ce moment, je lui fais subir mille morts, mais plus tard je le lui revaudrai en amour... »

Rogojine rit bruyamment, après avoir écouté jusqu'au bout.

— Mais toi, prince, est-ce que tu n'es jamais tombé entre les pattes d'une de ces femmes ? Je me suis laissé dire... si c'est la vérité...

— Quoi ? Qu'est-ce que tu t'es laissé dire ?

Le prince avait tressailli ; il s'arrêta, dans un trouble extrême. Rogojine continuait à rire. Il avait écouté le prince non sans curiosité, et peut-être non sans plaisir ; son exaltation joyeuse et pleine de chaleur l'avait frappé et encouragé.

— Je ne me suis pas seulement laissé dire..., je vois moi-même en ce moment que c'est la vérité, ajouta-t-il. Quand as-tu jamais parlé comme tu viens de le faire ? On aurait dit que ce n'était pas toi. Si je ne m'étais pas laissé dire des choses, je ne serais pas venu ici ; et encore en plein parc, à minuit.

— Je ne te comprends pas du tout, Parthène Semionytch.

— Elle m'a dit des choses sur toi, il y a déjà longtemps, et maintenant j'ai vu moi-même, tout à l'heure, comment tu étais au concert avec l'autre. Elle m'a juré, hier et aujourd'hui elle me l'a juré, que tu es amoureux comme un matou d'Aglaé Épantchine. Pour moi, prince, ça m'est égal, et ce n'est pas mes affaires : si toi tu as cessé de l'aimer, elle n'a pas encore cessé de t'aimer, toi. Tu sais bien qu'elle veut absolument te marier avec l'au-

tre, elle se l'est juré, hé-hé! Elle me dit : « Sans ça, je ne
t'épouse pas. S'ils vont à l'église, alors nous aussi. »
Qu'est-ce que ça veut dire, je n'arrive pas à le comprendre et je ne l'ai jamais compris : ou bien elle t'aime sans
bornes, ou bien... si elle t'aime, comment veut-elle te
marier à une autre ? Elle dit : « Je veux le voir heureux » :
alors c'est qu'elle t'aime.

— Je t'ai dit et je t'ai écrit qu'elle... n'a pas sa tête à
elle, dit le prince, après avoir écouté, en souffrant, Rogojine.

— Dieu le sait ! Tu te trompes peut-être... A propos,
elle a aujourd'hui fixé le jour, quand je l'ai emmenée
après le concert : dans trois semaines, et peut-être même
avant, pour sûr, nous « irons à l'autel » ; elle l'a juré, elle
a décroché l'icône, elle l'a baisée. Maintenant, donc, à
ton tour, prince, hé-hé !

— Délire que tout cela ! Ce que tu dis là de moi ne sera
pas, ne sera jamais ! Demain je passerai chez vous...

— Folle, elle ? observa Rogojine. Comment se fait-il
que pour tous les autres elle a sa tête à elle, et que pour toi
seulement elle est folle ? Comment donc écrit-elle des
lettres là-bas ? Si elle était folle, on l'aurait remarqué par
ses lettres.

— Quelles lettres ? demanda le prince, épouvanté.

— Elle écrit là-bas, à *l'autre*, et l'autre les lit. Tu ne le
sais pas ? Eh bien, tu l'apprendras ; sans doute elle te les
montrera elle-même.

— C'est impossible à croire ! s'écria le prince.

— Ah ! Léon Nicolaevitch, tu n'as pas encore parcouru beaucoup de chemin sur cette route, je vois ; tu n'en
es qu'au début. Attends un peu : tu entretiendras ta propre
police, toi-même jour et nuit tu veilleras et tu écouteras
chaque pas, si seulement...

— Arrête, et ne parle plus jamais de cela ! s'écria le
prince. Écoute, Parthène, tout à l'heure, je marchais ici
devant toi et tout à coup j'ai ri sans savoir pourquoi, et la
cause, c'était que je me suis souvenu que c'était demain,
comme par un fait exprès, mon jour de naissance. Il doit
être en ce moment minuit. Allons fêter cet anniversaire !
J'ai du vin, nous boirons. Souhaite-moi ce que moi-

même je ne sais pas me souhaiter, souhaite-le-moi, et moi
je souhaiterai ton parfait bonheur. Autrement, rends-moi
ma croix ! Tu ne l'as pas renvoyée le lendemain, n'est-ce
pas ? Tu la portes toujours ? Tu l'as sur toi ?

— Oui.

— Alors, allons ! Je ne veux pas commencer sans toi
ma nouvelle année, parce que c'est une vie nouvelle qui a
commencé pour moi ! Tu ne sais pas, Parthène, que ma
nouvelle vie a commencé aujourd'hui.

— Je vois maintenant et je sais qu'elle a commencé ; je
le *lui* dirai. Tu n'es pas dans ton assiette, pas du tout,
Léon Nicolaevitch !

IV

Le prince remarqua avec un étonnement extrême, en
approchant de son chalet en compagnie de Rogojine, qu'il
y avait sur la terrasse, vivement éclairée, une nombreuse et
bruyante compagnie. Cette joyeuse compagnie riait haut,
donnait de la voix ; elle discutait même, aurait-on dit,
jusqu'à crier ; dès l'abord, on devinait que ces gens passaient gaiement le temps. Et en effet, le prince, une fois
monté sur la terrasse, vit qu'ils buvaient, et buvaient du
champagne, et sans doute depuis assez longtemps, car
beaucoup étaient déjà agréablement éméchés. Ils étaient
tous de ses connaissances, mais le singulier était qu'ils
s'étaient réunis ensemble comme sur invitation, alors qu'il
n'avait invité personne et que lui-même ne s'était souvenu
qu'à l'improviste de son anniversaire.

— J'ai peut-être annoncé à quelqu'un que tu offrais le
champagne, et alors ils ont tous accouru, murmura Rogojine, montant derrière le prince sur la terrasse : nous
savons ça. Vous les sifflez, et aussitôt..., ajouta-t-il presque avec colère, se rappelant naturellement son récent
passé.

On accueillit le prince avec cris et souhaits, on l'entoura. Les uns étaient très bruyants, d'autres beaucoup
plus calmes, mais tous avaient hâte de le féliciter, ayant
appris que c'était son anniversaire, et chacun attendait

son tour. La présence de certaines personnes intrigua le
prince ; ainsi celle de Bourdovski ; mais le plus étonnant
était que parmi cette compagnie se trouva soudain Eugène
Pavlovitch ; le prince n'en croyait pas ses yeux et faillit
être pris d'épouvante en l'apercevant.

Cependant Lebedev, tout rouge et presque exalté, accourut avec des explications ; il était passablement *mûr*.
De son bavardage il ressortait qu'on s'était réuni tout à
fait naturellement et même à l'improviste. Avant les
autres, sur le soir, était venu Hippolyte et, se sentant
beaucoup mieux, il avait désiré attendre le prince sur la
terrasse. Il s'était installé sur le divan ; ensuite était venu
le trouver Lebedev, puis toute sa famille, c'est-à-dire ses
filles et le général Ivolguine. Bourdovski était arrivé avec
Hippolyte, pour l'accompagner. Gaby et Ptitsyne étaient
là, semblait-il, depuis peu, entrés en passant (leur apparition coïncidait avec l'incident du Vauxhall) ; ensuite était
apparu Keller, qui avait annoncé l'anniversaire et réclamé
le champagne. Eugène Pavlovitch n'était entré qu'une
demi-heure avant. Pour le champagne et l'organisation de
la fête, Colas aussi avait insisté de toutes ses forces.
Lebedev très volontiers avait servi les vins.

— Mais ce sont les miens, les miens ! balbutiait-il au
prince, à mes propres frais, pour vous glorifier et vous
fêter, et il y aura à manger aussi, un buffet froid, ma fille
s'en occupe. Mais, prince si vous saviez quel sujet est en
discussion. Vous vous rappelez dans Hamlet : « Être, ou
ne pas être ? » Sujet actuel, oui, actuel ! Par questions et
réponses... Et M. Terentiev est au summum... il ne veut
pas aller dormir ! Pour le champagne, il n'en a pris qu'une
gorgée, une gorgée, ça ne lui fera pas de mal... Appro-
chez, prince, et décidez ! On vous attendait, tout le
monde n'attendait plus que votre heureuse intelligence...

Le prince remarqua le gentil et aimable visage de Viera
Lebedev qui, elle aussi, se hâtait de se frayer un chemin
vers lui à travers la foule. Négligeant les autres, il lui
tendit la main à elle la première ; elle rougit de plaisir et
lui souhaita « une vie heureuse *à partir de ce jour* ». Puis
elle se sauva tête baissée dans la cuisine ; elle préparait là
les hors-d'œuvre ; mais déjà avant l'arrivée du prince

— elle avait pu s'arracher, pour une minute, à son travail — elle s'était montrée sur la terrasse et avait écouté de toutes ses forces les chaudes discussions, sur des matières bien abstraites et bien étranges pour elle, qui se poursuivaient sans discontinuer entre les visiteurs un peu éméchés. Sa sœur cadette s'était endormie bouche bée dans la pièce contiguë, sur un coffre, mais un gamin, le fils de Lebedev, était avec Colas et Hippolyte, et la seule vue de sa physionomie pleine d'animation montrait qu'il était prêt à rester là sans bouger, à se délecter et à écouter, peut-être dix heures d'affilée.

— Je vous attendais tout particulièrement et je suis enchanté de vous voir si heureux, prononça Hippolyte lorsque le prince, aussitôt après Viera, s'approcha pour lui serrer la main.

— Et comment savez-vous que je suis « si heureux » ?

— A votre visage ça se voit. Dites bonjour à ces messieurs, et venez vite vous asseoir avec nous. Je vous attendais tout particulièrement, ajouta-t-il en appuyant fortement sur « attendais ». A la remarque du prince qu'il pourrait être mauvais pour lui de rester si tard, il répondit qu'il était lui-même étonné : l'avant-veille il se préparait à mourir, et il ne s'était jamais trouvé mieux que ce soir !

Bourdovski fit un bond et murmura que « comme ça... » il était avec Hippolyte, il « l'accompagnait » et lui aussi était enchanté ; que dans sa lettre il avait « écrit des sottises », mais que maintenant il était « tout bonnement enchanté de... » Sans achever, il serra fortement la main du prince et s'assit.

Après tous les autres, le prince aborda Eugène Pavlovitch. Celui-ci le prit aussitôt par le bras.

— Je n'ai que deux mots à vous dire, chuchota-t-il à mi-voix, et pour une affaire d'une extrême importance ; retirons-nous un instant.

— Deux mots, chuchota une autre voix dans l'autre oreille du prince, pendant qu'une autre main le prenait par l'autre bras. Le prince remarqua avec étonnement une face hirsute, écarlate, riante et clignant de l'œil, dans laquelle il reconnut instantanément Ferdychtchenko, sortant Dieu savait d'où.

— Vous vous rappelez Ferdychtchenko ?

— D'où sortez-vous ?

— Il se repent ! s'écria Keller soudain accouru. Il se cachait, il ne voulait pas se montrer à vous, il restait caché dans son coin, il se repent, prince, il se sent coupable.

— Mais de quoi, de quoi donc ?

— C'est moi qui l'ai rencontré, prince, je viens de le rencontrer et je l'ai amené ; c'est un de mes amis, un ami rare ; mais il se repent.

— Très heureux messieurs, allez vous asseoir là-bas avec les autres, je viens tout de suite.

Le prince s'était enfin défait d'eux, ayant hâte de causer avec Eugène Pavlovitch.

— On ne s'ennuie pas chez vous, remarqua celui-ci, et c'est avec plaisir que je vous ai attendu une demi-heure. Eh bien voici, mon très cher Léon Nicolaevitch : j'ai tout arrangé avec Kourmychev et je suis venu vous tranquilliser ; vous n'avez pas à vous inquiéter : il a très, très raisonnablement pris la chose, d'autant plus que, selon moi, c'est plutôt lui le coupable.

— Quel Kourmychev ?

— Mais... celui que vous avez saisi par les bras l'autre jour... Il était si furieux qu'il voulait dès demain vous faire demander des explications.

— Taisez-vous ! quelle bêtise !

— Une bêtise, bien sûr, et cela se serait terminé par une bêtise aussi. Mais ces gens...

— Vous êtes venu peut-être pour une autre raison encore, Eugène Pavlytch ?

— Oh, bien sûr, il y a autre chose encore. — Il rit largement. — Mon cher prince, demain dès l'aube je vais pour cette malheureuse affaire (l'oncle, donc...) à Pétersbourg. Figurez-vous que tout est exact et tout le monde le sait, sauf moi. J'en ai été si frappé que je n'ai pas osé aller *là-bas* (chez les Épantchine) ; je n'irai pas demain non plus, puisque je serai à Pétersbourg, vous comprenez ? Peut-être que je serai absent deux ou trois jours : bref mes affaires clochent. Bien que la chose ne soit pas extraordinairement grave, j'ai jugé que je devais

m'expliquer en toute sincérité avec vous, et cela sans
perdre de temps, c'est-à-dire avant mon départ. Je resterai ici et j'attendrai, si vous le voulez, que toute la
compagnie se soit séparée ; d'ailleurs, je n'ai plus où me
fourrer : je suis si bouleversé que je ne me coucherai pas.
Enfin, bien qu'il soit indécent et impudent de poursuivre
ainsi un homme, je vous le dirai franchement : je suis
venu chercher votre amitié, mon cher prince ; vous êtes
absolument incomparable ; vous ne mentez pas à chaque
pas, et peut-être même pas du tout ; or, dans une certaine
affaire, j'ai besoin d'un ami et d'un conseiller, parce que
je suis vraiment, maintenant, du nombre des malheureux...

Il rit de nouveau.

— Le malheur est, dit le prince après un instant de
réflexion, que vous voulez attendre qu'ils s'en aillent,
mais Dieu sait quand ils s'en iront. Ne vaut-il pas mieux
que nous descendions tout de suite dans le parc ? Ils
attendront ; je m'excuserai.

— Non, non. J'ai mes raisons, je ne veux pas qu'on
nous soupçonne d'avoir un entretien urgent dans un certain dessein ; il y a ici des gens qui s'intéressent beaucoup
à nos relations : vous ne le savez pas, prince ? Ce sera
bien mieux s'ils voient que nous sommes déjà dans les
rapports les plus amicaux, et non pas seulement en raison
d'occasions exceptionnelles : vous comprenez ? D'ici
deux heures, ils s'en iront ; je vous prendrai une vingtaine
de minutes, bon — une demi-heure...

— Mais je vous en prie, ne vous gênez pas ; je suis très
heureux, vous n'avez pas besoin de m'expliquer... Je
vous remercie de vos bonnes paroles sur nos relations
amicales. Excusez-moi si je suis distrait, aujourd'hui ;
vous savez, je me sens incapable en ce moment de fixer
mon attention.

— Je vois, je vois, murmura Eugène Pavlovitch avec
un léger rire. Il était très rieur ce soir-là.

— Que voyez-vous ? — Le prince avait sursauté.

— Vous ne me soupçonnez pas, mon cher prince, dit
Eugène Pavlovitch continuant de rire et sans répondre à la
question, vous ne me soupçonnez pas d'être venu tout

bonnement vous tromper et vous tirer en passant les vers
du nez, hein ?

— Que vous soyez venu tirer de moi quelque chose,
là-dessus il n'y a pas de doute — le prince, enfin, riait lui
aussi — et peut-être même avez-vous résolu de me tromper un peu. Mais, voyez-vous, je n'ai pas peur de vous ;
de plus, maintenant, tout m'est égal : vous me croyez ?
Et... et... et comme je suis avant tout convaincu que vous
êtes quand même un excellent homme, nous finirons
réellement, n'est-ce pas ? par nous entendre en amis.
Vous m'avez beaucoup plu, Eugène Pavlovitch, vous
êtes... un homme très comme il faut, à mon avis !

— Bah ! En tout cas, il est très agréable d'avoir affaire
à vous, de quelque affaire qu'il s'agisse, conclut Eugène
Pavlovitch. Allons vider une coupe à votre santé ; je suis
content de m'être collé à vous. Ah ! — il s'arrêta tout à
coup — ce M. Hippolyte est venu s'installer chez vous ?

— Oui.

— Il ne mourra pas tout de suite, je suppose ?

— Pourquoi ?

— Pour rien ; j'ai passé ici une demi-heure avec lui...

Hippolyte cependant attendait le prince et ne cessait de
promener son regard de l'un à l'autre, pendant qu'ils
conversaient en aparté. Il était inquiet et agité ; la sueur
perlait sur son front. Dans ses yeux brillants se lisait,
outre une espèce d'inquiétude errante, perpétuelle, une
sorte d'impatience vague ; son regard passait sans but
d'un objet à un autre, d'une personne à une autre. Bien
qu'il eût pris une large part à la bruyante conversation
générale, son animation n'était que fiévreuse ; à la
conversation proprement dite il n'était guère attentif ; sa
façon de discuter était décousue, moqueuse, négligemment paradoxale ; il n'achevait pas et laissait là soudain ce
pourquoi il parlait l'instant d'avant avec fièvre. Le prince
apprit avec étonnement et regret qu'on lui avait permis ce
soir-là, sans objection, de boire deux coupes pleines
de champagne et que celle qui était entamée devant lui
était déjà la troisième. Mais cela, il ne l'apprit que plus
tard ; pour l'instant, il n'était guère capable de le remarquer.

— Je suis terriblement content, savez-vous, que ce
soit aujourd'hui votre anniversaire ! cria Hippolyte.

— Pourquoi ?

— Vous le verrez. Asseyez-vous vite ; d'abord pour
cette raison déjà que se trouve ici rassemblé tout... votre
monde. J'y comptais bien, qu'il y aurait du monde : c'est
la première fois de ma vie que mon calcul se trouve juste !
C'est dommage seulement que je n'aie pas su que c'était
votre anniversaire, je serais venu avec un cadeau...
Ha-ha ! Mais, au fait, je l'ai peut-être ce cadeau ! Y a-t-il
longtemps jusqu'au jour ?

— Jusqu'à l'aube, moins de deux heures, remarqua
Ptitsyne en regardant sa montre.

— Que nous importe l'aube, en ce moment où sans
elle on peut lire dehors [17] ? fit observer quelqu'un.

— Jusqu'à l'aube, moins de deux heures, remarqua
Ptitsyne en regardant sa montre.

Hippolyte posait la question brutalement, s'adressant
sans cérémonie à tous les assistants, comme s'il s'agissait
d'un commandement militaire : mais il semblait ne pas le
remarquer.

— Buvons, je veux bien, seulement vous devriez vous
calmer, Hippolyte. Hein !

— Vous voulez dire : aller me coucher. Vous vous
faites ma nounou, prince ! Aussitôt que le soleil se montrera et « retentira » dans le ciel (qui donc a dit cela en
vers : « Dans le ciel retentit le soleil [18] » ? C'est absurde,
mais c'est beau !), alors nous irons nous coucher. Lebedev ! Le soleil est la source de la vie, n'est-ce pas ? Que
signifient « les sources de vie », dans l'Apocalypse ?
Avez-vous entendu parler de « l'étoile Absinthe »,
prince ?

— J'ai entendu dire que Lebedev reconnaît dans cette
« étoile Absinthe [19] » le réseau de voies ferrées qui s'est
propagé à travers l'Europe.

— Non, permettez, ce n'est pas permis ! s'écria Lebedev, sursautant et agitant les bras comme pour arrêter le
rire général qui commençait, permettez ! Avec ces messieurs... tous ces messieurs — il se tourna soudain vers le
prince — c'est sur certains points, tenez... — Et sans

cérémonie il frappa deux coups sur la table, ce qui fit redoubler les rires.

Lebedev avait beau être dans son habituelle «humeur vespérale», il était cette fois vraiment trop excité et énervé par la longue discussion «savante» qui avait précédé, et dans ces cas-là il traitait ses contradicteurs avec un mépris sans bornes et d'une totale franchise.

— Cela ne va pas! Prince, nous avons convenu entre nous il y a une demi-heure de ne pas interrompre, de ne pas rire pendant que quelqu'un parle; de laisser chacun s'exprimer librement, quitte à ce que, ensuite, même les athées, s'ils le veulent, élèvent leurs objections, nous avons installé le général comme président. Voilà! Tandis que ceci, à quoi ceci ressemble-t-il? De cette façon, on peut à n'importe qui faire perdre le fil d'une idée sublime, d'une idée profonde...

— Mais parlez, parlez: personne ne vous fait perdre le fil! lancèrent des voix.

— Parlez, mais ne vous gargarisez pas de paroles.

— Qu'est-ce que cette «étoile Absinthe»? s'informa quelqu'un.

— Je n'en ai pas idée! répondit le général Ivolguine, en occupant d'un air important son récent fauteuil présidentiel.

— Moi, prince, c'est étonnant ce que j'aime toutes ces discussions et ces emportements, savants, bien sûr, murmura entre-temps Keller, qui dans son impatience et son véritable enivrement ne faisait que se retourner sur sa chaise. Savants et politiques, reprit-il en regardant soudain et à l'improviste Eugène Pavlovitch assis presque à côté de lui. — Vous savez, j'aime terriblement lire dans les journaux ce qui concerne les parlements anglais, je ne veux pas dire ce dont ils discutent là-bas (vous le savez, je ne suis pas un politicien, moi), mais comment ils s'expliquent entre eux, comment ils se comportent, pour ainsi dire, en tant qu'hommes politiques : «l'honorable vicomte assis en face», «l'honorable comte qui partage mon opinion», «mon honorable adversaire qui a étonné l'Europe par sa proposition», bref toutes ces charmantes expressions, tout ce parlementarisme d'un peuple libre,

— voilà ce qui est tentant pour nous autres ! Je suis
captivé, prince. J'ai toujours été artiste au fond de l'âme,
je vous le jure, Eugène Pavlytch.

— Et alors, de tout cela, lança Gaby qui s'échauffait
dans le coin opposé, il résulte, selon vous, que les chemins de fer sont maudits, qu'ils sont la ruine de l'humanité, qu'ils sont une plaie tombée sur la terre pour troubler « les sources de vie [20] » ?

Gabriel Ardalionovitch était ce soir-là particulièrement
excité et de joyeuse humeur, presque triomphante, ainsi
qu'il sembla au prince. Avec Lebedev, naturellement, il
plaisantait, il l'attisait, mais bientôt lui-même aussi
s'échauffa.

— Non pas les chemins de fer, non pas ! répliquait
Lebedev qui tout à la fois sortait de ses gonds et éprouvait
une jouissance infinie ; les chemins de fer ne seront pas
seuls à troubler les sources de vie, c'est tout cela dans son
ensemble qui est maudit ; toute cette mentalité de nos
siècles derniers, dans sa généralité scientifique et pratique, est peut-être, en effet, maudite.

— Sûrement maudite, ou seulement « peut-être » ?
C'est important, en l'espèce, s'informa Eugène Pavlovitch.

— Maudite, maudite, sûrement maudite ! confirma
Lebedev avec aplomb.

— Ne vous pressez pas, Lebedev, vous êtes infiniment
meilleur le matin, remarqua en souriant Ptitsyne.

— Par contre, le soir je suis plus franc ! Plus cordial et
plus franc ! répliqua avec ardeur Lebedev en se tournant
vers lui. Plus sincère et plus déterminé, plus loyal et plus
respectable, et par là sans doute je vous prête le flanc,
mais je m'en moque ; je vous provoque tous, tous les
athées : avec quoi sauverez-vous le monde, en quoi avez-
vous trouvé pour lui la voie normale, vous tous, les
hommes de science, les hommes de l'industrie, de l'association, du salaire et du reste ? En quoi ? Dans le crédit ?
Qu'est-ce que le crédit ? A quoi vous conduira le crédit ?

— Eh, vous en avez, vous, une curiosité ! observa
Eugène Pavlovitch.

— Mon avis à moi est que celui qui ne s'intéresse pas

à ces problèmes n'est qu'un chenapan[21] du grand monde.

— Cela conduira au moins à la solidarité universelle et à l'équilibre des intérêts, observa Ptitsyne.

— Et c'est tout, c'est tout! Sans admettre aucun fondement moral, en dehors de la satisfaction de l'égoïsme personnel et de la nécessité matérielle? La paix universelle, le bonheur universel par nécessité! Est-ce bien cela, si j'ose vous le demander, si je vous comprends bien, mon bon monsieur?

— Mais c'est une nécessité universelle de vivre, boire et manger, et la conviction absolue, scientifique enfin, que vous ne satisferez pas cette nécessité sans l'association et la solidarité universelle des intérêts est, il me semble, une pensée assez forte pour servir de point d'appui et de «source de vie» aux siècles à venir de l'humanité, observa, sérieusement cette fois, Gaby tout échauffé.

— La nécessité de boire et de manger, ce n'est que l'instinct de conservation...

— Mais est-ce que ce n'est pas assez, l'instinct de conservation? L'instinct de conservation n'est-il pas la loi normale de l'humanité?

— Qui vous l'a dit? cria soudain Eugène Pavlovitch. La loi, c'est vrai, mais qui n'est ni plus ni moins normale que la loi de destruction et même d'autodestruction. Est-ce que dans la seule autoconservation est toute la loi normale de l'humanité?

— Hé-hé! s'écria Hippolyte se tournant vivement vers Eugène Pavlovitch et l'observant avec une curiosité farouche; mais ayant vu qu'il riait, il rit lui-même, donna un coup de coude à Colas qui était à son côté et lui demanda de nouveau quelle heure il était, attira même à lui sa montre d'argent et regarda vivement l'aiguille. Ensuite, comme s'il avait tout oublié, il s'allongea sur le divan, cacha ses mains derrière sa tête et se mit à considérer le plafond; une demi-heure après, il était de nouveau assis à table, bien droit et tout oreilles pour écouter le bavardage de Lebedev, échauffé au dernier point.

— Pensée perfide et ridicule, pensée piquante! — Lebedev reprenait avidement le paradoxe d'Eugène Pavlovitch. — Pensée exprimée dans l'intention d'exciter à la bataille les adversaires, mais pensée juste! Car vous, rieur mondain et cavalier (d'ailleurs non sans capacités!), vous ne savez pas vous-même à quel point votre pensée est une pensée profonde, est une pensée juste! Oui. La loi d'autodestruction et la loi d'autoconservation sont également fortes dans l'humanité! Le diable règne des deux façons sur l'humanité, jusqu'à la limite des temps qui nous est encore inconnue. Vous riez? Vous ne croyez pas au diable? Ne pas croire au diable est une pensée française, une pensée légère. Vous, savez-vous qui est le diable? Savez-vous quel est son nom? Et sans savoir même son nom, vous riez de sa forme à l'exemple de Voltaire, de ses sabots, de sa queue et de ses cornes, que vous-mêmes avez inventés; car l'esprit impur est un esprit grand et redoutable [22], et n'a pas les sabots et les cornes que vous lui avez inventés. Mais ce n'est pas de lui qu'il s'agit aujourd'hui!...

— Comment le savez-vous, qu'il ne s'agit pas de lui? cria soudain Hippolyte, et il eut un grand rire, comme s'il entrait en transe.

— Pensée adroite et suggestive! reprit Lebedev approbateur, mais encore une fois il ne s'agit pas de cela. La question posée est de savoir si les « sources de vie » n'ont pas faibli avec le renforcement...

— Des chemins de fer? cria Colas.

— Non point des voies de communication, jeune mais chaleureux adolescent, mais de toute la tendance à laquelle les chemins de fer peuvent servir, pour ainsi dire, d'illustration, d'expression artistique. On se hâte, on tonne, on cogne, et on se précipite pour le bonheur, prétend-on, de l'humanité! « Il y a trop de bruit et d'activité matérielle dans l'humanité, et trop peu de calme de l'esprit », se plaint un penseur retiré du monde [23]. « Sans doute, mais le bruit des chars apportant du blé à l'humanité affamée vaut peut-être mieux que le calme de l'esprit », lui répond victorieusement un autre penseur qui circule en tous lieux et se sépare de lui plein de vanité. Je ne crois pas, moi, vil Lebedev, à ces chars apportant du blé à l'humanité! Car les chars qui apportent du blé à toute l'humanité, sans fondement moral pour cette conduite, peuvent le plus froidement du monde exclure de la jouissance de cette faveur une partie importante de l'humanité, ce qui s'est déjà vu...

— Ce sont les chars qui peuvent le plus froidement du monde exclure ?... interrompit quelqu'un.

— Cela s'est déjà vu, répéta Lebedev, sans daigner faire attention à la question. Il y a eu déjà Malthus [24], l'ami de l'humanité. Mais un ami de l'humanité avec une base morale branlante est un destructeur de l'humanité, un anthropophage, sans parler de sa vanité ; car blessez la vanité d'un de ces innombrables amis de l'humanité, et aussitôt le voilà prêt à mettre le feu aux quatre coins de l'univers, par mesquine vengeance, — d'ailleurs tout comme n'importe lequel d'entre nous, à parler sincèrement, tout comme moi-même, le plus vil de tous, car je serai peut-être le premier à apporter des bûches... et à me sauver. Encore une fois, là n'est pas la question !

— Mais où est-elle enfin ?

— Il nous ennuie !

— La question, elle est dans une anecdote des siècles passés : car je suis dans l'obligation de vous raconter une anecdote des siècles passés. De notre temps, dans notre patrie que, j'espère, vous aimez autant que moi, messieurs, car pour ma part je suis prêt à verser même tout mon sang...

— Ensuite ! ensuite !

— Dans notre patrie, tout comme en Europe, des famines générales, universelles et épouvantables visitent aujourd'hui l'humanité, selon les évaluations et autant qu'il m'en souvient, seulement une fois chaque quart de siècle, en d'autres termes une fois tous les vingt-cinq ans. Je ne discute pas sur le chiffre exact, mais relativement très peu souvent.

— Relativement à quoi ?

— Au XIIe siècle et aux siècles voisins avant et après. Car alors, à ce qu'écrivent et assurent les auteurs, les famines générales visitaient l'humanité une fois tous les deux ans ou au maximum tous les trois ans, de sorte que l'homme, dans cette situation, recourait même à l'an-

thropophagie, bien qu'en gardant avec soin le secret. Un
de ces parasites, aux abords de la vieillesse, déclara de
lui-même et sans aucune contrainte que durant sa longue
et misérable vie il avait mis à mort et mangé personnellement dans le plus profond secret soixante moines et
quelques nouveau-nés séculiers, six, pas davantage,
c'est-à-dire extraordinairement peu en comparaison du
clergé par lui dévoré. Quant aux laïcs adultes, il se
trouvait qu'il n'y avait jamais touché à cette fin.

— Ce n'est pas possible ! cria le président en personne,
le général, et même d'une voix presque indignée. Je
raisonne souvent avec lui, messieurs, et je discute, toujours sur des idées de ce genre ; c'est souvent qu'il lance
de ces absurdités qui vous font mal aux oreilles, dénuées
de toute vraisemblance !

— Général, souviens-toi du siège de Kars, et vous
autres, messieurs, apprenez que mon anecdote est la
vérité pure. Je ferai observer pour ma part que presque
toute réalité a beau avoir ses lois imprescriptibles, elle est
presque toujours incroyable et invraisemblable. Et plus
elle est réelle, plus elle est invraisemblable, parfois.

— Mais est-ce qu'on peut manger soixante moines ?
demandait-on tout autour avec des rires.

— Il ne les a pas mangés en une seule fois, c'est
évident, mais peut-être en quinze ou vingt ans, ce qui
devient tout à fait compréhensible et naturel...

— Et naturel ?

— Et naturel ! grogna avec une obstination pédantes-
que Lebedev. Et d'ailleurs, en outre, le moine catholique
est par nature accommodant et curieux : il est facile de
l'attirer dans un bois ou dans quelque lieu retiré, et là de
le traiter comme il a été dit plus haut. Cependant je n'en
disconviens pas, le nombre des personnes mangées est
extraordinaire, cela touche à la gloutonnerie.

— Peut-être que c'est en effet la vérité, observa tout à
coup le prince. Jusque-là, il écoutait en silence les dis-
coureurs et n'intervenait pas dans la conversation ; souvent il riait de bon cœur après les explosions de rire
générales. On voyait qu'il était enchanté de ce qu'il y
avait tant de gaieté, tant de bruit ; même de ce qu'ils

buvaient tant. Peut-être n'aurait-il pas dit un mot de toute
la soirée, mais soudain l'envie lui était venue d'ouvrir la
bouche. Il le fit avec un extrême sérieux, si bien que tout
le monde se tourna brusquement vers lui avec curiosité.

— Messieurs, c'est à propos des famines qui étaient
autrefois si fréquentes. J'en ai entendu parler moi aussi
bien que je connaisse mal l'histoire. Mais, il me semble,
c'est ce qui devait être. Quand je suis arrivé dans les
montagnes de la Suisse, j'ai été très étonné par les ruines
des anciens châteaux forts construits sur les pentes des
monts, sur des rochers abrupts, et à des hauteurs d'au
moins un demi-kilomètre à pic (ce qui veut dire plusieurs
kilomètres par les sentiers). Un château fort, vous savez
ce que c'est : une vraie montagne de pierres. Un travail
effrayant, impossible ! Et cela, naturellement, a été cons-
truit par tous ces pauvres gens, les vassaux. En outre, ils
avaient à payer toutes sortes de redevances et à entretenir
le clergé. Comment, avec cela, se nourrir et travailler la
terre ? Ils étaient peu nombreux, sans doute on mourait de
faim énormément, et peut-être qu'à la lettre il n'y avait
rien à manger. Je me suis même demandé parfois : comment ce peuple n'a-t-il pas complètement cessé d'exister,
comment ne lui est-il rien arrivé, comment a-t-il pu se
maintenir et supporter tout ? Qu'il y ait eu des anthropo-
phages, et peut-être beaucoup, là-dessus Lebedev, sans
nul doute, a raison ; seulement je ne sais pas pourquoi il a
mêlé là-dedans les moines, ni ce qu'il veut dire par là.

— Sûrement ceci qu'au XIIe siècle il n'y avait que les
moines qu'on pouvait manger, parce que seuls les moines
étaient gras, remarqua Gabriel Ardalionovitch.

— Voilà la plus magnifique et la plus juste des pensées !
cria Lebedev, puisque aux laïcs il n'a même pas touché. Pas
un seul laïc contre soixante exemplaires du clergé : voilà une
terrible idée, une idée historique, une idée statistique enfin,
et c'est avec des faits de cé genre que se reconstitue
l'histoire, pour qui s'y entend. Car on arrive à cette
précision numérique que le clergé avait une existence au
moins soixante fois plus heureuse et plus large que tout le
reste de l'humanité de ce temps. Et peut-être aussi qu'il était
au moins soixante fois plus gras...

— Exagération, exagération, Lebedev! criait-on tout autour, avec de grands rires.

— J'en conviens, c'est une idée historique, mais où voulez-vous en venir? continuait à interroger le prince. (Il parlait avec tant de sérieux et avec une telle absence de plaisanterie et de moquerie à l'adresse de Lebedev, dont tout le monde riait, que son ton, au milieu du ton général de toute la compagnie, devenait malgré lui comique; encore un peu, et on aurait presque ri de lui aussi, mais il ne s'en doutait pas.)

— Ne voyez-vous pas, prince, que c'est un fou? dit Eugène Pavlovitch en se penchant vers lui. On m'a dit ici tout à l'heure qu'il s'est entiché du métier d'avocat et de plaidoirie et qu'il veut passer l'examen. Je m'attends à une fameuse parodie.

— Je veux en venir à une conclusion colossale, tonnait cependant Lebedev. Mais avant tout analysons l'état psychologique et juridique du criminel. Nous voyons que le criminel, ou pour ainsi dire mon client, malgré la possibilité qu'il a de trouver d'autres comestibles, manifeste à plusieurs reprises au cours de sa curieuse carrière le désir de se repentir et repousse de lui le clergé. Nous voyons cela clairement d'après les faits: il est mentionné qu'il a malgré tout mangé cinq ou six nouveau-nés, chiffre relativement infime, mais par contre significatif à un autre égard. Il est visible que, tourmenté de terribles remords (car mon client est un homme religieux et consciencieux, je le prouverai) et afin de diminuer dans la mesure du possible son péché, il a, à titre d'essai, changé six fois son alimentation monacale contre une laïque. Que ce soit à titre d'essai, c'est indubitable: car si c'eût été seulement pour la variété gastronomique, ce chiffre de six aurait été trop infime: pourquoi seulement six exemplaires, et non trente? (Je prends moitié moitié.) Mais si c'était seulement un essai, par désespoir devant la crainte du sacrilège et de l'offense faite à l'Église, alors le chiffre de six devient parfaitement compréhensible; en effet six essais, pour satisfaire des remords de conscience, sont plus que suffisants, étant donné que ces essais ne pouvaient pas donner de résultat. Et en premier lieu, à mon avis, un nouveau-né est trop petit, je veux dire un trop petit morceau, de sorte que pour un temps donné il aurait fallu trois fois, cinq fois plus de nouveau-nés laïcs que d'ecclésiastiques, et le péché, diminuant d'un côté, aurait finalement augmenté de l'autre, en quantité sinon en qualité. En raisonnant ainsi, messieurs, je me transporte, naturellement, dans le cœur du criminel du XIIe siècle. Pour ce qui est de moi, homme du XIXe, je raisonnerais peut-être différemment, ce dont je vous informe, de sorte que vous n'avez pas, messieurs, à ricaner... de votre part à vous, général, c'est tout à fait inconvenant. En second lieu, le nouveau-né, à mon avis personnel, n'est pas nourrissant, il est peut-être même trop doux, trop écœurant, de sorte que, sans satisfaire le besoin, il ne laisse après lui que des remords de conscience.

Maintenant voici ma conclusion, le finale, messieurs, finale dans lequel est contenue la solution d'un des plus grands problèmes de cette époque-là et de la nôtre. Le criminel finit par aller se dénoncer au clergé et se remettre entre les mains du gouvernement. Je le demande : quels tourments l'attendaient, à l'époque, quelles roues, quels bûchers, quelles flammes ? qui l'obligeait à aller se dénoncer ? Pourquoi ne pas s'arrêter simplement au chiffre de soixante, en gardant le secret jusqu'à son dernier soupir ? Pourquoi ne pas laisser là tout simplement la gent monastique et vivre dans la pénitence en ermite ? Pourquoi enfin ne pas embrasser soi-même l'état monastique ? Eh bien, voici la solution. Il y avait donc quelque chose de plus fort que les bûchers et les flammes, et même qu'une accoutumance de vingt années ! Il y avait donc une idée plus forte que tous les malheurs, disettes, tortures, pestes, lèpres et que tout cet enfer, que cette humanité n'aurait jamais supporté sans cette idée pour unir, orienter les cœurs et féconder les sources de vie ! Montrez-moi quelque chose de semblable à une telle force dans notre siècle de vices et de chemins de fer... il faudrait dire : dans notre siècle de bateaux à vapeur et de chemins de fer [25], mais je dis : dans notre siècle de vices et de chemins de fer, parce que je suis ivre, mais juste !

Montrez-moi une idée qui unisse l'humanité actuelle avec la moitié seulement de la force qu'avait celle des siècles passés. Et osez dire, enfin, que ne se sont pas affaiblies, troublées les sources de vie sous cette «étoile», sous ce réseau qui entrave les hommes. Et ne me faites pas peur avec votre prospérité, vos richesses, la rareté des famines et la rapidité des voies de communication! Il y a plus de richesse, mais moins de force; il n'y a plus d'idée qui unisse; tout s'est ramolli, tout a moisi et tous sont moisis! Tous, tous, nous avons moisi!... Mais c'est assez, ce n'est pas de cela qu'il s'agit aujourd'hui, mais bien de savoir, très respecté prince, si nous n'avons pas à nous occuper du buffet froid préparé pour nos hôtes.

Lebedev, qui avait failli pousser jusqu'à une véritable exaspération certains de ses auditeurs (il faut noter que pendant tout ce temps les bouteilles n'avaient pas cessé d'être débouchées), se réconcilia immédiatement, par sa conclusion inattendue concernant le buffet, avec tous ses adversaires. Lui-même qualifiait cette conclusion «un adroit procédé d'avocat». Un rire joyeux éclata de nouveau, les assistants s'animèrent, on se leva de table pour se dérouiller les membres et faire les cent pas sur la terrasse. Seul Keller demeura mécontent du discours de Lebedev; il était en proie à une agitation extrême.

— Il attaque l'instruction, il prêche le fanatisme du XII⁰ siècle, il fait le pitre, et cela sans la moindre innocence du cœur: lui-même, avec quoi a-t-il acquis sa maison, laissez-moi vous le demander? — Il parlait à voix haute, arrêtant tous et chacun.

— Moi, j'ai vu un véritable commentateur de l'Apocalypse, disait le général dans un autre coin, à d'autres auditeurs, et entre autres à Ptitsyne qu'il avait saisi par un de ses boutons: feu Grégoire Semionovitch Bourmistrov. Celui-là, on peut le dire, brûlait les cœurs. Et d'abord il chaussait ses lunettes, ouvrait un grand livre ancien dans une reliure de cuir noir, et avec cela une barbe blanche, deux médailles de bienfaiteur. Il commençait gravement et sévèrement, devant lui s'inclinaient les généraux, et les dames tombaient en pâmoison, — tandis que celui-ci termine par un buffet froid ! A quoi cela ressemble-t-il ? A quoi cela ressemble-t-il ?

Ptitsyne, en écoutant le général, souriait et semblait se disposer à prendre son chapeau, mais ne se décidait pas ou bien oubliait continuellement son intention. Gaby, déjà avant qu'on se levât de table, avait soudain cessé de boire et repoussé sa coupe ; un nuage noir avait passé sur son visage. Quand on eut quitté la table, il s'approcha de Rogojine et s'assit à côté de lui. On eût pu croire qu'ils étaient dans les plus amicales relations. Rogojine, qui au début avait lui aussi plusieurs fois fait mine de s'en aller sans bruit, était maintenant immobile, la tête baissée, comme oublieux de son intention. De toute la soirée il n'avait pas bu une goutte de vin, et il était très pensif ; de temps en temps seulement il levait les yeux et embrassait d'un regard tous et chacun. Mais maintenant on aurait dit qu'il attendait ici même quelque chose d'extrêmement important pour lui et qu'il ne se décidait pas à partir avant.

Le prince avait bu en tout et pour tout deux ou trois coupes et était seulement gai. En se levant de table, il rencontra le regard d'Eugène Pavlovitch, se souvint de l'explication qu'ils devaient avoir ensemble et eut un sourire aimable. Eugène Pavlovitch lui fit un signe de tête et tout de suite montra Hippolyte, qu'il était justement en train d'observer. Hippolyte dormait, étendu sur le divan.

— Pourquoi, dites-moi, ce gamin-là s'est-il incrusté chez vous, prince ? dit-il avec un mécontentement et même une rage si évidents que le prince en fut étonné. Je parie qu'il médite quelque mauvais coup !

— J'ai remarqué, dit le prince ; il m'a semblé du moins qu'il vous intéressait rudement aujourd'hui, Eugène Pavlytch. C'est exact ?

— Et ajoutez ceci : dans ma situation actuelle j'ai assez de quoi me préoccuper, et je m'étonne moi-même de ne pas pouvoir, pendant toute cette soirée, détourner les yeux de cette odieuse physionomie !

— Il a un joli visage…

— Tenez, tenez, regardez ! cria Eugène Pavlovitch en tirant le prince par la manche. Tenez !…

Le prince encore une fois contempla avec étonnement Eugène Pavlovitch.

V

Hippolyte, qui sur la fin de la dissertation de Lebedev s'était soudain endormi sur le divan, venait de se réveiller brusquement comme si on lui avait donné un coup dans les côtes. Il tressaillit, se souleva, regarda autour de lui et pâlit ; c'était même avec une sorte d'épouvante qu'il promenait ce regard circulaire ; mais ce fut presque de l'effroi qui se peignit sur son visage quand il se fut rappelé tout et eut rassemblé ses idées.

— Quoi, ils s'en vont ? C'est fini ? Tout est terminé ? Le soleil s'est levé ? demandait-il alarmé, en prenant la main du prince. Quelle heure est-il ? Pour l'amour de Dieu, l'heure ! J'ai dormi. Ai-je dormi longtemps ? ajouta-t-il d'un air presque désespéré, comme s'il avait en dormant laissé perdre quelque chose dont tout son sort dépendait.

— Vous avez dormi sept ou huit minutes, répondit Eugène Pavlovitch.

Hippolyte le regarda avidement et réfléchit quelques instants.

— Ah... pas plus ! Donc, je...

Et il respira, profondément, avidement, comme s'il eût été libéré d'un poids immense. Il avait deviné, enfin, que rien n'était « terminé », que le jour n'était pas encore venu, que les visiteurs ne s'étaient levés de table que pour se restaurer au buffet et que seul avait pris fin le bavardage de Lebedev. Il sourit, et le rouge du poitrinaire, sous la forme de deux taches vives, colora ses joues.

— Et vous, alors, vous comptiez les minutes pendant que je dormais, Eugène Pavlovitch, reprit-il railleusement. De toute la soirée vous ne m'avez pas quitté des yeux, je l'ai vu... Ah, Rogojine ! Je l'ai vu à l'instant en songe, chuchota-t-il au prince en fronçant les sourcils et en indiquant de la tête Rogojine assis à table. — A propos, fit-il, sautant brusquement à un autre sujet, où

donc est l'orateur, où est Lebedev? Alors Lebedev a
terminé? De quoi a-t-il parlé? C'est vrai, prince, ce que
vous avez dit une fois, que la beauté sauvera le monde?
Messieurs, s'écria-t-il fortement à l'adresse de tous, le
prince assure que la beauté sauvera le monde [26]! Et moi,
j'affirme que, s'il a des idées aussi enjouées, c'est qu'il
est amoureux. Messieurs, le prince est amoureux; tout à
l'heure dès qu'il est entré, je m'en suis convaincu. Ne
rougissez pas, prince, j'aurais pitié de vous. Quelle sorte
de beauté sauvera le monde? C'est Colas qui m'a redit
cela... Vous êtes un chrétien zélé? Colas dit que vous
vous appelez vous-même chrétien.

Le prince l'examinait attentivement, et ne lui répondit
pas.

— Vous ne me répondez pas? Vous croyez peut-être
que je vous aime beaucoup? ajouta Hippolyte brusquement, comme s'il s'était arraché cette phrase.

— Non, je ne le crois pas. Je sais que vous ne m'aimez
pas.

— Comment? Même après la journée d'hier? Hier,
j'ai été sincère avec vous.

— Je le savais déjà hier, que vous ne m'aimez pas.

— Vous voulez dire: parce que je vous envie? je vous
envie? Vous l'avez toujours cru et vous le croyez encore,
mais... mais à quoi bon parler de cela? Je veux boire
encore du champagne. Versez-m'en, Keller.

— Vous ne devez pas boire davantage, Hippolyte, je
ne vous laisserai pas...

Et le prince écarta de lui la coupe.

— C'est vrai..., acquiesça-t-il aussitôt, comme réfléchissant. On dirait encore... mais que m'importe à moi ce
qu'ils diront? N'est-il pas vrai, n'est-il pas vrai? Qu'ils
jasent ensuite... n'est-ce pas, prince? Et que nous importe à nous tous ce qui arrivera *ensuite!* Au fait, je ne
suis pas bien réveillé. Quel songe effrayant j'ai vu, je
viens seulement de m'en souvenir!... Je ne vous en
souhaite pas de pareils, prince, bien que peut-être, en
effet, je ne vous aime pas. D'ailleurs, si on n'aime pas
quelqu'un, pourquoi lui souhaiter du mal, n'est-il pas
vrai? Qu'est-ce que j'ai à toujours poser des questions,

toujours des questions ? Donnez-moi votre main, je vous
la serrerai fortement, tenez, comme ceci... Quand même,
vous m'avez tendu la main ? Donc, vous savez que je
vous la serre sincèrement ?... Je crois bien que je ne
boirai plus. Quelle heure est-il ? D'ailleurs, inutile : je
sais quelle heure il est. L'heure est arrivée ! C'est le
moment. Qu'est-ce : là-bas dans ce coin on dispose le
buffet ? Donc cette table est libre ? Parfait ! Messieurs,
je... Mais tous ces messieurs n'écoutent pas... J'ai l'intention de donner lecture d'un article, prince, le buffet
bien sûr, c'est plus intéressant, mais...

Et soudain, tout à fait à l'improviste, il tira de sa poche
d'en haut et de côté un pli de grandes dimensions, du
format officiel, cacheté d'un grand cachet rouge. Il le
posa devant lui sur la table.

Ce geste inattendu produisit son effet dans la société
qui n'y était pas préparée ; elle était mûre, si on veut,
mais pas pour une lecture. Eugène Pavlovitch sursauta
même sur sa chaise ; Gaby s'approcha rapidement de la
table ; Rogojine aussi, mais avec un dépit boudeur,
comme s'il avait compris de quoi il s'agissait. Lebedev,
qui se trouvait à proximité, s'approcha avec de petits
yeux curieux, regardant le pli pour tâcher de deviner de
quoi il s'agissait.

— Qu'est-ce que vous avez là ? demanda avec inquiétude le prince.

— A la première lueur du soleil je me coucherai,
prince, je l'ai dit ; parole d'honneur : vous verrez ! s'écria
Hippolyte.

— Mais... mais... pensez-vous que je ne sois pas en
état de décacheter ce pli ? ajouta-t-il en embrassant l'assistance d'un regard de défi et s'adressant, semblait-il, à
tous indifféremment. Le prince remarqua qu'il tremblait
tout entier.

— Aucun d'entre nous ne pense cela, répondit le prince au
nom de tous. Et pourquoi pensez-vous qu'on puisse avoir
cette idée et que... Singulière idée que vous avez de nous
lire... Qu'est-ce que vous avez là, Hippolyte ?

— Qu'est-ce ? Qu'est-ce qui lui arrive encore ? demandait-on tout autour.

Tout le monde se rapprochait, certains mangeant déjà. Le pli au cachet rouge attirait comme un aimant.

— C'est moi qui ai écrit cela hier, tout de suite après vous avoir donné ma parole que je viendrais habiter chez vous, prince. J'ai écrit hier toute la journée, ensuite dans la nuit, et j'ai terminé ce matin; cette nuit, sur le matin, j'ai eu un songe…

— Ne serait-ce pas mieux demain? interrompit timidement le prince.

— Demain «il n'y aura plus de temps», fit Hippolyte avec un rire hystérique. D'ailleurs, ne vous inquiétez pas, je lirai ceci en quarante minutes… bon, en une heure… Et voyez comme tout le monde s'intéresse; tout le monde s'est approché; tout le monde regarde mon cachet. Et savez-vous: si je n'avais pas cacheté mon article de la sorte, il n'aurait produit aucun effet! Ha-ha! Voilà ce que c'est que le mystère! Alors, le décacheter, ou non, messieurs? s'écria-t-il, riant de son rire étrange et les yeux étincelants. Le mystère! le mystère! Vous vous rappelez, prince, qui a proclamé qu'«il n'y aura plus de temps [27]?» C'est un ange immense et puissant, dans l'Apocalypse.

— Mieux vaut ne pas lire! s'écria soudain Eugène Pavlovitch, mais avec un air inquiet si inattendu chez lui qu'à beaucoup cela parut étrange.

— Ne lisez pas! cria aussi le prince en posant sa main sur le pli.

— Qui parle de lire? C'est l'heure du buffet! observa quelqu'un.

— Un article? Pour une revue, alors? s'informa un second.

— Ce sera peut-être ennuyeux? ajouta un troisième.

— Mais qu'y a-t-il là-dedans? s'informèrent d'autres.

Le geste effarouché du prince semblait avoir épouvanté Hippolyte lui-même.

— Alors… je ne lis pas? lui chuchota-t-il avec inquiétude, un sourire grimaçant sur ses lèvres bleues. — Je ne lis pas? murmura-t-il en enveloppant du regard tout le public, tous les yeux et les visages, et s'accrochant, semblait-il, à tous avec toujours cette même expansivité

qui paraissait se jeter sur les gens. — Vous... avez peur?
— Il se tournait de nouveau vers le prince.

— Peur de quoi? demanda celui-ci, changeant de plus
en plus de visage.

— Quelqu'un aurait-il une petite pièce, vingt kopeks?
— C'était Hippolyte, qui avait bondi soudain de sa
chaise comme si on l'en avait arraché. — Une petite
pièce quelconque?

— Voici! — Lebedev lui tendit aussitôt une pièce:
l'idée lui était venue que le malade avait perdu l'esprit.

— Viera Loukianovna! appela hâtivement Hippolyte,
prenez-la, jetez-la sur la table: pile ou face? Si c'est face,
je lis.

Viera, d'un air épouvanté, regarda la pièce, Hippolyte,
ensuite son père, et plutôt maladroitement, la tête rejetée
en arrière comme dans l'idée qu'elle ne devait pas regarder la pièce, la jeta sur la table. Ce fut face.

— Il faut lire! chuchota Hippolyte, comme brisé par la
décision du sort; il n'aurait pas pâli davantage si on lui
avait donné lecture de son arrêt de mort. Soudain il
tressaillit, et après une minute de silence:

— Au fait, qu'y a-t-il? J'ai consulté le sort, est-il
possible? — Et avec toujours la même franchise insi-
nuante, il promena sur les assistants un regard circulaire.
— Mais cela, c'est un trait psychologique étonnant!
s'écria-t-il soudain, s'adressant au prince, dans une sincère surprise. C'est... c'est un trait incompréhensible,
prince! affirma-t-il, s'animant et reprenant, semblait-il,
ses esprits. Notez cela, prince, souvenez-vous-en, je
crois que vous rassemblez des matériaux sur la peine de
mort... On me l'a dit, ha-ha! O mon Dieu, quelle absurde
inconséquence! — Il s'assit sur le divan, s'appuya
des deux bras sur la table et se prit la tête dans les
mains. — Mais c'est même honteux!... Bah, qu'est-
ce que ça me fait, que ce soit honteux? Et presque
tout de suite il releva la tête. — Messieurs! Messieurs!
je décachette le pli, proclama-t-il, avec une espèce de
résolution subite, je... au fait, je n'oblige personne à
écouter!...

Les mains tremblantes d'émotion, il décacheta le pli,

en sortit plusieurs feuilles de papier à lettres, écrites
menu, les posa devant lui et les étala.

— Qu'est-ce que cela veut dire ? Qu'y a-t-il là-dedans ? Que va-t-on lire ? murmuraient sombrement quelques-uns ; les autres se taisaient. Mais tous s'assirent ; ils
regardaient avec curiosité. Peut-être réellement atten-
daient-ils quelque chose d'extraordinaire. Viera s'accro-
cha à la chaise de son père, pleurant presque d'effroi ;
presque dans le même état était Colas. Déjà bien installé,
Lebedev soudain se souleva, prit les bougies et les rapprocha d'Hippolyte pour qu'il y vît mieux pendant sa
lecture.

— Messieurs, vous… vous verrez tout de suite ce que
c'est, ajouta on ne sait pourquoi Hippolyte, et soudain il
commença à lire : « Une explication indispensable ! » Épigraphe ; « Après moi le déluge [28] »… Pouah, au diable !
s'écria-t-il, comme s'il s'était brûlé, comment ai-je pu
sérieusement mettre une aussi sotte épigraphe ?… Écoutez, messieurs !… je vous assure que tout cela, finalement, n'est peut-être que pitoyables bagatelles ! Il n'y a là
que quelques idées à moi… Si vous croyez qu'il y a…
quelque chose de mystérieux ou… de défendu…hen un
mot…

— Lisez plutôt sans préambule ! interrompit Gaby.

— Il tourne autour du pot ! ajouta quelqu'un.

— Beaucoup de phrases, insinua Rogojine qui s'était
tu jusque-là.

Hippolyte brusquement le regarda. Quand leurs yeux
se rencontrèrent Rogojine eut un rictus amer et bilieux et
prononça lentement ces paroles singulières :

— Ce n'est pas comme ça qu'il faut traiter le sujet,
mon garçon, pas comme ça…

Que voulait dire par là Rogojine, évidemment personne ne le comprit, mais ses paroles produisirent sur
tous une assez bizarre impression : chacun y saisit un
lambeau d'une certaine idée commune. Sur Hippolyte,
l'impression fut effrayante : il trembla si bien que le
prince lui tendit la main pour le soutenir, et il aurait
certainement poussé un cri, si sa voix, visiblement, ne
s'était brisée dans le gosier. De toute une minute il ne put

prononcer un mot; respirant avec peine, il continuait à regarder Rogojine. Enfin, en haletant, dans un effort immense, il prononça :

— Alors c'était vous... vous?

— C'était moi quoi? Qu'ai-je fait? répondit, interdit, Rogojine. Mais Hippolyte, éclatant et saisi tout à coup d'une espèce de rage, s'écria fortement et violemment :

— *Vous* êtes venu chez moi la semaine dernière, la nuit, entre une et deux heures, le jour où j'avais été vous voir le matin. C'était *vous !* Avouez-le, c'était vous?

— La semaine dernière, la nuit? Mais tu n'as pas perdu la tête, mon garçon?

Le «garçon» resta encore une minute silencieux, l'index posé sur le front comme pour chercher ses idées; mais dans son sourire pâle, toujours grimaçant de peur, passa tout à coup comme un éclair de ruse, même de triomphe.

— C'était vous! répéta-t-il enfin, presque à mi-voix, mais avec une conviction extraordinaire. *Vous* êtes venu me voir et vous êtes resté assis chez moi, sur une chaise devant la fenêtre, toute une heure; davantage : vers une ou deux heures du matin; puis vous vous êtes levé et vous êtes parti, avant trois heures... C'était vous... vous! Pourquoi vouliez-vous me faire peur, pourquoi êtes-vous venu me tourmenter, je ne le comprends pas, mais c'était vous!

Et dans son regard brilla soudain une haine infinie, malgré son tremblement d'épouvante qui ne s'était pas encore calmé.

— Vous apprendrez tout cela à l'instant, messieurs, je... je... Écoutez... De nouveau, et dans une hâte fébrile, il prit ses feuillets; ils s'étaient dispersés et mélangés, il s'efforçait de les réunir; ils tremblaient entre ses mains tremblantes; longtemps il ne put s'organiser.

La lecture, enfin, commença. D'abord, pendant cinq minutes, l'auteur de l'*article* inattendu continua à haleter et lut de façon décousue et inégale; ensuite, sa voix s'affermit et commença à exprimer vraiment le sens du texte. Parfois seulement, une toux assez violente l'interrompait; à partir du milieu de l'article, il fut fortement

enroué; l'agitation extrême qui s'emparait toujours plus
de lui à mesure qu'il lisait finit par atteindre le summum,
de même que l'impression douloureuse éprouvée par les
auditeurs. Voici cet « article ».

« UNE EXPLICATION INDISPENSABLE »

« Après moi le déluge ! »

« Hier matin le prince a été chez moi ; entre autres il
m'a persuadé de me transporter dans son chalet. Je savais
bien qu'il insisterait absolument là-dessus et j'étais sûr
qu'il me lancerait droit à la face que dans son chalet
« j'aurais moins de peine à mourir, parmi les hommes et
les arbres », selon son expression. Mais aujourd'hui il n'a
pas dit « mourir », il a dit qu'il me « serait plus facile de
vivre », ce qui, pourtant, revient à peu près au même dans
mon état. Je lui ai demandé ce qu'il entendait par ses
sempiternels « arbres » et pourquoi il m'imposait tellement ces « arbres », et avec étonnement j'ai appris de lui
que j'avais dit moi-même l'autre soir, prétend-il, que je
venais à Pavlovsk pour voir une dernière fois des arbres.
Quand je lui ai fait observer qu'il est indifférent (n'est-ce
pas ?) de mourir sous les arbres ou en regardant par la
fenêtre mes briques, et qu'il n'y avait pas à faire tant de
cérémonies pour deux semaines, il en est convenu aussitôt ; mais la verdure et l'air pur, à son avis, produiraient
sûrement chez moi un changement physique, mon agitation et *mes songes* se modifieraient et peut-être seraient
moins pénibles. Je lui fis observer en riant qu'il parlait
comme un matérialiste. Comme il ne ment jamais, ces
mots ont quelque signification. Son sourire est bon ; je
l'ai observé lui-même aujourd'hui plus attentivement. Je
ne sais si je l'aime ou non, aujourd'hui ; je n'ai pas le
temps aujourd'hui de m'en occuper. Ma haine de cinq
mois contre lui, il faut le remarquer, a été ce dernier mois
en se calmant vraiment. Qui sait, peut-être suis-je venu à
Pavlovsk surtout pour le voir. Mais... pourquoi ai-je
avant cela quitté ma chambre ? Un condamné à mort ne
doit pas quitter son coin ; et si aujourd'hui je n'avais pas
pris une décision définitive, si j'avais décidé au contraire
d'attendre jusqu'à ma dernière heure, je n'aurais naturel-

lement pour rien au monde quitté ma chambre ni accepté sa proposition de venir « mourir » chez lui à Pavlovsk.

Je dois me hâter et terminer toute cette « explication » absolument avant demain. Par conséquent, je n'aurai pas le temps de la relire et de la corriger ; je la relirai demain quand je la lirai au prince et à deux ou trois témoins que je compte trouver chez lui. Comme il n'y aura là pas un mot de mensonge et que ce sera la seule vérité, seule, dernière et solennelle, je suis curieux de savoir quelle impression elle produira sur moi-même à l'heure et à la minute où je la relirai ainsi. D'ailleurs, j'ai eu tort d'écrire : « la vérité dernière et solennelle » ; pour deux semaines de toute façon il ne vaut pas la peine de mentir, car il ne vaut pas la peine non plus de vivre. Voilà la meilleure preuve que j'écrirai la seule vérité. (N. B. — Ne pas oublier cette idée : ne suis-je pas fou en cet instant, c'est-à-dire par instants ? On m'a dit positivement que les poitrinaires au dernier degré perdent quelquefois la raison pour un temps. Vérifier cela demain au cours de la lecture, par l'impression produite sur les auditeurs. Décider absolument cette question avec une parfaite exactitude ; autrement, impossible de rien entreprendre.)

Il me semble que je viens d'écrire une abominable sottise ; mais je n'ai pas le temps de corriger, je l'ai dit ; de plus, je fais le serment, exprès, de ne pas corriger une seule ligne de ce manuscrit, même si je remarquais que je me contredis toutes les cinq lignes. Je veux justement déterminer demain pendant la lecture si la suite logique de ma pensée est juste ; si je remarque mes erreurs et si par conséquent tout ce que j'ai agité de pensées dans cette chambre durant ces six mois est vrai ou bien n'est qu'un délire.

Si, il y a deux mois, il m'était arrivé, comme aujourd'hui, de quitter tout à fait ma chambre et de dire adieu au mur de Meyer, je suis sûr que j'en aurais été peiné. Aujourd'hui au contraire, je n'éprouve rien, et cependant demain je quitte et cette chambre et ce mur, *pour l'éternité !* Par conséquent, ma conviction que pour deux semaines il ne vaut pas la peine de regretter, ou de se livrer à je ne sais quels sentiments, l'a emporté sur ma nature et est maintenant capable de commander à tous mes sens. Mais est-ce vrai ? Est-il vrai que ma nature est vaincue désormais parfaitement ? Si maintenant on me mettait à la question, sûrement je crierais et je ne dirais pas qu'il ne vaut pas la peine de crier et de sentir la douleur parce qu'il ne me reste que deux semaines à vivre.

Mais est-il vrai qu'il ne me reste que deux semaines à vivre, pas plus ? L'autre jour à Pavlovsk j'ai menti : B. ne m'a rien dit et ne m'a jamais vu ; mais il y a huit jours on m'a amené l'étudiant Kislorodov [29] ; selon ses convictions il est matérialiste, athée et nihiliste, et voilà pourquoi c'est lui que j'ai appelé ; il me fallait un homme qui me dise enfin la vérité vraie, sans ménagements et sans manières. C'est ce qu'il a fait, et non seulement avec empressement et sans manières, mais même avec un visible plaisir (ce qui, à mon avis, est déjà excessif). Il m'a lâché tout net qu'il me restait environ un mois ; peut-être un peu plus, si les circonstances sont favorables, mais il se peut que je meure même beaucoup plus tôt. A son avis, je peux même mourir subitement, demain par exemple. Ces faits-là se sont vus, et pas plus tard qu'avant-hier une jeune dame poitrinaire et dans un état semblable au mien, à Kolomna [30], se préparait à aller au marché faire ses provisions, quand soudain elle s'est sentie mal, s'est couchée sur le divan, a poussé un soupir et est morte. Tout cela, Kislorodov me l'a communiqué même avec une certaine affectation d'insensibilité et d'imprudence, avec l'air de me faire honneur, c'est-à-dire en montrant par là qu'il me prenait moi aussi pour un être supérieur, universellement négateur, comme lui, à qui il ne coûte rien, bien entendu, de mourir. Finalement, le fait est là, réglé comme papier à musique : un mois et pas plus ! Il ne s'est pas trompé, j'en suis absolument sûr.

Ce qui m'a étonné fort, c'est comment le prince a pu deviner que je vois de « mauvais songes », il a dit textuellement qu'à Pavlovsk « mon agitation et mes songes » changeraient. Pourquoi donc mes songes ? Ou bien il est médecin, ou bien il a une intelligence extraordinaire et peut deviner quantité de choses. (Mais qu'il soit en fin de

compte « idiot », là-dessus pas de doute.) Comme par un
fait exprès, juste avant son arrivée j'ai eu un très joli
songe (d'ailleurs de ceux qui me viennent maintenant par
centaines). Je m'étais endormi, je crois, une heure avant
sa venue, et je me suis vu dans une chambre (mais pas la
mienne). Cette chambre était plus grande et plus haute
que la mienne, mieux meublée, claire ; une armoire, une
commode, un divan et mon lit, grand et large et couvert
d'une couverture de soie verte piquée. Mais dans cette
chambre je remarquai une bête effrayante, une espèce de
monstre. C'était une sorte de scorpion, mais pas un scorpion, plus ignoble et beaucoup plus effrayant, du fait
justement, il me semble, qu'il n'existe pas dans la nature
d'animal semblable et que celui-ci est apparu chez moi
exprès, et qu'en cela même est contenu une sorte de
mystère. Je l'examinai très bien : il était brun et couvert
d'écailles, une bête rampante, longue de quatre doigts,
grosse de deux doigts à la tête et diminuant vers la queue,
de sorte que l'extrémité de la queue n'avait pas plus d'un
dixième de doigt d'épaisseur. A un doigt de la tête naissaient du tronc, faisant un angle de 45°, deux pattes, une
de chaque côté, longues de deux doigts, de sorte que
toute la bête, à la regarder d'en haut, présentait l'allure
d'un trident. Je n'examinai pas la tête, mais je vis deux
moustaches, de faible longueur, en forme de deux solides
aiguilles, également brunes. Deux moustaches semblables au bout de la queue et au bout de chaque patte, donc,
au total, huit moustaches. L'animal courait dans la chambre très vite, s'aidant des pattes et de la queue, et quand il
courait son corps et ses pattes se tortillaient comme de
petits serpents, avec une rapidité incroyable, en dépit de
leurs écailles, et tout cela était très dégoûtant à voir. Je
craignais terriblement qu'il ne me pique ; on m'avait dit
qu'il était venimeux, mais ce qui me tourmentait surtout,
c'était la question : qui l'a envoyé dans ma chambre, que
veut-on me faire et quel est ce mystère ? Il se cachait sous
la commode, sous l'armoire, rampait dans les coins. Je
m'assis sur ma chaise les jambes croisées sous moi. Il
avait traversé toute la chambre rapidement, en travers, et
avait disparu quelque part près de ma chaise. Épouvanté,

je regardais tout autour, mais comme j'avais les jambes repliées sous moi, j'espérais qu'il ne monterait pas sur la chaise. Soudain j'entendis derrière moi, tout près de ma tête, comme un glissement sonore ; je me retournai et je vis que le monstre rampait sur le mur et était déjà à la hauteur de ma nuque : même il touchait mes cheveux de sa queue qui se tournait et se tortillait avec une rapidité extraordinaire. Je bondis, et l'animal disparut. Je craignais de me coucher sur le lit, de peur qu'il ne se fût glissé sous l'oreiller. Dans la chambre entrèrent ma mère et un homme de ses connaissances. Ils firent la chasse au monstre, mais ils étaient plus calmes que moi, et même n'avaient pas peur. Mais ils ne comprenaient rien. Soudain, le monstre reparut ; il rampait, cette fois, très doucement et comme avec une certaine intention, en se tortillant lentement, ce qui était encore plus repoussant, toujours en travers de la chambre, vers la porte. Alors ma mère ouvrit la porte et appela Norma, notre chien, un énorme terre-neuve, noir et velu ; il est mort il y a cinq ans. Il se précipita dans la chambre et s'arrêta devant le monstre, comme figé. Le monstre aussi s'arrêta, mais sans cesser de se tortiller, en faisant claquer sur le plancher les extrémités de ses pattes et de sa queue. Les animaux ne peuvent pas éprouver le sentiment de la peur mystique, si je ne m'abuse ; mais à cet instant il me parut qu'il y avait dans l'épouvante de Norma quelque chose de très extraordinaire, de presque mystique, et que par conséquent lui aussi, comme moi, pressentait qu'il y avait dans la bête quelque chose de fatal, une sorte de mystère. Il reculait lentement devant le monstre qui doucement et prudemment avançait sur lui ; il semblait vouloir se jeter tout à coup sur lui et le piquer. Mais, malgré son épouvante, Norma le regardait avec colère, tout en tremblant de tous ses membres. Soudain il découvrit lentement ses dents redoutables, ouvrit tout entière son immense gueule rouge, s'apprêta, se mit en position, se décida et tout à coup saisit le monstre entre ses dents. Le monstre dut se débattre fortement pour s'échapper, de sorte que Norma le happa de nouveau, au vol cette fois, et à deux reprises l'engloutit dans sa gueule, toujours au

vol, comme s'il l'avalait. Les écailles craquèrent entre
ses dents ; la queue et les pattes, qui sortaient de la
gueule, remuaient avec une rapidité effrayante. Soudain
Norma poussa un cri plaintif : la bête avait réussi quand
même à lui piquer la langue. Avec hurlements et plaintes
de douleur, il ouvrit largement la gueule, et je vis que le
monstre déchiqueté s'agitait encore en travers la bouche,
laissant tomber sur la langue, de son corps à moitié écrasé
une quantité de liquide blanc semblable à celui qui sort
d'un cafard noir écrasé... Là-dessus je m'éveillai, et entra
le prince [31]. »

— Messieurs, dit Hippolyte, s'arrachant à sa lecture et
même un peu confus, je ne me suis pas relu, mais il me
semble que j'en ai écrit réellement beaucoup trop. Ce
songe...

— C'est bien cela, se hâta de placer Gaby.

— Il y a là-dedans trop de choses personnelles, je
l'admets, c'est-à-dire, en somme, me concernant...

En disant cela, Hippolyte avait l'air las et accablé et
essuyait de son mouchoir la sueur de son front.

— Oui, vous vous intéressez trop à vous-même, susurra Lebedev.

— Je n'oblige personne, encore une fois, messieurs ;
si quelqu'un ne veut pas écouter, il peut se retirer.

— Il nous chasse... de la maison d'autrui, grogna,
sans presque se faire entendre, Rogojine.

— Et si tous ensemble nous nous levions et nous en
allions ? lança subitement Ferdychtchenko qui jusqu'alors
n'avait pas osé parler tout haut.

Hippolyte soudain baissa les yeux et saisit son manuscrit ; mais au même instant il releva la tête et, les yeux
étincelants, avec ses deux taches rouges sur les joues, il
prononça en regardant à brûle-pourpoint Ferdychtchenko :

— Vous, vous ne m'aimez guère !

Des rires éclatèrent ; d'ailleurs la majorité ne riait pas.
Hippolyte rougit terriblement.

— Hippolyte, dit le prince, fermez votre manuscrit et
remettez-le-moi, et vous, couchez-vous ici, dans ma
chambre. Nous parlerons avant de nous endormir et de-

main; mais à condition que vous ne déployiez plus jamais ces feuillets. Vous voulez?

— Comment serait-ce possible? — Hippolyte le regardait, plongé dans une véritable surprise. — Messieurs! cria-t-il, s'animant de nouveau fiévreusement, voilà un absurde épisode, dans lequel je n'ai pas su me conduire. Je n'interromprai plus la lecture. Que ceux qui veulent écouter écoutent...

Il avala vivement un peu d'eau, vivement s'accouda sur la table pour s'abriter des regards, et avec obstination se mit en devoir de continer sa lecture. La confusion avait vite passé...

— L'idée qu'il ne vaut pas la peine — ainsi continua-t-il — de vivre pour quelques semaines a commencé à s'emparer de moi véritablement, je pense, il y a environ un mois, alors qu'il me restait à vivre encore quatre semaines; mais elle s'est emparée de moi complètement il n'y a que trois jours, une fois rentré de cette solrée de Pavlovsk. Le premier moment de pleine et directe pénétration en moi de cette idée a eu lieu sur la terrasse du prince, précisément à cet instant où j'ai imaginé de faire un dernier essai de la vie, où j'ai désiré voir les hommes et les arbres (je veux bien que ces mots soient de moi), où je me suis échauffé, ai insisté sur le droit de Bourdovski «mon prochain» et rêvé que tous ouvriraient soudain leurs bras et me recevraient dans leur étreinte et me demanderaient pardon, et moi à eux; bref, j'ai fini comme un fieffé imbécile. Eh bien, c'est dans ces heures-là qu'a surgi chez moi «ma dernière conviction». Je m'étonne maintenant d'avoir pu vivre six mois sans cette «conviction»! Je savais positivement que j'étais poitrinaire, et incurable; je ne m'illusionnais pas et je comprenais la chose clairement. Mais plus clairement je la comprenais, et plus convulsivement j'avais envie de vivre; je m'accrochais à la vie et je voulais vivre à tout prix. Je le reconnais, j'ai pu alors enrager contre le sort aveugle et sourd qui avait ordonné de m'écraser comme une mouche et, naturellement, sans savoir pourquoi; mais pourquoi donc n'ai-je pas fini avec cette seule rage? Pourquoi donc ai-je réellement *commencé* à vivre, sachant que je ne

pouvais plus rien commencer, et essayé, sachant que je
n'avais plus rien à essayer ? Et cependant je ne pouvais
même plus lire un livre et j'avais cessé de lire : à quoi bon
lire, à quoi bon apprendre, pour six mois ? Cette idée m'a
obligé maintes fois à laisser là mon livre. Oui, ce mur de
Meyer en aurait long à raconter ! Que de choses j'ai
inscrites sur lui ! Pas une tache, sur ce mur sordide, que je
ne connaisse par cœur ! Maudit mur ! Et malgré tout il
m'est plus cher que tous les arbres de Pavlovsk, c'est-
à-dire qu'il devrait m'être plus cher, si aujourd'hui tout
ne m'était égal.

Je me rappelle maintenant avec quel avide intérêt je me
mis alors à suivre *leur* vie ; jamais auparavant je n'avais
eu un pareil intérêt. Avec impatience et reproches, j'attendais parfois Colas, quand il était lui-même si malade
qu'il ne pouvait pas quitter la chambre. J'entrais dans
tous les détails, je m'intéressais à tous les bruits, au point
de devenir, je crois, un potinier. Je ne comprenais pas,
par exemple, comment ces hommes qui possédaient tant
de vie ne savaient pas devenir des richards (du reste, je ne
le comprends toujours pas). Je connaissais un malheureux, dont on m'a raconté ensuite qu'il était mort de faim,
et cela, je m'en souviens, m'a mis hors de moi : si on
pouvait ressusciter ce malheureux, je crois que je l'exé-
cuterais. Je me sentais mieux, quelquefois, pour des
semaines, et je pouvais sortir dans la rue ; mais la rue finit
par éveiller chez moi une telle irritation que des journées
entières je restais exprès enfermé, bien que je pusse sortir
comme tout le monde. Je ne pouvais souffrir cette foule
mouvante, allant et venant, perpétuellement préoccupée,
morose et alarmée qui s'agitait autour de moi sur les
trottoirs. A quoi bon ce chagrin perpétuel, cette alarme et
cette agitation perpétuelles, cette perpétuelle et sombre
colère (car ils sont coléreux, coléreux, coléreux) ? A qui
la faute, s'ils sont malheureux et s'ils ne savent pas vivre,
quand ils ont devant eux des soixante années de vie ?
Pourquoi Zarnitsyne s'est-il laissé mourir de faim, avec
soixante années devant lui ? Et chacun montre ses hardes,
ses mains calleuses, enrage et crie : « Nous travaillons
comme des bêtes de somme, nous peinons, et nous som-

mes affamés comme des chiens et pauvres! Les autres ne travaillent ni ne peinent, et ils sont riches!» (Éternel refrain!) A côté d'eux court et s'agite du matin au soir un malheureux avorton de noble origine, Ivan Fomitch Sourikov — il habite chez nous, l'étage au-dessus —, toujours les coudes troués, les boutons arrachés, faisant les courses pour diverses personnes, faisant les commissions, et cela du matin au soir. Causez un peu avec lui : «Je suis pauvre, misérable et mendiant, ma femme est morte, je n'avais pas de quoi acheter des remèdes, et l'hiver mon enfant a péri gelé, ma fille aînée est partie se faire entretenir... », perpétuellement il geint, perpétuellement il se lamente! Oh, jamais je n'ai eu aucune pitié pour ces imbéciles, ni aujourd'hui ni autrefois : je le dis avec fierté! Pourquoi n'est-il pas Rothschild [32]? A qui la faute, s'il n'a pas les millions de Rothschild, s'il n'a pas une montagne d'impériales et de napoléons d'or, une montagne aussi haute que celle des jours-gras à la foire [33]? Dès lors qu'il vit, il a tout en son pouvoir! A qui la faute, s'il ne le comprend pas?

Oh, maintenant tout m'est égal, maintenant je n'ai plus le temps de me fâcher, mais alors, alors, je le répète, je mordais à la lettre mon oreiller la nuit et je déchirais ma couverture, de rage. O, comme alors je rêvais, comme je désirais, comme je désirais, exprès, qu'on me chasse tout à coup dans la rue, à dix-huit ans, à peine vêtu, à peine couvert et qu'on m'y laisse seul, sans logis, sans travail, sans un morceau de pain, sans parents, sans une connaissance dans la ville immense, affamé, assommé (tant mieux!), mais valide, et c'est alors que j'aurais montré...

Qu'aurais-je montré?

Oh, est-ce que vous vous figurez que je ne sais pas combien je me suis abaissé déjà avec mon «Explication»? Qui ne me prendrait pour un blanc-bec qui ne connaît pas la vie, oubliant ainsi que je n'ai plus dix-huit ans; oubliant que vivre comme j'ai vécu ces six mois, c'est déjà avoir atteint l'âge des cheveux blancs! Mais qu'on rie, soit, et qu'on dise que ce sont là des contes! C'est vrai, je me suis raconté à moi-même des contes.

J'en ai rempli mes nuits entières; je me les rappelle encore.

Mais dois-je aujourd'hui les répéter encore, alors que pour moi aussi le temps est passé des contes? Et à qui donc? Ils m'ont amusé alors, quand je voyais clairement qu'il m'était interdit d'étudier même la grammaire grecque, comme l'idée m'en était justement venue: « Je ne serai pas encore arrivé à la syntaxe, que je mourrai », pensai-je dès la première page, et je jetai le livre sous la table. Il y traîne encore: j'ai interdit à Matrone de le ramasser.

Celui à qui tombera entre les mains mon « Explication » et qui aura la patience de la lire pourra me considérer comme un fou, ou même comme un lycéen, ou plutôt comme un condamné à mort à qui, naturellement, il a semblé que tous les hommes sauf lui n'apprécient pas assez la vie, la dépensent à trop bas prix, l'utilisent trop paresseusement, trop malhonnêtement et que par conséquent tous jusqu'au dernier ils sont indignes d'elle! Et puis après? Je déclare que mon lecteur se trompera et que ma conviction est absolument indépendante de ma condamnation à mort. Demandez, demandez-leur seulement comment eux tous, tous jusqu'au dernier, ils entendent le bonheur. O, soyez convaincus que Colomb a été heureux non pas quand il a découvert l'Amérique, mais pendant qu'il la cherchait; soyez convaincus que le summum de son bonheur a été, peut-être, exactement trois jours avant la découverte du Nouveau Monde, quand son équipage en révolte, au désespoir, a failli faire route arrière, vers l'Europe! Ce n'est pas le Nouveau Monde qui importait, il pouvait aller au diable. Colomb est mort l'ayant à peine vu et ne sachant pas, au fond, s'il l'avait découvert. L'essentiel est dans la vie, dans la vie seulement, — dans le travail de la découverte, incessant et éternel et pas du tout dans la découverte! Mais à quoi bon insister? Je soupçonne que tout ce que je dis en ce moment ressemble tellement à des lieux communs qu'on me prendra sûrement pour un élève de classe enfantine présentant sa narration sur « le lever du soleil »; ou bien on dira que j'ai peut-être voulu dire quelque chose, mais

que malgré mon désir je n'ai pas su... «développer».
J'ajouterai cependant que dans toute pensée humaine gé-
niale ou nouvelle, ou même tout bonnement dans toute
pensée humaine sérieuse qui naît dans un cerveau quelconque, il reste toujours quelque chose qu'il est impossible de transmettre aux autres hommes, écrivît-on des
volumes entiers et commentât-on cette pensée pendant
trente-cinq ans ; il restera toujours quelque chose qui pour
rien au monde ne voudra sortir de dessous votre crâne et
qui y demeurera à jamais ; vous mourrez avec, sans le
transmettre à personne, l'essentiel peut-être de votre idée.
Mais si, moi aussi, je n'ai pas su transmettre tout ce qui
m'a tourmenté durant ces six mois, on comprendra du
moins qu'étant arrivé à ma présente «dernière conviction», j'ai payé assez cher, peut-être, pour elle. Eh bien,
voilà ce que j'ai jugé nécessaire, pour des buts de moi
connus, de mettre en lumière dans mon «Explication».
    Cependant, je continue.

VI

    Je ne veux pas mentir ; la réalité a cherché, moi aussi, à
m'accrocher pendant ces six mois, et parfois m'a si bien
entraîné que j'en oubliais ma sentence ou, mieux, ne
voulais pas y penser et même me livrais à l'action. A
propos, parlons de ma vie d'alors. Quand il y a huit mois
je tombai très malade, je cessai toutes relations et laissai
là tous mes anciens camarades. Comme j'ai toujours été
assez sauvage, ces camarades m'ont aisément oublié ;
bien sûr, ils m'auraient oublié même sans cela. Ma vie à
la maison, c'est-à-dire «en famille», était également solitaire. Il y a environ cinq mois je m'enfermai une fois
pour toutes chez moi et m'isolai des chambres de la
famille absolument. On m'obéissait toujours, et nul n'osa
plus entrer chez moi, sauf à une heure fixe pour faire la
chambre et m'apporter à manger. Ma mère tremblait
devant mes ordres et n'osait même pas pleurnicher devant
moi, quand je voulais bien parfois l'admettre chez moi.
Elle battait sans cesse les petits pour qu'ils ne fissent pas

de bruit et ne m'importunent pas ; souvent je me plaignais quand même de leurs cris ; ils doivent maintenant m'aimer ! Le « fidèle Colas », comme je l'ai surnommé, je l'ai aussi, je pense, pas mal tourmenté. Dans les derniers temps lui aussi m'a tourmenté. Tout cela était naturel, les hommes ont été créés pour se tourmenter les uns les autres. Mais j'ai remarqué qu'il supporte mon caractère irritable comme s'il s'était donné d'avance le mot d'épargner un malade. Naturellement, cela m'irritait ; mais je crois qu'il a décidé d'imiter le prince dans son « humilité chrétienne », ce qui était déjà un peu ridicule. C'est un gamin jeune et ardent et naturellement il imite tout, mais il m'a semblé parfois qu'il serait temps pour lui de vivre aussi avec son cerveau à lui. Je l'aime beaucoup.

J'ai tourmenté aussi Sourikov, qui habitait au-dessus de nous et qui courait du matin au soir pour faire les commissions de je ne sais plus qui ; je lui prouvais toujours que c'était sa faute à lui, s'il était pauvre, de sorte que finalement il a pris peur et a cessé de me rendre visite. C'est un homme très modeste, la plus humble des créatures. (N. B. — On dit que l'humilité est une force redoutable ; il faut s'en informer auprès du prince ; c'est son expression à lui) ; mais quand, en mars dernier, je suis monté chez lui pour voir comment là-bas ils avaient « congelé un enfant », selon son expression, et que tout à coup je fus pris de rire devant le corps de son nouveau-né parce que de nouveau je m'étais mis à expliquer à Sourikov que « c'était sa faute », voilà que soudain ce pauvre homme eut les lèvres qui se mirent à trembler et, me prenant par l'épaule d'une main, de l'autre il me montra la porte et à voix basse, presque dans un chuchotement, me dit : « Allez-vous-en ! » Je sortis, et cela me plut beaucoup, me plut sur le moment même, à la minute même où il me mettait dehors ; mais ses paroles me laissèrent encore longtemps après, quand le souvenir m'en revenait, une impression pénible de pitié pour lui, une pitié bizarre, méprisante, que je n'aurais pas du tout voulu éprouver. Même dans l'instant d'une pareille offense (je sens moi-même que je l'avais offensé, sans en avoir eu l'intention), même dans un pareil moment cet homme n'avait pas pu se fâcher ! Ses lèvres s'étaient mises à danser non point de colère, je vous en donne ma parole : il me prit par le bras et prononça son magnifique « Allez-vous-en ! » absolument sans colère. Il y avait là de la dignité, même beaucoup de dignité, une dignité qui n'allait guère avec sa physionomie (et par suite, à vrai dire, il y avait là, beaucoup de comique aussi), mais il n'y avait pas de colère. Peut-être m'a-t-il tout d'un coup méprisé. Depuis lors, les deux ou trois fois que je l'ai rencontré dans l'escalier, il a ôté son chapeau devant moi, ce qu'avant il ne faisait jamais, mais sans s'arrêter comme avant, et il a passé rapidement d'un air embarrassé. Si même il me méprisait, c'est quand même à sa façon : il me « méprisait *humblement* ». Et peut-être ôtait-il son chapeau par peur, au fils de sa créancière, car il était perpétuellement endetté envers ma mère et n'avait pas la force de sortir de ces dettes. C'est même là le plus vraisemblable. J'aurais voulu m'expliquer avec lui, et je sais à coup sûr qu'au bout de dix minutes c'est lui qui m'aurait demandé pardon ; mais j'ai jugé qu'il valait mieux ne plus y toucher.

Dans ce même temps, c'est-à-dire vers le temps où Sourikov « congela » son enfant, vers le milieu de mars, je me sentis tout à coup je ne sais pourquoi, beaucoup mieux, et cela dura une quinzaine de jours. Je me remis à sortir, le plus souvent au crépuscule. J'aimais ces crépuscules de mars, où il commençait à geler et où s'allumait le gaz ; j'allais parfois assez loin. Une fois, dans la rue aux Six-Boutiques [34] je fus dépassé dans l'obscurité par un individu de la classe « noble » que je ne distinguai pas bien ; il portait quelque chose d'enveloppé dans du papier et était vêtu d'un affreux petit manteau trop court, trop léger pour la saison. Quand il fut à la hauteur du réverbère, à une dizaine de pas devant moi, je remarquai qu'il avait laissé tomber quelque chose de sa poche. Je me hâtai de ramasser l'objet, et il était temps, car déjà avait bondi un individu en long cafetan ; mais ayant vu l'objet entre mes mains, il n'engagea pas de discussion, lança un regard rapide sur mes mains et disparut. Cet objet était un grand portefeuille de cuir de Russie, à l'ancienne mode et

bien bourré, mais je ne sais comment je devinai au premier coup d'œil qu'il y avait là tout ce qu'on voulait,
mais pas d'argent. Le passant qui l'avait perdu marchait
toujours, à une quarantaine de pas de moi maintenant, et
bientôt dans la foule je le perdis de vue. Je courus et je
l'appelai en criant ; mais comme je ne pouvais crier que
« Hé » ! il ne se retourna pas. Soudain il disparut sur la
gauche, sous le portail d'une maison. Lorsque j'arrivai à
ce portail, sous lequel il faisait très sombre, il n'y avait
plus personne. C'était une maison immense, une de ces
bâtisses colossales que construisent les hommes d'affaires pour les louer en petits logements ; certaines de ces
maisons en ont jusqu'à cent. Quand j'eus passé en courant ce portail, il me sembla apercevoir en face, dans le
coin droit au fond d'une vaste cour, un homme qui
marchait, bien que dans l'obscurité je ne pusse bien
distinguer. Arrivé dans ce coin, je vis l'entrée d'un escalier ; l'escalier était étroit, extrêmement sale et absolument sans lumière ; mais on pouvait entendre dans le haut
le pas d'un homme encore en train de monter, et je
m'élançai, comptant bien qu'avant qu'on lui eût ouvert,
je l'aurais rattrapé. C'est ce qui se passa. Les étages
n'étaient pas hauts, leur nombre n'en finissait pas, de
sorte que j'étais terriblement essoufflé ; une porte s'ouvrit
et se referma au quatrième, et cela je le devinai étant
encore trois étages plus bas. Avant que je grimpe jusque-là, que je souffle sur le palier, que je découvre la
sonnette, il se passa quelques minutes. On m'ouvrit enfin : une femme qui dans une cuisine minuscule allumait
un samovar ; elle écouta sans mot dire mes questions,
naturellement ne comprit rien et sans mot dire m'ouvrit la
porte de la pièce voisine, elle aussi petite, terriblement
basse, avec le strict minimum de vilains meubles et un
large et vaste lit garni de rideaux, sur lequel était couché
« Terentitch » (c'est ainsi qu'elle l'avait appelé), ivre à ce
qu'il me parut. Sur la table un reste de chandelle finissant
de brûler dans une veilleuse de fer et un demi-pot d'eau-
de-vie à peu près vide. Terentitch poussa de son lit un
mugissement à mon adresse en me montrant de la main la
porte suivante ; la femme s'en était allée, de sorte qu'il ne

me restait plus qu'à ouvrir cette porte. Je l'ouvris, et entrai dans la pièce suivante.

Cette pièce était encore plus étroite et plus petite que la précédente, si bien que je n'avais pas où me retourner ; un lit étroit pour une personne, dans un coin, occupait énormément de place ; comme autres meubles il n'y avait que trois simples chaises, encombrées de diverses hardes, et la plus banale des tables de cuisine devant un vieux divan de toile cirée ; entre cette table et le lit il était presque impossible de passer. Sur la table brûlait la même veilleuse de fer avec sa chandelle que dans l'autre pièce, et sur le lit piaillait un tout petit enfant, qui pouvait bien avoir trois semaines, à en juger d'après ses cris ; on était en train de le «changer», c'est-à-dire de changer ses langes : une femme pâle et malade, jeune sans doute, vêtue fort négligemment et qui peut-être venait de se relever après ses couches ; mais l'enfant ne se calmait pas et criait dans l'attente de ce maigre sein. Sur le divan dormait un autre enfant, une fillette de trois ans, couverte, je crois, d'un habit noir. Devant la table se tenait un monsieur en redingote râpée (il avait déjà ôté son manteau, qui était posé sur le lit). Il était en train d'ouvrir un papier bleu qui enveloppait deux livres de pain blanc et deux petites saucisses. Sur la table il y avait en outre une théière avec son thé et des morceaux de pain noir qui traînaient. De dessous le lit dépassait une valise non fermée et pointaient deux baluchons pleins de chiffons.

Bref, c'était un effroyable désordre. Au premier coup d'œil il m'apparut que tous deux, le monsieur et la dame, étaient des gens bien, mais réduits par la pauvreté à cet état avilissant où le désordre vient à bout, finalement, de tous les efforts pour le combattre et réduit les gens à l'amère nécessité de trouver dans ce désordre même, qui va chaque jour croissant, je ne sais quelle amère et peut-être vengeresse sensation de plaisir.

Quand j'entrai, ce monsieur qui venait d'arriver juste avant moi et qui déballait ses provisions échangeait avec sa femme quelques paroles rapides et animées ; celle-ci, qui n'en avait cependant pas encore terminé avec les langes, avait déjà eu le temps d'exhaler des plaintes : les nouvelles étaient sans doute mauvaises, comme d'habitude. Le visage de ce monsieur à qui on pouvait donner dans les vingt-huit ans, basané et sec, encadré de favoris noirs, avec un menton rasé jusqu'à en reluire, me sembla assez convenable et même agréable ; il était sévère, avec un regard sévère, mais avec une nuance maladive de fierté facilement irritable. Après que je fus entré, se produisit une scène singulière.

Il y a des gens qui trouvent dans leur susceptibilité chatouilleuse une immense jouissance, particulièrement lorsqu'elle est portée chez eux (ce qui arrive toujours très vite) au dernier degré ; à cet instant, je crois, il leur est même plus agréable d'être offensés que de n'être pas offensés. Ces susceptibles sont toujours, ensuite, tourmentés par le remords, s'ils sont intelligents, s'entend, et en état de comprendre qu'ils se sont échauffés dix fois plus qu'il ne fallait. Ce monsieur me regarda quelque temps avec surprise et sa femme avec épouvante, comme si c'était un événement effrayant que quelqu'un pût entrer chez eux ; tout à coup il se jeta sur moi presque avec rage ; je n'avais pas encore murmuré deux mots que lui, surtout en voyant que j'étais convenablement vêtu, se jugea sans doute mortellement offensé que j'eusse osé si cavalièrement fourrer le nez dans son coin et voir sa misérable installation, dont il était si honteux lui-même. Naturellement, il se réjouit de l'occasion de passer sur quelqu'un sa rancœur de tous ses échecs. Un instant, je pensai même qu'il engagerait la lutte ; il pâlit, comme une femme en proie à une crise de nerfs, et fit à sa propre femme une peur terrible.

— Comment avez-vous osé entrer de la sorte ? Hors d'ici ! cria-t-il, tremblant et arrivant même difficilement à articuler les mots. Mais soudain il aperçut entre mes mains son portefeuille.

— Je crois que vous l'avez laissé tomber, dis-je le plus tranquillement et le plus sèchement possible. (C'était ce qu'il fallait.)

Il était devant moi absolument épouvanté et pendant quelque temps parut ne rien pouvoir comprendre ; ensuite, il porta rapidement la main à sa poche de côté, resta bouche bée d'effroi et se frappa le front de la main.

— Mon Dieu! Où l'avez-vous trouvé? De quelle façon?

J'expliquai dans les termes les plus brefs, et plus sèchement encore si possible, comment j'avais ramassé le portefeuille, comment j'avais couru et l'avais appelé et comment, enfin, grâce à ma perspicacité et presque à tâtons, j'avais sur ses talons gravi l'escalier.

— O, mon Dieu! s'écria-t-il en s'adressant à sa femme, il y a là tous nos papiers, mes derniers instruments, tout... O, cher monsieur, savez-vous ce que vous avez fait pour moi? J'étais un homme perdu!

J'avais pris entre-temps la poignée de la porte, afin de m'en aller sans répondre, mais j'étouffais, et soudain mon émotion se traduisit par une quinte de toux si violente que je pouvais à peine tenir debout. Je vis ce monsieur se précipiter de tous les côtés pour me trouver une chaise libre, saisir enfin des hardes sur une chaise et les jeter sur le plancher et hâtivement me tendre cette chaise et m'y installer précautionneusement. Mais ma toux se prolongeait et de trois minutes encore ne se calma pas. Quand je revins à moi, il était déjà assis à mon côté sur une autre chaise, dont il avait aussi, sans doute, jeté par terre les hardes qui l'occupaient, et me regardait fixement.

— Vous êtes souffrant..., il me semble? prononça-t-il du ton qu'emploient d'ordinaire les docteurs en abordant un malade. Je suis... médecin (il ne dit pas: docteur).

— Et après avoir ainsi parlé il me montra de la main la chambre comme pour protester contre sa situation actuelle. — Je vois que vous...

— Je suis poitrinaire, dis-je le plus brièvement possible, et je me levai.

Il bondit lui aussi.

— Peut-être exagérez-vous et... en prenant des médicaments...

Il était très désorienté et semblait ne toujours pas pouvoir reprendre ses esprits; son portefeuille pointait dans sa main gauche.

— O, ne vous inquiétez pas, interrompis-je encore en
prenant la poignée de la porte, j'ai été examiné la semaine
dernière par B... ne (je plaçai là encore une fois le nom de
B... ne [35]), et mon affaire est claire. Excusez...

Je voulus de nouveau ouvrir la porte et laisser là mon
docteur tout confus, reconnaissant et accablé de honte,
mais ma maudite toux me reprit encore. Alors mon docteur insista pour que je me rassoie et me repose ; il se
tourna vers sa femme, et celle-ci, sans quitter sa place,
m'adressa quelques paroles affables et reconnaissantes.
Elle était aussi très confuse, au point qu'une rougeur
apparut sur ses joues sèches, jaune pâle. Je restai, mais
avec un air qui leur témoignait à chaque seconde que je
craignais terriblement de les gêner (c'était ce qui convenait). Le remords de mon docteur finit par le torturer : je
le voyais.

— Si je..., commença-t-il en interrompant sans cesse
ses phrases et sautant de l'une à l'autre, je vous suis si
reconnaissant et je suis si coupable devant vous... je..
vous voyez... (de nouveau il montra sa chambre) je suis
actuellement dans une telle situation...

— O, dis-je, pas besoin de voir ; c'est chose connue ;
vous avez sans doute perdu votre place et vous êtes venu
vous expliquer et en chercher une autre ?

— Comment... savez-vous ? demanda-t-il avec étonnement.

— Cela se voit du premier coup d'œil ! répondis-je,
railleur malgré moi. Il en vient ici beaucoup, des provin-
ces, avec leurs espoirs, ils courent de-ci de-là et ils vivent
comme ça.

Soudain il parla avec chaleur, les lèvres tremblantes ; il
se plaignait, il racontait, et j'avoue qu'il me captiva. Je
restai chez lui près d'une heure. Il me conta son histoire,
d'ailleurs très ordinaire. Il était officier de santé dans une
province, avait un poste de fonctionnaire, mais des intri-
gues furent montées contre lui, où on avait mêlé même sa
femme. Il avait fait le fier, s'était échauffé, il y eut dans
le haut personnel de la province un changement favorable
à ses ennemis ; on le sapa, on porta plainte contre lui ; il
perdit sa place et avec ses derniers fonds arriva à Péters-

bourg pour s'expliquer. Là, naturellement, on fut longtemps sans l'écouter, ensuite on l'écouta, ensuite on lui
répondit par un refus, ensuite on le nourrit de promesses,
ensuite on répondit avec sévérité, ensuite on lui dit de
donner des explications par écrit, ensuite on refusa de
recevoir ce qu'il avait écrit, on lui dit de présenter une
supplique, bref c'était le cinquième mois qu'il courait, il
avait tout mangé; les derniers chiffons de sa femme
étaient au mont-de-piété, et voilà qu'était né un enfant
et... et... « aujourd'hui est arrivé le refus définitif de ma
supplique, et je n'ai presque plus de pain, plus rien, ma
femme a accouché. Je, je... »

Il bondit de sa chaise et se détourna. Sa femme pleurait
dans un coin, l'enfant recommença à piailler. Je sortis
mon carnet et me mis à écrire. Quand j'eus terminé et me
levai, je le vis debout devant moi qui regardait avec une
curiosité timide.

— J'ai noté votre nom, lui dis-je, et tout le reste : lieu
de votre ancien poste, nom du gouverneur, les dates, les
mois... J'ai un camarade d'école, Bakhmoutov, qui a un
oncle, Pierre Matvieevitch Bakhmoutov, conseiller
d'État actuel [36] et qui est directeur...

— Pierre Matvieevitch Bakhmoutov ! s'écria mon médecin, tremblant presque. Mais c'est de lui que presque
tout dépend !

En effet, dans l'histoire de mon médecin et dans son
dénouement, auquel je contribuai ainsi par hasard, tout se
combina et s'arrangea comme si ç'avait été préparé exprès, tout à fait comme dans un roman. Je dis à ces
pauvres gens qu'ils essaient de ne placer aucune espé-
rance en moi, que je n'étais qu'un pauvre lycéen (j'exa-
gérai à dessein l'humilité de ma situation : j'avais depuis
longtemps terminé mes études et n'étais pas lycéen) et
que mon nom ne leur dirait rien, mais que j'irais tout de
suite à l'Ile Basile voir mon camarade Bakhmoutov; étant
donné que, je le savais pertinemment, son oncle,
conseiller d'État actuel, célibataire et sans enfants, était
en adoration devant son neveu et l'aimait jusqu'à la
passion, voyant en lui le dernier rejeton de sa famille, « il
se pouvait que mon camarade pût faire quelque chose

pour eux et pour moi, naturellement, auprès de son oncle... »

— Si seulement on me laissait m'expliquer avec Son Excellence ! Si m'était accordée la possibilité d'obtenir l'honneur de m'expliquer de vive voix ! s'écria-t-il, comme tremblant de fièvre et les yeux brillants. Il dit bien « accordée la possibilité ». Ayant répété encore une fois que l'affaire échouerait sûrement et se terminerait en queue de poisson, j'ajoutai que, si le lendemain matin je ne venais pas chez eux, ce serait signe que tout est fini et qu'ils n'ont plus rien à attendre. Ils me reconduisirent avec de grands saluts ; ils avaient presque perdu l'esprit. Jamais je n'oublierai l'expression de leur visage. Je pris un fiacre et partis aussitôt pour l'Ile Basile.

Avec ce Bakhmoutov j'avais été durant plusieurs années, au lycée, en perpétuelle inimitié. Il passait pour un aristocrate, du moins c'était ainsi que je l'appelais : il s'habillait joliment, arrivait dans sa voiture, sans faire aucunement le fanfaron, était toujours excellent camarade, toujours extraordinairement joyeux et même parfois très spirituel, en dépit d'une intelligence très bornée, quoique toujours le premier de la classe ; moi, je n'étais jamais premier en rien. Tous les camarades l'aimaient, sauf moi. Bien des fois durant ces années il m'avait abordé ; mais chaque fois je me détournais de lui d'un air maussade et irrité. Je ne l'avais pas revu depuis un an ; il était à l'Université. Lorsque, sur les huit, neuf heures, je me présentai chez lui (avec beaucoup de cérémonies : on m'annonça), il m'accueillit d'abord avec surprise, même tout autrement qu'avec affabilité, mais aussitôt retrouva sa gaieté et, en me regardant, soudain éclata de rire.

— Mais quelle idée vous a pris de me voir, Terentiev ? s'écria-t-il avec sa gentille désinvolture de toujours, parfois osée, mais jamais blessante, que je détestais tant chez lui et pour laquelle je le haïssais. Mais qu'y a-t-il, s'écria-t-il avec effroi, vous êtes si malade !

La toux m'avait de nouveau accablé, je tombai sur une chaise et eus de la peine à reprendre ma respiration.

— Ne vous inquiétez pas, je suis poitrinaire, dis-je. J'ai quelque chose à vous demander.

Il s'assit étonné, et j'exposai tout de suite l'histoire du docteur. J'expliquai qu'avec l'influence immense qu'il avait sur son oncle, il pourrait peut-être faire quelque chose.

— Je le ferai, je le ferai absolument, et dès demain j'attaquerai mon oncle ; j'en suis même ravi, et vous m'avez si bien raconté... Mais comment, Terentiev, l'idée vous est-elle venue de vous adresser quand même à moi ?

— Tant de choses, là-dedans, dépendent de votre oncle ; de plus, Bakhmoutov, nous avons toujours été ennemis, et comme vous êtes un gentilhomme, j'ai pensé qu'à un ennemi vous ne refuseriez pas, ajoutai-je avec ironie.

— Tout comme Napoléon s'est adressé à l'Angleterre [37] ! s'écria-t-il en riant bruyamment. Je le ferai, je le ferai ! J'irai même tout de suite, si je le peux ! se hâta-t-il d'ajouter en voyant que je me levais, sérieux et sévère.

Et en effet cette affaire, de la façon la plus inattendue, s'arrangea le mieux du monde. Six semaines après, notre médecin obtint un nouveau poste, dans une autre province, toucha des frais de route, même un secours. Je soupçonne que Bakhmoutov, qui avait pris l'habitude d'aller chez eux (tandis que moi j'avais à dessein cessé d'y aller et recevais presque sèchement le docteur quand il venait chez moi)... Bakhmoutov, je le soupçonne, avait même amené le docteur à accepter de lui un prêt. Bakhmoutov, lui-même, je le vis peut-être deux fois pendant ces six semaines ; nous nous rencontrâmes une troisième fois pour le départ du docteur. Les adieux furent organisés par Bakhmoutov chez lui, sous la forme d'un dîner au champagne, auquel assista aussi la femme du docteur ; d'ailleurs elle se retira très tôt pour aller retrouver son enfant. C'était au début de mai, la soirée était claire, l'immense disque du soleil descendait sur le golfe. Bakhmoutov me raccompagna chez moi ; nous traversâmes le pont Nicolas [38], nous avions un peu bu tous les deux. Bakhmoutov parlait de sa joie de ce que l'affaire se fût aussi bien terminée, me remercia de je ne sais plus quoi, dit comme il se sentait agréablement après cette bonne action, assura que tout le mérite était à moi et qu'on avait tort, comme beaucoup le faisaient aujourd'hui, d'enseigner et de prêcher qu'une unique bonne action n'avait aucune signification. A moi aussi, vint une grande envie de parler.

— Celui qui porte atteinte à l'acte individuel de charité, commençai-je, attente à la nature de l'homme et méprise sa dignité personnelle. Mais l'organisation de la « charité publique » et le problème de la liberté personnelle sont deux choses différentes et qui ne s'excluent pas. La bonne action individuelle restera toujours, parce que c'est un besoin de la personne, un besoin vivant d'influence immédiate d'une personne sur une autre. Il y avait à Moscou un vieillard, un « général », c'est-à-dire un conseiller d'État actuel, portant un nom allemand [39], il a passé toute sa vie à visiter les prisons et les criminels ; chaque convoi expédié en Sibérie savait d'avance qu'il aurait au Mont des Moineaux la visite du « vieux général ». Il accomplissait son œuvre avec sérieux, avec piété ; il arrivait, longeait les rangs des déportés, qui l'entouraient, s'arrêtait devant chacun, l'interrogeait sur ses besoins, ne faisait de morale à personne ou presque, les appelait tous « mon ami ». Il distribuait de l'argent ; envoyait les objets nécessaires : chaussettes russes, bandes molletières, pièces de grosse toile ; apportait parfois des brochures édifiantes qu'il donnait à ceux qui savaient lire, dans l'entière conviction où il était qu'ils les liraient en chemin et qu'ils en donneraient lecture aux autres. Sur leurs crimes il était rare qu'il les interrogeât, il écoutait seulement celui qui lui en parlait le premier. Tous les criminels étaient pour lui sur un pied d'égalité, il ne faisait pas de distinctions. Il leur parlait comme à des frères, mais eux, sur la fin, le considéraient comme un père. S'il remarquait une femme déportée avec un enfant dans les bras, il s'approchait, caressait l'enfant, faisait claquer ses doigts devant lui pour le faire rire. Il agit ainsi une quantité d'années, jusqu'à sa mort ; il finit par être connu dans toute la Russie et toute la Sibérie, je veux dire de tous les criminels. Un homme qui a été en Sibérie [40] m'a raconté avoir été témoin de la façon dont les criminels les plus endurcis gardaient le souvenir du général, et pourtant, lorsqu'il visitait un convoi, celui-ci pouvait rarement distribuer plus de vingt kopeks par tête. Sans doute, ce souvenir n'était pas précisément chaleureux, ni tellement sérieux. Un de ces « malheureux [41] », qui avait assassiné une douzaine de ses semblables, égorgé six enfants, uniquement pour son plaisir (il y en a eu, dit-on, de la sorte), se mettait soudain, un beau jour sans rime ni raison, et peut-être une fois seulement en vingt ans, à pousser un soupir en disant : « Tiens, que devient le vieux général ? Est-il toujours en vie ? » En même temps, peut-être, il avait un petit rire, et voilà, c'était tout. Mais comment pouvez-vous savoir quelle semence a été jetée pour toujours dans son âme par ce « vieux général » qu'il n'avait pas oublié après vingt ans ?

Comment savez-vous, Bakhmoutov, l'importance que peut avoir cette communion d'une personne avec une autre dans la destinée de cette autre ?... C'est qu'il s'agit de toute une vie et d'une multitude infinie de ramifications ignorée de nous. Le meilleur joueur d'échecs, le plus pénétrant, ne peut calculer que quelques coups d'avance ; d'un certain joueur français qui savait calculer dix coups d'avance, on a parlé comme d'un prodige. Or ici, combien de coups et combien d'inconnus ! En jetant votre semence, en jetant votre acte de charité, votre bonne action sous quelque forme que ce soit, vous donnez une part de votre personne et vous recevez en vous une part de l'autre ; vous communiez mutuellement l'un à l'autre ; encore un peu d'attention, et vous voilà récompensé par le savoir, par les découvertes les plus inattendus. Vous finirez nécessairement par considérer votre action comme une science ; elle absorbera toute votre vie et elle peut remplir une vie. D'autre part, toutes vos pensées, toutes les semences jetées par vous, et que peut-être vous avez déjà oubliées, prendront chair et grandiront ; celui qui a reçu de vous transmettra à un autre. Et comment pouvez-vous savoir la part que vous aurez dans la détermination future des destinées de l'humanité ? Mais si votre savoir et toute une vie de ce travail-là vous élèvent enfin à un point d'où vous serez en

état de jeter une semence énorme, de laisser en héritage à
l'univers une pensée immense, alors... Et ainsi de suite :
j'ai parlé longtemps dans ce sens.

— Et dire avec cela que c'est à vous que la vie a été
refusée ! s'écria Bakhmoutov, comme un reproche cui-
sant à l'adresse de quelqu'un.

A cet instant, nous étions sur le pont, accoudés sur le
parapet, et nous regardions la Neva.

— Savez-vous ce qui m'est venu à l'idée ? dis-je en me
penchant davantage encore sur le parapet.

— Serait-ce de vous jeter à l'eau ? s'écria Bakhmoutov
presque épouvanté. Peut-être avait-il lu ma pensée sur
mon visage.

— Non ; pour le moment ce n'est qu'un raisonnement,
le suivant : voici, il me reste maintenant deux ou trois
mois à vivre, peut-être quatre ; mais quand il n'en restera
que deux, par exemple, si je voulais alors terriblement
faire une bonne action qui exige de la peine, des courses
et des démarches, tenez, dans le genre de l'affaire de
notre docteur, je devrais y renoncer par manque de temps
et rechercher une autre « bonne action », plus modeste,
qui soit « dans mes moyens » (si je suis alors tellement
entêté de bonnes actions). Convenez que c'est là une idée
amusante !

Le pauvre Bakhmoutov était très alarmé pour moi, il
m'accompagna jusqu'à la maison et il eut la délicatesse
de ne pas une seule fois se lancer dans les consolations. Il
demeura presque tout le temps silencieux. En me quit-
tant, il me serra chaleureusement la main et demanda la
permission de me rendre visite. Je lui répondis que s'il
venait comme « consolateur » (car même s'il restait silencieux, il viendrait quand même comme consolateur, et je
le lui expliquai), par là même il me ferait à chaque coup
souvenir davantage encore de la mort. Il haussa les épaules, mais fut d'accord avec moi ; nous nous séparâmes
assez courtoisement, ce que je n'attendais même pas.

Mais ce soir-là et cette nuit-là fut jeté le premier germe
de ma « dernière conviction ». Je me saisis avidement de
cette *nouvelle* idée et je l'analysai avidement dans tous
ses détours, dans tous ses aspects (je ne dormis pas de la

nuit); plus je m'y plongeais, plus je l'accueillais en moi, et plus j'étais épouvanté. Une terrible épouvante enfin s'empara de moi et ne m'abandonna pas les jours suivants. Parfois, en pensant à cette perpétuelle épouvante, je me glaçais rapidement d'un nouvel effroi : d'après cette épouvante, je pouvais en effet conclure que ma « dernière conviction » était sérieusement assise chez moi et qu'elle arriverait nécessairement à sa conclusion. Mais pour cette conclusion je manquais de résolution. Trois semaines plus tard, tout était fini, et la résolution vint, mais dans une très singulière circonstance.

Ici, dans mon « Explication », je note tous ces chiffres et ces dates. Tout me sera égal, bien sûr, mais *aujourd'hui* (peut-être seulement dans cet instant) je désire que ceux qui jugeront ma conduite puissent voir clairement de quelle chaîne logique de déductions est sortie ma « dernière conviction ». Je viens d'écrire plus haut que la résolution définitive qui me manquait pour mettre en vigueur ma « dernière conviction » est issue chez moi, il me semble, non pas d'une déduction logique, mais d'un choc singulier, d'une circonstance singulière, peut-être sans aucun lien avec la marche des choses. Il y a une dizaine de jours est venu me trouver Rogojine, pour une affaire à lui, sur laquelle il est inutile ici de s'étendre. Je n'avais jamais vu Rogojine auparavant mais j'en avais beaucoup entendu parler. Je lui donnai tous les renseignements nécessaires et il s'en alla rapidement; comme il n'était venu que pour ces renseignements, les choses auraient pu en rester là entre nous. Cependant il m'intéressa fort, et tout ce jour-là je restai sous l'influence de pensées singulières, au point que je décidai d'aller le voir le lendemain, de lui rendre sa visite. Rogojine, visiblement, n'en fut pas enchanté et même me fit comprendre « délicatement » que nous n'avions pas lieu de prolonger nos relations; malgré tout, je passai là une heure bien curieuse, de même que lui, sans doute. Il y avait entre nous un tel contraste qu'il ne pouvait pas ne pas nous apparaître à tous deux, à moi surtout : j'étais un homme qui en était à compter ses jours; lui, un homme qui vivait de la vie la plus pleine et la plus immédiate, de la minute

présente, sans aucun souci de conclusions «dernières»,
de chiffres ou de quoi que ce fût qui ne concernât pas ce
dont... dont... enfin il était fou; que M. Rogojine me
pardonne ce mot, à titre, s'il veut, de mauvais littérateur,
inhabile à exprimer sa pensée! Malgré son peu d'amabilité, il me sembla qu'il avait de l'intelligence et pouvait
comprendre bien des choses, bien que très peu l'intéres-
sassent en dehors de son objet propre. Je ne fis pas
allusion à ma «dernière conviction», mais il me parut, je
ne sais pourquoi, qu'en m'écoutant il la devinait. Il ne dit
rien; il est terriblement taciturne. Je lui insinuai en partant que, en dépit de toute la différence et de toutes les
oppositions existant entre nous, *les extrémités se touchent* [42] (je lui traduisis cela en russe), de sorte que
peut-être n'était-il pas aussi loin lui-même de ma «dernière conviction» qu'il le paraissait. A cela il répondit par
une grimace très désagréable et très amère, il se leva, alla
de lui-même me chercher ma casquette, feignant d'avoir
compris que je m'en allais, et tout simplement me mit
hors de sa sombre demeure sous couleur de me raccom-
pagner par politesse. Sa maison m'a frappé : elle ressemble à un cimetière; mais à lui, semble-t-il, elle plaît, et
c'est d'ailleurs compréhensible : la vie si pleine et si
immédiate dont il vit est trop pleine déjà par elle-même
pour avoir besoin d'ambiance.

Cette visite à Rogojine m'avait beaucoup fatigué. En
outre, depuis le matin déjà je ne me sentais pas bien; sur
le soir je me trouvai très affaibli et m'étendis sur mon lit;
par moments j'avais une forte fièvre et même, par instants, je délirais. Colas resta avec moi jusqu'à onze heures. Je me rappelle cependant tout ce dont il a parlé et de
quoi nous avons conversé. Mais lorsque, par moments,
mes yeux se fermaient, je voyais toujours Ivan Fomitch
qui recevait des millions de roubles. Il ne savait où les
fourrer, se cassait la tête pour eux, tremblait de peur
qu'on ne les lui volât; enfin il décida de les enfouir dans
la terre. Moi, je lui conseillai finalement, au lieu d'enfouir un tel amas d'or en pure perte, d'en faire fondre un
petit cercueil d'or pour l'enfant «congelé», et pour cela
d'exhumer l'enfant. Cette moquerie, Sourikov l'accueil-

lait avec des larmes de reconnaissance et aussitôt entre-
prenait l'exécution de mon plan. Je crachais de dégoût et
m'écartais de lui. Colas m'a assuré, quand j'eus entièrement repris mes esprits, que je n'avais pas du tout dormi
et que tout ce temps-là je lui avais parlé de Sourikov. Par
moments, j'étais dans un abattement et un trouble extrêmes, de sorte que Colas me quitta inquiet. Quand je me
levai pour fermer à clé la porte derrière lui, tout à coup se
présenta à moi le souvenir d'un tableau que je venais de
voir chez Rogojine, dans une des plus sombres pièces de
sa maison, au-dessus de la porte. Lui-même me l'avait
montré en passant; je crois que je m'étais arrêté devant
environ cinq minutes. Il n'avait rien de beau, du point de
vue artistique; mais il avait suscité chez moi un trouble
étrange.

    Ce tableau représentait le Christ à peine descendu de la
croix. Les peintres, il me semble, ont coutume générale-
ment de représenter le Christ, sur la croix ou descendu de
la croix, toujours avec une nuance de beauté extraordinaire sur le visage; ils cherchent à lui conserver cette
beauté même dans les plus terribles tourments. Au
contraire, dans le tableau de Rogojine, il n'est pas question de beauté; c'est au plein sens du mot le cadavre d'un
homme qui a subi des souffrances infinies déjà avant la
croix, plaies, tortures, coups de la part des soldats, coups
de la part du peuple, alors qu'il portait sa croix sur ses
épaules et quand il était tombé sous son poids, et finalement le supplice de la croix durant six heures (du moins
selon mon calcul). Vraiment, c'est le visage d'un homme
tout juste descendu de la croix, c'est-à-dire gardant en soi
beaucoup de vie, de chaleur; rien n'est encore raidi, de
sorte qu'à travers la face du mort transparaît même la
souffrance, comme s'il l'éprouvait encore maintenant
(cela a été très bien saisi par l'artiste); par contre, la face
elle-même n'a pas été épargnée : là, la nature est seule, et
en vérité tel doit être le cadavre d'un homme, quel qu'il
soit, après de pareils tourments. Je sais que l'Église
chrétienne a établi dès les premiers siècles que le Christ a
souffert non pas métaphoriquement, mais réellement, et
que son corps, par conséquent, a été soumis sur la croix à

la loi de la nature intégralement et absolument. Sur le tableau, ce visage est terriblement blessé par les coups, tuméfié, avec des bleus enflés et ensanglantés, effrayants, les yeux ouverts, les prunelles de travers ; le blanc des yeux, étendu découvert, brille d'une espèce de reflet vitreux, cadavérique.

Mais, chose singulière, à regarder ce cadavre d'un homme abreuvé de tourments, surgit une question curieuse et particulière : si c'est un cadavre exactement semblable (et il a dû nécessairement l'être) qu'ont vu tous ses disciples, ses principaux futurs apôtres, qu'ont vu les femmes qui le suivaient et se tenaient au pied de la croix, tous ceux qui croyaient en lui et l'adoraient, comment ont-ils pu croire, à regarder un pareil cadavre, que ce supplicié allait ressusciter ? L'idée vous vient malgré vous que, si la mort est si effrayante et si puissantes les lois de la nature, comment peut-on en triompher ? Comment en triompher, quand ne les a pas vaincues même Celui qui de son vivant triomphait de la nature et l'obligeait à lui obéir, celui qui s'est écrié : « Talitha coumi [43] » — et la vierge se leva : « Lazare, sors d'ici [44] ! » et le mort sortit ? La nature, à regarder ce tableau, se présente vaguement comme une bête énorme, impitoyable et muette, ou, pour mieux, beaucoup mieux dire, si bizarre que ce soit, comme une énorme machine d'invention moderne, qui a absurdement saisi, fracassé et englouti, sourde et indifférente, une créature sublime et sans prix, — créature qui à elle seule valait toute la nature et toutes ses lois et toute la terre, laquelle, peut-être, n'a été créée qu'en vue de l'apparition de cette créature ! Ce tableau, on dirait qu'il exprime précisément cette notion d'une force obscure, cynique et absurdement éternelle à qui tout est soumis, et il vous la communique malgré vous. Ces gens qui entouraient le mort, et dont aucun n'est ici dans le tableau, ont dû éprouver une angoisse et un trouble effrayants en ce soir qui avait brisé du coup tous leurs espoirs et presque jusqu'à leurs croyances. Ils ont dû se disperser dans une terrible peur, bien qu'emportant en soi-même une pensée colossale qui ne pourrait plus jamais leur être arrachée. Et si ce même maître avait pu voir son image à la veille du supplice, serait-il monté sur la croix et serait-il mort comme il l'a fait ? Cette question aussi se présente involontairement lorsqu'on regarde ce tableau.

Tout cela m'apparaissait aussi par bribes, peut-être réellement au milieu de mon délire, parfois même en figures ; cela dura bien une heure et demie après le départ de Colas. Peut-on voir en figure ce qui n'a pas de figure ? Mais il me semblait par moments voir sous une certaine forme, bizarre et impossible, cette force infinie, cet être obscur, sourd et muet. Je me souviens — du moins c'était mon impression — que quelqu'un me prit par la main, portant une chandelle et me montra une espèce de tarentule énorme et repoussante : il m'assurait que c'était là cet être tout-puissant, obscur et sourd, et se riait de mon indignation. Dans ma chambre, devant l'icône, on allume toujours une veilleuse pour la nuit, c'est une lumière pâle et insignifiante, mais pourtant on peut tout distinguer, et sous la veilleuse on peut même lire. Je crois que c'était peu après minuit ; je ne dormais absolument pas et j'étais couché les yeux ouverts ; soudain la porte de ma chambre s'ouvrit, en entra Rogojine.

Il entra, referma la porte, me regarda sans mot dire et se dirigea lentement vers la chaise qui est dans un coin presque sous la veilleuse. Je m'étonnai fort et regardai, dans l'attente : Rogojine s'accouda sur le guéridon et me regarda, toujours sans mot dire. Il s'écoula ainsi deux ou trois minutes, et je me souviens que son silence me blessait et m'irritait. Pourquoi ne voulait-il point parler ? Le fait qu'il était venu si tard me sembla, évidemment, étrange, mais je me souviens que ce n'était pas précisément cela qui me surprenait tellement. Même au contraire : je ne lui avais pas, le matin, énoncé clairement ma pensée, mais je savais qu'il l'avait comprise ; or cette pensée était d'une telle nature qu'on pouvait fort bien, à son propos, venir encore une fois discuter ensemble, même à une heure très tardive. Je pensais justement que c'était pour cela qu'il était venu. Nous nous étions séparés le matin un peu en ennemis, et je me souviens même qu'une ou deux fois il m'avait lancé un regard très moqueur. Eh bien, c'était cette moquerie que je venais de lire maintenant dans son regard, et c'était elle qui me blessait. Que ce fût réellement Rogojine, et non une vision, un délire, au début je n'en avais nullement douté. Même l'idée ne m'en était pas venue.

Cependant il demeurait assis et continuait à me regarder avec le même sourire moqueur. Je me retournai furieusement sur mon lit, m'accoudai aussi sur l'oreiller, et résolus exprès de me taire aussi, dussions-nous rester tout le temps ainsi. Je voulais absolument qu'il commençât le premier. Je pense qu'il s'écoula de la sorte une vingtaine de minutes. Soudain une idée me vint ! et si ce n'était pas Rogojine, mais seulement une vision ?

Ni dans ma maladie, ni jamais jusque-là je n'avais eu une seule vision ; mais il m'a toujours semblé, déjà quand j'étais petit garçon et même maintenant, je veux dire récemment, que si j'avais une fois seulement une vision, je tomberais mort sur place, bien que je ne croie à aucune espèce d'apparitions. Cependant, quand l'idée me fut venue que ce n'était pas Rogojine, mais une apparition, je n'eus, je m'en souviens, aucune épouvante. Bien plus, je fus furieux. Chose singulière encore : la réponse à la question « Est-ce une apparition, ou bien Rogojine en personne ? » m'intéressait et m'alarmait moins que, semble-t-il, il n'aurait été naturel ; il me semble que je pensais à autre chose. Ce qui m'intéressait infiniment plus, par exemple, c'était : pourquoi Rogojine, qui ce matin était en robe de chambre et en pantoufles, était-il maintenant en habit, gilet blanc et cravate blanche ? Une autre idée me traversait la tête : si c'est une apparition et si je ne la crains pas, pourquoi ne pas me lever, m'approcher d'elle et m'assurer moi-même de la chose ? Peut-être, d'ailleurs, que je n'osais pas et que j'avais peur. Mais dès que je pensai que j'avais peur, soudain je sentis comme un glaçon qui me parcourait le corps, j'éprouvai un froid dans le dos, et mes genoux tremblèrent. A cet instant même, comme s'il avait deviné que j'avais peur, Rogojine laissa retomber le bras sur lequel il était accoudé, se redressa et écarta ses lèvres comme pour se préparer à rire ; il me regardait dans le blanc des yeux. Une rage s'empara de moi, j'avais envie vraiment de me jeter sur lui, mais comme je m'étais juré de ne pas parler le premier, je demeurai sur mon lit, d'autant plus que je n'étais pas encore sûr si c'était Rogojine en personne, ou non.

Je ne me rappelle pas précisément combien de temps cela dura ; je ne me rappelle pas non plus à coup sûr si par moments je perdais conscience, ou non. Seulement, à la fin, Rogojine se leva, m'examina aussi lentement et attentivement que quand il était arrivé, mais cessa de sourire et tout doucement, presque sur la pointe des pieds, s'approcha de la porte, l'ouvrit, la referma et sortit. Je ne me levai pas du lit ; je ne me rappelle pas combien de temps je restai encore allongé les yeux ouverts, à penser ; à quoi pensais-je, Dieu le sait ; je ne me rappelle pas non plus comment je perdis conscience. Le lendemain je m'éveillai comme on frappait à ma porte, à 9 heures passées. C'est chose convenue chez moi que, si je n'ai pas ouvert ma porte avant 9 heures et appelé pour qu'on me serve le thé, Matrone doit, elle, frapper. Je lui ouvris, et aussitôt cette idée se présenta : comment donc a-t-il pu entrer, la porte fermée ? Je m'informai, et je me convainquis que le véritable Rogojine n'avait pas pu entrer, car toutes nos portes sont fermées à clé pour la nuit.

Eh bien voilà ; ce fait particulier que j'ai décrit avec tant de détails a été la raison qui a fait que je me suis entièrement « décidé ». Ce qui a contribué à la décision définitive, par conséquent, ce n'est pas la logique, ce n'est pas une conviction logique, mais un dégoût. Impossible de rester dans une vie qui prend des formes si bizarres, et qui me blessent. Cette apparition m'a humilié. Je n'ai pas la force de me soumettre à une force obscure qui revêt l'apparence d'une tarentule. Et c'est seulement lorsque, déjà au crépuscule, je sentis enfin en moi le moment définitif de la résolution parfaite, que je me trouvai mieux. C'était seulement le premier moment ; le second, j'allai le chercher à Pavlovsk ; mais cela a déjà été suffisamment expliqué.

VII

J'avais un petit pistolet de poche, je me l'étais procuré étant encore enfant, à cet âge ridicule où soudain commencent à vous plaire les histoires de duels, d'attaques de brigands, où on se voit soi-même provoqué en duel : et comme on se tiendra noblement sous le pistolet ! Il y a un mois je l'ai inspecté et préparé. Dans le tiroir où il était, il s'est trouvé deux balles et dans une poire à poudre de quoi faire trois charges. Ce pistolet ne vaut rien, porte à côté et à une quinzaine de pas au plus. Cependant il peut naturellement démolir un crâne si on l'applique juste contre la tempe.

Je décidai de mourir à Pavlovsk, au lever du soleil et après être descendu dans le parc, pour n'importuner personne dans la villa. Mon « Explication » expliquera suffisamment toute l'affaire à la police. Les amateurs de psychologie et ceux qui le voudront pourront en tirer les conclusions qui leur plairont. Je ne désirerais pourtant pas que ce manuscrit fût livré à la publicité. Je prie le prince de garder chez lui un exemplaire et de communiquer l'autre à Aglaé Ivanovna Épantchine. Telle est ma volonté. Je lègue mon squelette à l'École de médecine pour servir à la science.

Je ne reconnais pas de juges au-dessus de moi et je sais que je suis maintenant hors de tout pouvoir judiciaire. Naguère encore, une supposition m'a bien fait rire : que se passerait-il s'il me prenait soudain fantaisie de tuer maintenant n'importe qui, même dix personnes à la fois, ou de commettre la chose la plus effroyable, celle qui de toutes peut passer pour la plus effroyable sur cette terre ? dans quelle impasse serait placé devant moi le tribunal, avec mes deux ou trois semaines de sursis et vu l'abolition de la question et des tortures ? Je mourrais confortablement dans leur hôpital, au chaud et avec un docteur attentif, beaucoup plus confortablement et plus chaudement peut-être que chez moi. Je ne comprends pas pourquoi cette idée ne vient pas aux hommes dans ma position, ne fût-ce que pour plaisanter. Peut-être, au fait, leur vient-elle, les joyeux lurons ne manquent pas chez nous non plus.

Mais si je ne reconnais pas de tribunal au-dessus de moi, je n'en sais pas moins qu'on me jugera quand je serai déjà un prévenu sourd et sans voix. Je ne veux pas m'en aller sans laisser un mot en réponse — une parole libre, et non contrainte —, non pas pour me justifier — ô non ! je n'ai personne à qui demander pardon ni rien à me faire pardonner —, mais comme cela, parce que tel est mon désir à moi.

Ici, premièrement, une idée singulière : qui, de quel droit, au nom de quel motif pourrait imaginer de contester maintenant mon droit à ces deux ou trois semaines de délai ? Quel tribunal a rien à y voir ? A qui donc faut-il que je ne sois pas seulement condamné, mais que je subisse consciencieusement le temps de ma peine ? Se peut-il, en vérité, que quelqu'un ait besoin de cela ? Pour la moralité ? Je comprends encore que, si dans la plénitude de ma santé et de mes forces j'avais attenté à ma vie, une vie qui « aurait pu être utile à mon prochain » etc., alors la moralité pût encore me reprocher, en vertu d'une ancienne routine, d'avoir disposé de ma vie sans permission, ou tout ce qu'elle voudrait. Mais maintenant, maintenant que m'a été lue la sentence avec la date ? Quelle est cette moralité qui a encore besoin, en plus de votre vie, du dernier râle avec lequel vous exhalerez votre dernier atome de vie en écoutant les consolations du prince, qui en arrivera sûrement, dans ses démonstrations chrétiennes, à cette heureuse idée qu'il vaut même mieux que vous mouriez. (Les chrétiens comme lui en arrivent toujours à cette idée : c'est leur dada favori.) Et que prétendent-ils, avec leurs ridicules « arbres de Pavlovsk » ? Adoucir les dernières heures de ma vie ? Est-ce qu'ils ne comprennent pas que, plus je m'oublierai, plus je me livrerai à ce dernier fantôme de vie et d'amour par lequel ils veulent me dissimuler mon mur de Meyer et tout ce qui y est inscrit avec tant de franchise et de naïveté, et plus ils me rendront malheureux ? Que me font à moi votre nature, votre parc de Pavlovsk, vos levers et couchers de soleil, votre ciel bleu et vos visages satis-

faits, quand tout ce festin auquel il n'est pas de fin a
commencé par juger que moi seul j'étais de trop? Qu'y
a-t-il pour moi dans cette beauté, quand à chaque minute,
à chaque seconde, je dois savoir, je suis forcé de savoir
que même ce moucheron minuscule qui bourdonne en ce
moment autour de moi dans un rayon de soleil a sa part
dans ce festin et ce chœur, y connaît sa place, l'aime et
est heureux, tandis que moi seul je suis rejeté mort-né et
en vertu de ma seule lâcheté n'ai pas voulu jusqu'ici le
comprendre! O, je le sais, combien le prince et eux tous
voudraient m'amener à ce que, moi aussi, au lieu de ces
discours «perfides et irrités», je chante de bon cœur et
pour le triomphe de la moralité la strophe fameuse et
classique de Millevoye:

O, puissent voir votre beauté sacrée
      Tant d'amis sourds à mes adieux!
Qu'ils meurent pleins de jours, que leur mort soit pleurée,
      Qu'un ami leur ferme les yeux [45]!

Mais croyez, croyez-le, bonnes gens, cette strophe édi-
fiante, cette bénédiction académique donnée au monde en
vers français recèle tant de fiel dissimulé, tant de ressentiment implacable se complaisant lui-même dans ses ri-
mes, que le poète tout le premier s'y est peut-être trompé
et a pris ce ressentiment pour des larmes d'attendrissement. Il est mort dans cette conviction: paix à ses cen-
dres! Sachez qu'il existe une limite à la honte qu'inspi-
rent à un homme son propre néant et sa faiblesse, au-delà
de laquelle il ne peut pas aller plus avant et après laquelle
il commence à trouver dans sa honte même une immense
jouissance... Naturellement, l'humilité est une force immense, en ce sens je l'admets, mais pas au sens où la
religion la prend pour une force.
      La religion! La vie éternelle, je l'admets et peut-être
l'ai-je toujours admise. Que la conscience ait été allumée
par la volonté d'une force supérieure, qu'elle ait regardé
le monde et dit: «Je suis!» et qu'il lui ait été soudain
prescrit par cette force supérieure de s'anéantir parce que,
pour une raison quelconque ou même sans explication,
c'était nécessaire, d'accord, tout cela je l'admets; mais

encore une fois voici l'éternelle question : quel besoin
avait-on pour cela de mon humilité ? Ne peut-on simplement me manger sans exiger de moi des louanges à la
gloire de ce qui m'a mangé ? Se peut-il vraiment que
quelqu'un s'offense de ce que je ne veuille pas attendre
deux semaines ? Je n'en crois rien ; il est bien plus vrai de
supposer qu'on a eu besoin tout simplement de ma vie
infime, de la vie d'un atome, pour compléter je ne sais
quelle harmonie générale dans un tout, pour je ne sais
quel plus ou moins, pour je ne sais quel contraste et ainsi
de suite, de même que journellement il faut sacrifier la
vie d'une multitude d'êtres, sans la mort desquels le reste
du monde ne peut subsister (bien qu'on doive remarquer
que c'est une idée qui en soi n'a rien de magnanime).
Mais admettons ! Je consens qu'autrement, c'est-à-dire
sans qu'on se dévore sans cesse les uns les autres, il était
absolument impossible d'organiser le monde ; je consens
même à admettre que je ne comprends rien à cette organisation ; mais par contre voici ce que je sais à coup sûr : si
une fois on m'a fait prendre conscience que « je suis »,
que m'importe si le monde a été organisé avec des erreurs
et s'il ne pouvait pas exister autrement ? Qui donc après
cela me jugera, et pourquoi ? C'est comme vous voulez,
mais tout cela est impossible et injuste.

Et pourtant jamais, malgré tout mon désir, je n'ai pu
me figurer que la vie future et la providence n'existent
pas. Le plus probable est que tout cela existe, mais que
nous ne comprenons rien à la vie future et à ses lois. Mais
s'il est si difficile et même absolument impossible de les
comprendre, serai-je responsable de n'avoir pas eu la
force de donner un sens à l'incompréhensible ? Ils disent,
il est vrai, et naturellement le prince dit avec eux qu'ici
est nécessaire l'obéissance, qu'il faut obéir sans raisonner, par seul devoir moral, et que pour ma soumission je
serai sûrement récompensé dans l'autre monde. Nous
rabaissons trop la Providence, en lui attribuant nos
conceptions, par dépit de ne pouvoir la comprendre.
Mais, encore une fois, s'il est impossible de la comprendre, il est difficile, je le répète, de répondre de ce qu'il
n'a pas été donné à l'homme de comprendre. Eh bien, s'il

en est ainsi, comment me jugera-t-on pour n'avoir pas pu comprendre la volonté et les lois véritables de la Providence? Non, laissons plutôt là la religion!

Et puis cela suffit. Quand j'arriverai à ces lignes sûrement le soleil déjà se lèvera et «dans le ciel retentira», et une énergie incalculable, immense, se répandra dans tout l'univers. Soit! Je mourrai en regardant en face la source de l'énergie et de la vie, et je ne voudrai plus de cette vie! Si j'avais eu le pouvoir de ne pas naître, je n'aurais sûrement pas accepté l'existence à ces conditions dérisoires. Mais j'ai encore le pouvoir de mourir, bien que je rende seulement ce qui a déjà été compté. Le pouvoir n'est pas grand, la révolte n'est pas grande.

Une dernière explication: je ne meurs nullement parce que je n'ai pas la force de supporter ces trois semaines; ô, j'aurais assez de force et, si je le voulais, je serais suffisamment consolé par la seule conscience de l'offense qui m'est infligée; mais je ne suis pas un poète français et je ne veux pas de ces consolations. Enfin, une tentation: la nature a à ce point limité mon activité, avec ces trois semaines de sa sentence, que le suicide est peut-être l'unique action que j'aie encore le temps de commencer et d'achever de par ma propre volonté. Alors, peut-être veux-je profiter d'une dernière possibilité d'agir? La protestation, parfois, n'est pas une mince action...

L'«Explication» était terminée; Hippolyte, enfin, s'arrêta...

Il existe dans les cas extrêmes un certain degré d'ultime et cynique franchise, où un homme nerveux, irrité et poussé hors de lui, ne craint plus rien et est prêt à n'importe quel scandale, même s'en réjouit; il se jette sur les gens, tout en ayant l'intention vague, mais ferme une minute après de se jeter lui-même du haut d'un clocher et de résoudre ainsi du coup tous ses doutes s'il en a ce faisant. Le signe de cet état est ordinairement l'approche de l'épuisement des forces physiques. La tension extrême, presque surnaturelle, qui jusque-là soutenait Hippolyte était arrivée à cet ultime degré. Par lui-même, ce gamin de dix-huit ans, épuisé par la maladie, semblait faible comme la feuille tremblante arrachée d'un arbre;

mais comme il venait d'embrasser du regard ses auditeurs
— pour la première fois depuis la dernière heure —, le
plus hautain, le plus méprisant et le plus offensant des
dégoûts se marqua dans son regard et dans son sourire. Il
était pressé de lancer son défi. Mais les auditeurs aussi
étaient au summum de l'indignation. Tout le monde se
levait de table avec bruit et mécontentement. La fatigue,
le vin, la tension augmentaient le désordre et... la boue
des impressions, si l'on peut ainsi s'exprimer.

Soudain Hippolyte bondit de sa chaise, comme si on
l'en avait arraché.

— Le soleil est levé ! s'écria-t-il en apercevant les
cimes déjà brillantes des arbres et en les montrant au
prince comme il aurait fait d'un miracle. Il est levé !

— Et vous croyiez qu'il ne se lèverait pas ? observa
Ferdychtchenko.

— Encore une fournaise pour la journée, murmura
avec un mécontentement négligent Gaby, tenant à la main
son chapeau, s'étirant et bâillant. S'il allait y avoir un
mois comme cela de sécheresse !... On s'en va, oui ou
non, Ptitsyne ?

Hippolyte prêtait l'oreille avec un étonnement qui devenait de la stupeur ; soudain il pâlit terriblement et trembla tout entier.

— Vous jouez bien maladroitement l'indifférence,
pour me blesser, dit-il à Gaby en le regardant dans les
yeux. Vous êtes un gredin !

— Qu'est-ce que c'est que cette façon de se débouton-
ner ! cria Ferdychtchenko. Quelle faiblesse phénoménale !

— Un imbécile, tout bonnement ! dit Gaby.

Hippolyte se reprit un peu.

— Je comprends, messieurs, commença-t-il en tremblant toujours et en trébuchant sur chaque mot, que j'aie
pu mériter votre vengeance personnelle et... je regrette de
vous avoir tourmenté avec ce délire (il montra son manuscrit), mais au fait je regrette de ne pas vous avoir fait
périr complètement (il eut un sourire bête)... Je vous ai
tourmenté, Eugène Pavlovitch ? (Il avait subitement sauté
sur lui.) Oui, ou non ?

— Parlez !

— C'était un peu long, mais d'ailleurs...

— Dites tout ! Ne mentez pas, une fois dans votre vie !
Hippolyte tremblait et ordonnait.

— Oh, cela m'est absolument indifférent ! Faites-moi
un plaisir, je vous en prie : laissez-moi en paix. — Eugène Pavlovitch se détourna d'un air dégoûté.

— Bonne nuit, prince ! dit Ptitsyne s'approchant du
prince.

— Mais il va se tirer un coup de pistolet, vous ne
voyez pas ! Regardez-le ! s'écria Viera, et elle se jeta sur
Hippolyte dans une épouvante extrême et lui prit même
les mains. N'a-t-il pas dit qu'il se tuerait au lever du
soleil ? Qu'attendez-vous ?

— Il ne se tuera pas ! murmurèrent méchamment plusieurs voix, Gaby dans le nombre.

— Messieurs, faites attention ! cria Colas, qui lui aussi
avait pris la main d'Hippolyte. Regardez-le un peu !
Prince ! Prince, mais qu'attendez-vous ?

Autour d'Hippolyte étaient attroupés Viera, Colas,
Keller et Bourdovski ; tous les quatre lui tenaient les
mains.

— Il en a le droit, c'est son droit !... murmurait Bourdovski, d'ailleurs comme éperdu, lui aussi, absolument.

— Permettez, prince, quels sont vos ordres ? demanda
au prince Lebedev, pris de boisson et irrité jusqu'à l'in-
solence.

— Quels ordres ?

— Non, permettez ; je suis le patron ici, bien que je ne
veuille pas vous manquer de respect. Admettons : vous
aussi vous êtes le patron, mais je ne veux pas que comme
ça dans ma propre maison... Oui...

— Il ne se tuera pas ; il s'amuse, ce gamin ! cria à
l'improviste, avec indignation et assurance, le général
Ivolguine.

— Hardi, général ! lança Ferdychtchenko.

— Je le sais, général, très respecté général, qu'il ne se
tuera pas. Néanmoins... comme je suis le propriétaire...

— Écoutez, monsieur Terentiev, dit tout à coup
Ptitsyne après avoir pris congé du prince et en tendant la main à Hippolyte, vous parlez, il me semble.

dans votre cahier, de votre squelette, que vous léguez
à l'École de médecine ? C'est bien votre squelette,
votre propre squelette, je veux dire vos os, que vous
léguez ?

— Oui, mes os...

— Ah bon ! C'est qu'on pouvait faire erreur : le cas
s'est déjà produit, paraît-il...

— Pourquoi le taquinez-vous ? s'écria brusquement le
prince.

— Vous le faites pleurer, ajouta Ferdychtchenko.

Mais Hippolyte ne pleurait pas du tout. Il fit un mouvement. Mais les quatre qui l'entouraient lui prirent les
mains tous ensemble. Il y eut des rires.

— Il comptait bien là-dessus, qu'on lui tiendrait les
mains ; c'est pour cela qu'il a lu son cahier, observa
Rogojine. — Adieu, prince ! Eh, on est resté assis trop
longtemps, on en a mal aux os.

— Si vous avez voulu réellement vous brûler la cervelle, Terentiev, dit Eugène Pavlovitch avec un rire, eh
bien, à votre place, après de pareils compliments, je n'en
ferais rien, exprès pour les taquiner.

— Ils ont une terrible envie de voir comme je me
tuerai ! lui lança Hippolyte.

Il parlait comme s'il allait se jeter sur lui.

— Ils sont vexés à l'idée qu'ils ne le verront pas.

— Vous croyez, vous aussi, qu'ils ne le verront
pas ?

— Je ne vous incite pas. Bien au contraire, j'estime
tout à fait possible que vous vous brûliez la cervelle.
Surtout, ne vous fâchez pas..., susurra Eugène Pavlovitch d'une voix traînante et d'un air protecteur.

— Je le vois seulement maintenant, j'ai commis une
terrible erreur en leur lisant ce cahier ! prononça Hippolyte, en regardant Eugène Pavlovitch d'un air inopinément si confiant qu'on aurait dit qu'il demandait conseil à
un ami.

— La situation est ridicule, mais... vraiment, je ne
sais que vous conseiller, répondit en souriant Eugène
Pavlovitch.

Hippolyte le regarda sévèrement dans le blanc des

yeux, sans se détourner et sans mot dire. On pouvait
penser que par instants il était tout à fait absent.

— Mais non, permettez, en voilà des manières, articula Lebedev. «Je me tuerai dans le parc, pour n'importuner personne» : il croit ça, qu'il n'importunera personne, s'il descend l'escalier pour faire trois pas dans le
jardin.

— Messieurs... commença le prince.

— Non, permettez, très respecté prince, reprit Lebedev avec fureur, étant donné que vous voyez vous-même
que ce n'est pas une plaisanterie et que la moitié au moins
de vos invités sont du même avis et sont certains que
maintenant, après les paroles prononcées ici, il doit absolument se brûler la cervelle s'il a le sens de l'honneur,
moi qui suis le maître ici et devant témoins, je déclare que
je vous invite à me prêter votre concours.

— Que faut-il donc faire, Lebedev? Je suis prêt à vous
prêter mon concours.

— Eh bien, voici : d'abord, qu'il remette tout de suite
ce pistolet dont il s'est vanté devant nous, avec tous les
accessoires. S'il le remet, je veux bien lui permettre de
passer cette nuit dans ma maison, en considération de son
état maladif, à condition qu'il soit sous ma surveillance.
Mais demain qu'il s'en aille absolument où il lui plaira;
excusez, prince! Si au contraire il ne remet pas l'arme, je
le prends immédiatement, tout de suite, par un bras, le
général par l'autre, et à l'instant j'envoie prévenir la
police, et alors l'affaire sera soumise à l'examen de la
police. M. Ferdychtchenko, en ami, voudra bien faire la
course.

Il y eut du bruit; Lebedev s'échauffait et passait la
mesure; Ferdychtchenko se préparait à aller à la police;
Gaby répétait frénétiquement que personne ne se tuerait.
Eugène Pavlovitch se taisait.

— Prince, vous est-il arrivé de vous jeter du haut d'un
clocher? chuchota tout à coup Hippolyte à son oreille.

— N-non..., répondit naïvement le prince.

— Pensiez-vous que je n'avais pas prévu toute cette
haine? chuchota de nouveau Hippolyte, les yeux lançant
des éclairs, en regardant le prince comme s'il avait vrai-

ment attendu de lui une réponse. — Assez! cria-t-il
brusquement à l'adresse de toute l'assistance. C'est moi
le coupable... plus que tous les autres! — Lebedev, voici
la clé (il sortit son porte-monnaie et en tira un anneau
d'acier avec trois ou quatre petites clés), tenez: celle-ci,
l'avant-dernière... Colas vous montrera... — Colas! Où
est Colas? cria-t-il, regardant Colas et ne le voyant pas.
— Oui, il vous montrera: c'est lui qui tout à l'heure a
fait avec moi mon sac. Conduisez-le, Colas; dans le
bureau du prince, sous la table... il y a mon sac... avec
cette clé, en bas, dans le coffre... mon pistolet avec la
poire à poudre. Il l'a rangé tout à l'heure, monsieur
Lebedev, il vous montrera; mais à condition que demain
de bonne heure, quand je partirai pour Pétersbourg, vous
me rendiez mon pistolet. Vous entendez? Je fais cela
pour le prince; pas pour vous.

— Ça vaut mieux ainsi! dit Lebedev en saisissant la
clé, et, avec un rire venimeux, il courut dans la pièce
voisine.

Colas s'arrêta: il voulait faire une observation; mais
Lebedev l'entraîna à sa suite.

Hippolyte regardait les assistants, qui riaient. Le prince
remarqua qu'il claquait des dents, comme pris du plus
violent frisson.

— Quels gredins, tous ceux-là! chuchota encore Hippolyte hors de lui. En parlant au prince, toujours il se
penchait et chuchotait.

— Laissez-les, vous êtes très faible...

— Tout à l'heure, tout à l'heure... tout à l'heure je
m'en irai.

Soudain il prit le prince dans ses bras:

— Vous pensez peut-être que je suis fou?

Et il regarda le prince avec un rire bizarre.

— Non, mais vous...

— Tout à l'heure, tout à l'heure, taisez-vous; ne dites
rien; restez là... je veux vous regarder dans les yeux...
Restez comme cela, je vous regarderai. Je vais dire adieu
à un Homme.

Il resta à regarder le prince, en silence et sans bouger,
une dizaine de secondes, très pâle, les tempes mouillées

de sueur, cherchant étrangement à le saisir de la main,
comme s'il avait peur de le laisser échapper.

— Hippolyte, Hippolyte, qu'avez-vous ? s'écriait le
prince.

— Tout à l'heure... assez !... je me coucherai. Je
boirai une gorgée à la santé du soleil... Je le veux, je le
veux, laissez-moi !

Il saisit rapidement une coupe sur la table, s'élança et
en un clin d'œil se trouva à la sortie de la terrasse. Le
prince allait courir derrière lui, mais il arriva, comme par
un fait exprès, qu'à ce même instant Eugène Pavlovitch
lui tendit la main pour prendre congé. Une seconde
s'écoula et soudain un cri général retentit sur la terrasse. Ensuite, il y eut une minute de confusion extraordinaire.

Voici ce qui s'était passé.

En arrivant juste à la sortie de la terrasse, Hippolyte
s'était arrêté, tenant dans la main gauche la coupe et la
droite plongée dans la poche droite de son manteau.
Keller assura dans la suite que déjà avant il avait cette
main dans sa poche de droite, déjà quand il parlait au
prince et voulait le saisir de la gauche à l'épaule et au col,
et que cette main droite dans la poche avait éveillé chez
lui — il l'assurait — un premier soupçon. Quoi qu'il en
soit, une certaine inquiétude l'obligea à courir lui aussi
sur les talons d'Hippolyte. Mais il n'arriva pas à temps. Il
vit seulement quelque chose briller tout à coup dans la
main droite d'Hippolyte et à la même seconde le petit
pistolet de poche était collé contre sa tempe. Il se précipita pour lui prendre le bras ; mais à l'instant même
Hippolyte abaissa le chien. On entendit le déclic sec et
coupant du chien, mais le coup ne partit pas. Quand il prit
Hippolyte par la taille, celui-ci tomba dans ses bras,
comme privé de connaissance, se figurant peut-être réellement qu'il était déjà mort. Le pistolet était maintenant
entre les mains de Keller. On s'empara d'Hippolyte, on
glissa sous lui une chaise, on l'assit, et tout le monde
s'attroupa autour de lui, on criait, on interrogeait. Tous
avaient entendu le déclic du chien, et on voyait l'homme
vivant, sans une égratignure. Hippolyte lui-même était

assis, ne comprenant pas ce qui se passait, et promenait tout autour un regard insensé. Lebedev et Colas accoururent à cet instant.

— Un raté ? demandait-on.

— Peut-être aussi qu'il n'était pas chargé ? suggéraient d'autres.

— Il est chargé ! proclama Keller, en examinant le pistolet, seulement...

— Comment a-t-il pu rater ?

— C'est la capsule qui n'y était pas, annonça Keller.

Il est difficile de raconter la scène pitoyable qui suivit. L'épouvante première et générale fit rapidement place aux rires ; certains même ricanaient, trouvaient là une jouissance mauvaise. Hippolyte sanglotait comme dans une crise d'hystérie, se tordait les bras, se jetait sur tout le monde, même sur Ferdychtchenko : il le prit des deux mains et lui jura qu'il avait « oublié tout à fait par hasard, et non pas exprès », de mettre la capsule : « ces capsules, il les avait là, dans la poche de son gilet, une dizaine » (il les montrait à tous, à la ronde) ; il ne l'avait pas placée d'avance, parce qu'il craignait que le coup ne parte à l'improviste dans sa poche, et il comptait avoir toujours le temps de la mettre au moment voulu, et soudain il avait oublié. Il s'élançait vers le prince, vers Eugène Pavlovitch, suppliait Keller de lui rendre son pistolet, car il allait prouver à tous, à l'instant, que « son honneur, oui son honneur »... ; pour le moment il était « déshonoré à jamais !... »

Il tomba, enfin, réellement évanoui. On l'emporta dans le bureau du prince, et Lebedev, tout à fait revenu de son ivresse, envoya chercher le docteur, tandis qu'il demeurait lui-même avec sa fille, son fils, Bourdovski et le général au chevet du malade. Au moment où on emporta Hippolyte sans connaissance, Keller se posta au milieu de la chambre et proclama de façon à être entendu de tous, en détachant et martelant chaque mot, dans une véritable inspiration :

— Messieurs, si quelqu'un de vous émet encore une fois à haute voix, devant moi, le soupçon que la capsule a été oubliée exprès et affirme que ce malheureux jeune homme a seulement joué la comédie, celui-là aura affaire à moi.

Mais on ne lui répondit pas. Les visiteurs, enfin, se séparèrent tous à la fois et à la hâte. Ptitsyne, Gaby et Rogojine s'en allèrent ensemble.

Le prince fut très étonné qu'Eugène Pavlovitch eût changé d'idée et fût en train de partir sans s'être expliqué avec lui.

— Ne vouliez-vous pas me parler au moment où tout le monde s'en irait? lui demanda-t-il.

— Oui, dit Eugène Pavlovitch en s'asseyant brusquement sur une chaise et en faisant asseoir le prince à côté de lui, mais pour le moment j'ai changé d'intention. Je vous avoue que je suis un peu désorienté, et d'ailleurs vous aussi. J'ai du trouble dans les idées; de plus, la chose dont je veux m'entretenir avec vous est pour moi d'une grande importance, et d'ailleurs pour vous aussi. Voyez-vous, prince, au moins une fois dans ma vie je voudrais faire une action parfaitement honnête, je veux dire absolument sans idée de derrière la tête; eh bien j'estime que maintenant, en cet instant, je ne suis pas tout à fait capable d'une action absolument honnête, et d'ailleurs vous aussi, peut-être... alors... mais nous nous expliquerons plus tard. Il se peut que la chose gagne en clarté et pour moi et pour vous, si nous attendons deux ou trois jours, que je m'en vais passer maintenant à Pétersbourg.

Là-dessus, il se leva de nouveau de sa chaise, de sorte qu'on pouvait trouver étrange qu'il se fût assis. Il parut également au prince qu'Eugène Pavlovitch était mécontent et nerveux, avait un air inamical, et que son regard était tout autre qu'au début.

— A propos, vous allez maintenant voir le souffrant.

— Oui... j'ai peur, prononça le prince.

— N'ayez pas peur; il vivra encore, pour sûr, six semaines, et même il est capable, peut-être, de se remettre, ici. Le mieux serait de le mettre dehors demain...

— Peut-être en vérité, l'ai-je incité sans le vouloir... en ne disant rien; il a cru peut-être que moi aussi je

doutais qu'il se tue. Qu'en pensez-vous, Eugène Pavlytch ?

— Mais non. Vous êtes trop bon de vous faire encore
du souci. Je l'avais entendu dire, mais jamais je n'avais
vu au naturel qu'un homme se tue exprès pour recevoir
des éloges ou par dépit de n'en pas recevoir pour cela.
Surtout, je n'aurais jamais cru à ce franc aveu de sa
faiblesse ! Quand même, mettez-le à la porte demain.

— Vous pensez qu'il réitérera ?

— Non, maintenant il ne recommencera pas. Mais
prenez garde à nos Lacenaire [46] indigènes ! Je vous le
répète, le crime est le refuge assez ordinaire de ces
nullités sans talent, impatientes et avides.

— Serait-ce un Lacenaire ?

— Le fond est le même, bien que, sans doute, les
emplois soient différents. Vous verrez si ce monsieur
n'est pas capable d'estourbir dix personnes simplement
« pour plaisanter », comme il l'a dit tout à l'heure dans
son « Explication ». Maintenant, ces paroles vont m'empêcher de dormir.

— Vous vous inquiétez trop, peut-être.

— Vous êtes étonnant, prince ; vous ne le croyez pas
capable de tuer maintenant dix personnes ?

— Je crains de vous répondre ; tout cela est très
étrange ; mais...

— Bon, comme vous voulez, comme vous voulez !
conclut Eugène Pavlovitch avec irritation. Et puis vous
êtes un homme si brave ! Seulement tâchez de ne pas être
de ces dix.

— Le plus vraisemblable, c'est qu'il ne tuera personne, dit le prince en considérant Eugène Pavlovitch
d'un air pensif.

L'autre partit d'un rire méchant.

— Au revoir, il est temps ! Mais avez-vous remarqué
qu'il a légué la copie de sa confession à Aglaé Ivanovna ?

— Oui, je l'ai remarqué et... j'y pense.

— Justement, dans le cas des dix personnes.

Eugène Pavlovitch rit encore, et s'en fut.

Une heure plus tard, entre trois et quatre heures du
matin, le prince descendit dans le parc. Il avait essayé de

dormir, mais n'y avait pas réussi, à cause de violents battements de cœur. Dans la maison, d'ailleurs, tout était arrangé et, autant que possible, calmé ; le malade s'était endormi et le docteur appelé avait déclaré qu'il n'y avait aucun danger spécial. Lebedev, Colas, Bourdovski s'étaient couchés dans la chambre du malade pour le veiller à tour de rôle ; par conséquent, il n'y avait rien à craindre.

Cependant l'inquiétude du prince allait croissant de minute en minute. Il errait dans le parc, regardant distraitement autour de lui ; il s'arrêta étonné une fois arrivé à la place précédant le Vauxhall et aperçut la rangée des bancs vides et des pupitres de l'orchestre. Cet endroit le frappa et lui sembla Dieu sait pourquoi affreusement laid. Il rebroussa chemin, directement par la route qu'il avait prise la veille avec les Épantchine pour aller au Vauxhall, et arriva au banc vert désigné pour l'entrevue. Il s'y installa et soudain éclata d'un rire sonore, ce qui le fit tomber aussitôt dans une indignation extrême. Son angoisse se prolongeait ; il avait envie de s'en aller n'importe où... Il ne savait pas où. Au-dessus de lui, dans un arbre un oiseau chantait, et il le chercha des yeux parmi les feuilles ; soudain l'oiseau s'envola, et au même instant il se rappela le « petit moucheron » dans « le rayon de soleil brûlant » dont Hippolyte avait écrit qu'« il savait sa place et prenait sa part dans le chœur commun, tandis que lui n'était qu'un mort-né, un rebut [47] ». Cette phrase l'avait frappé déjà sur le moment, il s'en souvenait maintenant. Un souvenir depuis longtemps oublié se réveilla chez lui et brusquement, d'un coup, s'éclaira.

C'était en Suisse, la première année de son traitement, et même dans les premiers mois. Il était encore tout à fait comme un idiot, il ne savait même pas parler convenablement, parfois il ne pouvait pas comprendre ce qu'on réclamait de lui. Une fois il s'en alla dans les montagnes, par une belle journée ensoleillée, et marcha longtemps avec une pensée qui le tourmentait, mais n'arrivait pas à prendre corps. Devant lui était le ciel brillant, en bas un lac, tout autour un horizon lumineux et infini dont on ne voyait pas le bout. Longtemps il regarda, déchiré. Il se rappelait maintenant comment il tendait les bras vers cet azur lumineux, sans fin, et pleurait. Ce qui le tourmentait, c'était qu'à tout cela il était complètement étranger. Quel était ce banquet, quelle était cette grande fête de toujours qui n'avait pas de fin et à laquelle il aspirait depuis longtemps, toujours, depuis son enfance, et a laquelle il ne pouvait jamais parvenir. Chaque matin se lève ce même soleil éclatant; chaque matin l'arc-en-ciel est sur la cascade, chaque soir la montagne aux neiges éternelles, la plus haute montagne, là-bas dans le lointain, à la lisière du ciel, brûle d'une flamme de pourpre; chaque «petit moucheron qui bourdonne autour de lui dans un chaud rayon de soleil, a sa part dans tout ce chœur : il connaît sa place, l'aime et est heureux»; chaque brin d'herbe croît et est heureux! Et tout a sa voie, tout connaît sa voie, s'en va en chantant et en chantant revient. Lui seul ne sait rien, ne comprend rien, ni les hommes, ni les sons, étranger à tout et mort-né. O, naturellement, à cette époque il ne pouvait pas employer ces mots ni formuler sa question; son tourment était sourd et muet; mais maintenant il lui semblait qu'alors déjà il avait dit tout cela, ces mêmes paroles, et que ce «petit moucheron» Hippolyte le lui avait emprunté à lui, à ses paroles et à ses larmes d'alors. Il en était sûr, et son cœur battait sans savoir pourquoi à cette pensée...

Il s'assoupit sur ce banc, mais son alarme se prolongea durant son sommeil. Juste avant de s'endormir, il s'était souvenu qu'Hippolyte tuerait dix personnes et il avait ri de l'absurdité de cette supposition. Autour de lui, c'était un clair et merveilleux silence, coupé seulement par le bruissement des feuilles qui faisait paraître tout encore plus calme et plus solitaire alentour. Il eut beaucoup de songes, tous inquiétants, qui le faisaient tressaillir à chaque instant. Enfin, vint à lui une femme; il la connaissait, la connaissait jusqu'à la souffrance : il pouvait toujours la nommer et la désigner, mais chose étrange! elle avait maintenant un visage tout autre que celui qu'il avait toujours connu, et il se refusait douloureusement à la reconnaître pour cette femme-là. Dans ce visage, il y avait tant de regret et d'effroi qu'elle paraissait une terri-

ble criminelle qui aurait commis à l'instant un horrible
crime. Une larme tremblotait sur sa joue pâle ; elle l'attira
de la main et appuya un doigt sur ses lèvres comme pour
le prévenir de la suivre sans bruit. Son cœur s'arrêta de
battre ; pour rien au monde ni sous aucun prétexte il
n'aurait voulu la reconnaître pour une criminelle ; mais il
sentait qu'il allait se passer quelque chose d'effrayant, et
pour toute sa vie. Elle voulait, semblait-il, lui montrer
quelque chose, là tout près, dans le parc. Il se leva pour la
suivre, et soudain fusa près de lui un rire clair, frais ; une
main soudain se trouva dans sa main ; il saisit cette main,
la serra fortement et s'éveilla. Devant lui se tenait et riait
avec bruit Aglaé.

VIII

Elle riait, mais elle était indignée.

— Il dort ! Vous dormiez ! s'écria-t-elle avec un étonnement méprisant.

— C'est vous ! murmura le prince, qui n'était pas
encore tout à fait revenu à lui et la reconnaissait avec
étonnement. Ah, oui ! Cette entrevue... j'ai dormi ici.

— Je l'ai bien vu.

— Personne ne m'a réveillé, en dehors de vous ? Il n'y
a eu personne ici, en dehors de vous ? J'ai cru qu'il y avait
ici... une autre femme...

— Il y a eu ici une autre femme ?...

Enfin il reprit entièrement ses esprits.

— Ce n'était qu'un songe, prononça-t-il, pensif. C'est
bizarre, un pareil songe, à cet instant... Asseyez-vous.

Il lui prit la main et la fit asseoir sur le banc ; lui-même
s'assit à côté d'elle et se plongea dans ses pensées. Aglaé
n'engageait pas la conversation ; elle se bornait à considérer fixement son interlocuteur. Lui aussi la buvait des
yeux, mais parfois on aurait dit qu'il ne la voyait pas
devant lui. Elle se mit à rougir.

— Ah, oui ! — Le prince avait tressailli. — Hippolyte
s'est tiré un coup de pistolet !

— Quand ? Chez vous ? demanda-t-elle, mais sans

grande surprise. Il était encore vivant hier soir, n'est-ce pas ? Mais comment avez-vous pu dormir ici après tout cela ? s'écria-t-elle en s'animant tout à coup.

— Mais c'est qu'il n'est pas mort, le coup n'est pas parti.

Sur les instances d'Aglaé, le prince dut raconter sur-le-champ et même dans le plus grand détail toute l'histoire de la nuit passée. Elle le pressait sans cesse, dans son récit, mais elle-même l'interrompait perpétuellement de questions, presque toujours à côté. Entre autres, elle se fit répéter avec grande curiosité ce qu'avait dit Eugène Pavlovitch, et même elle posa plusieurs fois des questions.

— Bon, en voilà assez, il faut se dépêcher, conclut-elle après avoir tout écouté. Nous n'avons qu'une heure à passer ici, jusqu'à huit heures, parce qu'à huit heures je dois absolument être à la maison pour qu'on ne sache pas que j'ai été ici. Or je suis venue pour affaire : j'ai beaucoup de choses à vous communiquer. Seulement vous m'avez fait perdre la tête, tout à l'heure. Pour ce qui est d'Hippolyte, je pense que son pistolet, de toute façon, ne devait pas tirer : cela lui va assez bien. Mais vous êtes certain qu'il voulait absolument se tuer et qu'il n'y a pas eu de tromperie ?

— Pas la moindre tromperie.

— C'est en effet plus vraisemblable. Il a bien écrit que vous deviez m'apporter sa « confession » ? Pourquoi ne l'avez-vous pas fait ?

— Mais c'est qu'il n'est pas mort. Je la lui demanderai.

— Apportez-la absolument, inutile de lui demander. Cela lui sera sûrement très agréable, parce qu'il s'est peut-être tiré ce coup de pistolet pour que je lise sa confession. Je vous en prie, ne riez pas de ce que je dis, Léon Nicolaïtch : cela peut fort bien être.

— Je ne ris pas, parce que je suis moi-même convaincu qu'en partie cela peut fort bien être.

— Convaincu ? Alors vous aussi le pensez ? — Aglaé était soudain terriblement étonnée.

Elle interrogeait vivement, parlait rapidement, mais parfois elle semblait s'embrouiller et souvent n'achevait pas ; à chaque instant elle se hâtait de le prévenir de ceci ou cela ; en général, elle était dans une inquiétude extraordinaire et elle avait beau faire la courageuse, avec un air de défi, elle n'en tremblait peut-être pas moins, quelque peu. Elle avait sa robe de tous les jours, très simple, qui lui allait fort bien. Souvent elle tressaillait, rougissait, restait assise sur le bout du banc. La confirmation par le prince qu'Hippolyte s'était tiré le coup de pistolet pour qu'elle lût sa « confession » l'avait grandement étonnée.

— Naturellement, expliqua le prince, il voulait que nous tous aussi, en plus de vous, nous le couvrions de louanges...

— Comment cela : de louanges ?

— C'est-à-dire... comment vous dire ? c'est très difficile à dire. Seulement il voulait à coup sûr qu'on l'entoure et qu'on lui dise qu'on l'aime et le respecte, et qu'on le supplie beaucoup de rester en vie. Il est bien possible qu'il vous ait eue en vue plus que tous les autres, puisque dans un pareil moment il a mentionné votre nom... bien que, j'imagine, il n'ait pas su lui-même qu'il vous avait en vue.

— Voilà quelque chose que je ne comprends pas du tout : il avait en vue, et il ne savait pas qu'il avait en vue. Au fait, je crois comprendre : savez-vous que moi-même, une trentaine de fois, encore fillette de treize ans, j'ai pensé m'empoisonner et écrire cela dans une lettre à mes parents, et que j'ai pensé aussi que je serais couchée dans le cercueil et que les gens pleureraient sur moi et qu'ils s'accuseraient d'avoir été cruels avec moi... Pourquoi souriez-vous encore ? ajouta-t-elle en fronçant les sourcils. Et vous, à quoi pensez-vous, quand vous êtes seul, à rêver ? Vous vous figurez être maréchal de camp, peut-être, et avoir battu Napoléon.

— Eh bien, parole d'honneur ! voilà bien à quoi je pense, surtout au moment où je m'endors, dit le prince en riant, seulement ce n'est pas Napoléon, ce sont les Autrichiens que je bats toujours.

— Je ne désire pas du tout plaisanter avec vous, Léon Nicolaitch. Je verrai moi-même Hippolyte ; je vous demande de le prévenir. Mais je trouve que tout cela est très mal de votre part, parce que c'est très grossier de voir les choses ainsi et de juger l'âme d'un homme comme vous jugez Hippolyte. Vous n'avez pas de tendresse : rien que la vérité ; par conséquent c'est injuste !

Le prince réfléchit.

— Il me semble que c'est vous qui êtes injuste pour moi, dit-il. Je ne vois en effet rien de mal à ce qu'il ait pensé de la sorte, car tout le monde est porté à penser ainsi ; de plus, peut-être qu'il n'a rien pensé du tout, et qu'il a seulement voulu... eu envie de rencontrer une dernière fois les hommes, de mériter leur respect et leur affection. Ne sont-ce pas de très bons sentiments ? Seulement, cela n'a pas tourné comme il aurait fallu : il y a eu la maladie et je ne sais quoi encore ! De plus, il y en a à qui tout réussit, et chez d'autres cela ne ressemble plus à rien...

— C'est sûrement à propos de vous-même, ce que vous venez d'ajouter ? observa Aglaé.

— Oui, répondit le prince, sans remarquer aucune malice dans la question.

— Seulement, je ne me serais quand même pas endormie comme vous l'avez fait ; par conséquent, dès que vous vous êtes casé n'importe où, vous dormez ; c'est très mal de votre part.

— Mais c'est que je n'avais pas dormi de toute la nuit ; ensuite, j'ai marché, j'ai été à la musique...

— Quelle musique ?

— Là où on a joué hier. Ensuite, je suis venu ici, je me suis assis, j'ai pensé, pensé, et je me suis endormi.

— Ah, c'est comme cela ? Cela change les choses en votre faveur... Mais pourquoi avez-vous été à la musique ?

— Je ne sais pas, comme ça...

— Bon, bon, ensuite ! Vous m'interrompez toujours. Et qu'est-ce que cela peut me faire, que vous soyez allé à la musique ? Quelle est cette femme que vous avez vue en songe ?

— C'est... il s'agissait de... vous ne l'avez pas vue...

— Je comprends, je comprends tout à fait... Vous

avez pour elle beaucoup de… Comment vous est-elle
apparue, sous quelle forme ? Au fait, je ne veux rien
savoir, trancha-t-elle soudain avec humeur. Ne m'interrompez pas.

Elle attendit un peu, comme pour reprendre haleine ou
pour essayer de chasser sa mauvaise humeur.

— Voici de quoi il s'agit et pourquoi je vous ai appelé : je veux vous faire une proposition. Soyez mon ami !
Qu'avez-vous à me fixer tout d'un coup ? ajouta-t-elle
presque avec colère.

Le prince, en effet, à cet instant, la dévisageait, ayant
remarqué que de nouveau elle avait commencé à rougir
terriblement. Dans ces cas-là, plus elle rougissait, et plus
elle semblait se mettre en colère contre elle-même, ce qui
se marquait visiblement dans ses yeux qui étincelaient ;
d'habitude, une minute après, elle transportait sa colère
sur son interlocuteur, qu'il fût ou non coupable, et commençait à lui chercher querelle. Sachant et sentant
sa sauvagerie et sa timidité, elle intervenait d'ordinaire
peu dans la conversation et était plus silencieuse
que ses sœurs, parfois même trop silencieuse. Mais
quand, en particulier dans les occasions délicates de
ce genre, il fallait absolument parler, elle engageait la
conversation avec un aplomb extraordinaire et avec une
sorte de défi. Elle pressentait toujours d'avance le moment où elle commencerait ou voudrait commencer à
rougir.

— Peut-être ne voulez-vous pas accepter ma proposition ? — Elle regarda le prince avec hauteur.

— Oh, ce n'est pas cela, je veux bien, seulement ce
n'est pas du tout nécessaire… je veux dire que je ne
pensais pas qu'il y eût à faire une pareille proposition, dit
le prince tout confus.

— Et que pensiez-vous ? Pourquoi vous aurais-je appelé ici ? Qu'avez-vous en tête ? Au fait, vous me considérez peut-être comme une petite sotte, comme tout le
monde à la maison ?

— Je ne savais pas qu'on vous considérait comme une
sotte, moi… je ne vous considère pas…

— Vous ne me considérez pas… ? Voilà qui est très

intelligent de votre part. C'est surtout dit très intelligemment.

— A mon avis, vous êtes même très intelligente, peut-
être, quelquefois, continua le prince. Vous avez dit tout
d'un coup, tout à l'heure, une parole très intelligente.
A propos de mon doute sur Hippolyte, vous avez dit :
« Là-dedans il n'y a que la vérité seule, et par conséquent c'est injuste. » Cela, je m'en souviendrai et j'y
réfléchirai.

Aglaé soudain rougit de plaisir. Tous ces changements
se produisaient chez elle avec une extrême franchise et
une extraordinaire rapidité. Le prince aussi se réjouit ; il
riait même de joie en la regardant.

— Écoutez-moi, reprit-elle, je vous ai longtemps attendu pour vous raconter ces choses ; je vous attendais
depuis le moment où vous m'avez écrit de là-bas cette
lettre, et même avant... Hier, vous avez déjà entendu de
moi la moitié : je vous considère comme le plus loyal et le
plus véridique des hommes, le plus loyal et le plus véridique de tous, et si on dit de vous que vous avez l'esprit...
c'est-à-dire que vous avez parfois l'esprit malade, c'est
injuste ; j'en ai décidé ainsi et j'ai discuté, parce que, si en
effet vous avez l'esprit malade (naturellement, vous ne
vous fâcherez pas : je parle d'un point de vue supérieur),
en revanche l'esprit principal est meilleur chez vous que
chez eux tous, ils n'ont même jamais rêvé d'un pareil ; car
il y a deux esprits : l'esprit principal et celui qui ne l'est
pas. C'est vrai ? C'est bien ainsi ?

— Peut-être en est-il ainsi, prononça faiblement le
prince ; son cœur tremblait et cognait terriblement.

— Je le savais bien, que vous comprendriez, continua-t-elle gravement. Le prince Chtch. et Eugène Pavlytch n'y entendent rien, à ces deux esprits, Alexandra
non plus. Mais, figurez-vous, *maman* a compris.

— Vous ressemblez beaucoup à Élisabeth Procofievna.

— Comment cela ? Est-ce possible ? fit Aglaé, étonnée.

— Ma foi, oui.

— Je vous remercie, dit-elle après avoir réfléchi. Je

suis très contente de ressembler à *maman*. Donc, vous la
respectez beaucoup? ajouta-t-elle, sans remarquer la naïveté de sa question.

— Beaucoup, beaucoup, et je suis content que vous
l'ayez compris tout de suite.

— Moi aussi, je suis contente, parce que j'ai remarqué
que parfois on... rit d'elle. Mais écoutez le principal : j'y
ai longtemps pensé, et enfin c'est vous que j'ai choisi. Je
ne veux pas qu'on rie de moi à la maison ; je ne veux pas
qu'on me considère comme une petite sotte ; je ne veux
pas qu'on me taquine... J'ai compris tout cela du premier
coup et j'ai refusé catégoriquement Eugène Pavlytch,
parce que je ne veux pas qu'on me marie sans arrêt ! Je
veux... je veux... bref, je veux m'enfuir de la maison, et
je vous ai choisi pour que vous m'aidiez.

— Vous enfuir de la maison ! s'écria le prince.

— Oui, oui, oui, m'enfuir de la maison ! s'écria-t-elle
soudain, s'enflammant d'une colère extraordinaire ; je ne
veux pas, je ne veux pas qu'on m'oblige éternellement à
rougir. Je ne veux rougir ni devant eux, ni devant le
prince Chtch., ni devant Eugène Pavlytch, ni devant
personne, et c'est pourquoi je vous ai choisi, vous. Avec
vous je veux tout dire, tout, même le principal, quand je
le voudrai ; de votre côté, vous aussi devez ne rien me
cacher. Je veux, avec un homme au moins, parler de tout
comme avec moi-même. Ils se sont mis tout à coup à dire
que je vous attendais et que je vous aimais. C'était déjà
avant votre arrivée, et je ne leur avais pas montré la
lettre ; maintenant tous en parlent. Je veux être hardie et
n'avoir peur de rien. Je ne veux pas courir leurs bals, je
veux me rendre utile. Je voulais depuis longtemps m'en
aller. Voici vingt ans que je suis comme bouclée chez eux
et on ne cesse pas de m'offrir en mariage. Déjà à quatorze
ans j'avais l'idée de fuir, toute sotte que j'étais. Maintenant, j'ai tout calculé et je vous attendais pour vous
interroger sur les pays étrangers. Je n'ai jamais vu une
cathédrale gothique, je veux aller à Rome, je veux visiter
tous les cabinets savants, je veux étudier à Paris ; ici,
toute l'année dernière, je me suis préparée et j'ai étudié et
j'ai lu quantité de livres ; j'ai lu tous les livres défendus.

Alexandra et Adélaïde lisent tous les livres, elles ont le droit, mais moi on ne me donne pas tout, je suis surveillée. Je ne veux pas me fâcher avec mes sœurs, mais j'ai depuis longtemps déclaré à ma mère et à mon père que je voulais complètement changer de condition sociale. J'ai décidé de m'occuper d'éducation et je comptais sur vous, parce que vous avez dit que vous aimez les enfants. Nous pouvons ensemble nous occuper d'éducation, sinon tout de suite, du moins dans l'avenir? Nous nous rendrons utiles ensemble; je ne veux pas être une fille de général... Dites-moi, vous êtes très savant?

— Oh, pas du tout.

— C'est dommage : moi qui pensais... comment ai-je pensé cela? Vous me dirigerez quand même, puisque je vous ai choisi.

— C'est absurde, Aglaé Ivanovna.

— Je le veux, je veux m'enfuir de la maison! s'écriat-elle, et de nouveau ses yeux lancèrent des éclairs. Si vous ne consentez pas, alors j'épouserai Gabriel Ardalionovitch. Je ne veux pas qu'on me considère à la maison comme une mauvaise femme et qu'on m'accuse de Dieu sait quoi.

— Avez-vous votre tête à vous? — Le prince avait presque bondi. — De quoi vous accuse-t-on? Qui vous accuse?

— A la maison, tout le monde, ma mère, mes sœurs, mon père, le prince Chtch., même votre ignoble Colas! Si on ne le dit pas franchement, on le pense. Je le leur ai jeté à la face, et à ma mère, et à mon père. *Maman* en a été malade toute une journée, et le lendemain Alexandra et papa m'ont dit que je ne comprenais pas ce que j'inventais là ni les mots que je prononçais. Et moi je leur ai répondu tout net que je comprenais tout maintenant, tous les mots, que je n'étais plus une petite, que déjà il y avait deux ans j'avais lu exprès deux romans de Paul de Kock[48], pour être informée de tout. *Maman*, en m'entendant, a failli tomber en pâmoison.

Le cerveau du prince fut soudain traversé par une idée bizarre. Il regarda fixement Aglaé et sourit.

Il ne pouvait pas croire qu'il avait devant lui cette

même jeune fille hautaine qui lui avait lu naguère, fière et arrogante, la lettre de Gabriel Ardalionovitch. Il ne pouvait pas comprendre comment cette beauté, sévère et arrogante, pouvait abriter une pareille enfant, une enfant qui, même *aujourd'hui*, ne comprenait peut-être pas, en effet, *tous les mots*.

— Vous avez toujours vécu à la maison, Aglaé Ivanovna ? demanda-t-il ; je veux dire : vous n'êtes allée nulle part à l'école, vous n'avez pas étudié dans une institution ?

— Je n'ai jamais été nulle part ; je suis toujours restée à la maison, cachetée comme dans une bouteille, et de cette bouteille je sortirai tout droit pour me marier ; qu'avez-vous encore une fois à rire ? Je remarque que, vous aussi, il me semble, vous riez de moi et vous prenez leur parti, ajouta-t-elle en fronçant les sourcils d'un air menaçant ; ne me mettez pas en colère, déjà je ne sais pas ce qui se passe en moi... je suis sûre que vous êtes venu ici dans l'absolue conviction que j'étais amoureuse de vous et que je vous avais appelé pour une entrevue, trancha-t-elle avec irritation.

— En effet, je craignais cela hier, lâcha naïvement le prince (il était très troublé), mais aujourd'hui je suis convaincu que vous...

— Comment ! s'écria Aglaé, et sa lèvre inférieure tout à coup se mit à trembler, vous craigniez que je... vous avez osé penser que je... Seigneur ! Vous soupçonniez, peut-être, que je vous appelais ici pour vous attirer dans mes filets, pour qu'ensuite on nous trouve ici et qu'on vous oblige à m'épouser...

— Aglaé Ivanovna ! Comment n'avez-vous pas honte ! Comment une aussi sale pensée a-t-elle pu naître dans votre cœur innocent, pur ? Je parie que vous-même ne croyez pas un seul mot de ce que vous dites, et que... vous ne savez pas vous-même ce que vous dites !

Aglaé restait là, assise, baissant opiniâtrement la tête, comme épouvantée de ce qu'elle avait dit.

— Je n'ai pas honte du tout, murmura-t-elle. Et d'où savez-vous que j'ai le cœur innocent ? Comment avez-vous osé alors m'envoyer une lettre d'amour ?

— Une lettre d'amour ? Ma lettre, une lettre d'amour !
C'était la lettre la plus respectueuse, une lettre qui s'était
échappée de mon cœur dans la minute la plus pénible de
ma vie ! Votre souvenir a été alors pour moi comme une
lumière... je...

— Bon, c'est bien... c'est bien, interrompit-elle brusquement, mais sur un ton tout différent, et plein de
repentir, presque d'effroi ; elle se pencha même vers lui,
en s'efforçant toujours de ne pas le regarder en face ; elle
voulait lui toucher l'épaule, pour le prier de façon plus
convaincante encore de ne pas se fâcher. — Bon, ajouta-
t-elle toute honteuse : je sens que j'ai employé une très
sotte expression. C'est que je voulais... vous éprouver.
Mettez que je n'ai rien dit. Si je vous ai blessé, pardonnez-moi. Ne me regardez pas en face, s'il vous plaît,
détournez-vous. Vous avez dit que c'était une très sale
pensée : j'ai dit cela exprès, pour vous piquer. Parfois j'ai
peur moi-même de ce que j'ai envie de dire, et tout à coup
je le dis. Vous venez de dire que vous avez écrit cette
lettre dans la minute la plus pénible de votre vie... Je sais,
moi, quelle a été cette minute, prononça-t-elle doucement, en regardant de nouveau le sol.

— Oh, si vous pouviez savoir tout !

— Je sais tout ! s'écria-t-elle avec un trouble nouveau.
Vous viviez alors dans le même logement que cette ignoble femme avec laquelle vous vous êtes enfui, tout un
mois...

Elle n'avait pas rougi, cette fois, mais pâli, en prononçant cela, et soudain elle se leva, comme absente ; mais
aussitôt, reprenant ses esprits, elle se rassit ; sa lèvre
continua longtemps encore à trembler. Le silence se prolongea une minute. Le prince était frappé par la soudai-
neté de cette sortie et ne savait à quoi l'attribuer.

— Je ne vous aime pas du tout, dit-elle tout à coup,
tranchante.

Le prince ne répondit pas ; il y eut de nouveau une
minute de silence.

— J'aime Gabriel Ardalionovitch..., prononça-t-elle
rapidement, d'une voix qui s'entendait à peine et en
baissant davantage encore la tête.

— Ce n'est pas vrai, dit le prince, lui aussi dans un quasi-chuchotement.

— Par conséquent, je mens ? C'est la vérité : je lui ai donné ma parole, avant-hier, sur ce même banc.

Le prince s'effraya et devint songeur, pour un instant.

— Ce n'est pas vrai, répéta-t-il, catégorique. Vous avez inventé tout cela.

— Étonnamment poli ! Sachez qu'il s'est corrigé ; il m'aime plus que sa propre vie. Il s'est brûlé la main devant moi, pour me prouver qu'il m'aime plus que sa propre vie.

— Il s'est brûlé la main ?

— Oui, sa propre main. Croyez-le ou non, cela m'est égal.

Le prince se tut de nouveau. Il n'y avait pas de plaisanterie dans les paroles d'Aglaé ; elle était en colère.

— Comment cela : il avait apporté ici une chandelle avec lui, si c'est ici que la chose s'est passée ? Autrement, je ne vois pas...

— Oui, une chandelle. Qu'y a-t-il là d'invraisemblable ?

— Entière, ou bien dans un chandelier ?

— Eh bien, oui... non... une moitié de chandelle... un bout... une chandelle entière, c'est égal, laissez-moi tranquille !... Et des allumettes, si vous voulez ! Il a allumé une chandelle et pendant une bonne demi-heure il a tenu son doigt dessus. Est-ce que cela ne peut pas se faire ?

— Je l'ai vu hier, il avait les doigts en bon état.

Aglaé, brusquement, éclata de rire, tout à fait comme une enfant.

— Savez-vous pourquoi j'ai menti à l'instant ? — Elle se tourna soudain vers le prince, avec la confiance la plus enfantine et le rire qui tremblait encore sur ses lèvres.

— C'est que, quand vous mentez, si vous ajoutez adroitement quelque chose de pas tout à fait ordinaire, quelque chose d'excentrique, enfin, vous savez, quelque chose qui tranche exagérément ou qui soit même tout à fait impossible, le mensonge devient beaucoup plus vraisemblable. Je l'ai remarqué. Seulement cela ne m'a pas réussi, parce que je m'y suis mal prise...

Soudain elle fronça de nouveau les sourcils, comme revenue à elle. Elle se tourna vers le prince, en le regardant sérieusement et même tristement.

— Si, alors, je vous ai lu cette histoire du «chevalier pauvre», c'est que je voulais seulement vous... louer pour une chose, mais je voulais en même temps vous blâmer pour votre conduite et vous montrer que je savais tout...

— Vous êtes très injuste à mon égard..., envers cette malheureuse sur laquelle vous vous êtes exprimée si horriblement tout à l'heure, Aglaé.

— C'est parce que je sais tout, que je me suis exprimée de la sorte! Je sais qu'il y a six mois, devant tout le monde, vous lui avez proposé votre main. N'interrompez pas; vous le voyez, je parle sans commentaires. Après cela, elle a fui avec Rogojine; ensuite vous avez vécu avec elle dans je ne sais plus quelle campagne ou à la ville, et elle vous a quitté pour aller avec je ne sais qui (Aglaé rougit terriblement). Ensuite, elle est revenue chez Rogojine, qui l'aime comme... comme un fou. Ensuite, vous, bien intelligent aussi! vous êtes accouru ici à sa suite, dès que vous avez appris qu'elle était revenue à Pétersbourg. Hier soir, vous vous êtes précipité pour la défendre, et vous venez de la voir en songe... Vous voyez, je sais tout; car c'est pour elle, c'est pour elle que vous êtes venu ici?

— Oui, c'est pour elle, répondit à voix basse le prince en penchant, triste et songeur, la tête et sans soupçonner le regard étincelant que lui lançait Aglaé. C'est pour elle, uniquement pour savoir... Je ne crois pas à son bonheur avec Rogojine, bien que... bref, je ne sais pas ce que je pourrais bien faire ici pour elle ni comment l'aider, mais je suis venu.

Il tressaillit et regarda Aglaé. Elle l'écoutait avec haine.

— Si vous êtes venu sans savoir pourquoi, c'est donc que vous l'aimez beaucoup, dit-elle enfin.

— Non, répondit le prince, non, je ne l'aime pas. O,

si vous saviez avec quelle horreur je me remémore le temps que j'ai passé avec elle !

Son corps fut même parcouru d'un frisson, à ces mots.

— Dites tout, dit Aglaé.

— Il n'y a rien là que vous ne puissiez entendre. Pourquoi est-ce à vous que j'ai voulu raconter tout cela, et à vous seule, je l'ignore ; peut-être est-ce parce qu'en effet je vous ai beaucoup aimée. Cette malheureuse femme est profondément convaincue qu'elle est la plus déchue, la plus vicieuse de toutes les créatures ici-bas. O, ne la honnissez pas, ne lui jetez pas la pierre. Elle s'est suffisamment torturée elle-même par la conscience qu'elle a de sa honte imméritée. Et de quoi est-elle coupable, mon Dieu ? Oh, à chaque instant elle crie, dans son exaltation, qu'elle ne se connaît pas de faute, qu'elle est la victime des hommes, la victime d'un corrupteur et d'un scélérat ; mais quoi qu'elle puisse vous dire, sachez qu'elle la première ne se croit pas elle-même et que de toute sa conscience elle croit au contraire que... elle est..., elle, coupable. Quand j'ai essayé de disperser ces ténèbres, elle a éprouvé de telles souffrances que mon cœur ne se cicatrisera jamais aussi longtemps que je me souviendrai de cette horrible époque. J'ai l'impression que mon cœur a été transpercé pour toujours. Elle m'a fui, vous savez pourquoi ? Précisément pour me prouver qu'elle était une ignoble créature. Mais le plus effrayant est qu'elle-même, peut-être, ne savait pas qu'elle voulait me le prouver à moi seul, et qu'elle a fui parce qu'elle avait envie intérieurement de commettre absolument une action honteuse pour se dire aussitôt à elle-même : « Tu vois, tu as fait encore un acte honteux, donc tu es une ignoble créature ! » O, peut-être que vous ne le comprendrez pas, Aglaé ! Savez-vous qu'il y a peut-être pour elle, dans cette perpétuelle conscience de sa honte, une jouissance horrible, contre nature, comme une vengeance contre quelqu'un. Parfois je l'ai amenée, je crois, à voir de nouveau autour d'elle la lumière ; mais aussitôt elle se révoltait de nouveau et en venait à m'accuser amèrement de me placer bien haut au-dessus d'elle (alors que même en idée il n'y avait rien de semblable), et finalement elle me déclara tout net, en réponse à ma proposition de mariage, qu'elle n'attendait d'aucun homme ni compassion présomptueuse, ni secours, ni «élévation à son niveau». Vous l'avez vue hier; pensez-vous qu'elle soit heureuse avec cette compagnie, que ce soit là son milieu? Vous ne savez pas combien elle est développée et ce qu'elle est capable de comprendre! Elle m'a même étonné parfois!

— Et vous lui avez adressé comme cela... des sermons?

— Oh non! continua pensivement le prince, sans remarquer le ton de la question. Je restais presque toujours silencieux. Souvent je voulais parler, mais je ne savais vraiment que dire. Vous savez, il y a des cas où il vaut mieux ne rien dire. Ô, je l'aimais, ô, je l'aimais beaucoup... mais ensuite... ensuite... ensuite elle a tout deviné.

— Qu'a-t-elle deviné?

— Que j'avais seulement pitié d'elle, et que je... je ne l'aime plus.

— Qu'en savez-vous, peut-être qu'elle était amoureuse de ce... propriétaire foncier avec qui elle est partie?

— Non, je sais tout; elle s'est seulement moquée de lui.

— Et de vous, elle n'a jamais ri?

— N-non. Elle a ri de colère; ô, elle me faisait alors de terribles reproches, dans sa colère, — et elle-même elle souffrait! Mais... ensuite... oh ne me rappelez pas, ne me rappelez pas cela!

Il se cacha le visage dans les mains.

— Et savez-vous qu'elle m'écrit presque chaque jour?

— Alors, c'est vrai! s'écria le prince alarmé. On me l'a dit, mais je ne voulais pas le croire.

— Qui vous l'a dit? — Aglaé avait sursauté peureusement.

— C'est Rogojine qui me l'a dit hier, mais pas très clairement.

— Hier? Hier matin? Quand donc, hier? Avant la musique, ou après?

— Après; le soir, peu avant minuit.

— Ah ah, bon, si c'est Rogojine... Et savez-vous de
quoi elle me parle dans ses lettres ?

— Je ne m'étonne de rien ; elle est folle.

— Les voici, ces lettres (Aglaé tira de sa poche trois
lettres dans leurs trois enveloppes et les jeta devant le
prince). Voilà déjà une semaine qu'elle supplie, insiste,
me fait du charme, pour que je vous épouse. Elle... oui,
elle est intelligente, quoique folle, et vous dites vrai,
qu'elle est beaucoup plus intelligente que moi... elle
m'écrit qu'elle est amoureuse de moi, qu'elle cherche
chaque jour l'occasion de me voir ne fût-ce que de loin.
Elle écrit que vous m'aimez, qu'elle le sait, qu'elle l'a
depuis longtemps remarqué, et que vous lui avez parlé de
moi là-bas. Elle veut vous voir heureux ; elle est sûre que
moi seule ferai votre bonheur... Elle écrit si sauvage-
ment... si bizarrement... Je n'ai montré ses lettres à
personne, je vous attendais ; vous savez ce que cela signifie ? Vous ne devinez rien ?

— C'est de la folie ; c'est la preuve de sa folie, prononça le prince, et ses lèvres tremblèrent.

— Voilà maintenant que vous pleurez ?

— Non, Aglaé, non, je ne pleure pas. — Le prince la
regarda.

— Que puis-je faire ? Que me conseilleriez-vous ? Je
ne peux quand même pas continuer à recevoir ces lettres !

— Oh, laissez-la, je vous en supplie ! s'écria le prince.
Qu'avez-vous à faire dans ces ténèbres ; je ferai tous mes
efforts pour qu'elle ne vous écrive plus.

— S'il en est ainsi, vous êtes un homme sans cœur !
s'écria Aglaé. Est-ce que vous ne le voyez pas : ce n'est
pas de moi qu'elle est amoureuse, mais de vous ? C'est
vous, vous seul qu'elle aime ! Est-il possible : vous avez
tout remarqué chez elle, et cela vous ne l'avez pas remarqué ? Savez-vous ce que c'est que ces lettres, ce qu'elles
veulent dire ? C'est la jalousie, plus que la jalousie !
Elle... vous le croyez, cela, qu'elle va réellement épouser
Rogojine, comme elle l'écrit ici, dans ses lettres ? Elle se
tuera le lendemain du jour où nous nous serons mariés !

Le prince tressaillit ; son cœur cessa de battre. Mais il
regardait avec étonnement Aglaé : il lui paraissait étrange

d'avoir à reconnaître que cet enfant était déjà depuis
longtemps une femme.

— Dieu m'est témoin, Aglaé, que pour lui rendre le
calme et faire son bonheur, je donnerais ma vie, mais...
je ne peux plus l'aimer, et elle le sait.

— Alors sacrifiez-vous, cela vous va si bien ! Vous
êtes un si grand bienfaiteur ! Et ne me dites pas :
« Aglaé »... Tout à l'heure encore, vous m'avez dit simplement « Aglaé[49] »... Vous avez le devoir, l'obligation
de la ressusciter, vous devez partir de nouveau avec elle
pour pacifier et calmer son cœur. Et puis, n'est-ce pas ?
vous l'aimez.

— Je ne peux pas me sacrifier ainsi, bien que je l'aie
voulu une fois et... que je le veuille peut-être encore
aujourd'hui. Mais je sais *à coup sûr* qu'avec moi, elle
sera perdue, et c'est pourquoi je la quitte. Je devais la
voir aujourd'hui à sept heures ; peut-être que je n'irai pas.
Dans sa fierté elle ne me pardonnera jamais mon amour,
et nous serons perdus tous les deux ! C'est contre nature,
mais tout ici est contre nature. Vous dites qu'elle m'aime,
mais est-ce de l'amour ? Est-ce qu'il peut exister un
amour de cette sorte, après ce que j'ai déjà souffert ? Non,
c'est autre chose, ce n'est pas de l'amour !

— Comme vous avez pâli ! dit Aglaé soudain effrayée.

— Ce n'est rien ; je n'ai pas assez dormi ; je suis
affaibli, je... nous avons en effet parlé de vous alors,
Aglaé...

— C'est donc vrai ? Vous avez réellement *pu parler de
moi avec elle* et... comment avez-vous pu m'aimer quand
vous ne m'aviez vu qu'une fois ?

— Je ne sais pas comment. Dans mes ténèbres d'alors,
je rêvais... j'ai cru apercevoir peut-être une aube nouvelle. Je ne sais comment je pensai à vous la première.
C'est la vérité que je vous ai écrite alors, que je ne savais
pas. Tout cela n'était qu'un rêve, pour échapper à l'horreur de ce temps... Ensuite, j'ai travaillé ; de trois ans je
ne serais pas venu ici...

— Par conséquent, vous êtes venu pour elle ?

Et quelque chose trembla dans la voix d'Aglaé.

— Oui, pour elle.

Il se passa deux minutes de sombre silence des deux côtés. Aglaé se leva.

— Si vous dites, commença-t-elle d'une voix mal assurée, si vous croyez vous-même que cette... que votre... était une folle, alors je n'ai pas à m'occuper de ses folles imaginations... Je vous en prie, Léon Nicolaitch, prenez ces trois lettres et jetez-les-lui de ma part ! Et si — soudain Aglaé cria — si elle ose encore une fois m'envoyer une seule ligne, dites-lui que je me plaindrai à mon père et qu'on l'enfermera dans une maison de force...

Le prince bondit et contempla épouvanté la fureur subite d'Aglaé ; et soudain un brouillard tomba devant lui...

— Vous ne pouvez pas mentir ainsi... c'est faux ! murmurait-il.

— C'est la vérité ! la vérité ! criait Aglaé, presque hors d'elle.

— Qu'est-ce que « la vérité » ? Quelle vérité ? se fit entendre auprès d'eux une voix effrayée.

Devant eux se tenait Élisabeth Procofievna.

— La vérité, c'est que j'épouse Gabriel Ardalionovitch ! que j'aime Gabriel Ardalionovitch et que je m'enfuis dès demain de la maison avec lui ! lui lança à la face Aglaé. Vous avez entendu ? Votre curiosité est satisfaite ? Vous êtes contente maintenant ?

Et elle courut à la maison.

— Non, mon cher, ne vous en allez pas comme cela, maintenant. — Élisabeth Procofievna arrêta le prince. — Faites-moi le plaisir de venir chez moi vous expliquer... Quelle torture : je n'ai pas dormi de la nuit !

Le prince la suivit.

IX

Rentrée chez elle, Élisabeth Procofievna s'arrêta dans la première pièce ; elle ne pouvait pas aller plus loin. Elle se laissa tomber sur une couchette, littéralement à bout de forces, oubliant même d'inviter le prince à s'asseoir. C'était une assez vaste salle, avec une table ronde au

milieu, une cheminée, une quantité de fleurs sur des
étagères à côté des fenêtres et, dans le mur du fond, une
autre porte, vitrée, donnant sur le jardin. Aussitôt appa-
rurent Adélaïde et Alexandra, regardant d'un air interrogateur et perplexe le prince et leur mère.

Ces demoiselles se levaient d'habitude au chalet sur les
neuf heures; Aglaé, seule, les deux ou trois derniers
jours, s'était mise à se lever un peu plus tôt pour aller se
promener dans le jardin, non pas cependant à sept heures,
mais à huit ou même un peu après. Élisabeth Procofievn-
na, qui réellement n'avait pas dormi à cause de ses
diverses inquiétudes, s'était levée sur les huit heures,
exprès pour rencontrer au jardin Aglaé, dans l'idée
qu'elle était déjà debout; mais ni au jardin ni dans sa
chambre elle ne l'avait trouvée. Alors elle avait fini par
s'alarmer et avait réveillé ses filles. Par la servante, on
apprit que Mlle Aglaé était partie dès avant sept heures
pour le parc. Les demoiselles rirent de la nouvelle fanta-
sie de leur fantasque sœur et firent remarquer à leur mère
qu'Aglaé était capable encore de se fâcher si elle allait à
sa recherche dans le parc, et que sûrement elle était en ce
moment assise avec un livre sur le banc vert dont elle
avait parlé l'avant-veille et pour lequel elle s'était presque
querellée avec le prince Chtch. parce que celui-ci n'avait
rien trouvé de particulier à l'emplacement de ce banc. En
surprenant l'entrevue et en entendant les étranges paroles
de sa fille, Élisabeth Procofievna avait été très épouvantée, pour bien des raisons; mais maintenant qu'elle avait
amené avec elle le prince, elle était inquiète d'avoir
entrepris cette affaire : « Et pourquoi Aglaé n'aurait-elle
pas pu rencontrer le prince dans le parc et causer avec lui,
même, après tout, si cette entrevue était convenue
d'avance entre eux ? »

— N'allez pas croire, mon cher prince, dit-elle
enfin en se dominant, que je vous aie traîné ici pour
vous faire subir un interrogatoire... Mon ami, après la
soirée d'hier, je n'aurais peut-être pas désiré te revoir de
longtemps...

Elle allait s'arrêter court. Le prince, très tranquillement, acheva la phrase.

— Mais vous auriez grande envie, malgré tout, de savoir comment nous nous sommes rencontrés ce matin, Aglaé Ivanovna et moi ?

— Eh oui, j'aurais envie! éclata aussitôt Élisabeth Procofievna. Je n'ai pas peur du franc-parler... parce que je n'offense personne et je n'ai jamais voulu offenser...

— Permettez: même sans intention d'offenser il est naturel d'avoir envie de savoir. Vous êtes sa mère. Nous nous sommes rencontrés ce matin, Aglaé Ivanovna et moi, devant le banc vert exactement à sept heures, à la suite de son invitation d'hier. Elle m'a fait savoir hier soir, par un billet, qu'elle avait besoin de me voir et de parler avec moi d'une affaire importante. Nous nous sommes rencontrés et nous avons conversé une bonne heure de choses concernant, au fond, uniquement Aglaé Ivanovna. C'est tout.

— Bien sûr, c'est tout, mon ami, et sans le moindre doute c'est tout, prononça avec dignité Élisabeth Procofievna.

— Parfait, prince! dit Aglaé, entrant tout à coup dans la pièce. Je vous remercie de tout cœur de m'avoir jugée moi aussi incapable de m'abaisser ici à un mensonge. Êtes-vous satisfaite, *maman*, ou bien avez-vous l'intention de poursuivre l'interrogatoire?

— Tu sais que jusqu'ici je n'ai encore jamais eu à rougir de rien devant toi... bien que, peut-être, tu en eusses été contente, répondit Élisabeth Procofievna comme pour lui donner une leçon. — Adieu, prince; pardonnez-moi de vous avoir importuné. Et j'espère que vous demeurerez assuré de mon invariable estime pour vous.

Le prince fit immédiatement ses salutations à droite et à gauche et sortit sans mot dire. Alexandra et Adélaïde eurent un petit rire et chuchotèrent entre elles. Élisabeth Procofievna les regarda sévèrement.

— C'est tout bonnement, maman, dit en riant Adélaïde, à cause du merveilleux salut du prince: il y a des fois où c'est un vrai sac, et tout d'un coup... c'est comme... comme Eugène Pavlytch.

— La délicatesse et la dignité sont enseignées par le

cœur, et non par le maître à danser, conclut sentencieusement Élisabeth Procofievna, et elle monta chez elle, sans même un regard pour Aglaé.

Lorsque le prince rentra chez lui, déjà sur les neuf heures, il trouva sur la terrasse Viera Loukianovna et la servante. Ensemble, elles rangeaient et balayaient après le désordre de la veille.

— Dieu merci, nous avons pu terminer avant votre retour! dit joyeusement Viera.

— Bonjour; j'ai un peu la tête qui tourne; j'ai mal dormi; je ferais volontiers un petit somme.

— Ici sur la terrasse, comme hier? Bon! Je dirai à tout le monde qu'on ne vous réveille pas. Papa est allé je ne sais où.

La servante se retira; Viera la suivit, mais revint et, l'air préoccupé, s'approcha du prince.

— Prince, ayez pitié de ce... malheureux: ne le chassez pas aujourd'hui.

— Je ne le chasserai pour rien au monde. Ce sera comme il voudra.

— Il ne fera plus rien maintenant, et... ne soyez pas trop sévère avec lui.

— Oh non, et pourquoi donc?

— Et ne riez pas de lui. C'est là l'essentiel.

— Oh, mais pas du tout!

— Je suis sotte de dire cela à un homme comme vous. — Viera rougit. — Vous avez beau être fatigué, ajouta-t-elle riant, déjà le dos tourné à moitié pour s'en aller, vous avez de si beaux yeux en ce moment,... si heureux.

— Pas possible: heureux? demanda vivement le prince, et il partit d'un rire joyeux.

Mais Viera, naïve et sans cérémonies, comme un gamin, tout à coup se troubla, rougit encore davantage et, riant toujours, se dépêcha de sortir.

« Qu'elle est... charmante... », pensa le prince, et aussitôt il l'oublia. Il se retira dans le coin de la terrasse où était la couchette avec un guéridon devant, s'assit, se prit le visage dans les mains et demeura ainsi une dizaine de minutes; tout à coup, pressé et inquiet, il plongea la main dans sa poche de côté et en sortit trois lettres.

Mais la porte se rouvrit, et entra Colas. Le prince parut se réjouir d'avoir à remettre les lettres dans sa poche et à reculer le moment...

— En voilà un événement! dit Colas en s'asseyant sur la couchette et en abordant directement son sujet, comme font tous ses pareils... Comment considérez-vous maintenant Hippolyte? Sans grande estime?

— Pourquoi donc... seulement, Colas, je suis fatigué... Et puis ce serait trop triste de revenir là-dessus... Comment est-il, cependant?

— Il dort et il dormira deux heures encore. Je comprends : à la maison vous n'avez pas dormi, vous avez déambulé dans le parc... l'émotion, bien sûr... On serait fatigué à moins!

— Et d'où savez-vous que j'ai déambulé dans le parc et qu'à la maison je n'ai pas dormi?

— Viera vient de me le dire. Elle ne voulait pas que j'entre. Je n'y ai pas tenu. Pour une petite minute. Pendant ces deux heures je l'ai veillé; maintenant, j'ai passé le tour à Costia Lebedev. Bourdovski est parti. Alors couchez-vous, prince. Bonne... ou plutôt bon jour! Seulement, vous savez, j'ai été frappé!

— Naturellement..., tout cela...

— Non, prince, non; j'ai été frappé par la «confession». Surtout par cet endroit où il parle de la Providence et de la vie future. Il y a là une pensée gi-gan-tesque!

Le prince regarda tendrement Colas, qui n'était venu, naturellement, que pour parler au plus vite de la pensée gigantesque.

— Mais l'essentiel, l'essentiel n'est pas la pensée, mais toutes les circonstances! Si Voltaire, Rousseau, Proudhon avaient écrit cela, je le lirais, je le remarquerais, mais je ne serais pas frappé à ce point. Mais l'homme qui sait à coup sûr qu'il ne lui reste que dix minutes, et qui parle de la sorte, voilà qui est fier! C'est le summum de l'indépendance et de la dignité, c'est braver en face... Non, c'est une force d'âme gigantesque! Et affirmer après cela que c'est exprès qu'il n'a pas mis la

capsule, c'est bas, c'est contre nature! Savez-vous
qu'hier il a trompé les gens, il a rusé : je n'ai jamais fait
son sac avec lui, son pistolet je ne l'ai jamais vu ; c'est lui
qui a tout emballé, de sorte qu'il m'a tout d'un coup fait
perdre la tête. Viera dit que vous le gardez ici ; je vous
jure qu'il n'y aura pas de danger, d'autant plus que nous
autres, nous ne le quittons pas.

— Et qui d'entre vous était là pendant la nuit?

— Moi, Costia Lebedev, Bourdovski ; Keller est resté
un moment et puis est parti dormir chez Lebedev, parce
que chez nous il n'avait pas où coucher. Ferdychtchenko
aussi a dormi chez Lebedev, il est parti à sept heures. Le
général est toujours chez Lebedev, maintenant il est parti
lui aussi... Lebedev viendra peut-être vous voir tout à
l'heure : je ne sais pourquoi, il vous cherchait, il vous a
demandé à deux reprises. Faut-il le laisser entrer, ou non,
si vous voulez dormir? Moi aussi, je vais dormir. Ah oui,
je voudrais vous dire une chose : le général m'a étonné.
Bourdovski m'avait réveillé avant sept heures pour prendre mon tour de garde, même vers six heures ; je suis sorti
pour une petite minute, et voici que je rencontre le général, ivre au point de ne pas me reconnaître ; il se dresse
devant moi comme un poteau ; il s'est jeté sur moi, à
peine ayant repris ses esprits : «Que devient notre malade? J'allais prendre des nouvelles du malade...» Je lui
rends compte : ceci, cela. «Tout cela est bel et bien, me
dit-il, mais je venais et c'est pour cela que je me suis
levé, te prévenir : j'ai lieu de supposer qu'en présence de
M. Ferdychtchenko on ne peut pas tout dire et... qu'il
faut se retenir.» Vous comprenez, prince?

— Est-ce possible? Au reste..., pour nous c'est indifférent.

— Oui, sans doute, c'est indifférent, nous ne sommes
pas des maçons [50] ! J'ai été étonné que le général aille
spécialement pour cela me réveiller la nuit.

— Ferdychtchenko est parti, disiez-vous?

— A sept heures ; il est venu me trouver en passant ;
j'étais de garde ! Il a dit qu'il allait finir la nuit chez
Vilkine. Mais voici Lucien Timofieitch... — Le prince
veut dormir, Lucien Timofieitch. Demi-tour !

— Pour une minute seulement, très honoré prince, pour une certaine affaire importante à mes yeux, prononça à mi-voix, d'un ton guindé et comme pénétré, Lebedev qui venait d'entrer en saluant avec importance. Il était revenu à l'instant et n'avait pas même pris le temps de passer chez lui, de sorte qu'il avait encore son chapeau entre les mains. Sa physionomie était préoccupée, avec une nuance spéciale inaccoutumée, de dignité. Le prince l'invita à prendre place.

— Vous m'avez demandé deux fois ? Vous êtes peut-être toujours inquiet pour ce qui s'est passé hier ?...

— Pour ce gamin d'hier, vous supposez, prince ? Oh non ! hier j'avais le cerveau en désordre... mais aujourd'hui je ne pense plus contrecarrer [51] en quoi que ce soit vos suppositions.

— Contreca... comment avez-vous dit ?

— J'ai dit : contrecarrer ; c'est un mot français, comme il y en a une multitude d'autres, entrés dans le corps de la langue russe ; mais je n'y tiens pas spécialement.

— Comme vous voilà aujourd'hui, Lebedev, important et solennel, et vous parlez comme un livre, dit le prince avec un rire.

— Nicolas Ardalionovitch ! lança Lebedev à Colas, d'une voix presque attendrie, vu que j'ai à informer le prince d'une affaire concernant à proprement parler...

— Bon, bon, entendu, entendu : ça ne me regarde pas ! Au revoir, prince !

Et Colas s'éloigna aussitôt.

— J'aime cet enfant parce qu'il saisit vite, prononça Lebedev en le regardant s'en aller. C'est un garçon vif, quoique importun. Un immense malheur, très honoré prince, m'a atteint, hier soir ou aujourd'hui à l'aube... j'hésite encore à déterminer l'heure exacte.

— Quoi donc ?

— La disparition de ma poche de côté de quatre cents roubles, très honoré prince. J'ai été refait ! ajouta Lebedev avec une amère grimace.

— Vous avez perdu quatre cents roubles ? C'est regrettable.

— Surtout pour un homme pauvre qui noblement vit de son travail.

— Naturellement, naturellement ; comment cela ?

— La faute en est à la boisson. Je viens à vous, très honoré prince, comme à la Providence. Cette somme de quatre cents roubles argent, je l'avais reçue hier à cinq heures de l'après-midi d'un débiteur et j'étais revenu ici par le train. Mon portefeuille était dans ma poche. En changeant mon uniforme [52] contre ma redingote, j'ai transporté l'argent dans celle-ci, ayant en vue de la garder sur moi, car je comptais le remettre le même soir en satisfaction d'une demande… ; j'attendais l'homme d'affaires.

— A propos, Lucien Timofieitch, est-il vrai que vous ayez donné dans les journaux une annonce disant que vous prêtez sur objets d'or et d'argent ?

— Par l'intermédiaire d'un homme d'affaires ; mon nom n'y est pas, non plus que mon adresse. Ayant un minuscule capital et vu l'accroissement de ma famille, reconnaissez vous-même qu'un honnête intérêt…

— Mais oui, mais oui ! C'était seulement pour m'informer ; excusez-moi de vous avoir interrompu.

— L'homme d'affaires n'est pas venu. A ce moment on a amené ce malheureux ; j'étais déjà dans un état renforcé, après le repas, sont arrivés ces visiteurs, on a bu… du thé, et… je suis entré en gaieté, pour ma ruine. Quand, déjà tard, est entré ce Keller et qu'il a annoncé le caractère solennel de ce jour pour vous ainsi que vos ordres pour le champagne, alors moi, cher et très honoré prince, ayant un cœur (ce que vous aurez sans doute remarqué déjà, car je le mérite), ayant un cœur je ne dirai pas sensible, mais reconnaissant, ce dont je m'enorgueillis, j'ai, pour donner plus de solennité à l'accueil en voie de préparation et dans l'attente de vous féliciter, personnellement, imaginé d'aller changer mes vieilles hardes contre l'uniforme abandonné à mon retour, ce que j'ai en effet exécuté, ainsi que vous l'avez sans doute remarqué, prince, en me voyant toute la soirée dans mon uniforme. En changeant de vêtement, j'ai oublié dans ma redingote mon portefeuille… Vraiment, quand Dieu veut châtier, il

ôte d'abord la raison. Et seulement aujourd'hui, à sept
heures et demie, en m'éveillant, j'ai sauté comme un fou,
j'ai saisi avant toute chose ma redingote : la poche était
vide ! De portefeuille, pas trace !

— Ah, c'est désagréable !

— Justement : désagréable ; et vous avez tout de suite,
avec un véritable tact, trouvé l'expression convenable,
ajouta Lebedev non sans perfidie.

— Comment, cependant..., fit le prince, mis en alerte
et réfléchissant. Car c'est chose sérieuse, n'est-ce pas ?

— Justement : sérieuse ; encore un terme que vous
avez découvert, prince, pour désigner...

— Ah, cessez donc, Lucien Timofieitch ! Qu'y avait-il
là à découvrir ? L'important n'est pas dans les termes...
Estimez-vous que vous ayez pu, en état d'ivresse, le
laisser tomber de votre poche ?

— Oui. Tout est possible, en état d'ivresse, comme
vous vous êtes exprimé avec tant de sincérité, très honoré
prince ! Mais je vous demande de raisonner : si j'ai fait
tomber le portefeuille de ma poche en retirant ma redingote, l'objet tombé devait se trouver là-même sur le
plancher. Où donc est-il, cet objet ?

— Ne l'auriez-vous pas mis quelque part, dans le
tiroir d'une table ?

— J'ai tout passé en revue, tout fouillé, d'autant plus
que je ne l'ai caché nulle part et que je n'ai ouvert aucun
tiroir, ce dont je me souviens parfaitement.

— Dans l'armoire... vous avez regardé ?

— Avant toute chose, et même à plusieurs reprises ce
matin... Et puis comment aurais-je pu le mettre dans
l'armoire, vraiment honoré prince ?

— Je l'avoue, Lebedev, cela m'inquiète. Par conséquent, quelqu'un l'aura trouvé par terre ?

— Ou pris dans la poche ! Ce sont les deux alterna-
tives.

— Cela m'inquiète fort, car qui précisément... voilà la
question !

— Sans nul doute, là est la question essentielle ; avec
une justesse étonnante vous trouvez les mots et les pensées et vous définissez les situations, illustrissime prince.

— Ah, Lucien Timofieitch, laissez-là les moqueries...

— Les moqueries! s'écria Lebedev en levant les bras au ciel.

— Allons, allons c'est bon, vous voyez bien que je ne suis pas fâché, c'est de tout autre chose... c'est pour nos gens que je crains. Qui soupçonnez-vous?

— Question des plus difficiles et... des plus complexes! La servante, je ne peux pas la soupçonner: elle était occupée dans sa cuisine. Mes enfants non plus...

— Il ne manquerait plus que ça.

— Par conséquent, quelqu'un des visiteurs.

— Mais est-ce possible?

— Tout à fait et au suprême degré impossible, mais obligatoirement il doit en être ainsi. Je consens cependant à admettre, et même j'en suis persuadé, que, s'il y a eu vol, il a été commis non pas le soir, alors que tout le monde était rassemblé, mais dans la nuit ou même sur le matin, par un de ceux qui ont passé la nuit ici.

— Ah, mon Dieu!

— J'exclus naturellement Bourdovski et Nicolas Ardalionovitch; ils ne sont même pas entrés chez moi.

— Cela va de soi, et même s'ils étaient entrés! Qui donc a passé la nuit chez vous?

— Moi compris, nous sommes quatre à avoir passé la nuit, dans deux chambres contiguës: le général, Keller, M. Ferdychtchenko et moi. C'est donc un de nous quatre!

— Un des trois, c'est-à-dire; mais lequel?

— Je me suis compté pour la justice et le bon ordre; mais avouez, prince, que je ne pouvais pas me voler moi-même, bien que des cas semblables se soient produits ici-bas...

— Ah, Lebedev, comme vous êtes ennuyeux! s'écria le prince, impatient. Au fait! Pourquoi traînez-vous?

— Il en reste donc trois, et en premier lieu M. Keller, homme inconstant, ivrogne et dans certains cas libéral, je veux dire quant à la poche; pour le reste, au contraire, ayant des penchants, pour ainsi dire, plutôt d'un chevalier des anciens temps que d'un libéral. Il a passé la nuit

d'abord ici, dans la chambre du malade, et pendant la nuit
seulement il s'est transporté chez nous, sous prétexte
qu'il était trop dur de dormir à même le plancher.

— C'est lui que vous soupçonnez?

— Je l'ai soupçonné. Quand peu après sept heures ce
matin j'ai bondi comme un fou et me suis frappé le front,
j'ai aussitôt réveillé le général, qui dormait du sommeil
de l'innocence. Prenant en considération la bizarre disparition de Ferdychtchenko, qui à elle seule avait éveillé
chez nous le soupçon, nous décidâmes immédiatement
tous deux de fouiller Keller, qui était allongé comme…
comme… presque comme un clou. On l'a fouillé à la
perfection : dans les poches, pas un centime, et même pas
une poche qui ne soit pas percée. Un mouchoir bleu, à
carreaux, en coton, dans un état inconvenant. Ensuite un
billet doux, de je ne sais quelle bonne à tout faire, avec
demande d'argent et menaces, et des morceaux du feuil-
leton de vous connu. Le général décida qu'il était innocent. Pour plus ample informé, nous le réveillâmes, avec
peine, à force de coups; il comprit tout juste de quoi il
s'agissait; il ouvrit la bouche toute grande, l'air ivre, une
expression absurde et innocente, même bête : ce n'était
pas lui!

— Ah, que je suis heureux! soupira joyeusement le
prince, je craignais quand même pour lui!

— Vous craigniez? Par conséquent, vous aviez des
raisons pour cela? Lebedev cligna des yeux.

— Oh non, c'était comme ça, fit le prince interdit. C'était très sottement que j'ai dit que j'avais peur.
Faites-moi le plaisir, Lebedev, de n'en rien dire à
personne.

— Prince, prince! Vos paroles seront dans mon
cœur… dans la profondeur de mon cœur! Et c'est un
tombeau! prononça Lebedev avec effusion, en serrant
son chapeau sur son cœur.

— C'est bien, c'est bien!… Par conséquent : Ferdychtchenko? Je veux dire que vous soupçonnez Ferdychtchenko?

— Qui donc soupçonner d'autre? prononça à voix
basse Lebedev en regardant le prince fixement.

— Eh oui, naturellement, qui d'autre... c'est-à-dire, encore une fois quels indices avez-vous ?

— Des indices, il y en a. D'abord, sa disparition à sept heures ou même avant sept heures.

— Je sais ; Colas m'a dit qu'il était entré chez lui et lui avait confié qu'il allait terminer la nuit chez... j'ai oublié chez qui, une connaissance à lui.

— Chez Vilkine. Ainsi donc, Nicolas Ardalionovitch vous a déjà parlé ?

— Il ne m'a rien dit du vol.

— Il ne le connaît pas, car pour le moment je tiens la chose secrète. Ainsi il va chez Vilkine ; quoi d'étonnant, semble-t-il, à ce qu'un ivrogne aille chez un autre ivrogne, fût-ce même au point du jour et sans aucune raison ? Mais c'est ici qu'une piste se découvre : en s'en allant, il laisse une adresse... Maintenant, prince, suivez-moi bien : pourquoi a-t-il laissé une adresse ?... Pourquoi va-t-il exprès chez Nicolas Ardalionovitch, en faisant un crochet, et lui déclare-t-il qu'il va « terminer la nuit chez Vilkine » ? Et qui cela peut-il bien intéresser, qu'il s'en aille, et précisément chez Vilkine ? A quoi bon le proclamer ? Non, il y a là une finesse, une finesse de voleur ! Cela veut dire : « Vous voyez, exprès je ne dissimule pas mes traces : quel voleur suis-je après cela ? Est-ce qu'un voleur proclamerait où il va ? » Ce souci exagéré de détourner les soupçons, et, pour ainsi dire, d'effacer ses traces sur le sable... Vous m'avez compris, très honoré prince ?

— J'ai compris, très bien compris. Mais c'est peu de chose encore, n'est-il pas vrai ?

— Second indice : la trace se trouve fausse, et l'adresse donnée inexacte. Une heure plus tard, c'est-à-dire à huit heures, je frappais déjà chez Vilkine ; il habite ici dans la Cinquième rue, et même je le connais. Pas le moindre Ferdychtchenko ! J'ai obtenu de la servante, absolument sourde, le renseignement qu'une heure plus tôt, en effet, quelqu'un avait sonné, et même assez fort, au point d'arracher le cordon. Mais la servante n'avait pas ouvert, ne voulant pas réveiller M. Vilkine, et peut-être n'ayant pas elle-même envie de se lever. Cela arrive.

— Et ce sont tous vos indices ? C'est peu.

— Prince, mais qui donc soupçonner, raisonnez un peu ? conclut Lebedev avec émotion, et quelque chose de malicieux passa dans son petit rire.

— Vous devriez examiner encore une fois les chambres et l'intérieur des tiroirs ! prononça le prince d'un air préoccupé, après un moment de réflexion.

— Je les ai examinés ! soupira Lebedev encore plus ému.

— Hum !... et quel besoin, quel besoin aviez-vous de changer cette redingote ! s'écria le prince, en tapant de dépit sur la table.

— Question empruntée à une vieille comédie [53]. Mais, très bienveillant prince, vous prenez décidément mon infortune trop à cœur ! Je ne le mérite pas. Je veux dire qu'à moi seul je ne le mérite pas ; mais vous souffrez aussi pour le criminel... pour cet insignifiant M. Ferdychtchenko ?

— Eh bien oui, oui, vous m'avez réellement préoccupé, l'interrompit le prince distraitement et avec mécontentement. Ainsi, que comptez-vous faire ?... si vous êtes tellement convaincu que c'est Ferdychtchenko.

— Prince, très honoré prince, qui serait-ce d'autre ? — Lebedev se tortillait avec une émotion croissante. — L'absence d'une autre personne à laquelle penser et l'absolue impossibilité de soupçonner qui que ce soit en dehors de M. Ferdychtchenko, n'est-ce pas, pour ainsi dire, encore un indice contre M. Ferdychtchenko, le troisième indice déjà ! Car, encore une fois, qui d'autre ? Ce n'est quand même pas M. Bourdovski que je peux soupçonner, hé-hé-hé ?

— Allons, quelle absurdité !

— Ce n'est quand même pas le général, enfin, hé-hé-hé ?

— Quelle sottise ! prononça le prince presque avec colère, en se retournant avec impatience.

— Bien sûr : une sottise ! Hé-hé-hé ! En voilà un qui m'a fait rire, je veux dire : le général. Nous voilà tout à l'heure, l'affaire encore toute chaude, en train d'aller tous les deux chez Vilkine... il faut vous faire observer que le général a été encore plus frappé que moi lorsque, après la disparition, je n'ai rien eu de plus pressé que de le réveiller, à ce point même qu'il a changé de visage, rougi, pâli et enfin est tombé soudain dans une furieuse et noble indignation que je n'attendais pas à un pareil degré. Le plus noble des hommes ! Il ment à jet continu, par faiblesse, mais c'est un homme aux sentiments sublimes et avec cela de peu de sens, qui inspire la plus entière confiance à cause de son innocence. Je vous l'ai déjà dit, très honoré prince, j'ai pour lui non pas seulement un faible, mais de l'affection. Soudain il s'arrête en pleine rue, déboutonne sa redingote, découvre sa poitrine : « Fouille-moi, me dit-il, tu as fouillé Keller, pourquoi ne me fouilles-tu pas ? L'équité l'exige. » Cependant les bras et les jambes lui tremblent, le voilà devenu tout pâle, effrayant à voir. Je me mets à rire et je dis : « Écoute, général, si quelqu'un d'autre m'avait dit cela de toi, je me serais sur-le-champ de mes propres mains arraché la tête, je l'aurais posée sur un grand plat et je l'aurais présentée sur ce plat à tous ceux qui auraient douté : « Tenez, vous voyez cette tête : eh bien, sur cette tête qui est la mienne je me porte garant pour lui, et même ne parlons plus de ma tête : je me jetterai au feu ! » Voilà de quelle façon je suis prêt à me porter garant pour toi ! » Alors il s'est jeté dans mes bras, toujours en pleine rue, il a fondu en larmes, en tremblant il m'a serré si fort sur sa poitrine que je pouvais à peine me racler la gorge : « Tu es mon unique ami, le seul qui me soit resté dans mes malheurs ! » Voilà un homme sensible ! Alors, bien entendu, il m'a raconté en chemin une anecdote à ce propos : déjà une fois dans sa jeunesse, on l'avait soupçonné d'avoir volé cinq cent mille roubles, mais dès le lendemain il s'était jeté dans les flammes d'une maison qui brûlait et avait tiré du brasier le comte qui le soupçonnait et Nina Alexandrovna qui était encore jeune fille. Le comte l'avait pris dans ses bras et de là était venu son mariage avec Nina Alexandrovna, et le lendemain on avait trouvé dans les décombres la cassette contenant l'argent disparu ; elle était en fer, de fabrication anglaise, à secret, et elle était tombée sous le parquet, on ne sait comment, de sorte que per-

sonne ne s'en était aperçu, et seul l'incendie l'avait fait
retrouver. Une histoire inventée de toutes pièces. Mais en
arrivant à Nina Alexandrovna il se mit même à pleurnicher. Une bien noble personne, Nina Alexandrovna, bien
qu'elle soit fâchée contre moi.

— Vous ne vous connaissez pas?

— Pour ainsi dire pas. Mais je voudrais bien, ne fût-ce
que pour me justifier devant elle. Nina Alexandrovna me
reproche de corrompre son mari en le faisant boire. Mais
loin de le corrompre, je l'améliore plutôt; je l'éloigne
peut-être d'une compagnie plus funeste. De plus, c'est
mon ami et, je vous l'avoue, je ne l'abandonnerai pas, et
même je dirai : où il ira, j'irai aussi, parce qu'on ne peut
le prendre que par le côté sensible. Maintenant il ne voit
plus du tout sa capitaine, bien qu'en secret il ait des élans
vers elle, qu'il gémisse même sur elle, surtout chaque
matin en se levant et en mettant ses bottes, je ne sais pas
pourquoi précisément à ce moment-là. Il n'a pas le sou,
voilà le malheur, et celle-là il n'y a pas moyen de l'approcher sans argent. Est-ce qu'il ne vous en a pas demandé, de l'argent, très honoré prince?

— Non.

— Il se gêne. Il le voulait pourtant : il m'a même
confié qu'il voulait vous importuner, mais il a eu honte
parce qu'il n'y a pas longtemps que vous lui avez prêté, et
en outre il suppose que vous ne lui en donnerez pas. Il
m'a ouvert son cœur comme à un ami.

— Et vous, vous ne lui donnez pas d'argent?

— Prince! Très honoré prince! Ce n'est pas seulement
de l'argent, mais pour cet homme, c'est même, pour ainsi
dire, ma vie que... Non, je ne veux pas exagérer, pas ma
vie, mais si, comment dire? une fièvre, un abus quelconque ou même une toux... alors, je vous le jure, je suis
prêt à tout supporter, pourvu seulement que le besoin soit
extrême; car je le considère comme un homme exceptionnel, mais perdu! Vous voyez; ce n'est pas seulement
mon argent!

— Donc, vous lui donnez de l'argent?

— N-non; je ne lui ai jamais donné d'argent, et il sait
bien que je ne lui en donnerai pas, mais c'est uniquement

dans une intention de retenue et d'amendement. Maintenant il se colle à moi pour aller à Pétersbourg; en effet, je vais à Pétersbourg pour y saisir M. Ferdychtchenko les choses étant encore toutes fraîches, car je sais à coup sûr qu'il y est. Mon général est tout bouillant; mais je soupçonne qu'à Pétersbourg il me glissera des mains pour rendre visite à la capitaine. J'avoue qu'exprès je le laisserai aller: nous sommes déjà convenus ensemble de nous séparer à l'arrivée pour aller dans des directions différentes, afin de repêcher plus facilement M. Ferdychtchenko. Donc voilà: je le lâcherai, et ensuite, brusquement, je lui tomberai dessus chez la capitaine, au fond pour lui faire honte en tant que père de famille et en tant qu'homme en général.

— Seulement ne faites pas de bruit, Lebedev, pour l'amour de Dieu ne faites pas de bruit, prononça le prince à mi-voix et dans une forte inquiétude.

— Oh non, c'est au fond uniquement pour lui faire honte et voir la physionomie qu'il fera, car de la physionomie on peut conclure bien des choses, très honoré prince, et surtout chez un homme comme lui! Ah, prince! Bien que mon malheur personnel soit grand, je ne peux m'empêcher même maintenant de penser à lui et à l'amendement de sa moralité. J'ai une prière extraordinaire à vous adresser, très honoré prince, et même, je l'avoue, c'est pour cela que je suis venu: vous êtes déjà un familier de leur maison et vous avez même habité chez eux; alors, très excellent prince, si vous vous décidiez à m'aider en cela, en somme uniquement pour le général et pour son bonheur...

Lebedev alla jusqu'à joindre les mains comme dans une prière.

— Quoi? Et comment vous aider? Soyez certain que je désire tout à fait vous comprendre entièrement, Lebedev.

— C'est uniquement dans cette certitude que je suis venu vous trouver! On pourrait agir par Nina Alexandrovna: en observant et, pour ainsi dire en surveillant Son Excellence constamment, dans le sein de sa propre famille. Par malheur je ne connais pas... De plus, il y a là

Nicolas Ardalionovitch, qui vous adore, pour ainsi dire,
de toutes les fibres de sa jeune âme, et qui, sans doute,
pourrait aider...

— N-non... Nina Alexandrovna, dans cette affaire...
Dieu m'en garde ! Et aussi Colas... D'ailleurs, je ne vous
comprends peut-être pas encore, Lebedev.

— Mais il n'y a là absolument rien à comprendre !
— Lebedev avait même sursauté sur sa chaise. — La
seule sensibilité, la seule tendresse, voilà tous les remèdes pour notre malade. Vous me permettez, prince de le
considérer comme un malade ?

— Cela montre même votre délicatesse et votre intelligence.

— Je vais vous expliquer par un exemple, pris pour
plus de clarté, dans la vie pratique. Vous voyez quel
homme c'est : il a maintenant un faible pour cette capitaine, chez qui il lui est impossible de se montrer sans
argent et chez laquelle je compte bien le surprendre aujourd'hui, pour son propre bonheur ; mais admettons qu'il
n'y ait pas seulement la capitaine, mais qu'il commette
même un véritable crime, disons quelque acte des plus
malhonnêtes (bien qu'il en soit tout à fait incapable),
même alors, je le dis, avec la seule et noble tendresse,
pour ainsi dire, on peut tout obtenir de lui, car c'est le
plus sensible des hommes ! Croyez bien qu'il ne tiendra
pas cinq jours, de lui-même il parlera, il pleurera et
avouera tout, — et surtout si on agit avec adresse et
noblesse, par une surveillance familiale, et par la vôtre,
de toutes ses attitudes, pour ainsi dire, et de tous ses
pas... Oh, très excellent prince ! — Lebedev sursauta,
comme dans une sorte d'inspiration — je n'affirme
pas que sûrement c'est lui... Je suis prêt, pour
ainsi dire, à verser sur-le-champ tout mon sang
pour lui, bien que, avouez-le, l'incontinence et l'ivrognerie, et la capitaine, tout cela ensemble puisse mener
loin.

— Je suis toujours prêt, naturellement, à favoriser un
pareil but, dit le prince en se levant. Seulement, je vous
l'avouerai, Lebedev, je suis dans une terrible inquiétude ;
dites-moi, vous continuez, n'est-ce pas..., en un mot, et

vous le dites vous-même, vous soupçonnez M. Ferdychtchenko.

— Mais qui donc plus que lui ? Qui donc, très sincère
prince ? — De nouveau Lebedev joignit les mains dans
un geste ému, avec un sourire ému.

Le prince fronça les sourcils et se leva.

— Voyez-vous, Lucien Timofieitch, ce serait une
chose terrible qu'une erreur. Ce Ferdychtchenko... je ne
voudrais pas en dire de mal... mais ce Ferdychtchenko...
qui sait, c'est peut-être lui !... Je veux dire qu'il en est
peut-être en effet plus capable que... qu'un autre.

Lebedev ouvrit les yeux et les oreilles.

— Vous voyez — Le prince s'enferrait et fronçait de
plus en plus les sourcils, en arpentant la chambre de long
en large et en s'efforçant de ne pas regarder Lebedev, —
on m'a fait savoir... on m'a dit de M. Ferdychtchenko
que c'est une personne, outre le reste, devant qui il
faudrait s'abstenir de rien dire... de trop... vous comprenez ? C'est pour dire qu'il était peut-être en effet plus
capable qu'un autre... ne pas faire d'erreur, voilà le
principal, vous comprenez ?

— Mais qui vous a donc dit cela de M. Ferdychtchenko ? attaqua brusquement Lebedev.

— Comme cela, on me l'a chuchoté ; d'ailleurs, je
n'en crois rien... je suis désolé d'avoir été obligé de vous
faire cette communication, je vous assure, moi-même je
n'y crois pas... c'est quelque bêtise... Fi, comme j'ai été
bête !

— Voyez-vous, prince — Lebedev était tout tremblant —, c'est important, c'est extrêmement important en
ce moment, j'entends non point ce qui concerne M. Ferdychtchenko, mais la façon dont cette nouvelle vous est
parvenue. (Ce disant, Lebedev courait autour du prince,
devant ou derrière, s'efforçant de marcher à son pas.)
Voici, prince, ce que j'ai, moi, à vous communiquer : ce
matin, comme nous allions ensemble chez ce Vilkine, le
général après m'avoir raconté son histoire d'incendie, et
bouillant bien entendu de colère, s'est mis à me faire des
allusions analogues sur M. Ferdychtchenko, mais de façon si décousue et si maladroite que malgré moi je lui ai

posé quelques questions, à la suite de quoi je me suis convaincu absolument que toutes ces informations étaient uniquement de la seule inspiration de Son Excellence... C'est en somme le fruit de sa débonnaireté. Car s'il ment, c'est uniquement parce qu'il ne peut retenir son attendrissement. Maintenant, voyez : s'il a menti, et j'en suis convaincu, comment avez-vous pu vous aussi apprendre ces mêmes choses ? Comprenez, prince, ç'a été chez lui l'inspiration d'une minute : alors, donc, qui donc vous l'a communiqué ? C'est important et... pour ainsi dire...

— Celui qui me l'a dit, tout à l'heure, c'est Colas, et à lui c'est son père qui venait de le dire : il l'avait rencontré à six heures, en tout cas avant sept heures, dans le vestibule, comme il sortait je ne sais pourquoi.

Et le prince raconta tout en détail.

— Eh bien, voilà ce qui s'appelle une piste ! — Lebedev riait sans bruit, en se frottant les mains. — C'est bien ce que je pensais ! Cela veut dire que Son Excellence a exprès interrompu son sommeil de l'innocence, après six heures, pour aller réveiller son cher fils et lui faire savoir l'extrême danger que constitue le voisinage de M. Ferdychtchenko ! Après cela, jugez quel homme dangereux est M. Ferdychtchenko et ce que vaut l'inquiétude paternelle de Son Excellence, hé-hé-hé !...

— Écoutez, Lebedev, dit le prince définitivement troublé, écoutez, agissez doucement ! Ne faites pas de bruit ! Je vous en prie, Lebedev, je vous en supplie... Dans ce cas-là, je vous jure, je vous aiderai mais que personne ne sache ; que personne ne sache !

— Soyez assuré, très excellent, très magnanime et très noble prince, s'écria Lebedev dans une véritable inspiration, soyez assuré que tout ceci mourra dans mon très noble cœur ! A pas feutrés, ensemble ! A pas feutrés, ensemble ! Moi, je donnerai même tout mon sang... Illustrissime prince, je suis bas et d'âme et d'esprit, mais demandez même à n'importe quel coquin, sans parler d'un homme bas, avec qui il préfère avoir affaire, un coquin comme lui, ou le plus noble des hommes comme vous, très sincère prince ? Il répondra : avec le plus noble des hommes, et c'est là le triomphe de la vertu! Au revoir, très honoré prince! A pas feutrés... à pas feutrés et... ensemble.

X

Le prince comprit enfin pourquoi il se glaçait chaque fois qu'il touchait ces trois lettres, et pourquoi il retardait le moment de les lire jusqu'au soir. Lorsque, le matin, il était tombé dans un lourd sommeil sur sa couchette, sans s'être encore décidé à ouvrir aucune de ces trois envelop-pes, il avait vu de nouveau un songe pénible, et de nouveau s'était présentée devant lui cette même «crimi-nelle». De nouveau, elle l'avait regardé avec des larmes étincelant sur ses longs cils; de nouveau elle l'avait invité à la suivre et de nouveau il s'était réveillé comme la veille en se rappelant avec souffrance son visage. Il aurait voulu aller *la* trouver sur-le-champ, mais il ne le put pas; enfin, presque au désespoir, il ouvrit les lettres et commença à les lire.

Ces lettres aussi ressemblaient à un songe. Parfois on fait des rêves étranges, impossibles et contre nature; en vous réveillant, vous vous les remémorez clairement et vous vous étonnez d'un fait étrange: vous vous rappelez avant tout que la raison ne vous a jamais abandonné pendant toute la durée de votre vision; vous vous rappe-lez même que vous avez agi avec beaucoup de ruse et de logique pendant tout ce temps très très long où vous étiez entouré d'assassins, où eux rusaient avec vous, cachaient leur intention, vous traitaient en ami, alors qu'ils avaient déjà l'arme prête et n'attendaient qu'un signe; vous vous rappelez comment, enfin, vous les avez adroitement trompés, vous vous êtes caché d'eux; ensuite vous avez deviné qu'ils connaissaient par cœur votre ruse et fai-saient semblant seulement de ne pas savoir où vous vous cachiez; mais vous avez rusé encore et les avez encore trompés; tout cela vous vous le rappelez clairement. Mais pourquoi donc, dans le même temps, votre raison a-t-elle pu admettre des absurdités et des impossibilités aussi évidentes que celles dont votre rêve, entre autres, était plein ? Un de vos assassins, sous vos yeux, s'est changé en femme, et de femme en un vilain et rusé petit nain — et tout cela, vous l'avez admis aussitôt comme un fait accompli, presque sans aucune hésitation, et précisément dans le même temps où votre raison était d'autre part sous une très forte tension, déployait des prodiges de vigueur, de ruse, de perspicacité, de logique ? Pourquoi aussi, une fois réveillé et parfaitement revenu à la réalité, sentez-vous presque à chaque coup, et parfois avec une extraordinaire intensité d'impression, que vous laissez avec votre rêve quelque chose de non résolu pour vous ? Vous riez de l'absurdité de votre rêve, et vous sentez en même temps que dans l'entrelacs de ces absurdités est contenue une pensée, mais une pensée réelle, quelque chose qui appartient à votre vie véritable, qui existe et qui a toujours existé dans votre cœur ; on dirait que par votre rêve il vous a été dit quelque chose de neuf, de prophétique, que vous attendiez ; votre impression est forte, elle est joyeuse ou douloureuse, mais en quoi elle consiste et que vous a-t-il été dit, tout cela vous ne pouvez ni le comprendre, ni vous le remémorer.

Il en fut à peu près ainsi après ces lettres. Mais déjà avant de les ouvrir le prince avait senti que le seul fait de leur existence et de leur possibilité ressemblait à un cauchemar. Comment s'est-*elle* décidée à lui écrire, *à elle*, se demandait-il en errant seul le soir, parfois même oubliant où il était. Comment a-t-elle pu écrire *là-dessus*, et comment un rêve aussi insensé a-t-il pu naître dans sa tête ? Mais ce rêve était déjà réalisé, et le plus étonnant pour lui était que, tandis qu'il lisait ces lettres, il croyait presque à la possibilité et même à la justification de ce rêve. Oui, naturellement, c'était un songe, un cauchemar et une folie ; mais il y avait là aussi quelque chose qui était douloureusement réel et plus douloureusement encore juste, et qui justifiait et le songe, et le cauchemar et la folie.

Plusieurs heures de suite il délira presque de ce qu'il avait lu, se rappelant à chaque instant des passages, s'y arrêtant, les méditant. Parfois il était même tenté de se dire que tout cela, il l'avait pressenti, deviné d'avance ; il lui semblait même qu'il l'avait déjà lu, jadis, il y avait longtemps, longtemps, et que tout ce dont il avait la nostalgie depuis lors, tout ce qui le tourmentait et ce qu'il craignait, tout cela était contenu dans ces lettres déjà lues par lui depuis longtemps.

« Quand vous ouvrirez cette lettre (ainsi débutait la première épître), vous regarderez avant tout la signature. Cette signature vous dira et vous expliquera tout, de sorte que je n'ai pas à me justifier devant vous ni à vous rien expliquer. Si j'étais tant soit peu votre égale, vous pourriez encore vous offenser d'une pareille audace ; mais qui suis-je et qui êtes-vous ? Nous sommes deux extrêmes, et je suis tellement hors de compte devant vous, que je ne peux absolument pas vous offenser, même si je le voulais. »

Plus loin, elle écrivait dans un autre passage :

« Ne voyez pas dans mes paroles l'exaltation morbide d'un cerveau malade, mais vous êtes pour moi la perfection ! Je vous ai vue, je vous vois chaque jour. Vous le savez, je ne vous juge pas ; ce n'est pas par le raisonnement que je suis arrivée à ceci que vous êtes la perfection ; tout simplement, j'ai cru en vous. Mais j'ai aussi péché envers vous : je vous aime. On ne peut pas aimer la perfection ; la perfection peut seulement être contemplée en tant que perfection : n'est-il pas vrai ? Et cependant je suis amoureuse de vous. Bien que l'amour égalise les hommes, ne vous inquiétez pas, je ne me suis jamais égalée à vous, même dans le plus secret de ma pensée. J'ai écrit : « Ne vous inquiétez pas » ; mais pouvez-vous vous inquiéter ?... Si c'était possible, je baiserais les traces de vos pieds. O, je ne m'égale pas à vous... Regardez la signature, regardez vite la signature ! »

« Je remarque cependant (écrivait-elle dans une autre lettre) que je vous unis à lui et pas une fois je n'ai demandé encore si vous l'aimiez. Il vous a aimée, à vous voir seulement une fois. Il me parlait de vous comme de « la lumière » : ce sont ses propres paroles, je les ai entendues de sa bouche. Mais déjà sans paroles j'avais compris que vous étiez pour lui la lumière. Tout un mois, j'ai vécu

auprès de lui et là j'ai compris que vous l'aimiez vous
aussi; vous et lui pour moi ne faites qu'un. »

« Que signifie cela (écrivait-elle encore)? Hier j'ai
passé devant vous, et vous avez rougi, m'a-t-il semblé.
Ce n'est pas possible, ce n'était qu'une impression.
Qu'on vous amène même dans le plus sordide bouge et
qu'on vous montre le vice à nu, vous ne devriez pas
rougir; vous ne pouvez pas vous indigner pour une offense. Vous pouvez haïr tous les hommes vils et bas,
mais cela non pas pour vous, mais pour les autres, ceux
qui sont offensés par eux. Vous, nul ne peut vous offenser. Vous savez, il me semble, que vous devez même
m'aimer, moi. Pour moi, vous êtes ce que vous êtes aussi
pour lui: un esprit de lumière; un ange ne peut pas haïr, il
ne peut pas ne pas aimer. Peut-on aimer tous les hommes,
tous ses prochains? je me suis souvent posé cette question. Naturellement, non, et c'est même contre nature.
Dans un amour abstrait de l'humanité on n'aime presque
toujours que soi seul. Mais c'est pour nous que c'est
impossible; pour vous, c'est différent: comment pour-
riez-vous ne pas aimer même un seul homme, alors que
vous ne pouvez vous comparer à personne et que vous
êtes au-dessus de toute offense, au-dessus de toute indignation personnelle? Vous seule pouvez aimer sans
égoïsme, vous seule pouvez aimer non point pour vous
seule, mais pour celui que vous aimez. O, comme il me
serait amer d'apprendre que vous éprouvez à cause de
moi honte ou colère! Ce serait votre perte: vous vous
égaleriez du coup à moi...

Hier, après vous avoir rencontrée, je suis rentrée chez
moi et j'ai imaginé un tableau. Les artistes peignent
toujours le Christ selon les récits évangéliques; moi je le
peindrais autrement: je le représenterais seul — les disciples le laissaient bien seul, quelquefois. Je laisserais
avec lui seulement un petit enfant. L'enfant jouait à côté
de lui; peut-être il lui racontait quelque chose dans sa
langue enfantine, le Christ l'écoutait, mais maintenant il
s'est pris à réfléchir; sa main est restée, involontairement, par oubli, sur la petite tête lumineuse de l'enfant.
Lui regarde au loin, à l'horizon; une pensée grande

comme tout l'univers repose dans son regard; son visage
est triste. L'enfant s'est tu, s'est accoudé sur les genoux
du Christ et, la joue appuyée sur sa petite main, il a
soulevé la tête et, pensif comme le sont parfois les enfants, il le regarde fixement. Le soleil se couche... Voilà
mon tableau! Vous êtes innocente, et dans votre innocence est toute votre perfection. Oh, rappelez-vous seulement cela! Que vous importe ma passion pour vous?
Vous êtes mienne, maintenant, je serai toujours près de
vous... Je mourrai bientôt. »

Enfin, dans la toute dernière lettre, il y avait:

« Pour l'amour de Dieu, ne pensez rien de moi; ne
pensez pas non plus que je m'humilie en vous écrivant
ainsi, ou que j'appartienne à ces créatures pour qui c'est
une jouissance de s'humilier, ne fût-ce même que par
orgueil. Non, j'ai mes consolations à moi, mais il m'est
difficile de vous expliquer cela. Il me serait difficile
même de me le dire à moi-même clairement, bien que
j'en sois tourmentée. Mais je sais que je ne peux
pas m'humilier même dans un accès d'orgueil. Quant à
l'auto-humiliation par pureté de cœur, je n'en suis pas
capable. Par conséquent, je ne m'humilie aucunement.

Pourquoi je veux vous unir: pour vous, ou pour moi?
Pour moi, bien entendu, toutes mes solutions sont là, je
me le suis dit depuis longtemps... J'ai entendu dire que
votre sœur, Adélaïde, a dit un jour de mon portrait
qu'avec une pareille beauté on peut retourner le monde.
Mais j'ai renoncé au monde; cela vous paraît drôle de
m'entendre dire cela, en me rencontrant dans les dentelles
et les brillants, en compagnie d'ivrognes et de vauriens?
N'y faites pas attention, je n'existe presque plus, et je le
sais; ce qui au lieu de moi vit en moi, Dieu le sait, Je lis
cela chaque jour dans deux yeux effrayants qui constamment me regardent, même quand ils ne sont pas devant
moi. Ces yeux pour le moment *se taisent* (toujours ils se
taisent), mais je sais leur secret. Sa maison est sombre,
triste et recèle un mystère. Je suis sûre qu'il a dans un
tiroir un rasoir caché enveloppé de soie, comme cet autre,
l'assassin de Moscou; celui-là aussi vivait avec sa mère
dans la même maison et lui aussi avait enveloppé dans la

soie un rasoir pour trancher une gorge. Tout le temps que
j'ai été dans leur maison, il me semblait toujours qu'il y
avait quelque part, sous une latte du plancher, un mort
caché peut-être déjà par son père et recouvert d'une toile
cirée, comme ce mort de Moscou, et lui aussi entouré de
fioles d'eau de Jdanov [54] ; je serais même capable de vous
montrer le coin. Il est toujours silencieux ; mais je sais
qu'il m'aime au point qu'il ne peut pas ne pas me prendre
en haine. Votre mariage et mon mariage sont liés ensemble : nous en avons ainsi décidé avec lui. Je n'ai pas de
secret pour lui. Je pourrais le tuer, de peur... Mais il me
tuera avant... tout à l'heure il s'est mis à rire et il dit que
je délire ; il sait que je vous écris. »

Et il y avait beaucoup beaucoup de ce même délire
dans ces lettres. L'une d'elles, la seconde, occupait deux
feuilles de papier à lettres, écrites menu, de grand format.

Le prince sortit enfin du parc obscur où il avait longtemps erré comme la veille. La nuit, transparente, claire,
lui parut plus claire encore que d'habitude. « Se peut-il
qu'il soit encore si tôt », pensa-t-il (il avait oublié sa
montre). Il crut entendre quelque part une musique loin-
taine : « Ce doit être le Vauxhall, pensa-t-il encore,
— naturellement, ils n'y sont pas allés aujourd'hui. »
Ayant ainsi raisonné, il s'aperçut qu'il était juste devant
leur chalet ; il le savait fort bien, qu'il devrait absolument
se retrouver enfin là et, le cœur défaillant, il monta sur la
terrasse. Personne ne vint l'accueillir, la terrasse était
vide. Il attendit, et ouvrit la porte donnant sur la salle.
« Cette porte ne se ferme jamais », lui vint-il à l'idée,
mais la salle aussi était vide ; il y faisait presque nuit. Il
s'arrêta au milieu de la pièce, interdit. Soudain la porte
s'ouvrit, et entra Alexandra Ivanovna, une chandelle à la
main. Apercevant le prince, elle s'étonna et s'arrêta devant lui, avec un air interrogateur. Évidemment, elle ne
faisait que traverser la pièce, d'une porte à l'autre, sans
penser aucunement y trouver quelqu'un.

— Comment vous trouvez-vous ici ? prononça-t-elle
enfin.

— Moi... je suis entré en passant...

— *Maman* n'est pas tout à fait bien, Aglaé aussi.

Adélaïde est en train de se coucher, et j'y vais aussi.
Aujourd'hui nous avons passé toute la soirée seules à la
maison. Papa et le prince sont à Pétersbourg.

— Je suis venu... je suis venu vous voir... maintenant...

— Vous savez quelle heure il est?

— N-non...

— Minuit et demi. Nous nous couchons toujours à une
heure.

— Ah, je pensais... neuf et demie.

Elle rit.

— Ça ne fait rien! Mais pourquoi n'êtes-vous pas
venu tout à l'heure? Peut-être qu'on vous attendait.

— Je... pensais..., balbutia-t-il en s'en allant.

— Au revoir! Demain je ferai rire tout le monde.

Il prit le chemin qui contournait le parc, pour regagner
son chalet. Le cœur lui battait, ses idées se brouillaient et
tout, autour de lui, ressemblait à un songe. Et soudain,
tout comme tout à l'heure, quand il s'était réveillé deux
fois sur la même vision, cette même vision se présenta
encore à lui. La même femme sortit du parc et se dressa
devant lui comme si elle l'avait attendu en ce lieu. Il
tressaillit et s'arrêta; elle lui prit la main et la serra
fortement. « Non, ce n'est pas une vision! »

Et voici qu'elle était finalement devant lui face à face,
pour la première fois après leur séparation; elle lui
parlait, mais lui la regardait sans mot dire; son cœur
débordait et était serré de douleur. Oh, jamais dans la
suite il ne put oublier cette rencontre avec elle: il s'en
souvenait toujours avec une égale douleur. Elle tomba à
genoux devant lui, en pleine rue, comme hors d'elle-
même, il recula épouvanté, mais elle cherchait sa main
pour la baiser, et comme tout à l'heure dans son rêve, des
larmes brillaient maintenant sur ses longs cils.

— Lève-toi, lève-toi! disait-il dans un chuchotement
épouvanté, tout en la relevant. Lève-toi vite!

— Tu es heureux? heureux? demandait-elle. Un mot
seulement: dis-moi si tu es heureux maintenant. Aujourd'hui, en ce moment? Chez elle? Qu'a-t-elle dit?

Elle ne se relevait pas, elle ne l'écoutait pas; elle

interrogeait en hâte et se hâtait de parler comme si elle
était poursuivie.

— Je m'en vais demain, comme tu l'as ordonné. Je ne
serai plus... C'est la dernière fois que je te vois, la
dernière fois ! Maintenant, c'est tout à fait la dernière
fois !

— Calme-toi, lève-toi ! prononça-t-il, au désespoir.

Elle le dévorait des yeux, en lui prenant les mains.

— Adieu ! dit-elle enfin. Elle se leva et rapidement
s'écarta de lui, courant presque. Le prince vit tout à coup
surgir auprès d'elle Rogojine, qui la prit sous le bras et
l'entraîna.

— Attends un peu, prince ! cria Rogojine. Je reviens
dans cinq minutes pour un moment.

Cinq minutes plus tard il arriva en effet ; le prince
l'attendait au même endroit.

— Je l'ai mise en voiture, dit-il. Là-bas dans ce coin
une calèche attendait depuis dix heures. Elle savait bien
que tu passerais toute la soirée chez l'autre. Ce que tu
m'as écrit tantôt, je le lui ai transmis exactement. Elle
n'écrira plus à l'autre ; elle l'a promis ; et demain, selon
ton désir, elle partira d'ici. Elle a voulu te voir une
dernière fois, bien que tu lui aies refusé ; c'est ici que
nous guettions ton passage au retour, tu vois sur ce banc.

— C'est elle-même qui t'a amené avec elle.

— Et pourquoi pas ? — Rogojine fit un large sourire. — J'ai vu ce que je savais déjà. Les lettres, tu les as
lues, je suppose ?

— Et toi, est-ce que tu les as lues vraiment ? demanda
le prince, frappé de cette idée.

— Pour sûr ! Elle-même me les a toutes montrées. A
propos du rasoir, tu t'en souviens ? Hé-hé !

— Elle est folle ! s'écria le prince en se tordant les
bras.

— Qui sait ? Peut-être pas, prononça doucement Rogojine, comme pour lui-même.

Le prince ne répondit pas.

— Allons, adieu ! dit Rogojine. Moi aussi, je m'en
vais demain. Sans rancune ! Dis donc, frère, ajouta-t-il en

se retournant rapidement, pourquoi ne lui as-tu rien dit en réponse? Es-tu heureux, ou non?

— Non, non, non! s'exclama le prince avec une infinie tristesse.

— Il ne manquerait plus que ça que tu dises oui! Rogojine eut un rire féroce et s'en fut sans se retourner.

QUATRIÈME PARTIE

Une semaine environ s'était écoulée depuis l'entrevue des deux personnages de notre récit sur le banc vert. Un matin radieux, sur les dix heures et demie, Barbe Arda-lionovna Ptitsyne, sortie pour rendre visite à quelques connaissances, rentra à la maison plongée dans de grandes et pénibles réflexions.

Il est des hommes dont il est difficile de dire quelque chose qui les présente d'emblée et intégralement, dans leur aspect typique et caractéristique. Ce sont ceux qu'on appelle d'habitude les hommes « ordinaires », la « majorité », et qui constituent en effet l'énorme majorité de toute société. Les écrivains, dans leur romans ou nouvelles, s'efforcent le plus souvent de prendre des types d'une société et de les représenter de façon imagée et artistique, types qui dans la réalité se rencontrent extrêmement rarement dans leur intégralité, et qui néanmoins sont presque plus réels que la réalité même. Podkoliosine [55], sous son aspect typique, est peut-être même une exagération, mais n'est nullement une imagination. Une multitude d'hommes intelligents, ayant connu par Gogol Podkolio-sine, ont aussitôt trouvé que des dizaines et des centaines de leurs bons amis et connaissances ressemblaient terri-blement à Podkoliosine. Ils savaient avant Gogol que ces amis étaient comme Podkoliosine, seulement ils ne sa-vaient pas encore précisément qu'ils s'appelaient de ce nom. Dans la réalité il est extrêmement rare que des fiancés se sauvent en sautant par la fenêtre au moment de se marier, car, sans parler du reste, c'est chose incommode; et pourtant combien il y a de fiancés, même hommes dignes et intelligents, qui devant l'autel, ont été prêts, dans les profondeurs de leur conscience, à se reconnaître eux-mêmes des Podkoliosine! De même tous les maris ne crient pas à chaque pas: «Tu l'as voulu, George Dandin[56]!» mais, mon Dieu, combien de millions et de billions de fois a été répété par des maris du monde entier ce cri du cœur après leur lune de miel, et, qui sait? peut-être dès le lendemain de leur mariage!

Ainsi, sans entrer dans de plus sérieuses explications, nous dirons seulement que la réalité dilue, semble-t-il, le caractère typique des personnages et que tous ces George Dandin et ces Podkoliosine existent vraiment, vont et viennent et courent devant nous quotidiennement, mais à l'état plus ou moins dilué, pourrait-on dire. Si nous faisons enfin, pour être complet, cette réserve que tout George Dandin en bloc, tel que l'a créé Molière, peut aussi se rencontrer dans la réalité, quoique rarement, nous aurons ainsi achevé notre raisonnement, qui commence à ressembler à une critique de revue. Il n'en reste pas moins devant nous une question: que fera le romancier des hommes «ordinaires», absolument ordinaires et comment les présenter au lecteur pour les rendre un peu intéressants? Les laisser complètement de côté est tout à fait impossible, car les hommes ordinaires sont à chaque instant et dans leur majorité un maillon indispensable dans la chaîne des événements de la vie quotidienne; en les ignorant, nous blesserions donc la vraisemblance. Remplir des romans des seuls types ou même simplement, pour accroître l'intérêt, d'hommes singuliers et inouïs serait invraisemblable et je crois même, inintéressant. A notre avis, l'écrivain doit s'efforcer de découvrir des nuances intéressantes ou instructives même parmi les hommes ordinaires. Quand, par exemple, l'essentiel de certains hommes ordinaires consiste précisément dans leur caractère perpétuellement et invariablement ordinaire ou, ce qui est mieux encore, quand malgré tous leurs efforts extrêmes pour sortir à tout prix de l'ornière de l'ordinaire et de la routine, ces personnages finissent quand même par rester invariablement et éternellement pure et simple routine, alors ils acquièrent même une espèce de valeur typique, en tant que banalité refusant à tout prix de rester ce qu'elle est et voulant à tout prix se rendre originale et indépendante, sans posséder même le plus petit des moyens de l'indépendance.

A cette catégorie d'hommes ordinaires ou banals appartiennent certains personnages de notre récit, jusqu'ici (j'en ai conscience) peu éclaircis au lecteur. Ainsi Barbe Ardalionovna Ptitsyne, son mari M. Ptitsyne, et Gabriel Ardalionovitch, son frère.

En effet, il n'est rien de plus vexant que d'être, par exemple, riche, d'une bonne famille, d'un extérieur convenable, suffisamment instruit, pas sot, même bon, et en même temps de n'avoir aucun talent, aucune particularité, aucune bizarrerie même, pas une idée à soi, d'être absolument «comme tout le monde». La richesse est là, mais pas celle de Rothschild; un nom honorable, mais qui n'a jamais été illustré; un extérieur convenable, mais très peu expressif; une instruction raisonnable, mais qu'on ne sait à quoi employer; de l'intelligence, mais *sans idées à soi*, du cœur, mais sans magnanimité, etc., etc., sous tous les rapports. De ces hommes-là il y a une infinie multitude ici-bas, et même beaucoup plus qu'il ne paraît; ils se divisent comme tous les hommes, en deux grandes catégories: les uns sont bornés, les autres «beaucoup plus intelligents». La première est la plus heureuse. Pour un homme ordinaire borné, rien de plus facile, par exemple, que de se figurer être un homme non ordinaire ou original et de s'en féliciter sans aucune hésitation. Il a suffi à certaines de nos demoiselles de se couper les cheveux, de chausser des lunettes bleues et de se dénommer nihilistes, pour être aussitôt persuadées qu'avec les lunettes elles avaient acquis immédiatement des «convictions» personnelles. Il a suffi à tel ou tel d'éprouver un peu dans son cœur quelque chose d'un quelconque sentiment humain et charitable pour se persuader immédiatement que personne ne sent comme lui et qu'il est à l'avant-garde du progrès général. Il a suffi à un autre d'accepter sur parole une quelconque idée ou de lire une petite page de quelque

chose sans début ni fin, pour croire aussitôt que ce sont là
« ses idées personnelles » et qu'elles ont germé dans son
cerveau. L'effronterie de la naïveté, si l'on peut ainsi
s'exprimer, atteint dans ces cas-là au stupéfiant : c'est
invraisemblable, mais cela se rencontre à chaque instant.
Cette effronterie de la naïveté, cette absence de doute
chez un sot sur lui-même et sur son talent a été admirablement représentée par Gogol dans le type étonnant du
lieutenant Pirogov [57]. Pirogov ne doute même pas qu'il
soit un génie, même supérieur à tous les génies ; il en
doute si peu, qu'il ne se pose même pas une seule fois la
question ; d'ailleurs, il n'existe pas pour lui de questions.
Le grand écrivain a été obligé enfin de lui administrer le
fouet pour donner satisfaction au sentiment moral blessé
de son lecteur ; mais voyant que son grand homme n'a fait
que se secouer et pour reprendre des forces après la
correction a dévoré un gâteau feuilleté, d'étonnement les
bras lui en sont tombés et il a planté là ses lecteurs. J'ai
toujours été chagriné que le grand Pirogov ait été pris par
Gogol dans un si petit grade, car Pirogov est si facilement
satisfait de lui-même que rien ne lui aurait été plus facile
que de se croire, au fur et à mesure du grossissement et du
tournoiement de ses épaulettes avec les années et les
promotions, un illustre capitaine, par exemple ; et même
non pas de se croire tel, mais de n'en pas douter : promu
général, comment ne serait-il pas un grand capitaine ? Et
combien de ces gens font ensuite de terribles fiascos sur
les champs de bataille ! Combien il y en a eu de Pirogov,
parmi nos littérateurs, nos savants, nos propagandistes !
Je dis « il y a eu » mais, naturellement, il y en a encore
aujourd'hui…

Notre personnage, Gabriel Ardalionovitch Ivolguine,
appartenait à la seconde catégorie. Il était de la catégorie
des gens « beaucoup plus intelligents », bien que de la tête
aux pieds il fût affligé d'un désir d'originalité. Mais cette
catégorie, comme nous l'avons remarqué plus haut, est
beaucoup plus malheureuse que la première. Le fait est
que l'homme ordinaire *intelligent*, même s'il se figure en
passant (ou peut-être même toute sa vie) être un homme
génial ou hautement original, n'en garde pas moins dans

son cœur le ver du doute, qui le ronge au point qu'il finit parfois par tomber dans le complet désespoir; s'il se soumet, c'est absolument empoisonné par sa vanité rentrée.

Du reste, nous avons pris un cas extrême : dans l'immense majorité des cas de cette catégorie *intelligente*, les choses ne se passent pas du tout aussi tragiquement; sur la fin, le foie se gâte, plus ou moins, et c'est tout. Malgré tout, avant de se calmer et de se soumettre, ces hommes passent parfois énormément de temps à faire des bêtises, de leur jeunesse jusqu'à l'âge de la soumission, toujours par désir d'originalité. Il se rencontre même des cas étranges : par désir d'originalité, un homme d'honneur est prêt à commettre même une vilenie; il arrive même ceci qu'un de ces malheureux ne soit pas seulement honnête, mais même bon, la providence de sa famille, et qu'il entretienne et nourrisse de son labeur même des étrangers, sans parler des siens, et que croyez-vous ? il passe toute sa vie sans pouvoir se calmer ! Ce n'est nullement, pour lui, une pensée calmante et consolante d'avoir aussi bien rempli ses obligations d'homme; au contraire, cette pensée l'irrite : « Voilà à quoi j'ai gâché toute ma vie, voilà ce qui m'a retenu pieds et poings liés, voilà ce qui m'a empêché d'inventer la poudre ! Sans cela, j'aurais sûrement découvert — ou la poudre ou l'Amérique — je ne sais pas encore bien quoi, mais sûrement je l'aurais découverte ! » Le trait le plus caractéristique de ces messieurs, c'est qu'en effet ils n'arrivent jamais à bien savoir, toute leur vie, ce qu'il leur faut tellement découvrir, ce qu'ils sont toute leur vie prêts à découvrir : la poudre, ou l'Amérique ? Mais leurs souffrances, leur angoisse de la chose à découvrir suffiraient à faire la destinée d'un Colomb ou d'un Galilée.

Gabriel Ardalionovitch s'engageait justement dans cette voie; mais il ne faisait encore que s'y engager. Il avait encore longtemps à faire des bêtises. Un sentiment profond et constant de sa médiocrité et en même temps un désir insurmontable de se convaincre qu'il était le plus indépendant des hommes avaient violemment blessé son cœur, presque depuis l'adolescence. C'était un jeune

homme aux désirs envieux et violents, qui semblait être
né déjà avec les nerfs à fleur de peau. Il prenait la fougue
de ses désirs pour de la force. Avec son désir passionné
de se distinguer, il était prêt parfois au saut le plus
insensé ; mais, sitôt que les choses en étaient arrivées à
exécuter ce saut insensé, toujours notre héros avait assez
d'intelligence pour ne pas s'y risquer. Cela le tuait. Peut-
être même se serait-il résolu, à l'occasion, à un acte d'une
extrême bassesse pour atteindre quelque chose de son
rêve ; mais, comme par un fait exprès, sitôt qu'il arrivait à
la limite, il se découvrait toujours trop honnête pour un
acte si bas. (A une action basse de petite envergure, il
était d'ailleurs toujours prêt à consentir.) Avec haine et
dégoût, il considérait la pauvreté et la déchéance de sa
famille. Sa mère même, il la traitait de haut et avec
dédain, tout en comprenant fort bien lui-même que la
réputation et le caractère de sa mère étaient pour le
moment le principal appui de sa carrière. En entrant au
service d'Épantchine, il s'était dit tout de suite : « A tant
faire que de ramper, rampons jusqu'au bout, pourvu qu'il
y ait avantage ! » et presque jamais il n'avait rampé
jusqu'au bout. Et d'ailleurs pourquoi s'était-il imaginé
qu'il lui faudrait absolument ramper ? A l'époque, il avait
tout bonnement eu peur d'Aglaé, mais il n'avait pas
abandonné l'affaire, il l'avait seulement, à tout hasard,
laissé traîner bien qu'il n'eût jamais sérieusement cru
qu'Aglaé descendrait jusqu'à lui. Plus tard, lors de son
histoire avec Anastasie Filippovna, il s'était subitement
figuré que l'obtention *de toute chose* dépendait de l'argent. « A tant faire que de ramper, rampons ! » se répétait-il alors chaque jour avec satisfaction, mais aussi avec
quelque crainte. « A tant faire que de ramper, arrivons
jusqu'au sommet ! La routine dans ces cas-là hésiterait,
mais nous n'hésiterons pas ! » se répétait-il à chaque instant pour s'encourager. Ayant perdu Aglaé, écrasé par les
circonstances, il perdit complètement courage et en effet
apporta au prince l'argent que lui avait jeté alors une
femme folle, qui l'avait elle-même reçu aussi d'un
homme fou. De cette restitution il se repentit dans la suite
mille fois, tout en ne cessant de s'en vanter. Il pleura

réellement durant les trois jours que le prince passa alors
à Pétersbourg, mais durant ces trois jours il eut le temps
de le prendre en haine parce que le prince le regardait
avec trop de commisération, alors qu'avoir restitué une
pareille somme, ce n'était pas n'importe qui qui l'aurait
fait. Mais l'aveu qu'il se faisait noblement à lui-même
que toute son angoisse n'était que de la vanité continuellement foulée aux pieds lui était un terrible tourment. Ce
ne fut qu'après un long temps qu'il vit clair et qu'il se
convainquit de la tournure sérieuse qu'auraient pu prendre les choses avec une créature aussi innocente et aussi
singulière qu'Aglaé. Le remords le rongeait; il quitta son
service et se plongea dans l'ennui et le découragement. Il
vivait chez Ptitsyne et à ses frais, avec son père et sa
mère, et méprisait Ptitsyne ouvertement, bien qu'en
même temps il suivît toujours ses conseils et qu'il eût la
sagesse de presque toujours les solliciter.

Gabriel Ardalionovitch était fâché, par exemple, que
Ptitsyne ne songeât pas à être un Rothschild et ne se
proposât pas ce but. «A tant faire que d'être usurier, il
faut l'être jusqu'au bout, pressurer les gens, frapper
monnaie de leur substance, devenir un caractère, être le
roi des Juifs [58]!» Ptitsyne était modeste et tranquille, il se
bornait à sourire, mais une fois il trouva pourtant nécessaire de s'expliquer avec Gaby sérieusement et le fit
même avec une certaine dignité. Il prouva à Gaby qu'il ne
faisait rien de malhonnête et que celui-ci avait tort de le
traiter de Juif; que si l'argent avait un tel prix, ce n'était
pas sa faute à lui; qu'il opérait avec équité et loyauté et
qu'à dire vrai il n'était qu'un agent dans ces sortes d'affaires, et enfin que, grâce à son exactitude en affaires, il
était déjà connu très favorablement de personnes du plus
haut rang et que ses affaires s'étendaient. «Je ne serai pas
un Rothschild et d'ailleurs à quoi bon? ajouta-t-il en
riant, mais j'aurai une maison sur la Liteinaia, peut-être
même deux, et je m'en tiendrai là.» Et il pensait à part
soi: «Qui sait, peut-être trois maisons», mais il ne le
disait jamais à haute voix, il cachait son rêve. La nature
aime et choie ces hommes-là: elle gratifiera Ptitsyne non
pas de trois, mais à coup sûr de quatre maisons, précisé-

ment parce qu'il a su dès l'enfance qu'il ne serait jamais
un Rothschild. Par contre, la nature n'ira jamais pour
lui au-delà de quatre maisons, et pour Ptitsyne tout s'arrê-
tera là.

C'était une tout autre personne que la sœur de Gabriel
Ardalionovitch. Elle aussi avait des désirs forts, mais
plus opiniâtres que violents. Elle montrait beaucoup de
raison quand elle touchait à la dernière limite, mais elle
n'en manquait pas non plus avant. En vérité, elle était
aussi du nombre des êtres ordinaires rêvant d'originalité,
mais elle s'était très vite rendu compte qu'elle n'avait pas
une goutte de cette originalité et elle n'en était pas trop
chagrinée, peut-être par une espèce de fierté : qui sait?
Elle avait accompli sa première démarche pratique, avec
beaucoup de décision, en épousant M. Ptitsyne ; mais en
se mariant elle ne s'était nullement dit : « A tant faire que
de ramper, rampons donc, à condition d'atteindre le
but ! » comme n'aurait pas manqué de s'exprimer en pareille occasion Gabriel Ardalionovitch (et comme il avait
même failli s'exprimer, devant elle, au moment où il
approuvait, en tant que frère aîné, sa décision). C'était
même tout le contraire : Barbe Ardalionovna s'était mariée après s'être dûment assurée que son futur mari était
un homme modeste, agréable, presque instruit et qu'il ne
commettrait jamais pour rien au monde une grande bassesse. Des menues bassesses elle ne s'était pas informée,
c'était un détail : où donc n'y en avait-il pas? On ne
pouvait quand même pas vouloir l'idéal ! De plus, elle
savait qu'en se mariant elle procurait un coin à sa mère, à
son père, à ses frères. Voyant son frère dans le malheur,
elle avait voulu l'aider, malgré tous leurs précédents
malentendus familiaux. Ptitsyne poussait parfois Gaby,
amicalement bien entendu, à entrer dans un bureau. « Tu
méprises et les généraux et le généralat, lui disait-il parfois en plaisantant, mais regarde bien : *ils* finiront tous par
devenir à leur tour généraux. Qui vivra verra ! » Et Gaby
pensait à part soi, sarcastique : « Et d'où prennent-ils que
je méprise les généraux et le généralat? » Pour rendre
service à son frère, Barbe Ardalionovna décida d'étendre
le cercle de ses opérations : elle s'introduisit chez les

Épantchine, à quoi aidèrent beaucoup les souvenirs d'enfance : et elle et son frère, enfants, avaient joué avec les Épantchine. Notons ici que, si Barbe Ardalionovna avait poursuivi un rêve extraordinaire en fréquentant les Épantchine, elle serait peut-être sortie par là même de la catégorie d'hommes dans laquelle elle s'était volontairement enfermée ; mais elle ne poursuivait pas un rêve ; il y avait même de sa part un calcul assez positif : elle se basait sur le caractère de cette famille. Le caractère d'Aglaé, elle l'avait étudié sans relâche. Elle s'était donné pour tâche de les ramener tous deux, son frère et Aglaé, l'un vers l'autre. Peut-être avait-elle obtenu en effet quelque résultat ; peut-être aussi tombait-elle dans l'erreur en comptant trop, par exemple, sur son frère et en attendant de lui ce qu'il ne pourrait jamais ni aucunement donner. En tout cas, elle agissait chez les Épantchine assez adroitement : des semaines entières elle ne mentionnait pas son frère, elle était toujours extrêmement véridique et sincère, elle se tenait simplement, mais avec dignité. Quant aux profondeurs de sa conscience, elle ne craignait pas d'y plonger son regard : elle n'avait rien absolument à se reprocher. C'est ce qui faisait sa force. Il n'y avait qu'une chose qu'elle remarquait parfois chez elle : c'est qu'elle aussi enrageait, qu'elle aussi avait beaucoup d'amour-propre et même, peut-être, de vanité piétinée ; elle le remarquait surtout à certains moments, presque chaque fois qu'elle sortait de chez les Épantchine.

Et voici maintenant qu'elle revenait encore de chez eux, et, comme nous l'avons dit, plongée dans une pénible rêverie. Dans ce chagrin transparaissait quelque chose aussi d'amèrement moqueur. Ptitsyne habitait à Pavlovsk une maison de bois sans apparence, mais spacieuse, située dans une rue poussiéreuse, qui devait prochainement devenir sa propriété et que déjà il était en train de vendre à son tour à quelqu'un d'autre. En montant sur le perron, Barbe Ardalionovna entendit un bruit inaccoutumé dans le haut de la maison et distingua les voix de son frère et de son père criant tous les deux. Elle entra dans le salon et, apercevant Gaby courant de long en large, pâle de fureur et s'arrachant presque les cheveux, fronça les sourcils et se laissa tomber la mine lasse sur le divan, sans ôter son chapeau. Comprenant fort bien que, si elle demeurait silencieuse encore une minute et ne lui demandait pas pourquoi il courait ainsi, son frère se fâcherait certainement, elle se hâta de prononcer, sous forme de question :

— Tout va comme avant ?

— Comment : comme avant ! s'exclama Gaby. Comme avant ! Non, le diable sait ce qui se passe en ce moment, mais ce n'est pas « comme avant » ! Le vieux devient enragé... la mère hurle. Ma foi, Barbette, c'est comme tu voudras, mais moi je le mettrai à la porte d'ici,

— ou bien c'est moi qui m'en irai de chez vous, ajouta-t-il, s'étant sans doute souvenu qu'on ne peut pas chasser les gens d'une maison qui ne vous appartient pas.

— Il faut être indulgent, murmura Barbette.

— Pourquoi de l'indulgence ? Pour qui ? éclata Gaby. Pour ses turpitudes ? Non, comme tu veux, mais ça ne peut pas durer ! C'est impossible, impossible, impossible ! Et quelle façon d'agir ! Il a tous les torts, et il n'en a que plus d'aplomb : « Je ne veux pas passer par le portail, démolis la barrière [59] !... » Que fais-tu à rester là ? Tu as le visage décomposé !

— Mon visage est comme tous les visages, répondit Barbette mécontente.

Gaby la regarda plus attentivement.

— Tu as été là-bas ? demanda-t-il soudain.

— Oui.

— Attends ! On crie encore. Quelle honte et encore en ce moment !

— Quel moment ? Il n'a rien de tellement spécial.

Gaby fixa sa sœur encore plus attentivement.

— Tu as appris quelque chose ? demanda-t-il.

— Rien d'inattendu, du moins. J'ai appris que tout cela était vrai. Mon mari avait plus raison que nous deux : ce qu'il avait prédit dès le début est arrivé. Où est-il ?

— Il n'est pas à la maison. Qu'est-il arrivé ?

— Le prince est fiancé officiellement, c'est chose résolue. Ce sont les aînées qui me l'ont dit. Aglaé est d'accord ; ils ont même cessé de se cacher. (C'était un tel mystère, là-bas, jusqu'à maintenant !) Le mariage d'Adélaïde sera de nouveau reculé, pour faire les deux mariages ensemble, le même jour — quelle poésie ! On dirait des vers ! Tiens, fais donc des vers pour le mariage, plutôt que de courir sans but par la chambre. Il y aura ce soir chez eux la Bielokonski, elle est arrivée à propos ; il y aura des invités. On le présentera à la Bielokonski, bien qu'il la connaisse déjà ; je pense qu'on fera une annonce publique. Ils ont seulement peur qu'il ne fasse tomber ou brise quelque chose quand il entrera dans la pièce en présence des invités, ou bien que lui-même ne s'étale par terre ; de lui on peut tout attendre.

Gaby écouta jusqu'au bout très attentivement, mais, à l'étonnement de sa sœur, cette nouvelle qui devait pour lui être écrasante, fut loin de lui faire autant d'impression.

— Eh quoi, c'était clair, dit-il après un moment de réflexion. Donc, c'est fini ! ajouta-t-il avec un petit rire étrange, en jetant un regard malicieux sur le visage de sa sœur et en continuant à arpenter la pièce de long en large, mais beaucoup plus calmement.

— C'est encore heureux que tu prennes la chose philosophiquement ; j'en suis vraiment enchantée, dit Barbette.

— Mais c'est un débarras ; pour toi du moins.

— Il me semble que je t'ai servi sincèrement, sans raisonner et sans t'ennuyer ; je ne t'ai jamais demandé quel bonheur tu voulais chercher auprès d'Aglaé.

— Mais est-ce que j'ai... cherché le bonheur auprès d'Aglaé ?

— Allons, je t'en prie, ne te lance pas dans la philosophie ! Bien sûr que oui. C'est fini, notre compte est réglé : nous sommes les dindons de la farce. Je t'avouerai que je n'ai jamais pu prendre cette affaire au sérieux ; c'est seulement « à tout hasard » que j'y ai mis la main, en comptant sur son drôle de caractère à elle et surtout pour t'amuser ; il y avait quatre-vingt-dix chances sur cent pour qu'elle rate. Je ne sais même pas jusqu'à ce jour ce que tu pouvais en attendre.

— Maintenant, ton mari et toi, vous allez m'envoyer au travail ; me faire de la morale sur la ténacité et la force de volonté, la nécessité de ne pas négliger les petites choses et ainsi de suite, je sais tout par cœur. — Et Gaby eut un grand rire.

« Il a en tête quelque chose de nouveau ! » pensa Barbette.

— Et alors, là-bas, ils sont contents, les parents ? demanda tout à coup Gaby.

— Il me semble que non. D'ailleurs, tu peux en juger toi-même : Ivan Fiodorovitch est content ; la mère a peur ; déjà avant, c'était avec aversion qu'elle le voyait fiancé ; c'est chose connue.

— Ce n'est pas ce que je demandais. Le fiancé est impossible et impensable, c'est clair. C'est la situation présente que je demande : en ce moment, comment est-ce là-bas ? A-t-elle donné son consentement formel ?

— Jusqu'ici elle n'a pas dit non ; c'est tout. Mais on ne pouvait pas attendre d'elle autre chose. Tu sais à quel degré extravagant elle est encore timide et pudique : enfant, elle se fourrait dans une armoire et y restait deux heures, trois heures, uniquement pour ne pas se montrer aux invités ; elle est devenue grande comme une perche, mais elle est toujours la même. Tu sais, quelque chose me dit qu'il y a là-dedans du sérieux, même de sa part à elle. Elle rit du prince, à ce qu'on dit, du matin au soir, tant qu'elle peut, pour ne pas donner à penser, mais une chose sûre c'est qu'elle trouve le moyen de lui dire chaque jour quelque chose en cachette, parce qu'il a l'air d'être aux anges, il est rayonnant... On dit qu'il est drôle, à la folie. C'est d'eux que je le tiens. Il m'a semblé aussi qu'elles riaient de moi ouvertement, les aînées.

Gaby finit par froncer les sourcils ; peut-être Barbette s'était-elle exprès appesantie sur ce sujet pour pénétrer ses véritables pensées. Mais on entendit de nouveau des cris en haut.

— Je le chasserai ! rugit Gaby, comme enchanté de trouver un dérivatif à son dépit.

— Et alors il ira encore une fois nous déshonorer partout comme hier.

— Comment : comme hier ? Que signifie comme hier ?
Mais est-ce que... Gaby était soudain épouvanté.

— Ah, mon Dieu, tu ne sais pas ? se reprit Barbe.

— Comment... alors ce serait vrai, qu'il était là-bas ?
s'écria Gaby, rouge de honte et de fureur. Dieu, mais tu
en reviens ! Tu as appris quelque chose ? Le vieux y était ?
Oui, ou non ?

Et Gaby se précipita vers la porte ; Barbette se jeta sur
lui et le saisit de ses deux mains.

— Eh bien, quoi ? Allons, où vas-tu ? dit-elle. Si tu le
mets dehors en ce moment, il fera pis encore, il ira un peu
partout !...

— Qu'est-ce qu'il a fait là-bas ? Qu'est-ce qu'il a dit ?

— Elles n'ont pas su me le raconter et elles n'ont pas
compris ; seulement il a fait peur à tout le monde. Il était
venu voir Ivan Fiodorovitch : il n'y était pas, il a demandé
Élisabeth Procofievna. D'abord, il lui a demandé une
place, pour travailler dans un bureau ; ensuite il s'est
plaint de nous, de moi, de mon mari, de toi surtout... il
en a dit long...

— Tu n'as pas pu savoir quoi ? — Gaby tremblait
nerveusement.

— Il n'y avait pas moyen. Lui-même comprenait-il
bien ce qu'il disait ? et puis on ne m'a peut-être pas tout
dit.

Gaby se prit la tête dans les mains et courut vers une
fenêtre ; Barbe s'assit devant l'autre fenêtre.

— Elle est drôle, Aglaé ! observa-t-elle tout à coup.
Elle m'arrête et me dit : « Transmettez mes respects
personnels et particuliers à vos parents ; je trouverai
certainement une occasion un de ces jours pour
voir votre papa. » Et cela très sérieusement. C'est bien
étrange...

— Ce n'était pas pour se moquer ? Non ?

— Justement pas, c'est bien ce qui est étrange.

— Elle est au courant, ou pas, de l'affaire du vieux,
qu'en penses-tu ?

— Qu'on ne soit pas au courant chez eux, pour moi
cela ne fait pas de doute. Mais tu me donnes une idée :
Aglaé, elle, est peut-être au courant. Elle est seule à

savoir, parce que ses sœurs ont été également surprises de
l'entendre me charger si sérieusement de saluer notre
père. Et de quel droit justement lui ? Si elle sait, c'est le
prince qui lui aura raconté.

— Ce n'est pas difficile à savoir qui a parlé ! Un
voleur ! Il ne manquait plus que ça. Un voleur dans notre
famille, « le chef de famille » !

— Bah ! une sottise ! cria Barbe, toute furieuse, une
histoire d'ivrogne, rien de plus. Et qui a imaginé cela ?
Lebedev, le prince... ils sont jolis, eux-mêmes ; de grands
cerveaux ! Moi, je n'y attache pas ça d'importance.

— Le vieux, voleur et ivrogne, continua, fielleux,
Gaby. Moi, mendiant. Le mari de ma sœur, usurier, — il
y avait de quoi donner envie à Aglaé ! Il n'y a pas à dire,
c'est joli !

— Cet usurier, mari de ta sœur, te...

— Me nourrit, quoi ? Ne te gêne pas, je t'en prie.

Barbe se reprit :

— Pourquoi te fâcher ? Tu ne comprends donc rien, on
dirait un écolier. Tu penses que tout cela a pu te nuire aux
yeux d'Aglaé ? Tu ne connais pas son caractère : elle est
capable de tourner le dos au plus magnifique des fiancés
pour s'enfuir chez un étudiant quelconque et mourir de
faim dans un grenier, et cela avec plaisir : voilà son rêve !
Tu n'as jamais pu comprendre combien tu deviendrais
intéressant à ses yeux, si tu savais supporter avec orgueil
et fermeté notre situation. Si le prince l'a prise à son
hameçon, c'est d'abord parce qu'il ne cherchait pas à la
prendre, et ensuite parce que, aux yeux de tous, c'est un
idiot. Ce seul fait que pour lui elle jette le trouble dans sa
famille, voilà ce qui lui plaît en ce moment. Eh, vous ne
comprenez rien, vous autres !

— Allons, c'est encore à voir, si nous comprenons ou
si nous ne comprenons pas, murmura Gaby énigmatique.
Seulement je n'aurais quand même pas voulu qu'elle
sache l'histoire du vieux. Je pensais que le prince tiendrait sa langue et ne raconterait rien. Il avait retenu même
Lebedev ; même à moi, il n'avait pas voulu tout dire,
quand j'ai insisté...

— Par conséquent, tu vois toi-même que déjà sans lui

tout était déjà connu. Et d'ailleurs qu'est-ce que ça te fait maintenant? Qu'est-ce que tu espères? S'il te restait encore un espoir, cela ne ferait que te donner à ses yeux un air de martyr.

— Allons, et le scandale, elle en aurait peur, elle aussi, malgré tout son romantisme. Tout a ses limites, et toujours on les connaît: vous êtes toutes ainsi.

— Aglaé aurait peur? lança Barbette en regardant avec mépris son frère. Quelle petite âme basse est la tienne, quand même! Vous ne valez rien, vous tous. Qu'elle soit ridicule et bizarre, soit! mais en revanche elle est plus noble mille fois que nous tous.

— Allons, ça va, ça va, ne te fâche pas, murmura de nouveau Gaby, avec suffisance.

— J'ai seulement pitié de ma mère, continua Barbe, je crains que cette histoire de notre père ne soit arrivée jusqu'à elle. Ah, comme je le crains!

— Elle y est arrivée sûrement.

Barbe s'était levée pour monter chez Nina Alexandrovna, mais elle s'arrêta et regarda attentivement son frère.

— Qui donc a pu lui dire?

— Hippolyte, sans doute. Son premier plaisir, je pense, aura été de rapporter cette histoire à notre mère, à peine installé chez nous.

— Mais d'où la tient-il? dis-moi, s'il te plaît. Le prince et Lebedev ont décidé de ne rien dire à personne, Colas ne sait même rien.

— Hippolyte? Il l'a apprise tout seul. Tu ne peux pas te figurer à quel point cet être est rusé, combien il est cancanier, quel flair il a pour découvrir tout ce qui est mauvais, tout ce qui est scandaleux! Crois-moi si tu veux, mais je suis convaincu qu'il a réussi à prendre en main Aglaé. S'il ne l'a pas prise encore, il la prendra. Rogojine aussi est entré en relations avec lui. Comment le prince ne le remarque-t-il pas? Et comme il a envie en ce moment de me jouer un mauvais tour! Il me tient pour son ennemi personnel, je l'ai compris depuis longtemps, et à quoi bon? qu'est-ce qu'il a à y gagner, puisqu'il doit mourir, je n'arrive pas à le comprendre! Mais je le roulerai, tu verras, ce n'est pas lui qui m'aura, c'est moi qui l'aurai.

— Pourquoi l'as-tu attiré ici, si tu le hais tant? Et vaut-il la peine d'être roulé?

— C'est toi qui m'as conseillé de l'attirer chez nous.

— Je pensais qu'il serait utile; mais sais-tu que maintenant c'est lui qui s'est amouraché d'Aglaé et qu'il lui a écrit? On m'a interrogée... C'est tout juste s'il n'a pas écrit à Élisabeth Procofievna.

— Dans ce sens-là il n'est pas dangereux! dit Gaby avec un rire méchant. D'ailleurs, ce doit être vrai, mais pas tout à fait. Qu'il soit amoureux, c'est fort possible, parce que c'est un gamin! Mais... il ne va pas écrire des lettres anonymes à la vieille. C'est une médiocrité si suffisante, si haineuse, si nulle!... Je suis convaincu, je sais à coup sûr qu'il m'a représenté devant elle comme un intrigant, c'est par là qu'il a commencé. Moi, comme un imbécile, je l'avoue, je lui en ai trop dit, au début; je pensais que, seulement pour se venger du prince, il entrerait dans mes intérêts; c'est un être si rusé! Oh, maintenant je l'ai percé à jour. Pour ce qui est de ce vol, il en a entendu parler par sa mère, la capitaine. Si le vieux s'y est décidé, c'est pour la capitaine. Un beau jour, de but en blanc, il me communique que « le général » a promis à sa mère quatre cents roubles, et comme cela, vraiment de but en blanc, sans aucune cérémonie. Alors j'ai tout compris. Et en même temps il me regarde comme ça dans les yeux, avec une sorte de jouissance. Sûrement il l'aura dit aussi à maman, uniquement pour le plaisir de lui crever le cœur. Et qu'a-t-il à ne pas mourir, dis-moi un peu, je te prie? Il s'était engagé, n'est-ce pas, à mourir dans les trois semaines, or ici il a même engraissé! Il s'arrête de tousser; hier soir il a dit lui-même que c'était le second jour qu'il n'avait pas craché le sang.

— Mets-le à la porte.

— Je ne le hais pas, je le méprise, prononça fièrement Gaby. Bon, oui, oui, mettons que je le hais, soit! s'écria-t-il soudain avec une rage extraordinaire, et je le lui dirai en face, même quand il sera mourant, à son chevet! Si tu avais lu sa « confession »; mon Dieu, quelle

naïveté dans l'effronterie! C'est le lieutenant Pirogov,
c'est Nozdriov [60] en tragique et au total un gamin! Oh,
avec quelle jouissance je lui aurais donné le fouet l'autre
jour, précisément pour l'étonner. Maintenant il se venge
sur nous tous de n'avoir pas eu de succès... Mais qu'y
a-t-il encore? Encore du bruit là-bas? Mais que se
passe-t-il enfin? Je ne le souffrirai pas. — Ptitsyne!
cria-t-il à l'adresse de Ptitsyne qui entrait dans la pièce,
qu'y a-t-il, où en arriverons-nous dans cette maison,
enfin? C'est... c'est...

Mais le bruit se rapprochait rapidement, la porte soudain s'ouvrit toute grande et le vieil Ivolguine, en colère,
cramoisi, bouleversé, hors de lui, se jeta lui aussi sur
Ptitsyne. Derrière lui venaient Nina Alexandrovna, Colas
et enfin Hippolyte.

II

Hippolyte s'était depuis cinq jours déjà transporté dans
la maison de Ptitsyne. Cela s'était fait tout naturellement,
sans paroles spéciales et sans brouille entre lui et le
prince; non seulement ils ne s'étaient pas querellés, mais
en apparence ils s'étaient même séparés en amis. Gabriel
Ardalionovitch, si hostile à Hippolyte l'autre soir, était
venu en personne lui rendre visite, d'ailleurs le surlendemain de l'événement, guidé sans doute par quelque idée
subite. Rogojine aussi, on ne sait pourquoi, venait voir le
malade. Le prince avait pensé dès le premier moment que
le «pauvre garçon» ne ferait que s'en trouver mieux, s'il
déménageait de chez lui. Pendant son transport, Hippolyte avait déjà déclaré qu'il allait chez Ptitsyne, «qui
avait la bonté de lui donner un coin», et n'avait pas une
fois dit, comme à dessein, qu'il allait chez Gaby, bien
que ce fût justement Gaby qui avait insisté pour qu'on le
reçût dans la maison. Gaby le remarqua aussitôt et en-
ferma dans son cœur cette offense.

Il avait eu raison, en disant à sa sœur que le malade se
remettait. Réellement, Hippolyte était un peu mieux

qu'avant, et cela se remarquait au premier coup d'œil. Il
entra dans la pièce sans hâte, derrière tous les autres, avec
un sourire ironique et malveillant. Nina Alexandrovna
avait l'air très épouvantée. (Elle avait beaucoup changé
pendant ces six mois, beaucoup maigri; depuis qu'elle
avait marié sa fille et était venue habiter chez elle, elle
avait presque cessé, au moins visiblement, de se mêler
des affaires de ses enfants.) Colas était préoccupé et
comme perplexe; bien des choses lui échappaient dans
« la folie du général », comme il disait sans savoir, naturellement, les causes essentielles de ce nouveau désordre
dans la maison. Mais il était clair pour lui que son père
cherchait les querelles à toute heure et en tout lieu et qu'il
avait subitement changé au point de paraître un tout autre
homme. Il était inquiet aussi de ce que dans les trois
derniers jours le vieillard avait complètement cessé de
boire. Il savait qu'il avait rompu et s'était même brouillé
avec Lebedev et avec le prince. Colas venait de rentrer à
la maison avec un demi-pot d'eau-de-vie acheté avec son
argent à lui.

— Vrai, maman, avait-il assuré déjà en haut à Nina
Alexandrovna, vrai, il vaut mieux qu'il boive. Voici trois
jours qu'il n'a pas touché une bouteille; résultat: une
humeur noire. Vrai, ce sera mieux; je lui en portais aussi
à la prison pour dettes...

'Le général ouvrit largement la porte et s'arrêta sur le
seuil, comme tremblant d'indignation.

— Monsieur! cria-t-il à Ptitsyne d'une voix de tonnerre, si vous avez en effet résolu de sacrifier à un
blanc-bec et à un athée un respectable vieillard, votre
père, ou du moins le père de votre femme, qui a bien
mérité de son souverain, à dater de cette heure je ne
remettrai plus le pied dans votre maison. Choisissez,
monsieur, choisissez immédiatement: ou moi, ou ce...
cette vis! Oui, cette vis! Le mot m'est venu par hasard,
mais c'est bien une vis. Car comme une vis il perce mon
âme, et sans aucun respect..., comme une vis!

— Pas plutôt un tire-bouchon? plaça Hippolyte.

— Non, pas un tire-bouchon, car tu as devant toi un
général, et non une bouteille. J'ai des insignes, des mar-

ques de distinction... tandis que tu n'as rien. — Ou lui, ou moi! Décidez, monsieur, sur l'heure, à cet instant même! cria-t-il encore une fois, hors de lui, à Ptitsyne. Sur ce, Colas lui avança une chaise, et il s'y laissa tomber presque à bout de forces.

— Vraiment, vous feriez mieux... de faire un petit somme, murmura, abasourdi, Ptitsyne.

— Et c'est lui qui menace, encore! dit Gaby à mi-voix à sa sœur.

— Un somme! cria le général. Je ne suis pas ivre, monsieur, et vous m'offensez. Je le vois, continua-t-il en se levant de nouveau, je le vois, tout le monde ici est contre moi, tout et tous. C'en est assez! Je m'en vais... Mais sachez, monsieur, sachez...

On ne le laissa pas achever et on le rassit, on le supplia de se calmer. Gaby en fureur se retira dans un coin. Nina Alexandrovna tremblait et pleurait.

— Mais que lui ai-je fait? De quoi se plaint-il? s'écria Hippolyte, ricanant.

— Vous ne lui avez rien fait, vraiment? observa soudain Nina Alexandrovna. Vous tout particulièrement vous devriez avoir honte et c'est inhumain de faire souffrir un vieillard... et de plus dans votre position.

— D'abord, dans quelle position suis-je donc, madame! Je vous respecte beaucoup, vous précisément, personnellement, mais...

— C'est une vis! criait le général, il me perce l'âme et le cœur! Il veut que je croie à l'athéisme! Sache, blancbec, que tu n'étais pas né, quand j'étais déjà couvert d'honneurs; tandis que tu n'es qu'un ver rongé d'envie, coupé en deux avec ta toux... et mourant de rage et d'incroyance... Pourquoi Gabriel t'a-t-il transporté ici? Tous sont contre moi depuis les étrangers jusqu'à mon propre fils!

— Assez, assez joué la tragédie! cria Gaby. Si vous ne nous aviez pas déshonorés devant toute la ville, ça vaudrait mieux!

— Comment, je te déshonorerais, toi, blanc-bec! Toi! Je ne peux que te faire honneur, et non te déshonorer!

Il avait bondi, et on ne pouvait plus le retenir; mais

Gabriel Ardalionovitch, lui aussi, était visiblement hors de lui.

— Ça parle d'honneur! cria-t-il rageusement.

— Qu'as-tu dit? tonna le général qui pâlit et fit un pas dans sa direction.

— Qu'il me suffit d'ouvrir la bouche pour..., hurla Gaby, sans achever. Tous deux étaient dressés l'un devant l'autre, secoués au-delà de toute mesure, surtout Gaby.

— Gaby, que fais-tu? cria Nina Alexandrovna en s'élançant pour arrêter son fils.

— Quelle absurdité de tous les côtés! trancha Barbe indignée. Assez, maman! — Et elle saisit sa mère.

— C'est seulement pour notre mère que je l'épargne, prononça tragiquement Gaby.

— Parle! rugissait le général absolument hors de lui. Parle, sous peine de ma malédiction paternelle... Parle!

— Eh bien voici, — tellement vous me faites peur avec votre malédiction! A qui la faute, si vous êtes depuis huit jours comme fou? Huit jours, vous voyez, je sais compter... Attention, ne me poussez pas à bout: je dirai tout... Pourquoi vous êtes-vous traîné hier chez les Épantchine? Et ça s'appelle encore un vieillard..., cheveux blancs... père de famille! Du joli!

— Tais-toi, Gaby! cria Colas. Tais-toi, imbécile!

— Mais moi, en quoi, en quoi, moi, l'ai-je offensé? insista Hippolyte, mais toujours, aurait-on dit, sur le même ton moqueur. Pourquoi me traite-t-il de vis? Vous avez entendu? C'est lui qui s'est collé à moi: il est venu tout à l'heure et m'a entrepris sur un certain capitaine Eropiegov. Je n'ai pas la moindre envie de votre compagnie, général, je l'évitais déjà avant, vous le savez vous-même. Qu'ai-je à faire du capitaine Eropiegov, convenez-en vous même? Ce n'est pas pour le capitaine Eropiegov que j'ai déménagé ici. Je n'ai fait que lui exprimer à haute voix mon idée que ce capitaine Eropiegov n'a peut-être bien jamais existé. C'est lui qui a mis la maison sens dessus dessous.

— Pas de doute, il n'a jamais existé! trancha Gaby.

Mais le général demeurait comme abasourdi et se bornait à promener tout autour des regards insensés. Les paroles de son fils l'avaient écrasé par leur franchise extrême. Sur le moment il fut incapable même de trouver ses mots. Ce fut seulement quand Hippolyte eut éclaté de rire en réponse à Gaby et crié : « Eh bien, vous l'avez entendu : voilà votre propre fils qui dit aussi qu'il n'y a jamais eu de capitaine Eropiegov », que le vieillard murmura, tout à fait décontenancé :

— Capiton Eropiegov, et non « capitaine »... Capiton... lieutenant-colonel en retraite, Eropiegov... Capiton...

— Mais il n'y a jamais eu non plus de Capiton ! cria Gaby absolument furieux.

— Mais... pourquoi non ? murmura le général, et la rougeur lui monta au visage.

— Suffit ! firent, pour les calmer, Ptitsyne et Barbe.

— Tais-toi, Gaby ! cria encore une fois Colas.

Mais son intercession sembla avoir rappelé à lui le général.

— Comment, jamais eu ? Et pourquoi n'aurait-il pas existé ? lança-t-il, menaçant, à son fils.

— Comme ça, parce qu'il n'y en a jamais eu. Jamais ! un point c'est tout, et d'ailleurs c'est tout à fait impossible ! Voilà. Laissez-moi tranquille, vous dis-je.

— Et c'est un fils... mon propre fils, que j'ai... ô mon Dieu ! Eropiegov, Jérôme Eropiegov n'a pas existé !

— Tiens voilà : tantôt Jérôme, tantôt Capiton ! plaça Hippolyte.

— Capiton, monsieur. Capiton, et non Jérôme ! Capiton, Capiton Alexieevitch, Capiton, voulais-je dire... lieutenant-colonel... en retraite... marié à Marie... Marie Petrovna Sou... Sou... un ami et camarade... Soutougov, depuis mes années d'école... Pour lui j'ai versé... Je lui ai fait un bouclier de... il a été tué. Capiton Eropiegov n'a pas existé ! Pas existé !

Le général criait, en pleine frénésie, mais de sorte qu'on pouvait penser qu'il s'agissait d'une chose et que les cris en concernaient une autre. En d'autres temps, il aurait supporté naturellement, des choses bien plus blessantes que la nouvelle de l'inexistence absolue de Capiton

Eropiegov, il aurait crié, monté toute une histoire, serait
sorti de ses gonds, mais finalement se serait retiré chez
lui, à l'étage supérieur, pour se mettre au lit. Mais cette
fois, en raison de l'extrême bizarrerie du cœur humain, il
se trouva que précisément une injure comme la mise en
doute d'Eropiegov devait faire déborder la coupe. Le
vieillard devint pourpre, leva les bras au ciel et cria :

— Assez ! Ma malédiction... Je sors de cette maison.
Nicolas, prends mon sac de voyage, je m'en vais... hors
d'ici.

Il sortit, à pas pressés, dans un courroux extraordinaire. Nina Alexandrovna, Colas et Ptitsyne se précipitèrent derrière lui.

— Allons, qu'est-ce que tu as fait là ? dit Barbe à son
frère. Il est capable de retourner là-bas. Quelle honte,
quelle honte !

— Il n'avait qu'à ne pas voler ! cria Gaby, étouffant
presque de colère. Soudain son regard rencontra celui
d'Hippolyte : Gaby fut pris d'une sorte de tremblement.

— Quant à vous, monsieur, cria-t-il, vous auriez dû vous
souvenir que vous n'êtes quand même pas chez vous...
que vous jouissez ici de l'hospitalité..., et ne pas irriter
un vicillard qui, manifestement, a perdu la raison...

Hippolyte aussi avait l'air hors de lui, mais instantanément il se contint :

— Je ne suis pas tout à fait d'accord avec vous pour
dire que votre papa a perdu la raison, répondit-il calmement. Il me semble au contraire qu'il a même gagné de la
raison ces derniers temps, je vous le jure ; vous ne croyez
pas ? Il est devenu tellement prudent, méfiant, il cherche
à savoir, il pèse chaque parole... Ce Capiton, c'est à
dessein qu'il l'a mis sur le tapis avec moi, figurez-vous
qu'il voulait m'amener à...

— Eh, que m'importe, à moi, à quoi il voulait vous
amener ! Je vous prie de ne pas ruser et de ne pas biaiser
avec moi, monsieur, glapit Gaby. Si vous savez aussi la
vraie raison pour laquelle ce vieillard est dans un pareil
état (vous avez si bien espionné chez moi pendant ces
cinq jours que vous devez le savoir), vous auriez dû ne
pas irriter... ce malheureux et ne pas tourmenter ma mère

en exagérant cette affaire, — parce que toute cette affaire, ce n'était qu'une sottise, une histoire d'ivrognerie, rien de plus, et encore même pas prouvée, et quant à moi je n'en tiens pas plus compte que de ça... Mais vous avez besoin de blesser et d'espionner, parce que vous... vous êtes...

— Une vis, ricana Hippolyte.

— Parce que vous êtes une ordure, vous avez pendant une demi-heure tourmenté les gens, en leur disant pour les épouvanter que vous alliez vous brûler la cervelle... avec votre pistolet qui n'était pas chargé, que vous brandissiez sans vergogne, vous êtes un suicidé manqué, un épanchement de bile... sur deux jambes. Je vous ai accordé l'hospitalité, vous avez engraissé, vous avez cessé de tousser et vous nous payez...

— Deux mots seulement, permettez : je suis chez Barbe Ardalionovna et non pas chez vous ; vous ne m'avez accordé aucune hospitalité, et je pense même que vous jouissez, vous, de l'hospitalité de M. Ptitsyne. Il y a quatre jours j'ai prié ma mère de me trouver à Pavlovsk un logement et de s'y transporter aussi, parce qu'en effet je me sens mieux ici, bien que je n'aie nullement engraissé et que je tousse malgré tout. Ma mère m'a avisé hier soir que le logement était prêt, et je me hâte de vous informer pour ma part qu'après avoir remercié votre maman et votre sœur je m'installerai dès aujourd'hui chez moi, décision prise déjà hier soir. Excusez-moi, je vous ai interrompu ; je crois que vous aviez encore beaucoup à dire.

— Oh, s'il en est ainsi... — Gaby eut un tremblement.

— S'il en est ainsi, permettez-moi de m'asseoir, ajouta Hippolyte en s'installant le plus tranquillement du monde sur la chaise où avait été assis le général. Je suis malade, malgré tout ; bon, maintenant je suis prêt à vous écouter, d'autant plus que ce sera notre dernier entretien et peut-être notre dernière rencontre.

Gaby éprouva soudain un remords.

— Croyez que je ne m'abaisserai pas à régler des comptes avec vous, dit-il, et si vous...

— Vous avez tort de le prendre de si haut, interrompit

Hippolyte. Je me suis juré pour ma part, dès le premier jour de mon arrivée ici, de ne pas me refuser la satisfaction de vous dire vos vérités, et de la façon la plus franche, lorsque nous nous quitterions. J'ai l'intention de m'en acquitter précisément en ce moment, après vous, bien entendu.

— Et moi je vous prie de sortir de cette pièce.

— Parlez plutôt : vous regretterez de n'avoir pas dit toute votre pensée.

— Cessez, Hippolyte, tout cela est affreusement honteux. Faites-moi ce plaisir : cessez ! dit Barbe.

— Ce sera bien pour cette dame, dit Hippolyte en riant largement et en se levant. — Si vous le voulez, Barbe Ardalionovna, pour vous je suis prêt à abréger, mais seulement à abréger, car une certaine explication entre votre frère et moi est devenue absolument indispensable et je ne me déciderai pour rien au monde à m'en aller en laissant des malentendus.

— Tout bonnement, vous êtes un cancanier, s'écria Gaby, et voilà pourquoi vous ne vous décidez pas à partir sans cancans.

— Vous voyez, observa froidement Hippolyte : déjà vous avez été incapable de vous retenir. Vraiment, vous regretterez de ne pas avoir parlé. Encore une fois : je vous cède la parole. J'attendrai.

Gabriel Ardalionovitch se taisait et le regardait avec mépris.

— Vous ne voulez pas. Vous avez l'intention de jouer votre personnage jusqu'au bout : libre à vous ! Pour ma part, je serai aussi bref que possible. A deux ou trois reprises aujourd'hui j'ai entendu un reproche à propos d'hospitalité : ce n'est pas juste. En m'invitant chez vous, vous cherchiez à me prendre dans vos filets, vous escomptiez que j'allais me venger du prince. Vous aviez entendu dire en outre qu'Aglaé Ivanovna m'avait montré de la sympathie et avait lu ma « confession ». Comptant, pour une raison ou pour une autre, que j'allais passer tout entier au service de vos intérêts, vous espériez trouver peut-être en moi un soutien. Je ne m'explique pas plus en détail ! Je ne vous demande non plus ni aveu, ni confirmation; il me suffit de vous laisser avec votre conscience. Maintenant, nous nous comprenons fort bien l'un l'autre.

— Mais vous faites Dieu sait quoi de la chose la plus ordinaire! s'écria Barbe.

— Je te l'ai dit: «cancanier et gamin», prononça Gaby.

— Permettez, Barbe Ardalionovna: je continue. Je ne peux, naturellement ni aimer, ni respecter le prince, mais c'est un homme positivement bon, quoique... ridicule aussi. Mais pour le haïr je n'ai absolument aucune raison; je n'ai rien laissé voir à votre frère, pendant qu'il m'excitait, lui, contre le prince; je comptais précisément bien rire lors du dénouement. Je savais que votre frère m'en dirait plus qu'il ne voudrait et raterait son coup dans les grandes largeurs. C'est ce qui est arrivé... Je suis prêt maintenant à l'épargner, mais uniquement en considération de vous, Barbe Ardalionovna. Mais, vous ayant expliqué qu'il n'est pas si facile de me prendre à l'hameçon, je vais vous expliquer aussi pourquoi j'avais tant envie, moi, de faire, de votre frère, vis-à-vis de moi, le dindon de la farce. Sachez que je l'ai fait par haine, je l'avoue franchement. J'ai senti qu'en mourant (car je mourrai quand même, bien que j'aie engraissé, comme vous assurez) je partirais pour le paradis incomparablement plus tranquille, si j'avais le temps de couvrir de ridicule ne fût-ce qu'un représentant de cette sorte innombrable de gens qui m'a poursuivi toute ma vie, que j'ai haïe toute ma vie et dont une si saillante image est fournie par votre très honoré frère. Je vous hais, Gabriel Ardalionovitch, uniquement parce que — cela vous paraîtra peut-être étonnant — *uniquement parce que* vous êtes le type et l'incarnation, la personnification et le summum de la plus insolente, la plus suffisante, la plus plate et la plus ignoble banalité! Vous êtes la banalité boursouflée, la banalité qui ne doute pas et qui possède une tranquillité olympienne, vous êtes la routine des routines! Pas la moindre idée personnelle n'est destinée à naître jamais ni dans votre esprit, ni dans votre cœur. Mais vous êtes envieux infiniment; vous êtes fermement persuadé que vous êtes le plus grand des génies, mais cependant le doute vous visite parfois, dans les minutes noires, et vous enragez et enviez. Oh, il est encore pour vous des points noirs à l'horizon ; ils passeront lorsque vous aurez chu dans la sottise définitive, ce dont vous n'êtes pas loin ; pourtant vous avez devant vous un chemin long et varié, et je ne dirai pas joyeux, et je m'en réjouis. D'abord, je vous prédis que vous n'obtiendrez pas une certaine personne...

— Ça, — c'est intolérable ! s'écria Barbe. Allez-vous finir, maudite vipère ?

Gaby avait pâli, il tremblait et se taisait. Hippolyte s'arrêta, fixement et avec délices le regarda, ensuite porta son regard sur Barbe, eut un petit rire, s'inclina et sortit sans ajouter un mot.

Gabriel Ardalionovitch aurait pu à juste titre se plaindre de son sort et de son insuccès. Pendant quelque temps, Barbe n'osa pas lui adresser la parole, ne leva même pas les yeux sur lui comme il passait à grands pas devant elle ; enfin il se retira vers la fenêtre et lui tourna le dos. Barbe pensait au proverbe : « Pas de bâton qui n'ait deux bouts. » De nouveau, du bruit se fit entendre en haut.

— Tu y vas, dit en se retournant soudain vers elle Gaby qui l'avait entendue se lever. Attends un peu : regarde donc ceci.

Il s'approcha et jeta devant elle sur une chaise un petit papier plié en forme de billet.

— Seigneur ! s'écria Barbe, et elle leva les bras au ciel.

Il y avait exactement sept lignes :

« Gabriel Ardalionovitch ! Convaincue de vos bonnes dispositions à mon égard, j'ose vous demander un conseil pour une affaire très importante pour moi. Je désirerais vous rencontrer demain à 7 heures précises du matin, sur le banc vert. Ce n'est pas loin de notre chalet. Barbe Ardalionovna, qui doit *absolument* vous accompagner, connaît très bien cet endroit. A. E. »

— Allez bien la comprendre, après cela ! — Barbe Ardalionovna en resta les bras ballants, stupéfaite.

Si peu tenté qu'il fût à cet instant de faire le fanfaron,

Gaby ne pouvait quand même pas ne pas manifester son triomphe, surtout après les humiliantes prophéties d'Hippolyte. Un sourire satisfait rayonna franchement sur son visage, et d'ailleurs Barbe elle-même était tout illuminée de joie.

— Et cela le jour même où on annonce chez eux les fiançailles ! Allez savoir ce qu'elle veut, après cela !

— Qu'en penses-tu, de quoi compte-t-elle me parler demain ? demanda Gaby.

— C'est égal. L'essentiel, c'est qu'elle a désiré te voir, pour la première fois après six mois. Écoute-moi, Gaby : quoi qu'il arrive, de quelque façon que les choses tournent, sache que c'est important ! C'est très important ! Ne fais pas le fanfaron une fois de plus, ne rate pas ton coup une fois de plus, mais ne sois pas lâche non plus, attention ! A-t-elle pu ne pas saisir pourquoi j'ai traîné par là pendant six mois ? Et figure-toi : elle ne m'a pas dit un mot aujourd'hui, elle n'a fait mine de rien. Il est vrai que j'étais entrée chez eux en contrebande, la vieille ne savait pas que j'étais là, autrement elle m'aurait sans doute chassée. C'est pour toi que j'ai couru le risque, je voulais à tout prix savoir...

Encore une fois, des cris et du bruit se firent entendre en haut ; plusieurs personnes descendaient l'escalier.

— A aucun prix maintenant, il ne faut permettre ça ! criait Barbe dans la précipitation et l'épouvante. Qu'il n'y ait pas l'ombre de scandale ! Va lui demander pardon !

Mais le père de famille était déjà dans la rue. Colas derrière lui traînait son sac. Nina Alexandrovna était sur le perron et pleurait ; elle aurait voulu courir après lui, mais Ptitsyne la retenait.

— Vous ne feriez que l'exciter davantage, lui disait-il. Il n'a nulle part où aller, dans une demi-heure on le ramènera, j'en ai déjà parlé avec Colas. Laissez-lui passer sa folie.

— Pourquoi faites-vous le fanfaron, où irez-vous ? cria Gaby par la fenêtre. Vous n'avez nulle part où aller !

— Revenez, papa ! cria Barbe. Les voisins entendent.

Le général s'arrêta, se retourna, étendit le bras et s'écria :

— Malédiction à cette maison !

— Toujours sur un ton théâtral ! murmura Gaby en refermant la fenêtre avec bruit.

Les voisins, effectivement, écoutaient. Barbe se sauva de la pièce. Quand Barbe fut sortie, Gaby prit sur la table le billet, le baisa, fit claquer sa langue et esquissa un entrechat.

III

L'esclandre du général, en tout autre temps, se fût terminé sans suite aucune. Il avait eu déjà auparavant des accès subits d'extravagance du même genre, quoique assez rarement, parce que c'était, d'une façon générale, un homme très tranquille et avec des penchants plutôt bons. Cent fois peut-être il était entré en lutte avec le désordre intérieur qui dans les derniers temps s'emparait parfois de lui. Il se rappelait soudain qu'il était « père de famille », faisait la paix avec sa femme, versait des pleurs sincères. Il respectait jusqu'à l'adoration Nina Alexandrovna parce qu'elle lui pardonnait tant et tant, sans un mot, et qu'elle l'aimait même sous son aspect grotesque et avilissant. Cependant cette lutte magnanime contre le désordre ne durait d'ordinaire que peu de temps ; le général était trop, aussi, un homme à coups de tête, quoique à sa façon ; il ne supportait pas cette vie pénitente et oisive qu'il menait au sein de sa famille, et finissait par se révolter ; il tombait d'ordinaire dans une frénésie, que peut-être au même moment il se reprochait, mais qu'il ne pouvait pas maîtriser ; il cherchait querelle, tenait des discours ampoulés et grandiloquents ; exigeait envers sa personne un respect excessif et impossible et finalement disparaissait de la maison, parfois même pour longtemps. Dans les deux dernières années, il n'avait connu les affaires de sa famille que d'une façon générale ou par ouï-dire ; il avait cessé de les suivre dans le détail, ne s'y sentant pas le moins du monde appelé.

Mais cette fois « l'esclandre du général » avait pris une forme inaccoutumée ; tout le monde avait l'air de savoir quelque chose, et tous avaient l'air de craindre de parler de ce quelque chose. Le général, « officiellement », était revenu dans sa famille, c'est-à-dire auprès de Nina Alexandrovna, il n'y avait que trois jours, mais nullement calmé, nullement repentant comme il était toujours arrivé lors de ses précédentes « rentrées », et au contraire dans un état d'irritabilité inaccoutumé. Il était loquace, agité, engageait la conversation avec flamme avec tous ceux qu'il rencontrait (on aurait dit qu'il se jetait sur son interlocuteur), mais toujours à propos de choses si hétéroclites et inattendues qu'il était impossible de distinguer ce qui, au fond, le préoccupait. Par instants, il était gai, mais plus souvent plongé dans ses pensées, sans savoir d'ailleurs lui-même lesquelles ; soudain il se lançait dans une histoire, à propos des Épantchine, du prince ou de Lebedev, tout à coup s'interrompait et cessait complètement de parler, et, si on l'interrogeait, ne répondait que par un sourire obtus, sans même remarquer d'ailleurs qu'on l'interrogeait ; il continuait à sourire. La nuit dernière, il l'avait passée à gémir, à pousser des oh ! et à tourmenter Nina Alexandrovna, qui toute la nuit lui avait réchauffé des compresses ; sur le matin, il s'était soudain endormi, avait dormi quatre heures, et s'était réveillé dans un accès violent et désordonné d'hypocondrie, lequel avait fini par la querelle avec Hippolyte et la « malédiction à cette maison ». On avait remarqué aussi que pendant ces trois jours il avait manifesté continuellement un très fort amour-propre, et par suite aussi une susceptibilité inaccoutumée. Colas, avec insistance, assurait à sa mère que tout cela, c'était la nostalgie de l'alcool, et peut-être aussi de Lebedev, avec qui le général avait fait amitié, les derniers temps, à un point extraordinaire. Mais trois jours avant il s'était tout à coup querellé et fâché avec lui dans une fureur terrible ; même avec le prince, il y avait eu une scène. Colas en avait demandé au prince l'explication, et avait conçu le soupçon qu'il y avait quelque chose que celui-ci ne voulait pas lui dire. S'il y avait eu, comme le supposait Gaby avec beaucoup de vraisemblance, quelque entretien particulier entre Nina Alexandrovna et Hippolyte, il était singulier que cet être méchant que Gaby avait traité tout net de cancanier n'eût pas trouvé de satisfaction à remettre à sa place Colas de la même façon. Il était fort possible qu'il ne fût pas un méchant « gamin », comme le définissait Gaby parlant à sa sœur, mais un méchant d'une autre sorte ; et d'ailleurs à Nina Alexandrovna il n'avait guère pu communiquer telle ou telle observation faite par lui, pour le seul plaisir de lui « briser le cœur ».

N'oublions pas que les actions des hommes ont d'ordinaire des causes infiniment plus complexes et plus variées que celles par lesquelles nous les expliquons ensuite, et que rarement elles se laissent définir. Le mieux est parfois, pour le narrateur, de se borner au simple exposé des événements. C'est ainsi que nous procéderons dans le cas de la présente catastrophe concernant le général ; en effet nous avons eu beau nous débattre, nous sommes placés dans la nécessité absolue de consacrer à ce personnage secondaire de notre récit un peu plus d'attention et de place que nous n'avions prévu.

Ces événements se sont succédé dans l'ordre suivant.

Quand Lebedev, après son voyage à Pétersbourg pour découvrir Ferdychtchenko, revint le même jour en compagnie du général, il ne fit part au prince de rien de spécial. Si le prince n'avait été à ce moment trop distrait et occupé par d'autres impressions pour lui importantes, il aurait pu bientôt remarquer que les deux jours suivants non plus Lebedev non seulement ne lui avait apporté aucun éclaircissement, mais encore et au contraire, semblait éviter de le rencontrer. Ayant enfin fait attention à cela, le prince s'étonna de ne pouvoir se le rappeler durant ces deux jours, lors de ses rencontres fortuites avec lui, autrement que de la plus rayonnante humeur et presque toujours en compagnie du général. Les deux amis ne se séparaient pas d'une minute. Le prince entendait parfois, venant d'en haut jusqu'à lui, des conversations sonores et rapides, des discussions enjouées, entrecoupées de grands rires ; une fois même, un soir très tard, parvinrent à ses oreilles les sons d'une chanson bachique militaire subitement et inopinément entonnée, et il reconnut aussitôt la basse enrouée du général. Mais la chanson entonnée ne se réalisa pas et se tut tout à coup. Ensuite, durant une heure environ, se prolongea une conversation fort animée : d'après tous les signes, une conversation d'ivrognes. On pouvait deviner que les amis qui s'amusaient là-haut s'embrassaient, et que quelqu'un, finalement, avait fondu en larmes. Ensuite s'éleva soudain une violente querelle, qui elle aussi se tut bientôt et soudain.

Pendant tout ce temps Colas parut particulièrement préoccupé. Le prince, la plupart du temps, n'était pas à la maison et rentrait chez lui quelquefois très tard ; on lui rendait compte que Colas l'avait cherché et demandé toute la journée. Mais quand ils se voyaient Colas n'avait rien à lui dire de spécial, sinon qu'il était décidément « mécontent » du général et de sa conduite présente : « Ils traînent, se saoulent dans un cabaret près d'ici, s'embrassent ou s'injurient en pleine rue, s'excitent l'un l'autre et ne peuvent pas se séparer. » Quand le prince lui fit observer qu'auparavant aussi, il en était de même presque chaque jour, Colas ne sut que répondre ni comment expliquer en quoi consistait précisément son inquiétude actuelle.

Le matin qui suivit la chanson bachique et la querelle, comme le prince, sur les onze heures, sortait de chez lui, soudain se présenta devant lui le général, extrêmement troublé, presque bouleversé.

— Je cherche depuis longtemps l'honneur et l'occasion de vous rencontrer, très respecté Léon Nicolaevitch, depuis longtemps, très longtemps ! murmura-t-il en serrant très fortement, presque jusqu'à lui faire mal, la main du prince. Depuis très, très longtemps.

Le prince l'invita à s'asseoir.

— Non, je ne m'assoirai pas ; de plus, je vous retiens. Une autre fois... Je puis, il me semble, vous féliciter de... l'accomplissement... des désirs de votre cœur.

— Quels désirs de mon cœur ?

Le prince était troublé. Il lui semblait, ainsi qu'à beaucoup dans sa position, que personne absolument ne voyait, ne devinait ni ne comprenait rien.

— Soyez tranquille, soyez tranquille ! Je ne toucherai pas aux plus délicats des sentiments. Je l'ai éprouvé et je

le sais moi-même... quand un nez étranger, pour ainsi
dire... selon le proverbe... se fourre là où on ne l'attend
pas... Je l'éprouve chaque matin. Je suis venu pour une
autre affaire, importante. Pour une affaire très importante, prince.

Le prince, encore une fois, l'invita à s'asseoir et s'assit
lui-même.

— Pour une seconde seulement... Je suis venu demander un conseil. Je vis, naturellement, sans buts pratiques, mais, me respectant moi-même... ainsi que cet
esprit pratique dont manque tellement le Russe, d'une
façon générale... je désire me mettre avec ma femme et
mes enfants dans une situation... en un mot, prince, je
vous demande un conseil.

Le prince loua chaudement son intention.

— Allons, tout cela, ce sont des sottises, interrompit
vivement le général, ce n'est pas de cela surtout qu'il
s'agit, mais d'une autre chose, et importante. Plus précisément, j'ai décidé de vous expliquer, Léon Nicolaevitch, comme à un homme de la sincérité d'abord et de
la noblesse de sentiments duquel je suis sûr, comme...
comme... Vous n'êtes pas étonné de mes paroles,
prince ?

Le prince suivait son hôte, sinon avec un étonnement
particulier, du moins avec énormément d'attention et de
curiosité. Le vieillard était un peu pâle, ses lèvres tremblaient parfois légèrement, ses mains semblaient ne pas
arriver à trouver un endroit tranquille. Il n'était là que
depuis quelques minutes et déjà s'était à deux reprises
levé brusquement de sa chaise pour se rasseoir aussi
brusquement, ne faisant visiblement pas la moindre attention à son manège. Il y avait sur la table des livres : il
en prit un, tout en continuant de parler, jeta un coup d'œil
sur la page ouverte, aussitôt referma ce livre et le reposa
sur la table, en saisit un autre, qu'il n'ouvrit pas, mais tint
tout le reste du temps dans sa main droite en l'agitant
continuellement en l'air.

— Assez ! s'écria-t-il soudain, je vois que je vous ai
grandement importuné.

— Mais pas le moins du monde, je vous en prie, c'est

un plaisir ; au contraire, je vous écoute et je voudrais deviner...

— Prince ! Je désire me mettre dans une situation respectable... je désire me respecter moi-même... et mes droits.

— Un homme qui a de tels désirs est par là même digne de tous les respects.

Le prince avait prononcé sa phrase, empruntée aux modèles d'écriture, dans la ferme assurance qu'elle produirait un excellent effet. Il avait deviné comme par instinct qu'une phrase de ce genre, creuse, mais agréable, dite à propos, pouvait subitement conquérir et pacifier l'âme d'un homme comme le général, et surtout dans sa position. En tout cas, il fallait renvoyer un visiteur de cette sorte le cœur plus léger, et là était son but.

La phrase flatta, toucha et plut beaucoup : le général fut attendri, changea immédiatement de ton et se lança dans des explications enthousiastes et interminables. Le prince avait beau s'efforcer, être tout oreilles, il ne comprenait littéralement rien. Le général parla une dizaine de minutes, chaudement, rapidement, comme s'il n'arrivait pas à exprimer des idées qui se pressaient en foule ; des larmes finalement brillèrent même dans ses yeux. Et pourtant ce n'étaient que des phrases sans queue ni tête, des mots inattendus et des pensées inattendues qui surgissaient rapidement et à l'improviste et se chevauchaient les unes les autres.

— Suffit ! Vous m'avez compris, et je suis tranquille, conclut-il tout à coup en se levant. Un cœur comme le vôtre ne peut pas ne pas comprendre un homme qui souffre. Prince, vous êtes noble comme l'idéal ! Que sont les autres au prix de vous ? Mais vous êtes jeune, et je vous bénis. Finalement, je suis venu vous prier de me fixer une heure pour un entretien sérieux et voilà quel était mon principal espoir. Je cherche une amitié et un cœur, prince ; je n'ai jamais pu dominer les exigences de mon cœur.

— Mais pourquoi pas tout de suite ? Je suis prêt à vous écouter...

— Non, prince, non ! interrompit vivement le général.

Pas tout de suite! Tout de suite est un rêve! C'est trop, trop important, trop important! Cette heure d'entretien sera l'heure de mon sort définitif. Ce sera *mon* heure à moi, et je ne voudrais pas que nous pussions être interrompus pendant un instant aussi sacré par le premier venu, le premier effronté venu, et bien souvent un effronté — il se pencha tout à coup vers le prince avec un chuchotement étrange, mystérieux et presque épouvanté — un effronté qui ne vaut pas le talon... de votre pied, très aimé prince! Oh, je ne dis pas: de mon pied! Notez bien que je n'ai pas parlé de mon pied à moi; car je me respecte trop pour énoncer cela sans détours; vous seul êtes capable de comprendre qu'en rejetant en pareil cas mon propre talon, je manifeste peut-être un extrême orgueil de ma dignité. En dehors de vous, personne d'autre ne comprendra, et *lui* en tête de tous les autres. *Lui* ne comprend rien, prince; il est totalement, totalement incapable de comprendre! Il faut avoir du cœur, pour comprendre!

Sur la fin, le prince eut presque peur. Il fixa au général un rendez-vous pour le lendemain à la même heure. L'autre sortit avec entrain, très consolé et presque calmé. Le soir, entre six et sept, le prince fit demander à Lebedev de venir pour une minute.

Lebedev se présenta avec une promptitude extraordinaire, vu «le grand honneur», comme il s'exprima aussitôt en entrant; on n'aurait jamais dit que trois jours durant il s'était comme caché et avait visiblement évité de rencontrer le prince. Il s'assit sur le bord d'une chaise, avec des grimaces, avec des sourires, avec de petits yeux rieurs et guetteurs, avec des frottements de mains, un air tout à fait naïf d'attendre quelque chose comme une communication d'un intérêt capital, depuis longtemps espérée et devinée de tout le monde. Le prince fut de nouveau agacé; il devenait clair pour lui que tout le monde s'était mis soudain à attendre de lui quelque chose, qu'on le regardait comme si on avait envie de le féliciter, avec des allusions, des sourires et des clignements d'yeux. Keller était venu trois fois, pour une petite minute, lui aussi avec un visible désir de le féliciter: il

commençait avec enthousiasme, pas très clairement,
n'achevait pas et bientôt s'éclipsait. (Il avait bu quelque
part très abondamment dans les derniers jours et fait du
tapage dans une salle de billard.) Même Colas, malgré
son chagrin, avait à deux reprises commencé à parler
vaguement de quelque chose.

Le prince demanda tout net et avec quelque irritation à
Lebedev ce qu'il pensait de l'état présent du général et
pourquoi il était dans une telle inquiétude. Il lui raconta
en quelques mots la scène précédente.

— Chacun a son inquiétude, prince, et... surtout dans
notre siècle étrange et agité ; c'est ainsi..., répondit Lebedev avec quelque sécheresse ; puis il se tut, l'air vexé
d'un homme fortement trompé dans ses espérances.

Le prince eut un petit rire.

— Quelle philosophie !

— Il en faut, de la philosophie ; il en faudrait beaucoup dans notre siècle, et dans ses applications pratiques,
mais on la néglige, voilà le malheur. Pour ma part, très
vénéré prince, bien que j'ai été honoré de votre confiance
sur un certain point de vous connu, c'est cependant
jusqu'à un certain degré seulement qui ne va pas au-delà
des circonstances concernant cet unique point... Cela, je
le comprends et ne me plains point.

— Lebedev, on dirait que vous êtes fâché ?

— Nullement, pas le moins du monde, très vénéré et
très resplendissant prince, pas le moins du monde ! s'écria
Lebedev avec enthousiasme, la main appliquée sur le
cœur. Tout au contraire, j'ai compris précisément à
l'instant que ni par ma position dans le monde, ni par le
développement du cerveau et du cœur, ni par l'accumu-
lation des richesses, ni par ma conduite précédente, non
plus que par mes connaissances, par rien je ne mérite
l'honorable et haute confiance qui se présentait à mes
espoirs ; que, si je puis vous servir, ce doit être en tant
qu'esclave et mercenaire, et non autrement... je ne suis
pas fâché, mais triste.

— Lucien Timofieitch, je vous en prie !

— Et non autrement ! Il en est ainsi aujourd'hui, dans
le cas présent ! En vous rencontrant et en vous suivant du

cœur et de la pensée, je me disais : je ne suis pas digne de
confidences amicales, mais en tant que propriétaire du
logement, je pourrai peut-être recevoir au moment voulu,
pour le terme attendu si je puis dire, une prescription, ou
au moins un avis, en prévision de certains changements
imminents et attendus.

En débitant cela, Lebedev dévorait de ses petits yeux
aigus le prince, qui le regardait avec stupéfaction ; il ne
perdait pas l'espoir de satisfaire sa curiosité.

— Je ne comprends absolument rien, s'écria le prince
presque avec colère, et... vous êtes un affreux intrigant !
conclut-il en éclatant soudain du plus franc des rires.

Instantanément rit aussi Lebedev, et son regard rayonnant signifia que ses espoirs s'étaient de nouveau éclaircis
et même avaient redoublé.

— Et savez-vous ce que je vous dirai, Lucien Timofieitch ? Ne vous fâchez pas, mais je m'étonne de votre
naïveté, et d'ailleurs pas seulement de la vôtre ! Vous
attendez de moi je ne sais quoi avec une telle naïveté,
justement maintenant, à cet instant, que j'ai même scrupule et honte devant vous de n'avoir rien pour vous
satisfaire. Mais je vous jure qu'il n'y a absolument rien,
si vous pouvez vous le figurer ?

Le prince rit de nouveau.

Lebedev prit une attitude digne. C'était vrai, qu'il
était parfois même trop naïf et importun dans ses curio-
sités ; mais en même temps c'était un homme assez
rusé et tortueux et, dans certains cas, même perfi-
dement taciturne ; avec ses continuelles rebuffades,
le prince s'était presque fait de lui un ennemi. Mais
ces rebuffades ne venaient pas de ce qu'il le méprisait,
elles venaient de ce que le sujet de sa curiosité était déli-
cat. Il était certains de ses propres rêves que le prince,
quelques jours plus tôt, considérait encore comme un
crime, et cependant Lucien Timofieitch prenait ses refus
pour une répulsion et une méfiance à son égard, le
quittait le cœur ulcéré et jalousait non seulement Colas
et Keller, mais aussi sa propre fille Viera. Même en
cet instant, il aurait peut-être pu et il désirait sincèrement
communiquer au prince une nouvelle hautement intéres-

sante pour lui, mais il se tut sombrement et n'en fit
rien.

— En quoi donc, au fond, puis-je vous servir, très
vénéré prince, puisque après tout vous m'avez... hélé?
prononça-t-il enfin après un certain silence.

— Mais tenez, c'était précisément à propos du général... — Le prince s'était repris, après un instant de
réflexion, lui aussi. — Et... à propos de ce vol chez
vous, dont vous m'avez fait part...

— C'est-à-dire quoi précisément?

— Allons donc! Comme si vous ne me compreniez
pas! Ah, mon Dieu, Lucien Timofieitch, pourquoi jouez-
vous toujours un rôle? L'argent, cet argent, les quatre
cents roubles que vous avez perdus, dans votre portefeuille, au sujet desquels vous êtes venu me parler ici, de
bon matin, en partant pour Pétersbourg : vous avez compris, finalement?

— Ah! vous vouliez parler de ces quatre cents roubles! articula lentement Lebedev, comme s'il venait seulement de saisir. Je vous remercie, prince, de votre sympathie sincère; elle est extrêmement flatteuse pour
moi..., mais je les ai trouvés, et même il y a longtemps.

— Vous les avez trouvés! Ah, Dieu merci!

— Cette exclamation est de votre part extrêmement
généreuse, car quatre cents roubles sont une chose nullement négligeable pour un pauvre homme qui vit de son
dur labeur, avec une nombreuse famille d'orphelins...

— Mais ce n'est pas ce que je veux dire! Naturellement, je suis enchanté que vous les ayez trouvés, rectifia
au plus vite le prince, mais... comment les avez-vous
trouvés?

— C'est extrêmement simple : je les ai trouvés sous la
chaise sur laquelle était pendue la redingote, de sorte
qu'évidemment mon portefeuille avait glissé de la poche
sur le plancher.

— Comment, sous la chaise? C'est impossible, car
vous me disiez vous-même que vous aviez cherché dans
tous les coins; comment n'aviez-vous pas regardé à l'endroit principal?

— C'est justement que j'y avais regardé! Je me souviens très très bien que j'y avais regardé ! J'ai rampé à quatre pattes, j'ai tâté à cet endroit avec les mains, après avoir déplacé la chaise, parce que je n'en croyais pas mes yeux. Je vois qu'il n'y a rien, une place vide et nue, tenez : comme la paume de ma main, et je continue quand même à tâter. C'est une faiblesse qui se répète toutes les fois qu'on a grande envie de trouver... en cas de pertes importantes et affligeantes : on voit qu'il n'y a rien, la place est vide, et malgré tout on se reprend quinze fois à y regarder encore.

— Oui, je veux bien. Seulement, malgré tout, comment cela s'est-il fait ? Je ne comprends toujours pas, murmura le prince, dérouté. Vous disiez qu'avant il n'y avait rien, vous aviez cherché à cet endroit même, et tout d'un coup la chose s'est trouvée là ?

— Tout d'un coup, elle s'est trouvée là.

Le prince regarda Lebedev drôlement.

— Et le général ?

— Vous voulez dire... le général ? — De nouveau, Lebedev ne comprenait pas.

— Ah, mon Dieu ! Je vous demande ce que le général a dit après que vous avez découvert sous la chaise votre portefeuille. Car vous l'aviez cherché ensemble ?

— Oui, ensemble, la première fois. Mais cette fois-ci, je l'avoue, j'ai gardé le silence, et j'ai préféré ne pas lui déclarer que le portefeuille avait été découvert par moi, tout seul.

— Mais... pourquoi cela ? Et l'argent était au complet ?

— J'ai ouvert le portefeuille : au complet, jusqu'au dernier rouble.

— Si vous étiez au moins venu me le dire ! observa le prince, pensif.

— J'ai craint de vous inquiéter, prince, étant donné vos impressions personnelles et, peut-être, extraordinaires, si je puis dire : en outre, quant à moi, j'ai fait mine de n'avoir rien trouvé. J'ai ouvert le portefeuille, je l'ai examiné, ensuite je l'ai refermé et je l'ai replacé sous la chaise.

— Pourquoi cela ?

— Comme ça : par curiosité, pour voir la suite, ricana soudain Lebedev en se frottant les mains.

— Alors il y est toujours, depuis avant-hier ?

— Oh non : il n'y est resté qu'un jour. Moi, voyez-vous, je voulais en somme que le général aussi le trouve. Parce que, si moi, je l'avais enfin trouvé, pourquoi le général ne remarquerait-il pas, lui aussi, un objet qui sautait aux yeux, pour ainsi dire, qui pointait de dessous la chaise ? J'ai à plusieurs reprises soulevé et déplacé cette chaise, de sorte que le portefeuille se trouvait tout à fait en vue ; mais le général ne l'a pas remarqué, et cela a duré un jour et une nuit. Il est décidément bien distrait, en ce moment, et c'est à n'y rien comprendre ; il parle, il raconte, il rit, il rit aux éclats, et le voilà tout à coup qui se fâche terriblement contre moi, je ne sais pas pourquoi. Enfin, nous sommes sortis de la pièce, et moi je laisse la porte ouverte, exprès ; lui hésite un moment, veut dire quelque chose, sans doute était-il épouvanté pour un portefeuille contenant tant d'argent, et puis tout à coup il s'est fâché affreusement et n'a rien dit ; nous n'avions pas fait deux pas dans la rue qu'il me laisse là et s'en va de l'autre côté. Le soir seulement, nous nous sommes revus au cabaret.

— Mais finalement vous avez quand même retiré le portefeuille de dessous la chaise ?

— Non point. Cette même nuit, il a disparu de dessous la chaise.

— Alors, où est-il donc maintenant ?

— Mais... ici. — Lebedev rit tout à coup, en se levant de toute sa taille et en regardant agréablement le prince. — Il s'est retrouvé soudain ici, dans le pan de ma redingote. Tenez, regardez vous-même, tâtez-le !

En effet, dans le pan gauche de la redingote, juste en avant, bien en vue, s'était formé comme un sac et au toucher on pouvait tout de suite deviner que là se trouvait le portefeuille de cuir, tombé là de la poche trouée.

— Je l'ai sorti et regardé : tout est au complet. Je l'ai laissé retomber, et depuis hier matin je me promène ainsi, je le porte dans le parc même, il me bat les jambes.

— Et vous ne voulez pas le remarquer ?

— Et je ne le remarque pas, hé-hé! Et figurez-vous, très vénéré prince, bien que l'objet soit indigne d'une aussi particulière attention de votre part : j'ai toujours mes poches en bon état, et voilà que tout d'un coup, en une nuit, un trou comme celui-ci ! J'ai examiné plus curieusement : ça a l'air d'avoir été percé avec un canif ; c'est presque invraisemblable ?

— Et... le général ?

— Toute la journée il a été fâché, et hier et aujourd'hui, il est effroyablement mécontent ; tantôt joyeux et bachique jusqu'à l'obséquiosité, tantôt sensible jusqu'aux larmes, tantôt il se met soudain dans des colères qui me font même peur, je vous le jure ; c'est que moi, prince, je ne suis quand même pas un militaire. Hier, nous sommes au cabaret, et comme par hasard mon pan se trouve en évidence, une vraie montagne ; il regarde du coin de l'œil, il enrage. Il y a longtemps qu'il ne me regarde plus en face, sauf quand il est très aviné ou très attendri : mais hier, à deux reprises, il m'a regardé d'une façon qui m'a donné le frisson. J'ai d'ailleurs l'intention de trouver le portefeuille demain, mais avant cela je passerai encore la soirée à m'amuser avec lui.

— Pourquoi le tourmentez-vous ainsi ?

— Je ne le tourmente pas, prince, je ne le tourmente pas, reprit avec ardeur Lebedev, je l'aime sincèrement et... je le respecte ; et maintenant, croyez-le si vous voulez, il m'est devenu encore plus cher ; je l'apprécie encore davantage !

Lebedev dit tout cela si sérieusement et si sincèrement que le prince en fut même indigné.

— Vous l'aimez, et vous le tourmentez de la sorte ! Permettez : par ce seul fait qu'il vous a ainsi mis sous les yeux l'objet perdu, sous la chaise et puis dans la redingote, il vous montre franchement qu'il ne veut pas ruser avec vous, et qu'il vous demande sincèrement pardon. Vous entendez : il demande pardon ! Il compte, par conséquent, sur la délicatesse de vos sentiments ; il croit, par conséquent, à votre amitié pour lui. Et vous, vous réduisez à une pareille humiliation un si... parfait honnête homme !

— Parfait honnête homme, prince, parfait honnête homme! reprit Lebedev, les yeux étincelants, et vous seul, très noble prince, avez été capable de dire le mot juste! C'est pour cela que je vous suis dévoué jusqu'à l'adoration, bien que je sois pourri de divers vices! Donc, c'est résolu! Je découvre le portefeuille aujourd'hui même tout de suite, et non pas demain; tenez, je l'extrais sous vos yeux; le voici; voici aussi l'argent, au complet; tenez, prenez, très noble prince, prenez-le et gardez-le jusqu'à demain. Demain ou après-demain je le prendrai; et vous savez évidemment, prince, qu'il a passé dans mon jardin sous une petite pierre la première nuit après la disparition; qu'en pensez-vous?

— Faites attention: ne lui dites pas comme ça en face que vous avez trouvé le portefeuille. Laissez-le tout simplement s'apercevoir lui-même qu'il n'y a plus rien dans votre pan, il comprendra.

— Vous croyez? Ne vaut-il pas mieux lui dire que je l'ai trouvé, et faire semblant que je n'ai rien deviné?

Le prince réfléchit.

— Non, n-non, maintenant c'est trop tard; c'est plus risqué; vraiment, ne lui dites pas! Soyez aimable avec lui, mais... ne prenez pas trop l'air... et... vous savez...

— Je sais, prince, je sais, c'est-à-dire je sais que peut-être je n'en ferai rien; car il faut pour cela avoir un cœur comme le vôtre. En outre, il est lui-même irritable et il a pris des manières..., il s'est mis à me traiter décidément de trop haut, maintenant; tantôt il pleurniche et vous embrasse, tantôt il vous humilie et vous méprise, vous tourne en dérision; eh bien, moi, je ne fais ni une ni deux, je mettrai mon pan en évidence, hé-hé! Au revoir, prince, car je vois que je vous retiens et que je gêne, si j'ose dire, vos plus intéressants sentiments...

— Mais, pour l'amour de Dieu, le secret, comme avant!

— A pas de loup, à pas de loup!

L'affaire était terminée, mais le prince en resta cependant presque plus préoccupé qu'avant. Il attendait avec impatience son entrevue du lendemain avec le général.

IV

L'heure fixée était entre onze heures et midi, mais le prince, tout à fait inopinément, fut en retard. En rentrant chez lui, il trouva le général qui l'attendait. Du premier coup d'œil il remarqua qu'il était mécontent, peut-être d'avoir dû attendre. En s'excusant, le prince se hâta de s'asseoir, mais avec une espèce de timidité, comme si son visiteur avait été de porcelaine et qu'il eût craint à tout instant de le briser. Jusque-là il n'avait jamais été timide avec le général, et l'idée ne lui en était jamais venue. Il distingua vite qu'il avait devant lui un tout autre homme que la veille : au lieu de trouble et de distraction, perçait une certaine retenue inaccoutumée ; on pouvait en conclure que c'était là un homme définitivement résolu à quelque chose. Ce calme, d'ailleurs, était beaucoup plus apparent que réel. En tout cas, le visiteur avait une désinvolture de bon ton, bien qu'avec une dignité contenue ; même au début, il sembla traiter le prince avec une sorte de condescendance : certaines personnes fières, injustement offensées, ont parfois cette désinvolture distinguée. Il parlait aimablement, non sans une nuance de tristesse dans le ton.

— Voici un livre à vous que j'ai pris l'autre jour chez vous, fit-il en désignant d'un hochement de tête appuyé, un volume qu'il avait apporté et posé sur la table. Je vous remercie.

— Ah oui ; vous avez lu cet article, général ? Comment vous a-t-il plu ? Il est curieux, n'est-ce pas ? — Le prince était heureux de pouvoir tout de suite commencer l'entretien par un sujet neutre.

— C'est curieux, je veux bien, mais grossier et, naturellement, absurde. Il y a peut-être un mensonge à chaque pas.

Le général parlait avec aplomb, en traînant un peu sur les mots.

— Ah, c'est un récit si naïf, un vieux soldat, témoin oculaire, raconte le séjour des Français à Moscou ; certaines choses sont un délice [61]. D'ailleurs tous les souvenirs

vécus sont un trésor, et même quel que soit le témoin.
N'est-il pas vrai ?

— A la place du rédacteur en chef, je n'aurais pas
imprimé cela ; pour ce qui concerne en général les souvenirs de témoins oculaires, on croit plus volontiers un
menteur grossier, mais amusant, qu'un homme digne et
méritant. Je connais des souvenirs sur 1812 qui... J'ai
pris ma décision, prince : je quitte cette maison, la maison
de M. Lebedev.

Le général regarda le prince, d'un air significatif.

— Vous avez votre appartement, à Pavlovsk, chez...
chez votre fille..., prononça le prince, ne sachant que
dire. Il s'était souvenu que le général était venu lui
demander un conseil dans une affaire extrêmement importante, dont dépendait sa destinée.

— Chez ma femme ; en d'autres termes chez moi, et
dans la maison de ma fille.

— Excusez-moi, je...

— Je quitte la maison de Lebedev, mon cher prince,
parce que j'ai rompu avec cet homme ; j'ai rompu hier
soir, en regrettant de ne l'avoir pas fait plus tôt. J'exige le
respect, prince, et je veux l'obtenir même de ceux à qui je
fais don, si je puis dire, de mon cœur. Prince, c'est
souvent que je fais don de mon cœur, et presque toujours
je suis trompé. Cet homme était indigne de mon don.

— Il y a chez lui beaucoup de désordre, observa le
prince avec retenue, et certains traits... mais parmi tout
cela on saisit un cœur, un esprit rusé, et parfois aussi
amusant.

La délicatesse des expressions, le ton respectueux,
avaient flatté visiblement le général, bien qu'il continuât
à lever parfois sur le prince un regard plein d'une méfiance subite. Mais le ton du prince était si naturel et si
franc qu'il était impossible de douter de lui.

— Qu'il y ait chez lui de bonnes qualités aussi, reprit
le général, j'ai été le premier à le déclarer, en faisant
presque à cet individu le don de mon amitié. Je n'ai
quand même pas besoin de sa maison ni de son hospitalité, quand j'ai ma famille à moi. Je ne justifie pas mes
vices : je suis intempérant ; j'ai bu avec lui et maintenant

je pleure là-dessus, peut-être. Mais, n'est-ce pas, ce n'est quand même pas seulement pour boire (excusez, prince, chez un homme agacé, la grossièreté de sa franchise), ce n'est quand même pas seulement pour boire que j'ai cherché sa compagnie. J'ai été séduit précisément par ses qualités, comme vous dites. Mais tout a ses limites, même les qualités ; et s'il a l'audace, tout d'un coup, de me dire en face qu'en 1812, encore gamin, dans son enfance, il a perdu sa jambe gauche et l'a enterrée au cimetière de Vagankovo [62] à Moscou, eh bien ! cela dépasse les bornes, révèle un manque de respect, trahit une effronterie...

— Peut-être était-ce seulement une plaisanterie, pour rire.

— Je vous comprends. Un mensonge innocent, pour rire, même s'il est grossier, ne blesse pas un cœur humain. Il y en a qui mentent, si vous voulez, simplement par amitié, pour faire plaisir à leur interlocuteur ; mais si se fait jour un manque de respect, si précisément on veut montrer par ce manque de respect que les relations qu'on avait avec vous vous pèsent, il ne reste à un homme d'honneur qu'à se détourner et à rompre ces relations, en remettant l'offenseur à sa place.

Le général, ce disant, avait même rougi.

— Mais Lebedev ne pouvait pas être à Moscou en 1812, il était trop jeune ; c'est ridicule.

— Premièrement, cela ; mais admettons qu'il ait déjà pu être né : comment vous assurer en face qu'un chasseur français a pointé sur lui son canon et lui a emporté la jambe, comme cela, pour s'amuser ; que cette jambe, il l'a ramassée et emportée à la maison, ensuite qu'il l'a enterrée au cimetière de Vagankovo ? Et il dit qu'il a érigé sur elle un monument avec une inscription : d'un côté « Ici est enterrée la jambe du secrétaire de collège Lebedev » et de l'autre « Repose, chère cendre, jusqu'au joyeux matin [63] », et qu'enfin il fait célébrer chaque année pour cette jambe un office funèbre (ce qui est un sacrilège) et pour cela fait chaque année le voyage de Moscou. En guise de preuve, il m'invite à Moscou pour me montrer la tombe et même au Kremlin, le canon français en

question, tombé en captivité; il m'assure que c'est le
onzième à partir de la grande entrée, un fauconneau
français d'ancien modèle.

Le prince rit :

— Sans compter qu'il a ses deux jambes en bon état,
bien visibles ! Je vous assure, c'est une innocente plaisanterie; ne vous fâchez pas.

— Mais permettez-moi, à moi aussi, de comprendre !
pour ce qui est de ses jambes bien visibles, cela ne rend
pas, peut-être, la chose tout à fait invraisemblable; il
assure que sa jambe vient de chez Tchernosvitov [64]...

— Ah oui, avec une jambe de Tchernosvitov, on peut
danser paraît-il.

— Je le sais fort bien. Tchernosvitov, après avoir
inventé sa jambe, est avant toute chose accouru chez moi
pour me la montrer. Seulement la jambe de Tchernosvitov a été inventée sensiblement plus tard... Encore une
chose : il assure que sa défunte femme, pendant tout le
temps de leur union, n'a pas su que, lui, son mari, avait
une jambe de bois. Il m'a dit, quand je lui ai fait remarquer toutes ces absurdités : « Si tu as été en 1812 page de
Napoléon, laisse-moi avoir enterré ma jambe à Vagankovo. »

— Mais est-ce que vous... — Le prince s'arrêta, troublé.

Le général le regarda véritablement de haut et presque
avec moquerie.

— Achevez, prince, prononça-t-il en traînant, avec
une parfaite aisance, achevez. Je suis indulgent, dites
tout : avouez que cette idée vous paraît drôle de voir
devant vous un homme dans son abaissement présent et...
son inutilité présente, et d'apprendre dans le même temps
que cet homme a été le témoin... de grands événements.
Il n'a pas encore eu le temps de vous... rapporter de
nouveaux cancans ?

— Non; je n'ai rien appris de Lebedev, si c'est de lui
que vous parlez...

— Hum, je supposais le contraire. Au fond, notre
entretien d'hier a porté tout le temps sur cet... étrange
article de *L'Archive*. J'ai noté son absurdité et, comme

j'ai été personnellement témoin... vous souriez, prince,
vous regardez ma physionomie?

— N-non, je...

— Je suis jeune d'aspect (le général traînait sur les
mots), mais je suis un peu plus vieux d'années que je ne
parais. En 1812, j'avais dans les dix ou onze ans. Je ne
sais pas moi-même très bien mon âge. Dans mes états de
service, on m'a rajeuni; j'ai toujours eu la faiblesse de
diminuer mes années, pendant toute ma vie.

— Je vous assure, général, que je ne trouve nullement
étrange que vous ayez été en 1812 à Moscou et... bien
entendu, vous pouvez raconter... comme tous ceux qui y
étaient. Un de nos auteurs d'autobiographies commence
son livre justement en faisant connaître qu'en 1812, étant
encore à la mamelle, à Moscou, il a été nourri de pain par
des soldats français.[65]

— Vous voyez, approuva, condescendant, le général,
mon cas sort de l'ordinaire, évidemment, mais il ne
renferme rien d'exceptionnel. Très souvent le vrai semble
impossible. Page de la chambre! C'est bizarre à entendre,
bien sûr. Mais cette aventure d'un enfant de dix ans
s'explique précisément par son âge. A quinze ans, elle ne
lui serait pas arrivée, et c'est sûr, car à quinze ans je ne
me serais pas sauvé de notre maison de bois de la Vieille
Basmannaia [66], le jour de l'entrée de Napoléon à Moscou, abandonnant ma mère, qui n'avait pas quitté Moscou à temps et qui tremblait de peur. A quinze ans,
j'aurais eu peur moi aussi, tandis qu'à dix je n'ai eu peur
de rien et je me suis frayé un passage à travers la foule
jusqu'au perron du palais, juste au moment où Napoléon
descendait de cheval.

— Sans nul doute, c'est une observation excellente
que vous avez faite, que c'est justement à dix ans qu'on
peut ne pas avoir peur..., approuva timidement le prince,
tourmenté à l'idée qu'il allait rougir.

— Et sans nul doute, tout s'est passé aussi simplement
et naturellement que cela peut se passer dans la réalité; un
romancier qui s'attaquerait à ce sujet y ajouterait des
impossibilités et des invraisemblances.

— Oh, c'est bien cela! s'écria le prince, moi aussi

cette pensée m'a toujours frappé, et même il n'y a pas
longtemps. Je sais un meurtre bien réel pour une montre,
il en est question maintenant dans les journaux [67]. Si un
écrivain avait inventé cela, les connaisseurs de la vie
populaire et les critiques auraient aussitôt crié à l'invrai-
semblance ; et cependant en le lisant dans les journaux
comme un fait, vous avez le sentiment que c'est à partir
de ces faits-là qu'on peut apprendre la réalité russe. Vous
avez fait là une excellente remarque, général ! conclut
avec feu le prince, enchanté d'avoir pu éviter le rouge au
front.

— N'est-ce pas la vérité ? N'est-ce pas la vérité ? s'écria
le général, dont les yeux brillaient de plaisir. Un gamin, un
enfant, ne comprenant pas le danger, se fraye un chemin à
travers la foule pour voir ce qui brille, les uniformes, la
suite, et enfin le grand homme dont on lui a rebattu les
oreilles. Car tout le monde, alors, plusieurs années de suite,
ne parlait que de lui. Le monde était plein de ce nom ;
moi-même, si je puis dire, je l'ai sucé avec le lait. Napoléon,
en passant à deux pas de là, distingue à l'improviste mon
regard ; je portais un costume de petit seigneur, j'étais
toujours bien habillé. J'étais seul de la sorte, dans cette
foule, convenez vous-même...

— Sans nul doute, cela a dû le frapper et lui a prouvé
que tous n'étaient pas partis et qu'il était resté aussi des
nobles avec leurs enfants.

— Justement, justement ! Il voulait attirer à lui les
boyards ! Quand il jeta sur moi son regard d'aigle, mes
yeux, en réponse, durent briller. « *Voilà un garçon bien
éveillé ! Qui est ton père* [68] *?* » Je lui répondis aussitôt,
presque haletant d'émotion : « Général, il est mort sur les
champs de bataille de sa patrie. » — « Le fils d'un boyard
et d'un brave par-dessus le marché ! J'aime les boyards.
M'aimes-tu, petit [69] ? » A cette question rapide, je répondis aussi rapidement : « Un cœur russe est capable de
distinguer, même dans l'ennemi de sa patrie, un grand
homme ! » C'est-à-dire, au fond, que je ne me rappelle
plus si je me suis exprimé littéralement ainsi... j'étais un
enfant... mais le sens était sûrement celui-là ! Napoléon
fut stupéfait, il réfléchit et dit à sa suite : « J'aime la fierté

de cet enfant! Mais si tous les Russes pensent comme cet
enfant, alors...» Il n'acheva pas, et entra dans le palais.
Aussitôt je me mêlai à la suite et courus derrière lui. Dans
la suite on me faisait déjà un passage et on me regardait
comme un favori. Mais ce ne fut qu'un éclair... Je me
souviens seulement qu'une fois entré dans la première
salle, l'empereur s'arrêta soudain devant le portrait de
l'impératrice Catherine, le regarda longuement, pensif, et
finalement prononça : «C'était une grande femme!» et
passa. Deux jours après, tous me connaissaient dans le
palais et au Kremlin et m'appelait «le petit boyard [70]». Je
ne rentrais à la maison que pour la nuit. A la maison, on
avait comme perdu la tête. Deux jours encore se passent,
et meurt le page de la chambre de Napoléon, le baron de
Bazancourt [71], qui n'avait pas supporté la campagne.
Napoléon se souvint de moi; on me prit, on m'emmena
sans m'expliquer de quoi il s'agissait, on m'essaya
l'uniforme du défunt, un garçon de douze ans, et seulement quand on m'eut conduit en uniforme auprès de
l'empereur et qu'il m'eut adressé un signe de la tête, on
me déclara que j'avais reçu la faveur d'être promu page
de la chambre de Sa Majesté. J'étais heureux, j'éprouvais
réellement pour lui, et depuis longtemps déjà, une ardente sympathie... bon, et de plus, avouez-le, ce brillant
uniforme, ce qui est beaucoup pour un enfant... Je portais
un habit vert sombre avec des basques étroites et longues;
des boutons dorés; aux manches, des parements de four-
rure avec des broderies d'or, un col ouvert, droit, haut,
brodé d'or; des broderies sur les basques; des culottes
blanches collantes, en peau d'élan; un gilet de soie blanche, des bas de soie, des souliers à boucles... et pendant
les promenades de l'empereur à cheval, si j'étais de la
suite, des bottes à l'écuyère. Bien que la situation ne fût
pas brillante et qu'on pressentît déjà d'immenses malheurs, l'étiquette était observée autant que possible, et
même d'autant plus ponctuellement que ces malheurs
étaient plus fortement pressentis.

— Oui, naturellement... murmura le prince, l'air
presque éperdu. Vos souvenirs seraient... extrêmement
intéressants.

Le général, naturellement, répétait là ce qu'il avait déjà raconté la veille à Lebedev, et par conséquent il le répétait avec aisance; mais à ce moment, encore une fois, il lança de biais au prince un regard méfiant.

— Mes souvenirs, prononça-t-il avec une fierté redoublée, écrire mes souvenirs! Cette idée ne m'a pas séduit, prince! Si vous voulez, ils sont déjà écrits, mais... ils sont dans mon pupitre. Qu'on les publie lorsque mes yeux auront été recouverts de terre, je veux bien, et sans nul doute ils seront traduits dans les autres langues, non point pour leur mérite littéraire, non! mais pour l'importance des faits immenses dont j'ai été le témoin oculaire, quoique enfant; mais d'autant mieux: comme enfant, j'ai pénétré dans l'intimité même, si je puis dire, la chambre à coucher du «grand homme»! J'ai entendu la nuit les soupirs de ce «géant infortuné», il ne se gênait pas pour gémir et pleurer devant un enfant, bien que je comprisse déjà que la cause de ses souffrances était le silence de l'empereur Alexandre.

— Oui, car il écrivait des lettres... où il lui proposait la paix... approuva timidement le prince.

— Au fond, nous ne savons pas bien quelles propositions il lui faisait, mais il écrivait chaque jour, à toute heure, et lettre sur lettre! Il était terriblement agité. Une nuit, nous étions seuls, je m'élançai vers lui, en pleurs (ô, je l'aimais!). «Demandez, demandez pardon à l'empereur Alexandre!» lui criai-je. J'aurais dû dire: «Faites la paix avec l'empereur Alexandre», mais, comme un enfant, j'avais dit naïvement ce que je pensais. «O mon enfant, me répondit-il (il arpentait la pièce de long en large), ô mon enfant! (Il ne remarquait pas que j'avais dix ans, et il aimait même converser avec moi.) O mon enfant, je suis prêt à embrasser les pieds de l'empereur Alexandre, mais par contre au roi de Prusse, à l'empereur d'Autriche, oh, à ceux-là, haine éternelle et... enfin... mais tu ne comprends rien à la politique!» Tout d'un coup il s'était rappelé à qui il parlait. Il se tut, mais ses yeux continuèrent longtemps à lancer des éclairs. Eh bien, si je décrivais tous ces faits — et j'ai été témoin aussi de faits colossaux —, si je les publiais maintenant, tous ces critiques, toutes ces vanités littéraires, toutes ces jalousies, ces partis et... mais non, serviteur !

— Pour ce qui est des partis, vous avez naturellement raison et je suis d'accord avec vous, répondit tout doucement le prince après un instant de silence. Moi aussi, j'ai lu il n'y a pas longtemps le livre de Charras[72] sur la campagne de Waterloo. Le livre, évidemment, est sérieux, et les spécialistes assurent qu'il témoigne d'une exceptionnelle connaissance du sujet. Mais à chaque page transparaît la joie de voir Napoléon abaissé, et si on pouvait contester à Napoléon le moindre signe de talent dans les autres campagnes aussi, on a l'impression que Charras en serait tout à fait enchanté ; or cela n'est pas bien, dans une œuvre aussi sérieuse, parce que c'est là un esprit de parti. Vous étiez alors très occupé par votre service chez... l'empereur.

Le général était aux anges. La remarque du prince, par son sérieux et sa sincérité, avait dissipé chez lui les dernières traces de méfiance.

— Charras ! Oh, j'étais moi-même dans l'indignation ! Au moment même je lui ai écrit, mais... à vrai dire... je ne me souviens plus... Vous demandez si j'étais occupé par mon service ? Oh non ! On m'avait nommé page de la chambre, mais déjà alors je ne le prenais pas tellement au sérieux. D'ailleurs, très vite Napoléon perdit tout espoir d'attirer à lui les Russes, et, c'est bien certain, il m'aurait oublié aussi, après m'avoir approché de lui par politique, si... s'il ne m'avait pas pris en amitié personnellement, j'ose le dire aujourd'hui. Et moi, mon cœur me portait vers lui. Comme service, on ne me demandait guère : il fallait se présenter parfois au palais et... accompagner l'empereur dans ses promenades à cheval, et c'est tout. Je montais à cheval convenablement. Il sortait avant le repas, et dans sa suite il y avait d'ordinaire Davout, moi, le mameluck Roustan...

— Constant, laissa échapper tout à coup le prince.

— N-non, Constant n'était pas là à ce moment ; il était parti porter une lettre... à l'impératrice Joséphine ; mais au lieu de lui il y avait deux officiers d'ordonnance, quelques uhlans polonais... bon, et voilà toute la suite, en dehors des généraux, bien entendu, et des maréchaux que Napoléon prenait avec lui pour examiner avec eux les lieux, la disposition des troupes, tenir conseil... Le plus souvent se tenait auprès de lui Davout, je m'en souviens maintenant : un homme froid, grand et gros, avec des lunettes, un regard étrange. C'était avec lui que conférait le plus souvent l'empereur. Il appréciait ses idées. Je me souviens, une fois, ils tinrent conseil plusieurs jours de suite : Davout arrivait et le matin, et le soir, souvent même ils discutaient ensemble ; enfin Napoléon sembla être d'accord. Ils étaient tous deux dans le bureau, et moi en tiers, presque inaperçu d'eux. Soudain le regard de Napoléon tombe par hasard sur moi, une pensée singulière brille dans ses yeux : «Enfant, dit-il tout à coup, qu'en penses-tu : si j'embrasse l'orthodoxie et que je libère vos esclaves, les Russes me suivront, ou non?» — «Jamais!» m'écriai-je indigné. Napoléon fut frappé. «Dans les yeux brillants de patriotisme de cet enfant, dit-il, j'ai lu la pensée de tout le peuple russe. Assez, Davout! Tout cela n'est que de la fantaisie! Exposez-moi votre autre projet!»

— Oui, mais celui-ci aussi était une forte pensée! dit le prince, visiblement intéressé. Alors vous attribuez ce projet à Davout?

— Du moins ils avaient tenu conseil ensemble. Sans doute l'idée était de Napoléon, une idée d'aigle, mais l'autre projet aussi était une idée... C'était ce fameux «conseil du Lion[73]», comme Napoléon a appelé ce conseil de Davout. Il consistait à s'enfermer au Kremlin avec toute l'armée, construire des baraquements, creuser des retranchements, disposer des canons, abattre le plus possible de chevaux et saler leur chair ; se procurer par la maraude ou autrement le plus possible de blé et hiverner là jusqu'au printemps ; et le printemps venu, faire une percée à travers les Russes. Ce projet enthousiasma Napoléon. Nous faisions chaque jour à cheval le tour des murs du Kremlin, il indiquait à quel endroit démolir, où construire, ici une lunette, là un ravelin, ailleurs une série de blockhaus, — coup d'œil, rapidité, décision! Tout fut enfin résolu. Davout insistait pour une décision définitive. Ils se réunirent encore une fois à deux, et moi en tiers. De nouveau, Napoléon arpentait la pièce les bras croisés. «J'y vais», dit Davout. «Où?» demanda Napoléon. «Saler les chevaux», dit Davout. Napoléon tressaillit! son sort se décidait. «Enfant, me dit-il soudain, que penses-tu de notre intention?» Bien entendu, il me demandait cela, comme un homme d'une intelligence supérieure, au dernier moment, se décide par pile ou face. Au lieu de m'adresser à Napoléon, je me tourne vers Davout et je lui dis comme inspiré: «Détalez, général, et rentrez chez vous.» Le projet fut mis à bas. Davout haussa les épaules et, en sortant, dit à mi-voix: «Bah, il devient superstitieux[74].» Le lendemain fut ordonnée la retraite.

— Tout cela est extrêmement intéressant, prononça le prince très bas, si tout s'est bien passé de la sorte... je voulais dire..., se hâta-t-il de se corriger.

— O prince! s'écria le général, si enivré de son récit qu'il était peut-être dans l'impossibilité de s'arrêter même devant l'imprudence la plus osée. Vous dites: «... s'est bien passé de la sorte!» Mais il y a eu plus, je vous assure, beaucoup plus! Ce ne sont là que des faits misérables, des faits politiques. Mais je vous le répète, j'ai été témoin des larmes et des gémissements nocturnes de ce grand homme; et cela, personne d'autre que moi ne l'a vu! Sur la fin, c'est vrai, il ne pleurait plus, il n'y avait pas de larmes, il se bornait à gémir quelquefois; mais son visage de plus en plus était comme voilé d'un brouillard. On aurait dit que l'éternité étendait déjà sur lui son aile sombre. Parfois, la nuit, nous passions des heures entières seuls, sans mot dire, le mameluck Roustan ronflait dans la pièce voisine; il avait le sommeil terriblement solide, cet homme! «En revanche, il m'est fidèle, à moi et à ma dynastie», disait de lui Napoléon. Une fois j'étais bien triste, il remarqua des larmes dans mes yeux, il me regarda avec attendrissement: «Tu me plains! s'écria-t-il, toi, un enfant, et peut-être me plaindra un autre enfant encore, mon fils, le roi de Rome[75]; tous les autres, ils me haïssent tous, et mes frères seront les premiers à me trahir dans le malheur.» Je sanglotai et

m'élançai vers lui ; là-dessus, lui aussi n'y tint plus ; nous
nous embrassâmes et nos larmes se confondirent. « Écrivez, écrivez une lettre à l'impératrice Joséphine ! » lui
dis-je parmi mes pleurs. Napoléon tressaillit, réfléchit et
me dit : « Tu m'as rappelé le troisième cœur qui m'aime.
Je te remercie, mon ami. » Aussitôt il s'assit et écrivit
cette lettre à Joséphine qui fut emportée le lendemain
même par Constant.

— Vous avez fort bien agi, dit le prince ; au milieu de
ses mauvaises pensées, vous lui avez soufflé un bon
sentiment.

— Justement, prince. Et comme vous expliquez admirablement les choses, en accord avec votre propre
cœur ! s'écria avec enthousiasme le général, et, chose
singulière, de vraies larmes brillèrent dans ses yeux.
— Oui, prince, oui, c'était un magnifique spectacle ! Et
savez-vous, j'ai failli le suivre à Paris, et naturellement,
j'aurais partagé avec lui « l'île torride [76] » de la prison,
mais hélas ! nos destinées divergèrent ! Nous avons été
séparés : lui, parti pour l'île torride où, une fois peut-être,
dans un instant d'extrême tristesse, il se sera souvenu des
larmes du pauvre enfant qui l'embrassait et lui faisait ses
adieux à Moscou ; et moi, expédié au corps des cadets où
je n'ai trouvé que dressage, grossièreté des camarades,
et… Hélas ! Tout s'en est allé en poussière ! « Je ne veux
pas t'enlever à ta mère, je ne te prendrai pas avec moi, me
dit-il le jour de la retraite, mais je voudrais faire quelque
chose pour toi. » Il montait déjà à cheval. « Écrivez-moi
quelque chose dans l'album de ma sœur, en souvenir ! »
prononçai-je, timidement, parce qu'il était très abattu et
très sombre. Il revint, demanda une plume, prit l'album.
« Quel âge a ta sœur ? » me demanda-t-il, la plume déjà en
main. « Trois ans. » — « Petite fille, alors [77]. » Et il traça
dans l'album ces mots :

« Ne mentez jamais !
Napoléon, votre ami sincère [78]. »

Un pareil conseil et dans un pareil moment, convenez,
prince…

— Oui, c'est significatif.

— Ce feuillet, sous verre, dans un cadre doré, est resté toute sa vie pendu dans le salon de ma sœur, à la place la plus en vue, jusqu'à sa mort (elle est morte en couches); où est-il maintenant, je l'ignore... mais... ah, mon Dieu! Déjà deux heures! Comme je vous ai retenu, prince! C'est impardonnable.

Le général se leva de sa chaise.

— Oh, au contraire! balbutia faiblement le prince. Vous m'avez tellement intéressé et... enfin... c'est tellement intéressant; je vous suis tellement reconnaissant!

— Prince! dit le général en lui serrant encore une fois la main à lui faire mal et en le regardant fixement avec des yeux brillants, comme s'il venait de revenir à lui subitement et comme abasourdi par une idée imprévue. Prince! vous êtes si bon, si sincère, que je me prends même de pitié pour vous, quelquefois. Je vous regarde avec attendrissement. Oh, que Dieu vous bénisse! Que votre vie commence et fleurisse... dans l'amour! La mienne est terminée. Oh, pardonnez-moi, pardonnez-moi!

Il sortit rapidement, le visage dans ses mains. De la sincérité de son émotion le prince ne pouvait douter. Il comprenait aussi que le vieillard était parti dans l'enivrement de son succès; mais il pressentait quand même qu'il appartenait à cette catégorie de menteurs qui mentent jusqu'à la jouissance et jusqu'à l'oubli d'eux-mêmes mais qui au sommet de leur enivrement soupçonnent malgré tout, à part soi, qu'on ne les croit pas et que d'ailleurs on ne peut pas les croire. Dans son état présent, le vieillard pouvait se reprendre, être pris d'une honte sans mesure, soupçonner le prince d'une compassion sans mesure pour lui, être vexé. «N'ai-je pas eu tort de l'avoir amené à une pareille exaltation?» se disait le prince alarmé: soudain il n'y tint plus et partit d'un rire formidable qui dura une dizaine de minutes. Il allait se reprocher ce rire, quand il comprit sur-le-champ qu'il n'avait pas de reproche à se faire, puisqu'il avait une pitié infinie du général.

Ses prévisions se réalisèrent. Le même soir, il reçut un billet étrange, bref, mais catégorique. Le général l'infor-

mait qu'il se séparait de lui à jamais, qu'il l'estimait et lui
était reconnaissant, mais que même de lui il n'accepterait
« aucune marque de compassion susceptible de rabaisser
la dignité d'un homme déjà sans cela infortuné ». Quand
le prince eut appris que le vieillard s'était enfermé chez
Nina Alexandrovna, il fut à peu près rassuré pour lui.
Mais nous avons déjà vu que le général fit des siennes
aussi chez Élisabeth Procofievna. Nous ne pouvons pas
donner ici de détails, mais nous observerons brièvement
que l'essentiel de l'entrevue consista en ceci que le général effraya Élisabeth Procofievna et, par ses allusions
amères à Gaby, suscita son indignation. Il fut mis dehors
honteusement. Voilà pourquoi il avait passé une pareille
nuit et une pareille matinée, perdu la tête définitivement
et s'était sauvé dans la rue presque en état de folie.

Colas ne comprenait toujours pas bien les choses et
espérait même agir sur lui par la sévérité.

— Allons, où allons-nous nous traîner maintenant,
qu'en pensez-vous, général ? dit-il. Vous ne voulez pas
aller chez le prince, avec Lebedev vous êtes brouillé,
vous n'avez pas d'argent, moi je n'en ai jamais : nous
voilà dans de jolis draps [79], en pleine rue.

— Deux jolis dans les draps [80], ça vaudrait mieux !
murmura le général. Avec ce mot j'ai soulevé l'admira-
tion... dans un mess d'officiers... en quarante-quatre...
En mil huit cent... quarante-quatre, oui !... Je ne me
rappelle pas... Oh, ne me rappelle pas, ne me rappelle
pas ! « Où est ma jeunesse, où est ma fraîcheur ? » comme
s'écriait... qui donc s'écriait, Colas ?

— C'est chez Gogol, dans *Les Ames mortes* [81], papa,
répondit Colas, et peureusement il regarda son père du
coin de l'œil.

— *Les Ames mortes* ! Oh oui, mortes ! Quand tu
m'enterreras, inscris sur ma tombe : « Ci-gît une âme
morte ! »

La honte me poursuit [82] !

Qui a dit cela, Colas ?

— Je ne sais pas, papa.

— Ieropiegov n'a pas existé ! Jérôme Ieropiegov !...

s'écria-t-il, hors de lui, en s'arrêtant dans la rue. Et c'est
un fils, mon propre fils ! Ieropiegov, l'homme qui pendant onze mois m'a tenu lieu de frère, pour qui j'ai eu un
duel... Notre capitaine, le prince Vygorietski, lui avait
dit, après boire : « Toi, mon petit Grégoire, où l'as-tu
reçue, ta croix de Sainte-Anne[83], dis-moi ça ? » — « Sur
les champs de bataille de ma patrie, voilà où je l'ai
reçue. » Moi, je crie : « Bravo, Grégoire ! » Eh bien, il y a
eu duel, et puis il s'est marié... avec Marie Petrovna
Sou... Soutouguine et il a été tué sur le champ de... La
balle a ricoché sur ma croix à moi et l'a frappé droit au
front. Il a crié : « Jamais je ne l'oublierai ! » et il est tombé
sur place. Moi... j'ai servi loyalement, Colas : j'ai servi
noblement, mais la honte, « la honte me poursuit ! » Nina
et toi, vous viendrez sur ma tombe... « ma pauvre Nina ! »
C'est ainsi que je l'appelais autrefois, Colas, il y a longtemps, dans les premiers temps, et elle aimait ça... Nina,
Nina ! Qu'ai-je fait de ton existence ? Pour quel bienfait
peux-tu m'aimer, âme patiente ? — Ta mère a une âme
d'ange ! Une âme d'ange, tu m'entends ? Colas.

— Je le sais, papa. Papa chéri, retournons à la maison
chez maman. Elle a couru après nous ! Allons, vous
n'avancez plus. Vous ne comprenez pas, on dirait...
Allons, pourquoi pleurez-vous ?

Colas lui-même pleurait et baisait les mains de son
père.

— Tu me baises les mains, à moi !

— Eh bien oui, à vous, à vous. Eh bien, qu'y a-t-il
d'étonnant ? Allons, pourquoi chialez-vous en pleine rue,
et ça s'appelle encore un général, un homme de guerre !
Allons, avançons !

— Dieu te bénisse, mon cher enfant, pour avoir été
respectueux envers un scandaleux... oui, un scandaleux
vieillard, ton père... puisses-tu avoir, toi aussi, un enfant
pareil... le roi de Rome... O « malédiction, malédiction à
cette maison ! »

— Mais enfin que se passe-t-il ici ? Qu'est-il arrivé ? — Colas était maintenant en ébullition. Pourquoi ne
voulez-vous pas rentrer à la maison ? Avez-vous perdu
l'esprit ?

— J'expliquerai, je t'expliquerai à toi... à toi je dirai
tout ; ne crie pas, on pourrait entendre... *le roi de Rome...*
Oh, j'ai la nausée, je me sens triste !

Nourrice, où est ta tombe[84] ?

Qui a lancé cette exclamation, Colas ?

— Je ne sais pas, je ne sais pas. Allons à la maison,
tout de suite, tout de suite ! Je rosserai Gaby s'il le faut...
mais où allez-vous encore ?

Le général l'entraînait vers l'entrée d'une maison voisine.

— Où allez-vous ? Ce n'est pas notre porte.

Le général s'assit sur le perron et continua à attirer
Colas à soi par le bras.

— Penche-toi, penche-toi ! marmottait-il, je te dirai
tout... une honte... penche-toi... l'oreille, l'oreille ; je te
le dirai à l'oreille...

— Qu'avez-vous ? dit Colas très effrayé. Il tendit cependant son oreille.

— *Le roi de Rome...,* chuchota le général. Lui aussi
avait l'air tout tremblant.

— Quoi ? Qu'est-ce que vous avez toujours, avec votre *roi de Rome ?...* Qu'est-ce que ça signifie ?

— Je... je, chuchota encore le général, en s'accrochant de plus en plus fort à l'épaule de « son enfant », — je veux... tout te... Marie, Marie... Petrovna
Sou - sou - sou...

Colas s'arracha, prit, lui, le général par les épaules et
le regarda comme un fou. Le vieillard était devenu pourpre, ses lèvres avaient bleui, de petites convulsions passaient encore sur son visage. Soudain il s'inclina et commença tout doucement à tomber sur le bras de Colas.

Celui-ci poussa un cri à ameuter la rue :

— Une attaque !

Il avait enfin deviné de quoi il s'agissait.

V

A vrai dire, Barbe Ardalionovna, en conversant avec
son frère, avait quelque peu exagéré l'exactitude de ses

informations sur la demande en mariage adressée par le prince à Aglaé Épantchine. Peut-être, en femme clair-voyante, avait-elle deviné ce qui devait se produire dans un proche avenir ; peut-être, chagrinée d'avoir vu s'en-voler en fumée son rêve (auquel, à vrai dire, elle ne croyait pas elle-même), n'avait-elle pas pu se refuser la satisfaction trop humaine d'exagérer le malheur pour ver-ser encore plus de fiel dans le cœur de son frère, qu'elle aimait d'ailleurs sincèrement et dont elle partageait la peine. En tout cas, elle n'avait pas pu recevoir de ses compagnes, les demoiselles Épantchine, des renseigne-ments aussi précis ; il y avait eu seulement des allusions, des phrases inachevées, des silences, des énigmes. Peut-être aussi les sœurs d'Aglaé avaient-elles intentionnelle-ment lâché quelques paroles de trop pour apprendre elles-mêmes quelque chose de Barbe ; il se pouvait aussi, enfin, qu'elles aussi n'eussent pas voulu se priver de la satisfaction féminine de taquiner un peu une amie, fût-elle une amie d'enfance ; elles n'avaient quand même pas pu ne pas voir, après tant de temps, au moins une bribe de ses intentions.

D'un autre côté, le prince, bien qu'il eût tout à fait raison d'assurer Lebedev qu'il n'avait rien à lui commu-niquer et qu'il ne lui était arrivé absolument rien de particulier, se trompait peut-être lui aussi. En réalité, il s'était produit pour eux tous quelque chose de très singu-lier : il ne s'était rien passé, et en même temps on aurait pu dire qu'il s'était même passé beaucoup de choses. C'est cela qu'avait deviné Barbe Ardalionovna, avec son sûr instinct de femme.

Comment il se fit, cependant, que tous à la fois, chez les Épantchine, conçurent subitement cette seule et una-nime pensée qu'il était arrivé à Aglaé quelque chose de capital et que sa destinée était en train de se décider, c'est ce qu'il est très difficile d'exposer dans l'ordre. Mais aussitôt qu'eut surgi cette idée, chez tous à la fois, tous à la fois affirmèrent qu'ils avaient depuis longtemps déjà tout distingué et tout clairement prévu ; que tout était clair depuis le « chevalier pauvre », et même avant, mais qu'alors on ne voulait pas croire encore à une telle absur-

dité. C'est ce qu'affirmaient les sœurs; naturellement,
Élisabeth Procofievna aussi, avant tous les autres, avait
tout prévu et appris, et depuis longtemps elle « en avait le
cœur malade », mais, que ce fût depuis longtemps ou
non, l'idée du prince lui était maintenant devenue tout à
coup très désagréable, essentiellement parce qu'elle la
déroutait. Il y avait là une question qu'il fallait résoudre
immédiatement; or non seulement on ne pouvait pas la
résoudre, mais la malheureuse Élisabeth Procofievna ne
pouvait même pas se la poser en toute clarté, malgré tous
ses efforts. La chose était difficile : « Le prince est-il bien
ou n'est-il pas bien? Si ce n'est pas bien (ce qui est hors
de doute), en quoi donc n'est-ce pas bien? Et si, par
hasard, c'est bien (ce qui est également impossible), en
quoi, encore une fois, est-ce bien? » Le père de famille
lui-même, Ivan Fiodorovitch, avait été avant tout étonné,
bien entendu, mais après il fit tout à coup cet aveu que
« sûrement quelque chose dans ce genre lui avait toujours
semblé à lui aussi, il n'y pensait plus et puis tout d'un
coup cela lui semblait de nouveau! » Il se tut aussitôt sous
le regard menaçant de son épouse; seulement il se tut le
matin, et le soir, seul avec son épouse et contraint de
nouveau à parler, il exprima soudain, et avec une sorte
d'entrain particulier un certain nombre d'idées inattendues : « Au fond, de quoi s'agit-il?... » (Un silence.)
« Naturellement, tout cela est bien étrange, si seulement
c'est vrai. Je ne discute pas, mais... » (Nouveau silence.)
« D'autre part, à voir les choses franchement, le prince
est, ma foi, un garçon absolument merveilleux, et... et,
et... Eh bien, enfin, son nom, qui est le nom de notre
famille, tout cela aura l'air, si je puis dire, de relever
notre nom, actuellement humilié, aux yeux du monde, je
veux dire qu'à voir les choses de ce point de vue..., car...
naturellement, le monde..., le monde est le monde; de
toute façon le prince n'est pas sans fortune, au moins sans
une certaine fortune. Il a... et... et... et... » (Silence
prolongé et arrêt définitif.) Ayant écouté jusqu'au bout
son mari, Élisabeth Procofievna sortit de ses gonds.
   A son avis, tout ce qui s'était passé était « une sottise
impardonnable et même criminelle, un tableau fantasti-

que, sot et absurde! » Avant tout, ceci déjà que ce prince
de rien du tout était un malade, un idiot. « Deuxièmement, c'est un imbécile, qui ne connaît pas le monde et
n'a pas sa place dans le monde : à qui le montrer ? où le
caser ? Une espèce de démocrate comme il n'est pas
permis, même pas le moindre petit grade, et... et... que
dira la Bielokonski ? Et puis est-ce un mari comme lui que
nous nous figurions, que nous voulions pour Aglaé ? » Le
dernier argument était, bien entendu, le principal. Son
cœur de mère tremblait à cette pensée, saignait et se
baignait de larmes, et pourtant en même temps quelque
chose remuait au fond de ce cœur, qui lui disait : « Et en
quoi le prince n'est-il pas celui qu'il vous faut ? »
C'étaient justement ces objections de son propre cœur qui
donnaient le plus de soucis à Élisabeth Procofievna.
    Aux sœurs d'Aglaé l'idée du prince avait plu ; elle ne
leur semblait pas même tellement étrange ; en un mot,
elles auraient pu tout à coup se trouver même tout à fait
de son côté. Mais elles avaient décidé toutes les deux de
garder le silence. Il avait été remarqué une fois pour
toutes dans la famille que, plus acharnées et plus tenaces
étaient, sur n'importe quel point débattu en famille, les
objections et les résistances d'Élisabeth Procofievna, et
plus c'était signe pour tout le monde qu'elle était sans
doute déjà d'accord. Mais Alexandra ne pouvait quand
même pas se taire complètement. Depuis longtemps déjà
sa mère, la prenant pour conseillère, l'appelait à chaque
instant pour lui demander son avis, et surtout ses souvenirs, dans ce genre : « Comment tout cela est-il arrivé ?
Pourquoi personne ne s'en était-il aperçu ? Pourquoi n'en
a-t-on pas parlé ? Que voulait donc dire ce mauvais « chevalier pauvre » ? Pourquoi était-elle, elle, Élisabeth Procofievna, condamnée seule à se soucier de tous, à tout
observer et deviner, tandis que les autres bayaient aux
corneilles ? » etc., etc. Alexandra Ivanovna, d'abord, fut
prudente et observa seulement qu'elle trouvait assez juste
l'idée de papa qu'aux yeux du monde pourrait paraître
très satisfaisant le choix d'un prince Mychkine comme
mari d'une des Épantchine. S'échauffant peu à peu, elle
ajouta même que le prince n'était pas du tout un « inno-

cent» et ne l'avait jamais été; quant à son importance,
Dieu sait en quoi consistera, dans quelques années, l'importance d'un homme comme il faut dans notre Russie :
obligatoirement dans les succès de carrière comme autrefois, ou dans quelque chose d'autre? A quoi la mère
répondait immédiatement, en martelant ses mots,
qu'Alexandra était une «libertine» et que c'était toujours
«leur maudite question féminine». Une demi-heure plus
tard, elle partit pour la ville, et de là pour l'île Kamenny[85], pour voir la Bielokonski qui comme par hasard se
trouvait être à Pétersbourg, mais devait prochainement
s'en aller. La Bielokonski était la marraine d'Aglaé.

«La vieille» Bielokonski écouta attentivement tous les
aveux désespérés et fiévreux d'Élisabeth Procofievna et
ne fut nullement touchée par les larmes d'une mère de
famille désorientée; elle la regarda même d'un air moqueur. C'était une terrible despote; dans une amitié,
même la plus ancienne, elle ne pouvait souffrir d'égalité,
et elle considérait Élisabeth tout bonnement comme sa
protégée[86], tout comme trente ans plus tôt; elle ne pouvait pas admettre sa brusquerie et son indépendance de
caractère. Elle observa entre autres que, d'après elle,
«eux tous, selon leur perpétuelle habitude, avaient de-
vancé les événements et fait d'une mouche un éléphant;
qu'elle avait eu beau tendre les oreilles, elle ne s'était pas
encore convaincue qu'il se fût produit chez eux quoi que
ce fût de sérieux; qu'il valait peut-être mieux attendre
qu'il se passe quelque chose; que le prince, à son avis,
était un jeune homme comme il faut, quoique malade,
bizarre et trop insignifiant. Le pis était qu'il entretenait
ouvertement une maîtresse.» Élisabeth Procofievna comprit fort bien que la Bielokonski était un peu fâchée de
l'échec d'Eugène Pavlovitch qu'elle avait recommandé.
Elle rentra chez elle à Pavlovsk plus irritée encore qu'elle
n'était partie, et aussitôt il en cuisit à tout le monde :
surtout «ils avaient perdu l'esprit»; personne absolument
ne menait ainsi ses affaires, ils étaient les seuls; «pourquoi vous êtes-vous tellement pressés? Et quel résultat?
J'ai beau examiner, je n'arrive pas à conclure qu'il y ait
eu vraiment un résultat! Attendez toujours! Qu'est-ce

qu'Ivan Fiodorovitch a bien pu entrevoir, il ne faut quand
même pas faire d'une mouche un éléphant ! » etc., etc.

La conclusion était donc qu'il fallait se calmer, regarder froidement et attendre. Mais hélas ! le calme ne dura
pas dix minutes. Le premier coup fut porté au sang-froid
par les nouvelles sur ce qui s'était passé pendant que
maman était à l'île Kamenny. (Cette course, Élisabeth
Procofievna l'avait faite le lendemain matin du jour où le
prince était venu, à minuit passé, au lieu de neuf ou dix
heures.) Aux questions impatientes de leur mère, les
sœurs répondaient très en détail, et d'abord que, « en son
absence, semblait-il, il ne s'était absolument rien passé »,
que le prince était venu, qu'Aglaé avait longtemps refusé
de le voir, une demi-heure environ, ensuite s'était montrée et aussitôt lui avait proposé de jouer aux échecs ;
qu'aux échecs le prince ne savait même pas faire un pas et
qu'Aglaé l'avait tout de suite battu ; qu'elle s'en était très
égayée et avait fait honte au prince de sa maladresse,
s'était terriblement moquée de lui, au point qu'il faisait
pitié à voir. Ensuite, elle lui avait proposé de jouer aux
cartes, aux fous[87]. Mais là ç'avait été l'inverse : le prince
s'était trouvé aux fous de la force de... d'un professeur ; il
jouait avec maestria : Aglaé avait beau tricher, substituer
des cartes et lui voler en face ses levées, il la battait à
chaque fois, cinq ou six fois de suite. Aglaé était entrée
dans une rage folle, s'était tout à fait oubliée, avait lancé
au prince tant de pointes et d'insolences qu'il avait cessé
de rire ; il avait tout à fait pâli quand elle lui avait dit
finalement qu'elle ne mettrait pas le pied dans cette pièce
tant qu'il y serait, que c'était même malhonnête de sa part
de venir chez elle, et encore la nuit, minuit sonné, *après
tout ce qui s'était passé*. Ensuite elle avait claqué la porte
et était sortie.

Le prince était parti avec un air d'enterrement, malgré
leurs consolations. Soudain, un quart d'heure après le
départ du prince, Aglaé était descendue sur la terrasse
avec tant de précipitation qu'elle ne s'était pas même
essuyé les yeux, qu'elle avait pleins de larmes ; elle était
accourue, parce que Colas était venu, apportant un hérisson. Elles avaient toutes regardé le hérisson ; à leurs

questions, Colas avait répondu que le hérisson n'était pas
à lui et qu'il s'en allait maintenant avec un camarade, un
autre lycéen, Constantin Lebedev, qui était resté dans la
rue et n'osait pas entrer parce qu'il avait une hache : ils
venaient d'acheter le hérisson et la hache à un paysan
rencontré par hasard. Le hérisson était à vendre et
l'homme en avait demandé cinquante kopeks ; quant à la
hache, c'étaient eux qui l'avait supplié de la leur vendre,
parce qu'elle tombait fort à propos et que d'ailleurs c'était
une très bonne hache. Alors Aglaé avait insisté terriblement pour que Colas lui vende tout de suite le hérisson,
elle avait fait des pieds et des mains, elle avait même
nommé Colas « mon cher ». Colas avait été longtemps
sans y consentir, mais enfin il avait cédé et avait appelé
Constantin Lebedev qui avait fait son entrée en effet avec
la hache et était très confus. Mais il s'était découvert tout
à coup que le hérisson n'était pas du tout à eux, mais
appartenait à un troisième jeune garçon, Petrov, lequel
leur avait donné à eux deux de l'argent pour acheter à un
quatrième, à son intention, l'*Histoire* de Schlosser [88], que
ce dernier à court d'argent, vendait à un prix avantageux ;
ils étaient partis pour acheter l'*Histoire* de Schlosser,
mais ils n'avaient pas résisté et avaient acheté le hérisson,
de sorte que et le hérisson et la hache appartenaient à ce
troisième garçon auquel ils les portaient en ce moment, à
la place de l'*Histoire* de Schlosser. Mais Aglaé avait
tellement insisté qu'enfin ils s'étaient décidés à lui vendre
le hérisson. Dès qu'Aglaé l'avait obtenu, elle l'avait logé
avec l'aide de Colas dans une corbeille de jonc, recouverte d'une serviette, et avait supplié Colas de le porter
séance tenante, avant d'aller nulle part, au prince, en son
nom à elle, avec prière de le recevoir « en signe de sa plus
profonde considération ». Colas avait consenti avec joie
et donné sa parole de le remettre au prince, mais il avait
immédiatement demandé avec insistance : « Que signifient ce hérisson et un pareil cadeau ? » Aglaé lui avait
répondu que ce n'était pas son affaire. Il avait répliqué
qu'il était sûr qu'il y avait là un sens allégorique, Aglaé
s'était fâchée et lui avait dit tout net qu'il était un gamin
et rien de plus. Colas lui avait rétorqué aussitôt que, s'il

ne respectait pas en elle la femme et par-dessus tout ses propres convictions, il lui prouverait tout de suite qu'il savait comment on répond à de pareilles offenses. Tout s'était d'ailleurs bien terminé : Colas avait quand même emporté joyeusement le hérisson, et derrière lui avait couru Constantin Lebedev ; Aglaé n'y avait pas tenu et, voyant que Colas agitait trop la corbeille, elle lui avait crié du haut de la terrasse : « S'il vous plaît, Colas, ne le perdez pas en route, mon cher ! » — tout comme s'ils ne s'étaient pas insultés un instant avant ; Colas s'était arrêté et, lui aussi, comme s'il ne s'était rien passé, avait crié avec le plus grand empressement : « Non, je ne le perdrai pas, Aglaé Ivanovna. Soyez tout à fait tranquille ! » et il s'était remis à courir à toutes jambes. Aglaé, après cela, avait beaucoup ri et s'était sauvée chez elle extrêmement satisfaite, et toute la journée suivante elle avait été très gaie.

De pareilles nouvelles abasourdirent littéralement Élisabeth Procofievna. A première vue, qu'y avait-il de si extraordinaire ? Mais il faut croire que tel était son état d'âme. Son alarme était au comble, et puis, surtout : le hérisson ! Que signifiait le hérisson ? Quel sens convenu avait-il ? Qu'y avait-il là de sous-entendu ? Quel symbole était-ce ? Était-ce une sorte de télégramme ? Par surcroît, ce pauvre Ivan Fiodorovitch, qui avait assisté à l'interrogatoire, gâcha tout par sa réponse. A son avis, « il n'y avait là aucune espèce de télégramme, et quant au hérisson, c'était tout bonnement un hérisson, et rien de plus », c'était tout juste si, en outre, il signifiait amitié, oubli des injures, réconciliation, bref, c'était une polissonnerie, mais en tout cas innocente et pardonnable. Remarquons entre parenthèses qu'il avait fort bien deviné. Le prince, une fois revenu de chez Aglaé, bafoué et chassé par elle, était depuis une demi-heure déjà plongé dans le plus sombre désespoir, quand soudain se présenta Colas avec le hérisson. Aussitôt son horizon s'éclaira : il était comme ressuscité des morts. Il interrogeait Colas, était suspendu à chacune de ses paroles, lui redemandait dix fois ceci ou cela, riait comme un enfant, et à chaque instant serrait les mains des deux jeunes garçons, qui riaient et le regardaient de leurs yeux limpides. Il en ressortait donc qu'Aglaé lui pardonnait et qu'il lui était permis d'aller la voir dès ce même soir : c'était pour lui non seulement l'essentiel, mais le tout.

— Comme nous sommes encore enfants, Colas ! et... et... comme c'est bien, que nous soyons enfants ! s'écria-t-il finalement dans une sorte d'enivrement.

— Tout bonnement, elle vous aime, prince, et c'est tout ! répondit Colas avec autorité et gravité.

Le prince rougit; mais cette fois il ne dit mot, et Colas se borna à rire aux éclats et battre des mains ; une minute après, le prince aussi éclata de rire. Ensuite, jusqu'au soir, toutes les cinq minutes il regarda sa montre pour voir s'il restait encore longtemps jusqu'au soir.

Cependant chez Élisabeth Procofievna, l'humeur prit le dessus : finalement elle n'y tint plus et se livra, un moment, à ses nerfs. Malgré toutes les objections de son époux et de ses filles, elle envoya tout de suite chercher Aglaé pour lui poser une dernière question et obtenir d'elle une réponse ultime et claire : « Pour en finir et n'y plus penser, pour qu'il n'en soit même plus question ! » « Autrement, déclara-t-elle, je ne vivrai pas jusqu'à ce soir ! » Alors seulement, tout le monde comprit à quel embrouillamini les choses en étaient venues. En dehors d'un feint étonnement, d'une feinte indignation, d'un grand rire et de railleries sur le dos du prince et de tous les interrogateurs, on n'obtint rien d'Aglaé. Élisabeth Procofievna se mit au lit et n'en sortit que pour le thé, à l'heure où l'on attendait le prince. Elle l'attendait dans le tremblement et, quand il parut, elle faillit avoir une crise.

Le prince, lui, entra timidement, presque en tâtonnant, en souriant bizarrement. en cherchant dans les yeux de chacun comme pour leur poser une question, parce qu'Aglaé n'était pas là, ce qui l'avait tout de suite épouvanté. Ce soir-là il n'y avait personne du dehors, uniquement les membres de la famille. Le prince Chtch. était encore à Pétersbourg, pour l'affaire de l'oncle d'Eugène Pavlovitch. « Si lui au moins était là, il aurait dit quelque chose... » se lamentait Élisabeth Procofievna. Ivan Fiodorovitch avait la mine extrêmement préoccupée; les sœurs étaient sérieuses et, comme par un fait exprès, silencieuses. Élisabeth Procofievna ne savait par où commencer la conversation. Enfin tout à coup elle s'en prit avec énergie au chemin de fer et regarda le prince avec un air de défi.

Hélas! Aglaé ne se montrait pas, et le prince se sentait perdu. Dérouté et balbutiant à peine, il commença à exprimer l'opinion qu'il serait très utile de réparer les voies ferrées, mais Adélaïde soudain se mit à rire et de nouveau il fut anéanti. Juste à cet instant, Aglaé entra, calme et importante, rendit cérémonieusement au prince son salut et occupa solennellement la place la plus en vue devant la table ronde. L'air interrogateur, elle regarda le prince. Tout le monde comprit que le moment était venu où seraient résolus tous les malentendus.

— Avez-vous reçu mon hérisson? demanda-t-elle fermement, presque mécontente.

— Oui, répondit le prince, rougissant et se sentant défaillir.

— Expliquez tout de suite ce que vous en pensez. C'est indispensable pour la tranquillité de maman et de toute notre famille.

— Écoute, Aglaé... interrompit le général, soudain inquiet.

— Ah ça, mais ça dépasse toutes les bornes! fit Élisabeth Procofievna épouvantée, Dieu sait pourquoi.

— Il n'y a pas de bornes qui tiennent, maman, répondit sévèrement et sur-le-champ sa fille. J'ai envoyé aujourd'hui un hérisson au prince et je désire savoir son opinion. Alors, prince?

— Quelle opinion, Aglaé Ivanovna?

— Sur le hérisson.

— C'est-à-dire... je pense, Aglaé Ivanovna, que vous voulez savoir comment j'ai accueilli... le hérisson... ou, pour mieux dire, comment j'ai considéré... cet envoi... d'un hérisson, c'est-à-dire... en pareil cas, je suppose que... bref...

Il perdit le souffle et se tut. Aglaé attendit cinq minutes:

— Eh bien, vous n'en avez pas dit long! C'est bon, je

veux bien laisser de côté le hérisson; mais je suis enchantée de pouvoir enfin en terminer avec tous les malentendus accumulés. Permettez-moi, enfin, de vous demander à vous-même en personne si vous comptez demander ma main, ou non.

— Ah, Seigneur! laissa échapper Élisabeth Procofievna.

Le prince tressaillit et eut un geste de recul; Ivan Fiodorovitch se figea; les deux sœurs froncèrent les sourcils.

— Ne mentez pas, prince, dites la vérité. A cause de vous, on me poursuit d'étranges questions; ces interrogatoires ont-ils quelque fondement? Allons.

— Je n'ai pas demandé votre main, Aglaé Ivanovna, prononça le prince, s'animant tout à coup. Mais... vous savez vous-même combien je vous aime et je crois en vous... même maintenant...

— Je vous ai posé la question: demandez-vous ma main ou non?

— Je la demande, répondit le prince en défaillant.

Il y eut un mouvement général et bien marqué.

— Ce n'est pas comme cela, mon cher ami, dit Ivan Fiodorovitch, violemment ému, c'est... c'est presque impossible, de cette façon-là, mon Aglaé... Excusez, prince, excusez, mon ami!... — Il appela à son aide son épouse: — Élisabeth Procofievna... il faudrait... approfondir...

— Je m'y refuse, je m'y refuse! fit Élisabeth Procofievna avec de grands gestes.

— Permettez-moi, *maman*, de parler moi aussi: je compte pour quelque chose dans cette affaire. C'est la minute décisive où va se décider mon sort (ce sont les propres termes d'Aglaé) et je veux savoir aussi, et de plus je suis contente que ce soit devant tout le monde... Permettez-moi donc de vous le demander, prince: si vous « nourrissez de pareilles intentions », comment précisément comptez-vous faire mon bonheur?

— Vraiment, Aglaé Ivanovna, je ne sais comment vous répondre. Que peut-on répondre... en pareil cas? Et puis... est-ce nécessaire?

— Vous êtes embarrassé, il me semble, et vous perdez le souffle ; reposez-vous un peu et reprenez des forces ; buvez un verre d'eau ; d'ailleurs, on va vous apporter du thé.

— Je vous aime, Aglaé Ivanovna, je vous aime beaucoup ; je n'aime que vous et... ne plaisantez pas, je vous en prie, je vous aime beaucoup.

— Quand même, c'est une chose importante ; nous ne sommes pas des enfants, il faut être positifs... Veuillez maintenant m'expliquer en quoi consiste votre fortune.

— Voyons, voyons, voyons, Aglaé ! Qu'est-ce qui te prend ? Ça ne se fait pas, ça ne se fait pas... murmurait, épouvanté, Ivan Fiodorovitch.

— Quelle honte ! chuchota assez clairement Élisabeth Procofievna.

— Elle est folle ! chuchota également Alexandra.

— Ma fortune... c'est-à-dire mon argent ? demanda le prince, étonné.

— Justement.

— J'ai... j'ai maintenant cent trente-cinq mille roubles, murmura le prince, tout rouge.

— Et c'est tout ? fit Aglaé avec étonnement, d'une voix franche et sonore sans rougir le moins du monde ; enfin ça peut aller... surtout en vivant avec économie... Vous avez l'intention de prendre un poste ?

— Je voulais passer l'examen de professeur libre...

— Ce sera tout à fait à propos ; cela augmentera évidemment nos ressources. Comptez-vous être gentilhomme de la chambre [89] ?

— Gentilhomme de la chambre ? Je n'y ai jamais songé, mais...

Là-dessus, les deux sœurs n'y tinrent plus et s'esclaffèrent. Depuis longtemps, Adélaïde avait remarqué dans certains tiraillements du visage d'Aglaé les signes d'un proche rire irrésistible, qu'elle retenait, pour le moment, de toutes ses forces. Aglaé lança à ses rieuses de sœurs un regard menaçant, mais elle-même ne résista pas plus d'une seconde et partit d'un rire fou, quasi hystérique ; finalement, elle bondit et se sauva de la pièce.

— Je le savais bien, que ce n'était qu'une occasion de
rire et rien de plus ! s'écria Adélaïde... dès le début, à
partir du hérisson.

— Ah non, je ne permettrai pas ça, je ne le permettrai
pas ! lança Élisabeth Procofievna bouillante de colère, et
elle s'élança vivement à la suite d'Aglaé. Après elle, se
sauvèrent aussi les deux sœurs. Il ne resta dans la pièce
que le prince et le père de famille.

— Ça, ça... pouvais-tu te figurer rien de pareil, Léon
Nicolaevitch ? s'écria le général avec brusquerie, ne
comprenant visiblement pas lui-même ce qu'il voulait
dire. Non, sérieusement, à parler sérieusement ?

— Je vois qu'Aglaé s'est moquée de moi, répondit le
prince tristement.

— Attends, mon ami ; je vais y aller, toi, reste ici...
parce que... explique-moi donc, toi, Léon Nicolaevitch,
toi du moins : comment tout cela est-il arrivé, et qu'est-ce
que cela signifie, au total, dans son ensemble, pour ainsi
dire ? Avoue, mon ami, que je suis le père ; je suis le père,
après tout, aussi je n'y comprends rien ; alors toi, explique-moi !

- - J'aime Aglaé Ivanovna ; elle le sait et... il y a
longtemps, il me semble, qu'elle le sait.

Le général haussa les épaules.

— Étrange, étrange... et tu l'aimes beaucoup ?

— Beaucoup.

— Étrange ! Tout cela est étrange pour moi. Je veux
dire : c'est une telle surprise, un tel coup... Vois-tu, mon
cher, ce n'est pas à propos de ta fortune (bien que je la
crusse plus importante), mais... pour moi, le bonheur de
ma fille... enfin... es-tu capable, si je peux dire, de
faire... son bonheur ? Et... et... qu'est-ce donc, une plaisanterie de sa part... ou bien la vérité ? Pas de la tienne,
mais de sa part à elle ?

De derrière la porte se fit entendre la voix d'Alexandra : on appelait son père.

— Attends, mon ami, attends un peu ! Attends et réfléchis ! Je reviens tout de suite... dit-il à la hâte et il se
précipita, presque dans l'épouvante, en réponse à l'appel
d'Alexandra.

Il trouva son épouse et sa fille dans les bras l'une de l'autre et s'inondant l'une l'autre de larmes. C'étaient des larmes de bonheur, d'attendrissement et de réconciliation. Aglaé baisait les mains, les joues, les lèvres de sa mère ; toutes deux se serraient chaudement l'une contre l'autre.

— Eh bien voilà, regarde-la donc, Ivan Fiodorovitch, voilà comme elle est maintenant ! dit Élisabeth Procofievna.

Aglaé détacha de la poitrine de sa mère son petit visage heureux et baigné de larmes, leva les yeux sur son père, rit bruyamment, bondit sur lui, l'embrassa fortement et le couvrit plusieurs fois de baisers. Ensuite elle se jeta de nouveau sur sa mère et cette fois cacha entièrement son sein pour n'être vue de personne, et aussitôt se remit à pleurer. Élisabeth Procofievna la couvrit de l'extrémité de son châle.

— Alors quoi ? Voilà ce que tu fais de nous, ma cruelle petite fille, avec tout cela ! dit-elle, mais joyeusement maintenant, comme si elle respirait enfin plus librement.

— Cruelle ! oui : cruelle ! répéta tout à coup Aglaé. Méchante ! Gâtée ! Dites-le à papa. Ah, mais c'est qu'il est ici ! Papa, vous êtes ici ? Vous entendez !

Elle rit à travers ses larmes.

— Ma chérie, mon idole ! — Le général lui baisait la main, tout rayonnant de bonheur (Aglaé ne retirait pas sa main). — Alors, par conséquent, tu aimes ce... jeune homme ?...

— Non — non — non ! Je ne peux pas le souffrir... votre jeune homme, je ne peux pas le souffrir ! éclata-t-elle brusquement, en relevant la tête. Et si vous osez encore une fois, papa... je vous le dis sérieusement ; vous entendez : je parle sérieusement !

Et en effet elle parlait sérieusement : elle était devenue toute rouge et ses yeux étincelaient. Le père s'arrêta net et s'effraya, mais Élisabeth Procofievna, dans le dos d'Aglaé, lui fit signe et il comprit : « Ne l'interroge pas. »

— S'il en est ainsi, mon ange, tu sais, ce sera comme tu voudras, tu es libre. Il est là-bas qui attend, seul.

Faut-il lui faire comprendre, délicatement, qu'il s'en aille?

Le général, à son tour, cligna de l'œil à Élisabeth Procofievna.

— Non, non, ce serait trop; surtout «délicatement»; allez vous-même le retrouver; j'irai après, tout à l'heure. Je veux demander pardon à ce... jeune homme, parce que je l'ai offensé.

— Et durement offensé, confirma avec sérieux Ivan Fiodorovitch.

— Eh bien alors... restez plutôt ici, vous tous... et moi j'irai d'abord seule, et vous viendrez tout de suite après, une seconde après; ce sera mieux.

Elle était déjà arrivée à la porte, quand elle revint sur ses pas.

— J'éclaterai de rire! Je mourrai de rire! annonça-t-elle tristement. Mais au même instant elle fit demi-tour et s'en alla en courant vers le prince.

— Eh bien, qu'est-ce que cela signifie? Qu'en penses-tu? dit rapidement Ivan Fiodorovitch.

— J'ai peur même de parler, répondit non moins rapidement Élisabeth Procofievna. Mais, d'après moi, c'est clair.

— D'après moi aussi, c'est clair. Clair comme le jour. Elle l'aime.

— C'est peu de dire qu'elle aime: elle est éprise! reprit Élisabeth Procofievna. Et de qui encore!... à ce qu'il me semble.

— Dieu la bénisse, si telle est sa destinée!

Élisabeth Procofievna se signa dévotement.

— C'est sa destinée, il faut croire, confirma le général. On n'échappe pas à sa destinée!

Et tous allèrent au salon, et là, encore une fois, les attendait une surprise.

Aglaé non seulement n'avait pas éclaté de rire en abordant le prince, comme elle le craignait, mais presque avec timidité elle lui avait dit:

— Pardonnez à une vilaine fille, sotte et gâtée (elle lui prit la main) et soyez sûr que nous avons tous pour vous un immense respect. Si j'ai osé tourner en ridicule votre

belle et... bonne simplicité de cœur, pardonnez-moi
comme on pardonne à un enfant une espièglerie; pardonnez-moi d'avoir insisté sur une bêtise qui ne peut naturellement avoir aucune conséquence...

Ces derniers mots, Aglaé les prononça avec un accent
particulier.

Le père, la mère et les sœurs, tous arrivèrent au salon
assez à temps pour voir et entendre tout cela, et tous
furent frappés par cette « bêtise qui ne peut avoir aucune
conséquence », et encore plus par l'air sérieux avec lequel
Aglaé avait parlé de cette bêtise. Ils échangèrent des
regards interrogateurs; mais le prince, semblait-il, n'avait
pas compris ces mots et était au comble du bonheur.

— Pourquoi parlez-vous de la sorte, murmurait-il,
pourquoi me demandez-vous... pardon...

Il voulait même dire qu'il n'était pas digne qu'on lui
demandât pardon. Qui sait, peut-être avait-il quand même
remarqué la phrase sur « une bêtise qui ne peut avoir
aucune conséquence », mais en homme étrange qu'il
était, il s'en était peut-être même réjoui. Incontestablement, c'était déjà pour lui le comble de la béatitude de
pouvoir recommencer à voir librement Aglaé, d'avoir la
permission de lui parler, de rester assis à son côté, de se
promener avec elle, et qui sait? peut-être se serait-il
contenté de cela toute sa vie! (C'était bien de ce conten-
tement-là qu'Élisabeth Procofievna avait peur, à part soi;
elle le devinait; il y avait tant de choses dont elle avait
peur à part soi et qu'elle ne savait jamais exprimer!)

Il serait difficile de se représenter à quel point le prince
reprit courage et vigueur ce soir-là. Il était si gai qu'à le
voir on se sentait devenir gai soi-même, comme s'expri-
mèrent dans la suite les sœurs d'Aglaé. Il avait plaisir à
causer, ce qui ne lui était plus arrivé depuis le matin où,
six mois plus tôt, il avait fait la connaissance des Épantchine; après son retour à Pétersbourg il avait été manifestement et intentionnellement taciturne, et tout récemment encore, en public, il avait déclaré au prince Chtch.
qu'il devait se contenir et garder le silence, parce qu'il
n'avait pas le droit de rabaisser une idée en l'exprimant,
lui. Ce soir-là, il fut presque le seul à parler : il racontait,

il répondait clairement, joyeusement et en détail aux questions. Rien d'ailleurs qui ressemblât à un aimable bavardage ne se faisait sentir dans ses paroles : c'étaient toujours des idées sérieuses, parfois même difficiles. Il exposa même certaines de ses vues, de ses observations gardées jusque-là cachées : tout cela aurait même paru drôle, si ce n'avait été aussi « bien exposé », comme le reconnurent par la suite tous ses auditeurs. Le général, qui aimait cependant les sujets de conversation sérieux, trouva à part soi, comme Élisabeth Procofievna, qu'il y avait là-dedans beaucoup de science ; ils en devinrent même, sur la fin de la soirée, un peu chagrins. Au reste, le prince termina en racontant de très amusantes anecdotes, dont il était le premier à rire, de sorte que les autres riaient plutôt en écho à son rire joyeux qu'à cause des anecdotes elles-mêmes. Quant à Aglaé, elle ne parla pour ainsi dire pas de toute la soirée ; en revanche, sans s'en détacher, elle écoutait Léon Nicolaevitch, et même l'écoutait moins qu'elle ne le contemplait.

— Elle le regarde, elle ne le quitte pas des yeux ; elle est suspendue à ses lèvres ; elle saisit au vol, elle boit chacune de ses paroles, dit Élisabeth Procofievna à son époux. Mais dites-lui qu'elle l'aime, et ce sera à sortir d'ici les icônes[90] !

— Que faire, c'est la destinée ! dit le général en haussant les épaules, et longtemps encore il répéta cette sentence, qui lui avait plu. Ajoutons qu'en homme pratique, il y avait quantité de choses qu'il n'aimait guère dans la situation actuelle, et principalement le manque de clarté, mais il avait décidé pour le moment, lui aussi, de se taire et de regarder... dans les yeux d'Élisabeth Procofievna.

L'humeur joyeuse de la famille ne dura pas longtemps. Déjà le lendemain Aglaé se fâcha de nouveau avec le prince, et cela se prolongea, sans interruption, tous les jours suivants. Des heures entières, elle tournait le prince en dérision, elle en faisait presque son bouffon. Il est vrai qu'ils restaient ensemble, parfois une ou deux heures, assis dans le jardinet de la famille, sous la tonnelle, mais on remarqua que durant ce temps le prince, presque toujours, lisait à Aglaé les journaux ou quelque livre.

— Savez-vous, lui dit une fois Aglaé, interrompant la lecture du journal, j'ai observé que vous manquez affreusement d'instruction. Il n'y a rien que vous sachiez un peu convenablement, si on vous pose des questions : ni les noms, ni l'année, ni les traités. Vous faites pitié.

— Je vous l'ai dit, que ma science est courte, répondit le prince.

— Alors que vous reste-t-il après cela ? Comment puis-je vous respecter, après cela ? Continuez à lire ; ou plutôt non, cessez de lire.

Et de nouveau, ce même soir, il se passa quelque chose de très énigmatique pour tout le monde, de sa part à elle. Le prince Chtch. était réapparu. Aglaé fut très aimable avec lui, l'interrogea longuement sur Eugène Pavlovitch. (Le prince Léon Nicolaevitch n'était pas encore arrivé.) Soudain le prince Chtch. se permit de faire allusion à « une prochaine et nouvelle révolution dans la famille », à certaines paroles échappées à Élisabeth Procofievna, d'après lesquelles il faudrait peut-être reculer de nouveau le mariage d'Adélaïde pour que les deux mariages tombent ensemble. Il eût été impossible d'imaginer la colère que suscitèrent chez Aglaé « ces sottes suppositions » ; entre autres, il lui échappa des phrases comme celle-ci : « Je n'ai pas encore l'intention de prendre la place des maîtresses de qui que ce soit. »

Ces mots frappèrent tout le monde, mais principalement les parents. Élisabeth Procofievna insista, dans une conférence secrète qu'elle tint avec son mari, pour qu'on eût une explication définitive avec le prince au sujet d'Anastasie Filippovna.

Ivan Fiodorovitch jura que tout cela n'était qu'une « sortie » d'Aglaé, provenant de sa « pudibonderie » : si le prince Chtch. n'avait pas parlé de mariage, il n'y aurait pas eu non plus de sortie, car Aglaé savait elle-même, savait sûrement qu'il n'y avait là que calomnie de méchantes langues et qu'Anastasie Filippovna épousait Rogojine ; le prince n'avait rien à faire là-dedans, sans parler de liaison avec elle ; et même n'avait jamais rien eu à faire, à dire la vérité vraie.

Le prince cependant ne se laissait troubler par rien et

demeurait dans la béatitude. Oh, certainement, lui aussi croyait remarquer parfois quelque chose de sombre et d'impatient dans le regard d'Aglaé ; mais il croyait plutôt à quelque chose d'autre, et le nuage disparaissait de lui-même. Ayant une fois cru, il ne pouvait plus être ébranlé par rien. Peut-être était-il trop tranquille ; c'est du moins ce qui sembla à Hippolyte, qui l'avait une fois rencontré par hasard dans le parc.

— Eh bien, ne vous avais-je pas dit vrai, que vous étiez amoureux, commença-t-il en abordant le prince le premier et en l'arrêtant. L'autre lui tendit la main et le félicita de sa « bonne mine ». Le malade semblait en effet ragaillardi, comme c'est le propre des poitrinaires.

Il avait abordé le prince exprès pour lui dire quelque chose de blessant sur son air heureux, mais il s'était aussitôt senti dérouté et il parla de lui-même. Il commença à se plaindre et se plaignit beaucoup et longuement et de façon assez incohérente.

— Vous ne croirez jamais, conclut-il, à quel point ils sont tous susceptibles, mesquins, égoïstes, vaniteux, ordinaires. Le croirez-vous, ils ne m'ont pris qu'à cette condition que je meure le plus vite possible, et voilà, ils sont tous enragés de ce que je ne meurs pas et qu'au contraire je me sens mieux. Une comédie ! Je parie que vous ne me croyez pas !

Le prince n'avait pas envie de protester.

— Parfois, je pense même à me transporter de nouveau chez vous, ajouta négligemment Hippolyte. Alors, quand même, vous ne les croyez pas capables de recevoir un homme à la condition qu'il meure obligatoirement et le plus vite possible ?

— Je pensais qu'ils vous avaient invité dans quelque autre intention.

— Hé ! Hé ! Mais vous n'êtes pas du tout aussi simple qu'on vous représente ! Ce n'est pas le moment maintenant, autrement je vous découvrirais des choses à propos de ce Gaby et de ses espérances. On vous sape, prince, on vous sape sans pitié, et... c'est même une pitié, que vous soyez si tranquille. Mais hélas ! vous ne pouvez pas être autrement.

Le prince rit :

— C'est de cela que vous me plaignez ! Alors, selon vous, je serais plus heureux si j'étais plus inquiet ?

— Mieux vaut être malheureux, mais *savoir,* qu'être heureux et vivre... dupé. Vous ne croyez pas du tout, il me semble, avoir des rivaux et... de ce côté-là ?

— Votre expression de rivaux est un peu cynique, Hippolyte ; je regrette de n'avoir pas le droit de vous répondre. Pour ce qui concerne Gabriel Ardalionovitch, avouez qu'il ne peut guère rester tranquille après ce qu'il a perdu, si du moins vous connaissez un peu son histoire. Il me semble qu'il vaut mieux voir les choses ainsi. Il a encore le temps de changer ; il a longtemps à vivre, et la vie est riche... et d'ailleurs... d'ailleurs... (le prince était perdu, brusquement) pour ce qui est des sapes... Je ne saisis même pas de quoi vous parlez ; laissons plutôt cette conversation, Hippolyte.

— Laissons-la pour le moment ; d'ailleurs, n'est-ce pas, vous ne pouvez pas vous passer de votre générosité. Oui, prince, vous avez besoin de toucher du doigt pour... encore une fois ne pas croire, ha-ha ! Et vous me méprisez beaucoup maintenant, qu'en pensez-vous ?

— Pourquoi donc ? Parce que vous avez souffert plus que nous, et que vous souffrez encore ?

— Non, mais pour être indigne de ma souffrance.

— Celui qui a pu souffrir davantage est digne, par conséquent, de souffrir davantage. Aglaé Ivanovna, après avoir lu votre « confession », voulait vous voir, mais...

— Elle remet à plus tard... elle ne peut pas, je comprends, je comprends..., interrompit Hippolyte, comme s'il s'efforçait de détourner la conversation. A propos, on dit que vous lui avez lu vous-même tout ce galimatias à haute voix ; vraiment, c'est dans le délire que ç'a été écrit et... fait. Et je ne comprends pas à quel point il faut être, je ne dirai pas cruel (ce serait humiliant pour moi) mais vaniteux et vindicatif comme un enfant, pour me reprocher cette « confession » et la retourner contre moi comme une arme ! Soyez tranquille, ce n'est pas de vous que je parle...

— Mais je regrette de vous voir désavouer ce cahier, Hippolyte. Il est sincère et, savez-vous, même ses côtés ridicules, et ils sont nombreux (Hippolyte fronça fortement les sourcils), sont rachetés par la souffrance, car faire ces aveux-là a été aussi une souffrance et... un grand acte de courage, peut-être. La pensée qui vous a conduit avait un fondement incontestablement généreux, quoi qu'il ait pu paraître. Plus je vais, et plus je vois cela clairement, je vous le jure. Je ne vous juge pas, je dis cela pour exprimer ce que je pense et je regrette de n'avoir pas parlé sur le moment...

Hippolyte rougit. L'idée lui avait traversé le cerveau que le prince jouait la comédie et cherchait à l'attraper ; mais ayant bien regardé son visage, il était obligé de croire à sa sincérité ; son propre visage se détendit.

— Et quand même il me faut mourir ! prononça-t-il (il avait failli ajouter : « Un homme comme moi »). Et figurez-vous comme votre Gaby m'empoisonne : il a imaginé, en guise d'objection, que de ceux qui ont entendu l'autre jour mon cahier, trois ou quatre pourraient bien mourir avant moi ! Que dites-vous de cela ! Il croit que c'est une consolation, ha-ha ! Premièrement, ils ne sont pas encore morts ; ensuite, même si ces gens mouraient les uns après les autres, quelle consolation y aurait-il là, avouez-le ! Il juge d'après lui-même ; d'ailleurs, il est allé encore plus loin, il m'injurie littéralement, maintenant, il dit qu'un homme comme il faut meurt en pareil cas sans rien dire et qu'il n'y a rien eu d'autre de ma part que de l'égoïsme ! Qu'en dites-vous ? Non, quel égoïsme plutôt de sa part à lui ! Quel raffinement ou, pour mieux dire, quelle grossièreté de taureau, en même temps, dans leur égoïsme ! au point qu'ils sont même incapables de s'en apercevoir... Avez-vous lu, prince, l'histoire d'une mort, celle d'un certain Étienne Gliebov, au XVIIIe siècle ? Je l'ai lue, par hasard, hier...

— Quel Étienne Gliebov [91] ?

— Il a été empalé sous Pierre le Grand.

— Ah, mon Dieu ! je sais ! Il est resté sur le pal quinze heures, sous le gel, en pelisse, et est mort avec une grandeur d'âme extraordinaire; comment donc, je l'ai lue... et alors?

— Dieu accorde donc de pareilles morts, et à nous point! Vous pensez peut-être que je ne serais pas capable de mourir comme Gliebov?

— Oh, ce n'est pas cela, dit le prince, embarrassé; je voulais seulement dire que vous... non pas que vous ne feriez pas comme Gliebov, mais... que vous... vous auriez plutôt été alors...

— Je devine: un Ostermann[92], et non un Gliebov. Voilà ce que vous vouliez dire?

— Quel Ostermann? demanda le prince, étonné.

— Ostermann, le diplomate Ostermann, l'Ostermann de Pierre, murmura Hippolyte, tout à coup dérouté.

Il y eut un certain embarras.

— O n-non! Ce n'est pas ce que je voulais dire, fit le prince en traînant sur les mots, après un moment de silence. Il me semble que... vous n'auriez jamais été un Ostermann.

Hippolyte fronça les sourcils.

— D'ailleurs, si j'affirme cela, reprit soudain le prince, visiblement désireux de plaire, c'est que, n'est-ce pas, les hommes de ce temps-là (cela m'a toujours frappé, je vous jure) semblent avoir été tout à fait différents de nous, c'était comme une autre race que la nôtre vraiment[93], comme une autre nature... Ils étaient les hommes d'une idée, tandis qu'aujourd'hui on est plus nerveux, plus développé, plus sensitif, on a deux, trois idées à la fois... l'homme d'aujourd'hui est plus large, — et, je vous jure, c'est justement ce qui l'empêche d'être tout d'une pièce comme dans ces temps-là... Moi... c'est uniquement ce que je disais, et je ne...

— Je comprends; vous avez montré quelque naïveté en refusant d'être d'accord avec moi, et vous vous donnez du mal maintenant pour me consoler, ha-ha! Vous êtes un vrai enfant, prince! Quand même, je remarque que vous me traitez toujours comme... comme une tasse de porcelaine... ça ne fait rien, ça ne fait rien, je ne me fâche pas. En tout cas, nous avons eu une conversation bien amusante; vous êtes parfois un vrai enfant, prince.

Sachez, d'ailleurs, que je désirais peut-être être quelque chose de mieux même qu'un Ostermann ; pour un Ostermann il ne vaudrait pas la peine de ressusciter des morts... D'ailleurs, je le vois, il me faut au plus vite mourir, autrement moi-même je... Laissez-moi. Au revoir ! Allons, c'est bon, allons, dites-moi vous-même comment, d'après vous, comment ce sera le mieux pour moi de mourir... pour que le résultat soit le plus possible vertueux, voulais-je dire. Allons, dites !

— Passez devant nous et pardonnez-nous notre bonheur [94] ! prononça le prince à voix basse.

— Ha-ha-ha ! C'est bien ce que je pensais ! J'attendais absolument quelque chose dans ce genre ! Quand même vous... quand même vous... Allons, allons ! Ah, les hommes éloquents ! Au revoir, au revoir !

VI

Sur la soirée qui devait avoir lieu au chalet des Épantchine et à laquelle on attendait la Bielokonski, Barbe Ardalionovna aussi avait tout à fait exactement informé son frère ; les invités étaient attendus précisément le soir de ce même jour ; mais encore une fois elle s'était exprimée là-dessus d'une façon un peu plus tranchante qu'il ne fallait. Il est vrai que l'affaire avait été montée trop hâtivement et même dans une espèce d'agitation bien inutile, justement parce que dans cette famille « rien ne se faisait comme chez les autres ». Tout s'expliquait par l'impatience d'Élisabeth Procofievna, qui « ne voulait plus rester dans le doute » et par les ardentes palpitations des cœurs des deux parents pour le bonheur de leur fille aimée. De plus, la Bielokonski devait réellement partir bientôt et, comme sa protection avait en effet beaucoup de poids dans le monde et qu'on espérait qu'elle serait bien disposée pour le prince, les parents comptaient que « le monde » accepterait le fiancé d'Aglaé directement des mains de la toute-puissante vieille dame et que, par conséquent, si même il y avait là quelque aspect singulier, il paraîtrait, sous ce parrainage, beaucoup moins

singulier. Le fond de la chose était que les parents
n'avaient toujours pas la force de décider par eux-mêmes
« s'il y avait et dans quelle mesure, dans toute cette
affaire, quelque aspect singulier » ou bien « s'il n'y avait
absolument rien de singulier ». L'opinion sincère et amicale de personnes autorisées et compétentes serait la
bienvenue en ce moment où, grâce à Aglaé, il n'y avait
encore rien de définitivement décidé. En tout cas, tôt ou
tard, il faudrait introduire le prince dans un monde dont il
n'avait pas la moindre idée. Bref, on avait l'intention de
« le montrer ». La soirée, cependant, était conçue comme
intime ; on n'attendait que des « amis de la maison », en
nombre très limité. Outre la Bielokonski, on attendait une
autre dame, la femme d'un très important seigneur et
dignitaire. Parmi les jeunes gens, on ne comptait guère
que sur Eugène Pavlovitch ; il devait accompagner la
Bielokonski.

Que la Bielokonski dût être présente, le prince l'avait
entendu dire déjà deux ou trois jours avant la soirée ; mais
de la soirée elle-même il n'avait été informé que la veille.
Il avait remarqué, bien entendu, l'air affairé des membres
de la famille et même, à quelques remarques allusives et
inquiètes à lui adressées, il avait pu sentir qu'on craignait
l'impression qu'il pouvait produire. Mais les Épantchine,
tous jusqu'au dernier, s'étaient établis dans l'idée que, vu
sa simplicité, il n'était pas en état de deviner qu'on était
tellement inquiet à son sujet. Aussi, en le regardant,
avaient-ils tous un sentiment d'anxiété. D'ailleurs, lui-
même n'attachait en effet presque aucune importance à
l'événement prochain ; il était occupé de tout autre chose :
Aglaé devenait d'heure en heure plus capricieuse et plus
sombre, et cela le tuait. Quand il apprit qu'on attendait
aussi Eugène Pavlovitch, il se réjouit fort et dit que
depuis longtemps il désirait le voir. Pour une raison ou
une autre, ces paroles ne plurent à personne ; Aglaé, de
dépit, sortit de la pièce et ce ne fut que tard dans la soirée,
après onze heures, comme le prince allait se retirer,
qu'elle saisit cette occasion de lui dire quelques mots
seule à seul, en le reconduisant.

— Je désirerais que demain vous ne veniez pas chez

nous de toute la journée, mais que vous veniez le soir, une fois que seront déjà réunis ces... invités. Vous savez que nous aurons des invités ?

Elle parlait avec impatience et avec une dureté redoublée ; c'était la première fois qu'elle faisait allusion à cette « soirée ». Pour elle aussi, la pensée qu'il y aurait des invités était quasi intolérable ; tout le monde l'avait remarqué. Peut-être aurait-elle voulu se fâcher pour cela avec ses parents, mais sa fierté et sa pudeur l'avaient empêchée de parler. Le prince comprit tout de suite qu'elle aussi avait peur pour lui (et n'osait pas avouer qu'elle avait peur), et soudain il s'effraya lui-même.

— Oui, je suis invité, répondit-il.

Visiblement, elle était embarrassée pour continuer.

— On peut vous parler de quelque chose sérieusement ? Une fois dans votre vie ? demanda-t-elle brusquement, très en colère sans savoir pourquoi et sans pouvoir se retenir.

— Oui, et je vous écoute ; j'en serai heureux, murmura le prince.

Aglaé se tut encore une minute et commença avec une visible répugnance.

— Je n'ai pas voulu en discuter avec eux ; dans certains cas il est impossible de leur faire entendre raison. J'ai toujours en aversion les règles que parfois s'impose *maman*. Je ne parle pas de papa ; que peut-on exiger de lui ? *Maman* est, naturellement, un noble caractère : osez lui proposer quoi que ce soit de bas, et vous verrez ! Eh bien, devant cette... ordure, elle plie les genoux ! Je ne parle pas seulement de la Bielokonski : une mauvaise vieille et une mauvaise nature, mais intelligente et qui sait les tenir tous en main ; elle a au moins ça de bon. O, bassesse ! Et comme c'est ridicule : nous avons toujours appartenu à la moyenne société, la plus moyenne qui puisse être ; à quoi bon nous pousser dans le grand monde ? Mes sœurs aussi. Le prince Chtch. leur a tourné la tête à tous. Pourquoi êtes-vous content qu'il y ait Eugène Pavlovitch ?

— Écoutez, Aglaé, dit le prince, il me semble que

vous êtes très inquiets à cause de moi, vous craignez que demain dans cette société je sois recalé?...

— A cause de vous? Je crains, moi? — Aglaé avait rougi tout entière. — Pourquoi craindrais-je à cause de vous, même si vous... même si vous deviez vous couvrir de honte? Qu'est-ce que cela peut me faire? Et comment pouvez-vous employer des mots pareils? Que signifie «recalé»? C'est un vilain mot, vulgaire.

— C'est un mot d'écolier.

— Eh bien oui, un mot d'écolier! Un vilain mot! Vous avez l'intention, il me semble, d'user demain de cette sorte de mots. Cherchez-en d'autres encore, à la maison, dans votre dictionnaire: c'est alors que vous ferez de l'effet! C'est dommage que vous sachiez, comme je le crois, vous présenter convenablement; où avez-vous appris cela? Vous saurez prendre et boire comme il faut une tasse de thé, quand tout le monde, exprès, vous regardera?

— Je crois que oui.

— C'est dommage; autrement j'aurais de quoi rire un peu. Cassez à tout le moins le vase de Chine du salon! Il vaut cher, cassez-le, je vous prie; c'est un cadeau, maman en perdra la raison et fondra en larmes en public, tant il lui est cher. Faites un de ces gestes comme vous en faites toujours, donnez un coup et cassez-le. Asseyez-vous exprès à côté de lui.

— Au contraire, je tâcherai de m'asseoir le plus loin possible; merci de m'avoir prévenu.

— Par conséquent, vous craignez d'avance de faire de grands gestes. Je parie que vous parlerez sur un «thème», sur quelque chose de sérieux, de savant, d'élevé? Comme ce sera... convenable!

— Je pense que ce serait sot... si c'était hors de propos.

— Écoutez une fois pour toutes, dit Aglaé, n'y tenant plus; si vous parlez de quelque chose comme la peine de mort, ou la situation économique de la Russie, ou «le monde sera sauvé par la beauté», alors... naturellement, je me réjouirai et je rirai bien, mais... je vous préviens d'avance: ne reparaissez plus ensuite devant mes yeux!

Écoutez-moi : je parle sérieusement ! Cette fois-ci, je parle sérieusement !

Elle prononça en effet *sérieusement* sa menace, au point même que quelque chose d'insolite s'entendit dans ses paroles et perça dans son regard, que le prince n'avait jamais encore remarqué et qui, bien sûr, ne ressemblait pas à une plaisanterie.

— Vous en avez tant dit que maintenant je vais sûrement « parler » et même... peut-être... briser le vase. Il y a un instant je n'avais pas peur, maintenant j'ai peur de tout. Sûrement je serai recalé.

— Alors n'ouvrez pas la bouche. Restez assis et taisez-vous.

— Ce ne sera pas possible. Je suis sûr que, de peur, je parlerai et de peur je briserai le vase. Peut-être que je tomberai sur le parquet glissant ou qu'il se produira quelque chose dans ce genre, car cela m'est déjà arrivé ; j'en rêverai toute cette nuit ; pourquoi m'avez-vous ensorcelé ?

Aglaé le regarda sombrement.

— Savez-vous ? Le mieux est que je n'y aille pas du tout, demain. Je me ferai porter malade, et tout sera réglé ! décida-t-il enfin.

Aglaé tapa des pieds et même blêmit de colère.

— Seigneur ! A-t-on jamais vu chose pareille ? Il ne viendra pas, alors qu'exprès pour lui... ô Seigneur ! En voilà un plaisir, d'avoir affaire à un... à un homme aussi... déraisonnable que vous !...

— Bon je viendrai, je viendrai ! se hâta d'interrompre le prince. Et je vous donne ma parole que je resterai toute la soirée assis sans dire un mot. Voilà ce que je ferai.

— Et vous ferez bien. Vous venez de dire : « Je me ferai porter malade. » Où prenez-vous véritablement ces expressions-là ? Quel plaisir trouvez-vous à les employer en me parlant à moi ? Vous voulez me taquiner ?

— Pardonnez-moi : c'est aussi un mot d'écolier ; je ne recommencerai plus. Je comprends très bien que vous... me craigniez... (allons, ne vous fâchez donc pas !) et j'en suis extrêmement joyeux. Vous ne croirez jamais combien j'ai peur maintenant et... combien je suis joyeux de vos paroles. Mais cette peur-là, je vous jure, n'est qu'un détail et une bêtise. Je vous le jure, Aglaé! Et la joie restera. J'aime terriblement que vous soyez un pareil enfant, un si bel et bon enfant! Ah, comme vous pouvez être excellente, Aglaé!

Aglaé, naturellement, aurait pu se fâcher, et déjà elle le voulait, mais soudain un certain sentiment inattendu pour elle-même occupa tout son cœur en un instant.

— Et vous n'irez pas me reprocher mes grossièretés d'aujourd'hui... un jour... ensuite? demanda-t-elle tout à coup.

— Que dites-vous là? Que dites-vous? Et pourquoi avez-vous encore rougi? Et voilà que vous faites encore une mine sombre! Vous vous êtes mise à avoir quelquefois une mine sombre, Aglaé, comme vous ne l'aviez jamais autrefois. Je sais de quoi cela...

— Taisez-vous, taisez-vous!

— Non, il vaut mieux le dire. Je voulais depuis longtemps le dire; je l'ai déjà dit, mais... cela ne suffit pas, parce que vous ne m'avez pas cru. Entre nous il y a quand même un être...

— Taisez-vous, taisez-vous, taisez-vous, taisez-vous! interrompit brusquement Aglaé, en le prenant fortement par le bras et en le regardant presque avec effroi. A ce moment même on l'appela; elle en parut contente, le laissa là et se sauva.

Le prince fut toute la nuit en proie à la fièvre. Chose singulière, depuis plusieurs nuits déjà il avait régulièrement la fièvre. Cette fois-ci, dans un demi-délire, une idée lui vint: et si le lendemain, en public, il avait une crise? C'est qu'il en avait eu, en état de veille. Cette idée le glaçait. Toute la nuit il se représenta dans une société bizarre et inconnue, parmi des gens étranges. Surtout «il avait parlé», il savait qu'il ne devait pas parler, mais il avait parlé tout le temps, il avait voulu convaincre de quelque chose ces gens. Eugène Pavlovitch et Hippolyte étaient aussi parmi ces invités et semblaient extrêmement amis.

Il s'éveilla après huit heures avec un mal de tête, du désordre dans les idées, des impressions singulières. Il

avait une envie folle de voir Rogojine, de le voir et de
beaucoup converser avec lui, de quoi précisément, il n'en
savait rien ; ensuite il prit la décision d'aller rendre visite
à Hippolyte. Il avait dans le cœur quelque chose de si
trouble que les aventures qui lui survinrent ce matin-là
firent sur lui une impression certainement très forte, mais
pourtant incomplète. Une de ces aventures fut la visite de
Lebedev.

Lebedev se présenta assez tôt, peu après neuf heures,
et déjà presque ivre. Le prince avait beau être peu observateur depuis ces derniers temps, il lui sauta aux yeux
que, depuis le départ de chez eux du général Ivolguine,
c'est-à-dire depuis trois jours, Lebedev s'était très mal
conduit. Il était maintenant extrêmement graisseux et
taché, la cravate de travers, le col de sa redingote déchiré.
Chez lui, il faisait du tapage, et on entendait le bruit à
travers la cour. Viera était venue une fois en larmes et
avait raconté ceci et cela.

En se présentant maintenant, il tint des discours tout à
fait étranges, se frappant la poitrine et s'accusant...

— J'ai reçu... j'ai reçu la rétribution de ma trahison et
de ma vilenie... J'ai reçu un soufflet ! conclut-il, enfin,
tragiquement.

— Un soufflet ! De qui ? Comme ça, de bon matin ?

— De bon matin ? reprit Lebedev avec un sourire
sarcastique. L'heure ne fait rien à l'affaire... même pour
une rétribution physique... mais moi c'est un soufflet
moral... moral, et non physique... que j'ai reçu !

Il s'assit tout à coup sans cérémonie et commença
à raconter. Son récit était fort décousu ; le prince
d'abord fronça les sourcils et il allait s'en aller, mais
soudain certaines paroles le frappèrent. Il resta figé
d'étonnement. C'étaient d'étranges choses qu'avait ra-
contées Lebedev.

D'abord, il s'était agi, apparemment, d'une certaine
lettre ; le nom avait été prononcé d'Aglaé Ivanovna. Ensuite, tout à coup Lebedev s'était mis à accuser amèrement le prince lui-même ; on pouvait comprendre que
celui-ci l'avait offensé. A l'entendre, le prince l'avait au
début honoré de sa confiance dans les affaires concernant

un certain « personnage » (Anastasie Filippovna); mais plus tard il avait tout à fait rompu avec lui et l'avait chassé honteusement, et même d'une manière à ce point injurieuse qu'il avait la dernière fois repoussé grossièrement « une question innocente sur des changements prochains dans la maison ». Lebedev, avec des larmes d'ivrogne, reconnaissait qu'« après cela, il ne pouvait plus supporter, d'autant plus qu'il savait bien des choses... énormément de choses... et par Rogojine, et par Anastasie Filippovna, et par une amie d'Anastasie Filippovna, et par Barbe Ardalionovna... elle-même... et par... par Aglaé Ivanovna en personne; pouvez-vous vous le figurer? par l'intermédiaire de Viera, ma propre fille aimée, mon unique... oui... ou plutôt, pas unique, car j'en ai trois. Mais qui a informé par lettres Élisabeth Procofievna, et même dans le plus profond secret? Hé-hé! Qui lui a écrit des rapports sur toute la situation et... sur les gestes de ce personnage, Anastasie Filippovna? Hé-hé-hé! Qui, qui donc est cet anonyme, laissez-moi vous le demander? »

— Se peut-il que ce soit vous? s'écria le prince.

— Justement, répondit avec dignité l'ivrogne. Et aujourd'hui même à huit heures et demie, il n'y a pas plus d'une demi-heure... non: trois quarts d'heure, j'ai avisé cette très noble mère que j'avais à lui rapporter une aventure... significative. C'est par un billet que je l'ai avisée, par le canal de la domestique, par l'entrée de service. Elle m'a reçu.

— Vous avez vu à l'instant Élisabeth Procofievna? demanda le prince, n'en croyant pas ses oreilles.

— Je l'ai vue à l'instant et j'ai reçu un soufflet... moral. Elle m'a rendu la lettre, elle me l'a même jetée à la figure sans la décacheter... et moi elle m'a mis dehors par la peau du cou... d'ailleurs, seulement moralement, et non physiquement... et d'ailleurs, presque physiquement aussi, il s'en est fallu de peu!

— Quelle lettre vous a-t-elle jetée à la figure sans la décacheter?

— Mais est-ce que... hé-hé-hé! Mais c'est vrai que je ne vous ai pas encore dit! Moi qui pensais vous l'avoir dit... J'avais reçu une lettre comme cela, pour la transmettre...

— De qui ? à qui ?

Il y avait de ces « explications » de Lebedev dans lesquelles il était extrêmement difficile de se retrouver et de comprendre quelque chose. Le prince, cependant, crut saisir que la lettre avait été remise de bon matin, par une servante, à Viera Lebedev pour être transmise au destinataire... « comme les autres fois... tout comme avant, à un certain personnage de la part de la même personne... (car je désigne l'une d'elles par le terme de personne, et l'autre seulement par celui de personnage, pour la rabaisser et pour marquer la différence ; car il y a une grande différence entre une innocente et très noble fille de général et... une camélia). Ainsi donc, la lettre était d'une « personne » dont le nom commence par A. »

— Comment est-ce possible ? Elle aurait été adressée à Anastasie Filippovna ? C'est absurde ! s'écria le prince.

— Elle l'était, elle l'était, ou bien si ce n'était pas à elle, c'était à Rogojine. A Rogojine, c'est tout comme. Et même pour M. Terentiev il y a eu à transmettre, une fois, une lettre de la personne dont le nom commence par A.
— Lebedev cligna de l'œil et sourit.

Comme il passait souvent d'une chose à l'autre et oubliait par où il avait commencé, le prince se tut pour le laisser débiter tout ce qu'il avait à dire. Il y avait quand même un point très obscur : était-ce par lui que passaient les lettres, ou bien par Viera ? S'il assurait lui-même que « à Rogojine, c'était tout comme à Anastasie Filippovna », il était plus probable qu'elles ne passaient pas par lui, si du moins elles existaient, ces lettres. Maintenant, de quelle façon celle de maintenant était-elle tombée par hasard entre ses mains, cela demeurait absolument inexpliqué ; le plus probable était de supposer qu'il l'avait d'une façon quelconque dérobée à Viera... il l'avait volée sans bruit et portée Dieu sait dans quelle intention à Élisabeth Procofievna. Voilà comment raisonna et ce que comprit finalement le prince.

— Vous avez perdu la raison ! s'écria-t-il, extrêmement troublé.

— Pas complètement, très honoré prince, répondit non
sans malice Lebedev. C'est vrai, je voulais vous la remettre, à vous, entre vos propres mains, pour vous rendre
service... mais j'ai jugé préférable de rendre service là-
bas et d'informer une très noble mère... vu que déjà
auparavant je l'avais une fois informée par une lettre,
anonymement; et aussi, quand tout à l'heure je lui ai écrit
sur un bout de papier, au préalable, pour lui demander
de me recevoir, à huit heures vingt, j'ai signé : « Votre
correspondant secret. » On m'a tout de suite fait
entrer, immédiatement, même avec une certaine précipitation, par l'escalier de service... chez la très noble
mère.

— Et alors ?

— Alors, vous le savez déjà, c'est tout juste si elle ne
m'a pas rossé ; je veux dire tout juste, tout juste, et même
on pourrait estimer qu'elle m'a presque rossé. Et la lettre,
elle me l'a jetée à la figure. C'est vrai qu'elle voulait
d'abord la garder — je l'ai vu, je l'ai bien noté —, mais
elle a changé d'avis et me l'a jetée à la face : « Si on a
chargé un homme comme toi de la transmettre, eh bien !
transmets-la... » Elle était même blessée. Qu'elle n'ait
pas eu honte de le dire devant moi, c'est bien signe
qu'elle était blessée. Elle est de naturel irascible, cette
dame !

— Et la lettre, où est-elle maintenant ?

— Mais je l'ai toujours, la voici.

Et il remit au prince le billet d'Aglaé à Gabriel Ardalionovitch. C'était ce billet que celui-ci, ce matin même,
deux heures plus tard, devait montrer triomphalement à
sa sœur.

— Cette lettre ne peut pas rester entre vos mains.

— Elle est à vous, à vous ! C'est à vous que je l'ap-
porte, reprit avec ardeur Lebedev. Maintenant je suis de
nouveau vôtre, tout vôtre de la tête jusqu'au cœur, votre
serviteur, après une éphémère trahison ! Châtiez le cœur,
épargnez la barbe, comme a dit Thomas Morus [95]... en
Angleterre et en Grande-Bretagne. Mea culpa, mea
culpa, comme dit le papa de Rome... c'est-à-dire le pape
de Rome, mais moi je l'appelle le papa de Rome.

— Cette lettre doit être tout de suite expédiée, insista le prince. Je m'en charge.

— Ne vaudrait-il pas mieux, ne vaudrait-il pas mieux, très bien éduqué prince, ne serait-ce pas mieux... comme cela !

Et Lebedev fit une grimace étrange, attendrie ; il commença à s'agiter sur place comme si on l'avait tout à coup piqué avec une aiguille ; en clignant malicieusement des yeux, il faisait et montrait quelque chose avec les mains.

— Qu'est-ce qu'il y a ? demanda le prince sévèrement.

— Au préalable il faudrait l'ouvrir ! chuchota-t-il sur un ton attendri et comme confidentiel.

Le prince bondit avec une telle fureur que Lebedev faillit s'enfuir. Mais, arrivé à la porte, il s'arrêta, attendant sa grâce.

— Ah, Lebedev ! Peut-on, peut-on en venir à ce degré de bassesse et de désordre où vous êtes tombé ? s'écria tristement le prince.

Les traits de Lebedev se rassérénèrent. Il se rapprocha aussitôt, en larmes, se frappant la poitrine :

— Je suis bas, je suis bas !

— Ce sont des infamies !

— Précisément des infamies. C'est le mot vrai !

— Et quel penchant vous avez à agir aussi... bizarrement ! Vous êtes donc... tout bonnement un espion ! Pourquoi avez-vous écrit anonymement et pourquoi avez-vous alarmé... une aussi bonne et aussi noble femme ? Pourquoi, enfin, Aglaé Ivanovna n'aurait-elle pas le droit d'écrire à qui il lui plaît ? Alors, c'était pour vous plaindre que vous y étiez allé aujourd'hui ? Qu'espériez-vous obtenir ? Qu'est-ce qui vous a poussé à dénoncer ?

— C'est uniquement par une agréable curiosité et... pour servir une âme généreuse, oui ! murmura Lebedev. Mais maintenant je suis tout à vous, de nouveau ! Pendez-moi, si vous voulez !

— C'est dans cet état que vous vous êtes présenté devant Élisabeth Procofievna ? interrogea le prince avec une curiosité dégoûtée.

— Non... j'étais plus frais... et même plus convena-

ble. C'est après l'humiliation que je suis arrivé... à cet
état.

— Bon, ça va, laissez-moi.

Il lui fallut d'ailleurs répéter cet ordre plusieurs fois
avant que son visiteur se décidât enfin à s'en aller. Après
avoir ouvert la porte, il revint encore, arriva sur la pointe
des pieds jusqu'au milieu de la pièce et derechef fit des
gestes de la main montrant comment on ouvre une lettre ;
il n'osa pourtant pas réitérer son conseil en paroles.
Ensuite il sortit en souriant doucement et aimablement.

Tout cela avait été extrêmement pénible à entendre. Il
en ressortait un fait essentiel et extraordinaire : Aglaé était
dans une grande alarme, une grande indécision, une
grande souffrance, pour une raison ou pour une autre
(« par jalousie », chuchota à part soi le prince). Il en
découlait encore qu'elle était évidemment troublée aussi
par les méchantes gens, et il était fort étrange qu'elle leur
fît tellement confiance. Bien sûr, dans cette petite tête
inexpérimentée, mais ardente et fière, mûrissaient des
plans, peut-être même funestes... et ne ressemblant à
rien. Le prince était extrêmement épouvanté et, dans son
trouble, ne savait à quoi se résoudre. Il lui fallait absolument prévenir quelque chose, il le sentait. Il regarda
encore une fois l'adresse de la lettre : oh, il n'y avait là
pour lui ni doutes ni inquiétudes, parce qu'il croyait ;
c'était autre chose qui l'inquiétait dans cette lettre : il
n'avait pas confiance dans Gabriel Ardalionovitch. Et
cependant il était décidé à lui remettre cette lettre, personnellement, et il était déjà sorti de la maison pour cela :
mais en chemin il changea d'avis. Presque en face de la
maison de Ptitsyne, comme par un fait exprès, il rencontra Colas et il le chargea de remettre la lettre en propres
mains à son frère, comme venant directement d'Aglaé
Ivanovna. Colas ne posa pas de questions et remit la
lettre, de sorte que Gaby ne se douta pas du tout qu'elle
avait passé par tant de stations. Rentré chez lui, le prince
fit venir Viera Loukianovna, lui raconta ce qu'il fallait, et
la tranquillisa, parce qu'elle continuait à chercher la lettre
et pleurait. Elle fut effrayée quand elle apprit que c'était
son père qui l'avait prise. (Le prince apprit d'elle, dans la

suite, qu'elle avait plus d'une fois servi secrètement Rogojine et Aglaé Ivanovna : il ne lui était jamais venu à l'idée que cela pouvait nuire au prince...)

Le prince se trouva finalement si bouleversé que lorsque, deux heures plus tard, on accourut de la part de Colas lui annoncer la maladie de son père il fut incapable, au premier instant, de saisir de quoi il s'agissait. Mais cet événement le remit sur pied, en le distrayant fortement de ses pensées. Il resta chez Nina Alexandrovna (où on avait, bien entendu, transporté le malade) presque jusqu'au soir. Il ne fut là à peu près d'aucune utilité, mais il y a des hommes qu'il est agréable de voir auprès de soi dans les moments difficiles. Colas était terriblement abattu, pleurait nerveusement, ce qui ne l'empêchait pas de faire continuellement des courses : il avait couru chercher le docteur, et il en ramena trois ; il courait à la pharmacie, chez le barbier. On ranima le général, mais on ne le rappela pas à la conscience ; les docteurs disaient : « De toute façon, le patient est en danger. » Barbe et Nina Alexandrovna ne le quittaient pas ; Gaby était troublé et secoué, mais ne voulait pas monter et avait même peur de voir le malade ; il se tordait les bras et, dans un entretien décousu avec le prince, il eut cette expression : « En voilà un malheur et, comme par hasard, dans un pareil moment ! » Le prince crut comprendre de quel moment il voulait parler. Le prince ne trouva plus Hippolyte dans la maison de Ptitsyne. Sur le soir accourut Lebedev qui, après l'« explication » du matin, avait dormi à poings fermés jusqu'à maintenant. Il n'était presque plus ivre et pleurait sur le malade de véritables larmes, comme il eût fait sur un frère. Il s'accusait à haute voix, sans expliquer cependant de quoi, et se collait à Nina Alexandrovna pour l'assurer à chaque instant que « c'était lui la cause et que nul autre que lui... uniquement par une agréable curiosité... et que " le défunt " (il s'acharnait à qualifier ainsi le général encore vivant) était même le plus génial des hommes ! » Il insistait avec un sérieux particulier sur ce « génial », comme si cela pouvait avoir dans cet instant quelque utilité spéciale. Nina Alexandrovna, voyant ses larmes sincères, lui dit finalement, sans aucun reproche et presque avec affection : « Allons, ne pleurez pas, mon Dieu ! ne pleurez pas. Allons, Dieu vous pardonnera. » Lebedev fut tellement frappé par ces paroles et par leur ton que de toute la soirée il ne voulut pas quitter Nina Alexandrovna et tous les jours suivants, jusqu'à la mort du général, il les passa presque depuis le matin jusqu'à la nuit dans leur maison. Durant la journée, se présenta deux fois un messager d'Élisabeth Procofievna pour avoir des nouvelles du général.

Lorsque le soir à neuf heures le prince entra dans le salon des Épantchine, déjà plein d'invités, Élisabeth Procofievna se mit aussitôt à l'interroger sur le malade, avec sympathie et par le menu, et elle répondit gravement à la Bielokonski, qui lui avait demandé : « Qui est ce malade et qui est cette Nina Alexandrovna ? » Cela plut beaucoup au prince. Lui-même, en parlant avec Élisabeth Procofievna, s'expliquait « à merveille », selon l'expression employée plus tard par les sœurs d'Aglaé : « modestement, à voix basse, sans mots inutiles, sans gestes, avec dignité » ; Il avait fait son entrée « à merveille », il était vêtu « excellemment » et non seulement il n'était pas « tombé sur le parquet glissant », comme il le craignait la veille, mais il avait visiblement produit sur tous les assistants la plus agréable impression.

De son côté, une fois assis, après avoir promené un regard circulaire, il remarqua tout de suite que cette assemblée ne ressemblait nullement à l'épouvantail dont l'avait menacé Aglaé la veille, non plus qu'à ses cauchemars de la nuit. Pour la première fois de sa vie, il voyait un coin de ce qu'on appelle de ce nom terrible : le monde. Depuis longtemps déjà, à la suite de certaines de ses intentions, considérations ou envies, il avait soif de pénétrer dans ce cercle enchanté et par conséquent il fut fort intéressé par cette première impression. Elle fut même pour lui enchanteresse. Il lui parut aussitôt que toutes ces personnes étaient nées pour être ensemble ; qu'il n'y avait pas chez les Épantchine, ce soir-là, une « soirée » avec des invités priés, mais qu'on était là « entre soi » et que lui-même était comme un ami dévoué, et un confident revenu maintenant après une récente séparation. Le charme des bonnes manières, de la simplicité et de l'apparente pureté de cœur était presque une magie. Il ne pouvait lui venir à l'idée que cette pureté de cœur et cette noblesse, cette dépense d'esprit et cette belle dignité n'étaient peut-être qu'un magnifique et artistique apprêt. La majorité des invités était même composée, en dépit d'un extérieur imposant, d'hommes assez vides, qui d'ailleurs ne savaient pas eux-mêmes, dans leur suffisance, que nombre de leurs bons côtés n'étaient qu'un apprêt, dont au reste ils n'étaient pas responsables, puisqu'il leur était venu inconsciemment et par hérédité. Cela le prince ne voulait même pas le soupçonner, étant sous le charme de sa première impression. Il voyait par exemple ce vieillard, cet important dignitaire, qui aurait pu être son aïeul, interrompre son entretien pour l'écouter, lui, si jeune et si inexpérimenté ; et non seulement l'écouter, mais apprécier visiblement son opinion, être avec lui si aimable, si sincèrement bienveillant, alors qu'ils étaient étrangers l'un à l'autre et se voyaient pour la première fois. Ce qui peut-être agit le plus fortement sur son ardente impressionnabilité, ce fut le raffinement de cette politesse. Peut-être aussi était-il d'avance bien disposé et même gagné à cette heureuse impression.

Et pourtant ces gens, bien que naturellement ils fussent « amis de la maison » et amis entre eux, étaient loin d'être aussi amis de la maison ou les uns des autres que le prince se les figurait aussitôt qu'il leur avait été présenté et qu'il avait fait leur connaissance. Il y en avait qui n'auraient jamais ni à aucun prix reconnu les Épantchine pour être le moins du monde leurs égaux. Il y en avait qui se détestaient véritablement les uns les autres ; la vieille Bielokonski avait toute sa vie « méprisé » la femme du « vieux dignitaire », et celle-ci, à son tour, était loin d'aimer Élisabeth Procofievna. Ce « dignitaire », son mari, protecteur des Épantchine depuis leur jeunesse, et qui jouait maintenant le rôle de président, était un si haut personnage aux yeux d'Ivan Fiodorovitch, que celui-ci ne pouvait éprouver en sa présence d'autre sentiment que vénération et crainte et même se serait méprisé sincèrement s'il s'était un seul instant jugé son égal et n'avait pas vu

en lui son Jupiter Olympien. Il y avait des gens qui ne
s'étaient pas rencontrés durant des années et n'éprou-
vaient les uns pour les autres qu'indifférence, sinon répulsion, mais qui s'étant rencontrés là faisaient semblant
de s'être vus la veille encore en agréable et amicale
compagnie.

La société n'était pas très nombreuse. En dehors de la
Bielokonski, du « vieux dignitaire », véritablement important, et de son épouse, il y avait d'abord un très
imposant général authentique, baron ou comte, portant un
nom allemand [96] — homme extrêmement taciturne, avec
une réputation d'étonnant connaisseur des affaires gou-
vernementales et presque de savant —, un de ces admi-
nistrateurs olympiens qui connaissent tout, « sauf peut-
être la Russie », un de ces hommes qui prononcent tous
les cinq ans un apophtegme « remarquable par sa profondeur », qui d'ailleurs passe obligatoirement en proverbe et
dont on parle dans les cercles les plus extraordinaires ; un
de ces grands commis qui d'ordinaire, après une carrière
exceptionnellement longue (longue jusqu'à l'étrangeté)
meurent dans les plus hauts grades, dans des postes excellents et avec d'importants traitements, quoique sans
grands exploits et même avec quelque aversion pour les
exploits. Ce général était le chef direct d'Ivan Fiodorovitch, qui, avec la chaleur de son cœur reconnaissant et
en vertu aussi d'une espèce d'amour-propre, le considérait aussi comme son bienfaiteur ; mais lui ne se considérait nullement comme le bienfaiteur d'Ivan Fiodorovitch,
se comportait avec lui très tranquillement, tout en usant
volontiers de ses services de toutes sortes, et l'aurait à
l'instant même remplacé par un autre fonctionnaire si des
considérations quelconques, même pas supérieures,
l'avaient exigé. Il y avait là encore un monsieur important, d'un certain âge, qu'on disait même parent d'Élisabeth Procofievna, bien que ce fût tout à fait inexact ; un
homme qui avait un bon grade et une bonne fonction,
riche et racé, solide et très bien portant, grand parleur et
doté d'une réputation de mécontent (quoique au sens le
plus permis de ce mot), même de fielleux (mais cela aussi
était agréable chez lui), avec des manières d'aristocrate

anglais et des goûts anglais (quant au roastbeef saignant,
par exemple, aux attelages, aux laquais, etc.). Il était
grand ami du « dignitaire », le distrayait, et en outre
Élisabeth Procofievna caressait à son sujet une idée singulière : à savoir, que ce monsieur d'un certain âge (quelque peu léger et assez amateur du sexe faible) s'aviserait
un beau jour de faire le bonheur d'Alexandra et de demander sa main.

Après cette couche supérieure et la plus imposante de
l'assemblée, venait celle des invités plus jeunes, mais
brillant encore des qualités les plus exquises. Outre le
prince Chtch. et Eugène Pavlovitch, à cette couche appartenait le charmant et bien connu prince N., jadis séducteur et tombeur de cœurs féminins à travers toute
l'Europe, maintenant âgé d'environ quarante-cinq ans,
toujours portant beau, sachant admirablement raconter,
doté d'une fortune il est vrai quelque peu entamée, et
vivant, à son ordinaire, le plus souvent à l'étranger.

Il y avait là, enfin, des gens qui composaient comme
une troisième couche, qui n'appartenaient pas par eux-
mêmes au « cercle réservé » de la société, mais qu'on
pouvait parfois, comme les Épantchine, rencontrer pour
une raison ou une autre dans ce cercle. Avec un certain
tact, adopté par eux comme règle, les Épantchine aimaient mélanger, dans les rares soirées qu'ils donnaient
chez eux, la meilleure société avec les gens d'une couche
moins élevée, avec des représentants choisis de la « catégorie moyenne ». On les en louait et on disait d'eux qu'ils
savaient se tenir à leur place et avaient du tact, et eux-
mêmes étaient fiers qu'on eût d'eux cette opinion. Un
représentant de cette catégorie moyenne était ce soir-là un
technicien ayant rang de colonel, un homme sérieux, très
proche connaissance du prince Chtch., qui l'avait introduit chez les Épantchine ; il était taciturne en société et
portait à l'index de la main droite une grosse et très
visible bague, reçue vraisemblablement à titre de récom-
pense officielle. Il y avait même enfin un littérateur,
poète, Allemand d'origine, mais poète russe et par-dessus
le marché tout à fait comme il faut, de sorte qu'on pouvait
sans danger l'introduire dans la bonne société. Il avait

l'air heureux, quoique un peu antipathique, trente-huit ans, était impeccablement habillé, appartenait à une famille allemande bourgeoise au suprême degré, mais au suprême degré respectable ; il savait profiter des diverses occasions, gagner la protection des grands personnages et se maintenir dans leurs bonnes grâces. Il avait autrefois traduit de l'allemand une œuvre importante d'un important poète allemand, avait eu l'adresse de composer pour sa traduction une dédicace en vers, l'adresse aussi de se vanter de l'amitié d'un poète russe en renom, mais mort (il y a toute une catégorie d'écrivains qui aiment fort se faire enregistrer par voie d'impression dans l'amitié d'auteurs illustres, mais morts) et avait été tout récemment introduit chez les Épantchine par la femme du « vieux dignitaire ».

Cette dame avait la réputation de protéger les littérateurs et les savants et en effet elle avait même procuré une pension à un ou deux écrivains par l'entremise de personnes haut placées auprès desquelles elle avait de l'importance. Une importance d'un certain genre, elle l'avait, certes. C'était une dame dans les quarante-cinq ans (donc très jeune pour un homme aussi vieux que son mari), une ancienne beauté, et qui aimait toujours, selon une manie propre à bien des dames de quarante-cinq ans, s'habiller de façon décidément trop somptueuse ; d'esprit elle n'avait guère, et ses connaissances en littérature étaient douteuses. Mais protéger les littérateurs était pour elle la même manie que de s'habiller somptueusement. On lui dédiait un grand nombre d'ouvrages et traductions ; deux ou trois écrivains, avec sa permission, avaient publié les lettres qu'ils lui avaient adressées sur des sujets extrêmement sérieux...

Et voilà la société que le prince prit en bloc pour argent comptant, pour l'or le plus pur, sans alliage. D'ailleurs, ces gens aussi étaient, comme par hasard, ce soir-là, de la plus heureuse humeur et très contents d'eux. Ils savaient, tous jusqu'au dernier, qu'ils faisaient, par leur présence, un grand honneur aux Épantchine. Mais, hélas ! le prince était loin de soupçonner ces finesses. Il ne soupçonnait pas, par exemple, que les Épantchine, ayant en projet une démarche aussi grave que celle qui déciderait du sort de leur fille, n'auraient jamais pu se permettre de ne pas le montrer, lui, le prince Léon Nicolaevitch, au vieux dignitaire, protecteur reconnu de la famille. Ce même dignitaire, qui eût accueilli le plus tranquillement du monde l'annonce du plus affreux malheur survenu aux Épantchine, se serait sûrement offensé si les Épantchine avaient fiancé leur fille sans le consulter et, pour ainsi dire, sans demander sa permission. Le prince N., ce charmant homme, cet homme si incontestablement spirituel et d'une si haute pureté de cœur, était parfaitement convaincu qu'il était comme un soleil levé cette nuit sur le salon des Épantchine. Il les jugeait infiniment au-dessous de lui, et c'était justement cette noble et naïve idée qui engendrait chez lui cette aisance et cette affabilité si étonnamment agréables à leur égard. Il savait fort bien que ce soir-là il devait absolument raconter quelque chose pour charmer la société, et il s'y préparait non sans quelque inspiration. Le prince Léon Nicolaevitch, en écoutant plus tard son récit, eut conscience de n'avoir jamais rien entendu de semblable en fait d'humour, de gaieté et de naïveté, qualités étonnantes, presque touchantes chez un don Juan comme le prince N. Et pourtant, s'il avait su combien cette histoire était vieille, usée, combien de fois elle avait été récitée par cœur et ressassée jusqu'à l'ennui dans tous les salons! et que seulement chez des innocents comme les Épantchine elle pouvait passer pour une nouveauté, pour les souvenirs sincères et brillants, improvisés, d'un excellent et brillant causeur! Il n'était pas jusqu'au petit Allemand, le petit poète, qui, tout en se tenant avec infiniment d'amabilité et de modestie, ne crût plus ou moins faire honneur par sa présence à cette maison.

Mais le prince n'avait pas remarqué l'envers de la médaille; il ne remarquait aucun des dessous. Aglaé n'avait pas prévu cette malchance. Elle était étonnamment belle, ce soir-là. Les trois demoiselles avaient fait des frais de toilettes, quoique sans excès de luxe, et s'étaient même coiffées de façon originale. Aglaé était assise à côté d'Eugène Pavlovitch, elle conversait et plaisantait avec lui tout à fait amicalement. Eugène Pavlo-

vitch se tenait, semblait-il, avec un peu plus de sérieux
qu'à d'autres moments, sans doute aussi par respect pour
les dignitaires. D'ailleurs on le connaissait depuis longtemps dans le monde, il y était chez lui, quoique jeune
encore. Il était venu ce soir-là avec un crêpe à son
chapeau, et la Bielokonski l'en avait loué : bien des ne-
veux mondains, dans de pareilles circonstances, n'auraient pas porté le deuil d'un pareil oncle. Élisabeth
Procofievna aussi en fut contente, mais d'une façon générale elle parut bien préoccupée. Le prince nota
qu'Aglaé l'avait regardé deux ou trois fois avec attention
et avait semblé contente de lui. Peu à peu il se sentait
devenir extrêmement heureux. Ses idées et ses craintes
« fantastiques » de naguère (après sa conversation avec
Lebedev) lui apparaissaient maintenant, quand elles se
présentaient à lui, à l'improviste mais fréquemment,
comme un songe impossible et même ridicule, hors de
toute réalité ! (Déjà précédemment et durant toute la journée, son premier désir, son premier penchant, quoique
inconscients, avaient été de faire en sorte de ne pas croire
à ce songe !) Il parlait peu, et encore seulement pour
répondre à des questions, et finalement il garda complètement le silence ; il restait à écouter, mais nageait visiblement dans la jouissance. Peu à peu mûrissait chez lui
quelque chose comme un état inspiré prêt à éclater à la
première occasion... Il reprit la parole, occasionnelle-
ment, toujours en réponse à une question, et, sembla-t-il,
sans aucune intention spéciale.

VII

Tandis qu'il contemplait avec délices Aglaé causant
gaiement avec le prince N. et Eugène Pavlovitch, soudain
le monsieur anglomane d'un certain âge qui entretenait
« le dignitaire » dans un autre coin et lui racontait avec
animation quelque histoire prononça le nom de Nicolas
Andreevitch Pavlichtchev. Le prince se tourna vivement
de leur côté et se prit à les écouter.

Il s'agissait de l'actuel état de choses et de désordres

survenus dans certains domaines de la province de X. Les récits de l'anglomane renfermaient sans doute un côté plaisant, car le petit vieux finit par rire de la verve fielleuse de son interlocuteur. Il racontait avec aisance, en traînant sur les mots d'un air bougon et accentuant tendrement les voyelles, pour quelle raison il avait été contraint, précisément par le régime actuel, de vendre un merveilleux domaine qu'il possédait dans cette province, et même à moitié prix, alors qu'il n'avait pas particulièrement besoin d'argent, et en même temps de conserver un domaine ruiné, déficitaire et grevé d'un procès et même d'y mettre encore du sien. « Pour éviter encore un procès avec le lot Pavlichtchev, je les ai fuis. Encore un ou deux héritages de cette sorte, et me voilà ruiné ! Il y avait pourtant là trois mille hectares d'excellente terre qui me revenaient ! »

— Tiens, bien sûr... Ivan Petrovitch est un parent de feu Nicolas Andreevitch Pavlichtchev... Tu recherchais tes parents, n'est-ce pas ? — Ces paroles étaient adressées à mi-voix au prince par Ivan Fiodorovitch, qui s'était trouvé à côté de lui et avait remarqué son intérêt extraordinaire pour la conversation. Jusque-là il était occupé avec le général son chef, mais il avait depuis longtemps observé le grand isolement de Léon Nicolaevitch et s'en était inquiété ; il avait voulu l'introduire jusqu'à un certain point dans la conversation et de cette façon le montrer et le recommander une seconde fois aux « grands personnages ».

— Léon Nicolaevitch a été le pupille de Nicolas Andreevitch Pavlichtchev après la mort de ses parents, plaça-t-il, après avoir rencontré le regard d'Ivan Petrovitch.

— En-chan-té ! remarqua l'autre. Et je me souviens même très bien. Tout à l'heure, quand Ivan Fiodorovitch nous a fait faire connaissance, je vous ai tout de suite remis, même de figure. Vous n'avez vraiment pas beaucoup changé, bien que je ne vous aie vu qu'enfant, quand vous aviez dix ou onze ans. Il y a quelque chose, dans les traits, qui m'est resté dans la mémoire...

— Vous m'avez vu enfant ? demanda le prince avec un étonnement extraordinaire.

— Oh ! il y a bien longtemps, continua Ivan Petrovitch. C'était à Zlatoverkhovo, où vous viviez alors, chez
mes cousines. J'allais autrefois assez souvent à Zlatoverkhovo : vous ne vous souvenez pas de moi ? C'est tout
à fait possible, que vous ne vous souveniez pas... Vous
étiez alors... vous aviez je ne sais plus quelle maladie, au
point qu'une fois vous m'avez même surpris...

— Je ne me souviens de rien ! affirma avec chaleur le
prince.

Encore quelques mots d'explication, extrêmement
calmes de la part d'Ivan Petrovitch et étonnamment émus
de la part du prince, et il se trouva que les deux vieilles
demoiselles, parentes de feu Pavlichtchev, qui habitaient
dans son domaine de Zlatoverkhovo et auxquelles le
prince avait été confié pour être élevé, étaient à leur tour
cousines d'Ivan Petrovitch. Ivan Petrovitch, pas plus que
les autres, ne pouvait expliquer les raisons pour lesquelles
Pavlichtchev avait pris tant de soin du petit prince, son
pupille : « J'ai oublié alors de m'intéresser à cela. » Il se
trouva quand même qu'il avait une excellente mémoire,
car il se rappela même combien était sévère pour le petit
prince l'aînée des cousines, Marthe Nikitichna, « au point
que je me suis même disputé une fois avec elle à cause de
vous, sur son système d'éducation, parce que n'est-ce
pas, convenez-en vous-même, les verges et toujours les
verges, pour un enfant malade, c'est... » ; et combien au
contraire était tendre avec le pauvre enfant la cadette,
Natalie Nikitichna... « Elles habitent maintenant toutes
les deux, expliqua-t-il encore, la province de X. (seulement je ne sais pas si elles sont encore vivantes) où elles
ont hérité de Pavlichtchev un petit domaine tout à fait
comme il faut. Marthe Nikitichna voulait, je crois, entrer
au couvent ; au reste, je n'affirme rien ; peut-être s'agissait-il de quelqu'un d'autre... oui, c'est à propos de la
femme d'un docteur que je l'ai entendu dire l'autre
jour... »

Le prince écouta tout cela avec des yeux brillants
d'enthousiasme et d'attendrissement. Avec une chaleur
extraordinaire il déclara à son tour qu'il ne se pardonne-
rait jamais de n'avoir pas, pendant ces six mois de voyage

dans l'intérieur du pays, trouvé le moyen de découvrir et
de visiter ses anciennes éducatrices. «Chaque jour il
voulait le faire, mais il en avait toujours été détourné par
les circonstances... mais maintenant il se jurait... absolument... d'aller au moins dans la province de X... Alors,
vous connaissez Natalie Nikitichna? Quelle excellente,
quelle sainte femme! Mais Marthe Nikitichna aussi...
pardonnez-moi, mais il me semble que vous vous trompez sur le compte de Marthe Nikitichna! Elle était sévère,
mais... il était impossible de ne pas perdre patience...
avec l'idiot que j'étais alors. (Hi-hi!) C'est que j'étais
alors tout à fait idiot, vous ne me croyez pas? (Ha-ha!)
D'ailleurs... d'ailleurs vous m'avez vu alors et... Comment se fait-il que je ne me souvienne pas de vous,
dites-moi, s'il vous plaît? Ainsi vous êtes... ah, mon
Dieu! est-il possible que vous soyez vraiment parent de
Nicolas Andreevitch Pavlichtchev?»

— Je vous as-su-re! fit en souriant Ivan Petrovitch, en
regardant de haut en bas le prince.

— Oh, si j'ai dit cela, ce n'est pas que... j'aie
des doutes... et enfin en pareil cas peut-on douter (Hé-
hé!)... même si peu que ce soit?... Oui, même si peu
que ce soit!! (Hé-hé!) Mais je voulais dire que feu
Nicolas Andreevitch Pavlichtchev était un homme si
admirable! Le plus magnanime des hommes, je vous
assure!

Le prince n'était pas précisément hors d'haleine, mais
comme «étouffé par le trop-plein de son bon cœur»,
comme s'exprima le lendemain matin, à ce propos, Adélaïde, en causant avec son fiancé le prince Chtch.

— Ah, mon Dieu! dit Ivan Petrovitch dans un franc
rire. Et pourquoi donc ne puis-je être parent même d'un
homme ma-gna-ni-me?

— Ah, mon Dieu! s'écria le prince, confus, se hâtant
et s'animant toujours davantage, je... j'ai encore dit une
sottise, mais... c'est ce qui devait arriver, parce que je...
je... j'ai encore une fois parlé mal à propos! Et d'ailleurs
quelle importance ai-je, dites-moi un peu, à côté de
pareils intérêts... d'intérêts aussi immenses? Et en comparaison de cet homme le plus magnanime de tous...

parce que, n'est-ce pas, il était le plus magnanime des hommes, n'est-il pas vrai ? n'est-il pas vrai ?

Le prince tremblait même tout entier. Pourquoi avait-il été pris tout à coup d'une pareille émotion, pourquoi était-il tombé de but en blanc dans un pareil attendrissement, absolument hors de proportions avec l'objet de la conversation, il eût été difficile de le dire. Mais il était ainsi disposé et même il éprouvait à cet instant, sans bien savoir pour qui ni pour quelle raison, la plus brûlante et la plus sensible gratitude, peut-être même pour Ivan Petrovitch, peut-être aussi pour tous les assistants en général. Il était trop débordant de bonheur. Ivan Petrovitch finit par le scruter des yeux beaucoup plus fixement ; non moins fixement l'examinait « le dignitaire ». La Bielokonski arrêta sur lui son regard courroucé et pinça les lèvres. Le prince N., Eugène Pavlovitch, le prince Chtch., les demoiselles, tout le monde s'arrêta de parler pour écouter. Aglaé avait l'air épouvantée, et Élisabeth Procofievna était tout bonnement dans les transes. Elles étaient étranges, elles aussi, les filles et la mère : c'étaient elles qui avaient estimé et décidé que le prince ferait mieux de garder le silence toute la soirée ; mais à peine l'avaient-elles aperçu dans un coin, dans l'isolement le plus complet et tout à fait satisfait de son sort, qu'elles s'étaient alarmées. Alexandra avait voulu aller le trouver et prudemment, à travers toute la pièce, l'amener à leur groupe, c'est-à-dire au groupe du prince N., près de la Bielokonski. Et maintenant que le prince s'était mis de lui-même à parler, elles étaient encore plus alarmées.

— Que ce soit le plus excellent des hommes, là-dessus vous avez raison, prononça gravement et, maintenant sans sourire, Ivan Petrovitch. Oui, oui... c'était un excellent homme ! Excellent et digne, ajouta-t-il après un silence. Et même digne, on peut le dire, de tous les respects, ajouta-t-il encore, plus fermement, après une troisième pause. Et... et il est même fort agréable de voir que de votre côté...

— N'est-ce pas ce Pavlichtchev qui a eu une histoire... bizarre... avec un abbé... avec un abbé... j'ai oublié avec quel abbé, mais tout le monde en a parlé à l'époque, prononça, cherchant à rappeler ses souvenirs, le « dignitaire ».

Ivan Petrovitch vint à son secours :

— Avec l'abbé Gouraud, un jésuite. Ah oui, les voilà bien, nos hommes les plus excellents et les plus dignes ! Car il était quand même d'une bonne famille, avec de la fortune, chambellan et... s'il était resté dans la carrière... Et le voilà qui tout à coup abandonne la carrière et tout le reste pour passer au catholicisme et se faire jésuite, et encore presque publiquement, dans une espèce d'enthousiasme. Vraiment, il est mort à temps... oui, c'est ce qu'on a dit partout, à l'époque...

Le prince était hors de lui.

— Pavlichtchev... Pavlichtchev passé au catholicisme ? Ce n'est pas possible ! s'écria-t-il avec horreur.

— « Pas possible ! » marmotta sentencieusement Ivan Petrovitch, c'est vite dit, et convenez vous-même, mon cher prince... D'ailleurs vous estimez si haut le défunt... il était en effet très bon, et c'est à quoi j'attribue, en gros, le succès de cet intrigant de Gouraud. Mais demandez-moi donc, à moi, combien j'ai eu ensuite de soucis et de tracas à cause de cette affaire... et justement avec ce même Gouraud ! Figurez-vous — il se tourna soudain vers le petit vieux — qu'ils ont même prétendu attaquer le testament, et j'ai dû recourir alors aux mesures les plus énergiques... pour leur faire entendre raison... parce que ce sont des maîtres en la matière ! Ils sont é-ton-nants ! Mais, grâce à Dieu, cela se passait à Moscou, je suis tout de suite allé trouver le comte [97] et nous les avons... ramenés à la raison...

— Vous ne sauriez croire combien vous m'avez peiné, atterré ! s'écria encore une fois le prince.

— Je le regrette ; mais au fond, à vrai dire, tout cela n'était rien et n'aurait abouti à rien, comme toujours ; j'en suis persuadé. L'été dernier — il se tourna de nouveau vers le petit vieux — la comtesse K., elle aussi, dit-on, est entrée dans je ne sais quel couvent catholique, à l'étranger ; c'est à croire que nos Russes perdent toute résistance une fois qu'ils sont livrés à ces... rusés personnages... surtout à l'étranger [98].

— Tout cela vient, je crois, de notre... fatigue, susurra avec autorité le petit vieux. Oui, et puis cette manière qu'ils ont de prêcher... exquise, qui n'appartient qu'à eux... Et ils savent faire peur. Moi aussi, en 32, à Vienne, on m'a fait une de ces peurs, je vous le garantis, seulement je ne me suis pas laissé faire et je les ai fuis, ha-ha!

— Je me suis laissé dire, mon cher, que tu as fui de Vienne jusqu'à Paris avec la belle comtesse Lewicki, en abandonnant ton poste, et non pas pour échapper à un jésuite, insinua soudain la Bielokonski.

— Bah, c'était bien à cause d'un jésuite; le fait reste quand même que j'ai fui un jésuite! reprit le petit vieux, riant largement à l'évocation de cet agréable souvenir.
— Vous êtes, je crois, très religieux, ce qui est bien rare aujourd'hui chez un jeune homme, dit-il aimablement en se tournant vers le prince Léon Nicolaevitch qui écoutait bouche bée et toujours atterré; le petit vieux visiblement avait envie de connaître le prince de plus près; pour certaines raisons il s'intéressa désormais beaucoup à lui.

— Pavlichtchev était une belle intelligence et un chrétien, un vrai chrétien, prononça soudain le prince. Comment a-t-il pu se soumettre à une religion... qui n'est pas chrétienne! Le catholicisme est tout comme une religion non chrétienne! ajouta-t-il soudain. Ses yeux lançaient des éclairs et il regardait droit devant lui comme pour embrasser du regard toute l'assistance à la fois.

— Voyons, c'est trop dire, murmura le petit vieux, qui regarda avec étonnement Ivan Fiodorovitch.

— Comment dites-vous cela, que le catholicisme est une religion non chrétienne? demanda en se retournant sur sa chaise Ivan Petrovitch. Et qu'est-il alors?

— Une religion non chrétienne, avant tout! reprit le prince avec une émotion extraordinaire et de façon démesurément cassante. Voilà un premier point. Deuxièmement, le catholicisme romain est même pire que l'athéisme. Voilà mon opinion! Oui, c'est mon opinion! L'athéisme prêche seulement un zéro; le catholicisme va plus loin: il prêche un Christ défiguré qu'il a lui-même calomnié et couvert d'opprobres, un Christ à rebours!

C'est l'Antéchrist qu'il prêche, je vous le jure, je vous assure ! C'est ma conviction ancienne et personnelle, et elle m'a fait souffrir le martyre... Le catholicisme romain croit que sans exercer un pouvoir politique universel l'Église ne peut subsister sur cette terre et il crie : *Non possumus !* A mon avis, le catholicisme romain n'est même pas une religion, mais véritablement une continuation de l'Empire romain d'Occident, et tout y est subordonné à cette idée, la religion toute la première. Le pape a conquis un territoire, un trône terrestre, et a pris le glaive ; depuis lors cela continue, seulement au glaive se sont ajoutés le mensonge, la fourberie, la tromperie, le fanatisme, la superstition, le crime ; on s'est joué des sentiments les plus sacrés du peuple, les plus vrais, les plus naïfs, les plus ardents ; on a tout troqué contre de l'argent, contre un misérable pouvoir temporel. Et ce ne serait pas là la doctrine de l'Antéchrist ? Comment de là ne serait pas sorti l'athéisme ? L'athéisme est sorti d'eux, du catholicisme romain lui-même ! L'athéisme, c'est par eux qu'il a commencé : pouvaient-ils croire à leur propre invention ? Il s'est fortifié de l'aversion qu'ils inspiraient ; il est le produit de leur mensonge et de leur impuissance spirituelle ! L'athéisme ! Chez nous, il n'y a encore pour ne pas croire que « les classes exceptionnelles », comme l'a très bien dit l'autre jour Eugène Pavlovitch, celles qui ont perdu leurs racines ; tandis que là-bas, en Europe, ce sont déjà des masses effrayantes du peuple lui-même qui commencent à ne plus croire, d'abord sous l'effet des ténèbres et du mensonge, et maintenant par fanatisme, par haine de l'Église et du Christianisme !

Le prince s'arrêta pour reprendre haleine. Il avait parlé à une vitesse effrayante. Il était pâle et haletant. Tout le monde s'entreregardait. Finalement, le petit vieux partit franchement de rire. Le prince N. sortit son face-à-main et sans se détourner examina le prince. Le petit Allemand poète émergea de son coin et se rapprocha de la table, en souriant d'un sourire de mauvais augure.

— Vous e-xa-gé-rez grandement ! dit Ivan Petrovitch d'une voix traînante, non sans quelque ennui et même un air de regret. Il y a cependant dans leur Église aussi des personnes dignes de tout respect et ver-tu-euses...

— Je n'ai jamais parlé des individus. J'ai parlé du catholicisme romain dans son essence, c'est de Rome que je parle. Est-ce que l'Église peut disparaître complètement ? Je n'ai jamais dit cela !

— D'accord, mais tout cela est connu, et même superflu et... du domaine de la théologie...

— Oh non, oh non ! Pas seulement de la théologie, je vous assure bien que non ! Cela nous touche de beaucoup plus près que vous ne pensez. C'est justement là toute notre erreur, que nous sommes encore incapables de voir qu'il ne s'agit pas là seulement de théologie ! Le socialisme aussi n'est-il pas un produit du catholicisme, de l'essence du catholicisme ? Lui aussi, comme son frère l'athéisme, est né du désespoir, il s'est opposé au catholicisme du point de vue moral, pour remplacer le pouvoir perdu de la religion, pour étancher la soif spirituelle insatisfaite de l'humanité et pour la sauver non plus par le Christ, mais par la violence ! Il est, lui aussi, la liberté par la violence, lui aussi l'union par le glaive et par le sang ! « Ne t'avise pas de croire en Dieu, ne t'avise pas de posséder, ne t'avise pas d'avoir une personnalité : *fraternité ou la mort* [99], deux millions de têtes ! » Vous les connaîtrez à leurs œuvres, a-t-il été dit ! Et ne croyez pas que tout cela soit tellement innocent et sans danger pour nous. Oh, il faut nous défendre, et vite, au plus vite ! Il faut que resplendisse en réponse à l'Occident notre Christ, que nous avons conservé et qu'eux n'ont même jamais connu ! Ce n'est pas pour nous laisser prendre servilement à l'hameçon des jésuites, mais pour leur porter notre civilisation russe, que nous devons maintenant nous dresser devant eux, et qu'on ne dise plus parmi nous que leur prédication est exquise, comme l'a dit quelqu'un il y a un instant...

— Mais permettez, permettez quand même ! interrompit, terriblement inquiet, Ivan Petrovitch, qui jetait des regards autour de lui et commençait même à trembler. Toutes vos idées, bien sûr, sont louables et pleines de patriotisme, mais tout cela est au plus haut point exagéré et... il vaudrait même mieux en rester là...

— Non, ce n'est pas exagéré, c'est plutôt en deçà de la réalité ; précisément en deçà, parce que je n'ai pas la force de m'exprimer, mais...

— Per-met-tez donc !

Le prince se tut. Il restait assis droit sur sa chaise, et d'un œil de feu, fixement, regardait Ivan Petrovitch.

— Il me semble que vous avez été frappé à l'excès par l'aventure de votre bienfaiteur, observa le petit vieux avec affabilité et sans perdre son calme. Vous avez pris feu et flamme... peut-être à cause de votre isolement. Si vous viviez davantage avec les hommes, — et dans le monde, je l'espère, on fera bon accueil au jeune homme remarquable que vous êtes —, vous calmeriez votre ardeur et vous verriez que tout est beaucoup plus simple... et de plus ces cas sont tellement rares... ils proviennent, à mon avis, en partie de notre satiété, et en partie de... l'ennui.

— Justement, c'est bien cela ! s'écria le prince. Magnifique idée ! Justement « de l'ennui, de notre ennui », non pas de la satiété, mais au contraire de la soif... non pas de la satiété, là vous faites erreur ! Ce n'est pas seulement de soif, mais même d'inflammation, de soif enfiévrée ! Et... et ne croyez pas non plus que ce soit sous une forme si réduite qu'on en puisse rire ; excusez-moi, mais il faut savoir pressentir ! Nos gens, quand ils touchent au rivage, quand ils sont convaincus que c'est bien le rivage, ils en sont si pleins de joie qu'ils se portent immédiatement aux colonnes d'Hercule ; pourquoi cela ? Tenez, Pavlichtchev vous surprend, vous attribuez le tout à sa folie ou à sa bonté, mais il n'en est rien ! Et ce n'est pas nous seulement, c'est toute l'Europe qui surprend, dans de pareils cas, notre passion russe : chez nous, si quelqu'un passe au catholicisme, il se fera nécessairement jésuite, et encore des plus souterrains ; s'il devient athée, il exigera nécessairement l'extermination de la foi en Dieu par la force, donc par le glaive aussi ! Pourquoi cela, pourquoi, du coup, pareille frénésie ? Vous ne le savez pas ? C'est qu'il a trouvé une patrie, cette patrie qu'il n'a pas su voir ici, et il s'est réjoui ; il a trouvé un rivage, une terre et il s'est précipité pour la baiser ! Ce n'est pas la seule vanité, ce ne sont pas les seuls mauvais sentiments de vanité qui créent les athées russes et les jésuites russes, mais bien la douleur spirituelle, la soif spirituelle, la nostalgie d'une action plus haute, d'un rivage solide, d'une patrie à laquelle on a cessé de croire parce qu'on ne l'a même jamais connue ! Il est si facile au Russe de devenir athée, plus facile qu'à quiconque ici-bas ! Et les nôtres ne deviennent pas simplement athées, nécessairement ils se convertissent à l'athéisme, comme à une foi nouvelle, sans remarquer qu'ils se sont convertis à un néant. La voilà, notre soif ! « Qui n'a pas de sol sous les pieds n'a pas non plus de Dieu. » L'expression n'est pas de moi. C'est celle d'un marchand vieux-croyant que j'ai rencontré pendant mes voyages. Il n'a pas dit, il est vrai, exactement cela, il a dit : « Quiconque a renié sa terre natale a renié aussi son Dieu. » Songez seulement que, chez nous, des hommes très cultivés sont même allés chez les flagellants [100] !... Et d'ailleurs en quoi les flagellants, en pareil cas, sont-ils pires que le nihilisme, le jésuitisme, l'athéisme [101] ? Ils vont peut-être même plus au fond des choses ! Mais voilà à quoi peut conduire la nostalgie !... Découvrez aux compagnons de Colomb assoiffés et enflammés la rive du « Nouveau Monde », découvrez à l'homme russe le « monde » russe, laissez-le mettre à jour cet or, ce trésor caché à ses yeux dans la terre ! Montrez-lui dans l'avenir le renouvellement de toute l'humanité et sa résurrection peut-être par la seule pensée russe, par le Dieu et le Christ russes, et vous verrez quel géant puissant et véridique, sage et doux, se dressera devant l'univers stupéfait, stupéfait et épouvanté parce qu'on n'attend rien de nous que le glaive, le glaive et la violence, parce qu'ils ne peuvent voir en nous, à en juger d'après eux-mêmes, que barbarie. Et cela jusqu'à ce jour, et cela chaque jour davantage ! Et...

Mais là-dessus se produisit soudain un événement, et le discours de l'orateur fut interrompu de la façon la plus inattendue.

Toute cette tirade enfiévrée, tout ce flux de paroles

passionnées et alarmées et de pensées enthousiastes semblant s'entrechoquer dans une espèce de chaos et sauter
les unes par-dessus les autres, tout cela présageait quelque chose de particulier et de dangereux dans l'état moral
du jeune homme ainsi monté au paroxysme sans raison
apparente. Parmi les personnes présentes dans le salon,
toutes celles qui connaissaient le prince s'étonnaient avec
crainte (et certaines avec honte) de sa sortie, si peu en
harmonie avec son ordinaire et plutôt timide retenue,
avec son tact rare et remarquable en de certaines occasions et avec son sentiment instinctif des plus hautes
convenances. On ne pouvait comprendre d'où cela était
venu : ce n'était quand même pas la nouvelle concernant
Pavlichtchev qui pouvait être la cause. Dans le coin des
dames, on le regardait comme un homme frappé de dé-
mence et la Bielokonski avoua dans la suite qu'« encore
une minute, et elle allait se sauver ». Les « petits vieux »
étaient restés presque éperdus de leur première surprise ;
le général chef de service lançait de sa chaise des regards
mécontents et sévères. Le colonel technicien demeurait
assis dans une immobilité complète. Même le petit Allemand avait pâli, tout en continuant de sourire de son
sourire faux, en regardant de temps en temps les autres :
comment allaient-ils réagir ? D'ailleurs tout cela, « tout le
scandale », aurait pu se résoudre de la façon la plus
ordinaire et la plus naturelle, peut-être même au bout
d'une minute ; Ivan Fiodorovitch, fortement étonné, mais
qui s'était repris avant tous les autres, avait déjà à plusieurs reprises tenté d'arrêter le prince ; n'ayant pas obtenu de succès, il se frayait maintenant un chemin vers lui
avec des intentions fermes et décidées. Encore une minute, et s'il l'avait fallu il se serait peut-être résolu à faire
sortir amicalement le prince en prétextant son mal, —
qui était peut-être la vraie raison, comme le croyait fortement, à part soi, Ivan Fiodorovitch... Mais les choses
tournèrent autrement.

Au début, dès que le prince était entré dans le salon, il
s'était assis le plus loin possible du vase de Chine à
propos duquel Aglaé lui avait fait une telle peur. Le
croira-t-on, mais déjà la veille, après les discours d'Aglaé

s'était installée chez lui une espèce de conviction insurmontable, une espèce de pressentiment surprenant et impossible, que le lendemain il briserait fatalement ce vase,
si éloigné qu'il se tînt de lui, si soigneusement qu'il évitât
la catastrophe. Incroyable, mais c'était ainsi. Pendant la
soirée, d'autres impressions fortes, mais lumineuses, af-
fluèrent dans son âme ; nous en avons déjà parlé. Il oublia
son pressentiment. Quand il entendit nommer Pavlichtchev et qu'Ivan Fiodorovitch l'amena et le montra de
nouveau à Ivan Petrovitch, il vint s'asseoir plus près de la
table et tomba droit sur un fauteuil touchant presque
l'immense et splendide vase de Chine juché sur un pié-
destal, presque contre son coude, un tout petit peu en
arrière.

En prononçant ses derniers mots, il se leva soudain, fit
un geste imprudent du bras, eut un mouvement d'épaule
et... ce fut un cri général ! Le vase oscilla, d'abord parut
indécis : peut-être allait-il tomber sur la tête d'un des
petits vieux ; mais brusquement il pencha du côté opposé,
du côté du petit Allemand qui eut à peine le temps de
s'écarter d'un bond effrayé, et s'écrasa sur le parquet.
Tonnerre, cris, précieux éclats répandus sur le tapis,
épouvante, stupéfaction — oh ! ce qu'il advint du prince,
il est difficile, et d'ailleurs il n'est pas utile de le représenter ! Mais nous ne pouvons pas ne pas mentionner une
sensation singulière qui le frappa précisément à cet instant et soudain se distingua pour lui clairement de la foule
de toutes ses autres sensations troubles et singulières : ce
ne furent pas la honte, ni le scandale, ni la peur, ni
l'imprévu qui le frappèrent le plus, mais l'accomplissement de la prédiction ! Qu'y avait-il dans cette idée de
tellement captivant, il n'aurait pas su se l'expliquer ;
seulement il se sentait frappé au cœur et il se tenait là
dans une épouvante quasi mystique. Encore un instant, et
tout devant lui lui sembla s'élargir ; au lieu d'effroi,
lumière et joie, enthousiasme ; il en eut la respiration
coupée et... mais cet instant avait passé. Grâce à Dieu, ce
n'était pas cela ! Il reprit haleine et regarda autour de lui.

Longtemps il ne parut pas comprendre le chaos qui
s'agitait autour de lui ; c'est-à-dire qu'il comprenait par-

faitement et voyait tout, mais était comme un homme en dehors, qui ne prenait part à rien et qui, comme le personnage invisible du conte, s'était introduit dans la pièce et observait des êtres étrangers, mais qui l'intéressaient. Il voyait ramasser les éclats, entendait des conversations rapides, voyait Aglaé pâle et le regardant d'un air bizarre, très bizarre ; il n'y avait dans ses yeux absolument aucune haine, aucune colère ; elle le regardait, lui, d'un regard effrayé, mais si sympathique, et les autres d'un regard si étincelant... Son cœur éprouva une délicieuse souffrance. Enfin, il vit avec une surprise étrange que tout le monde s'était rassis et même riait, comme s'il ne s'était rien passé ! Encore une minute, et les rires grandirent : on riait cette fois en le regardant, avec sa stupéfaction muette, mais on riait amicalement, gaiement, beaucoup lui adressaient la parole et lui parlaient aimablement, Élisabeth Procofievna en tête ; elle disait en riant quelque chose de très, très affectueux. Soudain il sentit qu'Ivan Fiodorovitch lui tapait amicalement sur l'épaule ; Ivan Petrovitch aussi riait ; mais encore meilleur, plus séduisant et plus sympathique était le petit vieux ; il prit le prince par la main et, la lui serrant légèrement, la frappant légèrement avec la paume de son autre main, il l'exhortait à reprendre ses esprits, comme on fait à un petit garçon apeuré — ce qui plut énormément au prince — et finalement le fit asseoir tout près de lui. Le prince, avec jouissance, plongeait son regard dans son visage et n'avait toujours pas la force de parler, il avait le souffle coupé ; le visage du vieillard lui plaisait tant.

— Comment ? murmura-t-il enfin. Vous me pardonnez vraiment ? Et... vous aussi, Élisabeth Procofievna ?

Les rires redoublèrent ; le prince en eut les larmes aux yeux ; il n'en croyait pas ses sens et il était charmé.

— Bien sûr, ce vase était superbe. Je ne connais que lui depuis quinze ans, oui... quinze..., commença Ivan Petrovitch.

— Eh bien, le beau malheur ! Tout a une fin, l'homme aussi. Pas d'histoires pour un pot d'argile ! dit à haute voix Élisabeth Procofievna. Est-ce que tu as eu si peur,

Léon Nicolaevitch? ajouta-t-elle avec crainte. Allons,
mon ami, en voilà assez. Tu m'épouvantes, en vérité.

— Et pour *tout*, vous me pardonnez? Pour *tout*, en
dehors du vase? — Le prince s'était levé brusquement,
mais le petit vieux aussitôt le tira de nouveau par la main.
Il ne voulait pas le lâcher.

— *C'est très curieux et c'est très sérieux* [102]*!* chuchota-t-il par-dessus la table à Ivan Petrovitch, d'ailleurs à
voix assez haute; le prince pouvait l'entendre.

— Alors je n'ai offensé personne d'entre vous? Vous
ne sauriez croire combien je suis heureux à cette idée;
mais il ne pouvait en être autrement! Pouvais-je offenser
quelqu'un ici? Je vous offenserais encore, de le penser.

— Calmez-vous, mon ami; c'est de l'exagération. Et
vous n'avez pas du tout à remercier tellement: ce sentiment est excellent, mais excessif.

— Je ne vous remercie pas, je me contente de... vous
admirer, je suis heureux de vous regarder; peut-être que
je parle sottement, mais je dois parler, je dois expliquer...
ne fût-ce que par respect pour moi-même.

Tout chez lui était saccadé, trouble et fiévreux; il était
fort possible que les mots qu'il prononçait ne fussent pas
toujours ceux qu'il voulait dire. Il semblait demander du
regard s'il pouvait parler. Son regard tomba sur la Bielokonski.

— Ça va, mon cher, continue, continue, seulement ne
perds pas le souffle, observa-t-elle. Déjà tout à l'heure tu
t'es essoufflé, et voilà ce qui t'est arrivé. Mais n'aie pas
peur de parler: ces messieurs en ont vu de plus originaux
que toi, tu ne les étonneras pas. D'ailleurs toi, tu n'es pas
tellement compliqué, seulement voilà: tu as brisé le vase
et tu nous as fait peur.

Le prince l'écouta jusqu'au bout en souriant.

Tout à coup il se tourna vers le petit vieux:

— Mais c'est vous qui, il y a trois mois, avez sauvé de
la déportation l'étudiant Podkoumov et le fonctionnaire
Chvabrine?

Le petit vieux rougit même un peu et murmura qu'il
devrait se calmer.

— C'est bien de vous que j'ai entendu dire, reprit-il

aussitôt en s'adressant à Ivan Petrovitch, dans la province de X., que vous avez donné gratuitement du bois de construction à vos paysans sinistrés, alors qu'ils étaient déjà libres et qu'ils vous avaient causé des désagréments ?

— Allons, c'est une exa-gé-ra-tion, murmura Ivan Petrovitch, d'ailleurs après s'être doucement rengorgé ; mais cette fois il avait tout à fait raison de parler d'exagération : c'était un faux bruit qui était parvenu aux oreilles du prince.

— Et vous, princesse ! — Il se tourna soudain vers la Bielokonski avec un sourire radieux — Est-ce qu'il y a six mois vous ne m'avez pas reçu à Moscou comme votre propre fils, sur une lettre d'Élisabeth Procofievna, et réellement comme à votre propre fils ne m'avez-vous pas donné un conseil que je n'oublierai jamais ? Vous vous souvenez ?

— Pourquoi chercher midi à quatorze heures ? dit la Bielokonski avec mécontentement. Tu es bon, mais ridicule : on te donne deux sous, et tu remercies comme si on t'avais sauvé la vie. Tu crois que c'est bien, alors que c'est répugnant.

Elle allait se fâcher complètement, mais tout à coup elle éclata de rire, et cette fois d'un bon rire. Le visage d'Élisabeth Procofievna aussi s'épanouit ; Ivan Fiodorovitch aussi devint rayonnant.

— J'ai dit que Léon Nicolaevitch est un homme... un homme... en un mot, pourvu qu'il ne s'étouffe pas, comme le prince le lui a fait observer... murmura le général dans un joyeux enchantement, en répétant les mots de la Bielokonski qui l'avaient frappé.

Seule Aglaé avait l'air triste ; mais son visage était encore en feu, peut-être d'indignation.

— Il est vraiment très gentil, murmura de nouveau le petit vieux à Ivan Petrovitch.

— Je suis entré ici le tourment au cœur, continua le prince, toujours dans une espèce de trouble croissant, toujours plus vite et plus vite, avec toujours plus de bizarrerie et d'exaltation. Je... j'avais peur de vous, j'avais peur aussi de moi-même. Surtout de moi-même. En revenant ici, à Pétersbourg, je m'étais promis de voir absolument nos hommes du premier rang, ceux de la plus ancienne, d'une immémoriale origine, au nombre desquels j'appartiens, parmi lesquels je suis des premiers par ma naissance. Car me voici maintenant avec des princes comme moi, n'est-ce pas ? Je voulais vous connaître, et c'était nécessaire ; très, très nécessaire !... J'ai toujours entendu dire de vous beaucoup de mal, plus que de bien : mesquinerie et exclusivisme de vos préoccupations, esprit retardataire, chétive instruction, habitudes ridicules ; oh, on en écrit et on en dit tant et tant sur vous ! C'est avec curiosité que je suis venu ici aujourd'hui, avec trouble : il me fallait voir par moi-même et me convaincre personnellement. Est-ce que vraiment toute cette couche supérieure de la nation russe n'est bonne à rien, a fait son temps, a perdu ses sources vitales immémoriales et n'est plus capable que de mourir, mais en persistant à combattre par une misérable jalousie les hommes... de l'avenir, à leur faire obstacle, sans remarquer qu'elle est en train, elle, de mourir ? Déjà auparavant, je ne croyais pas entièrement à cette opinion, parce qu'il n'a même jamais existé chez nous de caste supérieure, sauf celle de la Cour, désignée par l'uniforme, ou... par le hasard, et maintenant elle a tout à fait disparu, n'est-il pas vrai ?

— Allons, ce n'est pas vrai du tout ! dit Ivan Petrovitch avec un rire sardonique.

— Bon, le voilà reparti ! ne put s'empêcher de dire la Bielokonski.

— *Laissez-le dire* [103] ! Il est tout tremblant, prévint encore une fois le petit vieux, à mi-voix.

Le prince était décidément en transe.

— Et qu'ai-je vu ? J'ai vu des hommes exquis, sincères, intelligents ; j'ai vu un noble vieillard accueillant et écoutant un gamin comme moi ; je vois des hommes capables de comprendre et de pardonner, des hommes russes et bons, presque aussi bons et cordiaux que ceux que j'ai rencontrés là-bas, ne leur cédant presque en rien. Jugez donc combien j'ai été joyeusement surpris ! O, permettez-moi de vous l'avouer : j'ai beaucoup entendu dire, et je croyais vraiment que dans le monde tout était manières, formalisme vétuste, et que la substance était tarie : or je vois moi-même aujourd'hui que cela ne peut pas être, chez nous ; cela peut exister quelque part, mais pas chez nous. Est-il possible que vous soyez tous maintenant des jésuites et des imposteurs ? J'ai entendu tout à l'heure le récit que faisait le prince N. : n'est-ce pas là un humour inspiré, sincère, n'est-ce pas là une véritable simplicité de cœur ? Pareilles paroles peuvent-elles sortir de la bouche d'un homme... mort, au cœur et au talent désséchés ? Est-ce que des morts auraient pu me traiter comme vous m'avez traité ? Est-ce que ce ne sont pas là des matériaux... pour l'avenir, des gages d'espoir ? Est-ce que de pareils hommes peuvent ne pas comprendre et rester en arrière ?

— Encore une fois je vous en prie, calmez-vous, mon ami, nous parlerons de tout cela un autre jour, et c'est avec plaisir que je..., fit le « dignitaire » avec un petit rire.

Ivan Petrovitch se racla la gorge et se retourna dans son fauteuil ; Ivan Fiodorovitch s'agita ; le général chef de service conversait avec la femme du dignitaire sans plus accorder la moindre attention au prince ; mais la femme du dignitaire souvent l'écoutait et le regardait.

— Non, vous savez, il vaut mieux décidément que je parle ! continua le prince dans un nouvel élan de fièvre, en s'adressant avec une confiance particulière et même quasi confidentielle au petit vieux. Aglaé Ivanovna m'a interdit hier de parler et m'a même désigné les sujets sur lesquels il ne fallait pas parler ; elle sait que je suis ridicule dans ces sujets-là ! Je suis dans ma vingt-septième année, et je sais bien que je suis comme un enfant. Je n'ai pas le droit d'exprimer ma pensée, il y a longtemps que je l'ai dit ; c'est seulement à Moscou, avec Rogojine, que j'ai parlé à cœur ouvert... Nous avons lu ensemble Pouchkine, nous l'avons lu tout entier ; il ne savait rien, même pas le nom de Pouchkine... J'ai toujours peur, avec mon allure ridicule, de compromettre ma pensée et l'*idée principale*. Je n'ai pas le geste [104]. J'ai toujours le geste contraire, et cela suscite les rires et rabaisse l'idée. Je n'ai pas non plus le sens de la mesure, or c'est capital ; c'est même le plus capital... Je sais qu'il vaut mieux pour moi rester assis et me taire. Quand je me

rencogne et me tais, je parais même très raisonnable, et
en outre je réfléchis. Mais aujourd'hui il vaut mieux que
je parle. J'ai pris la parole, parce que vous me regardez
avec bonté ; vous avez un si bon visage ! J'avais promis
hier à Aglaé Ivanovna que je garderais le silence toute la
soirée.

— *Vraiment* [105] ? demanda en souriant le petit vieux.

— Mais il y a des moments où je me dis que j'ai tort
de penser ainsi : la sincérité vaut bien le geste, n'est-ce
pas ? N'est-ce pas ?

— Quelquefois.

— Je veux tout expliquer, tout, tout, tout, oh oui !
Vous croyez que je suis un utopiste ? un idéologue ? Oh
non, je n'ai, je vous jure, que des idées bien simples...
Vous ne me croyez pas ? Vous souriez ? Vous savez que
je suis vil quelquefois, parce que je perds la foi ; tout à
l'heure en venant ici, je me disais : « Comment leur adres-
serai-je la parole ? Par quel mot faut-il commencer pour
qu'au moins ils comprennent quelque chose ? » Comme
j'avais peur, mais c'était pour vous que j'avais le plus
peur, terriblement, terriblement peur ! Et pourtant pouvais-je avoir peur, n'était-ce pas honteux d'avoir peur ?
Qu'est-ce que cela fait, que pour un homme de progrès il
y ait une telle masse de retardataires et d'hommes sans
bonté ? En cela précisément consiste ma joie, que je suis
maintenant convaincu qu'il n'y a pas du tout là une
masse, mais bien des matériaux vivants ! Il ne faut pas
nous laisser troubler non plus si nous sommes ridicules,
n'est-il pas vrai ? C'est exact, nous sommes ridicules,
légers, nous avons de mauvaises habitudes, nous nous
ennuyons, nous ne savons pas comprendre, nous sommes
tous ainsi, tous : et vous, et moi, et eux ! — Vous n'êtes
pas blessés, n'est-ce pas, de ce que je vous dis en face,
que vous êtes ridicules ? — Alors, s'il en est ainsi, pourquoi ne seriez-vous pas des matériaux utiles ? Vous savez, d'après moi être ridicule est même bien, parfois c'est
même meilleur : on peut plus vite se pardonner l'un à
l'autre, plus vite aussi s'humilier ; on ne peut quand
même pas tout comprendre d'un seul coup, commencer
tout droit par la perfection. Pour atteindre à la perfection,

il faut auparavant ne pas comprendre bien des choses! A
comprendre trop vite, on risque de ne pas bien comprendre. C'est moi qui vous le dis, à vous qui avez déjà su
beaucoup comprendre et... ne pas comprendre. Maintenant, je n'ai pas peur pour vous; vous n'êtes pas fâchés,
n'est-ce pas, d'entendre un gamin comme moi vous dire
ces choses? Sûrement pas. O, vous saurez oublier et
pardonner à ceux qui vous ont offensés, et à ceux qui ne
vous ont en rien offensés: car le plus difficile est bien de
pardonner à ceux qui ne nous ont en rien offensés, précisément pour la raison qu'ils ne nous ont pas offensés et
que par conséquent nos griefs sont sans fondement. Voilà
ce que j'attendais d'hommes haut placés, voilà ce que
j'avais hâte, en venant ici, de leur dire et ce que je ne
savais pas comment leur dire... Vous riez, Ivan Petrovitch? Vous pensez que je craignais pour les autres, que
je suis leur avocat, un démocrate, un prêcheur d'égalité?
— Ce disant il fut pris d'un rire hystérique (il avait à tout
moment un rire bref et extasié). — Je crains pour vous,
pour vous tous, et pour nous tous ensemble. Car je suis
prince de vieille souche et je suis ici avec des princes.
C'est pour nous sauver tous que je parle, pour qu'une
caste ne disparaisse pas, en vain, dans les ténèbres, sans
avoir rien deviné, en dénigrant tout et après avoir tout
perdu. A quoi bon disparaître et céder la place à d'autres,
quand on peut rester au premier rang et à la tête? Soyons
à l'avant-garde, et nous serons aussi à la tête. Soyons des
serviteurs pour être des supérieurs.

Il fit à plusieurs reprises des efforts pour se lever de son
fauteuil, mais le petit vieux le retenait constamment, en le
regardant avec une inquiétude cependant grandissante.

— Écoutez! Je sais que parler n'est pas bien: mieux
vaut tout bonnement l'exemple, mieux vaut tout simplement commencer... j'ai déjà commencé... et — est-ce
que réellement on peut être malheureux? Oh, qu'est-ce
que mon chagrin ou mon malheur, si j'ai la force d'être
heureux? Vous savez, je ne comprends pas comment on
peut passer à côté d'un arbre, et ne pas être heureux de le
voir; parler avec un homme, et ne pas être heureux de
l'aimer! Oh, seulement je ne sais pas m'exprimer...,

mais combien il y a à chaque pas de choses si belles, que
même l'homme le plus désemparé trouve belles! Regardez l'enfant, regardez l'aurore du bon Dieu, regardez le
brin d'herbe grandir, regardez les yeux qui vous regardent et qui vous aiment [106]...

Il était depuis longtemps déjà debout, parlant toujours.
Le petit vieux le regardait maintenant avec épouvante.
Élisabeth Procofievna poussa un cri : « Ah, mon Dieu! »
ayant deviné avant les autres, et joignit les mains. Aglaé
courut vivement à lui, eut le temps de le recevoir dans ses
bras et avec effroi, le visage déformé par la douleur, elle
entendit le cri sauvage de « l'esprit qui avait secoué et
terrassé » le malheureux. Le malade était allongé sur le
tapis. Quelqu'un avait pu glisser rapidement un oreiller
sous sa tête.

Cela, personne ne l'attendait. Au bout d'un quart
d'heure, le prince N., Eugène Pavlovitch, le petit vieux,
essayèrent de ranimer la soirée, mais une demi-heure
encore après tout le monde s'était déjà dispersé. Il avait
été prononcé beaucoup de paroles de sympathie, beaucoup de plaintes, quelques avis. Ivan Petrovitch exprima
l'opinion, entre autres, que « le jeune homme était sla-vo-
phile ou quelque chose d'analogue, mais que du reste ce
n'était pas dangereux ». Le petit vieux n'exprima aucune
opinion. Il est vrai que plus tard, le lendemain et le
surlendemain, tous eurent un mouvement d'humeur; Ivan
Petrovitch se sentit même offensé, mais légèrement. Le
général chef de service montra quelque temps de la froi-
deur à Ivan Fiodorovitch. Le « protecteur » de la famille,
le dignitaire, lui aussi, de son côté, mâchonna on ne sait
quoi au père de famille, pour sa gouverne, tout en lui
assurant en termes flatteurs qu'il s'intéressait beaucoup
au sort d'Aglaé. C'était un homme réellement assez bon;
mais au nombre des raisons de sa curiosité concernant le
prince, au cours de la soirée, était la vieille histoire du
prince avec Anastasie Filippovna; il en avait entendu
parler et s'y intéressait fort, il aurait même voulu poser
des questions.

La Bielokonski en se retirant dit à Élisabeth Procofievna :

— Eh bien, il est bon et il est mauvais ; et si tu veux savoir mon avis, il est plutôt mauvais. Tu vois quelle sorte d'homme c'est : un malade !

Élisabeth Procofievna décida à part soi, définitivement, que le fiancé était « impossible » et durant la nuit elle se jura que, « elle vivante, le prince ne serait jamais le mari d'Aglaé ». Elle se leva avec cette résolution. Mais le même matin, peu après midi, au déjeuner elle tomba dans une étonnante contradiction avec elle-même.

A une question, d'ailleurs extrêmement prudente, de ses sœurs Aglaé répondit tout à coup froidement, mais de façon arrogante et tranchante :

— Je ne lui ai jamais engagé ma parole, jamais de la vie je ne l'ai considéré comme mon fiancé. Il est pour moi un étranger comme n'importe quel autre.

Élisabeth Procofievna aussitôt prit feu :

— Je n'attendais pas cela de toi, prononça-t-elle avec amertume ; comme fiancé il est impossible, je le sais, et je remercie Dieu que les choses aient ainsi tourné ; mais de toi je n'attendais pas un pareil langage ! Je pensais que tu te conduirais autrement. J'aurais mis à la porte tous les autres, hier, pour le garder, lui : voilà l'homme qu'il est pour moi !...

Là-dessus, elle s'arrêta net, effrayée elle-même de ce qu'elle avait dit. Mais si elle avait su combien, à cet instant, elle était injuste pour sa fille ! Tout était déjà décidé dans la tête d'Aglaé ; elle aussi attendait son heure, qui devait tout résoudre, et n'importe quelle allusion, n'importe quel contact imprudent était une blessure qui déchirait profondément son cœur.

VIII

Pour le prince aussi, cette matinée débuta sous l'influence de lourds pressentiments, on pouvait les expliquer par son état maladif, mais sa tristesse était trop indéterminée, et c'était pour lui le plus douloureux. Sans doute il était en face de faits évidents, pénibles et blessants, mais son chagrin allait au-delà de tout ce qu'il se rappelait ou imaginait : il comprenait que jamais il ne retrouverait à lui seul la tranquillité. Peu à peu s'enracina chez lui l'attente de quelque chose de particulier et de définitif qui lui arriverait ce jour même. La crise qu'il avait eue la veille avait été légère ; en dehors de l'hypocondrie, d'une certaine lourdeur dans la tête et d'une douleur dans les membres, il n'éprouvait aucun autre dérangement. Son cerveau fonctionnait assez distinctement, si son âme était malade. Il s'était levé assez tard et aussitôt s'était rappelé clairement la soirée de la veille, quoique moins nettement, il s'était rappelé malgré tout comment, une demi-heure après la crise, on l'avait ramené chez lui. Il apprit qu'un messager des Épantchine était déjà venu s'enquérir de sa santé. A onze heures et demie il s'en présenta un second ; cela lui fut agréable. Viera Lebedev fut des premières à venir le visiter et lui offrir ses services. Au premier instant, en le voyant, elle fondit en larmes ; mais quand le prince l'eut calmée elle partit de rire. Il fut frappé de la grande compassion qu'avait pour lui cette fille ; il lui prit la main et la baisa. Viera rougit.

— Ah, que faites-vous ? que faites-vous ? s'écria-t-elle épouvantée, en retirant vivement sa main.

Elle s'en alla vite dans un trouble singulier. Cependant elle eut le temps de raconter que son père, le jour même à l'aube, avait couru chez « le défunt », comme il appelait le général, pour savoir s'il n'était pas mort dans la nuit : d'après ce qu'on disait, il mourrait sûrement bientôt. Peu avant midi rentra chez lui et se présenta au prince Lebedev en personne, mais seulement « pour une minute, pour s'enquérir de la précieuse santé... » etc., et en outre faire une visite à la « petite armoire ». Il n'arrêtait pas de pousser des oh ! et des ah ! et le prince le congédia bientôt, mais pourtant il essaya de faire parler le prince de la crise de la veille, bien qu'il fût visible qu'il savait déjà tous les détails. Après lui accourut Colas, aussi pour un instant ; celui-ci était réellement pressé et en proie à une violente et sombre inquiétude. Il commença par demander au prince, carrément et instamment, l'explication de tout ce qu'on lui cachait, ajoutant qu'il avait presque tout

su déjà la veille. Il était fortement et profondément secoué.

Avec toute la sympathie dont il était capable, le prince
raconta toute la scène, rétablissant les faits dans leur
entière exactitude : ce fut comme un coup de foudre pour
le pauvre garçon. Il ne put prononcer un mot et pleura
silencieusement. Le prince sentit que ce serait là une de
ces impressions qui demeurent à jamais et constituent un
tournant définitif dans la vie d'un jeune homme. Il se hâta
de lui faire connaître son point de vue sur la chose,
ajoutant qu'à son avis la mort du vieillard provenait
peut-être surtout de l'horreur que sa faute avait laissée
dans son cœur, et que tout le monde n'était pas capable
d'un tel sentiment. Les yeux de Colas étincelaient quand
il eut entendu le prince.

— Quels vauriens, ceux-là et Gaby, et Barbe, et Ptitsyne ! Je ne vais pas me fâcher avec eux, mais à partir de
cet instant nos voies se séparent. Ah, prince, depuis hier
j'ai connu beaucoup de sentiments nouveaux ; c'est une
leçon pour moi ! J'estime aussi que j'ai maintenant ma
mère sur les bras ; elle a beau être entretenue chez Barbe,
ce n'est quand même pas cela...

Il bondit, en se souvenant qu'on l'attendait, demanda à
la hâte au prince des nouvelles de sa santé et, sitôt la
réponse reçue, ajouta précipitamment :

— Rien d'autre ? J'ai entendu dire hier (au reste, je
n'en ai pas le droit)... mais si vous avez besoin n'importe
quand et pour n'importe quoi d'un fidèle serviteur, vous
l'avez devant vous. Il me semble que nous deux, nous ne
sommes pas tout à fait heureux. C'est bien vrai ? Mais...
je ne vous interroge pas, je ne vous interroge pas...

Il s'en alla, et le prince se plongea de plus belle dans
ses pensées : tous prédisent des malheurs, tous ont tiré
déjà leurs conclusions, tous ont l'air de voir, de savoir
quelque chose, que lui ne sait pas ; Lebedev cherche à lui
tirer les vers du nez, Colas fait des allusions directes, et
Viera pleure. Il finit par faire un geste de mécontentement : « Maudite susceptibilité maladive ! » pensa-t-il.
Son visage s'éclaira lorsque, sur les deux heures, il aperçut les Épantchine qui venaient lui rendre visite, « pour

une petite minute». La visite effectivement fut d'une
minute. Élisabeth Procofievna, en se levant de table,
avait déclaré qu'on irait tout de suite et tous ensemble
faire une promenade. L'avis était donné sous la forme
d'un ordre, brusquement, sèchement, sans explication.
Tout le monde sortit, c'est-à-dire la maman, les demoiselles, le prince Chtch. Élisabeth Procofievna prit carrément la direction opposée à celle qu'on prenait chaque
jour. Tous comprenaient de quoi il retournait, et tous se
taisaient, craignant d'irriter la maman; elle, comme pour
esquiver reproches ou objections, marchait devant, sans
se retourner. Enfin, Adélaïde observa qu'à la promenade
il ne fallait pas courir ainsi et qu'on n'arrivait pas à suivre
maman...

— Eh bien, voici! dit soudain, en se retournant, Élisabeth Procofievna, nous passons maintenant devant chez
lui. Quoi qu'en pense Aglaé et quoi qu'il puisse arriver
ensuite, il n'est pas un étranger pour nous, et de plus en
ce moment il est dans le malheur et malade. Moi du
moins, je vais lui faire une visite. Me suive qui veut;
celui qui ne voudra pas n'a qu'à passer outre; le chemin
n'est pas barré.

Tout le monde entra, bien entendu. Le prince, comme
il convenait, se hâta de demander pardon, une fois de
plus, pour le vase et... pour le scandale.

— Allons, ce n'est rien, répondit Élisabeth Procofievna, ce n'est pas le vase qui me fait pitié, c'est toi.
Ainsi, tu le remarques toi-même maintenant, qu'il y a eu
scandale : c'est bien ça, «le matin suivant...» Mais cela
non plus, ce n'est rien, parce que tout le monde voit
maintenant qu'on ne peut pas t'en vouloir. Bon! Au
revoir tout de même; si tu en as la force, va prendre l'air
et ensuite fais un somme, voilà ce que je te conseille. Si
l'envie t'en prend, viens à la maison comme avant; sois
assuré, une fois pour toutes, quoi qu'il arrive, quoi qu'il
puisse en résulter, que tu resteras quand même l'ami de
notre maison, le mien tout au moins. De moi au moins, je
peux répondre...

A ce défi tous répondirent, et confirmèrent les sentiments de la maman. Ils se retirèrent. Mais dans cette hâte

naïve à dire quelque chose d'aimable et d'encourageant se cachait beaucoup de cruauté, ce dont ne s'était pas aperçue Élisabeth Procofievna. Dans cette invitation à venir « comme avant » et dans les mots « le mien tout au moins » s'entendait encore une fois une sorte d'avertissement. Le prince se rappela Aglaé ; sans doute elle lui avait souri merveilleusement, à l'arrivée et au départ, mais elle n'avait pas dit un mot ; même au moment où tous lui témoignaient leur amitié, elle l'avait seulement une ou deux fois regardé fixement. Son visage était plus pâle qu'à l'ordinaire, comme si elle avait passé une mauvaise nuit. Le prince résolut d'aller le soir même chez eux, absolument « comme avant » et regarda fiévreusement sa montre.

Sur ce entra Viera, trois minutes exactement après le départ des Épantchine.

— Léon Nicolaevitch, Aglaé Ivanovna vient de me charger en secret d'un mot pour vous.

Le prince se mit à trembler.

— Un billet ?

— Non, oralement ; et encore, elle n'a eu que le temps. Elle vous demande vivement de ne pas vous absenter un seul instant de toute cette journée, jusqu'à sept heures du soir, ou même jusqu'à neuf, je n'ai pas bien entendu.

— Oui,... et pourquoi donc ? Qu'est-ce que cela veut dire ?

— Je n'en sais rien, moi ; mais elle m'a chargée de vous le dire absolument.

— Elle a dit comme ça : « absolument » ?

— Non, elle n'a pas dit le mot : elle a à peine eu le temps de se retourner et de dire un mot, heureusement encore que j'étais accourue. Mais on voyait bien à sa mine que c'était un ordre, avec ou sans « absolument ». Elle m'a lancé un de ces regards, que le cœur m'a manqué...

Quelques questions encore, qui n'apprirent rien au prince, mais l'alarmèrent de plus belle. Resté seul, il s'allongea sur le divan et se remit à penser. « Il y aura peut-être chez eux quelqu'un, jusqu'à neuf heures, et elle

craint encore que je ne fasse quelque sottise en public »,
imagina-t-il finalement, et de nouveau il attendit impatiemment le soir et regarda sa montre. Mais le mot de
l'énigme lui fut donné bien avant le soir et aussi sous la
forme d'une visite ; le mot... sous la forme d'une nouvelle et torturante énigme : exactement une demi-heure
après le départ des Épantchine entra Hippolyte, à ce point
las et épuisé qu'aussitôt entré et sans mot dire, comme
privé de connaissance, il tomba littéralement dans un
fauteuil et instantanément fut pris d'une toux insupportable. Il en arriva à cracher le sang. Ses yeux étincelaient,
et des taches rouges s'allumèrent sur ses joues. Le prince
lui murmura quelque chose, mais il ne répondit point et
longtemps encore, sans répondre, se borna à faire signe
de la main que pour le moment on ne le troublât pas.
Enfin il reprit ses esprits.

— Je m'en vais ! prononça-t-il enfin à grand-peine, de
sa voix enrouée.

— Si vous voulez, je vais vous reconduire, dit le
prince en se levant à moitié ; mais il s'arrêta net, se
souvenant de la récente interdiction de quitter la maison.

Hippolyte rit.

— Ce n'est pas de chez vous que je m'en vais, continua-t-il toujours avec le même essoufflement et la même
perpétuelle envie de tousser. Au contraire, j'ai éprouvé le
besoin de venir chez vous, pour affaire... sans quoi je
n'aurais pas voulu vous importuner. Je m'en vais *là-bas*,
et cette fois-ci, il me semble, c'est sérieux. Kaputt ! Je ne
cherche pas la compassion, croyez-le... Aujourd'hui je
m'étais déjà couché, sur les dix heures, pour ne plus me
relever jusqu'à ce moment-là, mais j'ai changé d'avis et
je me suis levé encore une fois pour venir vous voir...
c'est donc qu'il le fallait.

— Vous faites peine à voir. Vous auriez dû m'appeler,
plutôt que de vous donner cette peine.

— Bon, suffit ! Vous m'avez plaint, en voilà assez
pour la politesse mondaine... Oui, j'avais oublié : votre
santé, à vous ?

— Je vais bien. Hier ce n'était... pas trop...

— Je l'ai entendu dire. Le vase de Chine en a pâti ;

dommage que je n'aie pas été là. Voici l'affaire.
D'abord, j'ai eu le plaisir, aujourd'hui, de voir Gabriel
Ardalionovitch en tête à tête avec Aglaé Ivanovna, près
du banc vert. J'ai admiré à quel point un homme peut
avoir l'air bête. Je l'ai fait observer à Aglaé Ivanovna
elle-même après le départ de Gabriel Ardalionovitch...
Vous, je crois, prince, rien ne vous étonne, ajouta-t-il en
regardant sans trop de confiance le visage tranquille du
prince, rien ne vous étonne ; ne s'étonner de rien, dit-on,
c'est la marque d'un grand esprit ; à mon avis, ce pourrait
être aussi bien celle d'une grande sottise... Au reste, ce
n'est pas à vous que je pense, excusez-moi... Je suis bien
malheureux aujourd'hui dans mes expressions.

— Je savais déjà hier que Gabriel Ardalionovitch... —
Le prince s'arrêta court, visiblement troublé, bien
qu'Hippolyte fût dépité de le voir aussi peu étonné.

— Vous saviez ! Voilà une nouveauté ! Au reste, inutile de me raconter... Mais aujourd'hui vous n'avez pas
été témoin de l'entrevue ?

— Vous avez constaté que je n'étais pas là, puisque
vous y étiez.

— Bah ! vous pouviez être quelque part derrière un
buisson. En tout cas, je suis content, pour vous bien
entendu, autrement je pensais déjà que Gabriel Ardalionovitch avait la préférence !

— Je vous demande de ne pas me parler de cela,
Hippolyte, surtout en ces termes.

— D'autant plus que vous savez déjà tout.

— Vous vous trompez. Je ne sais pour ainsi dire rien,
et Aglaé Ivanovna sait à coup sûr que je ne sais rien.
Même de cette entrevue je ne savais absolument rien...
Vous me dites qu'il y a eu une entrevue ? Eh bien, c'est
bon, laissons cela...

— Mais comment : tantôt vous saviez, tantôt vous ne
saviez pas ? Vous dites : « C'est bon, laissons cela. » Eh
bien non, ne soyez pas si confiant ! Surtout si vous ne
savez rien. Et puis, si vous êtes confiant, c'est parce que
vous ne savez pas. Savez-vous quels calculs il y a entre
ces deux personnes, le frère et la sœur ? Cela, vous le
soupçonnez, peut-être ?... Bon, bon, je laisse tomber...,

ajouta-t-il en remarquant un geste impatient du prince; mais je suis venu pour une affaire personnelle et là-dessus je veux… m'expliquer. Le diable m'emporte, mais il n'y a pas moyen de mourir sans explications; c'est effrayant, combien j'ai d'explications à donner. Vous voulez bien m'écouter?

— Parlez, j'écoute.

— Quand même, je change encore d'avis: je commencerai tout de même par le petit Gaby. Figurez-vous que moi aussi, aujourd'hui, j'avais été invité à venir au banc vert. D'ailleurs, je ne veux pas mentir: c'est moi qui ai demandé avec insistance le rendez-vous, je me suis offert moi-même, j'ai promis de révéler un secret. Je ne sais si je suis arrivé trop tôt (il me semble qu'en effet je suis arrivé très tôt), mais à peine avais-je pris place à côté d'Aglaé Ivanovna que je vois apparaître Gabriel Ardalionovitch et Barbe Ardaliovna, bras dessus, bras dessous comme à la promenade. Je crois qu'ils ont été tous deux très frappés de me rencontrer; ils ne s'y attendaient pas, ils étaient confondus. Aglaé Ivanovna a rougi, et, croyez-le si vous voulez, elle a été même un peu éperdue. Était-ce de me voir là, ou bien tout bonnement de voir Gabriel Ardalionovitch, parce qu'il était trop beau, seulement elle a rougi tout entière et elle a terminé le tout en une seconde, très drôlement: elle s'est levée à demi, a répondu au salut de Gabriel Ardalionovitch, au sourire insinuant de Barbe Ardalionovna, et brusquement a tranché: «J'ai voulu seulement vous exprimer ma satisfaction personnelle pour vos sentiments sincères et amicaux, et si j'en ai un jour besoin, croyez que…» Là-dessus elle leur a fait un salut, et tous deux s'en sont allés la queue entre les jambes ou triomphants, je n'en sais rien; le petit Gaby, bien sûr, la queue entre les jambes; il n'a rien démêlé et est devenu rouge comme une écrevisse (il a parfois une expression étonnante dans le visage!) mais Barbe Ardalionovna, je crois, a compris qu'il fallait filer au plus vite, et que c'était déjà trop demander à Aglaé Ivanovna, et elle a entraîné son frère. Elle est plus fine que lui et, j'en suis persuadé, elle triomphe maintenant. Quant à moi, j'étais venu parler à Aglaé Ivanovna pour nous entendre sur l'entrevue avec Anastasie Filippovna.

— Avec Anastasie Filippovna! s'écria le prince.

— Ah, ah! Il me semble que vous perdez votre flegme et que vous commencez à vous étonner? Je suis enchanté que vous consentiez à ressembler à un homme. En retour je m'en vais vous amuser. Voilà ce que c'est que de se montrer serviable envers les jeunes demoiselles à l'âme sublime: j'ai reçu d'elle un soufflet, aujourd'hui!

— Moral? demanda quasi involontairement le prince.

— Oui, pas physique. Il me semble que pas une main ne se lèverait contre un homme comme moi. Même une femme ne me frapperait pas aujourd'hui; même le petit Gaby ne me frapperait pas! J'ai bien pensé cependant hier, un instant, qu'il allait sauter sur moi... Je parie que je sais à quoi vous pensez en ce moment. Vous pensez: «Admettons, il ne faut pas le battre; par contre on peut l'étouffer avec un oreiller ou avec un torchon mouillé pendant son sommeil, et même il le faut»... C'est écrit sur votre visage, que vous pensez cela, dans cette même seconde.

— Je n'ai jamais pensé cela! prononça le prince avec répulsion.

— Je ne sais pas, j'ai rêvé cette nuit que j'étais étouffé avec un torchon mouillé... par un individu... allons, je vais vous dire par qui: Rogojine, figurez-vous! Qu'en pensez-vous, on peut étouffer quelqu'un avec un torchon mouillé?

— Je n'en sais rien.

— J'ai entendu dire que c'est possible. Bon, laissons! Eh bien, en quoi donc suis-je un cancanier? Pourquoi m'a-t-elle traité de cancanier, aujourd'hui? Et cela, re-marquez-le bien, après avoir tout écouté jusqu'au dernier mot et même avoir posé des questions... Voilà les fem-mes! C'est pour elle que je suis entré en relations avec Rogojine, avec cet homme intéressant; c'est dans son intérêt que je lui ai ménagé une entrevue personnelle avec Anastasie Filippovna. Serait-ce parce que j'ai froissé son amour-propre en laissant entendre qu'elle accueillait avec joie «les restes» d'Anastasie Filippovna? Oui, mais c'est dans son intérêt que je lui ai expliqué tout le temps, je ne

le nie pas, je lui ai écrit deux lettres dans ce sens, et
aujourd'hui c'est la troisième fois, avec cette entrevue...
Tout dernièrement, j'ai commencé par lui dire que c'était
humiliant de sa part... Et par surcroît ce mot même, « les
restes », n'est pas de moi, mais de quelqu'un d'autre ; du
moins, chez le petit Gaby, tout le monde l'employait ;
d'ailleurs elle-même l'a confirmé. Alors, en quoi donc
suis-je un cancanier, pour elle ? Je vois, je vois : vous
avez terriblement envie de rire en ce moment, en me
regardant, et je parie que vous essayez sur moi ces vers
stupides :

> Il est possible qu'à mon funeste couchant
> L'amour me darde encore un sourire d'adieu [107].

Ha-ha-ha ! — et il partit d'un rire nerveux et recommença
à tousser. Remarquez bien — reprit-il à travers sa toux —
comment il est, ce petit Gaby : il parle de « restes », et de
quoi désire-t-il donc profiter lui-même maintenant ?
    Le prince resta longtemps silencieux ; il était effrayé.
    — Vous avez parlé d'une entrevue avec Anastasie
Filippovna ? murmura-t-il enfin.
    — Hé, se peut-il en vérité que vous ignoriez qu'il y
aura aujourd'hui une entrevue d'Aglaé Ivanovna avec
Anastasie Filippovna, pour laquelle cette dernière a été
appelée exprès de Pétersbourg, par l'entremise de Rogojine, sur l'invitation d'Aglaé Ivanovna et grâce à mes
efforts. Elle se trouve en ce moment, en compagnie de
Rogojine, très près de chez vous, dans son ancienne
maison, chez cette dame, Daria Alexieevna... une dame
très équivoque, une compagne à elle, et c'est là, dans
cette maison équivoque, que se rendra aujourd'hui Aglaé
Ivanovna pour un amical entretien avec Anastasie Filippovna et pour résoudre divers problèmes. Elles veulent
s'occuper d'arithmétique. Vous ne le saviez pas ? Parole
d'honneur ?
    — C'est invraisemblable.
    — Allons, tant mieux, si c'est invraisemblable ; au
reste, d'où le sauriez-vous ? — bien qu'ici à la moindre
mouche qui passe tout le monde soit déjà informé : quel
trou ! Mais moi, je vous ai quand même prévenu, et vous

pouvez m'être reconnaissant. Allons, au revoir, dans l'autre monde, probablement. Et puis une chose encore : j'ai pu agir bassement à votre égard ; c'est que... quelle raison aurais-je de perdre ce qui est mien, raisonnez un peu, de grâce ! Pour votre avantage, peut-être ? C'est à elle que j'ai dédié ma « Confession » (vous l'ignoriez ?). Et comme elle a accepté cela ! Hé-hé ! Mais devant elle je ne m'abaissais pas, devant elle je ne suis coupable de rien ; c'est elle qui m'a déshonoré et compromis... Au reste, devant vous non plus je ne suis coupable en rien ; si j'ai parlé quelque part de ces « restes » et autres paroles du même genre, en revanche je vous communique aujourd'hui et le jour et l'heure et le lieu de l'entrevue et je vous révèle tout ce jeu... de dépit, bien entendu, et non par grandeur d'âme. Adieu, je suis bavard, comme un bègue ou comme un poitrinaire ; faites attention, prenez vos mesures, et au plus vite, si seulement vous méritez le nom d'homme. L'entrevue est pour aujourd'hui, sur le soir, c'est certain.

Hippolyte se dirigea vers la porte, mais le prince l'appela et il s'arrêta sur le seuil.

— Ainsi, Aglaé Ivanovna, selon vous, viendra en personne aujourd'hui chez Anastasie Filippovna ? demanda le prince. Des taches rouges étaient apparues sur ses joues et sur son front.

— Je ne sais pas au juste, mais c'est probable, répondit Hippolyte en se retournant à moitié. D'ailleurs il ne peut pas en être autrement. Ce n'est quand même pas Anastasie Filippovna qui ira chez elle ? Ça ne peut pas non plus avoir lieu chez le petit Gaby ; il y a chez lui un mort, ou presque. Le général, comment est-il ?

— Pour cette raison déjà, c'est impossible ! confirma le prince. Comment sortirait-elle, si même elle le voulait ? Vous ne connaissez pas... les habitudes dans cette maison : elle ne peut s'absenter seule pour aller voir Anastasie Filippovna ; c'est une absurdité !

— Mais voyez, prince : personne ne saute par la fenêtre, et pourtant qu'il survienne un incendie, et le premier des gentlemen, la première des dames sauteront par la fenêtre. Quand la nécessité est là, rien à faire, et notre

demoiselle s'en ira trouver Anastasie Filippovna. Est-ce
que vraiment on ne les lâche nulle part, vos demoiselles ?

— Non, ce n'est pas ce que je voulais dire...

— Si ce n'est pas cela, alors elle n'a qu'à descendre
du perron et à marcher droit devant elle, quitte à ne pas
rentrer à la maison, si elle veut. Il y a parfois des cas où
on peut brûler ses vaisseaux, et on peut même ne pas
rentrer à la maison : la vie n'est pas faite seulement de
déjeuners et de dîners et de princes Chtch. Vous prenez,
il me semble, Aglaé Ivanovna pour une demoiselle ou
une pensionnaire quelconque ; moi, je lui ai déjà parlé de
la chose ; elle est, je crois, consentante. Attendez jusqu'à sept ou huit heures... A votre place, j'enverrais
quelqu'un là-bas monter la garde pour saisir la minute
précise où elle descendra le perron. Allons, envoyez ne
fût-ce que Colas ; il fera volontiers l'espion, soyez-en sûr,
pour vous, veux-je dire... parce que, n'est-ce pas, tout est
relatif... Ha-ha !

Hippolyte s'en alla. Le prince n'avait aucune raison
d'envoyer quelqu'un espionner, même s'il avait été capable de pareille chose. L'ordre d'Aglaé de rester à la
maison était maintenant presque expliqué : elle voulait
peut-être venir le chercher. Sans doute il se pouvait aussi
qu'elle ne voulût justement pas qu'il tombât là-bas mal à
propos, et pour cela elle lui ordonnait de rester chez lui...
C'était aussi possible. La tête lui tournait ; toute la pièce
dansait autour de lui. Il se coucha sur le divan et ferma les
yeux.

D'une façon ou de l'autre, les événements devenaient
décisifs, définitifs. Non, le prince ne prenait pas Aglaé
pour une demoiselle ou une pensionnaire ; il sentait
maintenant que depuis longtemps il craignait, et justement quelque chose dans ce genre ; mais pourquoi vou-
lait-elle la voir ? Un frisson lui courut par tout le corps ; de
nouveau il avait la fièvre.

Non, il ne la prenait pas pour une enfant ! Il avait été
effrayé ces derniers temps par certaines de ses vues, de
ses paroles. Il y avait des fois où il lui semblait qu'elle
faisait trop la forte, qu'elle se retenait trop, et il se
souvenait maintenant que cela l'épouvantait. Sans doute,

tous ces jours-ci, s'était-il efforcé de n'y pas penser, de
chasser ces pénibles pensées, mais que se cachait-il dans
cette âme ? Cette question le tourmentait depuis longtemps, bien qu'il y crût, lui, à cette âme. Et voilà que tout
devait se décider et se manifester en ce jour. Pensée
effrayante ! Et, de nouveau « cette femme » ! Pourquoi
avait-il toujours eu l'impression que cette femme appa-
raîtrait précisément au tout dernier moment pour briser sa
destinée comme un fil pourri ? Toujours il avait eu cette
impression, il était prêt à le jurer, bien qu'il fût presque
dans un demi-délire. S'il s'était efforcé d'oublier cette
femme, dans ces derniers temps, c'était uniquement
parce qu'il avait peur d'elle. Alors quoi : l'aimait-il ou la
haïssait-il ? Cette question, il ne se l'était pas posée une
seule fois ce jour-ci ; là, son cœur était pur : il savait qui il
aimait... Ce qu'il craignait, ce n'était pas tellement leur
rencontre, à elles deux, ni la bizarrerie, ni la raison,
encore ignorée de lui, de cette rencontre, ni la décision
quelle qu'elle fût qui en résulterait ; c'était Anastasie
Filippovna elle-même qu'il craignait. Il lui revint dans la
suite, plusieurs jours après, que durant ces heures de
fièvre il avait presque tout le temps eu devant lui ses
yeux, son regard, et entendu ses paroles, — des paroles
étranges, bien qu'il lui en fût resté peu de chose dans la
mémoire, après ces heures de fièvre et d'angoisse. Il se
rappela péniblement, par exemple, que Viera lui avait
apporté son repas et qu'il l'avait mangé ; il ne se rappelait
pas s'il avait dormi après ce repas, ou non. Il savait
seulement qu'il n'avait commencé à tout distinguer bien
nettement ce soir-là qu'après le moment où Aglaé était
soudain apparue sur la terrasse et où il avait bondi du
divan pour l'accueillir vers le milieu de la pièce : il était
alors sept heures un quart. Aglaé était seule, habillée
simplement et comme à la hâte, dans un léger petit
burnous. Son visage était pâle, comme la dernière fois,
mais ses yeux brillaient d'un éclat vif et froid ; il ne lui
avait jamais connu cette expression-là. Elle l'avait regardé attentivement.

— Vous êtes tout prêt, observa-t-elle à voix basse et
d'un air qui semblait calme, déjà habillé et le chapeau à la

main ; on vous avait donc prévenu, et je sais qui : Hippolyte ?

— Oui, il m'a parlé…, murmura le prince, plus mort
que vif.

— Allons-y : vous savez qu'il faut absolument que
vous m'accompagniez. Vous êtes, je suppose, en état de
sortir ?

— Oui, mais… est-ce possible ?

Il s'interrompit instantanément et ne put plus prono-
cer un mot. Ç'avait été son unique tentative d'arrêter
l'insensée, et après cela il la suivit comme un captif. Si
troubles que fussent ses pensées, il comprenait cependant
que même sans lui elle irait là-bas et que, par conséquent,
il devait de toute façon la suivre. Il devinait la force de sa
résolution ; il ne dépendait pas de lui d'arrêter cet élan
farouche. Ils marchaient silencieux ; de toute la route ils
ne dirent presque pas un mot. Il observa seulement
qu'elle connaissait bien la route, et quand il voulut faire
un détour par une ruelle, parce qu'à cet endroit la route
était plus déserte, et lui en fit la proposition, elle l'écouta,
sembla faire un effort d'attention, et répondit sèchement :
«Ça m'est égal !» Quand ils touchèrent presque à la
maison de Daria Alexieevna (une grande et vieille maison
de bois), une dame somptueuse en sortit, avec une jeune
fille ; toutes deux montèrent dans une superbe calèche qui
attendait devant le perron ; elles riaient et conversaient
bruyamment, et elles n'eurent pas un regard pour les
arrivants ; on aurait dit qu'elles ne les avaient pas remar-
qués. A peine la calèche se fut-elle éloignée que la porte
s'ouvrit de nouveau, et Rogojine, qui était à l'affût,
introduisit le prince et Aglaé et referma derrière eux la
porte.

— Il n'y a personne en ce moment dans toute la
maison, que nous quatre, observa-t-il à haute voix, et ce
disant il jeta sur le prince un regard étrange.

Dans la première pièce attendait Anastasie Filippovna,
elle aussi très simplement habillée et toute en noir ; elle se
leva pour les accueillir, mais elle ne sourit pas et ne tendit
même pas la main au prince.

Son regard insistant et inquiet se porta impatiemment

sur Aglaé. Toutes deux s'assirent assez loin l'une de l'autre. Aglaé sur le divan, dans un coin de la pièce, Anastasie Filippovna devant la fenêtre. Le prince et Rogojine ne s'assirent pas, et on ne les en pria pas. Le prince, perplexe et comme souffrant, regarda de nouveau Rogojine, mais celui-ci continuait à sourire de son sourire de jadis. Le silence se prolongea quelques instants encore.

Enfin une sorte de sensation de mauvais augure passa sur le visage d'Anastasie Filippovna ; son regard devenait obstiné, dur et presque haineux, ne se détachait pas un instant de sa visiteuse. Aglaé était visiblement troublée, mais non pas intimidée. En entrant, elle avait à peine jeté un coup d'œil sur sa rivale et pour le moment elle restait les yeux baissés, comme plongée dans ses réflexions. Une ou deux fois, comme par hasard, elle parcourut la pièce du regard ; un visible dégoût se peignit sur son visage, on aurait dit qu'elle avait peur de se salir ici. Elle ajusta machinalement sa robe et même une fois changea de place avec inquiétude, pour se rapprocher du coin du divan. Sans doute n'avait-elle pas elle-même conscience de tous ses mouvements ; mais cette inconscience ne faisait que renforcer leur caractère blessant. Enfin elle regarda Anastasie Filippovna droit et fermement dans les yeux, et sur-le-champ elle y lut clairement tout ce qui étincelait de haine dans le regard de sa rivale. La femme avait compris la femme : Aglaé tressaillit.

— Vous savez naturellement pourquoi je vous ai invitée, prononça-t-elle enfin, mais très bas et même après avoir fait deux pauses dans cette courte phrase.

— Non, je ne sais rien, répondit Anastasie Filippovna, sèchement et brusquement.

Aglaé rougit. Peut-être lui parut-il soudain terriblement étrange et invraisemblable de se trouver maintenant avec cette femme, dans la maison de « cette femme », et ayant besoin de sa réponse. Aux premiers accents de la voix d'Anastasie Filippovna, une espèce de frisson lui avait parcouru le corps. Tout cela, naturellement, « cette femme » l'avait fort bien remarqué.

— Vous comprenez tout... mais vous faites exprès

semblant de ne pas comprendre, chuchota presque Aglaé
en regardant sévèrement le parquet.

— Et pourquoi le ferais-je? demanda Anastasie Filippovna, avec un petit rire à peine indiqué.

— Vous voulez profiter de ma situation... de ce que je
suis chez vous, reprit Aglaé, de façon ridicule et maladroite.

— De cette situation c'est vous qui êtes responsable,
non pas moi! éclata soudain Anastasie Filippovna. Ce
n'est pas moi qui vous ai invitée, c'est vous qui m'avez
invitée, et je ne sais toujours pas pourquoi.

Aglaé releva fièrement la tête.

— Retenez votre langue; ce n'est pas avec cette arme,
qui est la vôtre, que je suis venue me mesurer avec
vous...

— Ah! Par conséquent, vous êtes quand même venue
«vous mesurer». Figurez-vous que je vous avais crue
quand même... plus spirituelle...

Elles se regardèrent l'une l'autre, sans plus cacher leur
haine. L'une de ces femmes était celle-là même qui si
récemment écrivait à l'autre des lettres si chaudes. Et tout
s'était dissipé à la première rencontre, dès les premières
paroles. Comment cela? A cet instant, aucune des quatre
personnes présentes dans cette pièce ne semblait trouver
cela étrange. Le prince qui, la veille encore, n'aurait pas
cru à la possibilité de voir cela même en songe, était là
maintenant à voir et à écouter, comme si depuis longtemps il eût tout pressenti. Le plus fantastique des songes
était devenu tout à coup la plus vive et la plus tranchée
des réalités. L'une de ces femmes, en cet instant, méprisait à ce point l'autre et voulait à ce point le lui déclarer
(peut-être n'était-elle venue que pour cela, ainsi que le dit
le lendemain Rogojine), que chez l'autre, si fantasque
qu'elle fût avec son cerveau détraqué et son âme malade,
aucune idée préalablement arrêtée n'aurait pu tenir, semblait-il, contre ce mépris empoisonné, purement fémi-
nin, de sa rivale. Le prince était sûr qu'Anastasie Filippovna ne parlerait pas la première des lettres; à voir ses
regards fulgurants; il devinait ce qu'il lui en coûtait
maintenant de les avoir écrites; mais il aurait donné

la moitié de sa vie pour qu'Aglaé non plus n'en parlât point.

Mais Aglaé parut soudain s'être reprise et, d'un coup, se domina.

— Vous m'avez mal comprise, dit-elle. Je ne suis pas venue... me quereller avec vous, bien que je ne vous aime point. Je... je suis venue vous... adresser des paroles humaines. En vous appelant, j'avais déjà décidé de quoi je parlerais, et je ne renoncerai pas à ma décision, dussiez-vous ne pas du tout me comprendre. Ce sera tant pis pour vous, et non pour moi. Je voulais répondre à ce que vous m'avez écrit, et répondre personnellement, parce que cela me paraissait plus convenable. Écoutez donc ma réponse à toutes vos lettres. J'ai eu pitié du prince Léon Nicolaevitch pour la première fois le jour où j'ai fait connaissance avec lui, et ensuite quand j'eus appris tout ce qui s'était passé à votre soirée. J'ai eu pitié de lui, parce que c'est un homme tellement simple et que dans sa simplicité il a cru qu'il pourrait être heureux... avec une femme... d'un pareil caractère. Ce que je redoutais pour lui est arrivé : vous n'avez pas pu l'aimer, vous l'avez tourmenté et abandonné. Vous n'avez pas pu l'aimer, parce que vous êtes trop fière... non, vous n'êtes pas fière, je me trompe, mais parce que vous êtes vaniteuse... ce n'est même pas cela : vous êtes égoïste jusqu'à... la folie, et vos lettres en sont la preuve. Vous n'avez pas pu l'aimer, simple comme il est, et peut-être même qu'en votre intérieur vous le méprisiez et vous riiez de lui. Vous ne pouviez aimer que votre déshonneur et la pensée perpétuelle que vous avez été déshonorée et outragée. Avec moins de déshonneur, ou pas du tout, vous seriez plus malheureuse... (Aglaé trouvait une jouissance à prononcer ces mots, qui lui échappaient précipitamment, mais qui depuis longtemps avaient été préparés et réfléchis, réfléchis alors qu'elle ne se représentait pas, même en songe, cette entrevue ; elle suivait d'un regard assassin leur effet sur le visage déformé par l'émotion d'Anastasie Filippovna.) Vous vous souvenez, continua-t-elle, il m'écrivit alors une lettre ; il dit que vous connaissez cette lettre et que vous l'avez même lue.

D'après cette lettre j'ai tout compris et bien compris; il
me l'a confirmé récemment lui-même, j'entends : tout ce
que je vous dis en ce moment, mot pour mot même.
Après cette lettre, j'ai attendu. J'ai deviné que vous seriez
obligée de venir ici, parce que vous ne pouvez pas vivre
sans Pétersbourg : vous êtes encore trop jeune et trop
belle pour la province... Au reste, ces mots non plus ne
sont pas de moi, ajouta-t-elle en rougissant terriblement,
et à partir de cet instant le rouge ne quitta plus son visage
jusqu'à la fin de son discours. — Quand j'ai revu le
prince, j'ai ressenti pour lui douleur et offense. Ne riez
pas; si vous riez, vous n'êtes pas digne de comprendre...

— Vous voyez bien que je ne ris pas, dit tristement et
sévèrement Anastasie Filippovna.

— Au reste, cela m'est égal : riez autant qu'il vous
plaira. Quand je l'ai interrogé, il m'a dit que depuis
longtemps il ne vous aimait plus, que même votre souvenir lui faisait mal, mais qu'il avait pitié de vous et que
quand il se souvenait de vous son cœur était comme
« transpercé à jamais ». Je dois vous dire encore que je
n'ai jamais dans ma vie rencontré un seul homme qui lui
ressemble pour la généreuse simplicité et la confiance
sans bornes. J'ai deviné, après l'avoir entendu, que quiconque le voudrait pourrait le tromper et que quiconque le
tromperait serait pardonné de lui, et voilà pourquoi je l'ai
aimé...

Aglaé s'arrêta un instant, comme atterrée, comme ne
pouvant croire qu'elle avait pu prononcer ce mot; mais en
même temps une fierté presque sans bornes brilla dans
son regard; on eût dit que maintenant tout lui était égal, et
même que « cette femme » se mît à rire de l'aveu qui
venait de lui échapper.

— Je vous ai tout dit; vous avez compris maintenant
ce que j'attends de vous ?

— Peut-être ai-je compris; mais dites-le vous-même,
répondit à voix basse Anastasie Filippovna.

La colère enflamma le visage d'Aglaé.

— Je voulais apprendre de vous, prononça-t-elle fermement et en détachant les mots, de quel droit vous vous
mêlez de ses sentiments à mon égard; de quel droit vous

avez osé m'écrire ces lettres ; de quel droit vous déclarez à tout moment, à lui et à moi, que vous l'aimez, après que vous l'avez vous-même laissé là et que vous l'avez fui d'une façon aussi blessante et... ignominieuse.

— Je n'ai déclaré ni à lui ni à vous que je l'aimais, articula avec effort Anastasie Filippovna, et... vous avez raison, je l'ai fui... ajouta-t-elle d'une voix à peine perceptible.

— Comment : « ni à lui ni à moi » ? s'écria Aglaé. Et vos lettres ? Qui vous a priée de nous marier, de m'exhorter à le prendre pour mari ? N'était-ce pas une déclaration, cela ? Pourquoi vous imposez-vous à nous ? J'ai pensé que vous vouliez au contraire installer chez moi de l'aversion envers lui en vous immisçant entre nous pour que je le quitte ; c'est seulement plus tard que j'ai deviné de quoi il s'agissait : vous vous êtes tout bonnement figuré que vous accomplissiez un acte d'héroïsme, avec toutes ces simagrées... Alors, pouviez-vous l'aimer, quand vous aimez tellement votre vanité ? Pourquoi n'êtes-vous pas tout simplement partie d'ici, au lieu de m'écrire des lettres ridicules ? Pourquoi maintenant n'épousez-vous pas un digne homme qui vous aime tellement et qui vous a fait l'honneur de vous offrir sa main ? La raison est trop claire : si vous épousiez Rogojine, que resterait-il de l'outrage subi ? Vous en retireriez même trop d'honneur ! Eugène Pavlytch a dit de vous que vous avez trop lu de poèmes et que vous étiez trop instruite pour votre... « situation » ; que vous étiez un bas-bleu et une fainéante ; ajoutez votre vanité, et voilà toutes vos raisons.

— Et vous n'êtes pas une fainéante ?

Trop précipitamment, trop crûment les choses en étaient arrivées à ce point inattendu, inattendu parce qu'Anastasie Filippovna, en se rendant à Pavlovsk, se faisait encore des illusions, bien que, naturellement, elle supposât plutôt le mal que le bien. Quant à Aglaé, elle avait été positivement entraînée en un instant par son élan, comme celui qui tombe d'une montagne, et elle n'avait pu se retenir devant l'horrible jouissance de la vengeance. Anastasie Filippovna avait été étrangement surprise de voir Aglaé dans cet état, elle la regardait et n'en croyait pas ses yeux ; au premier moment, elle en avait perdu littéralement tous ses moyens. Était-ce là la femme qui avait lu tant de poésies, comme le supposait Eugène Pavlovitch, ou tout bonnement une folle, comme le prince en était convaincu ; en tout cas cette femme, avec ses manières parfois si cyniques et si insolentes, était en réalité beaucoup plus pudique, plus tendre et plus confiante qu'on n'aurait pu le conclure d'après sa conduite. En vérité il y avait beaucoup chez elle de livresque, beaucoup de rêve, à force de se renfermer en elle-même, beaucoup de fantasque, mais de fort et de profond... Le prince comprenait cela ; une souffrance se marqua sur son visage. Aglaé le remarqua et frémit de haine.

— Comment osez-vous me parler de la sorte ? dit-elle avec une hauteur incomparable, pour répondre à la remarque d'Anastasie Filippovna.

— Vous avez sans doute mal entendu, fit Anastasie Filippovna étonnée. Comment vous ai-je parlé ?

— Si vous vouliez être une honnête femme, pourquoi n'avez-vous pas quitté, à l'époque, votre séducteur, Totski, tout simplement... sans attitudes théâtrales ? dit soudain Aglaé, sans rime ni raison.

— Que savez-vous de ma situation, pour oser me juger ? Anastasie Filippovna avait tressailli, affreusement pâli.

— Je sais que vous n'êtes pas allée travailler, vous êtes partie avec ce richard de Rogojine, pour jouer l'ange déchu. Je ne m'étonne pas que Totski ait voulu se tuer à cause de cet ange déchu !

— Cessez ! dit avec dégoût Anastasie Filippovna, comme dans un sursaut de douleur. Vous m'avez comprise tout comme... la femme de chambre de Daria Alexieevna, qui a eu un procès devant le juge de paix ces jours-ci avec son fiancé. Celle-là aurait compris mieux que vous...

— C'est sans doute une fille honnête et qui vit de son travail. Pourquoi traitez-vous avec tant de mépris une femme de chambre ?

— Ce n'est pas le travail que je traite avec mépris,
mais vous, lorsque vous parlez du travail.

— Si tu avais voulu être honnête, tu te serais faite
blanchisseuse [108].

Toutes deux se levèrent et, pâles, se regardèrent l'une
l'autre.

— Aglaé, arrêtez-vous! Vous n'êtes pas juste, s'écria
le prince, comme éperdu. Rogojine ne souriait plus, mais
écoutait, les lèvres serrées et les bras croisés.

— Tenez, regardez-la, disait Anastasie Filippovna,
tremblant de colère, cette demoiselle! Et moi qui la
prenais pour un ange! Vous êtes venue me voir sans votre
gouvernante, Aglaé Ivanovna?... Si vous voulez... voulez-vous que je vous le dise franchement, sans enjoliver,
pourquoi vous êtes venue me voir? Vous avez eu peur,
voilà pourquoi vous êtes venue.

— Peur de vous? demanda Aglaé, hors d'elle, dans sa
naïve et arrogante stupéfaction que l'autre ait osé lui
parler ainsi.

— Bien sûr, de moi! Vous avez peur de moi, dès lors
que vous vous êtes résolue à venir chez moi. Si on a peur
de quelqu'un, on ne le méprise pas. Et dire que je vous
respectais, jusqu'à cet instant même! Et savez-vous
pourquoi vous avez peur de moi et en quoi consiste
maintenant votre principal but? Vous vouliez vous assurer personnellement d'une chose: m'aime-t-il plus que
vous, ou non? Car vous êtes horriblement jalouse...

— Il m'a déjà dit qu'il vous hait..., balbutia presque
Aglaé.

— C'est possible; il se peut que je ne le vaille pas,
seulement... seulement vous mentez, je pense! Il ne peut
pas me haïr, et il n'a pas pu parler ainsi! Je suis prête, au
reste, à vous pardonner... en considération de votre situation... seulement j'avais quand même meilleure opinion de
vous; je vous croyais et plus intelligente, et même plus
belle, je vous le jure!... Allons, prenez-le donc, votre
trésor... le voici, il vous regarde, il n'arrive pas à reprendre
ses esprits, prenez-le pour vous, mais à une condition:
allez-vous-en tout de suite! A cet instant même!...

Elle tomba dans le fauteuil et fondit en larmes. Mais

soudain une lueur nouvelle brilla dans ses yeux, elle regarda fixement et opiniâtrement Aglaé et se leva.

— Si tu veux, je n'ai qu'à... le lui or-don-ner, entends-tu? Je n'ai qu'à lui or-don-ner, et tout de suite il t'abandonnera et restera avec moi pour toujours et m'épousera, tandis que tu te sauveras seule à la maison. Tu veux, tu veux? cria-t-elle comme une folle, ne croyant peut-être pas elle-même qu'elle avait pu prononcer de semblables paroles.

Aglaé prise d'épouvante s'élança vers la porte, mais s'arrêta sur le seuil, comme rivée au sol, et continua d'écouter.

— Veux-tu que je chasse Rogojine? Tu pensais que j'étais déjà mariée avec Rogojine pour ton plus grand plaisir? Eh bien, je vais crier devant toi: «Va-t'en, Rogojine!» et au prince je dirai: «Te souviens-tu de ta promesse?» Seigneur! Mais pourquoi donc me suis-je tellement abaissée devant eux? N'est-ce pas toi, prince, qui m'assurais que tu me suivrais quoi qu'il pût m'arriver, et que tu ne me quitterais jamais; que tu m'aimais et que tu me pardonnais tout et que tu me res... Oui, cela aussi, tu l'as dit! Et moi, pour te libérer, je t'ai fui. Mais maintenant je ne veux plus! Pourquoi m'a-t-elle traitée comme une traînée? Suis-je une traînée? — demande-le à Rogojine, il te le dira! Maintenant qu'elle m'a abreuvée de honte et encore sous tes yeux, tu vas me tourner le dos et la prendre par la main pour l'emmener avec toi? Alors, sois maudit, après cela, alors que moi je n'ai cru qu'en toi? Va-t'en, Rogojine, je n'ai pas besoin de toi! cria-t-elle, ne se connaissant presque plus. Elle chassait avec effort les paroles de sa poitrine, le visage défait et les lèvres sèches, ne croyant manifestement pas un seul mot de sa bravade, mais n'en désirant pas moins prolonger ne fût-ce que d'une seconde cet instant et se leurrer encore. L'accès était si fort qu'elle aurait pu mourir: c'était du moins ce qui sembla au prince. — Tiens, regarde-le! cria-t-elle enfin à Aglaé, en montrant de la main le prince. Si tout de suite il ne vient pas à moi, s'il ne me prend pas et ne t'abandonne pas, alors prends-le pour toi, je te le cède, je ne veux pas de lui!...

Et elle et Aglaé s'arrêtèrent, comme dans l'attente, et toutes deux comme des folles regardaient le prince. Mais lui ne comprenait peut-être pas toute la violence de ce défi, c'était même certain. Il ne voyait devant lui que ce visage dément, désespéré, qui, ainsi qu'il l'avait avoué une fois à Aglaé, lui avait «transpercé à jamais le cœur». Il ne put supporter plus longtemps et adressa à Aglaé ces mots de prière et de reproche, en désignant Anastasie Filippovna :

— Est-ce possible ! Ne voyez-vous pas... combien elle est malheureuse ?

Il ne put en dire davantage, ayant perdu l'usage de la parole sous le regard effrayant d'Aglaé. Ce regard reflétait tant de souffrance et en même temps de haine infinie qu'il joignit les mains, poussa un cri et s'élança vers elle. Mais il était déjà trop tard ! Elle n'avait pas supporté même sa seconde d'hésitation, avait caché son visage dans ses mains, s'était écriée : « Ah, mon Dieu ! » — et s'était précipitée hors de la pièce, Rogojine derrière elle pour lui tirer le verrou de la porte ouvrant sur la rue.

Le prince aussi courut, mais sur le seuil il fut pris entre deux bras. Le visage altéré, accablé d'Anastasie Filippovna le regardait dans le blanc des yeux, et ses lèvres bleuies s'agitaient, demandant :

— Tu cours après elle ? Après elle...

Elle tomba sans connaissance dans ses bras. Il la releva, la porta dans la chambre, la déposa dans un fauteuil et resta debout devant elle dans une attente hébétée. Il y avait sur le guéridon un verre d'eau ; Rogojine, qui était revenu, le prit et aspergea d'eau son visage ; elle ouvrit les yeux et demeura une minute sans rien comprendre ; puis tout à coup elle regarda autour d'elle, tressaillit, poussa un cri et s'élança vers le prince.

— Il est à moi, à moi ! s'écriait-elle. Elle est partie, la fière demoiselle, ha-ha-ha ! (Elle riait d'un rire hystérique.) Ha-ha-ha ! Et moi qui le lui cédais, à cette demoiselle ! Mais pourquoi, pourquoi ? Folle, folle que j'étais !... Va-t'en Rogojine, ha-ha-ha !

Rogojine les regarda fixement, sans mot dire, prit son chapeau et sortit. Dix minutes plus tard, le prince était

assis à côté d'Anastasie Filippovna, la regardait sans s'en
détacher une seconde et lui caressait la tête et le visage,
des deux mains, comme un petit enfant. Il riait fort en
réponse à son rire, il était prêt à pleurer en réponse à ses
larmes. Il ne disait rien, mais était tout oreilles pour
écouter son babil saccadé, exalté et sans suite ; il n'y
comprenait sans doute rien, mais il souriait doucement et
sitôt qu'elle lui semblait retomber dans le chagrin ou les
pleurs, les reproches ou les plaintes, il se remettait à lui
caresser la tête et promener tendrement ses mains sur ses
joues, en la consolant et l'encourageant comme une enfant.

IX

Il s'était écoulé deux semaines depuis l'événement
relaté au dernier chapitre ; et la situation de nos personnages avait changé au point qu'il nous est extrêmement
difficile d'aborder la suite sans explications particulières.
Et cependant nous sentons qu'il nous faut nous borner au
simple exposé des faits, autant que possible sans trop
d'explications, et cela pour une raison bien simple : nous
sommes nous-mêmes embarrassés, dans bien des cas,
pour expliquer ce qui s'est passé. Cet avertissement sem-
blera bien étrange et peu clair au lecteur : comment raconter une chose sur laquelle on n'a ni idée nette, ni
opinion personnelle ? Pour ne pas nous mettre dans une
position plus fausse encore, essayons plutôt de nous expliquer à l'aide d'un exemple, et le lecteur bienveillant
comprendra peut-être en quoi précisément consiste notre
embarras, d'autant plus que cet exemple ne sera pas une
digression, mais au contraire la continuation directe et
immédiate de notre récit.

Deux semaines plus tard, c'est-à-dire au début de juillet, et déjà au cours de ces deux semaines, l'histoire de
notre héros, et en particulier le dernier épisode de cette
histoire, prennent l'allure d'une anecdote étrange, fort
amusante, presque incroyable et en même temps presque
évidente, qui se répand petit à petit dans les rues avoisi-

nant les chalets de Lebedev, de Ptitsyne, de Daria Alexieevna, des Épantchine, bref à travers presque toute la ville et même dans les environs. Parmi toute la société, indigènes, estivants, habitués des concerts, courut une seule et même histoire, avec mille variantes : comment un certain prince, après avoir fait du scandale dans une maison honorable et connue et avoir repris sa parole à une demoiselle de cette maison, qui était déjà sa fiancée, s'était entiché d'une lorette, avait rompu avec ses anciennes relations et, en dépit de tout, en dépit des menaces, en dépit de l'indignation universelle, avait l'intention d'épouser très prochainement cette femme perdue, ici même à Pavlovsk, ouvertement, publiquement, la tête haute et en regardant les yeux droit dans les yeux. L'anecdote s'embellit si bien de scandales, il y fut mêlé tant de personnes importantes et connues, on lui ajouta tellement de nuances fantastiques ou énigmatiques de toutes sortes, et d'autre part elle consistait en des faits si évidents et si irréfutables, que la curiosité générale et les cancans étaient naturellement bien excusables.

L'interprétation la plus fine, la plus adroite et en même temps la plus vraisemblable était celle de certains cancaniers sérieux, appartenant à cette espèce d'hommes raisonnables qui, toujours et dans toute société, sont avant tout pressés d'expliquer aux autres un événement et trouvent là leur vocation, souvent aussi leur consolation. Selon leur interprétation, le jeune homme, de bonne famille, prince, presque riche, un peu innocent, mais démocrate et féru du nihilisme de l'époque découvert par M. Tourguenev [109], sachant à peine parler russe, était tombé amoureux de la fille du général Épantchine et avait réussi à se faire recevoir dans la maison en qualité de fiancé. Mais il avait fait comme ce séminariste français dont l'histoire venait d'être imprimée, qui s'était laissé ordonner prêtre, avait exprès demandé cette ordination, accompli tous les rites, toutes les prosternations, baisements, serments, etc., pour dès le lendemain déclarer publiquement à son évêque que, ne croyant pas en Dieu, il estimait malhonnête de tromper le peuple et de se faire nourrir par lui sans raison, et par conséquent se démettait de la dignité reçue la veille et imprimait cette lettre dans les journaux libéraux : le prince avait commis, prétendait-on, une tromperie analogue à celle de cet athée. On racontait qu'il avait exprès attendu une réception de gala donnée par les parents de sa fiancée, au cours de laquelle il fut présenté à nombre de personnages très importants, pour déclarer à haute voix devant tout le monde sa façon de penser, insulter de vénérables dignitaires, répudier sa fiancée en public et de façon blessante et briser, en résistant aux domestiques en train de l'expulser, un splendide vase de Chine. A cela on ajoutait, comme un trait caractéristique des mœurs contemporaines, que ce jeune homme déraisonnable aimait réellement sa fiancée fille de général, mais s'était dédit uniquement par nihilisme et en vue du scandale attendu, pour s'offrir le plaisir d'épouser devant tout le monde une femme perdue et de prouver par là qu'il n'existait dans ses convictions ni femmes perdues, ni femmes vertueuses, mais seulement une femme, la femme libre ; qu'il ne croyait pas à l'ancienne et mondaine distinction, mais seulement à « la question féminine », et qu'enfin, la femme tombée, à ses yeux, était encore un peu supérieure à celle qui ne l'était pas.

Cette explication parut plausible et fut acceptée par la majorité des gens en villégiature, d'autant plus qu'elle était confirmée par des faits quotidiens. Sans doute, une multitude de choses demeuraient inexpliquées : on racontait que la pauvre jeune fille aimait tellement son fiancé (selon certains : son séducteur) qu'elle était accourue chez lui dès le lendemain du jour où il l'avait rejetée et comme il était chez sa maîtresse ; d'autres assuraient au contraire qu'il l'avait lui-même et exprès attirée chez sa maîtresse, uniquement par nihilisme, c'est-à-dire pour la couvrir de honte et d'opprobre. Quoi qu'il en fût, l'intérêt de l'histoire allait croissant de jour en jour, d'autant plus qu'il ne restait pas le moindre doute sur ce point que le mariage scandaleux allait en effet avoir lieu.

Et maintenant si on nous demandait d'expliquer non point les nuances nihilistes de l'événement, mais simplement et uniquement jusqu'à quel point le mariage prévu répondait aux désirs véritables du prince, en quoi consistaient au moment donné ces désirs, comment définir l'état d'âme de notre héros à l'heure actuelle, et autres questions du même genre, nous serions, il faut l'avouer, fort embarrassé pour répondre. Nous savons seulement une chose, c'est que le mariage fut réellement fixé et que le prince lui-même chargea Lebedev, Keller et je ne sais quelle connaissance de Lebedev, que celui-ci lui avait présentée à cet effet, de faire pour lui toutes les démarches tant à l'église que pour la dépense ; que l'ordre fut donné de ne pas plaindre l'argent ; que ce fut Anastasie Filippovna qui insista et pressa les choses ; que le garçon d'honneur désigné pour le prince fut Keller, sur son ardente prière, et celui d'Anastasie Filippovna Bourdovski, qui avait accueilli cette désignation avec enthousiasme ; enfin que le jour fixé était dans le début de juillet.

Mais en dehors de ces circonstances bien précises, nous connaissons encore certains faits qui nous déroutent absolument parce qu'ils contredisent les précédents. Nous soupçonnons fortement, par exemple, qu'après avoir demandé à Lebedev et aux autres de se charger de toutes les démarches, le prince dut oublier le même jour qu'il avait un maître des cérémonies, et des garçons d'honneur, et un mariage : s'il s'était hâté de prendre ces mesures et de remettre à d'autres ces démarches, c'était uniquement pour n'y plus penser lui-même, et peut-être même pour les oublier au plus vite. A quoi donc pensait-il, lui, dans ce cas, de quoi voulait-il se souvenir, à quoi aspirait-il ? Il n'y a aucun doute non plus sur ceci qu'il n'avait subi aucune contrainte (par exemple, de la part d'Anastasie Filippovna) ; qu'Anastasie Filippovna avait en effet désiré vivement un mariage rapide, et que c'était elle qui avait imaginé ce mariage, et nullement le prince ; mais le prince y avait consenti librement ; et même d'un air distrait et comme si on lui avait demandé une chose quelconque assez ordinaire. Ces faits étranges, nous en avons beaucoup devant nous, mais loin d'expliquer quoi que ce soit, ils ne font à notre avis que rendre plus difficile l'interprétation, quel que soit leur nombre. Cependant, nous apporterons encore un exemple.

Ainsi il nous est parfaitement connu qu'au cours de ces deux semaines le prince a passé des journées et des soirées entières en compagnie d'Anastasie Filippovna; qu'elle l'emmenait avec elle à la promenade, à la musique; qu'il circulait chaque jour avec elle en calèche; qu'il commençait à s'inquiéter d'elle s'il ne l'avait pas vue d'une heure (il l'aimait donc, d'après tous les signes, sincèrement); qu'il l'écoutait avec un tranquille et doux sourire, quoi qu'elle pût lui raconter, des heures entières, et ne disait presque rien lui-même. Mais nous savons aussi que pendant ces mêmes jours, à plusieurs reprises et même de nombreuses fois, il sortait soudain pour se rendre chez les Épantchine, sans se cacher d'Anastasie Filippovna, ce qui la mettait quasiment au désespoir. Nous savons que chez les Épantchine, tant qu'ils restèrent à Pavlovsk, on refusa de le recevoir, on lui refusa constamment de voir Aglaé Ivanovna : il s'en retournait sans mot dire, et le lendemain il revenait, comme s'il avait oublié tout à fait le refus de la veille, et bien entendu recevait un nouveau refus.

Il nous est connu également qu'une heure après la fuite d'Aglaé Ivanovna de chez Anastasie Filippovna, et peut-être même moins d'une heure, le prince était déjà chez les Épantchine, naturellement dans la certitude de trouver là Aglaé, et que son apparition suscita alors un trouble et une peur extraordinaires dans la maison parce qu'Aglaé n'était pas encore revenue et qu'on avait appris par lui, pour la première fois, qu'elle avait été avec lui chez Anastasie Filippovna. On racontait qu'Élisabeth Procofievna, ses filles et même le prince Chtch. avaient alors traité le prince avec beaucoup de dureté et d'hostilité et que c'était alors qu'ils lui avaient signifié, en termes vigoureux, qu'ils lui refusaient leur amitié et ne voulaient plus le connaître, surtout après que Barbe Ardalionovna se fut soudain présentée devant Élisabeth Procofievna en annonçant qu'Aglaé était depuis environ une heure chez elle, dans sa maison et dans un état effrayant, et ne voulait pas, semblait-il, rentrer chez ses parents. Cette dernière nouvelle plus que tout atterra Élisabeth Procofievna. Aglaé aurait en effet préféré mourir plutôt que de se montrer maintenant devant les siens, et c'est pourquoi elle s'était précipitée chez Nina Alexandrovna. Barbe Ardalionovna, elle, avait aussitôt jugé nécessaire d'informer de tout cela, sans perdre un instant, Élisabeth Procofievna. Et la mère et les filles se précipitèrent immédiatement chez Nina Alexandrovna, et derrière elles le père de famille, Ivan Fiodorovitch, qui venait seulement de rentrer ; derrière eux vint aussi le prince Léon Nicolaevitch, en dépit du congé reçu et des paroles cruelles ; mais, sur l'ordre de Barbe Ardalionovna, il ne fut pas admis, là non plus, auprès d'Aglaé. Le tout se termina ainsi : quand Aglaé vit sa mère et ses sœurs pleurant sur elle sans lui adresser aucun reproche, elle se jeta dans leurs bras et rentra tout de suite avec elles à la maison.

On racontait, bien que ces bruits-là ne fussent pas absolument exacts, que Gabriel Ardalionovitch, cette fois encore, n'avait pas eu de chance : profitant du moment où Barbe Ardalionovna courait chez Élisabeth Procofievna et se trouvant seul avec Aglaé, il avait imaginé de lui parler de son amour ; en l'entendant, Aglaé, malgré son chagrin et ses larmes, avait été prise soudain d'un grand rire et lui avait fait tout à coup une étrange proposition : brûlerait-il, comme preuve de son amour, son doigt à la flamme de la bougie, tout de suite ? Gabriel Ardalionovitch avait été, disait-on, abasourdi par cette proposition, et à un tel point éperdu, et avait exprimé sur son visage un si terrible embarras, qu'Aglaé éclata devant lui d'un rire quasi hystérique et s'enfuit à l'étage supérieur, chez Nina Alexandrovna, où la trouvèrent ensuite ses parents. Cette anecdote arriva jusqu'au prince par Hippolyte, le lendemain. Hippolyte, qui ne se levait plus, l'avait envoyé chercher tout exprès pour lui communiquer cette nouvelle. Comment le bruit lui était-il parvenu à lui-même, nous l'ignorons, mais lorsque le prince eut appris l'histoire de la bougie et du doigt, il rit tellement qu'Hippolyte en fut étonné ; ensuite il eut un frisson et fondit en larmes... D'une façon générale, il passa ces jours-là dans une grande agitation et un trouble extrême, vague, indéterminé et douloureux. Hippolyte déclarait tout net qu'il le trouvait «dérangé», mais rien encore ne permettait de l'affirmer positivement.

En présentant tous ces faits et en nous refusant à les expliquer, nous ne prétendons nullement justifier notre héros aux yeux des lecteurs. Bien plus, nous sommes pleinement disposé à partager l'indignation qu'il suscita même chez ses amis. Même Viera Lebedev lui en voulut quelque temps ; même Colas lui en voulait ; même Keller, jusqu'au jour où il fut choisi comme garçon d'honneur, sans parler de Lebedev lui-même, qui commença même à intriguer contre le prince, aussi pour cause d'indignation, même tout à fait sincère. Mais de cela nous parlerons plus tard. D'une façon générale, nous sympathisons entière-ment et au plus haut point avec certaines paroles très fortes et même psychologiquement profondes d'Eugène Pavlovitch, que celui-ci adressa tout net et sans cérémo-nies au prince au cours d'un entretien amical, le sixième ou le septième jour après la scène chez Anastasie Filip-povna. Notons à ce propos que non seulement les Épant-chine, mais tous ceux aussi qui appartenaient directement ou indirectement à la maison, jugèrent nécessaire de rompre absolument toutes relations avec le prince. Le prince Chtch., par exemple, lui tourna même le dos en le rencontrant et ne lui rendit pas son salut. Mais Eugène Pavlovitch ne craignit pas de se compromettre en le visitant, bien qu'il fréquentât de nouveau tous les jours chez les Épantchine et y fût reçu même avec un visible redoublement de cordialité. Il arriva chez le prince exac-tement le lendemain du départ de Pavlovsk de tous les Épantchine. En entrant, il connaissait déjà tous les bruits répandus dans le public ; peut-être même y avait-il contri-bué. Le prince lui fit le meilleur accueil et mit tout de suite la conversation sur les Épantchine ; cette simplicité et cette franche entrée en matière le mirent à l'aise, si bien qu'il aborda sans ambages son sujet.

Le prince ne savait pas encore que les Épantchine étaient partis ; il fut atterré, pâlit ; mais une minute après il hocha la tête, troublé et pensif, et reconnut qu'«il devait en être ainsi » ; ensuite il s'informa rapidement de l'en-droit où ils étaient allés.

Eugène Pavlovitch cependant l'observait fixement, et tout cela, la rapidité des questions, leur simplicité, le trouble et en même temps cette étrange franchise, cette inquiétude et cette excitation, tout cela l'étonna passablement. D'ailleurs il communiqua aimablement et en détail au prince les renseignements désirés : il y avait beaucoup de choses qu'il ne savait pas encore, et c'était là le premier messager venu de cette maison. Il confirma qu'Aglaé avait vraiment été malade et que de trois jours elle n'avait presque pas dormi la nuit, en proie à la fièvre ; que maintenant elle allait mieux et était hors de danger, mais dans un état nerveux, presque hystérique... « C'est encore heureux que dans la maison ce soit la paix complète ! On tâche d'éviter les allusions au passé, même entre soi, et non pas seulement devant Aglaé. Les parents ont déjà parlé entre eux d'un voyage à l'étranger, en automne, aussitôt après le mariage d'Adélaïde ; Aglaé a accueilli en silence ces premières approches. » Lui, Eugène Pavlovitch, irait peut-être aussi à l'étranger. Même le prince Chtch. partirait peut-être, pour deux mois, avec Adélaïde, si ses affaires le lui permettaient. Le général resterait. Pour le moment, tous étaient à Kolmino, un de leurs domaines, à une vingtaine de verstes de Pétersbourg, où il y avait une vaste maison de maîtres. La Bielokonski n'était pas encore repartie pour Moscou, et semblait même être restée intentionnellement. Élisabeth Procofievna avait fortement insisté sur ceci qu'il n'y avait pas moyen de rester à Pavlovsk après ce qui s'était passé ; lui, Eugène Pavlovitch, lui communiquait chaque jour les bruits qui couraient la ville. On n'avait pas trouvé possible non plus de s'installer à l'île Élaguine.

— Et d'ailleurs véritablement, ajouta Eugène Pavlovitch, reconnaissez-le vous-même, y a-t-il moyen d'y tenir... surtout sachant ce qui se passe ici chez vous à chaque instant, dans votre maison, prince, et après vos visites quotidiennes là-bas, en dépit des refus...

— Oui, oui, oui, vous avez raison. Je voulais voir Aglaé Ivanovna... Et le prince hocha de nouveau la tête.

— Ah, mon cher prince, s'écria brusquement Eugène Pavlovitch avec animation et avec douleur, comment

avez-vous pu alors permettre… tout ce qui s'est passé ?
Bien sûr, bien sûr, tout cela a été pour vous tellement
inattendu… Je le reconnais, vous avez dû être perdu… et
vous ne pouviez quand même pas arrêter cette folle, vous
n'en aviez pas la force ! Mais vous auriez dû comprendre
quand même à quel point cette fille vous était… sérieusement et fortement attachée. Elle n'a pas voulu partager
avec l'autre, et vous… vous avez pu abandonner et briser
un pareil trésor !

— Oui, oui, vous avez raison ; oui, j'ai eu tort, répéta
le prince, dans un terrible chagrin, et vous savez : elle
seule, Aglaé seule, voyait Anastasie Filippovna de cette
façon… Personne d'autre ne la voyait ainsi.

— Mais c'est justement en quoi tout cela est révoltant,
qu'il n'y avait là-dedans rien de sérieux ! s'écria Eugène
Pavlovitch, en s'animant véritablement. Pardonnez-moi,
prince, mais… je… j'y ai réfléchi, prince ; j'y ai beaucoup réfléchi ; je sais tout ce qui s'est passé avant, je sais
tout ce qu'il y a eu il y a six mois, tout, et rien de tout cela
n'était sérieux ! Tout cela n'était qu'emballement cérébral, représentation, imagination, fumée, et seule la jalousie épouvantée d'une jeune fille absolument inexpérimentée a pu le prendre au sérieux !

Là-dessus Eugène Pavlovitch, qui déjà parlait absolument sans se gêner, lâcha la bride à son indignation.
Raisonnablement et clairement et même, nous le répé-
tons, avec beaucoup de psychologie, il déploya devant le
prince le tableau de toutes les anciennes relations de
celui-ci avec Anastasie Filippovna. Eugène Pavlovitch
avait toujours eu le don de la parole ; cette fois-ci, il
atteignit à l'éloquence. «Dès le début, proclama-t-il, cela
a commencé entre vous par le mensonge ; ce qui avait
commencé par le mensonge devait finir par le mensonge :
c'est une loi de la nature. Je ne suis pas d'accord, je suis
même révolté quand des gens — enfin certaines personnes — vous traitent d'idiot ; vous êtes trop intelligent
pour être ainsi appelé ; mais vous êtes aussi assez étrange
pour ne pas être comme tout le monde, avouez-le vous-
même. J'ai décidé qu'à la base de tout ce qui s'est passé il
y a, premièrement, votre inexpérience innée, si je puis

dire (notez prince, ce mot : innée) ; ensuite, votre extraordinaire simplicité de cœur ; puis une phénoménale absence du sens de la mesure (ce dont vous vous êtes rendu
compte déjà maintes fois) ; et enfin une masse immense,
alluviale, de convictions cérébrales, qu'avec votre extrême loyauté vous prenez jusqu'à ce jour pour des
convictions vraies, naturelles, immédiates ! Vous admet-
trez vous-même, prince, qu'il y a eu dès le début à la base
de vos relations avec Anastasie Filippovna quelque chose
de *conventionnellement démocratique* (pour m'exprimer
brièvement), si je puis dire : l'enchantement de la « question féminine » (pour le dire encore plus brièvement).

Je connais en effet très exactement cette scène étrange,
scandaleuse qui a eu lieu chez Anastasie Filippovna,
quand Rogojine a apporté son argent. Voulez-vous que je
vous analyse vous-même comme dans un miroir, tant je
sais avec précision de quoi il retournait et pourquoi les
choses ont ainsi évolué ? Jeune homme, en Suisse, vous
aviez soif d'une patrie, vous aspiriez à la Russie comme à
un pays inconnu, une terre promise ; vous aviez lu beaucoup de livres sur la Russie, des livres peut-être excellents, mais mauvais pour vous ; vous êtes arrivé dans le
premier feu de votre fièvre d'action, vous vous êtes, pour
ainsi dire, précipité dans l'action. Et voici que, le même
jour, on vous raconte l'histoire triste et révoltante d'une
femme outragée, on vous raconte cela à vous, un chevalier, un homme vierge, l'histoire d'une femme ! Le même
jour, vous voyez cette femme : vous êtes ensorcelé par sa
beauté, beauté fantastique, démoniaque (je le reconnais,
que c'est une beauté). Ajoutez les nerfs, ajoutez votre
haut mal, ajoutez notre dégel pétersbourgeois qui secoue
les nerfs ; ajoutez toute cette journée dans une ville inconnue et quasi fantastique pour vous, journée de rencontres
et de scènes, journée de nouvelles connaissances inattendues, journée de la réalité la plus inattendue, journée des
trois beautés Épantchine, et parmi elles Aglaé, ajoutez la
fatigue, le vertige ; ajoutez le salon d'Anastasie Filippovna et le ton de ce salon, et... que pouviez-vous attendre de vous-même à ce moment, à votre idée ?

— Oui, oui, oui, oui. — Le prince hochait la tête, en

commençant à rougir. — Oui, c'est à peu près comme
cela, en effet. Et savez-vous, la veille, je n'avais pour
ainsi dire pas dormi, dans le train, et la précédente non
plus, et j'étais très mal en point...

— Eh bien, oui, que disais-je donc? continua, en
s'échauffant, Eugène Pavlovitch. Il est clair que dans la
griserie, si j'ose dire, de l'enthousiasme, vous vous êtes
jeté sur la première possibilité de proclamer au monde
cette généreuse pensée que vous, prince de bonne race et
homme pur, vous ne jugiez pas déshonorée une femme
salie non par sa faute, mais par la faute d'un ignoble
débauché du grand monde. O Seigneur, mais cela se
comprend! Seulement, mon cher prince, ce n'est pas de
cela qu'il s'agit, mais de savoir s'il y avait là de la vérité,
s'il y avait de la vérité dans votre sentiment, s'il y avait là
du naturel, ou bien seulement un enthousiasme cérébral.
Qu'en pensez-vous : une femme a été pardonnée dans le
temple, la même femme, mais il ne lui a pas été dit
qu'elle agissait bien, qu'elle était digne de tous les honneurs et tous les respects. Le bon sens ne vous a-t-il pas
soufflé à vous-même, au bout de trois mois, de quoi il
retournait? Je veux bien qu'elle soit maintenant innocente, — je ne m'arrêterai pas là-dessus, parce que je ne
le veux pas, — mais est-ce que toutes ses aventures
peuvent justifier un orgueil aussi intolérable, aussi diabolique, un égoïsme aussi insolent, aussi dévorant? Pardonnez-moi, prince, je m'emporte, mais...

— Oui, tout cela se peut; il se peut que vous ayez
raison..., murmura de nouveau le prince. Elle est réellement très surexcitée, et vous avez raison bien sûr, mais...

— Elle est digne de compassion? C'est cela que vous
voulez dire, mon bon prince? Mais était-il permis, par
compassion et pour son plus grand plaisir, de couvrir de
honte une autre, une jeune fille fière et pure, de l'humilier
sous ces yeux hautains, sous ces yeux haineux? Jusqu'où
n'ira pas, après cela, la compassion? N'y a-t-il pas là une
invraisemblable exagération? Et puis peut-on, quand on
aime une jeune fille, l'humilier de la sorte devant sa
rivale, la laisser là pour l'autre, aux yeux de cette autre,
après lui avoir fait une loyale proposition... or vous la lui

avez faite, la proposition, vous lui avez fait votre déclaration en présence de ses parents et de ses sœurs ! Après cela, êtes-vous un honnête homme, prince, permettez-moi de vous poser la question ? Et... et n'avez-vous pas trompé une divine jeune fille en l'assurant que vous l'aimiez ?

— Oui, oui, vous avez raison. Ah, je sens que je suis coupable ! prononça le prince, dans un chagrin inexprimable.

— Mais cela suffit-il ? s'écria dans son indignation Eugène Pavlovitch. Suffit-il de s'écrier : « Ah, je suis coupable ! » Vous êtes coupable et vous persévérez ! Et où était alors votre cœur, votre cœur « chrétien » ? Vous avez pourtant vu son visage à ce moment-là : est-ce qu'elle souffrait moins que *l'autre,* que *votre* autre, qui vous séparait ? Vous l'avez vu et vous l'avez toléré ! Comment cela ?

— Mais... je n'ai rien toléré, balbutia le malheureux prince.

— Comment cela, rien toléré ?

— Moi, je vous le jure, je n'ai rien toléré. Jusqu'à ce jour, je ne comprends toujours pas comment tout cela s'est fait... je... j'ai couru derrière Aglaé Ivanovna, et Anastasie Filippovna est tombée en pâmoison. Et depuis on ne me laisse toujours pas approcher d'Aglaé Ivanovna...

— C'est égal ! Vous deviez courir après Aglaé, même si l'autre était évanouie.

— Oui, oui, je devais... Mais c'est qu'elle serait morte ! Elle se serait tuée, vous ne la connaissez pas... et... c'est égal, j'aurais tout raconté ensuite à Aglaé Ivanovna et... Vous voyez, Eugène Pavlovitch, je vois que vous ne savez pas tout. Dites-moi pourquoi on ne me laisse pas approcher d'Aglaé Ivanovna. Je lui expliquerais tout. Voyez-vous, elles parlaient toutes deux à côté, à ce moment-là, tout à fait à côté, et c'est pour cela que c'est arrivé... Je ne peux pas vous l'expliquer à vous ; mais je l'expliquerais peut-être à Aglaé... Ah mon Dieu, mon Dieu ! Vous parlez de son visage au moment où elle s'est sauvée... ô mon Dieu, je m'en souviens ! Allons-y, allons-y ! — et il tira soudain par la manche Eugène

Pavlovitch, en se levant précipitamment, d'un bond.

— Où?

— Allons chez Aglaé Ivanovna, allons tout de suite!

— Mais elle n'est pas à Pavlovsk, je vous l'ai dit. Et pourquoi y aller?

— Elle comprendra, elle comprendra! murmura le prince, en joignant les mains dans un geste de prière. Elle comprendra que ce n'était pas cela, que c'était tout à fait, tout à fait autre chose!

— Comment: tout à fait autre chose? Quand même, vous vous mariez, n'est-ce pas? Donc vous persévérez... Vous vous mariez, oui ou non?

— Eh bien, oui... je me marie; oui, je me marie!

— Alors comment ne serait-ce pas cela?

— Oh non, ce n'est pas cela! Cela n'y fait rien, que je me marie, rien du tout!

— Comment, rien du tout? Ce n'est pourtant pas une plaisanterie, cela non plus! Vous vous mariez à une femme aimée pour faire son bonheur, et Aglaé Ivanovna le voit et le sait: comment cela ne ferait-il rien?

— Son bonheur? Oh non! C'est simplement comme ça que je me marie; elle le veut; et puis qu'est-ce que cela fait, que je me marie: je... Eh bien, tout cela, c'est égal! Autrement, elle en mourrait. Je vois maintenant que ce mariage avec Rogojine était une folie! J'ai compris maintenant ce que je ne comprenais pas alors, et voyez: quand elles étaient là l'une en face de l'autre, je n'ai pas pu supporter le visage d'Anastasie Filippovna... Vous ne savez pas, Eugène Pavlovitch (il baissa mystérieusement la voix), je ne l'ai dit à personne, jamais, même à Aglaé, mais ce visage d'Anastasie Filippovna, je ne peux pas le supporter... Vous avez dit la vérité, tout à l'heure, sur cette soirée chez Anastasie Filippovna; mais il y avait encore une chose, que vous avez omise, parce que vous ne la saviez pas: je regardais *son visage!* Déjà le matin, sur son portrait, je n'avais pas pu le supporter... Tenez, Viera, la fille de Lebedev, elle a des yeux tout autres; j'ai... j'ai peur de son visage! ajouta-t-il avec une terrible épouvante.

— Vous avez peur?

— Oui ; elle est folle ! chuchota-t-il, en pâlissant.

— Vous le savez à coup sûr ? demanda Eugène Pavlovitch avec une grande curiosité.

— Oui, à coup sûr ; maintenant, à coup sûr ; maintenant, ces jours-ci, je l'ai appris tout à fait sûrement !

— Alors que faites-vous... contre vous-même ? s'écria, épouvanté, Eugène Pavlovitch. Par conséquent, vous vous mariez par peur ? Je n'arrive pas à comprendre... Même sans l'aimer, peut-être ?

— Oh non, je l'aime de toute mon âme ! c'est une enfant, vous savez... maintenant, c'est une enfant, une véritable enfant ! Oh, vous ne savez rien !

— Et en même temps vous assuriez de votre amour Aglaé Ivanovna ?

— Oh oui, oui.

— Comment donc ? Ainsi c'est toutes les deux que vous voulez aimer ?

— Oh oui, oui.

— De grâce, prince, que dites-vous ? Revenez à vous !

— Sans Aglaé, je... je dois absolument la voir ! Je... je mourrai bientôt pendant mon sommeil ; j'ai pensé mourir cette nuit pendant mon sommeil. Oh, si Aglaé savait, si elle savait tout... mais absolument tout ! Car ici il faut tout savoir, c'est la première chose ! Pourquoi ne pouvons-nous jamais *tout* savoir d'un autre, lorsqu'il le faudrait, lorsque cet autre est coupable !... Au reste, je ne sais pas ce que je dis, je m'embrouille... Vous m'avez terriblement frappé... Et se peut-il qu'elle ait maintenant encore le même visage que l'autre jour, au moment où elle s'est sauvée ? Oh oui, je suis coupable ! Le plus probable, c'est que j'ai tort sur tous les points. Je ne sais pas encore en quoi précisément, mais j'ai tort... Il y a là quelque chose que je ne peux pas vous expliquer, Eugène Pavlovitch, et les mots me manquent, mais... Aglaé Ivanovna comprendra ! Oh, j'ai toujours cru qu'elle comprendrait !

— Non, prince, elle ne comprendra pas ! Aglaé Ivanovna aimait en tant que femme, en tant qu'être humain, et non comme... un esprit abstrait. Savez-vous une chose, mon malheureux prince : le plus sûr, c'est que vous n'avez jamais aimé ni l'une, ni l'autre !

— Je ne sais pas... c'est possible, c'est possible ; vous avez raison sur bien des points, Eugène Pavlovitch. Vous êtes remarquablement intelligent, Eugène Pavlovitch ; ah, la tête recommence à me faire mal, allons chez elle ! Pour l'amour de Dieu, pour l'amour de Dieu !

— Mais je vous dis qu'elle n'est pas à Pavlovsk. Elle est à Kolmino.

— Allons à Kolmino, allons tout de suite !

— C'est im-pos-sible ! martela Eugène Pavlovitch, en se levant.

— Écoutez, je vais écrire une lettre ; vous la lui porterez.

— Non, prince, non ! Dispensez-moi de pareilles commissions, je ne peux pas !

Ils se séparèrent. Eugène Pavlovitch s'en fut avec des convictions singulières : selon lui, tout montrait que le prince avait l'esprit un peu dérangé. Et que voulait dire ce *visage*, dont il avait peur et qu'il aimait tant ? Et en même temps, il était en effet capable de mourir, sans Aglaé, de sorte qu'Aglaé ne saurait peut-être jamais qu'il l'aimait à ce point ! Ha-ha ! Et comment peut-on aimer deux femmes ? De deux amours différentes ? Voilà qui est intéressant... Pauvre idiot ! Et que va-t-il devenir maintenant ?

X

Le prince, cependant, ne mourut pas avant son mariage, ni tout éveillé ni « pendant son sommeil » comme il l'avait prédit à Eugène Pavlovitch. Peut-être en effet dormait-il mal et faisait-il de mauvais rêves ; mais le jour, avec les gens, il paraissait bien et même satisfait ; parfois seulement il était très songeur, mais cela quand il était seul. Pour le mariage on se hâtait ; il devait avoir lieu une semaine environ après la visite d'Eugène Pavlovitch. En présence d'une pareille hâte, même les meilleurs amis du prince, s'il en avait eu, auraient dû désespérer de leurs efforts pour « sauver » le malheureux détraqué. Des bruits couraient selon lesquels les responsables de la visite d'Eugène Pavlovitch auraient été en partie le général Ivan Fiodorovitch et son épouse, Élisabeth Procofievna. Mais si tous deux, dans l'immense bonté de leur cœur, avaient pu en effet vouloir sauver le pauvre insensé de l'abîme, ils devaient naturellement se borner à cette unique et faible tentative ; ni leur situation, ni même peut-être leurs sentiments (ce qui est naturel) ne pouvaient s'accommoder d'efforts plus sérieux. Nous avons mentionné que même l'entourage du prince s'était en partie révolté contre lui. Viera Lebedev, au reste, se contenta de pleurer solitaire et aussi de rester davantage à la maison et de venir moins souvent qu'auparavant lui rendre visite. Colas pendant ce temps enterrait son père : le vieillard était mort d'une seconde attaque, une huitaine de jours après la première. Le prince prit une grande part au deuil de la famille et durant les premiers jours passa chaque fois plusieurs heures chez Nina Alexandrovna ; il fut présent à l'enterrement et à l'église. Beaucoup notèrent qu'il y eut dans le public, à l'église, des chuchotements involontaires à l'arrivée et à la sortie du prince ; il en était de même dans les rues et au jardin ; quand il passait à pied ou en voiture, des voix s'élevaient, on le nommait, on le montrait du doigt, on entendait le nom d'Anastasie Filippovna. On l'avait cherchée à l'enterrement, mais elle n'y était pas. Il n'y avait pas non plus la capitaine, que Lebedev avait pu arrêter à temps et remettre à sa place. La messe des morts produisit sur le prince une impression forte et douloureuse ; il chuchota à Lebedev, dans l'église encore, en réponse à une question qu'il lui avait posée, que c'était la première fois qu'il assistait à l'office funèbre orthodoxe et qu'il se souvenait seulement d'un autre pendant son enfance, dans une église de village.

— Oui, on dirait que ce n'est pas le même homme, couché là dans le cercueil, qu'il n'y a pas longtemps nous avions pris pour président, vous vous rappelez ? chuchota Lebedev au prince. Qui cherchez-vous ?

— Non, ce n'est rien, il m'a semblé…

— Ce ne serait pas Rogojine ?

— Est-ce qu'il est ici ?

— Il est dans l'église.

— C'est bien cela, j'avais cru apercevoir ses yeux, murmura le prince, troublé. Mais comment donc... pour lui ? A-t-il été invité ?

— On n'y a même pas pensé. Ils ne le connaissent pas. C'est qu'il y a ici toutes sortes de gens, c'est la foule. Mais pourquoi êtes-vous si étonné ? Je le rencontre souvent, maintenant, je l'ai déjà rencontré quatre fois la semaine dernière, ici, à Pavlovsk.

— Moi, je ne l'ai pas encore vu une seule fois... depuis ce jour, murmura le prince.

Comme Anastasie Filippovna non plus ne lui avait pas dit une seule fois avoir rencontré « depuis ce temps-là » Rogojine, le prince conclut que celui-ci évitait pour quelque raison de se montrer. Il fut toute la journée plongé dans ses réflexions ; Anastasie Filippovna, elle, fut particulièrement gaie toute la journée et le soir.

Colas, qui avait fait sa paix avec le prince dès avant la mort de son père, lui proposa d'inviter comme garçons d'honneur (car la chose était urgente et ne souffrait aucun délai) Keller et Bourdovski. Il se portait garant pour Keller qu'il se conduirait convenablement et que peut-être même « il serait utile » ; quant à Bourdovski, il n'y avait rien à en dire : un homme tranquille et modeste. Nina Alexandrovna et Lebedev firent remarquer au prince que, le mariage étant décidé, il n'y avait peut-être pas de raison de le faire à Pavlovsk, et encore pendant la saison des villégiatures, la saison à la mode, si publiquement. Ne valait-il pas mieux le faire à Pétersbourg, ou même à la maison ? Le prince ne voyait que trop clairement à quoi tendaient toutes ces craintes, mais il répondit brièvement et simplement que tel était absolument le désir d'Anastasie Filippovna.

Le lendemain se présenta chez le prince Keller, prévenu de son rôle de garçon d'honneur. Avant d'entrer, il s'arrêta sur le seuil et, sitôt qu'il aperçut le prince, il leva la main droite avec l'index tendu et s'écria en manière de serment :

— Je ne bois pas !

Ensuite il s'approcha du prince, lui serra et lui secoua fortement les deux mains, et déclara que, naturellement, au début, en apprenant la nouvelle, il avait été son ennemi, ce qu'il avait proclamé au billard, pour la seule raison qu'il souhaitait pour épouse au prince et l'attendait chaque jour avec l'impatience d'un ami, rien de moins que la princesse de Rohan; mais maintenant il voyait bien que le prince avait des pensées pour le moins douze fois plus nobles que « tous les autres ensemble » ! Car il lui fallait non pas l'éclat, ni la richesse, ni même les honneurs, mais seulement la vérité ! Les sympathies des grands personnages sont trop connues; or le prince est trop grand par son instruction pour ne pas être un grand personnage d'une façon générale ! « Mais la canaille et toute la racaille en jugent autrement; en ville, dans les maisons, dans les assemblées, dans les chalets, à la musique, dans les débits, au billard, il n'est bruit, il n'est cri que de l'événement prochain. J'ai entendu dire qu'on voulait même faire un charivari sous les fenêtres, et cela, si j'ose dire, pendant la première nuit ! Prince, si vous avez besoin du pistolet d'un honnête homme, je suis prêt à échanger une demi-douzaine de nobles coups de feu avant même que vous ayez quitté le matin suivant la couche nuptiale. » Il conseillait aussi, par crainte d'un grand afflux d'assoiffés à la sortie de l'église, d'avoir une pompe à incendie toute prête, dans la cour; mais Lebedev s'y opposa : « On mettrait en pièces ma maison, en voyant cette pompe. »

— Ce Lebedev intrigue contre vous, prince, je vous jure ! Ils veulent vous mettre sous tutelle judiciaire, vous pouvez vous figurer, avec tout, et votre libre arbitre, et votre argent, c'est-à-dire avec les deux objets qui distinguent chacun de nous du quadrupède ! Je l'ai entendu dire, je l'ai véritablement entendu ! C'est l'authentique vérité !

Le prince se souvint qu'il avait lui-même entendu quelque chose dans ce genre, mais naturellement il n'y avait pas prêté attention. Maintenant encore, il se contenta d'en rire et oublia aussitôt. Lebedev avait en effet pendant quelque temps fait des démarches; les calculs de cet homme naissaient toujours comme par inspiration et, sous l'effet d'une chaleur excessive, se compliquaient, se ramifiaient et s'éloignaient du point initial dans toutes les directions ; c'était pour cela qu'il n'arrivait jamais à grand-chose. Quand plus tard, le jour du mariage ou presque, il vint faire sa confession au prince (c'était sa coutume de venir obligatoirement se confesser à ceux contre qui il intriguait, surtout s'il n'avait pas eu de succès), il lui déclara qu'il était né Talleyrand et pour on ne savait quelle raison était resté simplement Lebedev. Ensuite il lui découvrit tout son jeu, ce qui intéressa le prince au plus haut point. D'après ses dires, il avait commencé par rechercher la protection de grands personnages sur qui s'appuyer en cas de besoin, et il était allé trouver le général Ivan Fiodorovitch. Le général se montra embarrassé, parce qu'il voulait beaucoup de bien « à ce jeune homme », mais dit que « malgré tout son désir de le sauver, il serait inconvenant pour lui d'agir en l'espèce ». Élisabeth Procofievna ne voulut ni l'entendre, ni le voir ; Eugène Pavlovitch et le prince Chtch. se contentèrent de le repousser des deux mains.

Mais, lui, Lebedev, ne perdit pas courage et consulta un subtil juriste, honorable vieillard, son grand ami et presque bienfaiteur : celui-ci conclut que la chose était parfaitement possible, pourvu qu'on eût des témoins compétents du dérangement mental ou de la folie déclarée et en outre, et surtout, la protection de grands personnages. Lebedev, là encore, ne se découragea pas, et un jour amena au prince un docteur, lui aussi un respectable vieillard, en villégiature, avec Sainte-Anne au cou, uniquement, pour ainsi dire, pour reconnaître les lieux, faire connaissance avec le prince et donner à son sujet une conclusion pour le moment non officielle, mais, disons, amicale. Le prince se rappelait cette visite du docteur ; il se rappelait que la veille Lebedev avait voulu le persuader qu'il était malade et que, quand il avait refusé catégoriquement le secours de la médecine, l'autre s'était présenté tout à coup avec ce docteur, sous prétexte qu'ils revenaient tous deux de chez M. Terentiev, qui était très mal, et que le docteur avait quelque chose concernant le

malade à communiquer au prince. Le prince loua Lebedev et reçut le docteur avec beaucoup d'amabilité. Aussitôt la conversation s'engagea sur le malade, Hippolyte ;
le docteur demanda qu'on lui racontât en détail la scène
du suicide, et le prince l'enthousiasma littéralement par
son récit et par son explication de la chose. On parla du
climat de Pétersbourg, de la maladie du prince lui-même,
de la Suisse, de Schneider. L'exposé de la méthode
thérapeutique de Schneider et les récits du prince intéres-
sèrent tellement le docteur qu'il resta deux heures ; il
fuma pendant ce temps les excellents cigares du prince, et
de chez Lebedev vint une très bonne eau de fruits qu'apporta Viera, à l'occasion de quoi le docteur, marié et père
de famille, se répandit devant Viera en compliments très
spéciaux qui soulevèrent chez elle une profonde indignation. On se sépara amis. En sortant, le docteur confia à
Lebedev que, si on plaçait sous tutelle tous les hommes
de cette sorte, on pourrait se demander où prendre les
tuteurs. Comme Lebedev lui représentait tragiquement
l'imminence de l'événement, le docteur hocha la tête
d'un air malin et rusé et observa finalement que d'abord
« les gens se marient comme bon leur semble » et qu'ensuite « cette charmante personne, autant du moins qu'il
l'avait entendu dire, en dehors d'une insigne beauté,
chose qui à elle seule est capable de séduire un homme
fortuné, possédait des capitaux venant de Totski et de
Rogojine et des perles, brillants, châles ou meubles, et
que pour cette raison son élection prochaine par ce cher
prince, loin de dénoter chez lui aucune sottise particulière, crevant les yeux pour ainsi dire, témoignait au
contraire de l'adresse et du calcul d'une délicate intelligence mondaine, et par conséquent conduisait à une
conclusion diamétralement opposée et pleinement favorable au prince »... Cette pensée avait frappé Lebedev ; il
s'y était arrêté et maintenant, il pouvait ajouter à l'adresse
du prince : « Désormais vous ne verrez plus de ma part
que dévouement et sacrifice jusqu'au sang ; c'est pour
vous le dire que je suis venu. »

    Dans ces derniers jours, le prince fut distrait aussi par
Hippolyte ; bien souvent celui-ci l'envoyait chercher. Ils

vivaient non loin de là, dans une petite maisonnette; les
petits enfants, le frère et la sœur d'Hippolyte, étaient
contents de la vie au chalet, parce qu'ils se sauvaient du
malade dans le jardin; la pauvre capitaine, elle, demeurait à sa merci et était entièrement sa victime; le prince
devait les séparer et les réconcilier chaque jour, et le
malade continuait à l'appeler «sa nounou», sans oser se
permettre, aurait-on dit, de ne pas le mépriser pour son
rôle de pacificateur. Il élevait des plaintes violentes
contre Colas parce que celui-ci ne venait presque plus le
voir, demeurant d'abord avec son père mourant, ensuite
avec sa mère veuve. Enfin il prit pour cible de ses railleries le prochain mariage du prince avec Anastasie Filippovna et finit par blesser le prince et le pousser finalement hors de ses gonds: il cessa de venir le voir. Deux
jours après, arriva de bon matin la capitaine, qui, tout en
larmes, supplia le prince de revenir chez eux, sinon
l'*autre* la dévorerait. Elle ajouta qu'il avait à lui découvrir
un grand secret. Le prince y alla. Hippolyte désirait faire
la paix, il pleura et après ses larmes enragea, bien entendu, de plus belle, mais craignit de manifester sa rancœur. Il était au plus mal et tout annonçait sa mort
maintenant rapide. Il n'y avait pas du tout de secret, sinon
des supplications extraordinaires, haletantes d'émotion
(d'une émotion peut-être factice), de «se garder de Rogojine». «C'est un homme qui ne cédera rien de ce qui
lui appartient; prince, ce n'est pas un être comme vous et
moi: s'il veut quelque chose, sa main ne tremblera pas»
etc., etc. Le prince interrogea plus en détail, désirant
obtenir quelques faits; mais il n'y avait pas de faits autres
que les sensations et les impressions personnelles d'Hippolyte. Pour sa plus grande satisfaction, Hippolyte finit
par épouvanter terriblement le prince. Au début, le prince
ne voulait pas répondre à certaines de ses questions et se
bornait à sourire devant des conseils comme: «Fuyez
même à l'étranger; il y a partout des prêtres russes, et
vous pourrez vous marier là-bas.» Mais finalement Hippolyte conclut par la pensée suivante: «Je crains seulement pour Aglaé Ivanovna: Rogojine sait combien vous
l'aimez: amour pour amour; vous lui avez enlevé Anas-

tasie Filippovna, il tuera Aglaé Ivanovna ; elle a beau maintenant ne pas être à vous, vous aurez quand même de la peine n'est-ce pas ? » Il atteignit son but : le prince le quitta bouleversé.

Ces avertissements au sujet de Rogojine arrivèrent à la veille même du mariage. Ce soir-là, pour la dernière fois avant la bénédiction nuptiale, le prince et Anastasie Filippovna se virent ; mais elle n'était pas en état de le calmer, et même, au contraire, dans ces derniers temps, elle ne faisait qu'accroître son trouble. Avant, c'est-à-dire quelques jours plus tôt, lorsqu'ils se rencontraient, elle faisait tous ses efforts pour l'égayer, elle craignait terriblement sa mine chagrine : elle essayait même de chanter pour lui ; et la plupart du temps, elle lui racontait tout ce qu'elle pouvait se rappeler de drôle. Le prince, presque toujours, faisait semblant de rire beaucoup, et parfois en effet il riait de l'esprit brillant et du sentiment radieux avec lesquels elle racontait, quand elle se laissait emporter par son récit, et souvent elle se laissait emporter. Voyant alors les rires du prince, voyant l'impression produite sur lui elle était dans l'enthousiasme et fière d'elle-même.

Maintenant au contraire, la tristesse et les préoccupations grandissaient chez elle presque d'heure en heure. Quant à lui, son opinion sur Anastasie Filippovna était déjà faite, autrement, bien entendu, tout chez elle lui aurait semblé maintenant énigmatique et inintelligible. Mais il croyait sincèrement qu'elle pouvait encore ressusciter. Il avait dit très justement à Eugène Pavlovitch qu'il l'aimait sincèrement et pleinement, et son amour pour elle renfermait en effet cette sorte d'attirance qu'on a pour un enfant pitoyable et malade qu'il serait difficile et même impossible d'abandonner à sa seule fantaisie. Il n'avait expliqué à personne ses sentiments pour elle, et même il n'aimait guère en parler s'il n'y avait pas moyen d'éviter ce sujet de conversation. Entre eux, quand ils étaient ensemble, ils ne raisonnaient jamais « sur leurs sentiments » : on aurait dit qu'ils s'étaient donné le mot. A leurs entretiens habituels, gais et animés, n'importe qui aurait pu participer. Daria Alexieevna racontait plus tard que tout ce temps-là elle n'avait cessé en les regardant d'admirer et de se réjouir.

Cette façon de voir l'état moral et mental d'Anastasie Filippovna le dispensait en partie de beaucoup d'autres incertitudes. C'était maintenant une toute autre femme que celle qu'il avait connue trois mois plus tôt. Il ne se demandait plus, par exemple, maintenant, pourquoi elle avait fui au moment de l'épouser, avec larmes, malédictions et reproches, tandis qu'aujourd'hui c'était elle qui insistait pour presser le mariage. « Donc, pensait le prince, elle ne craint plus, comme alors, de faire mon malheur en m'épousant. » Un aussi rapide retour de sa confiance en elle-même ne pouvait pas, croyait-il, être naturel. Ce n'était pourtant pas de sa seule haine d'Aglaé que pouvait provenir cette confiance : Anastasie Filippovna avait des sentiments un peu plus profonds. Ce n'était pas non plus de sa crainte du sort qu'elle aurait avec Rogojine ? Bref, toutes ces causes pouvaient y avoir part en même temps que d'autres ; mais le plus clair à ses yeux était qu'il se passait précisément ce qu'il soupçonnait depuis longtemps : cette pauvre âme malade n'avait pas tenu jusqu'au bout.

Tout cela lui épargnait, d'une certaine façon, des incertitudes, mais n'avait pu lui procurer ni la tranquillité, ni le repos, pendant tout ce temps. Parfois il s'efforçait de ne penser à rien ; il semblait ne voir dans le mariage qu'une espèce de formalité sans importance ; de son propre sort, il faisait trop bon marché. Quant aux objections, aux conversations dans le genre de son entretien avec Eugène Pavlovitch, là il n'aurait absolument rien pu répondre, il se sentait tout à fait incompétent, et c'est pourquoi il fuyait toute conversation de cette espèce.

Il avait remarqué d'ailleurs qu'Anastasie Filippovna savait et ne comprenait que trop bien ce qu'était pour lui Aglaé. Elle ne le disait pas, c'était tout ; mais il voyait son « visage » au moment où elle le surprenait parfois, dans les débuts, se préparant à aller chez les Épantchine. Quand ceux-ci furent partis, elle fut comme radieuse. Si peu observateur et si peu perspicace qu'il fût, il commença à s'inquiéter à l'idée qu'Anastasie Filippovna pouvait risquer un scandale quelconque pour évincer Aglaé de Pavlovsk. Le bruit et le vacarme soulevés à travers les chalets à propos du mariage avaient été naturellement entretenus en partie par Anastasie Filippovna, pour exaspérer sa rivale. Comme il lui était difficile de rencontrer les Épantchine, elle avait imaginé une fois de faire asseoir le prince dans sa calèche et de passer avec lui sous les fenêtres de leur chalet. Ç'avait été pour le prince une pénible surprise; il s'aperçut de la chose, à son habitude, quand elle était déjà irréparable, après que la calèche eut passé sous les fenêtres. Il ne dit rien, mais il en fut deux jours malade; Anastasie Filippovna ne renouvela plus l'expérience. Dans les derniers jours avant le mariage, elle se plongea fortement dans ses pensées; elle finissait toujours par vaincre son chagrin et redevenir gaie, mais gaie plus doucement, moins bruyamment, moins heureusement gaie que naguère, il y avait si peu de temps. Le prince redoubla d'attention. Il trouva curieux qu'elle ne lui parlât jamais de Rogojine. Une fois seulement, cinq jours avant le mariage, on vint de chez Daria Alexieevna lui demander de venir immédiatement parce qu'Anastasie Filippovna était très mal. Il la trouva dans un état ressemblant à de la folie caractérisée : elle poussait des cris, tremblait, criait que Rogojine était caché dans le jardin, dans leur propre maison, qu'elle l'avait vu à l'instant, qu'il la tuerait dans la nuit... qu'il l'égorgerait! De toute la journée elle n'arriva pas à se calmer. Mais le soir, quand le prince alla pour une minute chez Hippolyte, la capitaine, qui venait de rentrer de la ville où elle s'était rendue pour ses petites affaires raconta que Rogojine était venu la voir le jour même chez elle à Pétersbourg et lui avait posé des questions sur Pavlovsk. Le prince lui demanda quand précisément était venu Rogojine, et la capitaine désigna à peu près l'heure à laquelle Anastasie Filippovna prétendait l'avoir vu dans son jardin. Tout s'expliquait par un simple mirage; Anastasie Filippovna alla trouver elle-même la capitaine pour s'informer plus en détail et fut extrêmement rassurée.

La veille du mariage, le prince laissa Anastasie Filippovna dans une grande animation : de Pétersbourg étaient

arrivées de chez sa couturière des parures pour le lendemain, robe de mariée, coiffure et le reste. Le prince ne
s'attendait pas à ce qu'elle fût à ce point excitée par ces
parures ; il les approuvait, et ses compliments la rendaient
plus heureuse encore. Mais elle se trahit : elle avait entendu dire qu'en ville on s'indignait, que certains polis-
sons montaient réellement un charivari, avec musique et
sans doute des couplets composés pour la circonstance, et
que tout cela était assez approuvé par le reste de la
société. Alors elle avait voulu relever la tête davantage
encore devant eux, les éblouir par le goût et la richesse de
sa parure : « Qu'ils crient, qu'ils sifflent, s'ils l'osent ! » A
cette seule pensée ses yeux étincelaient. Elle faisait encore un rêve secret, qu'elle n'exprimait pas à haute voix :
elle rêvait qu'Aglaé, ou du moins un de ses envoyés,
serait aussi dans la foule, incognito, dans l'église, regar-
derait et la verrait, et à part soi elle se préparait pour cela.

Elle quitta le prince tout occupée de ces pensées, vers
les onze heures du soir ; mais minuit n'avait pas sonné
qu'on accourut chez le prince, de la part de Daria
Alexieevna : « Qu'il vînt au plus vite, cela allait très
mal ! » Le prince trouva sa fiancée enfermée dans sa
chambre, en larmes, au désespoir, en pleine crise ; longtemps elle ne voulut rien entendre de ce qu'on lui disait à
travers la porte fermée à clé ; enfin elle ouvrit, laissa
pénétrer le prince seul et referma à clé derrière lui. Elle
tomba à genoux devant lui. (C'est du moins ce que
raconta dans la suite Daria Alexieevna, qui avait réussi à
voir secrètement quelque chose.)

— Qu'est-ce que je fais ! Qu'est-ce que je fais !
Qu'est-ce que je fais de toi, de toi ! s'exclamait-elle en
embrassant convulsivement ses pieds.

Le prince passa une heure entière avec elle ; nous ne
savons pas de quoi ils parlèrent. Daria Alexieevna racontait qu'au bout d'une heure ils se séparèrent apaisés,
heureux. Le prince envoya encore une fois, pendant la
nuit, prendre des nouvelles : Anastasie Filippovna s'était
endormie. Sur le matin, avant son réveil, deux messagers
du prince vinrent encore trouver Daria Alexieevna, et
enfin un troisième fut chargé de rapporter qu'« autour

d'Anastasie Filippovna il y avait maintenant tout un essaim de couturières et de coiffeurs de Pétersbourg, qu'il ne restait plus de traces de la crise de la nuit, qu'elle était occupée de sa toilette comme peut l'être une jolie femme avant d'aller à l'autel, et que maintenant, à cette minute même, se tenait un congrès extraordinaire pour savoir ce qu'elle porterait comme brillants et comment elle les mettrait. « Le prince fut parfaitement tranquillisé. »

La suite, le fait divers de ce mariage, a été raconté par les personnes informées de la façon suivante, qui semble véridique.

La bénédiction nuptiale était prévue pour huit heures du soir; Anastasie Filippovna était déjà prête à sept. Dès six heures une foule de badauds avait commencé à se masser petit à petit autour du chalet de Lebedev, et surtout devant la maison de Daria Alexieevna; à partir de sept heures l'église commença aussi à se remplir. Viera Lebedev et Colas avaient une peur terrible pour le prince; ils avaient cependant beaucoup à faire à la maison: ils étaient chargés dans l'appartement du prince de la réception et du lunch. D'ailleurs, on ne prévoyait pas, après la cérémonie, grande affluence; en dehors des personnes dont la présence au mariage était indispensable, Lebedev avait invité les Ptitsyne, Gaby, le docteur décoré de Sainte-Anne au cou, Daria Alexieevna. Lorsque le prince eut la curiosité de demander à Lebedev pourquoi il avait eu l'idée d'inviter le docteur, « presque un inconnu », celui-ci lui répondit, l'air satisfait: « Une décoration au cou, c'est une personne respectable, cela fait bien ! » Le prince rit beaucoup. Keller et Bourdovski, en habit et gantés, étaient très convenables; seulement Keller continuait à inquiéter un peu le prince et ses garants par certains penchants déclarés à la bataille: il regardait les badauds en train de se rassembler autour de la maison d'un air fort hostile. Enfin, à sept heures et demie, le prince partit pour l'église, en voiture. Remarquons à ce propos que, de propos délibéré, il n'avait voulu négliger aucune des coutumes ou habitudes admises; tout se faisait publiquement, à la vue de tous, ouvertement et « comme il fallait ». A l'église, après avoir traversé tant bien que

mal la foule, au milieu des chuchotements et des exclamations, sous la conduite de Keller qui lançait à droite et
à gauche des regards menaçants, le prince disparut un
moment dans le chœur, tandis que Keller allait chercher
la fiancée. Devant l'entrée de la maison de Daria
Alexieevna, il trouva une foule non seulement deux ou
trois fois plus dense que chez le prince, mais surtout
peut-être trois fois plus déchaînée. En gravissant les marches du perron, il entendit des exclamations telles qu'il ne
put y tenir : il se retournait déjà vers le public pour
prononcer les paroles qui convenaient, quand par bonheur
il fut arrêté par Bourdovski et par Daria Alexieevna en
personne, qui était accourue du haut du perron ; ils le
saisirent et l'entraînèrent de force dans la maison. Keller
était irrité et pressé. Anastasie Filippovna se leva, se
regarda encore une fois dans la glace, remarqua avec un
sourire « de travers », comme le relata plus tard Keller,
qu'elle était « pâle comme une morte », s'inclina pieuse-
ment devant l'image sainte et sortit sur le perron. Un
brouhaha salua son apparition. En vérité, au premier
instant on entendit des rires, de faux applaudissements,
peut-être aussi des sifflets ; mais un moment après reten-
tirent aussi d'autres voix :

— Quelle beauté ! criait-on dans la foule.
— Elle n'est ni la première, ni la dernière !
— Le mariage couvre tout, imbéciles !
— Non, mais trouvez-moi une autre beauté pareille !
Hurrah ! criaient les plus proches.
— Une princesse ! Pour une pareille princesse je ven-
drais mon âme ! lança un employé de bureau. — « Une
nuit au prix d'une vie [110] ! »

Anastasie Filippovna était sortie, en effet, pâle comme
un linge ; mais ses grands yeux noirs brûlaient devant la
foule comme des charbons ardents ; c'est ce regard que la
foule ne put supporter : l'indignation se changea en cris
d'enthousiasme. Déjà s'était ouverte la portière de la
voiture, déjà Keller avait donné la main à la fiancée
quand soudain elle poussa un cri et se jeta du perron droit
dans la foule. Tous ceux qui l'accompagnaient restèrent
immobiles de stupéfaction, la foule s'écarta devant elle

et, à cinq ou six pas du perron, se montra soudain Rogojine. C'était son regard qu'avait saisi dans la foule Anastasie Filippovna. Elle courut jusqu'à lui comme une folle
et lui prit les deux mains :

— Sauve-moi! Emmène-moi! Où tu voudras, tout de
suite!

Rogojine la prit presque sur les bras et la porta presque
à sa voiture. Puis, en un clin d'œil, il tira de son porte-
monnaie un billet de cent roubles et le tendit au cocher :

— Au chemin de fer! Si tu arrives à temps pour le
train, ça sera encore cent!

Il sauta dans la voiture derrière Anastasie Filippovna et
ferma la portière. Le cocher n'eut pas un instant d'hésitation et fouetta ses chevaux. Keller, plus tard, rejeta la
faute sur la surprise! «Encore une seconde, et j'étais là,
je n'aurais pas permis!...» expliquait-il en racontant
l'événement. Il prit, avec Bourdovski, une autre voiture
qui se trouvait là et se lança à leur poursuite; mais il se
ravisa, déjà en chemin, parce que «de toute façon c'était
trop tard! On ne les ramènera pas de force!»

— Et d'ailleurs, le prince ne voudra plus! décida
Bourdovski, tout secoué.

Rogojine et Anastasie Filippovna arrivèrent à la gare à
temps.

En sortant de voiture, juste au moment de monter dans
le train, Rogojine put encore arrêter une jeune fille qui
passait, dans une mantille de couleur sombre, vieillie
mais encore convenable, avec un mouchoir de foulard
jeté sur la tête :

— Cinquante roubles pour votre mantille, voulez-
vous? — Et il lui tendit l'argent. Pendant qu'elle en était
encore à s'étonner, à s'efforcer de comprendre, il lui
fourra dans la main le billet, ôta la mantille avec le
mouchoir et jeta le tout sur les épaules et sur la tête
d'Anastasie Filippovna. Sa toilette trop somptueuse sautait aux yeux, elle aurait attiré l'attention dans le wagon,
et plus tard seulement la jeune fille comprit pourquoi on
lui avait acheté, avec un pareil bénéfice pour elle, ces
vieilles choses sans valeur.

La rumeur de l'événement pénétra dans l'église avec

une extraordinaire rapidité. Quand Keller se fraya un passage vers le prince, une quantité de personnes absolument inconnues de lui se précipitèrent pour l'interroger. C'étaient des paroles à voix haute, des hochements de tête, même des rires ; personne ne sortait de l'église, on attendait pour voir comment le fiancé accueillerait la nouvelle. Il pâlit, mais accueillit la nouvelle calmement, en prononçant à peine distinctement : « J'avais peur ; je ne pensais quand même pas que ce serait cela… » ; ensuite, après un instant de silence, il ajouta : « D'ailleurs… dans son état… c'est tout à fait dans l'ordre des choses. » Cette conclusion fut jugée ensuite par Keller une « philosophie incomparable ». Le prince sortit de l'église apparemment calme et vaillant ; c'est ainsi du moins que beaucoup le trouvèrent, qui le racontèrent ensuite. Il semblait avoir hâte de rentrer chez lui et de rester au plus vite seul ; mais on ne le lui permit pas. Sur ses pas entrèrent dans sa chambre quelques-uns des invités, entre autres Ptitsyne, Gabriel Ardalionovitch et avec eux le docteur, qui n'était pas non plus disposé à s'en aller. En outre, la maison était littéralement assiégée par un public oisif. Déjà de la terrasse le prince avait entendu Keller et Lebedev violemment en discussion avec quelques inconnus, des gens qui paraissaient des fonctionnaires, qui voulaient à tout prix pénétrer sur la terrasse. Le prince s'approcha, demanda de quoi il s'agissait et, écartant poliment Lebedev et Keller, se tourna délicatement vers un monsieur aux cheveux blancs et assez corpulent qui était sur les marches du perron à la tête de quelques autres et l'invita à lui faire l'honneur d'entrer. Le monsieur fut un peu confus, mais le suivit quand même ; derrière lui, un second, un troisième. De toute la foule se détachèrent sept ou huit visiteurs, qui entrèrent, en tâchant de le faire de la façon la plus désinvolte possible ; mais il ne se trouva pas davantage d'amateurs et bientôt dans la foule même on condamna ces intrus.

Les visiteurs furent assis, la conversation s'engagea, on servit le thé, le tout très décemment, modestement, ce qui ne manqua pas de les étonner un peu. Il y eut, naturellement, quelques tentatives pour égayer un brin la

conversation et la porter sur le sujet «voulu»; il fut
proféré quelques questions indiscrètes, il fut fait quelques
remarques «lestes». Le prince répondit à tout si simplement et si aimablement et en même temps avec tant de
dignité, avec tant de confiance dans la bonne tenue de ses
hôtes, que les questions indiscrètes s'éteignirent d'elles-
mêmes. Petit à petit la conversation commença à devenir
presque sérieuse. Un monsieur, s'accrochant à un mot
prononcé, jura soudain, dans une grande indignation,
qu'il ne vendrait pas son domaine, quoi qu'il arrivât;
qu'au contraire il attendrait et verrait venir et que «des
entreprises valent mieux que de l'argent»: «Et voilà,
mon cher monsieur, en quoi consiste mon système économique à moi, si vous voulez le connaître.» Comme
c'était au prince qu'il s'adressait, celui-ci l'approuva
avec chaleur, bien que Lebedev lui soufflât à l'oreille que
ce monsieur n'avait ni feu ni lieu et n'avait jamais pos-
sédé aucun domaine. Près d'une heure se passa, on avait
bu le thé; après le thé, les visiteurs se firent scrupule de
rester plus longtemps. Le docteur et le monsieur aux
cheveux blancs prirent congé du prince chaleureusement:
d'ailleurs, tous lui firent des adieux chaleureux et
bruyants. Il fut exprimé des souhaits et des opinions dans
ce genre: «Il n'y a pas à se chagriner: peut-être que tout
est ainsi pour le mieux», etc. Il y avait eu, il est vrai, des
velléités de demander du champagne, mais les aînés
avaient arrêté les plus jeunes. Quand ils se furent tous
dispersés, Keller se pencha vers Lebedev et lui confia:
«Toi et moi, nous aurions poussé des cris, donné des
coups, nous nous serions couverts de honte, on aurait
appelé la police; tandis que lui, tu vois, il s'est fait de
nouveaux amis, et quels amis! Je les connais!» Lebedev,
qui était passablement «mûr», soupira et prononça: «Tu
as caché ces choses aux sages et aux prudents, et les as
révélées aux tout-petits [111]: je l'ai dit de lui déjà avant,
mais j'ajoute maintenant que le tout-petit lui-même, Dieu
l'a conservé, l'a sauvé de l'abîme: Lui et tous ses
saints!»

Finalement, vers les dix heures et demie, le prince fut
laissé seul; il avait mal à la tête. Le dernier de tous partit

Colas, qui l'aida à passer de ses habits de cérémonie dans son costume d'intérieur. Ils se quittèrent avec effusion. Colas ne s'étendit pas sur les événements, mais promit de revenir le lendemain de bonne heure. C'est lui qui devait témoigner dans la suite que le prince ne l'avait prévenu de rien pendant cette dernière entrevue et lui avait donc caché, même à lui, ses intentions. Bientôt il ne resta presque plus personne dans toute la maison : Bourdovski s'en était allé chez Hippolyte, Keller et Lebedev étaient partis on ne savait où. Seule Viera Lebedev resta quelque temps encore dans l'appartement, pour remettre rapidement les pièces préparées pour la fête dans leur état ordinaire. En s'en allant, elle jeta un coup d'œil chez le prince. Il était assis à sa table, appuyé sur les deux coudes, la tête cachée dans les mains. Elle s'approcha doucement et lui toucha l'épaule ; le prince interloqué la regarda et mit presque une minute à rassembler, aurait-on dit, ses souvenirs ; mais la mémoire revenue, et ses idées rassemblées, il entra soudain dans une grande agitation. D'ailleurs tout se résolut par une instante et ardente prière à Viera de venir le lendemain matin, à l'heure du premier train, à sept heures, frapper à la porte de sa chambre. Viera promit ; le prince la pria instamment de n'en rien dire à personne ; elle promit cela aussi ; enfin, comme elle avait déjà ouvert la porte pour s'en aller, le prince l'arrêta pour la troisième fois, lui prit les mains, les baisa, la baisa elle-même sur le front et lui dit d'une façon inaccoutumée : « A demain ! » Ainsi du moins le relata plus tard Viera. Elle s'en fut grandement inquiète pour lui. Sur le matin elle reprit un peu courage quand, peu après sept heures, comme il était convenu, elle eut frappé à sa porte et lui eut annoncé que le train pour Pétersbourg partirait dans un quart d'heure ; il lui parut qu'il lui avait ouvert parfaitement dispos et même avec un sourire. Il ne s'était qu'à moitié déshabillé pour la nuit, mais avait quand même dormi. Il pensait pouvoir revenir le jour même. Il résultait de là qu'à elle seule il avait jugé possible et utile de faire savoir, à ce moment, qu'il se rendait à la ville.

XI

Une heure après, il était à Pétersbourg, et avant dix heures il sonnait chez Rogojine. Il avait passé par la grande entrée, et on fut longtemps à lui ouvrir. Enfin s'ouvrit la porte de l'appartement de la vieille Rogojine et apparut une servante âgée et digne.

— Parthène Semionovitch n'est pas chez lui, annonça-t-elle sur le pas de la porte. Que désirez-vous ?

— Parthène Semionovitch.

— Notre maître n'est pas chez lui.

La servante examinait le prince avec une curiosité farouche.

— Dites-moi au moins : a-t-il passé la nuit à la maison ? Et... est-il rentré seul hier soir ?

La servante continua à regarder, mais ne répondit pas.

— N'y avait-il pas avec lui, hier, ici... le soir... Anastasie Filippovna ?

— Permettez-moi de vous demander qui vous êtes vous-même.

— Le prince Léon Nicolaevitch Mychkine. Nous nous connaissons très bien.

— Notre maître n'est pas à la maison.

La servante baissa les yeux.

— Et Anastasie Filippovna ?

— Je ne sais rien de tout cela.

— Attendez, attendez ! Quand rentrera-t-il ?

— Cela non plus, je ne le sais pas.

La porte se referma.

Le prince décida de revenir dans une heure. En jetant un coup d'œil dans la cour, il aperçut le portier.

— Parthène Semionovitch est-il chez lui ?

— Oui.

— Pourquoi m'a-t-on dit à l'instant qu'il n'y était pas ?

— C'est chez lui qu'on vous l'a dit ?

— Non, c'est la servante de sa mère. Chez Parthène Semionovitch j'ai sonné : personne n'a ouvert.

— Possible qu'il soit sorti, décida l'homme ; il ne prévient pas. Des fois, il emporte la clé avec lui, l'appartement reste fermé des trois jours de suite.

— Et hier, sais-tu s'il était à la maison?

— Il y était. Des fois, il entre par le grand escalier, et on ne le voit pas.

— Et Anastasie Filippovna, elle n'était pas avec lui, hier?

— Ça, je ne sais pas. Elle ne vient pas souvent; on le saurait, il me semble, si elle était venue.

Le prince ressortit et se promena quelque temps sur le trottoir, pensif. Les fenêtres des pièces occupées par Rogojine étaient toutes closes; les fenêtres de la moitié occupée par sa mère étaient presque toutes ouvertes; la journée était claire, chaude, le prince traversa la rue, passa sur le trottoir d'en face et s'arrêta pour regarder encore une fois les fenêtres : non seulement elles étaient closes, mais presque partout les stores blancs étaient baissés.

Il resta là un instant et, chose singulière! il lui sembla soudain avoir vu se soulever le bord d'un store et apparaître le visage de Rogojine, apparaître et disparaître dans le même instant. Il attendit encore, et décida d'aller sonner de nouveau; mais il se ravisa et résolut d'attendre une heure : «Qui sait, peut-être n'était-ce qu'une illusion?»

Surtout il était pressé maintenant d'aller au Quartier Izmailov, à l'appartement occupé naguère encore par Anastasie Filippovna. Il savait que lorsqu'elle avait quitté, sur sa demande, Pavlovsk, il y avait trois semaines, elle s'était installée là chez une de ses bonnes connaissances d'autrefois, la veuve d'un instituteur, dame respectable et chargée de famille, qui sous-louait un beau logement meublé et tirait de là presque tous ses moyens d'existence. Il était bien probable qu'Anastasie Filippovna, quand elle s'était transportée de nouveau à Pavlovsk, avait gardé ce logement; du moins il était tout à fait vraisemblable qu'elle y avait passé la nuit, et que c'était là que l'avait déposée le soir précédent Rogojine. Le prince prit un fiacre. L'idée lui vint en chemin que c'était par là qu'il aurait dû commencer, parce qu'il était peu probable qu'elle fût allée directement, la nuit, chez Rogojine. Alors lui revinrent en mémoire les paroles du

portier, qu'Anastasie Filippovna ne venait pas souvent.
Si d'une façon générale ce n'était pas souvent, comment
se serait-elle arrêtée maintenant chez Rogojine ? Tout en
s'encourageant de ces consolations, le prince arriva enfin
au Quartier Izmaïlov plus mort que vif.

Pour son abattement définitif, il se trouva que chez la
veuve de l'instituteur ni la veille ni ce jour on n'avait rien
su d'Anastasie Filippovna : bien mieux, on accourut le
regarder lui-même comme un phénomène. Toute la nombreuse famille de la veuve, des fillettes s'échelonnant à
un an de distance entre sept et quinze ans, fit irruption sur
les talons de la mère, et entoura, bouche bée, le visiteur.
Derrière elles sortit leur tante, une femme jaune et maigre
en fichu noir ; enfin se montra la grand-mère, une vieille à
lunettes. La veuve pria beaucoup le prince d'entrer et de
s'asseoir, ce qu'il fit. Il devina aussitôt qu'on savait fort
bien qui il était et qu'on savait parfaitement que son
mariage avait dû avoir lieu la veille, et qu'on mourait
d'envie de l'interroger à ce sujet : par quel miracle était-il
là à s'informer de celle qui maintenant n'aurait dû être
nulle part ailleurs qu'avec lui, à Pavlovsk ? — mais
qu'on se retenait par discrétion. En quelques mots il
satisfit leur curiosité quant au mariage. Ce furent des
étonnements, des ah ! et des exclamations, si bien qu'il
fut obligé de raconter aussi presque tout le reste, dans les
grandes lignes, bien entendu. Enfin, le conseil des dames
sages et émues décida qu'il fallait absolument et avant
tout se faire ouvrir chez Rogojine et obtenir de lui des
renseignements précis. S'il n'était pas chez lui (ce dont il
fallait s'assurer), ou s'il ne voulait rien dire, il fallait aller
au Quartier Semionov, chez une dame allemande, une
connaissance d'Anastasie Filippovna, qui vivait là avec sa
mère ! peut-être Anastasie Filippovna, dans son trouble et
pour se cacher, avait-elle passé la nuit chez elle. Le
prince se leva absolument tué ; elles racontèrent dans la
suite qu'il avait « pâli terriblement » ; de fait, il avait les
jambes presque coupées. Enfin, à travers le cliquetis des
voix, il distingua qu'elles voulaient agir de concert avec
lui et lui demandaient son adresse. D'adresse, il n'en
avait point : elles lui conseillèrent de descendre dans

quelque hôtel. Le prince réfléchit et donna l'adresse de son ancienne auberge, celle-là où il avait eu cinq semaines auparavant sa crise. Puis il retourna chez Rogojine. Cette fois-ci, non seulement on n'ouvrit pas chez Rogojine, on n'ouvrit même pas la porte du logement de la vieille. Le prince descendit chez le portier et avec beaucoup de mal le découvrit dans la cour : il était occupé, et répondit à peine, sans presque lever les yeux, mais il déclara cependant catégoriquement que Parthène Semionovitch « était sorti de bon matin, était parti pour Pavlovsk et ne reviendrait pas de la journée ».

— J'attendrai ; il sera là peut-être sur le soir ?

— Possible qu'il soit absent une semaine, on ne peut pas savoir.

— Il a donc couché ici aujourd'hui ?

— Pour coucher, il a couché...

Tout cela était suspect, n'était pas net. Le portier, c'était fort possible, avait dû recevoir dans l'intervalle de nouvelles instructions : la première fois il était même bavard, maintenant il tournait presque le dos. Le prince décida pourtant de revenir encore une fois dans deux heures et même de monter la garde devant la maison s'il le fallait ; pour le moment, il restait encore un espoir chez l'Allemande, et il courut au Quartier Semionov.

Mais chez l'Allemande on ne le comprit même pas. D'après quelques petits mots rapides, il put même deviner que la belle Allemande s'était brouillée quinze jours plus tôt avec Anastasie Filippovna, de sorte qu'elle n'avait de tout ce temps plus rien su d'elle : et maintenant elle lui faisait comprendre de toutes ses forces qu'elle ne tenait pas à entendre parler d'elle « même si elle avait épousé tous les princes du monde ». Le prince se hâta de se retirer. L'idée lui vint, entre autres, qu'elle était peut-être, comme jadis, partie pour Moscou, et Rogojine, bien entendu, derrière elle, peut-être avec elle. « Si je pouvais découvrir au moins quelque trace ! » Il se souvint pourtant qu'il lui fallait s'arrêter dans une auberge, et se dirigea rapidement vers la Liteinaia : là, on lui donna aussitôt une chambre. Le garçon d'étage demanda s'il ne voulait pas manger quelque chose ; il répondit distraitement que oui,

puis s'aperçut, furieux contre lui-même, que ce repas lui
faisait perdre une demi-heure, et ne réfléchit qu'ensuite
que rien ne l'empêchait de le laisser là, une fois servi,
sans y toucher. Une sensation singulière s'empara de lui
dans ce couloir sombre et étouffant, une sensation qui
tendait douloureusement à se transformer en une certaine
pensée; cependant il n'arrivait pas à deviner en quoi
consistait cette nouvelle pensée qui s'offrait à lui. Il sortit
enfin de l'auberge, en plein désarroi; la tête lui tournait;
mais pourtant: où aller? Il se précipita chez Rogojine.

Rogojine n'était pas rentré; à son coup de sonnette on
ne répondit pas; il sonna chez la vieille Rogojine: on
ouvrit et on déclara aussi que Parthène Semionovitch
n'était pas là et ne serait pas là peut-être de trois jours. Ce
qui troublait le prince, c'était cette curiosité farouche
avec laquelle on continuait à l'examiner. Quant au portier, cette fois-ci, il ne le trouva pas du tout. En sortant, il
passa, comme l'autre fois, sur le trottoir opposé, regarda
les fenêtres et fit les cent pas sous une chaleur accablante
pendant une demi-heure ou peut-être davantage; cette
fois, rien ne bougea; les fenêtres ne s'ouvrirent pas, les
stores blancs restèrent immobiles. Il se dit une fois pour
toutes que sûrement, l'autre fois, il avait été victime
d'une illusion: les vitres, on le voyait bien, étaient si
ternes et depuis si longtemps non lavées qu'il eût été
difficile de le distinguer, même si quelqu'un avait réellement regardé à travers. Content de cette pensée, il s'en
retourna au Quartier Izmailov chez la veuve.

Là, on l'attendait déjà. La veuve avait déjà été dans
trois ou quatre endroits, elle avait même passé chez
Rogojine: pas le moindre signe de vie. Le prince écouta
sans mot dire, entra dans la pièce, s'assit sur le divan et se
mit à les regarder toutes, il avait l'air de ne pas comprendre de quoi on lui parlait. Chose étrange: tantôt il était
extrêmement observateur, tantôt il se faisait soudain distrait à un degré impossible. Toute la famille déclara dans
la suite qu'il avait été «étonnamment singulier» ce
jour-là, et que «peut-être déjà à ce moment tout s'était
déclaré». Finalement il se leva et demanda qu'on lui
montrât les pièces occupées par Anastasie Filippovna.

C'étaient deux grandes pièces, hautes et claires, très
convenablement meublées, coûtant un bon prix. Ces dames racontèrent dans la suite que le prince examina chaque objet, qu'il aperçut sur un guéridon un livre ouvert
provenant d'un cabinet de lecture, le roman français *Madame Bovary* [112], remarqua et corna la page à laquelle il
était ouvert, demanda la permission de l'emporter et
sur-le-champ, sans écouter l'objection que ce livre appartenait à un cabinet de lecture, le mit dans sa poche. Il
s'assit devant la fenêtre ouverte et, avisant une table de
jeu avec des inscriptions à la craie, interrogea : « Qui
jouait ici ? » On lui raconta que c'était Anastasie Filippovna, qui jouait chaque soir avec Rogojine, au fou, à la
préférence, aux meuniers, au whist, aux atouts, à tous les
jeux, et que les cartes avaient fait leur apparition seulement ces tout derniers temps, après le retour de Pavlovsk
à Pétersbourg, parce qu'Anastasie Filippovna se plaignait
tout le temps de s'ennuyer, de ce que Rogojine restait là
des soirées entières silencieux, et ne savait parler de rien :
souvent elle pleurait. Et tout à coup le soir suivant voilà
que Rogojine tire de sa poche un paquet de cartes : Anastasie Filippovna de rire, et les voilà à jouer. Le prince
demanda où étaient les cartes avec lesquelles ils jouaient.
Mais on ne les trouva pas : c'était Rogojine qui les apportait toujours dans sa poche, chaque jour un nouveau
jeu, et ensuite il les remportait.

Ces dames lui conseillèrent d'aller encore une fois chez
Rogojine et de frapper plus fort, mais pas tout de suite,
plutôt le soir : « Il sera peut-être là. » La veuve proposa
d'aller elle-même, entre-temps, avant le soir, à Pavlovsk
chez Daria Alexieevna : là-bas ne savait-on pas quelque
chose ? Elles prièrent le prince de revenir sur les dix
heures du soir, en tout cas, pour s'entendre pour le
lendemain. En dépit de toutes ces consolations et paroles
d'espoir un total désespoir s'empara du prince. Dans une
angoisse indescriptible il parvint à pied jusqu'à son auberge. Le Pétersbourg estival, étouffant, poussiéreux,
l'étreignait comme dans un étau ; il se frayait un chemin
parmi une foule revêche ou ivre, sondait sans but les
visages, et peut-être parcourut-il beaucoup plus de che-

min qu'il ne fallait ; le soir était déjà presque tombé quand il entra dans sa chambre. Il résolut de prendre un peu de repos et de retourner ensuite chez Rogojine comme on le lui avait conseillé ; il s'assit sur le divan, appuya ses deux coudes sur la table et se plongea dans ses pensées.

Dieu sait combien de temps, Dieu sait à quoi il pensa. Il y avait bien des choses qu'il craignait, et il sentait, avec douleur et souffrance, qu'il craignait terriblement. Viera Lebedev lui revint à la mémoire ; ensuite il se dit que Lebedev savait peut-être quelque chose et que, s'il ne savait rien lui-même, il pourrait plus vite et plus facilement que lui chercher à savoir. Puis il se rappela Rogojine lui-même : tout récemment à l'office funèbre, puis dans le parc, puis — tout à coup, ici dans le couloir, quand il était caché dans un coin et l'attendait le couteau à la main. Ses yeux, maintenant, lui revenaient à la mémoire, ses yeux qui le regardaient alors dans l'obscurité. Il tressaillit : une pensée qui tout à l'heure l'assiégeait lui était soudain entrée maintenant dans la tête.

Voici à peu près en quoi elle consistait. Si Rogojine était à Pétersbourg, même s'il se cachait pour un temps, il finirait nécessairement par venir le trouver, avec de bonnes, ou peut-être de mauvaises intentions, comme l'autre fois par exemple. Et si Rogojine avait besoin, pour une raison ou pour une autre, de venir le trouver, il n'avait nulle part où aller, sinon ici, encore une fois dans ce même couloir. Il ne lui connaissait pas d'adresse : par conséquent, il pouvait très bien penser qu'il s'était arrêté dans ce même hôtel ; du moins il le chercherait ici... s'il en avait grand besoin. Et qui sait, peut-être en aurait-il grand besoin !

Ainsi pensait le prince, et cette pensée lui paraissait tout à fait possible. Il n'aurait jamais pu se rendre compte, s'il avait approfondi son idée, pourquoi Rogojine pourrait tout à coup avoir tellement besoin de lui ni pourquoi il était même impossible qu'ils ne se rencontrassent pas. Mais une idée lui était pénible : « S'il se sent heureux, il ne viendra pas, continuait-il à réfléchir ; il viendra plutôt s'il ne se sent pas à l'aise ; et sûrement il ne se sent pas à l'aise... »

Évidemment, avec une pareille conviction, il lui fallait
attendre Rogojine à l'hôtel, dans sa chambre; mais le
prince ne pouvait sans doute pas supporter cette nouvelle
idée; il fit un bond, saisit son chapeau et s'enfuit. Dans le
couloir il faisait déjà assez sombre. «Et si tout à coup il
allait sortir de ce coin et m'arrêter devant l'escalier?»
pensa-t-il, le temps d'un éclair, comme il approchait de
l'endroit connu. Mais personne n'en sortit. Il descendit,
passa la grande porte et se trouva sur le trottoir. Il
s'étonna de la foule épaisse qui se répandait dans les rues
au coucher du soleil (comme toujours à Pétersbourg pendant la canicule), et se dirigea vers la Gorokhovaïa. A
cinquante pas de l'hôtel, au premier croisement,
quelqu'un dans la foule lui toucha soudain le coude et lui
dit à mi-voix juste contre son oreille:

— Léon Nicolaevitch, frère, suis-moi, il le faut.

C'était Rogojine.

Singulier phénomène: le prince se mit tout à coup, de
joie, à lui raconter, en balbutiant et presque sans terminer
ses mots, comment il l'avait attendu un instant auparavant, dans le couloir de l'hôtel.

— J'y étais! répondit Rogojine, inopinément. — Allons!

Le prince s'étonna de sa réponse, mais il s'étonna
seulement après deux minutes au moins, après avoir saisi.
Ayant saisi la réponse, il fut épouvanté et commença à
examiner de près Rogojine. Celui-ci le précédait d'à peu
près un demi-pas, regardant droit devant lui sans lever
jamais les yeux sur les passants qu'il croisait, et leur
cédant le pas avec une prudence machinale.

— Pourquoi ne m'as-tu pas fait demander dans ma
chambre..., si tu étais dans l'hôtel? demanda brusquement le prince.

Rogojine s'arrêta, le regarda, réfléchit et, comme s'il
n'avait pas du tout compris la question, dit:

— Alors voici, Léon Nicolaevitch, tu vas aller tout
droit jusqu'à la maison, tu connais la route? Moi, j'irai
par l'autre côté. Seulement regarde de temps en temps
pour que nous arrivions ensemble...

Cela dit, il traversa la rue, posa le pied sur le trottoir

opposé, regarda si le prince avançait et, voyant qu'il restait immobile à le regarder de tous ses yeux, lui fit un signe de la main dans la direction de la Gorokhovaia et se mit en marche. A chaque instant il se retournait pour regarder le prince et l'inviter à le suivre. Il fut visiblement rassuré quand il vit que le prince l'avait compris et ne venait pas le retrouver sur son trottoir. Le prince eut l'idée qu'il voulait guetter quelqu'un et ne pas le manquer en chemin, et qu'il avait traversé la rue pour cette raison. « Seulement pourquoi ne m'a-t-il pas dit qu'il fallait guetter ? » Ils firent ainsi dans les cinq cents pas, et soudain le prince se mit sans raison à trembler ; Rogojine, quoique moins souvent, continuait à se retourner ; il n'y tint plus et l'appela d'un geste de la main.

L'autre traversa aussitôt et vint à lui.

— Anastasie Filippovna est chez toi ?

— Oui.

— Et tout à l'heure c'est toi qui m'as regardé de derrière le rideau ?

— Oui.

— Comment as-tu...

Mais le prince ne savait que demander encore ni comment terminer son interrogation ; de plus le cœur lui battait si fort qu'il avait de la peine à parler. Rogojine aussi se taisait et le regardait comme avant, c'est-à-dire dans une espèce de rêverie.

— Bon, je te quitte, dit-il tout à coup, en se disposant à retraverser la rue ; toi, continue ta route. Il faut que nous marchions séparément... cela vaudra mieux... chacun de son côté... tu verras.

Quand enfin, par les deux trottoirs opposés ils tournèrent dans la Gorokhovaia et qu'ils approchèrent de la maison de Rogojine, le prince sentit encore une fois les jambes lui manquer, au point qu'il avait de la peine à avancer. Il était déjà sur les dix heures du soir. Les fenêtres de l'appartement de la vieille étaient, comme tout à l'heure, ouvertes, celles de Rogojine étaient fermées, et dans la demi-obscurité leurs stores blancs baissés étaient encore plus visibles. Le prince approcha de la maison par le trottoir d'en face ; Rogojine monta directement de son trottoir sur le perron et lui fit signe de la main. Le prince traversa pour le rejoindre sur le perron.

— Même le portier ne sait pas, en ce moment, que je suis revenu. Je lui ai dit tout à l'heure que je partais pour Pavlovsk, et j'ai dit de même chez ma mère, chuchota-t-il avec un sourire malin et presque satisfait. Nous allons entrer, et personne ne nous entendra.

Il avait déjà la clé en main. Dans l'escalier, il se retourna vers le prince et lui fit signe sévèrement de faire plus doucement; il ouvrit sans bruit la porte de son appartement, laissa passer le prince, le suivit avec précaution, referma la porte à clé et mit la clé dans sa poche.

— Allons-y, dit-il à mi-voix.

Déjà depuis la Liteinaia il n'avait plus parlé qu'à mi-voix. Malgré tout son calme apparent, il était dans une agitation intérieure profonde. Quand ils furent entrés dans le salon qui précédait son cabinet, il s'approcha de la fenêtre et mystérieusement attira à lui le prince :

— Tu vois, quand tu as sonné tout à l'heure, j'ai tout de suite, ici, deviné que c'était toi. Alors je me suis approché de la porte sur la pointe des pieds et j'ai entendu que tu parlais avec la Pafnoutievna ; je lui avais bien dit, dès le matin, que si tu venais, toi, ou bien quelqu'un de ta part, ou n'importe qui, frapper à ma porte, je n'y étais sous aucun prétexte, et surtout si tu venais toi-même me demander, et je lui ai dit ton nom. Ensuite, après ton départ, j'ai eu cette idée : et s'il était encore ici à attendre et à guetter ou à monter la garde dans la rue ? Alors je me suis approché de cette fenêtre-ci, j'ai écarté le rideau, comme ça ; et tu étais là, à me regarder en face... Voilà comment ça s'est passé.

— Où est donc... Anastasie Filippovna ? prononça le prince, oppressé.

— Elle est... ici, dit Rogojine lentement, après avoir tardé peut-être un petit instant à répondre.

— Où cela ?

Rogojine leva les yeux sur le prince et le regarda fixement :

— Allons-y...

Il parlait toujours à mi-voix et sans hâte, lentement et

toujours, semblait-il, étrangement pensif. Même en racontant l'histoire du store, il avait l'air de vouloir dire par
là quelque chose d'autre, malgré le caractère expansif du
récit.

Ils entrèrent dans son cabinet. Il y avait eu quelques
changements dans cette pièce depuis que le prince y avait
été : on avait tendu dans toute sa longueur un rideau de
soie verte, damassée, laissant deux passages à ses extrémités, qui séparait du cabinet une alcôve où était dressé le
lit de Rogojine. Ce lourd rideau était tiré et les passages
fermés. Il faisait très sombre dans la pièce ; les « nuits
blanches » de l'été pétersbourgeois commençaient à
n'être plus si blanches et, n'eût été la pleine lune, il aurait
été difficile, dans le sombre appartement de Rogojine,
avec les stores baissés, de distinguer quoi que ce fût. Sans
doute pouvait-on encore discerner les visages, quoique
assez confusément. Le visage de Rogojine était pâle,
comme d'habitude ; ses yeux regardaient le prince fixement, avec un éclat violent, mais comme immobile.

— Si tu allumais une bougie ? dit le prince.

— Non, il ne faut pas, répondit Rogojine. Et prenant
le prince par la main, il le força à s'asseoir sur une chaise ;
lui-même s'assit en face, en approchant sa chaise de telle
façon que leurs genoux se touchèrent. Entre eux, un peu
de côté, était un petit guéridon.

— Assieds-toi, restons là un moment ! dit-il pour le
persuader de rester. Il y eut une minute de silence. — Je
le savais bien, que tu t'arrêterais dans cette auberge,
commença-t-il, de la façon dont parfois, avant d'aborder
le sujet principal, on commence par parler de détails à
côté, ne s'y rapportant pas directement. — Quand je me
suis engagé dans le couloir, je me suis dit : Peut-être qu'il
est là maintenant à m'attendre, tout comme moi je l'attends à ce même instant. Tu y as été, chez la veuve de
l'instituteur ?

— Oui, fit le prince, qui pouvait à peine parler à cause
de ses forts battements de cœur.

— J'y ai pensé aussi. On va encore jaser, je me suis
dit... et puis je me suis dit encore : Je vais l'amener ici
pour la nuit, pour passer cette nuit ensemble...

— Rogojine! Où est Anastasie Filippovna? chuchota tout à coup le prince, et il se leva, tremblant de tous ses membres. Rogojine aussi se leva.

— Là! chuchota-t-il en montrant de la tête le rideau.

— Elle dort? chuchota le prince.

De nouveau, Rogojine le regarda fixement, comme un moment avant.

— Eh bien, allons-y!... Toi seulement... Alors, allons-y!

Il souleva la portière, s'arrêta et se retourna vers le prince.

— Entre! — Et, montrant la portière, il l'invita à passer devant. Le prince passa.

— Il fait sombre ici, dit-il.

— On voit! murmura Rogojine.

— Je vois à peine... le lit.

— Approche-toi davantage, proposa à voix basse Rogojine.

Le prince fit un pas en avant, un second pas, et s'arrêta. Il resta à regarder une minute ou deux; durant tout ce temps, devant le lit, ni l'un ni l'autre ne prononça une parole; le prince avait le cœur qui battait tellement que dans le silence de mort de la pièce, on croyait l'entendre. Cependant il s'était fait à l'obscurité suffisamment pour pouvoir distinguer tout le lit; il y avait là quelqu'un qui dormait, d'un sommeil absolument immobile; on ne percevait pas le moindre froissement, pas le moindre souffle. Le dormant avait la tête recouverte par le drap blanc, mais ses membres se reconnaissaient vaguement; on voyait seulement à la saillie formée qu'il y avait là un corps allongé. Tout autour, en désordre, sur le lit, au pied du lit, sur un fauteuil tout contre le lit, sur le parquet aussi, étaient dispersés des vêtements quittés, une somptueuse robe de soie blanche, des fleurs, des rubans. Sur la petite table de chevet brillaient des diamants retirés et dispersés. Au pied du lit, des dentelles étaient roulées en boule et sur la tache blanche de ces dentelles, pointant sous le drap, se dessinait le bout d'un pied nu; il paraissait sculpté dans le marbre et était terriblement immobile. Le prince regardait et il sentait que, plus il regar-

dait, et plus cette chambre devenait mort et silence.
Soudain une mouche réveillée bourdonna, se promena
au-dessus du lit et se tut à son chevet. Le prince fris-
sonna.

Rogojine lui toucha le bras :

— Sortons.

Ils sortirent, s'assirent sur les mêmes chaises, de nouveau l'un en face de l'autre. Le prince tremblait toujours
plus fort et plus fort et ne détachait pas son regard interrogateur du visage de Rogojine.

— Eh bien, je le remarque, Léon Nicolaevitch, dit
enfin Rogojine, tu trembles à peu près comme quand tu as
ton malaise, tu te rappelles à Moscou, autrefois ? Ou bien
comme c'est arrivé une fois, juste avant la crise. Et je ne
vois pas ce que je peux faire de toi, maintenant...

Le prince tendait les oreilles, faisant tous ses efforts
pour comprendre, et interrogeant toujours du regard.

— C'est toi ? put-il dire enfin en montrant de la tête la
portière.

— C'est... moi..., chuchota Rogojine, et il baissa les
yeux.

Ils restèrent silencieux cinq minutes.

— Parce que, continua soudain Rogojine, comme s'il
n'avait pas interrompu son discours, si tu as ton mal, et la
crise, et des cris, en ce moment, de la rue ou bien de la
cour on peut entendre, et on devinera qu'il y a des gens
qui passent la nuit ici ; on frappera à la porte, on entrera...
parce qu'ils croient tous que je n'y suis pas. C'est pour ça
que je n'ai pas allumé la bougie, pour que de la rue ou de
la cour on ne s'aperçoive de rien. Parce que, quand je n'y
suis pas, j'emporte les clés, et pendant les trois ou quatre
jours, en mon absence, personne ne vient même faire
le ménage, c'est arrangé comme ça chez moi. Alors
il ne faut pas qu'on sache que nous sommes ici cette
nuit...

— Attends, dit le prince : j'ai demandé aujourd'hui au
portier et à la vieille si Anastasie Filippovna n'avait pas
passé la nuit. Par conséquent, ils savent déjà.

— Je le sais, que tu as demandé. J'ai dit à la Pafnoutievna qu'Anastasie Filippovna était venue hier et était

hier aussi repartie pour Pavlovsk, après n'avoir passé que dix minutes chez moi. Ils ne savent pas qu'elle est restée pour la nuit. Personne ne sait. Nous sommes entrés ici hier, ni vu ni connu, comme aujourd'hui avec toi. En chemin j'avais pensé à part moi qu'elle ne voudrait pas entrer en cachette. Quelle erreur ! La voilà qui chuchote, entre sur la pointe des pieds, ramasse sa robe autour d'elle pour qu'elle ne froufroute pas, la tient entre ses mains et c'est elle qui me menace du doigt, dans l'escalier. C'est de toi qu'elle avait peur. Dans le train, elle était comme folle, de peur ; c'est elle qui a voulu venir passer la nuit chez moi, ici ; je voulais d'abord l'amener chez elle, chez la veuve : rien à faire ! « Là-bas, dès l'aube, il viendra me chercher, tandis que toi tu me cacheras bien, et demain matin de bonne heure je pars pour Moscou » ; ensuite, elle voulait aller à Orel je ne sais où. En se couchant, elle disait tout le temps : Nous irons à Orel...

— Attends un peu ; et maintenant, Parthène, que vas-tu faire ?

— Eh bien voilà, j'ai des doutes pour toi : tu trembles toujours. Cette nuit, nous la passerons ici, ensemble. Il n'y a pas d'autre lit que celui-ci, mais j'ai déjà imaginé : j'enlèverai les coussins des deux divans et je préparerai une couchette ici, devant le rideau, côte à côte, pour toi et pour moi, pour être ensemble. Parce que, si on entre, si on se met à examiner ou à chercher, on la verra tout de suite et on l'emportera. Si on m'interroge, je dirai que c'est moi et on m'emmènera tout de suite. Alors, qu'elle soit encore ici, pour le moment, près de nous, près de toi et de moi...

— Oui, oui ! approuva le prince avec chaleur.

— Donc, ne pas avouer et ne pas la laisser emporter.

— Pour rien au monde ! décida le prince. Non, non, non !

— C'est ce que j'avais résolu, mon garçon : pour rien au monde ! et ne la laisser à personne ! Nous passerons la nuit tranquillement. Aujourd'hui, je ne suis sorti de la maison que pour une heure, le matin, autrement je suis resté tout le temps près d'elle. Ensuite, le soir je suis allé te chercher. J'ai peur encore d'une chose : il fait lourd et il y aura de l'odeur. Tu sens une odeur, ou non ?

— Peut-être, je ne sais pas. Sur le matin, sûrement, on la sentira.

— Je l'ai recouverte d'une toile cirée, solide, américaine, et par-dessus j'ai étendu le drap, et j'ai mis quatre flacons de liqueur de Jdanov, débouchés, ils y sont encore.

— C'est comme là-bas... à Moscou [113] ?

— C'est parce qu'il y a l'odeur, frère. Mais si tu voyais comme elle est, comme ça, couchée... Sur le matin, quand il fera jour, regarde donc. Qu'est-ce qu'il y a : tu ne peux plus te lever ?

Rogojine était étonné et effrayé en voyant que le prince tremblait au point de ne pas pouvoir se lever.

— Mes jambes ne marchent pas, murmura le prince, c'est de peur, je le sais... La peur passera, je...

— Attends donc, je m'en vais faire le lit, tu te coucheras... et moi avec toi... et nous allons écouter... parce que je ne sais pas encore, mon garçon... mon garçon, je ne sais pas encore tout en ce moment, alors je te le dis d'avance pour que tu sois prévenu...

Tout en murmurant ces phrases obscures, Rogojine commença à faire les lits. On voyait que ces lits, il les avait imaginés dans sa tête peut-être dès le matin. La nuit précédente, il s'était allongé sur le divan. Mais sur le divan on ne pouvait pas coucher à deux, et il voulait absolument faire une double couchette pour dormir côte à côte : voilà pourquoi il avait traîné à travers toute la pièce, au prix de grands efforts, jusque derrière le rideau, les coussins de tailles différentes des deux divans. Tant bien que mal, la couche fut arrangée. Il s'approcha du prince, le prit avec tendresse et exaltation par la main, le souleva du fauteuil et le conduisit à son lit ; mais il se trouva que le prince pouvait maintenant marcher ; donc « la peur avait passé » ; et quand même il continuait à trembler.

— Parce que, frère, commença tout à coup Rogojine en installant le prince sur le coussin de gauche, le meilleur, et en s'étendant lui-même à droite sans se déshabil-

ler et les bras derrière la tête, il fait chaud à présent et, tu
sais, l'odeur... J'ai peur d'ouvrir les fenêtres; ma mère a
bien des pots de fleurs, des masses de fleurs, et ça sent
bon : j'ai songé à les porter ici, seulement la Pafnoutievna pourrait deviner, elle est curieuse...

— Elle est curieuse, approuva le prince.

— J'aurais pu en acheter, l'entourer tout entière de
fleurs et de bouquets. Mais, il me semble, elle ferait pitié,
mon ami, au milieu des fleurs !

— Écoute..., demanda le prince, comme embarrassé,
cherchant à retrouver ce qu'il voulait demander et l'oubliant aussitôt, écoute, dis-moi une chose : avec quoi
l'as-tu...? Avec le couteau? Celui-là même?

— Celui-là même.

— Attends encore ! Parthène, je veux encore t'interroger... J'ai à t'interroger sur beaucoup de choses, sur
tout... mais dis-moi d'abord pour commencer, pour que
je le sache : tu voulais la tuer avant le mariage, avant la
bénédiction, sur le parvis, avec ce couteau? Tu le voulais, ou non?

— Je ne sais pas si je le voulais ou si je ne le voulais
pas..., répondit sèchement Rogojine, quelque peu étonné
de la question et ne saisissant pas sa signification.

— Ton couteau, tu ne l'as jamais pris avec toi à
Pavlovsk?

— Jamais. A propos de ce couteau, voici tout ce que
je peux te dire, Léon Nicolaevitch, ajouta-t-il après un
silence. Je l'ai tiré ce matin d'un tiroir fermé à clé, parce
que tout s'est passé le matin, entre trois et quatre heures.
Il était toujours dans un livre, entre les pages... et... voilà
encore ce qui m'a étonné : il a pénétré, on dirait, de six...
ou même huit centimètres... juste sous le sein gauche...
et il n'a coulé comme ça qu'une demi-cuiller à soupe de
sang sur la chemise; pas davantage...

— Ça, ça, ça... — Le prince se souleva soudain, dans
une effrayante agitation. Ça, ça, je le sais, je l'ai lu... ça
s'appelle un épanchement interne... Il arrive qu'il n'y ait
même pas une goutte. C'est quand le coup a touché
directement le cœur...

— Arrête : tu entends? interrompit brusquement Rogojine, et il s'assit épouvanté sur sa couchette. Tu entends ?

— Non ! fit non moins vite et non moins épouvanté le prince, en regardant Rogojine.

— On marche ! Tu entends ? Dans le salon...

Ils écoutèrent tous les deux.

— J'entends, chuchota fermement le prince.

— On marche ?

— Oui.

— Je ferme la porte, ou non ?

— Ferme...

Ils fermèrent la porte, et tous deux se couchèrent. Ils restèrent longtemps silencieux.

— Ah oui ! chuchota tout à coup le prince, du même chuchotement ému et précipité, — on aurait pu croire qu'il avait de nouveau saisi au vol une idée et de nouveau craignait terriblement de la perdre, et il bondit même sur son lit. — Oui..., je voulais... ces cartes ! Les cartes... il paraît que tu jouais aux cartes avec elle ?

— Oui, dit Rogojine après un certain silence.

— Où sont-elles... ces cartes ?

— Ici... dit Rogojine, après un silence plus long, les voici...

Il tira de sa poche un jeu de cartes déjà utilisé, enveloppé dans du papier, et le tendit au prince. Celui-ci le prit, mais avec une espèce d'indécision. Un sentiment nouveau, mélancolique et désabusé, lui serrait le cœur ; il venait de comprendre qu'à cet instant, et depuis longtemps déjà, il parlait d'autre chose que ce qu'il fallait, qu'il faisait toujours autre chose que ce qu'il fallait faire, et que ces cartes, qu'il tenait entre les mains et qu'il avait été si heureux de tenir, ne lui seraient maintenant d'aucun secours. Il se leva et joignit les mains. Rogojine était couché sans bouger et semblait n'entendre ni ne voir ses mouvements ; mais ses yeux brillaient vivement dans l'obscurité et étaient complètement ouverts et fixes. Le prince s'assit sur une chaise et le regarda avec effroi. Une demi-heure se passa ; soudain Rogojine se mit à pousser des cris, violents, saccadés, et à rire bruyamment, comme s'il avait oublié qu'il fallait parler à mi-voix :

— L'officier, l'officier... tu te souviens... comme elle
l'a cravaché au concert, tu te souviens, ha-ha-ha! Et le
cadet... le cadet... ce cadet qui est accouru...

Le prince bondit de sa chaise, en proie à une nouvelle
épouvante. Quand Rogojine se fut calmé (il se calma tout
à coup), il se pencha doucement vers lui, s'installa à son
côté et, le cœur battant violemment, en respirant difficilement, il l'examina. Rogojine ne tourna pas la tête vers
lui, il semblait même avoir oublié son existence. Le
prince regardait et attendait; le temps passait, il commençait à faire jour. Rogojine par moments, et brusquement,
commençait parfois à marmotter assez haut, sèchement,
sans suite; il commençait à crier et à rire; le prince alors
tendait vers lui sa main tremblante et lui touchait doucement la tête, les cheveux, et les caressait, lui caressait les
joues... il ne pouvait rien de plus! Lui-même se remit à
trembler et de nouveau crut perdre l'usage de ses jambes.
Une sensation toute neuve lui faisait mourir le cœur d'une
infinie tristesse.

Cependant le jour était venu tout à fait; le prince se jeta
sur son oreiller, sans force désormais et au désespoir, et
colla son visage au visage immobile et pâle de Rogojine,
ses larmes coulaient sur les joues de Rogojine, mais
peut-être qu'il ne sentait pas à ce moment ses propres
larmes et n'en avait plus aucun sentiment.

Du moins, lorsque après pas mal d'heures la porte
s'ouvrit et qu'on entra, on trouva l'assassin absolument
sans connaissance et en proie à la fièvre. Le prince était assis
à côté de lui immobile sur sa couche et doucement, à chaque
explosion de cris ou de délire du malade, il se hâtait de
passer sa main tremblante dans ses cheveux et sur ses joues,
comme pour le caresser et le calmer. Mais lui-même ne
comprenait rien de ce qu'on lui demandait et ne reconnaissait aucun de ceux qui étaient entrés et qui l'entouraient. Et
si Schneider en personne était à cet instant venu de Suisse
pour voir son ancien pensionnaire et patient, lui aussi, se
rappelant l'état dans lequel était parfois le prince pendant la
première année de son traitement là-bas, aurait fait un grand
geste de découragement et déclaré, comme à cette époque-là : « Un idiot ! »

XII

ÉPILOGUE

La veuve de l'instituteur, accourue à Pavlovsk, se présenta tout droit chez Daria Alexieevna, encore bouleversée depuis la veille, et, en lui racontant tout ce qu'elle savait, porta au comble son épouvante. Les deux dames décidèrent immédiatement de se mettre en rapport avec Lebedev, qui était aussi dans un grand trouble en qualité d'ami de son locataire et en qualité de propriétaire de l'appartement. Viera Lebedev communiqua ce qu'elle savait. Sur le conseil de Lebedev, elles résolurent de partir toutes les trois pour Pétersbourg, pour prévenir au plus tôt « ce qui pouvait fort bien se produire ». C'est ainsi qu'il se fit que le matin suivant, sur les onze heures, l'appartement de Rogojine fut ouvert en présence de la police, de Lebedev, des dames et du jeune frère de Rogojine, Siméon Semionovitch, qui habitait dans l'annexe. Le succès de l'opération fut facilité surtout par la déclaration du portier, qui avait vu la veille au soir Parthène Semionovitch entrer avec un compagnon par le perron et, lui avait-il paru, en se cachant. Après cette déclaration, on n'avait pas hésité à enfoncer la porte, qui n'avait pas été ouverte au coup de sonnette.

Rogojine eut à subir deux mois de transport au cerveau, puis une fois guéri, enquête et jugement. Il fit sur tous les points des dépositions sincères, précises et tout à fait satisfaisantes, à la suite desquelles le prince, dès le début, fut mis hors de cause. Pendant son procès, Rogojine fut taciturne. Il ne contredit point son adroit et éloquent défenseur, qui s'efforçait de prouver, clairement et logiquement, que le crime avait été la conséquence de l'inflammation du cerveau commencée longtemps avant son exécution à la suite des désagréments soufferts par l'inculpé. Mais il n'ajouta rien de lui-même pour confirmer cette opinion et continua à affirmer et à rappeler clairement et précisément toutes les circonstances, même secondaires, de l'événement. Il fut condamné, avec admission des circonstances atténuantes, à la déportation en Sibérie, aux travaux forcés pour quinze ans, et écouta la lecture de sa sentence sombrement, silencieusement et «pensivement». Toute son immense fortune, en dehors de la portion relativement très faible qui avait été, à l'origine, dépensée en orgies, passa à son jeune frère, Siméon Semionovitch, à la grande satisfaction de celui-ci. La vieille mère Rogojine est toujours vivante ici-bas et parfois paraît se rappeler son fils favori Parthène, mais un peu confusément : Dieu a épargné à son cerveau et à son cœur la conscience de l'horreur qui avait visité sa sombre demeure.

Lebedev, Keller, Gaby, Ptitsyne et beaucoup d'autres personnages de notre récit continuent à vivre comme devant ; ils ont peu changé et nous n'avons presque rien à en dire. Hippolyte est mort dans une agitation effroyable et un peu plus tôt qu'il n'attendait, quinze jours après Anastasie Filippovna. Colas a été profondément bouleversé par ce qui s'est passé ; il s'est définitivement rapproché de sa mère. Nina Alexandrovna a peur pour lui, parce qu'il est trop réfléchi pour son âge ; il en sortira peut-être un homme excellent. Entre autres choses, c'est en partie grâce à ses efforts qu'a été réglé le sort du prince : depuis longtemps il avait distingué, parmi les personnes qu'il avait appris à connaître dans les derniers temps, Eugène Pavlovitch Radomski ; il alla le trouver le premier et lui communiqua tous les détails de l'événement parvenus à sa connaissance ainsi que l'état présent du prince. Il ne s'était pas trompé : Eugène Pavlovitch s'intéressa de la façon la plus chaleureuse au sort du malheureux «idiot» et, grâce à ses efforts et à ses soins, le prince se retrouva de nouveau à l'étranger et dans l'établissement suisse de Schneider. Lui-même, Eugène Pavlovitch, partit pour l'étranger avec l'intention de séjourner très longuement en Europe ; il se qualifie bien franchement d'«individu parfaitement superflu en Russie» et visite assez souvent, au moins une fois tous les quelques mois, son ami malade chez Schneider ; mais de plus en plus Schneider s'assombrit et hoche la tête : il fait allusion à une lésion complète des organes de la pensée ;

il ne parle pas encore positivement de mal incurable, mais il se permet les plus sombres allusions. Eugène Pavlovitch prend tout cela très à cœur, et il a un cœur : il l'a prouvé ne fût-ce que par ce fait qu'il reçoit des lettres de Colas et même y répond quelquefois.

Mais à part cela s'est manifesté un autre trait de son caractère, un trait singulier, et comme ce trait est bon, nous nous hâterons de le mentionner : après chacune de ses visites à l'établissement Schneider, Eugène Pavlovitch envoie, en plus de Colas, à une autre personne encore de Pétersbourg, une lettre où il expose dans le plus grand détail et avec toute sa sympathie l'état de santé du prince au moment donné. En dehors des plus sincères protestations de dévouement, dans ces lettres commencent à apparaître parfois (et de plus en plus souvent) certaines énonciations confiantes de vues, de conceptions, de sentiments, bref quelque chose qui ressemble à des sentiments amicaux et intimes. Cette personne qui est en correspondance (malgré tout assez rare) avec Eugène Pavlovitch et qui a mérité à ce point son attention et sa considération, c'est Viera Lebedev. Nous ne sommes pas arrivé à savoir exactement comment ont pu se nouer de pareilles relations ; elles se sont nouées, évidemment, à propos toujours de l'histoire du prince, à l'époque où Viera Lebedev en fut si abattue de douleur qu'elle en tomba même malade, mais comment dans le détail ils en sont arrivés tous deux à lier connaissance, puis amitié, nous l'ignorons.

Si nous avons mentionné ces lettres, c'est surtout parce que certaines d'entre elles contenaient des renseignements sur la famille Épantchine et en particulier sur Aglaé Ivanovna. A son sujet, Eugène Pavlovitch faisait savoir de Paris, dans une lettre assez incohérente, qu'après une liaison brève et peu ordinaire avec un émigré, un comte polonais, elle l'avait soudain épousé contre le désir de ses parents, qui n'avaient finalement donné leur consentement qu'à cause de la menace d'un extraordinaire scandale. Ensuite, après un silence de près de six mois, Eugène Pavlovitch informa sa correspondante, encore une fois dans une lettre longue et détaillée, que lors de sa dernière visite chez le professeur Schneider, en Suisse, il s'était rencontré chez lui avec tous les Épantchine (sauf, bien entendu, Ivan Fiodorovitch, qui pour ses affaires devait rester à Pétersbourg) et avec le prince Chtch. L'entrevue avait été singulière : ils avaient tous accueilli Eugène Pavlovitch avec une sorte d'enthousiasme ; Adélaïde et Alexandra avaient estimé lui devoir même de la reconnaissance pour « sa sollicitude angélique pour le malheureux prince ». Élisabeth Procofievna, ayant aperçu le prince dans son état de maladie et d'abaissement, pleura de tout son cœur. Visiblement, tout lui était maintenant pardonné. Le prince Chtch. prononça à cette occasion quelques heureuses et sages vérités. Eugène Pavlovitch crut comprendre qu'Adélaïde et lui n'étaient pas encore arrivés à un accord parfait, mais dans l'avenir la soumission absolument volontaire et cordiale de la bouillante Adélaïde à l'intelligence et à l'expérience du prince Chtch. semblait inévitable. De plus, les leçons reçues par la famille avaient grandement agi sur elle, principalement la dernière histoire d'Aglaé avec le comte émigré. Tout ce que redoutait la famille en cédant Aglaé à ce comte s'était réalisé en six mois, avec adjonction de surprises auxquelles on n'aurait même jamais pensé. Il se trouva même que ce comte n'en était pas un et que s'il était émigré, c'était avec un passé obscur et ambigu. Il avait captivé Aglaé par la noblesse extraordinaire de son âme déchirée à force de souffrir pour sa patrie, et captivé à un tel point qu'avant même de l'épouser elle était devenue membre d'un comité à l'étranger pour la restauration de la Pologne et en outre avait échoué dans le confessionnal d'un certain Père renommé qui s'était emparé de son esprit jusqu'à l'exaltation. La fortune colossale du comte, sur laquelle celui-ci avait fourni à Élisabeth Procofievna et au prince Chtch. des renseignements quasi indiscutables, se trouva tout à fait imaginaire. Bien plus, en quelque six mois après le mariage, le comte et son ami, le fameux confesseur, réussirent à brouiller entièrement Aglaé avec sa famille, si bien que celle-ci ne la vit plus de quelques mois... Bref, il y aurait beaucoup à raconter, mais Élisabeth Procofievna, ses filles et même le prince Chtch. furent si frappés par toutes ces « horreurs » qu'ils craignaient de faire mention de certaines choses en parlant à Eugène Pavlovitch, tout en sachant qu'il connaissait fort bien sans eux l'histoire des derniers engouements d'Aglaé Ivanovna.

La pauvre Élisabeth Procofievna aurait voulu rentrer en Russie ; au témoignage d'Eugène Pavlovitch, elle critiquait devant lui avec fiel et passion tout ce qui était étranger : « Le pain, ils ne savent nulle part le cuire convenablement ; l'hiver, ils gèlent comme des souris dans un sous-sol, disait-elle ; si du moins ici ils pleuraient sur ce malheureux à la russe », ajoutait-elle en montrant avec émotion le prince, qui ne l'avait pas reconnue. « Assez d'emballements, il est temps de servir la raison. Et tout cela, tout l'étranger et toute votre Europe, tout cela n'est qu'imagination et nous tous à l'étranger nous ne sommes qu'imagination... rappelez-vous mes paroles, vous verrez vous-même ! » conclut-elle presque en colère, en se séparant d'Eugène Pavlovitch.

                                                    17 janvier 1869.

NOTES

1. Même développement dans une lettre à Maïkov du 2 avril 1868 (*Corresp.*, t. 3, n° 284, p. 215).

2. L'édition académique (*P.S.S.*, t. 9, p. 446) cite une berceuse populaire publiée dans un recueil de 1870, fort proche de celle de Dostoïevski.

3. La plus septentrionale des îles du delta de la Néva, où la bonne société de Pétersbourg possédait villas et parcs. La société de Pavlovsk était beaucoup plus mélangée, d'où les regrets d'Élisabeth Procofievna.

4. Pavlovsk était réputé pour ses concerts qui se donnaient au Vauxhall les soirs d'été.

5. Thèmes semblables dans les lettres de Dostoïevski à Maïkov de 1867-1868.

6. Le clergé, la noblesse, les habitants des villes *(mechtchane)* et les paysans. Le clergé, se recrutant presque toujours de père en fils (le nom de Popov, fils de pope, en témoigne), tendait en effet à devenir une caste ; mais il n'en va pas de même pour la noblesse, qui n'est du reste pas « abolie » mais seulement appauvrie après la fin du servage (d'après P. Pascal).

7. Les trois auteurs russes préférés de Dostoïevski.

8. Lomonossov (1711-1765), fils de pêcheurs de la Dvina du Nord, grammairien, poète et physicien.

9. Personnage du *Malheur d'avoir de l'esprit* de Griboïédov qui incarne l'esprit conservateur. Dostoïevski lui-même considérait la littérature de Tourguéniev et de Tolstoï comme une littérature de propriétaires fonciers.

10. Notamment dans le camp progressiste des années 1850-1860 (Tchernychevski, Dobrolioubov, les frères Ouspenski, Pomialovski, etc.) sont d'anciens séminaristes. (D'après P. Pascal.)

11. Dostoïevski renvoie ici implicitement aux *Récits de la Maison des Morts*.

12. En français.

13. Souvenir transposé de la soirée chez les Korvine-Kroukovski où Dostoïevski avait eu une contenance aussi ridicule que Mychkine. Voir préface, p. 12.

14. Le russe dit « un gars du Gostinny Dvor », grand édifice de Pétersbourg contenant des quantités d'échoppes et de boutiques.

15. Le 10 juin 1862, un officier de uhlans nommé Lioubetzki avait publiquement offensé deux dames au Vauxhall de Pavlovsk, la femme et la sœur de l'écrivain Tchernychevski. Menacé par des étudiants, il dut s'excuser. *P.S.S.*, t. 9, p. 260 et 388, et Carnets Pl., p. 901.

16. Pouchkine, lors de son duel avec le Français d'Anthès, le 27 janvier - 8 février 1837, avait été atteint au ventre et mourut deux jours plus tard, les intestins perforés. En Russie les duels furent interdits, sous peine de sanctions sévères, jusqu'en 1894, date à laquelle ils furent autorisés aux officiers.

17. C'est encore l'époque des « nuits blanches » de Saint-Pétersbourg.

18. Citation des vers de Goethe dans le Prologue au ciel de *Faust :*
                 Die Sonne tönt nach alter Weise
                 In Brudersphären Wettgesang.

19. Voir tome I, p. 435 et n. 145.

20. Malgré les guillemets, il ne s'agit pas d'une citation exacte de l'*Apocalypse*, qui parle des « sources des eaux » (8,10 et 16, 4).

21. Translittéré.

22. Voir *Apoc*. 12,9. Pendant l'hiver 1868-1869, Dostoïevski lut du Voltaire, cf. lettre à Strakhov du 6-18 avril 1869, *Corresp.*, t. IV, n° 326.

23. Vladimir Petchorine, émigré de Russie, moine rédemptoriste en Hollande. Il avait eu avec Herzen (le penseur « qui circule en tous lieux ») une discussion rapportée par ce dernier dans son *Étoile polaire*, n° 6 de 1861, que Dostoïevski lut seulement en 1867, à Dresde. Lébédev, qui prend le parti de Petchorine, cite Herzen presque textuellement. Sur Petchorine, voir Herzen, *Passé et méditations*, t. IV, Paris, 1981, p. 373-385.

24. Sujet de discussions dans le cercle de Pétrachevski.

25. Jeu de mots sur *porokov* (de vices) et *parokhodov* (de bateaux à vapeur).

26. Importante idée dans le système intellectuel de Dostoïevski, sur laquelle il revient dans *Les Démons* et dans *Les Frères Karamazov*. Reprise sous forme de raillerie par Aglaé, t. II, p. 260.

27. *Apoc*. 10,6. Hippolyte joue sur le sens du mot *temps*, qu'il oppose implicitement à *éternité* 1,7, et qui dans l'*Apocalypse* paraît signifier *délai*.

28. En français, comme p. 85.

29. C'est-à-dire Oxygénov, nom parlant pour un matérialiste. (Note de P. Pascal.)

30. Quartier de la capitale situé entre la Moïka, la grande Néva, la Fontanka et le canal Krioukov, bâti pauvrement et habité par de petites gens.

31. Ce texte onirique est peut-être une des sources de la *Métamorphose* de Kafka.

32. Ce thème reparaîtra en majeur dans *L'Adolescent*.

33. Les fameuses « montagnes russes », faites de glace empilée et que dévalaient les traîneaux sur la place de l'Amirauté.

34. Aujourd'hui rue Maïakovski, entre les actuelles rues Saltykov-Chtchédrine et Joukovski. C'est dans cette même rue que Dostoïevski faisait vivre Goliadkine, le héros du *Double* (1846).

35. Botkine, cf. t. I, p. 412 et n. 141.

36. Grade civil de la 4ᵉ classe (voir t. I, n. 119) conférant la noblesse héréditaire.

37. Après la défaite de Waterloo.

38. Relie le quartier de l'Amirauté à l'île Vassili. Aujourd'hui pont du lieutenant Schmidt.

39. Il s'agit du docteur Haase (1780-1853), d'origine danoise et catholique, qui dirigeait le service de santé des prisons.

40. Dostoïevski lui-même.

41. Terme par lequel le peuple russe appelait les forçats. Voir *Récits de la Maison des Morts*, GF, p. 61-62.

42. L'expression entière en français. Elle vient des *Pensées* de Pascal.

43. *Marc* 5, 41 (Jeune fille, lève-toi).

44. *Jean* II, 43.

45. B.V. Tomachevski montra en 1928 que cette strophe n'était pas de Millevoye, mais de Gilbert (1751-1780). Le texte exact, tiré de l'*Ode imitée de plusieurs psaumes* (1780) est pour le premier vers :

   Ah ! Puissent voir longtemps votre beauté sacrée.

46. Voir préface, p. 26.

47. Voir plus haut, p. 118.

48. Un des romanciers français les plus populaires en Russie, avec Balzac et Eugène Sue.

49. L'usage russe veut que, sauf en cas d'intimité admise par l'interlocuteur, on emploie en lui parlant son prénom et son patronyme. Le prince a dit correctement « Aglaé Ivanovna » p. 139, 140, puis « Aglaé » tout court à partir de la p. 143.

50. La franc-maçonnerie avait été interdite en Russie par Alexandre Iᵉʳ en 1822. On reprochait à ses membres de conspirer en secret.

51. Affublé à la russe *(kontrekarirovat')*.

52. Les fonctionnaires russes portaient l'uniforme.

53. Sans doute *Les Fourberies de Scapin* de Molière (« qu'allait-il faire dans cette galère ? »). (Note de P. Pascal.)

54. Invention de N. Jdanov, vers 1840, mélange de sulfate de fer, d'acide pyrogallique et d'eau de lavande. (Note de P. Pascal.)

55. Personnage de la comédie de Gogol *Un mariage* (1833-1842), jeune fonctionnaire coureur de dot mais velléitaire, qui au moment de se marier saute par la fenêtre. (Note de P. Pascal.)

56. Personnage de Molière dans la pièce du même nom (1668).

57. Personnage de la nouvelle de Gogol *La Perspective Nevski* (1835). Sot et cynique, il rencontre sur la Perspective une femme qu'il suit chez elle, mais il est empoigné et rossé par son mari, l'artisan allemand Schiller. Pour se consoler, il va dans une pâtisserie manger des gâteaux. (Note de P. Pascal.) Dostoïevski revient sur Pirogov dans le *Journal d'un Écrivain* de 1873.

58. Dostoïevski détourne le sens de l'expression qui figure dans *Matthieu*, 2,2 ; 27, II, 29, 37. Elle prend ici le sens de « roi des usuriers », comme plus haut, t. I, p. 208. Le rapprochement « roi des Juifs » et Rothschild, symbole dostoïevskien de la réussite financière, avait déjà été fait par H. Heine dans son *Histoire de la religion et de la*

philosophie en Allemagne, traduite partiellement par Strakhov dans la revue de Dostoïevski *L'Époque* (1864, nº 1-3). Le passage en question avait été écarté par la censure, mais Dostoïevski en avait évidemment pris connaissance, comme l'établit G. M. Fridlender, *Realizm Dostoevskogo*, M.-L. 1964, p. 286-8.

59. Expression notée par Dostoïevski dans son Carnet sibérien (voir *Récits de la Maison des Morts*, GF, préface, p. 14), qu'on peut lire dans la traduction de P. Pascal, L'Herne, 1973, p. 46-58. C'est le nº 82.

60. Personnage des *Ames mortes* de Gogol, type de propriétaire foncier désordonné, hâbleur et nuisible.

61. Article paru en 1864 dans la revue *Archive russe*, « Le monastère de Novodévitchi à Moscou en 1812. Récit d'un témoin oculaire, le garçon de bureau Semion Klimytch ».

62. A l'ouest de Moscou, après la barrière de Presnia.

63. Tiré d'une *Épitaphe* de Karamzine (1792).

64. Orthopédiste en renom, membre du cercle de Pétrachevski, publia en 1855 une *Instruction pour l'agencement d'une jambe artificielle*.

65. Il s'agit de Herzen, dont l'ouvrage autobiographique *Passé et méditations (Byloe i doumy)* contient en effet cette histoire au premier chapitre.

66. Longue rue dans la partie nord-est de Moscou.

67. Voir t. I, p. 328.

68. Ces deux phrases en français.

69. Toute la réplique de Napoléon en français.

70. En français.

71. Jean-Baptiste, baron de Bazancourt (1767-1830), général des guerres de l'Empire. On ne connaît pas de page de Napoléon de ce nom, âgé de 12 ans en 1812.

72. Jean-Baptiste-Adolphe Charras (1810-1865). Son *Histoire de la campagne de 1815. Waterloo*, parue en 1858 avait été lue par Dostoïevski à Baden-Baden en 1867 et figurait dans sa bibliothèque.

73. En français.

74. Les paroles de Davout en français.

75. Ces quatre mots en français.

76. Citation d'une poésie de Pouchkine, « Napoléon » (1826).

77. Ces trois mots en français.

78. Les mots de Napoléon en français.

79. Le russe dit *na bobakh*, sur des fèves.

80. P. Pascal rend drôlement le jeu de mots du russe entre *bobami* (sur des fèves) et *babami* (sur des femmes).

81. « O ma jeunesse ! ô ma fraîcheur ! » (tome I, début du chap. 6).

82. Citation non identifiée.

83. Décoration accordée aux officiers subalternes. (Note de P. Pascal.)

84. Citation d'un poème inachevé de N. P. Ogariov, *Humour* (1840), publié par Herzen dans son *Étoile polaire* de 1869, sortie en novembre 1868.

85. Ile de l'estuaire de la Néva, à l'est de l'île Élaguine, également bâtie de riches villas entourées de parcs. (Note de P. Pascal.)

86. Ce mot en français.

87. Jeu de cartes très populaire. (Note de P. Pascal.)

88. Friedrich Schlosser (1776-1861), historien allemand, auteur d'une *Histoire universelle* parue de 1844 à 1856 et traduite en russe de 1861 à 1869. Dostoïevski lut en 1862 le premier volume, qui figurait dans sa bibliothèque.

89. Dignité de la Cour peu importante qui avait été imposée par Nicolas Ier à Pouchkine.

90. Les icônes ne doivent pas être témoins d'actes ou de paroles répréhensibles : s'il doit en être commis ou prononcé, il faut emporter les icônes de la pièce. D'où le dicton : « C'est à sortir les icônes ! » (Note de P. Pascal.)

91. Stepan Bogdanovitch Gliébov (vers 1672-1718) fut l'amant de la première femme de Pierre le Grand, Eudoxie Lopoukhine, et trempa dans le complot d'Alexis, fils de Pierre. Il fut empalé sur la place Rouge. Dostoïevski avait lu son histoire au tome 6 de l'*Histoire du règne de Pierre le Grand* de N. G. Oustrialov, parue à Pétersbourg en 1859. Ouvrage utilisé par P. Mérimée dans son *Histoire de Pierre le Grand* (1867-68).

92. Fils d'un pasteur de Westphalie, André Ivanovitch Ostermann (1686-1747), négocia plusieurs traités sous Pierre le Grand, dirigea le parti allemand sous Anna Ivanovna qui lui conféra les titres de comte et de chancelier, et fut déporté en Sibérie par Élisabeth Pétrovna.

93. Souvenir d'un passage du célèbre poème de Lermontov, *Borodino* (1837).

94. Souvenir d'une poésie de N. P. Ogariov, « Je rêvais que j'étais dans la tombe... » (1857-1858) publiée dans *L'Étoile polaire* de Herzen de 1859, où on peut lire :
Dites-moi adieu, et, avec sérénité, passez devant.

95. Dostoïevski avait sans doute lu cette histoire dans sa jeunesse, car elle avait été racontée dans la *Bibliothèque pour la lecture* en 1837, revue qu'il lisait alors assidûment avec son frère Michel.

96. Sur cette insistance à souligner l'origine allemande de plusieurs invités des Épantchine (cf. aussi p. 273-4), voir préface, p. 13.

97. Zakrevski, gouverneur de Moscou. (Note de P. Pascal.)

98. L'hostilité fondamentale de Dostoïevski à l'égard du catholicisme a pu se renforcer à la lecture du livre très malveillant de Dmitri Tolstoï, *Le Catholicisme romain en Russie*, 1863-1864, et du premier tome des *Jésuites en Russie sous Catherine II et jusqu'à nos jours*, par M. Morochkine (1867). (D'après P. Pascal.)

99. En français.

100. Appelés en russe *Khlysty*, ils constituaient une secte très répandue, dont le culte consistait en rondes forcenées, accompagnées de chants, conduisant à une sorte d'extase où le péché n'existe plus. (Note de P. Pascal.)

101. Dans une lettre à Maïkov du 11/23 décembre 1868 (*Corresp.*, t. III, n° 300, p. 283), Dostoïevski expose ainsi son projet de roman *L'Athéisme* : un Russe de la bonne société soudain perd la foi, « tombe dans les filets d'un jésuite, le quitte pour se perdre parmi les flagellants », et finalement retrouve « le Christ russe et le Dieu russe ». (Note de P. Pascal.)

102. Toute la phrase en français.

103. En français.

104. Le 20 mai 1867, Dostoïevski écrivait à sa femme : « Je n'ai pas le don de m'exprimer. Je n'ai pas la forme, le geste. »

105. En français dans le texte.

106. Les idées exprimées par Mychkine dans le salon Épantchine se retrouvent dans une large mesure à travers la correspondance de Dostoïevski (lettres à Maïkov des 31 déc. - 12 janvier 1867, 18 février - 1er mars 1868, 15-27 mai 1869 et 9-21 octobre 1870. Bon nombre d'entre elles reviennent dans les discours slavophiles de Chatov *(Les Démons)*, dans le *Journal d'un écrivain* et dans *Les Frères Karamazov*.

107. Citation de la poésie de Pouchkine intitulée *Élégie* (1830).

108. Métier tenu alors pour dégradant.

109. Dans son roman *Pères et Fils* (1862).

110. Citation du poème de Pouchkine sur Cléopâtre inclus dans ses *Nuits égyptiennes* (1835).

111. *Matthieu*, II, 25 ; *Luc*, 10,21.

112. Dostoïevski avait lu le roman de Flaubert dans l'été 1867 sur la recommandation de Tourguéniev. En 1880, Dostoïevski lui-même fit l'éloge du roman (V. Mikulitch, *Vstretchi s pisateljami*, Leningrad, 1929, p. 155).

113. Voir t. I, n. 75.

CHRONOLOGIE

Cette chronologie reprend la plupart des données déjà fournies dans les Récits de la Maison des Morts *(GF, 1980), complétées pour les années 1860-1869 par quelques indications de Sylvie Luneau (*L'Idiot, Bibl. *de la Pléiade, 1953) et de Pierre Pascal (*L'Idiot, Garnier, *1977, Sommaire biographique). Les dates sont celles de l'ancien calendrier russe, en retard au XIXe siècle de 12 jours sur le calendrier grégorien.*

1821 (30 octobre-11 novembre) : Naissance de Fiodor Mikhaïlovitch Dostoïevski à l'Hôpital Marie de Moscou où son père, originaire de Podolie, exerce en qualité de médecin. Sa mère, née Netchaïeva, est d'une famille de marchands moscovites. 1821 voit naître aussi Baudelaire et Flaubert.

1833 : Fiodor et son frère Mikaïl demi-pensionnaires chez le Français russifié Drachoussov (anagramme de Souchard + ov, le Touchard de *L'Adolescent*).

1837 : Mort de la mère de Dostoïevski. Mort de Pouchkine, son poète préféré. Départ pour Saint-Pétersbourg.

1839 : Le docteur Dostoïevski est trouvé mort près de sa maison de campagne, à Darovoïé. On soupçonne une vengeance de serfs, mais l'enquête aboutit à un non-lieu, tenu pour fondé par la critique la plus récente.

1841 : Dostoïevski compose deux drames, sans doute inachevés, et aujourd'hui perdus, *Marie Stuart* et *Boris Godounov*.

1842 (août) : Dostoïevski est nommé sous-lieutenant.

1843 : Affecté à la Direction du Génie (service des Plans). Dilapide sa part d'héritage, recourt à l'usure. Traduction d'*Eugénie Grandet*.

1844 : Commence *Les Pauvres Gens*, traduit *La Dernière Aldini* de G. Sand, voudrait traduire *Mathilde* d'Eugène Sue. Prend sa retraite.

1845 : *Les Pauvres Gens* sont lus en manuscrit avec enthousiasme par Grigorovitch, Nékrassov, Biélinski. Dostoïevski rencontre Tourguéniev. Il commence *Le Double*.

1846 (15 janvier) : *Les Pauvres Gens* paraissent dans le *Recueil pétersbourgeois*.
(1er février) : *Le Double* paraît dans les *Annales de la Patrie*.
(printemps) : Rencontre de M. Boutachévitch-Pétrachevski.
(octobre) : Rencontre de Herzen.
Dostoïevski, en froid avec Biélinski, Nékrassov et Tourguéniev, s'installe avec d'autres amis en « association » dans un appartement de l'île Vassili.

1847 : Brouille avec Biélinski pour des raisons littéraires et religieuses.
(mars) : Dostoïevski se rend aux « vendredis » de Pétrachevski et puise dans sa bibliothèque très riche en ouvrages de socialistes français.
(octobre-décembre) : *La Logeuse* paraît dans les *Annales de la Patrie*.

1848 (janvier-avril) : *La Femme d'un autre, Un cœur faible, Les Récits d'un vieux routier* paraissent dans les *Annales de la Patrie*.
(28 mai) : Mort de Biélinski.
(septembre) : *Un arbre de Noël et un mariage* dans les *Annales de la Patrie*.
(décembre) : *Les Nuits blanches, Le Mari jaloux, Un événement peu ordinaire* dans les *Annales de la Patrie*.
Dostoïevski se lie avec N. A. Spechniov, « son Mé-

phistophélès », beau, riche, mystérieux et révolutionnaire.

1849 (janvier-février) : *Niétotchka Niezvanova* (1re et
2e partie) dans les *Annales de la Patrie.*

Dostoïevski continue de fréquenter les « vendredis » de
Pétrachevski où il se prononce pour des réformes
(presse, servage, justice). Il fréquente en même temps
le cercle plus radical de Dourov, qui envisage une
imprimerie clandestine.

(15 avril) : Dostoïevski fait lecture chez Pétrachevski
de la lettre de Biélinski critiquant violemment l'évolu-
tion de Gogol.

(23 avril) : Sur dénonciation d'Antonelli, membre du
cercle de Pétrachevski et agent de la police secrète,
Dostoïevski est arrêté à 5 heures du matin et incarcéré
au ravelin Alexis de la forteresse Pierre et Paul.

(fin avril) : La 3e partie de *Niétotchka Niezvanova* paraît sans signature.

(mai) : Entre les interrogatoires, Dostoïevski écrit *Un
petit héros.*

(22 décembre) : Simulacre d'exécution de Dostoïevski
avec vingt autres condamnés sur la place Sémionovski
de Saint-Pétersbourg. Au dernier moment on leur lit
l'arrêt de grâce selon la procédure prescrite par le code
pénal de 1845.

(24 décembre) : Dostoïevski, Dourov et le Polonais
Jastrzembski s'en vont fers aux pieds, en traîneau pour
Tobolsk.

1850 (23 janvier) : Arrivée de Dostoïevski à Omsk. Difficultés avec les prisonniers politiques polonais et les
condamnés de droit commun russes.

Premier constat officiel de l'épilepsie, dont Dostoïevski a peut-être déjà souffert avant la déportation.

1854 (mi-février) : Dostoïevski sort du bagne et devient
soldat au 7e bataillon de frontaliers à Sémipalatinsk. Il
se remet avidement à lire.

(fin février) : Lettre à N. D. Fonvizina sur sa foi dans
le Christ.

1855 : Tourments amoureux à cause de Marie Issaïéva.

Amitié précieuse du baron A. E. Vranguel. Mort de Nicolas Ier.

(novembre) : Dostoïevski est nommé sous-officier.

1856 (août) : Amnistie prononcée par le nouvel empereur Alexandre II en faveur des condamnés politiques.

1857 (6 février) : Dostoïevski épouse Marie Dmitrievna Issaïéva à Kouznetsk.

(17 avril) : Dostoïevski est rétabli dans ses droits nobiliaires.

(août) : *Un petit héros*, écrit en 1849, est publié dans les *Annales de la Patrie*.

1858 (janvier) : Dostoïevski demande sa retraite et l'autorisation de résider à Moscou.

1859 (mars) : Retraite accordée, mais résidence fixée à Tver.

(2 juillet) : Dostoïevski et sa femme quittent Sémipalatinsk pour l'Europe.

(19 août) : Arrivée à Tver.

(octobre) : *Le Bourg de Stépantchikovo et ses habitants* dans les *Annales de la Patrie*.

(mi-décembre) : Dostoïevski est de retour à Saint-Pétersbourg après dix ans.

1860 (1er septembre) : Début des *Récits de la Maison des Morts* dans le *Monde russe*.

Dostoïevski rédige le programme de la revue mensuelle *Le Temps*, dont son frère Michel est le directeur officiel.

1861 (janvier) : début d'*Humiliés et Offensés*, dans *Le Temps*.

(avril) : Continuation de la *Maison des Morts* dans *Le Temps*.

Abolition du servage. Dostoïevski rencontre A. Souslova.

1862 : 2e partie de *La Maison des Morts* dans *Le Temps*.

(7 juin) : Dostoïevski part pour l'Europe occidentale. A Paris pour la première fois le 15, à Londres le 27 (visite à Herzen), en juillet à Cologne, puis en Suisse et en Italie.

1863 (janvier) : Polémique de Saltykov-Chtchédrine dans *Le Contemporain* contre *Le Temps*.
(février-mars) : *Notes d'Hiver sur des impressions d'été* dans *Le Temps*.
(24 mai) : *Le Temps* est interdit à cause d'un article de Strakhov sur la question polonaise.
(14 août) : Dostoïevski retrouve Souslova à Paris et poursuit son voyage avec elle. Visite à Tourguéniev à Baden-Baden, pertes au jeu.
(septembre-octobre) : Séjour en Italie. Difficultés d'argent. Dostoïevski rentre en Russie.

1864 (21 mars) : Premier numéro de *L'Époque*, revue mensuelle de Michel Dostoïevski, où paraissent les *Notes écrites dans un souterrain*.
(15 avril) : Marie Dmitrievna, femme de l'écrivain, meurt de tuberculose à Moscou.
(mai-novembre) : Polémique entre *L'Époque* et *Le Contemporain*.
(10 juillet) : Mort de Michel Dostoïevski. L'écrivain assume les dettes laissées par son frère et l'entretien de sa famille.

1865 (mars-avril) : Dostoïevski fréquente la famille Korvine-Kroukovski à Pétersbourg. Le mariage est envisagé, puis abandonné, avec Anne, tandis que Sophie, la cadette, s'éprend en secret de l'écrivain. Elle deviendra plus tard l'illustre mathématicienne Sophie Kovalevskaïa, et laissera d'intéressants *Souvenirs*.
(juin) : *L'Époque* cesse de paraître. Pour éviter la saisie, Dostoïevski cède à l'éditeur Stellovski pour 3000 roubles le droit de publier ses œuvres complètes et part pour l'étranger.
(juillet) : Arrivée à Wiesbaden, il joue à la roulette, perd, demande de l'argent à Tourguéniev, à Souslova.
(début septembre) : Il propose à Katkov, directeur du *Messager russe*, l'idée d'un nouveau roman, qui sera *Crime et Châtiment*.
(15 octobre) : Retour de Dostoïevski à Pétersbourg.
(novembre) : Rencontres avec Souslova.

1866 (14 janvier) : L'étudiant Danilov assassine l'usurier Popov et sa servante. Le *Messager russe* commence la publication de *Crime et Châtiment*, qui dure jusqu'en décembre.

(26 janvier) : Lettre du père d'Anne Korvine-Kroukovski à Dostoïevski, polie mais décourageante.

(4 avril) : Attentat de Karakozov contre le Tzar. Dostoïevski est bouleversé.

(17 juin) : Dostoïevski écrit à Anne Korvine-Kroukovski qu'il envisage d'aller la voir à Pavlovsk ou à Palibino.

(juillet) : Dostoïevski travaille à *Crime et Châtiment* au milieu de la famille de sa sœur à Lioublino, dans une atmosphère gaie et détendue. Il voue une affection particulière à sa nièce Sophie Alexandrovna Ivanova.

(4 octobre) : De retour à Pétersbourg, l'écrivain engage une jeune sténographe, Anna Grigorievna Snitkina, pour pouvoir achever *Le Joueur,* qu'il a promis avant le 1er novembre à l'éditeur Stellovski, sous peine d'être privé de la propriété de toutes ses œuvres futures. Le roman est remis le 30 octobre.

(8 novembre) : Il demande la main d'Anna Grigorievna, qui la lui accorde.

1867 (15 février) : Mariage de Dostoïevski avec Anna Snitkina à la cathédrale de la Trinité à Saint-Pétersbourg.

(30 mars) : Les Dostoïevski partent pour Moscou. Assassinat d'un bijoutier par le jeune Mazourine, fils d'une bonne famille. Certains détails du crime passeront dans *L'Idiot*.

(14 avril) : Départ pour l'étranger.

(fin avril) : Séjour à Dresde.

(5-14 mai) : Dostoïevski joue et perd à Hombourg.

(22 juin-11 août) : Dostoïevski joue et perd à Baden-Baden. Rupture avec Tourguéniev.

(12 août) : Dostoïevski et sa femme visitent le musée de Bâle : forte impression sur l'écrivain du «Christ au tombeau» de Holbein.

(13 août) : Arrivée à Genève.

(29 août) : Dostoïevski assiste à une séance du Congrès

de la paix et de la liberté, auquel participent notamment Bakounine et Garibaldi. Dostoïevski est indigné par les discours creux et négatifs.

(14 septembre) : Premières notes relatives à *L'Idiot*.

(26-28 septembre) : Dostoïevski lit l'affaire Oumetzki.

(22 novembre) : Dostoïevski renonce à sa première conception de *L'Idiot*.

(6 décembre) : Il rédige les premiers chapitres du « nouveau roman ».

(30 décembre) : Il envoie à Katkov la fin de la première partie (les sept premiers chapitres de l'actuelle première partie).

1868 (janvier) : Début de la publication de *L'Idiot* dans le *Messager russe* de Katkov.

(22 février) : Naissance du premier enfant des Dostoïevski, Sophie.

(10 mars) : Un collégien de dix-huit ans, Gorski, est accusé du meurtre d'une famille entière à Tambov, les Jemarine, qui l'employaient comme précepteur.

(12 mai) : Mort de la petite Sophie.

(fin mai) : Les Dostoïevski s'installent à Vevey.

(août) : Travail difficile sur la troisième partie de *L'Idiot*.

(septembre) : Voyage à Milan.

(fin novembre) : Les Dostoïevski s'installent à Florence.

Travail sur la quatrième partie de *L'Idiot*.

1869 (25 janvier) : Dostoïevski annonce à sa sœur, Mme Ivanov, que *L'Idiot* est enfin terminé. Les derniers chapitres paraissent en supplément au n° de février du *Messager russe*.

(fin juillet) : Installation des Dostoïevski à Dresde.

(14 septembre) : Naissance d'une seconde fille, Lioubov (Aimée).

(21 novembre) : Le révolutionnaire Netchaïev assassine un étudiant de l'Institut agronomique de Moscou, donnée reprise dans *Les Démons*.

(décembre) : Projet de roman « la vie d'un grand pécheur » ou « l'athéisme ».

1870 (janvier-février) : *L'Éternel Mari* paraît dans *L'Aurore*, revue fondée en 1868 par un ami de Dostoïevski, Strakhov. Travail sur *Les Démons* et sur le projet « la vie d'un grand pécheur ».

1871 (janvier) : Début de la publication des *Démons* dans le *Messager russe*.
(mars-mai) : Dostoïevski est frappé par la Commune de Paris qui lui paraît l'aboutissement monstrueux de l'utopie.
(avril) : Dostoïevski joue pour la dernière fois à Wiesbaden.
(1er juillet) : Début du procès Netchaïev.
(5 juillet) : Départ des Dostoïevski pour Berlin et la Russie.
L'écrivain brûle avant la frontière les manuscrits de *L'Idiot* et de *L'Éternel Mari*. Anna Grigorievna sauve quelques Carnets.
(8 juillet) : Retour à Saint-Pétersbourg après quatre ans d'absence.
(16 juillet) : Naissance d'un fils, Fiodor (Théodore).

1872 : Dostoïevski fait sa rentrée dans les milieux conservateurs de Saint-Pétersbourg.
(15 mai-début septembre) : Premières vacances en famille à Staraïa Roussa.
Le *Messager russe* refuse de publier la Confession de Stavroguine, qui restera inédite jusqu'à la Révolution de 1917. La fin des *Démons* paraît dans la revue en novembre-décembre.
(20 décembre) : Dostoïevski est nommé rédacteur en chef du *Citoyen*.

1873 (1er janvier) : *Le Citoyen* paraît avec le *Journal d'un Écrivain* de Dostoïevski, qu'il poursuivra jusqu'en avril 1874.
(26 février) : Mise en vente par les soins d'Anna Grigorievna des *Démons* en trois volumes.

1874 (janvier) : Publication par Anna Grigorievna de *L'Idiot* en deux volumes.
(21-22 mars) : Dostoïevski aux arrêts au corps de garde

de la place Sennaïa (Marché aux foins) pour un délit de presse. Il relit les *Misérables* et reçoit ses amis.

(22 avril) : Il renonce à ses fonctions au *Citoyen*, et renoue avec Nékrassov. Il s'engage à publier son prochain roman dans sa revue « progressiste » les *Annales de la Patrie*.

(7 juin-mi-août) : Séjours à Ems puis à Genève.

(août-décembre) : Travail en famille à Staraïa Roussa sur *L'Adolescent*. Crises d'épilepsie.

1875 (janvier) : Publication de *L'Adolescent* dans les *Annales de la Patrie* jusqu'en décembre.

(26 mai-3 juillet) : Cure à Ems.

(10 août) : Naissance d'un fils, Alexis, à Staraïa Roussa.

(décembre) : Réédition des *Récits de la Maison des Morts* en deux volumes. Dostoïevski enquête sur les jeunes délinquants.

1876 : Reprise du *Journal d'un Écrivain*, publication mensuelle.

1877 : Continuation du *Journal*, avec l'aide d'Anna Grigorievna.

(été) : Séjours chez son beau-frère, dans la province de Koursk, puis à Darovoïé chez sa sœur Véra Ivanova ; visite à Tchermachnia. Ces lieux figureront dans *Les Frères Karamazov*.

(2 décembre) : Dostoïevski élu membre correspondant de l'Académie.

(30 décembre) : Éloge funèbre de Nékrassov par Dostoïevski.

1878 (18 avril) : Lettre aux étudiants de Moscou.

(16 mai) : Mort du petit Alexis.

(23-27 juin) : En compagnie du philosophe Vl. Soloviov, Dostoïevski rend visite au starets Ambroise, au monastère d'Optino (province de Kalouga).

Dostoïevski laisse le *Journal d'un Écrivain* pour se consacrer à son roman *Les Frères Karamazov*.

(décembre) : Les livres I et II paraissent dans le *Messager russe*.

1879 (janvier à décembre) : Suite des *Frères Karamazov*
(livres III à IX).
(juin) : Dostoïevski est élu membre d'honneur du Comité International de Littérature réuni à Londres.
(été) : Séjour à Staraïa Roussa puis cure à Ems.
(décembre) : Dostoïevski lit la Légende du Grand In-
quisiteur au profit des étudiants.

1880 (17 janvier) : Dostoïevski rencontre le jeune diplomate Eugène-Melchior de Vogüé, futur auteur du *Roman russe* (1886).
(mars-mai) Dostoïevski prononce diverses allocutions
et lit des extraits de ses œuvres dans des réunions de
bienfaisance.
(8 juin) : Grand discours sur Pouchkine à Moscou.
(11 juin-7 octobre) : En famille à Staraïa Roussa.
(1er août) : Numéro unique pour 1880 du *Journal d'un
Écrivain* contenant le Discours sur Pouchkine.
(8 décembre) : Dostoïevski est reçu par le Tsarévitch,
futur Alexandre III.

1881 (19 janvier) : Dostoïevski joue le rôle du moine dans
la *Mort d'Ivan le Terrible* d'A. K. Tolstoï, chez la
veuve du poète.
(25 janvier) : Dostoïevski donne à imprimer le *Journal
d'un Écrivain*.
(26 janvier) : Deux hémoptysies. Dostoïevski reçoit les
derniers sacrements.
(28 janvier, 8 h 30 du soir) : Mort de Dostoïevski.
(29 janvier) : Le *Journal d'un Écrivain* pour janvier
1881 sort de presse.
(31 janvier-1er février) : Funérailles grandioses. Dostoïevski est inhumé à la Laure de Saint-Alexandre-
Nevski, à côté du poète Joukovski. Trois discours,
dont un de Vladimir Soloviov.

1882-1883 : Édition posthume des *Œuvres* de Dostoïevski en quatorze volumes avec une biographie par
Oreste Miller et Nicolas Strakhov, des lettres et des
extraits des Carnets de Dostoïevski.

1918 : Mort en Crimée d'Anna Dostoïevskaïa, qui a classé et conservé avec piété et intelligence les papiers de son mari.

1931 : Première publication des Carnets de *L'Idiot* par P. N. Sakouline et N. F. Beltchikov.

BIBLIOGRAPHIE

Éditions et traductions.

F. M. DOSTOEVSKIJ. *Polnoe sobranie sočinenii v 30 tomakh,* t. 8, Leningrad, 1973 (texte).
T. 9, Leningrad, 1974 (carnets et commentaires).
DOSTOIEVSKY. *L'Idiot.* Paris, 1946 (Les classiques du Monde, Fernand Hazan). Trad. par G. et G. Arout.
DOSTOIEVSKI. *L'Idiot. Les Carnets de l'Idiot. Humiliés et Offensés.* Paris, 1953 (Bibliothèque de la Pléiade). Trad. et notes d'Albert Mousset.
DOSTOIEVSKI. *L'Idiot.* Paris, 1977 (Classiques Garnier). Trad., intr., sommaire biographique, bibliogr., notes par Pierre Pascal. Édition illustrée.
DOSTOIEVSKI. *Correspondance,* t. 1-4, Paris, 1949-1961. Trad. D. Arban et N. Gourfinkel. La publication s'arrête avec les lettres de 1870.

Études diverses en français.

E. M. de VOGÜÉ. *Le Roman russe,* Paris, 1886. Nouv. éd. présentée par P. Pascal. Lausanne, 1971.
André GIDE. *Dostoïevski.* Paris, 1923. Réédition 1964.
Nicolas BERDIAEFF. *L'Esprit de Dostoïevski.* Paris, 1929. Original russe, Prague, 1923.
Jacques MADAULE. *Le Christianisme de Dostoïevski.* Paris, 1939.
Romano GUARDINI. *L'Univers religieux de Dostoïevski.* Paris, 1947.
K. MOTCHOULSKI. *Dostoïevski, la vie et l'œuvre.* Paris, 1963. Original russe, Paris, 1947.
Mikhaïl BAKHTINE. *Problèmes de la poétique de Dos-*

toïevski. Lausanne, 1970. Original russe, 1929, remanié 1963.

Léonid GROSSMAN. *Dostoïevski*. Moscou, 1970 (en français).

Pierre PASCAL. *Dostoïevski*. « Les Écrivains devant Dieu », Paris, 1969.

Pierre PASCAL. *Dostoïevski. L'homme et l'œuvre*. Lausanne, 1970.

Jean DROUILLY. *La pensée politique et religieuse de Dostoïevski*. Paris, 1971.

Jacques CATTEAU. *La création littéraire chez Dostoïevski*. Paris, 1978.

Louis ALLAIN. *Dostoïevski et Dieu. La morsure du divin*. Lille, 1981.

Recueils collectifs.

Fiodor DOSTOIEVSKI. Collection « Génies et Réalités », Paris, 1971.

DOSTOIEVSKI. N° spécial de la revue *Europe*, oct. 1971, n° 510.

DOSTOIEVSKI VIVANT. Trad. Raïssa Tarr, Paris, 1972. Extraits de mémoires de contemporains concernant Dostoïevski. Original russe, 1964.

DOSTOIEVSKI. Cahier de *L'Herne* n° 24, Paris, 1973. Sous la direction de J. Catteau.

ALBUM DOSTOIEVSKI. Iconographie réunie et commentée par G. Aucouturier et Cl. Menuet, Paris, 1975 (Bibliothèque de la Pléiade).

DOSTOIEVSKI. N° spécial du *Magazine littéraire*, mars 1978, n° 134.

DOSTOEVSKIJ EUROPÉEN. N° spécial de la *Revue de Littérature comparée*, juill.-déc. 1981, n° 219-220. Art. réunis par Michel Cadot.

DOSTOEVSKIJ. N° spécial de la *Revue des Études slaves*, 1981, art. réunis par Jacques Catteau.

DOSTOIEVSKI ET LES LETTRES FRANÇAISES. Actes du Colloque de Nice (1974) réunis par Jean Onimus. Nice, Centre du XXᵉ siècle, 1981.

BULLETIN *of the International Dostoevsky Society*, éd.

Rudolf Neuhäuser, Univ. of Klagenfurt (Austria). Articles et bibliographie internationale de Dostoïevski. 1971-1980. Remplacé depuis par un vol. annuel de *Dostoevsky Studies*.

Études en russe.

On se reportera :
— aux bibliographies figurant dans les volumes 83 (1971) et 86 (1973) de *Literaturnoe Nasledstvo* (L'Héritage littéraire) publiés à Moscou ;
— aux commentaires du t. 9 de l'édition académique de Dostoïevski (voir ci-dessus) ;
— aux thèses de J. Drouilly et J. Catteau qui fournissent d'abondantes indications sur les travaux en langue russe ;
— à l'édition de P. Pascal de *L'Idiot,* Garnier, 1977, qui fournit une excellente bibliographie des travaux russes touchant spécialement ce roman, mais traduit en français les titres sans en donner l'original russe, pp. LVII-LX ;
— à la série intitulée *Materialy i issledovanija* (Matériaux et enquêtes), Leningrad, t. 1-4, 1974-1980 ;
— aux notes de la préface et du texte de la présente édition, qui contiennent quelques renvois aux travaux en langue russe.

TABLE DES MATIÈRES

TROISIÈME PARTIE

QUATRIÈME PARTIE

« UNE SEMAINE ENVIRON »
APRÈS L'ENTREVUE « SUR LE BANC VERT »
QUATORZIÈME JOUR DE L'ACTION

qu'il rompait avec lui. Le général est allé faire
scandale chez Élisabeth, qui l'a éconduit.

Après quoi il a eu une nuit et (LE JOUR SUIVANT)
une matinée très agitées. C'est alors qu'il a quitté
la maison comme fou. *(Dans la rue)* « Une attaque ! » a crié Colas 220

(LES JOURS SUIVANTS)

Ils se sont vus, mais souvent elle s'est moquée.
Le prince *(dans le parc)* a conversé avec Hippolyte, loué sa confession et conclu : « Passez, en
nous pardonnant notre bonheur. » 235

PUBLICATIONS NOUVELLES

ANSELME DE CANTORBERY
Proslogion (717).

ARISTOTE
De l'âme (711).

ASTURIAS
Une certaine mulâtresse (676).

BALZAC
Un début dans la vie (613). Le Colonel Chabert (734). La Recherche de l'absolu (755). Le Cousin Pons (779). La Rabouilleuse (821). César Birotteau (854).

BARBEY D'AUREVILLY
Un prêtre marlé (740).

BICHAT
Recherches physiologiques sur la vie et la mort (808).

CALDERON
La Vie est un songe (693).

CHRÉTIEN DE TROYES
Le Chevalier au lion (569). Lancelot ou le chevalier à la charrette (556).

CONDORCET
Cinq mémoires sur l'instruction publique (783).

CONFUCIUS
Entretiens (799).

CONRAD
Typhon (796).

CREBILLON
La Nuit et le moment (736).Le Sopha (846).

DA PONTE
Don Juan (939). Les Noces de Figaro (941). Cosi fan tutte (942).

DANTE
L'Enfer (725). Le Purgatoire (724). Le Paradis (726).

DARWIN
L'Origine des espèces (685).

DOSTOÏEVSKI
L'Eternel Mari (610). Notes d'un souterrain (683). Le Joueur (866).

DUMAS
Les Bords du Rhin (592). La Reine Margot (798). La Dame de Monsoreau (850 et 851).

ESOPE
Fables (721).

FITZGERALD
Absolution. Premier mai. Retour à Babylone (695).

GENEVOIX
Rémi des Rauches (745).

GRADUS PHILOSOPHIQUE (773).

HAWTHORNE
Le Manteau de Lady Eléonore et autres contes (681). La maison aux sept pignons (585).

HUGO
Les Contemplations (843)

HUME
Les Passions. Traité sur la nature humaine, livre II - Dissertation sur les passions (557). La Morale. Traité de la nature humaine, livre III (702). L'Entendement. Traité de la nature humaine, livre I et appendice (701).

IBSEN
Une maison de poupée (792). Peer Gynt (805).

JEAN DE LA CROIX
Poésies (719).

JOYCE
Gens de Dublin (709).

KAFKA
Dans la colonie pénitentiaire et autres nouvelles (564). Un Jeûneur (730).

KANT
Vers la paix perpétuelle. Que signifie s'orienter dans la pensée. Qu'est-ce que les Lumières ? (573). Anthropologie (665). Métaphysique des mœurs (715 et 716). Théorie et pratique (689).

KIPLING
Le Premier Livre de la jungle (747). Le Second Livre de la jungle (748).

LA FONTAINE
Fables (781).

LAMARCK
Philosophie zoologique (707).

LEIBNIZ
Système de la nature et de la communication des substances (774).

LOCKE
Lettre sur la tolérance et autres textes (686).

LOPE DE VEGA
Fuente Ovejuna (698).

MALEBRANCHE
Traité de morale (837).

MARIVAUX
Les Acteurs de bonne foi. La Dispute. L'Epreuve (166). La Fausse Suivante. L'Ecole des mères. La Mère confidente (612).

MAUPASSANT
Notre cœur (650). Boule de suif (584). Pierre et Jean (627). Bel-Ami (737). Une vie (738).

MUSSET
Confession d'un enfant du siècle (769).

NERVAL
Les Chimères - Les Filles du feu (782).

NIETZSCHE
Le Livre du philosophe (660). Ecce homo — Nietzsche contre Wagner (572). L'Antéchrist (753).

PASTEUR
Ecrits scientifiques et médicaux (825).

PIRANDELLO
Ce soir on improvise - Chacun son idée - Six personnages en quête d'auteur (744). Feu Mattia Pascal (735).

PLATON
Ménon (491). Phédon (489). Timée-Critias (618). Sophiste (687). Théétète (493). Parménide (688). Platon par lui-même (785).

PLAUTE
Théâtre (600).

PLUTARQUE
Vies parallèles, I (820).

QUESNAY
Physiocratie (655).

RABELAIS
Gargantua (751). Pantagruel (752). Tiers Livre (767). Quart Livre (766).

RILKE
Lettres à un jeune poète (787).

RICARDO
Des principes de l'économie politique et de l'impôt (663).

ROUSSEAU
Essai sur l'origine des langues et autres textes sur la musique (682).

SHAKESPEARE
Henry V (658). La Tempête (668). Beaucoup de bruit pour rien (670). Roméo et Juliette (669). La Mégère apprivoisée (743). Macbeth (771). La Nuit des rois (756). Hamlet (762).

STEVENSON
L'Ile au Trésor (593). Voyage avec un âne dans les Cévennes (601). Le Creux de la vague (679). Le Cas étrange du D' Jekyll et M. Hyde (625).

STRINDBERG
Tschandala (575). Au bord de la vaste mer (677).

TCHEKHOV
La Steppe (714). Oncle Vania - Trois sœurs (807).

TÉRENCE
Théâtre (609).

THOMAS D'AQUIN
Contre Averroès (713).

TITE-LIVE
La Seconde Guerre Punique I (746). La Seconde Guerre Punique II (940).

TOLSTOÏ
Maître et serviteur (606).

TWAIN
Huckleberry Finn (700).

VICO
De l'antique sagesse de l'Italie (742).

VILLIERS DE L'ISLE-ADAM
L'Eve future (704).

VILLON
Poésies (741).

VOLTAIRE
Candide, Zadig, Micromégas (811).

WAGNER
La Walkyrie (816). L'Or du Rhin (817). Le Crépuscule des dieux (823). Siegfried (824).

WHARTON
Vieux New-York (614). Fièvre romaine (818).

WILDE
Salomé (649).

GF — TEXTE INTÉGRAL — GF

97/01/56275-I-1997 — Impr. MAURY Eurolivres SA, 45300 Manchecourt.
N° d'édition FG039503. — Octobre 1983. — Printed in France.